女人并不是生就的，而宁可说是逐渐形成的。

——[法]西蒙娜·德·波伏娃《第二性》

宛若新生

Like a new life

蔼琳 著

华龄出版社
HUALING PRESS

有 态 度 的 阅 读

小马过河（天津）文化传播有限公司

自序

“女人并不是生就的，而宁可说是逐渐形成的。”

——[法]西蒙娜·德·波伏娃《第二性》

很久前的某一天翻看旧书——那是西蒙娜·德·波伏娃的《第二性》，里面的这句话让我会心一笑，豁然开朗。我想我知道下一部小说应该写什么了。在压力山大的都市人当中，有谁敢标榜自己一帆风顺、春风得意，谈笑间不幸、不乐、不堪、不爽通通灰飞烟灭？实际上，我们都得付出许多代价，才会成为那个希望成为的自己。我想写写一些迷失而又豁达的灵魂，一些动荡而又安静的时光，一些凄凉而又温暖的故事。我再次将他们一一请出来——有的已经是老朋友了，在《懒得结婚》等前几部作品中都曾出现过；有的却是新的。他们听从命运的安排，不偏不倚地纠缠在一起，于是便有了这部小说。

生命与命运一样，是一个谜，一个很迷人的谜。我们往往需要和某些人“结”在一起，才会猜到正确的谜底——或许猜不到最终的谜底，但还是希望有这样一个人。然而，很多人在这个谜面前表现得无能为力，也许需要等待一个契机吧，一个谁也无法事先知晓的契机。

这个契机便是“爱”。我始终相信，爱是一种能力，拥有它的人，不管是受伤还是得到，都是幸福的。对于已经不必顾虑温饱的我们来说，世间最大的悲哀之一，莫过于“爱无能”。然而相信和接受爱，对于某些丧失过爱的能力的人来说，并非易事。还好，小说中的每个人，都没有拒绝成长和顿悟。

在这个故事里，我毫不掩饰我作为一个作者对浑身缺点的周彩儿的喜爱。为了在这个既熟悉又陌生的城市里有自己稳妥甚至显赫的位置，她不惜标榜自己就是一块“臭豆腐”，圆滑世故之下是一颗冰冷不安的心。这个不加掩饰自己、功利、放荡的女人，纵使她决绝地拒绝着爱，命运却依然悄悄地接近着她、包裹着她，最后融化了她。我亦始终相信，不管多么不完美甚至让人讨厌唾弃的人，在心灵的最深层，都有别人甚至自己都看不到的真与纯。沿着一条路不断地往前走，走到一定程度时，总会有岔口。当我们走进岔口时，时常挣扎着或者不经意间就将从前的一切全盘否定，然后成长为一个新的自己。我还相信人有巨大的、难以名状的潜力，帮助我们一次又一次地成长与蜕变。周彩儿，那样鲜明典型的一个人，注定要折腾，再折腾，然后让舞台下某双关注的目光锁定。野百合的春天来得一点儿也不晚。十年前，缘已开始。只不过为了让它愈加可歌可泣，才让彼此经受炼狱。又有谁能想到，一无所有之后，爱却以最世俗的形式让她变得前所未有的富有与温暖。

关于崔玲玲，这个曾让无数读者为之激赏的女人会有怎样的故事呢？我想，上一本小说里简嘉铭的出现与离去，只是为了唤醒崔玲玲体内爱的能力。刺猬换刺，变得顺滑。在本书里，崔玲玲会越来越平凡，越来越安静从容，也越来越让人爱怜。人生就是这样，不管我们怎么蹦跳、多么执着，终要回归。只有越接近生活的真相，才越容易获得温暖与幸福。她会懂得，原来真正的智慧不是自以为是，而是淡然处世，热烈做事，坦然去爱。在这个故事里，她意料之外而又情理之中地有了一个孩子，这个孩子的父亲是谁？面对身边那份自然笃定的守候，是若即若离地过一辈子还是坦然接受？还有在暗恋的旋涡中徘徊了将近十年的简嘉仪，对好不容易出现在崔玲玲身边的这个人，是让还是抢？感情的事，从来都是真心说了算。心会指引他们做出选择。成熟的女人和男人都应该明白，顺其自然并不等于不努力，而是努力过后，才更有勇气去舍弃和接受。

是这样吧！

总要经历一些什么，我们才能逐渐看清生命的真相。我们自顾自地——不管你愿意还是不愿意，终将慢慢地成为生理形态之外的“女人”和“男人”。岁月修去了许多本不必要的乱枝繁叶，留下简洁的那些美好。就这么相信吧！不管你是谁，不管你有多么不完美，总有那么一个人，能原谅并接纳你那些斑驳的伤痕与所有的不完美，握紧你的手，走在这混沌不清的当下，以及那不可预知的未来。

请相信，逐渐形成的女人才是这世间最好的女子，逐渐累积的那些情感才是世间最好的爱情——幸福至浓处，爱是润物细无声。

因为爱情……

还请相信，爱的能力，会让所有流离失所的灵魂宛若新生。

目录

01 那个说养她一辈子的男人，死了 001

02 那个毁了她一辈子的男人，出现了 010

03 有时，幸福，它不在形式 038

04 等一个可以拥抱着睡个觉的男人 054

05 她只想在这个陌生而熟悉的城市有自己的位置 067

06 独行爱丁堡，她的告别与祭奠 078

07 像找到一件遗失多年的玩具般有意思 085

08 爱丁堡不是终点，不是起点，而是转折点 099

09 在你这儿，面具与衣服都可以不需要 106

10 将自己的过去全盘否定，需要勇气 118

11 失望后，她的人生或许更加美好 129

12 男人就是这样，有时比女人还天真 140

13 所有的事物都有自己的螺旋 162

14 享受生命给予的一切愉悦，是上帝的旨意 179

15 正视和接受，才是真正的坦然与从容 204

16 假作真时真亦假，道是无情却有情 222

17 顺其自然，不代表不努力 255

18 痛楚与折磨，只会让爱变得更加清晰 273
19 经营感情如烹小鲜，有收也有放 292
20 当女人疯狂起来，能量得有多惊人 306
21 爱也会让人变得任性与脆弱 323
22 不寻常的女人，总有非寻常之举 336
23 再勇敢一点，幸福真的唾手可得 354
24 那么多八卦的心，逼出一个答案 372
25 连接天堂与人间的孩子，在爱中到来 386
26 真正的智慧，只是做真实的自己 402
27 总有一些代价的付出，毫不犹豫而又惨烈成伤 413
28 感情的事情，从来都是真心说了算 424
29 幸福至浓处，爱是润物细无声 445
30 女人和幸福都不是生就的，而是逐渐形成的 465

01

那个说养她一辈子的男人，死了

刘涛就这么去了！和她在床上忘情嬉戏的时候，突发性脑出血死了！

这走得也太……太戏剧性了吧?

虽然周彩儿费尽心机地傍上他的时候，就清楚他有可能比自己早死很多很多年，可谁想到会这么快，也没想到他会以这种方式赤条条地死在自己身旁啊!

刘涛不是才威风地过了七十大寿吗? 所有人都争相奉承他老当益壮，祝他们早生贵子呢!

她朝思暮想的孩子还没有怀上，他竟然招呼也不打一个就直奔天堂了！前一刻，他还那样快活地叫她“小心肝”！如今，他干瘦的身体直挺挺地躺在他们宽大豪华的意大利进口婚床上，再无反应。

坐落在郊区的别墅里，从花园到大厅直至各个角落，灯火通明，却寂静空荡，惨白的繁华就像惊悚片里大肆渲染的场景。屋外传来救护车刺耳的呼啸声，然后是一阵杂乱的脚步声与说话声。

裹着被单的周彩儿呆呆地站在床前，像看一场情景话剧般，不愿意相信这一切都是真的。及至刘涛的尸体被搬离，她才开始喘气、痉挛，丰满的曲线在被单里此起彼伏。

周彩儿先是仰天狂叫，然后趴在地板上号啕大哭。所有人都相信，她是多么舍不得刘涛。管家王妈与司机小刘死死地抱着她，劝着她，真怕她也会随刘涛而去。

周彩儿骂着，叫着——

“刘涛你个王八蛋!

“刘涛你说话不算数!

“刘涛你就这么扔下我了!

“刘涛，涛哥，你个王八蛋……”

她哭着，骂着，叫着，直至筋疲力尽，思维混乱，口齿不清。有谁知道，她只有三分悲伤，其余七分是愤怒，是惊恐。

就算是她在汤里加了一点儿补药，就算是她天天缠着要生个孩子，刘涛也不应该就这样离她而去呀！遗嘱上白纸黑字写得清清楚楚，如果她没有孩子，将分不到刘家任何财产。就刘涛前妻和那几个儿女的狠劲儿，还不得把刘涛的死全归罪于她，然后将她扫地出门?

他们真沉得住气呢！竟然只在葬礼那天象征性地出现了一下。他们对她和刘涛的恨，可想而知。

葬礼办得跟喜事一样隆重。这是周彩儿唯一能为刘涛做的，她就是要告诉那些幸灾乐祸的人：姐是个重情义的人。

周彩儿戴着大大的墨镜——影视剧里的名媛贵妇们出席葬礼，都是这么打扮的。她远远地看着刘涛的几个儿女，哭泣着将刘涛的骨灰盒郑重其事地放进豪华的墓地里，心里感激他们披麻戴孝地陪她演了这场戏。不管怎么说，刘涛最后还是看到了妻贤子孝。

刘涛旁边还有一个空位。大儿子刘洋走过来站到周彩儿旁边，戴上墨镜，刚才的哭泣戛然而止。他和她一起看着墓地的口子在殡葬工的动作下慢慢地合拢。

“那是我母亲的。”刘洋面无表情地说。

周彩儿知道他说的是刘涛旁边的那个空位，没有搭腔。她和那悍妇争一个死人做什么？她又不渴望与刘涛再续来生。

她要争的比这重要多了，不过她心中却也清楚，她没有争的筹码。这场用青春进行的豪赌，她终究还是输了。

有着明媚春阳的午后，装着落地窗的宽大客厅里，一干人一排排地坐着。律师当然是庄重的，正宣读着某个文件，然后转过头，又郑重地对周彩儿解释一通。刘洋、刘玫瑰和刘晓英则在一旁难抑胜利的笑意，唯有小儿子刘海面无表情，似乎事不关己。

周彩儿听得目瞪口呆，原来他们婚后居住的别墅，只写了刘涛的名字——真是千算万算疏于一漏啊！当时她怎么拿了钥匙就被兴奋冲昏了头脑，一直没有对房产证上的权属进行更改登记呢！

她真以为刘涛说送给她，就是她的了啊！

“你听清楚了没？遗嘱上写得清清楚楚，这可是当初你要嫁给我父亲时就协商过的条件，凡是署名刘涛的房产，均属我们所有。限你三天内，搬出这别墅！”刘洋咄咄逼人地说。

“三天？那我住哪儿？”周彩儿神经质地嚷道，“我不搬，这是我家！这是刘涛给我的家！”

“这由不得你。我们管你住哪儿！像你这样的女人，还愁没男人收留吗？”刘涛的前妻刘晓英讥讽道。

周彩儿是个识时务的女人，怎么说她还是有点儿骨气的。此时此刻，将精力放在斗嘴上毫无意义；再说了，这个没受过教育的浑身名牌和贵重首饰的老女人，也是个可怜人。当年她陪着刘涛一起干建筑，倒卖建材，男人发家了，却将她束之高阁，她步入晚年还要被抛弃。

不过眼下，最可怜的还是自己吧。她即将净身出户了！

这该死的刘涛，你怎么不给我留下一儿半女呢？这么一想，周彩儿马上灵光一闪。怎么能轻易妥协呢？起码等一个月以后，看肚子有没有反应再作定论吧？要知道，这段时间她和刘涛几乎夜夜欢歌。

刘晓英与她的儿女们当然一百个不愿意，律师却同意将财产分割的日期定在一个月之后。

这一个月将决定她的后半生是喝粥还是吃肉。从来不信鬼神的周彩儿千祈祷万祈祷，在房间显眼的位置都贴上了观音菩萨的神像，每天早晚虔诚地拜着。

祈祷的当儿，思想其实并没有闲着。她周彩儿哪是这样坐以待毙的人，找个年轻力壮的男人借一借不就行了？没等她将这想法说完，崔玲玲就给她泼了冷水：难道刘家人是傻子，不会提出做DNA鉴定？

还有谁能放下工作、牺牲休息时间来关心她这个失去靠山的寡妇呢？这些天，多亏了有崔玲玲的陪伴，她才熬过了每个亮灯的夜晚。只要她一闭上眼，脑海里的景象不是刘涛来找她要，就是她追着光屁股蛋的胖小子漫无目的地奔跑。

“没有家人的孤女伤不起啊，玲玲，你才是我最亲的人。”周彩儿不止一次这样动情地说。要不是李岚远嫁意大利，欧阳燕华嫁到滨城后随夫定居香港，丁秀珍老师随儿子去了上海，她们这“五人帮”一定会在此齐聚的。

“你逃不过命运的，彩儿。”崔玲玲缓缓地说，“人这一生，许多东西是注定的。福兮祸兮，谁说得清呢。”

“难道我就活该倒霉受他们欺负？什么也捞不着？当初就不应该答应他们没有孩子就不继承遗产的无理要求。可，可那时我要是不这样放低姿态，那老女人也不会同意和刘涛离婚啊！我真是倒了大霉了！我太亏了我！”周彩儿愤愤地说。

“看你激动的，我只是叫你放宽心，不要强求。”崔玲玲宽慰道，“你亏什么呀！也许这是你走运的开始呢。”

周彩儿叹息道："什么走运的开始，我是赔了丈夫又折钱，倒霉透了。现在全城的百姓都看笑话似的议论纷纷，我已经是个克夫的女人了。还走运呢！"

崔玲玲笑笑，嘱咐她快把鸡汤喝了。不管孩子有没有踪影，身体这本钱可得好好留着。

周彩儿将床头柜上的鸡汤咕噜噜喝掉，还问这鸡腿哪儿去了？

崔玲玲盯着她看，忽然笑了起来。周彩儿问她笑什么。崔玲玲说："你越来越像一个人了。"

"谁？"周彩儿很感兴趣地追问，"谁能像我这块独一无二的'臭豆腐'？"

"看过《乱世佳人》吧？"崔玲玲问。

"小说那么厚，看不进去。好多年前那部电影倒是看过的，那女主角还是我的偶像呢。当然，我现在的偶像是你崔玲玲了。"周彩儿挠了崔玲玲的腋窝一把，嬉笑着说。

"这就是周彩儿，跌倒了不忘抓把沙子，悲伤了不忘取乐的周彩儿。"崔玲玲推开她说，"你就是越来越像她了。"

"斯嘉丽？"周彩儿指着自己，"我？像吗？"

是啊，她可是摔不死的周彩儿呢！上天总不该亡了她！她又不是没有一无所有过！这命运，不就像坐个过山车吗？大生大死、大喜大悲，就当老天爷没事给她找刺激好了。有的人想体会还体会不到呢！

这么想着，心情似乎又舒畅了。她把双手放在腹部暗中祈祷：孩儿啊，你生根否，发芽乎？

越是不情愿，日子似乎走得越飞快。

这天一大早，律师、刘家一行人、周彩儿、崔玲玲，就都在医院里候着了。其实对于结果，周彩儿早就知道了。自懂事起，她就与“奇迹”二字无缘。嫁给刘涛，不是奇迹，是她明里暗里卓绝的努力。

律师脸色凝重地在检验科监督着检验过程，不一会儿，尿检结果出来了。加上刚才的B超结果，足以证明：周彩儿的肚子里除了属于她的器官，没有任何多余的东西。

刘家一行人露出胜利的笑容，抛下一声声轻蔑的“哼”，扬长而去。周彩儿瘫坐在医院的椅子上，咬牙切齿地骂着已经作古的刘涛——这老不死的，怎么这样不作为啊?

崔玲玲好不容易才将她劝回家——就算坐医院这儿骂个山崩地裂、江河枯竭，刘涛也已经永远无法作为了!

按照约定，她得在三天内搬出别墅。搬就搬吧，这点儿骨气周彩儿还是有的。她对自己强调着。

看着小花园里，那些刘涛为了哄她开心，花了重金从全国各地搜罗回来的盆景奇石，还有客厅和卧室的意大利进口家具，周彩儿心痛不已，她哪有地方安置它们?

“事情都到这份儿上了，也用不着讲什么道义，”崔玲玲在关键时刻总能比她冷静得多，“这些东西再怎么贱卖，至少也能有个十万八万吧?也许还不止呢。”

这话提醒了周彩儿，她马上打了数个电话，下午便有各种人上门来看货。最后连厨房的餐具、燃具，浴室的热水器、洗手盆，不值钱的仿古花瓶和干花都被咧着嘴偷笑的人搬走了。看着空空荡荡的大房子，周彩儿忍不住大笑——她平白又得了十八万现金呢!

“先别笑，刘涛给你的银行卡呢?”崔玲玲叫住她，“当一切都不能挽回时，作为女人，最重要的是保护自己的财物，争取自己的权益。妇联不都是这样宣传的吗?”

“哈哈，玲玲啊，你才提醒我！刘涛的前妻为这事还来找我闹过！在刘涛死后第二天早上，我就将卡中的钱全都取出来了。”周彩儿说，“不过，刘涛不会在给我的卡中放太多钱，一般是分月放，全取出来，还不到十万。”

“真不愧是周彩儿啊，真有你的！”崔玲玲感慨加嘲讽地说，“我还以为你沉浸在悲痛里不能自拔，忘了分寸呢。”

“哈哈！”周彩儿一点儿也不介怀，实打实地说，“人家斯嘉丽不也是只为自己而活吗？说得不好听点儿，这是现实功利；说好听点儿，就是坦荡勇敢。再说，这年头儿，谁会和钱过不去？我忍着恶心和一个跟我祖爷爷一样年纪的老头儿睡觉，不过是为了向上流社会进发罢了。这点刘涛他自己也清楚得很。”

周彩儿在空房子中间坐下来，崔玲玲也挨着她坐下。

“上流社会？”周彩儿又自嘲地道，“我倒是一只脚踏进去过，可又怎样？上流社会的人，大多下流，都是利益动物！和他们讲真心，那才叫一个傻。”

“也不能说得太绝对了，不管哪个阶层、哪个圈子，都有精华与糟粕。”崔玲玲本想说他们才不是那样的呢，真正的上流社会，你周彩儿离得还远着呢。

“活在这现实中，钱太重要了。就算你崔玲玲，总在那儿坚守精神、捣鼓灵魂，离婚时不也讹了不义前夫一笔钱吗？”周彩儿却先说开了，“要是女人遇事时都能够理智、勇敢点儿，就不会有怨妇了。这女人好好的，当什么怨妇嘛。反正我是绝对不会的。”

崔玲玲只是笑，她一直都知道，周彩儿是会成长的，她迟早能够客观地看待这世界和自己，然后做出正确的选择。在这之前，走一些弯路，也是正常的。何况，她早就不再用对与错来衡量一个人或者一件事了。她还相信，周彩儿的这段婚姻，如这空房子一样，在她今后的人生里，不会留下任何回忆。

为了住进这别墅，周彩儿曾连灵魂都不要了，还要那些回忆做什么？她反复地在计算器上按弄着——还不算输得太惨，刚才贱卖东西的钱，加上刘涛给她的钱和一些首饰，她就算没有别墅，也不会饿死。也许还可以像崔玲玲一样，买个属于自己的房子呢。再说，她还有风彩海鲜城呢，她还是周经理呢！

说到这风彩海鲜城，她精神一振。那可是刘涛与她联名注册的，刘涛占49%，她占51%。然而周彩儿万万没想到的事情又来了。刘家人以海鲜城是周彩儿与刘涛婚前注册的为由，提出收回刘涛的股份。

刘晓英天天到海鲜城来吵嚷着要卖掉清盘，周彩儿只好与刘家人对簿公堂。她就只剩下这么一个能生钱的东西了——说白了，风彩海鲜城就是她周彩儿的命。在律师和法院的调解下，刘家开了一个还算公道的价钱，周彩儿享有绝对的优先购买权，期限是一个星期。

她只好将存款全拿了出来，首饰和小汽车也卖掉了，刚好一百万，可还差一大截呢。求爷爷告奶奶的，刘涛以前的朋友没有一个肯借钱给她的。哪怕再次出卖色相，她也在所不惜，可那几个曾经对她流口水的男人全都委婉地拒绝了她，一副朋友妻不可欺的伪善模样。人走茶凉的道理她不是不明白，心里却清楚这是刘家人从中作梗。刘氏那么大的产业，现在的决策人是刘洋，谁愿意为了她一个没根基、没背景的寡妇去得罪刘家人呢。

惭愧地向崔玲玲开口。崔玲玲帮着垫了一部分，却也只是杯水车薪凑个零头儿。刘家人分明是想将她赶尽杀绝，早就料定她不可能在短期内筹到三百多万的。

吃不下睡不着，心里还是渴望转机——她是谁，她是周彩儿啊！

正如她于坊间流传的名言，“春不是叫出来的，是干出来的”。转机也不会自己蹦出来，奇迹绝对是需要创造的。傍个有钱人？眼下谁敢碰她呢。立刻再找个老男人嫁了？还是免了吧。她这克夫的名声已经传开了，有头有脸的正常男人，谁还敢娶她？

“就算真有这样的男人，我看你也不会真做得出吧？”崔玲玲问她。

周彩儿语塞了，是啊，刘涛还尸骨未寒呢。在男女关系中，从未畏惧过的周彩儿一下子六神无主了，她最大的本钱与最大的能力，都用不上了！突然之间发现了自己还有所谓“良心”这东西，她又厌烦又沮丧。

“想想斯嘉丽，她尽管时常不择手段，但始终还是个可爱的人。上天不会真灭了这样的人——特别是女人。”崔玲玲说，“正因为这样，我们一直是朋友。”

确实，她要是良心泯灭的人，也不可能有崔玲玲她们这样的铁姐们儿——人家是活得多么干脆而又干净的人呀！

02

那个毁了她一辈子的男人，出现了

就在周彩儿为自己的道德底线解嘲时，她碰到了这辈子都不愿意再见的一个人，一个男人！

乍暖还寒的暮春，如同上了发条般运转的城市，并没有因为万紫千红的花儿和翠绿欲滴的草木，还有懒洋洋的阳光而放慢脚步。每个匆忙行走的人似乎都没有丝毫的安全感，所有的风景都只是别人的陪衬，与己无关。周彩儿就从来没有俯下过身子，好好地嗅一嗅海鲜城大门前面花坛里的香味，甚至连春花开得有多灿烂也不知道——虽然她天天从这儿路过，今天还得站在旁边截出租车。

还没到饭口，从这儿路过的出租车并不多。大堂经理奔出来，跑到路边去，卖力地替她拦截。十多分钟下来，穿着高跟鞋的脚快受不了了。她那脚，似乎专门为高跟鞋而生，只是最近实在太累了，有点儿体力不支。而她依旧保持着妩媚的微笑与贵妇的体态，“女人活的是什么，不过一个姿态”，她深深地记着崔玲玲说过的这句话。

自古红颜多薄命，她和崔玲玲都是没了男人的女人。只不过崔玲玲失去的是一生最爱，她失去的是一生的依傍。崔玲玲还是单身，她却被人叫作寡妇，或者遗孀。不管她们之间有多少不一样，一点儿也影响不了她敬仰崔玲玲的心。她是时候该认真地向崔玲玲学习了，做一个人格与经济都独立的女人，这或许有点儿累，但起码受人尊重。

一切都慢慢来吧，总会好起来的。走神的当儿，听得大堂经理在叫她，她摘下墨镜，对他点点头，坐上了去银行的出租车。

银行里人真多，每个窗口都排着长长的队伍。周彩儿扭着腰肢径自进了VIP客户室。里面的工作人员也没闲着，有好几个人正坐着在等呢，不过总比外面的环境要舒适得多。

看，这社会，谁不渴望当个有钱人呢?

与相识的VIP经理谈了她的来意，便被告知请她去信贷股。她昨晚已经打点过了，总算有中高层的负责人愿意见她。新上任的信贷股长是总行派来的，姓尹，年轻得很，听说才比她大两岁，刚满三十岁，竞岗时凭本事硬是将好几个有背景的老将给挤掉了。昨晚他本来也要去她约请的饭局，临时有应酬才没能见成面。

这个尹股长一定得好好把握住。刘涛走后，他的关系网也与她无关了，她可是花了好多力气才约动这个人的。

敲门后，一声洪亮的“进来”，她轻轻地推开门。尹股长分明是在等她，像欣赏什么似的看着她进来。周彩儿马上将所有的妩媚都堆在脸上，走到他面前伸出手，甜腻腻、娇滴滴地说：“你好啊，尹股长!”

“你好啊，彩儿！请坐!”尹股长伸手与她握了握，定定地看着她，又加了一句，“想不到我们还能这样见面!”

“你是……我们以前见过?”周彩儿努力地在脑海里搜寻与她有过“友谊”的男人，没有一个对得上号的。这个男人不算英俊，只能说是五官端正，一看就是个科班出身的读书人，而他眼睛里蕴含着锐利的狡黠，那眼睛与嘴角所构成的气质，让他看起来有点儿邪。不知怎么，她想起“斯文败类”这个词儿。

“你真不认得我了？彩儿，福利院一别，就是十多年啊。”

依稀看出他少年时的模样，周彩儿突然像见了鬼似的叫起来：“你——尹……你是尹启华！你个王八蛋!”

说着，她把手中带来的文件使劲地往他脸上掷去。这个男人怎么能堂而皇之、高高在上地坐在她面前呢！

从记事起，周彩儿就生活在福利院里，从来没有人和她说过亲生父母的事情，她也从来没有问。她甚至没有一点儿进福利院之前的记忆，总是以为她一出生便是福利院的孩子。

虽然她不算最乖巧、最聪明的那个孩子，但也算没心没肺、顺顺利利地成长着。尹启华却一直是众人的焦点，他的嘴那么甜，成绩那么好，许多好人家甚至外国来的夫妇都希望能收养他，可他就是不走，说福利院就是他的家。

院长似乎也愿意把他留在身边，总爱带着他一起出去办事。保姆妈妈们也要求他什么事情都不用做，把书读好就成了。周彩儿和其他大孩子放学了，要到厨房帮忙洗菜、洗碗，包括福利院的杂草与地面，都是他们分工包揽。那个时候，周彩儿觉得这没有什么不应该，她叫尹启华“哥哥”，她多以他为荣啊；而他正眼也不瞧她一下，从不会主动地叫她一声。周彩儿一点儿也不介意，优秀的人大概都是这样的吧。

不知从什么时候起，尹启华的目光开始追随她，时常停留在她那饱满的胸脯上。周彩儿懵懂中似乎明白了什么，每次都羞红了脸转过身去，一路小跑到他看不见的地方，然后又伸出头去偷看他有没有跟过来。

初二暑假的某个上午，周彩儿和一个女孩在楼顶晾衣服，尹启华跟在后面说要帮她们。她们非常开心，尹哥哥可是从来都不干活的呢！晾好衣服之后，三个大孩子在楼顶嬉闹着，隔着晾晒的衣服，尹启华的手闪电般碰了碰周彩儿的胸。周彩儿触电般站在那儿不敢动，尹启华马上撒腿就跑。另一个女孩不明就里地问：“尹哥哥突然跑什么呢?”

要是有妈妈就好了，那她就可以大胆地问问妈妈，为什么才十五岁的她，胸脯像个哺乳期的女人般饱满。她讨厌自己的胸，甚至偷偷拿绳子绑扎过。她讨厌听到同学们在背后对她胸脯展开的那些议论。前些天，女副院长还专门找她谈话，告诫她行为要检点、要自重，毕竟院里大男孩多。周彩儿多么茫然啊，她可是什么也没干呀！难道笑的声音大一点儿，在走廊上走过时偶尔蹦跳一下也是过错吗？

她更不明白，为什么她的胸脯会让尹哥哥这么喜欢，而她又不讨厌他的这种喜欢，甚至触碰。

想到早上在楼顶发生的那一幕，周彩儿没来由地心跳加快。不由自主地往楼顶走去，当时她只不过是想到那儿去静静地想清楚要不要和好朋友分享这个秘密。楼顶静悄悄的，晴朗的夜晚，这个海滨城市的天空蓝得透明，星星如碎石般撒满夜空，楼下是弟弟妹妹们快乐的欢笑声，偶尔还传来保姆妈妈们严厉的喝叫声。

突然从黑暗中窜出个人影，从背后一把抱住了她。恐怖弥漫在夜色里，周彩儿惊叫了一声，拼命地挣扎着。

“别叫，别叫……妹妹，是我，是我……”尹启华急切地阻止着。

“启华哥，怎么是你，吓死人啦！”周彩儿嗔怒地说，“你干什么嘛，快放开我啦！”

正处于变声期的尹启华却答非所问，用颤抖的声音近乎哀求：“给我好吗，彩儿妹妹你给我好吗？”

“给什么呀？”周彩儿茫然地问。

尹启华的手颤抖地按在她胸前，周彩儿还没反应过来，他的手已经伸进她的衣服里了。

周彩儿好像明白了什么，下意识地剧烈挣扎着，也近乎哀求地道：“别呀，哥哥……别这样，这样不好，院长知道了，会惩罚我们的！会赶我们出去的！”

“好妹妹，一次，就一次，你给我好吗？我们都不说，没有人知道的！”尹启华一点儿也没有停止的意思，“给了我，以后咱们就是男女朋友了……我大学毕业以后，一定会娶你！真的，妹妹！”

周彩儿停止了挣扎。就这样，她稀里糊涂地交出了自己的第一次，那么突然，那么痛，那么短暂。

此后，尹启华一有机会就用暗号约她来楼顶。直到有一天吃饭时，值班的副院长奇怪地看着她吃下一大盆米饭——男生都没她吃得多呢。接着，副院长盯着她的胸脯与肚子若有所思，很严肃地将她叫进了办公室。

出来时，她的脸上有五个红红的手指印，那是视尹启华为干儿子的院长打的，要不是副院长在，她都有可能被院长打死呢。

她永远也忘不了，院长打她时嘴里吐出的那两个字：“骚货！”

她更加忘不了，面对院长的审问，尹启华低着头说的那一句：“是她叫我摸的，是她叫我搞的！”

当天下午，周彩儿躺在医院冰冷的手术台上，浑身颤抖。

从那天起，尹启华便开始住校，一年后考上了外地的大学。福利院不再是周彩儿温暖的家。她开始逃学，开始公开地与男生交往，开始在夜里翻墙外出泡酒吧，开始做一切能够刺激两个院长的事情。院方也曾经做过补救，一次又一次地给她做思想教育，而她总是一言不发，依旧如故。就这样，她失去了所有兄弟姐妹的同情与理解。好不容易挨到高三，所有人都想不到，就在最后那个学期，她竟然发狠地开始读书。由于基础不好，她只考上一所本地职校，所幸的是能争取到企业的爱心赞助，终于弄了个大专文凭。

从大学时起，她再也没有回过福利院，也拒绝他们来看望她。每当周彩儿与不同的男人建立“友谊”，温暖自己也伤害自己的时候，她都会想起那段惨痛的经历。那是初恋吗？算是吗？正是因为她知道不算，所以才这么恨他。要不是因为他，她的人生也可以很美好、很干净。

有谁会天生有一副放荡功利的心肠呢？她不是一生下来就是那块闻着臭、每个男人都想吃上一口的“臭豆腐”……

“彩儿，虽然十几年没见，这……你至于吗？”尹启华躲过文件夹，坐正身子扶扶眼镜，不解地问。

周彩儿看着他冷笑道：“是你记性差，还是我记性太好？姓尹的，看你这人模狗样的，混得不错啊。怎么，这回是靠摸哪个女官的胸上位的？”

“彩儿，能不能别这样说话？这是办公室！”尹启华的脸一阵红、一阵白。

“怎么，你怕别人知道你是怎样的一个斯文败类吗？怕别人知道你这西装革履之下，是多么肮脏的一个身体？”周彩儿却不放过他。

“……彩儿，我不知道应该说些什么。我能告诉你的是，我能帮助你，就现在。”尹启华尽量控制着自己，不管怎么样，他经济学硕士的学位不是白读的，这点掌控力还是有的。向来他做事情只有目的，目的达到了，其他都可以忽略。眼下，他真心想帮助这个他伤害过的女人渡过难关，何况她那样甜地叫了他那么多年的“哥哥”。

“滚！尹启华，你算什么东西！”周彩儿以闪电之势脱下脚上的高跟鞋，使劲向他掷去。尹启华跳起来躲避，鞋子却不偏不倚正中胸膛！他哪想得到，她会有此举动！周彩儿没等他呻吟一声，又脱下另一只掷了过去，尹启华的电脑显示屏就这样报废了。

有工作人员闻声而来，见到这情景，均面面相觑。尹启华挥挥手，也没解释，让他们出去。

他还想和周彩儿说些什么，周彩儿赤着脚瞪了他一眼，转身走出了他的办公室。

这女人，这女人怎么变成这样了呢？看着周彩儿就算盛怒也不忘摇摆着腰肢的背影，尹启华说不上心里是什么滋味。那个记忆中心理发育远远跟不上身体发育的总是没心没肺地大笑的少女，到哪儿去了？

想到这儿，他的心里扯成一团。要不是昨天一个下属当说笑话似的和他说起她要借贷的事，他真的从没想过要再见她，更不要说愧疚了。谁没年少轻狂的时候？可是现在，他深深地感受着她那浓烈的恨意——那个时候的他，真错得那么厉害吗？那不都是她愿意的吗？

最后一线希望破灭了。周彩儿坐在街心小公园里一筹莫展，她还能再到哪儿去弄钱呢？距离刘家人要清盘的期限只剩短短的几天时间了。这该死的尹启华，为什么偏偏是你？该死的害人精！

听说周彩儿的脚磨伤了，崔玲玲刚好在附近办事，便过来找她。见到周彩儿这模样，崔玲玲吃惊不小。就算刘涛去世，也不至于将她打击成这样啊？

周彩儿并没有诉说的意愿。有一些隐痛是不能说的，也说不出口，就连树洞与墙洞也无法安放，只能将它深深地埋藏在心底。

陪她坐了一会儿，崔玲玲看着她脏兮兮的赤脚说："我去给你买双鞋子吧。"

周彩儿点点头，之后又对着崔玲玲的背影大声补充："我不要低于十厘米的，得有防水台，全皮，牛皮羊皮都好，漂亮又性感的那种！"

崔玲玲没有回头，笑着摇摇头，往对面的商场走去。

周彩儿对这双深紫与黑色撞色搭配的牛皮鱼嘴单鞋很是满意，顾不得脚底已磨破皮的痛，来回走动自我欣赏着，复又露出笑容。崔玲玲却强烈地感觉到她有心事，这是一个藏不住话的女人，竟然也有秘密。

“到底怎么了？遮遮掩掩的，不像你周彩儿。到底碰上什么事情了?”

“玲玲，我碰到了一个鬼。可我现在什么也不想说——以后吧，以后你就什么都明白了。”周彩儿低头盯着鞋子，对崔玲玲抱歉地说，“把你叫过来，还让你花钱。反正我是不会客气的，这鞋子，就当是我占你便宜吧。现在几百块钱对我来说，也很重要呢。”

崔玲玲笑了：“你没事就好。能让人利用，说明我这人还是很有价值的嘛!”

“我现在能利用的人，除了你，再没别人了。”周彩儿有点儿伤感，“向来我都以为是人遇我不淑，可实际上，时常是我遇人不淑啊！我算是明白了，你说的一颗真心有多重要。我不应该在十多年前就扔掉它。”

“我一直相信，你和我一样，也有过白衣飘飘的年代。人的命运是很奇怪的一件事情。许多东西，只有经历过才真正懂得。明白与领悟，毕竟不一样，是吧?”

周彩儿点点头。在心灵上，她越来越依赖崔玲玲，总是感觉只要崔玲玲在身边，她就很踏实。这么多年来，她做着、疯着、自贱着、强求着，原来最渴望的，还是一点儿真心，一点儿无条件的真心。

然而这辈子，她也许永远都不可能在男人那儿得到这无条件的真心——有哪个男人会对她的所有不堪与缺憾毫不介意呢！想起十多年前那个满天繁星的夜晚，尹启华抱着她喘息着说要娶她时所带来的懵懂幸福，她伏在崔玲玲的膝盖上泪流满面。

崔玲玲默默地安抚着她，不想她竟然哭着哭着就睡着了——这些天来，她的神经绷得太紧了。崔玲玲无奈而又怜惜地摇摇头，偷得浮生半日闲，趁机也闭目养神。

周彩儿醒来时已是正午。她带着歉意坐起来，讨好地给崔玲玲揉腿。崔玲玲却拉起她——再不去吃饭，她就饿晕了。

吃饭时谈起去银行贷款的事，周彩儿叹了口气，似有大把的话要倾诉，却又沉默不语。

从傍晚开始，风彩海鲜城的食客陆续到来。生意虽没有刘涛在时好，但也还略有盈余。只要保住它，周彩儿觉得自己就有活路了。

午夜一点多，KTV部也打烊了。在办公室里，不必再对客人强装笑颜，周彩儿整个人像摊烂泥般陷进宽大的真皮沙发里，她拉紧了披肩，缩成一团。刚才她喝得半死，也没能说服那个副行长。这些王八蛋，刘涛在的时候，都得了多少好处啊！现在就翻脸不认人了。

敲门声响起。这么晚了，整个海鲜城除了值班的保安，还会有谁？

门外站着的人竟是尹启华。她实在没有力气表示愤怒，甚至懒得问他来干什么，径自踱回沙发上躺下。

“怎么这么大的酒味？”尹启华跟在她后面深深地吸了几口气，才问，“这就是你的生活？为了维持这样的生活，你到处借钱？”

见周彩儿不言语，他又解释道：“我在附近的酒吧会几个朋友，才完事，经过你这儿，忍不住进来看看。我出示了名片，还说是你哥哥，保安才放我进来的，此刻他还在门外保卫着你的安全呢。”

环视了一下四周，他又说：“嗯，这海鲜城环境确实不错，和调查的资料吻合。”

周彩儿眯着眼睛不耐烦地说：“门在那里，尹股长请自便。”

尹启华也不在意，问她住在哪里，他可以顺便送她回去。周彩儿笑了，她都是无家可归的人了，从别墅搬出来后，她一直住在海鲜城办公室隔壁清空的杂物房里。但她有必要和他说这些吗？

尹启华走到沙发旁去拉起她，似乎要强行将她带走。

“哥哥，你说，它是不是又饱满了许多呢？”周彩儿乘他不备，故意将他的手拉到自己的胸脯上。

尹启华条件反射地抽开手。失衡的周彩儿"咚"一声跌倒在地上，却看着他的表情哈哈大笑起来："小流氓还装纯情了，哈哈!"

没笑几声，周彩儿的嘴里便喷出一些恶臭的污物。她边用手背揩嘴边宣泄道："这帮孙子，逼老娘死命地喝啊喝啊，完了屁也不放一个!"才骂完，又是一阵吐。

尹启华忙将她半扶半抱地弄到沙发上，这女人喝了多少啊？江湖传闻，她的酒量可是城中无女人能敌的!

保安闻声过来帮忙清理房间，尹启华一问才知道，周彩儿就住在隔壁的小房间里。

"你说，你能帮我？是不是真的？"房间里又剩下他们两个人时，周彩儿忽然问。和刚才不同的是，她这次问是带着哭腔的。

这女人不是八面玲珑吗？不是很强势吗？尹启华本来就是顺道来看看，并告诉她他真能帮她，可现在他突然改变主意了。他也说不上为什么，就是想折磨折磨她。

刚才他在酒吧会的那几个朋友，其实是风彩海鲜城的常客。他整个晚上都在打听周彩儿的一切。听到关于"臭豆腐"这个绰号的议论时，他真想甩那几个人一巴掌，更想甩周彩儿一巴掌!早在寄宿学校时，他就从福利院兄弟的来信中大概听说过周彩儿的自暴自弃，真没想到她如今为了爬向上流社会，已经到了这种地步!

强行收起本已流露出来的愧疚与怜惜，尹启华将双手插进口袋，淡淡地说："是的，要是上午你不那么对我，也许现在你的申请已经交上去审批了。"

"那现在呢？现在我向你道歉，上午是我不对，我不应该对尹股长您无礼。您大人有大量，帮帮我，好不好？尹股长？"周彩儿坐起来，楚楚可怜而又妩媚坚定地看着他说，“只要你肯帮我，要我干什么我都愿意。”

尹启华一阵恶心，她就是这样嫁给那个老头子的吗？就是这样成为这海鲜城的女老板的吗？她就是这样对待那副曾经让他失去理智、迷失方向的美好身体的吗？

“怎么？你不相信？我现在就可以给你，反正十年前已经给过你了，是吧哥哥？”周彩儿边说边拉开裙子后边的拉链，丝质裙子悄无声息地滑下肩膀。

尹启华竟然条件反射地扭过头回避，周彩儿的心却倏地一缩，想笑，却又像是被什么伤着了一般难受与愤怒。

尹启华还是瞥到了白色胸衣顶着的两座山峰。和记忆中的一样，她偏爱白色的内衣。

合体的胸衣将她的胸脯塑得愈加完美，露在外面的那半截肌肤，晶莹雪白，青春坚挺。

那结实饱满的两朵蓓蕾，伴随了他整个青春的臆想。正因为如此，他才无心关注那些塞给他的纸条、各种暗示与邀约，专注学业。女人的身体与男女之间那回事，早在十七岁时他就清楚了。他用不着像同学那样忙着谈恋爱，浪费时间。在雄性荷尔蒙勃发的夜里，他只要眼睛一闭，周彩儿那天使般的面孔和魔鬼般的身材便展现眼前，一哆嗦就全放松了。

“还傻站着干什么，尹股长，想要就过来呀！”周彩儿娇滴滴地向他伸出手，那眼睛里的柔情与脸上的妩媚，让尹启华既心痛又愤怒。

“你给我拉好衣服！马上！”尹启华几乎是命令着喝道。

周彩儿冷笑着“哼”了几声，研究性地看着他，然后慢慢地拉好了衣服。

“哎哟，哥哥现在好正派哟！对不起，是我这骚货勾引你了，十年前是我的错，现在还是我的错。”然后她话锋一转，“要是没心帮我，那你还是走吧，我没工夫也没心思招呼你。”

尹启华走到她面前，盯着她说：“你给我听着，周彩儿，从现在起，你要是想保住你这一切，就得听我的。我知道你已经无路可走了，刘家那帮人，早和黑道白道上的人都打过招呼了，没有人会借钱给你，明白不?”

周彩儿怎么能不明白，便也很正经地说：“好吧，你说，我听。”

“现在只有我才能帮你，我在这个位置，虽然只是个中层干部，可多少还是能办点儿不大不小的事的。虽说没有决策权，但促成权还是有一点儿的。”尹启华说得很认真。

“不需要我做什么，你就愿意帮我？不过，你要是不肯帮我，我就到你的单位去说你是一个怎样的王八蛋。”周彩儿蹦出这么一句话来。

尹启华听了，不禁笑起来：“你去说呀，你觉得会有人信吗？别忘了在江湖传闻中，你是一个怎样的女人。”

“王八蛋！”周彩儿暗暗地骂了句后说，“你干脆点儿吧，帮还是不帮？要我怎样还是不要我怎样！”

“帮！”尹启华一口应承，“不过，是你自己说的，我叫你干什么你就得干什么！”

周彩儿看着他那收拾得干干净净的脸和头发，还有身上挺括的白衬衫和没一点儿皱褶的西裤，郑重地点点头。

“口说无凭，咱们还是协议一下的好。”尹启华在她的办公桌上找了两张白纸，伏案疾书。不一会儿，他便将纸递给周彩儿说：“你看一下，如果没有意见麻烦签个名。”

“……随叫随到……不得……不得……如违反此协议任意条款三次，风彩海鲜城一切产权将归尹启华所有?”读到这儿，周彩儿跳了起来！

尹启华平静地迎着她质疑而愤怒的目光。周彩儿败下阵来。“不愧是学经济的，算你狠！”她边说边用笔用力地在上面签下自己的名字。

“你的口红呢?”尹启华的问题如此突兀。

“你要口红干什么?”

尹启华在她的手提包里掏了一会儿，找到她的口红，打开。

“玫红色，一般小明星与高级交际花们都喜欢的颜色。”尹启华讥讽道，然后拉过她的手，用口红在她的食指上涂抹一阵，再抓住她的手指，往她的名字上一按。

“看，这手印多漂亮！这颜色、这纹理……不错！”尹启华说着，也按上了自己的手指印。

“好像，还差个唇印，来，有请周彩儿小姐，在你和我的名字之间，按个唇印。”尹启华将协议递给她，带着戏弄的口吻说。

这男人的嘴脸变化得也太快了，他到底想怎样？周彩儿都快要气炸了，但还得强忍着不发作。她一把扯过协议，在自己的唇上重重地按了按，看也不看就扔给他。

“一式两份，这儿还有一张呢！”尹启华无视周彩儿那瞪着他像要掉下来的眼珠，又递给她一张纸，“这张唇彩好像不怎么够，是不是得补补呀！”

“行，我忍你。我补，我按，我什么都可以。”周彩儿掏出口红，往唇上狠狠地抹过去，然后将协议按在嘴唇上，“只要尹股长能给我弄到钱！我的屁股印都可以给你！”

“嗯，漂亮！”尹启华像欣赏一件艺术作品似的，伸出手指在纸上弹了弹，由衷地赞叹道。

周彩儿真是不想和他多待一分钟：“尹股长是不是应该回去了，这天马上就亮了。”

“是要回去好好休息，明天咱们还得一起到公证处去一趟。”尹启华很满意地说。

“去那儿干什么?”周彩儿发现自己的思维在他面前永远都是打着乱结

的，像小时候一样。不过她不会这样一直乱下去，当下只不过是一时乱了分寸而已。

“公证呀！让协议具有实实在在的法律约束力。”尹启华说完就离开了她的办公室。

这龙飞凤舞的手写破协议还需要去公证？她都没有仔细斟酌那些条款，以为他不过是为了刺激闹着玩儿的！周彩儿真想再将脚上的鞋子狠狠地掷向他的背。姓尹的，看着吧，女人报仇，十年不晚！这个已毁了她一辈子的男人，凭什么这样践踏她的自尊？

周彩儿万万没想到，才睡了一会儿，手机就不停地响。平时如果没什么特别的事，她都是很晚才起床。哪个敢在早上八点就吵醒她？

那个万恶的声音再清晰不过地传来：“喂，起床喽，我在大门外等你，给你十五分钟梳妆打扮。”

“姓尹的，你有病啊！吵什么吵，别妨碍老娘睡觉！”周彩儿没好气地说。

“昨晚不是说好今天一起去公证处公证咱们的协议吗？难道你不希望贷款早早到手吗？”尹启华一点儿也不生气。

“你的意思是——你不是闹着玩儿的？必须这样？”周彩儿问。

“必须。我的字典里没有闹着玩儿这回事。”

“装，你就装吧！你的无耻人生就是从趴在我身上闹着玩儿开始的！”周彩儿气得坐了起来，还想骂些难听的话。

“你快梳洗吧，一会儿见面了，我任你骂，行吧？”尹启华不紧不慢地说，“快点儿下来，不然早餐都凉了。”

看着周彩儿从海鲜城大门里走出来，下台阶时走得不稳差点儿摔倒，尹启华的脸上写满了紧张。见她打个趔趄又优雅地站稳，他的嘴角不禁露出难以形容的笑来。

“看你如此盛装，很重视这道手续嘛！”尹启华打量着站在车窗外的周彩儿说。

“废话少说，开车吧，老娘用不着你赞美。”周彩儿上了车重重地关上车门。

“大阴天的，你戴个墨镜干吗？这也是摆谱的一部分？”尹启华从后视镜中看着她问。

“这样见鬼，没那么难受和恐怖。”这回周彩儿倒是很平静地回答。

尹启华装作恍然大悟的样子，然后递给她一个饭盒。

“韭菜饼子，记得那时候你很喜欢吃，路过小摊，就给你买了。还有豆浆，我买的是加了红枣和花生的，女人喝这种应该会比较好吧。”

周彩儿默默地接过饭盒和豆浆，捧在手里温热温热的。她侧头望向窗外，也不知在想什么。

过了一会儿，周彩儿打开饭盒，加了鸡蛋的韭菜饼散发出浓浓的香味，多少年没吃过这东西了？这是福利院孩子最喜欢的早点啊！那个韶关大婶偶尔给他们做一次，大家高兴得就像过节一样。

周彩儿咽着口水，不由自主地把一块韭菜饼放进嘴里，之后就再也收不住了，把整整一饭盒的韭菜饼都吃掉了，又喝了豆浆。这些年来，因为生活不规律，她睡得晚，起得也晚，早餐已从她的生活中退隐了。

尹启华一开始还担心她会扔掉他买的早餐，因此一直不敢言语，怕又挑起她内心的火。见她竟然吃光了，甚是满意，不禁吹起口哨来。

“你这情绪用得着这么好吗？把我套进那破协议里，你就这么有成就感？”周彩儿的误解，并没有破坏他的好心情，他干脆默认了。

在公证处，周彩儿心不在焉，懒得听公证人的喋喋不休——不就是再签一次名吗，快快签完了事。

出来后，尹启华让她在门口等，他去取车。当他从地下车库出来时，周彩儿已经打车走了。拿出公证过的文件，他的心情很复杂——这东西有什么实际用处呢？罪恶感不期而来，他怎么就想出这么个损招呢？他怎么还有那么些许快感？

这个思路清晰的经济学硕士，此刻有点儿茫然。

下午，天气晴朗起来。江边的露天茶座里座无虚席，侍者不断地穿梭其间，却也安静舒适。这座城市经过几年的生态环境重塑，有许多鸟儿重新回到江边的古榕树上栖息，地面上种植的花卉草木也四季循环生长，可谓鸟语花香。树间的春阳暖洋洋地洒在每个人的身上，让人忘记了马路外面的繁忙与杂乱。

这时节，简氏企业是业务淡季，不算太忙。周彩儿叫崔玲玲一起喝下午茶，崔玲玲当然乐意，何况她感觉周彩儿正在经历着什么重大的心路历程。

“我把自己卖了！”

听见周彩儿这样说，正享受着片刻宁静的崔玲玲很是震惊，而周彩儿的下一句是：“你什么也不要问，我不会说的——反正，为了保住风彩海鲜城，我把自己卖了，刚卖给了一个斯文败类！”

“卖了就卖了吧，以你周彩儿，肯定不会太吃亏。”崔玲玲笑笑说，“另外，我不是说过，要是不行，你到我这边来。简家的海鲜城，你以前也出过不少力。如今简嘉铭不在了，是简嘉仪在打理，你要是能过去帮帮她，我们都会感激不尽。”

“放心吧，也不算真卖，我能应付。目前，还没有男人是我的对手，是吧？他想怎么玩儿，我奉陪到底！”周彩儿自我圆着话，“至于到不到你们那边……有道是‘好马不吃回头草’。再说这风彩海鲜城，当初还是为了打败你们才央求刘涛开的，现在它是我的事业了——是事业，不是职业。你明白吗，玲玲？我从一无所有的孤女蚁族，混到今天这地步，付出多少东西，你是知道的，不是吗？”

“我知道，所以才没有勉强你，才这样尽我所能地帮你。可毕竟我的能力有限，总不能让我卖了房子吧？我那房子现在升值了，倒真值不少钱哟。”

“你舍得卖我还不敢要呢！放心吧，钱的事儿应该没问题了，只是我不知道，在我前面的又是一条怎样的路。”

“别傻了，你是谁呀，你是周彩儿呀！猫还没你命硬呢。”崔玲玲笑起来。

周彩儿也笑了：“那是！只要海鲜城能保住，我就什么也不怕了——这才是我在这座城市得以安身立命的东西啊。”

崔玲玲看着她略显憔悴的脸，说：“你变了很多，彩儿，你正在慢慢地沉淀，慢慢地成就你自己。”

“能不变吗？玲玲，你还不是也变了？自从简嘉铭走了之后，你就很少像从前那样高谈阔论、语惊四座了，也很少放开自己肆无忌惮地欢笑了，整天只顾着工作、工作，好像在向简家还债似的……”

“没你说得那么严重，我只是想早点儿帮嘉铭完成心愿，简氏迟早要交还给简家的。”

“那你自己就没什么别的打算了吗？”

崔玲玲摇摇头，笑笑说：“就这样，也挺好的。”

周彩儿确实无法理解崔玲玲，因为她根本没有好好地经历过一场深刻的爱情，哪怕只是普通的心心相印，她也没有。在她看来，男人与女人之间的关系不过是利用与被利用。如果说她真的爱过，那个男人便是简嘉铭，但那也只是她短暂的一厢情愿。如果说那叫暗恋，也许还弄脏了这忧伤而美丽的字眼儿。

简嘉铭，那真是个不错的男人啊！可惜他英年早逝，苦了崔玲玲。

“什么时候，你投入地爱一场，就懂了。”崔玲玲呷着茶这样说。

“嘿，我才不想懂呢！什么爱情，在这年头儿都是放狗屁！”

周彩儿还狠狠地“呸”了一声。要她相信那看不见、摸不着的玩意儿，除非时光倒流——回到十五岁那年，纯洁的尹启华和纯洁的她纯洁地初恋，哪怕最终没能在一起，起码她可以相信爱的美好与神圣。

刘家的法律顾问又发来催款的信函，提醒她后天就是最后期限，让她做好撤离的一切准备。周彩儿这几天几乎要把尹启华的电话打爆了，尹启华不禁向她求饶：这样他还怎么工作呢？人情是人情，程序是程序，审核过关了，才有结果。

寝食难安的周彩儿实在无法控制自己，她非要尹启华给她打包票——要是他做不到，她就拉他同归于尽。

这女人不可理喻的程度超出了他的想象，就算上面真的不批她的贷款，跟他有什么关系呀！于是他干脆关掉手机，还郑重地警告周彩儿别到银行去找他，千万不要闹——一闹的话，就什么都没有了。

最后期限那天上午，还是没有消息。周彩儿陷在被窝里，不愿起床，不愿接受这残酷的现实，不想面对刘家人那可恨的嘴脸——随他们去吧，爱怎么卖就怎么卖！

就在这时，尹启华来电话了，让她火速去银行办手续，批文下来了。周彩儿像一下子从地狱跳回人间来——哈哈，成了！这姓尹的没有骗她，果真是真心想帮她！

手下进来告诉尹启华：周小姐已经办好手续，刚刚走了。

尹启华点点头。这女人，一个谢字也没给他呢！怕是兴奋得自己姓什么都忘了吧。他从抽屉里拿出那张按有玫红手印和唇印的协议，笑得有点儿深不可测——连他自己都不知道，他会怎么处置这张协议呢，更别说他会怎样对付周彩儿了。

刘家人怎么也没想到，举目无亲、四面楚歌的周彩儿真的会筹到三百五十万现金！本想等着看好戏的他们，不得不在律师的监督下，将股份全部过到周彩儿的名下。

背着巨额债务的周彩儿又开始了奔波打拼的生活，她真的只能靠自己了。这个时候，她才真正理解崔玲玲一直强调并坚持的“女人当自强”的理念。

是的，她终于明白，女人最大的资本就是拥有自我。只有这样，在失去一切后还能够卷土重来。人格与经济上的独立，并不是女权主义者们向男人的叫嚣，而是对女人自身角色的清醒认识与尊重。看重事业，那是因为女人得为自己的未来负责——不管这份事业是家庭、孩子还是工作，都得认真、投入地去做。

是的，她终于明白，人生不是游戏。从备受争议的“臭豆腐”到人人羡慕的刘夫人，再到命硬克夫的寡妇，仅是这两三年间走过的路，便已如戏剧般跌宕。也许，这就是崔玲玲所说的“人生是一出悲喜剧”吧。

每个人有每个人的命，她的命只配做一块高品质的“臭豆腐”。这是她的资本，用时髦的话说，也可以叫作“品牌效应”。她是个可以随时调侃自己的女人，这没有什么大不了的。她就不相信，靠海鲜城，靠她的敢打敢拼，她不能再次成为富婆！

也就是从这时起，尹启华成了风彩海鲜城的常客。他将应酬的饭局大多安排在这儿。周彩儿不是傻瓜，来者非富即贵，对那些能够抽身前来的，她都尽量作陪——现在正是重新扬帆的时候，此时不拼命还待何时？

尹启华见到她来，一般只略略点头，并没有介绍说这是他妹妹还是什么旧相识。这生分与客气最好不过——周彩儿就怕与他熟，要不是为了挣点儿钱，真想与他老死不相往来。一看到他那副一本正经的嘴脸，她就恶心。

这晚又有尹启华带来的人，其中有两个房地产开发商是刘涛的死对头，以前从没来过。觥筹交错中，周彩儿使出浑身解数，只要他们爽快消费就行。不好好“宰”这些人，还真对不起自己。这可是些随便开一瓶大几千人民币的酒，连眼睛也不眨巴一下的人哪。

气氛和酒量高了的时候，便有人趁机吃她的豆腐。周彩儿也不生气，只伸出葱白般的手指轻轻一推，娇滴滴地说一句：“哎哟，讨厌!”对方也哈哈一笑自圆其说：“喝多了，哈哈，喝多了！忍不住了。”周彩儿又是媚眼儿一抛，佯装嗔怒地再来一句：“哎哟，老板你好讨厌!”

这种时候，尹启华常常是一副视而不见的样子，好像她本来就是一个陌生人。时日久了，周彩儿多少有点儿酸涩。不管怎么说，他们都曾经有过兄妹相称的过往，还那么亲密过。他就那样事不关己地看他们喝酒调笑，有时还帮着吆喝起哄。此前为了贷款的事，他们不也正常交往过吗？这到底是怎样的一个男人啊？

那个矮胖的岑姓开发商借着酒劲儿，硬要周彩儿坐到他大腿上喝交杯酒。她再豪放，也是堂堂的老板娘啊！

周彩儿用手指点了点他的额头，撒娇道：“哎哟，岑老板，您花样真多哟！真会玩儿!”

岑老板愈加心花怒放，以为周彩儿默许了，便伸手一拉，欲将她按在大腿上。

周彩儿顺势一歪，然后惊叫一声：“哎哟！哎哟……我脚扭了，痛……可痛了……你们先喝着，我去上上药，马上就来——马上就来啊。”

另一个开发商吆喝进两个服务员，将周彩儿扶了出去。看着周彩儿浑圆的大屁股、纤细的腰肢消失在门外，岑老板吞了吞口水说："这娘们儿，浑身全是骚劲儿，难怪刘涛会死在她的床上！"

包间里一阵大笑。一个男人说："这叫'牡丹花下死，做鬼也风流'！百闻不如一见，这周彩儿确实风情万种。听说，在床上更是厉害得很。岑老板，你不是也想……嗯？啊？"

岑姓开发商喝了一口酒说："妈的，我才不想被夹死！百日过后，等晦气散了，随便玩玩还是可以的。"

包间里又是一阵大笑。尹启华干咳几声，将话题引开："这女人刚当的寡妇，你们不嫌晦气，我还嫌呢！说点儿别的吧。"

岑姓开发商哈哈大笑："不地道呀，尹老弟，怪不得你一直不爱搭理这女人。对对对，你说得对，晦气，咱们生意人千万不能沾。那谁，你马上给我找几个小妹来，再喝个痛快，去去晦气！"

跟在旁边的一个男人马上唯唯诺诺地去办。待小妹们进来，尹启华应酬了几句，便说要到外面去接个重要的电话。

顺着上次走过的路径，尹启华很容易便找到了周彩儿的办公室。黑褐色的实木门虚掩着，尹启华伸手轻轻一推，便进去了。

凭着直觉，他认定周彩儿应该在这儿。果然，房间里有一股刺鼻的酒味，是那种喝进去又吐出来的味道。办公桌旁边的垃圾桶边缘还是湿的，看样子她才强迫自己吐完。周彩儿正软绵绵地靠在办公椅上，和刚才的明艳照人判若两人。

"非得要这样吗？"站在桌子前，尹启华哀其不幸、怒其不争地问。

周彩儿换了个姿势，扬眉看他，反问道："那你觉得我得怎样？"

"起码，不必像现在这样，"尹启华说，"人活着的方式有很多种。我倒是后悔帮了你了。"

“你别在我面前说三道四，我要是能像你一样被人捧着、疼着一心读书，捞个什么学位，当个社会精英，我肯定活得比你更体面、更高贵！”周彩儿冷笑道。

“就算你拼上了健康和性命，又能多挣几个钱？”

“多挣一个是一个，现在一毛钱对我来说也是钱！我每天一睁眼，都是天大的数字在我面前翻滚，维持运转、发工资、还债，除了我自己，我还能依靠谁？”说到这儿，周彩儿有点儿伤感，“我已经回不去了，我必须向前冲，不顾一切地冲！我必须被我的欲望，赶着往前冲，填满一个欲望，然后再去奋力满足下一个欲望。”

尹启华的眼睛暗淡下去，盯着她说：“别忘了你和我之间的协议！”

周彩儿迎着他的目光，毫不示弱地说：“没忘，所以才愈加心急如焚地想快快还清债务，好让你这混蛋在我面前消失。”

“问题是，现在你还得听我的，不然，你就是违约！”尹启华双手撑在桌子上，凑近她的脸，声音又柔和下来，“去洗个澡，休息吧。”

“违约？哦，你要收掉这海鲜城？不，你不会这样做的，是吧？”周彩儿并没看他，拿出化妆盒补妆，又往身上喷了香奈儿香水，“我谅你不敢。你可是个正经、正义、正直的男人！你一直是楷模，不是吗？”

“你还要去？你不要命啦？你可知道那都是洋酒？那帮土老帽儿又不懂品，总一杯一杯地干！彩儿，你听我说，我已经替你安排了，你就别去了！”尹启华皱着眉商量。周彩儿没理他。

尹启华见拦不住她，便说：“好，这算你违约一次，我可记录下来了啊！”

已往门口走去的周彩儿回头看着尹启华，装着很不解地问：“真奇怪呀，今儿尹股长倒关心起我来了！我还以为你的血是冷的呢！”

“你说什么呢？好歹我们兄妹一场……”

"你说什么呢？好像……应该是苟且一场吧？"

"你！你能不能别这么说话，我……"

"还是谢谢尹股长替我安排好了那两个暴发户，你先回去吧，若真有心，就替我多打点着。我还得到别的包间去，经理都叫了好几次了。"

"你一晚上得喝多少？你……"

"别啰唆那些没用的。我若不这样，怎么留住这些大客户？我还得靠他们一带二、二拖三地来光顾。再说，什么酒也难不倒我，多吐几次就是了。"

尹启华还想说什么，终是没有张口，目送着她丰腴的身影走向门口。

"一会儿麻烦帮我把门带上。"周彩儿在门口略做停留，拉了拉衣裙，踩着那双墨绿色的十一厘米高跟鞋，掷地有声地袅娜而去。

偌大的办公室，灯光幽暗下来。尹启华叹息几声，才将门带上。胸口依旧郁闷不已，他站在走廊边上，又长长地呼了一口气，甩甩头，才往他们的包间走去。

回到包间见到的情景，尹启华已经见怪不怪了。许多人都说他这个职位是个肥缺，但又有多少人知道这里要担的风险与无奈？一茬又一茬的关系户找上门来，请你吃喝玩乐，你还不能拒绝。不管事情谈没谈成，或者有事没事，人家就是要约你。谁知道这里面哪个的背景和靠山是哪个，一不小心得罪了人，你最后是怎么死的都不知道。说到底，他才是那个在刀尖上跳舞的人。怎么才能走得不偏不倚，可是门艺术活儿。

岑姓开发商见他回来，叫小妹把尹股长陪好。两个还是学生年纪却浓妆艳抹的女孩，拿着酒瓶和杯子马上贴到尹启华身边。相比之下，周彩儿倒真算是阳春白雪了，陪酒卖笑分寸拿捏到她那样的水平，也真不容易啊。

这社会到底是怎么了，人的价值观如此扭曲！刚开始，尹启华也曾经这样思考过。慢慢地，他从经济学上找到了答案。于是，这一切不正常在他眼里便变得正常起来。

开发商提出要到新开张的洗浴中心去，还一再提醒尹启华“你要怎么爽，尽管提出来”！

尹启华说今晚还得回去写个文案，明天开会用。

这帮人哪能放过他，你一言我一语地留他。尹启华明白，这是因为行长推他出来与他们周旋，所以他们才来套住他的。为了顺利脱身，尹启华便说他们的事已经核实清楚了，他会找机会和行长谈谈。

姓岑的矮胖男人忙满脸堆笑，握着他的手说：“谢谢谢谢，咱们那项目能不能顺利上马，就靠兄弟从中穿针引线啦！反正政府部门已经首肯给我们最大的优惠政策了，这项目一定能做好的。”

尹启华说：“听行里的意思，是你们先前贷的已经太多了，能不能先还50%，再谈新的项目？”

两个开发商打起哈哈来，左一个“尹股长”右一个“尹股长”地叫。尹启华说：“我是如实反映行里的意见，就算你们今晚把行长约出来了，他现在也不敢答应你。你们想啊，以你们以前的交情，他为什么现在躲起来不见你们了？既然大哥们看得起我，我一定尽力帮你们争取。这样总可以了吧？”

“来来来，小妹，快敬咱们尹股长一杯！”开发商嚷道。

陪酒小妹马上斟了满满的一杯酒递给他。真可惜了这法国进口的红酒！尹启华保持着笑容与他们干了一杯后，心想：这酒洒那么几滴，也比这些小妹一整晚的陪酒钱贵啊。

另一个包间里，周彩儿正与几个香港商人谈笑风生。总是会有那么一些有素养的客户，舍得花钱，也懂得花钱，又不会想着法儿地为难她。要是每个大客户都能这样该多好啊。这几个人本是刘涛的旧相识，刘涛死后，像他们这样坚持来光顾的大客户不多了。周彩儿十分珍惜。

坐了一会儿，她便起身告辞。人家请你过来，并非要你一直坐在这儿。这个分寸掌握好了，也是门艺术活儿呢。他尹启华懂什么？

晚上九点，饭市基本上结束了。周彩儿向KTV部经理打听今晚有没有特别重要的客人，正说着，手机响了。

除了贷款那事，这混蛋从不会给她打电话呀。

尹启华说他在停车场，今天喝太多酒，不能开车，问她能不能帮他代驾。

周彩儿一听就忍不住笑了起来，这饭店里，有谁喝得能比她多？

听得电话里尹启华“哦呀”一声，也跟着笑起来。

周彩儿说：“尹股长故意找我搭讪呢？想泡我呀？”

尹启华说：“色狼们都说你风情万种，你完全可以这样理解。不过，我确实是一时脑子塞车。这帮土老帽儿把我灌晕了，洋酒也一杯一杯地干。”

周彩儿又咯咯地笑起来。尹启华握着手机，怔了怔。这笑声，让他想起了那个总是笑得无遮无拦、花枝乱颤、胸脯一起一伏的十五岁少女……

“怎么，倒下了？喂？喂？姓尹的，你说话呀？”周彩儿对着手机叫道。

尹启华默默地结束了通话，在车里坐了一阵就开始四处寻找，却想不起来要找什么，急得满头大汗。又坐了一会儿，他闭上眼睛冥想，终于恍然大悟，原来他在找香烟——可是，他不是抽烟的人啊！

他这是怎么了？还是把陈怡飞找来吧。

电话里，一个细柔的女声在嗔怪他怎么又喝多了，然后说她在附近购物，十分钟后到。

尹启华将头靠在椅背上，嗯，还是怡飞的声音让人舒服。

十多分钟后，一个留着披肩卷发、身着甜美哈韩连衣裙的女孩提着大大小小的购物袋出现在风彩海鲜城的停车场，一辆车、一辆车仔细地辨认着。

找到尹启华的车，她拍拍车窗。尹启华摇下车窗，她将头伸进去，在他脸上很响地亲了亲，又嘟起嘴用手指在他头上轻轻地打了一下，叫他把驾驶位让出来。

尹启华走下车，去副驾驶座那边拉车门，却感觉似乎有人在盯着他看。抬头四望，周彩儿正站在三米以外的护栏处，那样子好像看得津津有味呢。

尹启华扶着车门向她招招手，大声地说："我女朋友，陈怡飞，算是同事，不在同一个地方上班。"

嘁，得意什么？周彩儿撇撇嘴，没搭腔，转过身扭动着柔软得像没有骨头的腰肢往大堂门口走去。

"那是谁呀？"陈怡飞边启动汽车边问，"身材真好！"

"我妹妹。"尹启华不假思索地答道。

"妹妹？怎么从没听你说过？"陈怡飞奇怪地问。

尹启华已经闭上眼睛，逃避与此有关的一切问题。

又是午夜过后才能休息。周彩儿躺在床上已经累得不想动弹了，想起这张脸绝对不能亏待——如此生活，若不加倍呵护它，会老得飞快。她挣扎着起床坐在梳妆台前，一点一点地卸妆，然后细细地往脸上抹一瓶五百多元才只有三十毫升的免洗睡眠面膜，接着往床上一倒，便睡了过去。

昏昏沉沉中，她听到手机响起来。哪个该死的，这个时候来电话？她眯着眼睛按掉，手机一会儿又震响起来。周彩儿只好将手机拿到耳边，迷迷糊糊地"喂"了一声。

耳边竟传来尹启华的声音！周彩儿醒了半分，眯着眼睛看看时间，气不打一处来："你有病啊，这都几点啦？故意的是吧？"

"凌晨两点半。"

"知道你还打什么电话？你不搂着你女人好生睡觉，骚扰我干吗？"

"已经搂完了，一般完事后，她不在我这儿过夜。人家可是乖乖女，爹妈管着呢。"

"哟嗬，没了乖乖女的床上空荡荡，就想起我来啦？"

"……"

"怎么？死啦？没事挂了啊！神经病！"

"彩儿，我不许你以后这样说自己。"

"说什么？"

"你怎么能这样说自己呢？"

"哟！我怎么不能？要不是你功德无量，院长也不会给我贴上这标签。托你的福，我终于成了你们所认为的那种人，这不是很好吗？"

"……彩儿……对不起，真的，对不起……我一直不敢说这仨字……以前我并不觉得我有多大的错。自从见了你，我才知道，是我……把你的人生毁了……彩儿，要是时光倒流，我一定不会那么混蛋的，一定不会……"尹启华说着说着，声音哽咽起来。

"不会吧，尹股长，我没听错吧？尹启华同志还会自我忏悔？你……还哭了？啊？……喂，喂——"

手机声音中断了。这王八蛋！深更半夜的，什么意思？管他大爷的，累死了，睡觉睡觉！

尹启华真的哭了。在这个喝高了的夜深人静的夜晚，在与陈怡飞刚刚缠绵过的床上。第一次，他和陈怡飞激情时，脑海里一直浮现着周彩儿的脸、周彩儿的身体、周彩儿的呻吟、周彩儿的狂笑……

陈怡飞趴在他身上，在他耳边甜甜地说：“你好棒，你越来越棒了！”

尹启华却心烦意乱。陈怡飞五官精致，身材匀称，生活规律，思想单纯，像一个天使。他拥紧了她。这是他许诺要娶的女人，他怎么能在这种时刻想着别的女人？不仅侮辱她，也侮辱了自己。

他挽留陈怡飞陪他，就一晚。可她还是走了。父母虽然默认了他们的关系，可她还没正式嫁给他呢！

尹启华知道，他能够这么顺利地稳坐这个位置，和陈怡飞在总行高层退休的爷爷的影响不无关系。老爷子就这一个孙女，一家人对她疼爱有加，又管教甚严。

陈怡飞走后，他怎么也睡不着。人生第一次失眠就这么发生了，他躺在床上盯着窗外夜空里闪现的城市微光，回忆不请自来。

就在昨天，他回福利院去了。副院长已经退休，他专程去拜访了她。小心询问之下，才知道当他被像国宝般保护起来时，周彩儿与他天壤之别的际遇。

在经历了那么多人事之后，回忆起的往事必然与当时不太一样。但他可以设身处地地想象，一个含苞待放的十五岁少女，因为他的过错而承担了所有的委屈与不公。她是多么孤独、残酷地走过本应最美好的青春，可以想象，她是怎样地游戏人生、出卖自己。他怎么也不愿相信，她明媚的笑脸之下，是心甘情愿的堕落与沉沦。

03

有时，幸福，它不在形式

要是周彩儿知道他将她的拼命看成是堕落与沉沦，肯定要大笑不止。只有崔玲玲懂得，她只是一直生活在不安之中而已。女人的安全感，是一件多么难以说明白的事情啊。就像离婚之后的自己，在遇到简嘉铭之前，她与不同的优秀男人交往，风花雪月的境界可以用收放自如来形容。说到底，她不要别人的承诺，也不给别人承诺，都是因为婚姻这东西让她没有安全感。周彩儿只是用另一种方式来诠释罢了。

也许，人这一辈子，应该有的东西自然就会有，不管你争也好，不争也好；注定要失去的东西，留也留不住，不管你求也好，不求也好。心安处，才是故乡。

崔玲玲曾经笑她的老师丁秀珍过于相信宿命，离婚后就学佛听禅，不问世事，一心抚育孩子成长，独身到老却恬淡安逸。直到她自己经历过生离死别，才领悟到这其实是一种通透，是对人世、对自己的通透。通透的人，往往会少了甚至没有太多的欲念。有时回忆往事，崔玲玲一度怀疑，过往历史中那个个性鲜明的女主角怎么会是她！

现在轮到周彩儿重复着她以前评价丁秀珍老师的话了。

“玲玲，你真打算这样静默下去吗?”“玲玲，你真的打算为简嘉铭守一辈子吗?”“玲玲，你千万别像丁老师一样清心寡欲。要知道，崔玲玲你可是无数女人的榜样啊！”

崔玲玲总是自嘲地摇头笑笑。实际上，她并非像周彩儿看到的那样，她的性情并没有大变，她只是在某个人生阶段将自己沉淀下去了。她知道，终有一天，沉淀稳定下来的那个自己，会更美丽地绽放。

她依旧每天光彩照人地出现在众人的视线之中，勤奋努力地工作，优雅从容地生活，空闲的时候读书、弹琴、健身、磨咖啡豆。她的心并没有因至爱的离世而变得空荡荡。不管别人信不信，她的心一直都是满满的。

这天是简嘉铭去世两周年的忌日，崔玲玲安排好工厂里的事情，买了一束红玫瑰，来到他的墓碑前。驻足好一会儿，她弯腰放下花束，然后掏出手绢轻轻地擦拭墓碑上的灰尘。

她告诉他，简嘉仪接手经营的海鲜城生意稳定，她负责的简氏电声器材设备公司终于扭亏为盈！而且她很好，像今天站在他面前这样好。

整个下午，她就在这儿静静地消磨过去。

左手的无名指上，是简嘉铭送给她的钻戒，小巧精致，内敛又闪亮。她轻轻地吻了吻戒指上的小钻石，这样的动作，她在这两年里曾重复过无数次。

手机信息箱里，那条《当你老了》的短信息她一直舍不得删除。她出神地盯着手机屏幕，看那已经翻看了无数遍的文字。徐徐掠过的山风里，仿佛又听到简嘉铭用字正腔圆的苏格兰英语口音轻声地朗诵着：

When you are old and grey and full of sleep,

（当你老了，头发花白，睡意沉沉，）

And nodding by the fire, take down this book,

（倦坐在炉边，取下这本书来，）

And slowly read, and dream of the soft look

（慢慢读着，追梦当年的眼神，）

Your eyes had once, and of their shadows deep;

（你那柔美的神采与深幽的晕影；）

How many loved your moments of glad grace,

（多少人爱过你昙花一现的身影，）

And loved your beauty with love false or true,

（爱过你的美貌，以虚伪或真情，）

But one man loved the pilgrim soul in you,

（唯独一人曾爱你那朝圣者的心，）

And loved the sorrows of your changing face;

（爱你哀戚的脸上岁月的留痕；）

And bending down beside the glowing bars,

（在炉罩边低眉弯腰，）

Murmur, a little sadly, how love fled

（忧戚沉思，喃喃而语，爱情是怎样逝去，）

And paced upon the mountains overhead

（又怎样步上群山，）

And hid his face amid a crowd of stars.

（怎样在繁星之间藏住了脸。）

崔玲玲闭着眼睛，陶醉在熟悉的幻觉里——他们都老了，漫天大雪的冬夜，温暖的炉火旁，厚厚的书本从她盖着毛毯的膝盖上滑下去，他弯腰帮她拾起，然后在她耳边，用从未改变过的语调给她念着这首诗。于是，她睡得越来越沉，在他虽然老去但依旧有力的臂弯里，慢慢地向卧室挪动……

然而眼前，是一方灰白色的石碑，上面没有她的名字。虚幻的梦境却愈加真实，简嘉铭就站在她面前，伸手抚摸她的脸，他在笑，因为她的脸上没有泪水。

她也在笑，仿佛又听到简嘉铭深情款款地对她说：宝贝，好好活下去，让我看着你的皱纹一条一条地爬上脸颊，让我看着你的白发一根一根地长满鬓角，让我看着你儿孙满堂、福寿双全……

整个空间，都是他的回音……

不知什么时候，简嘉仪悄悄地站在她面前，耐心地等她睁开眼睛，才说："玲玲姐，我就知道你在这儿。"

简嘉铭离开后，简嘉仪不再叫她嫂子，这是一种善意的回避与爱惜，崔玲玲知道。

"玲玲姐，哥都走这么久了，你还那么想他吗?"

崔玲玲看了一眼墓碑上的黑白相片中简嘉铭那张明朗的脸，微微一笑说："嗯。"

"可是，我觉得你应该把他忘掉。我相信，哥也希望你能够展开新的生活，我说的是真正地展开——勇敢地去面对生活，勇敢地去寻找和接受新的感情和幸福。"

"呵——嘉仪，你不懂啊，我曾经对你哥说过，爱情和幸福不是寻找就能得来的，也不是争取就能得来的，必须是合适的人相遇，然后在合适的时机水到渠成。"

"可是，哥毕竟已经走了那么久了，你……"

"其实，这些事情发生以后，我一直都在很勇敢地面对。你哥，嘉铭他是了解我的。"

"那为什么你除了工作之外，就再也不考虑接受别的男人了？我知道在哥之前，你的生活里可谓'蓝颜辈出'，现在也有人对你很欣赏，你为什么总封闭着自己的心呢?"

“我缅怀嘉铭，不代表我封闭着自己。爱与回忆，不是洗白，不是掩埋，也不是重叠，而是分段。”

“我不明白。”

“你不需要明白。你只需要知道，我现在依然觉得很幸福就是了——有时，幸福，它不在形式。”

“我还是不明白。”

“你哥会明白的。”崔玲玲站起来，拍了拍衣服上的尘土，面对着简嘉铭的墓碑，带着浅笑说，“是吧？嘉铭……”

简嘉仪看着慢慢转过身来的崔玲玲，内心的感慨很多，却无法表达。眼前的崔玲玲，白衣白鞋，却化了精致的淡妆，这简约高雅的休闲搭配，不失体面与品位的妆容，是简嘉铭生前最喜欢的。她哪里是来祭奠，分明是来约会的呀。

“你和哥在感情上，都太理想化了，这样不好。哥的事，我们从来没有责怪你。其实爸爸和妈妈有时说起你，都希望你能够有自己的幸福家庭，而不是——”简嘉仪眼中有泪，望了望墓碑说，“而不是和哥这种天人相隔的虚幻的幸福。”

崔玲玲笑了笑，想起她和简嘉铭经常用来打趣的一句话——“对于别人不认同的东西，只管说对方不懂即可。”

于是她轻描淡写地对简嘉仪说了句：“你不懂。”

她想如果嘉铭在下面听到了，一定会哈哈大笑吧？

一只翅膀带花纹的昆虫在崔玲玲的手指上停留了一下飞走后，手指上马上隆起了一个大包，奇痒无比。

简嘉仪说：“那虫子怕是有毒性，快给我看看。”说着翻开手提袋，找出随身带着的芦荟胶，在她被咬处涂上薄薄的一层。

如润滑剂般黏稠的芦荟胶粘在手指上，让她有点儿不适，而且还有刺灼的痛痒感。往回走的时候，崔玲玲不自觉地甩动着手指，戒指从手指上无声无息地滑落。

走了一段台阶，崔玲玲习惯性地摸了摸无名指，疯了似的原路返回去寻。简嘉仪也跟着帮忙仔细搜寻。她们来来回回地找了近两小时，连路边的小草缝都瞧过了，戒指始终不见踪影。

夕阳的余晖里，崔玲玲站在通向静谧墓地那悠长的石阶上，呆立着，低头反复地抚弄着手指。任简嘉仪怎么拉她、叫她、劝她，她也一动不动。

简嘉仪只好也站定了，仔细地打量——

崔玲玲反复地抚摸着左手无名指，那里有一圈儿白得异常的、刚好有泪滴落在上面的戒痕……

如果说这预示着什么，崔玲玲是懂得的。

崔玲玲的决定让简家所有人都惊讶不已。

“孩子，是我们待你不好吗?”简父问，“简氏是你和嘉铭的心血，特别是你，这两年怎样为它奔忙，大家都是清楚的。你这突然说要离开，到底是怎么了?”

简母也说：“是啊，玲玲，虽然你没有真正嫁给嘉铭，可我们早就是一家人了，你有什么要求就提出来，别说要离开简氏啊!”

崔玲玲说：“我知道爸妈的心，也知道简氏的今天来之不易。可是，我本来就无心经商。如今，我已经将嘉铭交给我的任务完成了，可以完璧归赵。嘉仪和他哥哥一样，是个经商的奇才，经过这两年多的历练，她不再是那个爱玩儿的富家少女，也能独当一面了，海鲜城和简氏难不倒她。”

简父简母还要说些什么，被简嘉仪拦住了。实际上，她是最不希望崔玲玲离开的那个人，但她知道崔玲玲确实太累了。也许，她只是想休息一段时间呢。

得知消息的姨妈急匆匆地赶过来，听了嘉仪的话，也同意崔玲玲离开。她是真心喜欢崔玲玲这孩子。还记得当年姐姐和姐夫强硬反对简嘉铭和崔玲玲在一起，她却是极力支持。崔玲玲太像年轻时候的自己了，可是，在简嘉铭走了的这两年里，崔玲玲的锐气与灵气正在逐渐消失，也许是隐藏起来了。这是她所不愿意看到的。

她拉过崔玲玲的手，看着左手无名指上那泛白的戒痕，千言万语只化作一句："玲玲，你辛苦了……谢谢你为简家所做的一切，放心地去追求你想要的生活吧。姨妈永远支持你！"

崔玲玲的眼睛湿润了，就是这个天天打扮得像个老妖婆的女人，在简嘉铭离世后，鞭策她恢复锻炼、按时饮食作息、护肤美容……却从来没有提及简嘉铭或者督促她与别的男人约会。孀居二十年的姨妈就靠在简氏的股份分红生活，成天与香港的义工组织在祖国内地到处跑。她永远有着鲜红的指甲与嘴唇，永远有着一丝不乱的发型与精致的妆容，哪怕是穿着一身运动衫行走在穷乡僻壤惹人议论，依然赤心不改。与病恹恹的、娴静的简母站在一起，姐妹俩的气质相去甚远。

崔玲玲告别后，简父简母不约而同地责怪姨妈——简嘉仪要是应付不过来，简氏还不得垮了？姨妈说："还记得当年我说过，'像我和崔玲玲这样的女人，五十年只出一个'吗？前五十年是我，现在是她。只是，她在前半生已经透支掉太多生命的激情，现在是慢慢沉淀的时候了。咱们不可能以嘉铭的名义，把人家囚在简家一辈子。她既然决定离开，对简氏肯定是早有准备，早有安排，这个你们就放心好了。至于嘉仪，我看好她，也相信她。"

简父长叹一声，说："也只能这样了，往后就要辛苦嘉仪了。小妹啊，你当初要是不那样任性，要个孩子多好！"

“姐夫，你说哪种人生没有遗憾？和你的感慨相反，我时常庆幸我没有孩子。”姨妈边补妆边说，“好了，我还要去参加一个慈善小组的讨论。我虽然没有自己的孩子，可是我无时不在帮助别人的孩子。这也是很幸福的事情。”

那个下雨天，要不是自己怂恿简嘉铭快点儿向崔玲玲求婚，简嘉铭就不会出车祸。要知道，他们都是她的孩子啊。崔玲玲说这一切都是命。谁说不是呢？命运这双大手翻云覆雨的时候，每个人都只是一粒棋子。但她相信，崔玲玲有足够的智慧面对命运的一切捉弄，不管往后她要去哪儿、要干什么。

碍于本地风俗，周彩儿在刘涛去世后整整三个月没有去串门。虽说崔玲玲并不在意，可生意人在许多时候比普通老百姓更迷信，她真不愿意将自己的晦气传染给所剩无几的朋友。

这天中午，崔玲玲把周彩儿和姨妈叫到了家里。已经很久没有见到她这样悠闲地招待朋友了。

崔玲玲在厨房里忙碌着，姨妈在书房里一待就是半天。这房子最让人津津乐道的地方就是那个比卧室面积还要大、装修还要考究的书房，里面有日式的榻榻米，有明代的仿古椅子与屏风，有网上搜罗来的铜制留声机，有崔玲玲少女时代就弹过的古筝，有发烧级别的音响，有意大利进口的银制咖啡壶，有很大的错落有致的书架，角落里养着兰花。

不过，这书房却让周彩儿别扭，她在那里可待不住，与其让她在书房里附庸风雅，还不如让她看少儿频道的动画片呢。因此她时常问自己，就她这种人，怎么会与崔玲玲成为姐妹呢？

崔玲玲端着用各种药材炖的鸡汤走出来。周彩儿抢先喝了一口，赞叹味道可以和大厨相媲美了。崔玲玲只当她是拍马屁，给她们都盛了一碗说："女人可不能亏待自己，要时常补补。这叫女人汤，你店里的大厨是不会熬的。来，多喝点儿，这段时间啊，我们都累了！"

虽说姨妈时常语出惊人，可一般情况下她的话并不多。在崔玲玲面前，她更是静默，好像她光是欣赏与陪伴就足够了。

周彩儿又喝了一口，果然品出有鸡的鲜美，还有中药材的芳香。听说这个汤补血养颜，她喝完一碗便又盛了一碗。

"你说女人不能亏待自己。我看你就是在作践自己——你还要为简嘉铭守多久啊？"周彩儿喝完汤才这样说崔玲玲。

"作不作践自己，我想你会慢慢了解的。比如现在的你，彩儿，你还能像以前那样放纵自己吗？"

周彩儿很认真地思考了一会儿，摇摇头："还别说，真不能了。"

"为什么？"

"压根儿没想过。也许是现在精力不在这上面，我只想把事业搞好，快点儿还你们钱，快点儿还银行钱，快点儿脱离尹启华那王八蛋的监控。"

"尹启华？谁是尹启华？怎么没听你说过他？"

周彩儿忙掩饰道："哦，没什么，银行里一个管事的，横得很。"

"哦？还有周狐狸搞不定的男人？奇怪了。"姨妈有点儿阴阳怪气地插了句。

周彩儿并不生气，什么"臭豆腐""狐狸精"这样的绰号，她听得都习惯了，就像自个儿的名字。

"搞男人？现在真没那心思——我好像明白你们现在的状态了。也许真像玲玲说的那样，人生是分阶段的吧。难道我放浪的年代已经结束了？那我得失去多少乐趣呀！不行，等海鲜城上了轨道，我一定重操旧业，喜欢哪个男人就泡哪个。"

姨妈和崔玲玲忍不住笑起来。停了一会儿，崔玲玲看着周彩儿，漫不经心地说："我离开简氏了。"

"你说什么？！"周彩儿不敢相信自己的耳朵。

"毕竟那是简家的企业，不属于我。"崔玲玲淡淡地说，"过几天，我要出远门，去哪儿，什么时候去，什么时候回来，就不告诉你们了。"

周彩儿知道，在简嘉铭之前，崔玲玲但凡结束一段暧昧情愫，都要独自旅行，这好像就是一个仪式似的。

"你放下的不仅仅是简氏，还有简嘉铭，是这样吧？晕，这到底是好事还是坏事？毕竟简家可以给你财富和地位，可你留在简氏，又怎么好意思有别的男人？你现在可是管事的人，企业的人都听你的，多难得啊！玲玲，你别发疯、别冲动，千万要考虑清楚啊！"周彩儿站起来，语无伦次地想说服她，"姨妈，姨妈！你说说她呀！"

姨妈只是淡淡一笑，示意她听崔玲玲的。

崔玲玲按她坐下，并不想过多解释，只说："我可以为自己任何一个决定负责，所以，我是最冷静不过的了。你不用为我操心或者惋惜什么。你呢，管好自己的事就行了。是姐们儿，我才告诉你。"

"那你离开简氏，他们补偿你钱没有？"

"有，但我没要！"

周彩儿再次从椅子上跳起来："那你鞠躬尽瘁地白付出啦？"

"那是我应该做的，也是我愿意做的。"

"姨妈，你倒是说话呀！玲玲最听你的话，你快劝劝她呀！她这不是傻吗？"周彩儿摇晃着姨妈的胳膊，"老妖婆子，你说，你是不是有私心？巴不得玲玲离开，好收回你们简家的家产是吧？"

姨妈轻轻地推开她的手，依旧优雅地说："我这么说吧，每个人都有他自己的命运轨迹，有时候看上去好像是我们在选择，实际上不是的，总有一些力量，在催着我们向前走或者往后退。玲玲深思熟虑过的事情，为什么要阻止呢？人这一辈子，不就活个心里舒坦吗？就算我有私心，能影响得了她这样的女人吗？”

周彩儿忙打断姨妈。这都什么人啊？她可真是急火攻心，满腹的道理说不出来，她做梦都想像崔玲玲一样——没有了男人，却拥有了男人的事业和家产。没有钱、没有权、没有地位，哪儿来的心里舒坦！

反正周彩儿无论如何也理解不了崔玲玲，如果旁边有棒子，她一定捞起来就给崔玲玲一棒。崔玲玲除了这还算可以的八十平方米的房子，她还有什么？这可是什么都得用钱才能活得光鲜的大城市啊！

崔玲玲拍拍手，端起酒杯要和她们干杯，周彩儿看见她左手无名指上那一圈惨白的戒痕，甚是惊异，似乎明白了什么，却又说不上来。

夜幕降临，临海而建的风彩海鲜城灯火通明、霓虹闪烁，客人三三两两地进来就餐。周彩儿在办公室看昨天的账目，心里却还想着崔玲玲的事，胸闷抑郁，什么也看不进去。要不，今晚就“借”酒浇愁，喝个畅快吧。

大堂经理用对讲机告诉她，尹股长今晚又来了，似乎是他私人宴客，像是一家人。

周彩儿撇撇嘴，心里轻笑，他们都是孤儿，哪儿来的家人？

又问了订餐的包间号，会有哪些必须得去应酬讨好的大客户。听了汇报，多少有点儿失望，最近的业绩看来并不怎么理想啊。哎，希望盈余够付这昂贵的租金吧。

除了“意大利”包间必须去一趟外，其他的都可以省了。包间里，一个“富二代”正在为小女友庆祝生日，非要老板娘亲自来开菜单。周彩儿往包间里一站，顿觉自己是阿姨级别的了。那搂着小美人的毛头小子对周彩儿大声嚷道：“这儿什么贵，什么好吃，给咱们来什么！”

十七八岁就如此挥霍，周彩儿的心里多少有点儿不是滋味。她这么大的时候，还得靠自己挣零花钱呢。不知疾苦为何物的家伙，不狠狠地“宰”你们，还真对不起自己了。周彩儿用慈祥的声音一一介绍着，并在菜单上飞快地写下了几道菜名，还补充说：“保证是原产地空运来的，保证深海无污染，保证新鲜！本地产的那些海鲜，我还不敢给你们吃呢——你们是什么呀，是祖国八九点钟的花朵呀，而且是最漂亮、最尊贵的那些花。”

少年们肆无忌惮地大笑。

周彩儿介绍说这儿有法国和新西兰的进口葡萄酒，这帮人却异口同声地叫啤酒。这啤酒能挣几个钱啊？没长毛就是没长毛，没品位。当然，周彩儿还得带笑问道：“一件不够，来两件吧，总共加起来也没几瓶，真的，你们一下子就能喝掉了，这么多人！”

其中一个男孩不耐烦地说：“啰唆什么，三件，来三件，快快快，先上啤酒和小菜！”

周彩儿赔笑应和着，交代旁边的服务员去办。从来没有这么渴望喝酒的她，愈加憋闷。难道卖酒的她还要自己买瓶酒来自己喝？这么想着，便到了尹启华订的包间，她倒想看看他和什么“家人”一起吃饭。

周彩儿敲了敲门，整理一下脸上的笑容，轻轻地推门进去。

里面的人停止了说笑，周彩儿有点儿不知所措——这老老少少，人倒挺齐全，真是一家人。尹启华身边坐着的女孩，不就是那天晚上来帮他开车的那个吗？中年男人威严稳重，中年女人雍容华贵，想来是女孩的父母。那再年老一点儿的男人和女人是女孩的爷爷奶奶吧？还有一个有白发的老男人好面熟，在哪儿见过？

倒是尹启华站起来，指着她向大家介绍：“我妹妹周彩儿，这酒店的老板娘。”

陈怡飞友好地站起来，上前拉她在旁边坐下说：“我应该叫你姐姐吧，你比我大。那天晚上咱们见过了，虽然看得不太清楚，我还向启华赞美你的好身材呢。这是我爸爸妈妈，还有我爷爷奶奶。”

周彩儿太不习惯这种热乎劲儿了，本能地排斥着，脸上却保持着礼貌的笑容，边向他们点头，边热情地站起来一一握手说：“欢迎，欢迎各位，多谢捧场!”

“来来来，既然是一家人，快坐下一起吃饭。”陈怡飞的爸爸热情地招呼着，又转过头对旁边那位白发老人说，“想不到启华还有这么能干的妹妹呀！老院长，你们福利院真是人才辈出呀!”

怪不得这老男人看起来这么面熟，原来是他！周彩儿心里蓦地一沉。老院长目光慈祥而欣慰地看着她，她却假装没认出他，高调地向陈怡飞的家人边递名片边问对方在哪儿高就。

老院长挥手叫她先坐下，很高兴地说：“哎呀，真是彩儿呀，这么多年没见，都出落得这么水灵、这么本事了呀！高中以后你就没回过福利院了，还别说，我这把老骨头还真是挺想你的啊。”

周彩儿将拳头再握紧一点儿，保持着微笑，望向他话中有话：“多谢院长关心，托您的福，我才有今天。难道我在这城市里的闲话，您老就没听说过？您想我这种给您丢脸的人干什么呢?”

老院长有点儿尴尬，其他人不解地看着他们。周彩儿站起来说：“这顿饭我请客，以报答某个老人对所有孤儿一视同仁的博爱之恩。我还有别的客人要应酬，失陪了。”

她得需要多少风度与定力，才能如往常一样袅娜地走出去，再轻轻地关上房门啊!

门外的两个服务员毕恭毕敬地向她致意，她挺直身子快步往楼上的办公室走去，因为她生怕脚步慢了，就再也掩饰不了她身体的抖动。她的整个脑海里，全是那两片薄薄的嘴唇在鄙夷地重复着两个字："骚货。"

叫总台送来一瓶相对便宜些的国产干红，周彩儿猛喝了两口，才让自己逐渐平静下来。拉开百叶窗，这城市的夜晚多么繁华、多么迷人啊。车辆行人川流不息，各色华灯交相辉映。对面不远处就是大海，由于筑了堤坝，很少能听到海浪的声响。那时有刘涛在，租金什么的一切开支都有他呢，就算赔了钱，也只当是给她玩玩。现在，她真后悔没有缠着他将这儿买下来，真后悔没有让刘涛相信并理解这是她的事业。

不行不行，什么时候，她的字典里出现过"后悔"二字？就算是错，也要错得理直气壮。你看那闪着慈善家光环的老院长，那一本正经的尹启华，人家不也是理直气壮得很吗？

想到这两个人，周彩儿的拳头又紧握起来。尹启华的得志、老院长的伪善，都像针一样刺痛着她的神经。

不知不觉中，酒杯空了，酒瓶也空了。第一次，她恨自己这深不见底的酒量。

敲门声起，随着周彩儿的一声"进来"，尹启华扶着老院长进来了。

周彩儿静静地看着他们。尹启华说："你也不请院长坐坐啊？"

"饭吃完了，怎么不回家去？有的人，我可是一辈子都不想再看见的，难道你不明白？"周彩儿冷冷地说。

尹启华看看老院长，为难地说："可……院长毕竟年纪这么大了……他不过是想好好看看你。"

"年纪大还乱跑什么，天晚了，回去吧。走走走，回去。我没时间招待你们。"周彩儿边说边往外走。

老院长伸手叫住了她："彩儿，你真是彩儿。真没想到你是这儿的老板娘……也让我回想往事……老朽我，惭愧呀！"

"彩儿，前些天我和院长聊起过你。老人说为了维护我而伤害你，他很自责。我本来想找个机会，我们仨坐下来，好好聊聊……”尹启华解释道。

“聊什么？聊我这些年过得好不好吗？”周彩儿侧头看看尹启华，又看看老院长，冷笑道，“自责？惭愧？这些毫无意义的词语能挽回我的人生吗？不过，老东西，你说对了，我就是个骚货，名副其实的骚货。谢谢你替我贴上的这个标签，我就靠这天生的骚劲儿，得到了今天的一切。这算不算自食其力？知道那些色鬼怎么叫我吗？臭豆腐，闻着臭，可人人都想吃上一口的臭豆腐！怎么样，这名号比你给我起的骚货更形象、更艺术化吧？”

“彩儿！”尹启华喝住了她，额头上都是青筋，“不许你这么说话！”

“你算老几，凭什么这样吆喝？怎么，你们如今在我面前扮演一下道德先锋，自查自省，就很高尚了是吧？我偏不原谅你们！你们心里安不安，与我何干？”

“彩儿呀，这么说吧，每个人都有私心和狭隘的时候。我向你道歉，不管你接受不接受。当年我确实忘记了你还是个孩子，对副院长的劝说无动于衷，我……”

“行了！收起你们伪善的说辞和嘴脸吧，我没工夫在这儿陪你们恶心！”

“彩儿，你不能这么对待一个亲自站在你面前忏悔的老人哪！不管怎么说，他有恩于我们！”尹启华忍不住对周彩儿喝道。

“有恩？那是对你！福利院是政府的，不是他个人的。我会感谢政府、感谢纳税人、感谢爱心人士，他不过是个替政府打工的人。可惜他并不称职！”周彩儿放下酒杯，头也不回地走了出去。

尹启华在后面大声叫她，老院长摇头叹道：“这孩子心中的恨不是一般的深哪。看来，我们真是罪孽深重呀。不过，看她现在过得这么好，也算是个安慰了。”

“其实，她活得挺艰难的。”尹启华看着空荡荡的门外，幽幽地说。

老院长若有所思，尹启华也没作解释。自打从老院长口中了解到周彩儿的身世，他理解了所有人，唯独无法原谅自己。他甚至不知道，重遇周彩儿，会给他的生活造成怎样的影响。

人生就像一个谜，要到峰回路转，才知道谜底。

04

等一个可以拥抱着睡个觉的男人

崔玲玲的手机已是关机状态，至于她去了哪儿，没有人知道。

周彩儿在街道上走走停停，路过简家的御港海鲜城，忍不住踱了进去。一辆辆小汽车从地下车库驶出来，看样子生意不错呢。想起自己当初因为酒量好被简嘉铭聘为公关经理，然后处心积虑地勾引他，利用他爬到副总经理的位置，与简嘉铭从逢场作戏到心生爱意却遭到拒绝，于是报复简嘉铭，怀恨崔玲玲，这才傍上刘涛……哎，这狗血的人生啊！心里又是一阵怅然。

这世事的更迭转换，果真不在人的控制之内。

御港海鲜城的装修还保持着以前的风格，简洁、明朗、典雅，比不上风彩海鲜城豪华，可是真的很舒适。这里主打的养生海鲜餐，畅销多年而不衰——那是崔玲玲的创意。正是崔玲玲与简嘉铭的心心相印、共同进退，一次又一次地挫败了她的报复。想到这儿，周彩儿笑了。幸亏，到最后，她没有失去这个姐们儿。

真正的朋友像沙漠里的陶瓷，碎一个就少一个。这纸醉金迷的大都市，像她这样的女人，谁敢与她交心？唯有那些与你一起经历过风浪，知道你有瑕疵却依旧向你伸出手的人，才叫真朋友。

大堂经理是那个阿赵，才几年，他就从服务员升上来了。见到她来，阿赵笑着上前打招呼。

“周经理，这会儿消夜时间都过了，你该不是来吃东西的吧?”

她离开这儿快四年了，当年的老部下还叫她周经理。简嘉仪正往外走，见到她同样很惊讶。周彩儿主动对她说，路过，顺便进来看看。

这简嘉仪和她母亲简直是一个模子里印出来的，气质愈加稳重了，不愧是大家闺秀啊。将玩心收好，如今她俨然是一个企业家的样子了。要是她哥还在，她这会儿说不定在哪儿环游世界呢。

“周老板，是你啊！欢迎欢迎！欢迎来指点啊。最近怎么样？上次听玲玲姐说过你的事，有什么需要帮忙的，你尽管开口。”简嘉仪真诚地说，“我知道，你也曾是御港海鲜城的功臣哪。”

“叫我彩儿吧，我哪敢指点你们，真是顺便进来看看。”周彩儿环顾四周，感慨道，“时间过得真快啊！”

“是啊。”

“看你这生意不错呢。”

“还可以吧，总之没给我哥丢脸，没让玲玲姐失望。我能做到这样，就很满足了。下一步，资金如果到位的话，会考虑开一家分店。但玲玲姐建议我少安毋躁，走一步看一步吧，我还需要学习。”

“真好。真的，嘉仪，现在的我是真心说出这话。要是在以前，我还真说不出来，说不定还会想方设法弄垮你们。”

“哈哈。这个嘛，我绝对相信。你呢，风彩海鲜城的经营还那么吃力吗？”

周彩儿无奈地笑笑，然后说：“像我们这种靠人面关系撑起来的店，你说呢？刘涛一走，生意就直线下降。不过我还能撑得住，毕竟，我是周彩儿啊。”

简嘉仪也笑着点点头：“相请不如偶遇，怎么样，赏脸去和我喝一杯吗？”

周彩儿眉毛一扬，笑得更欢：“有何不可？今晚我还真是特别想喝酒呢，来之前已经自个儿喝掉了一瓶，你信不?”

“怎会不信? 你是周彩儿，做什么事情都不值得奇怪。”

两个女人哈哈大笑起来。世事就是这么奇特，同行本如敌国，而在前人的影响下，她们却结伴而行。

周彩儿这个女人向来八面玲珑、光彩照人，看她深夜独行，眉宇间还有着若有若无的烦闷，定是愁肠百结无处解吧。简嘉仪暗想，一个富商的遗孀，没有任何背景，刘家人又处处为难她，实在是不容易啊。

周彩儿哪容别人可怜她? 她可是哼着歌儿走向简嘉仪的车的，那腰肢，就算没有别的旁观者，也要扭得风情万种。崔玲玲说的，女人活的是什么，不过一份姿态。姿态在了，就什么都能够赢得。虽然有点儿装腔作势，但这就是她周彩儿的姿态。

简嘉仪其实和周彩儿一样，这几年甚少涉足酒吧之类的娱乐场所。每天工作都忙得团团转，晚上的时间对于她们这种企业又那么重要，待到打烊收工，人家酒吧也差不多关门了。

这个会所的氛围还真不错，一看就不是一般阶层可以进来的。国际化的装修，空间宽敞，区域的划分很科学，有静有动。夜已深，这儿的夜生活才真正进入高潮。闪烁的灯影中，舞池中央人影晃动，边上的沙发和椅子上都坐满了人，包间里面时不时有人进进出出。

两个女人不约而同地走向高高的吧台，在高脚椅子上坐下，各要了一杯酒，然后互相举杯致意。当周彩儿还是在底层挣扎生存的那个周彩儿的时候，泡吧时她爱的就是这个位置。这位置显眼，很容易就有男人来搭讪。她可以像个女王一样，暗自戏弄筛选。

简嘉仪喜欢坐吧台的原因却与她完全不同。她从不理会到这种地方来搭讪的男人，除非是她不动声色地主动去认识别人。她爱玩，可并不喜欢玩男女之间这种无聊的游戏。吧台这看似繁忙的地方，实际上是最安静的，你只面对酒保和调酒师就行。简嘉仪在香港读了四年大学，毕业后什么也不做，就跟着师兄师姐们在街头搞行为艺术，宣传环保与公益，没事时参加上流社会举办的各种聚会，当然也和像她一样有闲工夫的朋友泡酒吧。随着哥哥的去世，这无忧无虑的生活一去不返。人的长大与成熟，总是要付出代价的。

和她的优雅漠然相比，周彩儿一杯接一杯地喝着，简嘉仪提醒她，这可是鸡尾酒，这样喝很容易醉。周彩儿说，她就想醉一醉呢，已经好多年没有喝醉过了，还寻思这世上根本就没有能让她醉的酒呢。

简嘉仪没再言语。旁边靠过来两个男人，一高一壮，看样子不是健身教练就是运动员。壮的挨着周彩儿，细声地耳语着什么。听得周彩儿不耐烦地说："滚开！"此话一出，周彩儿觉得意外，这可是她亲口说的？她坐这儿装怨妇，不就是为了招男人注目吗？看那男的，长相身材都不错，可挺难得呢。她想开口叫住他，对他说"人家和你开玩笑呢，帅哥，回来嘛"。可这些话哽在喉咙里就是说不出口来。

高的那个很绅士地请简嘉仪喝酒。简嘉仪没想到自己竟然微笑着点头了。男人便在旁边坐下来。简嘉仪漫不经心地把玩着手中的酒杯，一小口一小口慢慢地品着，并没听他扯些什么，也不搭话。男人坐了一会儿，甚觉无趣，便离开了。简嘉仪低头自个儿笑了起来。

要是在以前，在香港，他连坐下来的机会也没有呢。

周彩儿恼恨地又叫了一杯酒。她不相信男人，可并不讨厌男人呀。她真怀念从前的从前，她生活中那些名字都记不起来的年轻力壮的男人呀。举目四望，男人是很多，总不能主动出击这么掉价吧？是从什么时候开始，她觉得这是一种"掉价"了？又坐了一会儿，还是没有男人来搭讪，可望向这边的目光倒是不少。周彩儿开始怀疑，自己的吸引力是不是大不如前了？

简嘉仪问她在等什么、找什么？周彩儿如实说道，等一个可以拥抱着睡个觉的男人。不知为什么，连周彩儿自己也听出这话多少透着那么一丝凄凉，便自嘲地笑起来。看，这就是青春逝去的象征，没法玩儿了，想玩儿也没有人信了。

简嘉仪说，这话你倒是说对了，你看咱们这身打扮，应该看出咱们不是一般顾客，那些男人显然对咱们很感兴趣，可不敢前来——有胆量的那两个，已经“壮烈牺牲”了。

周彩儿肆无忌惮地大笑起来，吸引众多好奇玩味的目光。震耳欲聋的电子音乐响起来，狂欢时段到了。周彩儿端着酒杯，摇摇晃晃地向舞池走去。她确实有点儿醉了，这感觉真好。飘飘地，轻轻地，像一片雪花，随着音乐没有根地舞蹈。

摇着晃着，周彩儿靠在一个男人身上。那男人顺势抱着她，贴在一起摇摆着。周彩儿兴奋地尖叫着，踢掉了高跟鞋，整个人吊在男人的脖子上。

“带我走，带我走……”周彩儿呢喃道。

“去哪儿?”男人的声音还挺性感。

“随便哪儿都行。”周彩儿娇笑着。

男人二话不说，在她耳边呵气，将她抱得更紧一些，拥着她准备离开。

简嘉仪正要走过去，已看见一个衣着斯文的男人拉着那个男人的手。那个男人放下周彩儿，遗憾地点点头转身离开。斯文男人一手扶着周彩儿，弯腰去找周彩儿的高跟鞋。不过，他好像只找到一只，另一只已经不知被狂欢的人们踢到哪儿去了。他面无表情，不顾周彩儿对他的撕扯反抗，扛起她就走。

看样子，是熟悉的人。简嘉仪将周彩儿的手提包拎过去，叫住斯文男人：“这位先生，不好意思，我是和你肩膀上这位小姐一起来的。请问你是？”

斯文男人喘着气说：“哦，你好，我姓尹，是她的异姓哥哥。她喝醉了，怕是要做傻事。所以我……”

简嘉仪听崔玲玲说周彩儿是个孤儿，哪儿来的哥哥？再看一眼，不由得叫道：“尹启华，是你？”

尹启华也叫道：“简嘉仪？怡飞的高中同学？”

简嘉仪点头笑笑，心下明白了，这俩人都在福利院待过。

周彩儿还在挣扎着，尹启华扛不住，便将她放下来，对简嘉仪说：“既然你们是朋友，要不，我们一起把她送回去？我才来，还没喝上几口，我来开车。”

简嘉仪点点头，上前帮忙扶着周彩儿。

周彩儿嚷道：“谁醉了？哪个醉了？我周彩儿从没喝醉过呢！尹启华，你个王八蛋！你干吗总是坏我的事，破坏我的人生？你个王八蛋，想睡我直接说，别这么跟踪我……真想睡我，好嘛我跟你走，走嘛，走……”

“你害臊不害臊啊？哎，你，别嚷嚷行不行？”简嘉仪确信周彩儿真是醉了，不然怎么语无伦次起来了？

尹启华把周彩儿放到沙发上，叫简嘉仪先看着她，他去和朋友说一声马上就来。

看着周彩儿躺在那儿还手舞足蹈的样子，简嘉仪说：“我早说过这酒后劲儿很大，不能猛喝，你偏不信——看，失礼了吧？”

周彩儿呵呵地笑着，打着酒嗝说：“你以为我一点儿意识也没有啊？我真没醉，快扶我起来……真跟踪我不成？扶，扶我起来，我怎么浑身无力的样子？醉了，呵呵，我醉了？我不想让那王八蛋送我回去，不想！我不想见到他！”

这俩人到底有何渊源，简嘉仪无从知晓。不一会儿，尹启华已经来到跟前。

鸡尾酒的后劲儿越来越大，周彩儿再也无力挣扎，任由尹启华和简嘉仪把她弄出会所再弄上车。

回到周彩儿的房间，俩人合力将不省人事的她抬到床上。

尹启华边给周彩儿拉被子，边自言自语："怎么喝这么多，有必要这样吗？你不是千杯不醉的周彩儿吗？真是的，就爱作践自己。"

"这个女人，没有表面看上去那么放得开——起码现在是这样。你这当哥的还是多关心她吧，没必要责怪她。"简嘉仪看着周彩儿这样说。

尹启华没有接她的话，站床边看了一会儿，对简嘉仪说："走，我先送你回去休息吧。"

简嘉仪拒绝了，让他在这儿好好照顾周彩儿，自个儿叫个出租车就行了。尹启华哪儿放心，毕竟这是陈怡飞的同学，又是一个妙龄女子。简嘉仪也不再推辞，在她印象中，尹启华一直都是很绅士的。

把简嘉仪送回家后，尹启华又回到周彩儿处。保安被他连续叫醒两次，带着情绪开了门。尹启华让他放心睡觉，说不会再叫他了。保安忙赔着笑点头。

这个由杂物房改成的卧室，大约八平方米，连洗手间也没有，也没有任何调节气氛的装饰。一进门的右手边靠着墙壁摆了一台饮水机，里面除了床，就是一张梳妆台，上面摆满了瓶瓶罐罐，边上的空地上放了两个用铁水管做成的晾衣架，上面挂满了衣服，也不见她归类，晾衣架下堆放着两个大皮箱，角落里又是许多大纸箱，看样子不是衣服就是包包啊鞋子啊之类的，真是委屈了那些名牌。除了梳妆台前的那张椅子，再没多余的一把。尹启华坐下来，又环视了一下四周，别说书了，连一张纸也没有。这女人，还真的不看书，不听音乐，不上网。

床上的周彩儿呼吸均匀，幸好，没发酒疯，酒品还真是像传说中的那样好。那张并不算漂亮的脸，化着时尚的浓重彩妆。尹启华很想看看卸妆之后的脸到底是怎样的，还有没有少女时的模样。

反正闲着也是闲着，回忆着陈怡飞卸妆时的步骤与做法，尹启华用脸盆在饮水机处接了一点儿热水，又加了点儿冷水，用手试试，温度刚刚好；又拉开梳妆台的抽屉，却不见化妆棉，只找到几片卫生巾。他仔细一想，实际上都是差不多的吧，不过是大小厚薄不一样，能用就行，于是取下墙壁挂钩上的毛巾放进脸盆里，准备大干一场。

先去眼睫毛，噢，还戴着假睫毛，这怎么弄下来？怡飞可从来没戴过这东西呀，她的眼睫毛天生就是扑闪扑闪的！尹启华用手机上网搜索了个卸妆视频教程，边看边将台灯移近床边一点，仔细地端详研究着周彩儿的脸，放好手机，伸出食指小心地抠着。周彩儿以为是蚊子，条件反射地拨开他的手，终因酒醉转向另一边又睡了过去。尹启华观察了一会儿，又伸出食指与拇指，轻轻捏着假睫毛的一截尝试着拉起来，来回弄了几下，还真让他给取下来了。

尹启华拎起假睫毛研究一番，对着镜子放自己眼睛上比试比试，做了个鬼脸，这东西洗洗怕是还能再利用，像假发一样，不能扔吧？这么一想，他便将假睫毛放在水里摇晃几下，甩干净水后放在梳妆台的小格子架上。

记得怡飞说眼影什么的得先去掉，再擦脸上的，最后才是口红，咦，用什么去呢？好像不是清水，是专用的那种。尹启华在梳妆台上的瓶瓶罐罐中寻找着。嗯，这儿有瓶卸妆水，对，怡飞就是把这种液体倒在化妆棉上轻轻擦拭的。

尹启华便倒了一些卸妆水在卫生巾上，可这卫生巾的吸水性能太强了，才倒下去，倏地就吸收不见了，表面还是干爽的，像没倒过一样。于是他便又倒了半瓶下去，还是没用，他干脆撕掉了卫生巾那层干爽网面。

站在床前，尹启华拿着卫生巾横竖比画着怎么抹才顺手。湿湿的卫生巾碰到周彩儿的眼皮，周彩儿又条件反射地推了推，呢喃了几句什么，又继续睡去。如此重复，不一会儿，眼影便清理干净了。接下来脸的清洁工作倒是很顺畅。待口红也擦干净后，卸妆水也用完了。

接下来干什么？尹启华努力回忆着。洗脸吧？洗面奶在哪儿？瓶瓶罐罐实在太多了，他辨认了好一会儿，才找到哪支是洗脸的。挤了一些在手心，摩擦起泡，怡飞就是这样弄的，是吧？嗯，好了，把泡泡抹在脸上，打圈圈，来回打圈圈；毛巾浸湿后拧干净水，抹一抹，再抹一抹。

尹启华边忙活边小声地自言自语着。周彩儿素净的脸就这样展现在他的眼前。是的，这才像他记忆中的模样：白净的皮肤，圆圆的有点儿婴儿肥的脸，细而长的眼睛跟脸有点儿不协调，扁扁的、小巧的鼻子，不算大却丰润的双唇。要是一笑，那一口整齐洁白的牙齿展露出来，多可爱呀！

尹启华搬了椅子在床前坐下，很有成就感地反复端详周彩儿的脸。不知什么时候，他趴在床前睡着了。

又不知什么时候，尹启华被人打醒了。晨光透过窗帘射进来。

周彩儿坐在床上，怒目圆睁，近乎狰狞地逼问道："说，你怎么在这儿？"

"哎呀，脖子真酸！"尹启华伸了伸懒腰，凑近她，懒洋洋地说，"你凶什么呀，真想不起来啦？"

周彩儿眯着眼睛想了一会儿，又问："哦，你昨晚跟踪我，一直到会所？你个王八蛋，坏我的好事，要不是你——"

"要不是我，你早被色狼吃了！"尹启华抢过话说。

“吃了就吃了，老娘巴不得被吃呢！我是什么样的女人，你又不是没打听过。我泡男人关你屁事，要你多管闲事！”周彩儿将枕头扔向他，“去死！敢跟踪我！”

“我跟踪你？除非我有病。”尹启华迅速闪避。

“那你怎么那么巧，在那时出现？”

“我昨晚嘛，送老院长回去后，觉得心里憋闷，就约了大学同学去那儿喝酒。才坐下没多久，就听到你那招牌式的大笑，然后就看到你差点儿被色狼扛回家。”

“真没跟踪我？你发誓！”

“我发誓。”

“我警告你，别打着关心我的旗号来装我哥。我是孤儿，与任何人都没有瓜葛。也别想着以这种方式来表示你的愧疚，从而提醒我记得你是个王八蛋。你忏悔的最好方式是——别在我面前出现！当然，带‘大鱼’来消费另当别论！总之，我们之间只有利益，没有交情！你懂吗？”

尹启华点点头，却说：“不懂。”

“我的意思是，希望你现在消失。午饭时间快到了，今天是周六，不知客人多不多。”周彩儿边说边下床，在梳妆台前坐下，又马上弹跳起来。

“怎么了？”尹启华问。

周彩儿指着镜子里的自己，惊疑地问：“这……这怎么回事？我……我的脸……”

尹启华得意地说：“是我给你洗干净的。怡飞说过，女人不卸妆就睡觉，会老得很快的。”

“是你？啊……你是怎么给我弄干净的？天啦，你看到了，我的脸从来没有这样让男人看到过的……说，你快说，你是怎么弄干净的？”周彩儿愈加惊恐。

“从小就看习惯了，至于这么惊讶吗？虽然你不算漂亮，可也挺好的，干吗往脸上涂那么多没用的颜料呢？这洗干净了，不是很顺眼的一个人吗?”

“你别跟我扯这些没用的！说，你快说，我叫你说……你是怎么给我弄干净的?”周彩儿一手抚着脸，一手指着他叫道。

尹启华指了指梳妆台上的瓶子，指了指地上的脸盆，又指了指旁边的卫生巾说：“我是学着怡飞卸妆的样子给你弄的，你对着镜子检查一下，看，我洗得还挺不错吧?”

周彩儿拿起梳妆台上的卸妆水，痛心地大叫：“我新买的进口卸妆水，一滴不剩?”又看了看地上的卫生巾，小声地问，“你——就用它来给我卸妆的?”

尹启华看了一眼地上的卫生巾，忍不住哈哈大笑，是啊，当时他怎么就那么灵机一动呢，这辈子都没碰过这些女人用的玩意儿。那吸足了水分、沾着眼影、睫毛膏、粉底液的卫生巾，怎么看怎么好笑。

“你！你——笑笑笑，你他妈的还笑！啊——气死我了，气死我了……你滚，你给我滚，我再也不想看到你！”周彩儿气急败坏地吼道。

尹启华见势不妙，忙转身作逃亡状。还没走到门口，背后就重重地被什么打中了，回头一看，是那条可怜的五彩卫生巾！

这规格，是日用的还是夜用的呢?

走廊外传来尹启华渐行渐远的笑声，周彩儿真是要发疯了！跺着脚闷闷地叫喊着发泄，这个男人怎么就阴魂不散了呢！还在这儿陪她过夜！没对她毛手毛脚吧？她可是宁愿和陌生男人一夜情，也不愿意再让这伪君子碰她一根手指！那副一本正经的样子，看着就让她恶心！

恶心恶心！气人气人！

周彩儿心不平，气不顺，目光落在门口那条卫生巾上，一个箭步冲上去就是一阵乱踩，还不忘叫着尹启华的名字，好像她踩的不是卫生巾，而是尹启华本人似的。

累了，出汗了，气也消了。周彩儿一屁股坐在地板上，对着那条被她踩得变了样的卫生巾，想象着尹启华拿着它的情景，自己也忍不住笑了，边笑边骂道："王八蛋，怎么会想到用这个……"

手机响起来，是简嘉仪打来的，问她可好。周彩儿说："好着呢，昨晚你怎么让那个王八蛋带我回来？"

简嘉仪笑着说："你左一个王八蛋、右一个王八蛋，叫得这么顺口，他又说是你哥哥，我想肯定是很熟悉的人，当然放心了。不然的话，你就出洋相了。"

"我宁愿出洋相，宁愿随便被哪个男人吃我豆腐，也不想这个王八蛋碰我，假装关心我，他算什么东西！"周彩儿忍不住又咒骂起来。

简嘉仪笑出声来："好啦，你没事就好。你呀，难道真的放得下你现在的身段，随便跟个男人去嘿咻？我就不信了。至于你口中的王八蛋，我看着倒不错。"

周彩儿没言语，但对简嘉仪对尹启华的评价，心有不甘，又无法进一步解释。只是她似乎确实是不能随便找个男人就上床了。这真是太悲哀了。到底是她不想，还是她不能，分不清楚。

"贵妇和名媛，不是那么好当的。风骚无罪，但有度。彩儿，你说是吧？"简嘉仪虽然和周彩儿没什么交情，但一直知道她与简家的渊源，又受了崔玲玲的嘱咐——若周彩儿找上门来，要真诚相待。因此她有什么话就直说了。以周彩儿的性格，是喜欢听人说真话的。

"行，一句话就说到了点儿上。谢谢你，嘉仪，你这朋友我交定了。我不是贵妇，也没那气质，但名媛我还是可以装一装的。"

周彩儿这豪爽的劲儿，与简嘉仪想象的一模一样。

周彩儿像想起了什么，问道：“对了，崔玲玲有没有与你联系？她到底去哪儿了？”

“没有。我也不知道她去哪儿了。只知道她旅行去了。我现在两头兼顾，有点儿吃力，幸亏她给简氏培养的几个高管很忠心尽责，不然的话，我哪顾得过来呀。”

每次听别人说崔玲玲的好，周彩儿的心情都挺复杂的。她羡慕崔玲玲，佩服崔玲玲，可是也妒忌崔玲玲。而这就是她人生中不可或缺的情谊。

简嘉仪又说：“对了，她把房子钥匙放我这儿了，说也许有朋友会用得上。我想这朋友是指的你吧？你要是愿意，就去住。不过，我这儿只有大门和客房的钥匙。”

周彩儿当然知道，崔玲玲不喜欢别人进她的卧室。还记得多年前，她们刚刚认识时，她趁玲玲上班，和一个男人在玲玲的床上鬼混。崔玲玲回来竟能闻出男人的味道来，又换床单又洗被子，洗完了还不算，还把床单被子全送给了她。崔玲玲的床只睡过两个男人，一个是前夫，一个是简嘉铭。其他那些暧昧情史，都与床无关。

这也是周彩儿羡慕和妒忌崔玲玲的原因之一。同样是女人，人家的心灵和情感世界，怎么就如此干净呢？她讨厌太干净的东西，因为她没有。

05

她只想在这个陌生而熟悉的城市有自己的位置

这天的天气并不好，南方的暮春总有那么一段让人烦闷的日子，俗称“回南天”。

天空飘着蒙蒙细雨，呈水雾状纷纷扬扬的，没有一丝风。室内墙壁上渗满了水珠子，陶瓷地板上也像天然的泉口，不断地形成水珠。只要你打开门窗，衣服、被子、沙发不一会儿就潮乎乎的。反正，这湿漉漉就像和你干上了，黏着你整个人、整个空间。要想保持室内干爽，只能一直开着空调。

据说，每年到这个时候，是精神类疾病的高发时段。可尹启华的心情却无限晴好，连翻阅文件的时候，他都哼着流行歌曲。送文件的职员私底下议论，难道尹股长要结婚了，要把桃花结成果子了？

整个银行系统，哪个不知道他和陈怡飞是郎才女貌的一对儿呢？陈怡飞哪个不识？每当系统有什么庆典或者活动，主持人肯定是她。甜美的声音、秀气的外表、高贵的出身，足以让她成为众人瞩目的焦点。这尹启华就是命好，按理说系统里学历和背景比他显赫的多的是，但他如今就像当年的周瑜一样，意气风发呀！

尹启华的出身也不错，用老一辈的话说，那是又红又专。听说他父亲是个什么英雄，母亲病逝后，政府问年仅六岁的他是愿意到新疆兵团和叔叔婶婶一起生活，还是到福利院去。他毫不犹豫地选择了福利院，因为爸爸妈妈是在这座城市生活的。他在福利院里备受呵护，在学校里品学兼优，连市长都亲自给他颁过奖呢。读研究生时，他已经在外企里兼职，月工资近万元。他的励志故事，让多少年轻人热血沸腾啊！

命运掌握在自己手里。这是尹启华的座右铭。偶尔被请去演讲的时候，他总会强调这句话。而在大家看来，陈怡飞的存在，多少是成就他事业最大的推手。尹启华知道这种议论，但并不介意。他和陈怡飞情投意合，是不争的事实，再说当初又不是他主动追她的。

那时他在读研究生，陈怡飞刚进大学。在尹启华给新生的演讲中，陈怡飞就锁定了他。一番死缠烂打的“女追男”经典剧情上演，尹启华没有选择地爱上了她。

在长辈们看来，他们俩一个稳重严谨，一个活泼开朗，真是互补型夫妻的典型绝配。这尹启华，如果好好培养一下，是个不错的苗子。就这样，他们的关系没有任何波折地被默认了。

尹启华却觉得自己能进银行，靠的是真本事，是名副其实过五关斩六将考进来的。这让长辈们愈加满意，此后晋升的事情，便顺理成章了。

中午吃什么好呢？食堂的饭好像匹配不了他的好心情。给陈怡飞打电话，她的手机一直没有人接听，最近她好像比他还要忙。

临近下班的时候，陈怡飞打来电话，说得陪领导出差去，机票都拿到了，再一起吃饭怕是赶不上，叫他乖乖地等她回来再好好浪漫。挂电话前，她腻腻歪歪地在电话里亲个没完。

嘱咐她照顾好自己，尹启华也亲了手机无数回，陈怡飞才满足地挂了电话。

心情依旧大好，同事好像都去吃饭了。尹启华靠在真皮办公椅上，回想起早上在周彩儿那儿的情景，忍不住又是一阵大笑。他本不是个风趣幽默的人，陈怡飞就时常说他没情趣，可怎么在周彩儿那儿，他总是能突发奇想？往后，他怕是听不得“卸妆”和“卫生巾”之类的字眼儿了，不然自个儿笑死了还得让人误以为他是个疯子呢。

就在这天夜里，周彩儿做梦了，梦见自己坐在简嘉铭的大腿上，然后是刘涛，最后是尹启华，她就在这三个男人之间来回周旋，忙得晕头转向。半夜醒来，再无睡意。周彩儿人生中第二个失眠之夜，又与姓尹的有关。

亮着灯，开着空调，可还是感觉潮湿与烦闷像皮肤一样，死死地包裹着她。

她开始拨崔玲玲的电话，明知道已经关机了。她就这么反复地拨着，也算是有点儿事情可做。

将手机的通讯录翻了几个来回，手指在简嘉仪的名字那儿停了停，然后又回到尹启华处。血债血偿，大概是这意思，谁叫他跑进梦里来让她睡不着的，另外两个男人均已作古，不打搅他，还能打搅谁？

尹启华睡得多香啊！周彩儿一蹦一跳地蹬着楼梯，没心没肺地唱着：“羞答答的玫瑰静悄悄地开，慢慢地绽放……”蓝色校服里又圆、又翘、又结实的屁股在他眼前晃呀晃呀。他快走两步上前，一把拉住她的手。她“咯咯”娇笑几声，挣脱他，又快步向上跑去……这角落如此熟悉，水泥地板上铺着他和她的校服外套，他悸动的、高瘦的身体压在稚嫩但饱满的她的身上……他边喘息边不停地问她疼不疼……是的，自从第一次她哭叫着说疼，后来每次他都要问她疼不疼……她什么也不回答，只是闭着眼睛，像他一样无序地喘息着……

手机就这么突兀刺耳地响了起来。尹启华条件反射地伸手摸过手机贴到耳边，然后吓得条件反射地将手机摔向床下去——周彩儿！

刚才到底是现实还是梦境？

房间里一片漆黑，尹启华抹了抹额头上的汗珠，手机闪着蓝绿的荧光，还是通话状态中，隐约听到有人声。他惊魂未定地捡起手机，迟疑地放到耳边。

真是周彩儿！不是活见鬼！

“……怎……怎么是……你，你……”

“姓尹的，是我要问你怎么了。你刚才鬼叫什么？我的声音有这么可怕吗？还是我打扰了你正在做的什么好事？要我说，你就是心里有鬼，半夜听到我的声音就吓坏了，是这样吧？哈哈！”周彩儿一口气说完，便大笑起来。

“……那个，我……心虚，心虚什么？这都凌晨三点多了，你不睡觉想干吗呀？”

“想你睡不着。”

“啊？什么？想我？”

“屁，屁，屁，谁想你啊。你听清楚了，是这样停顿的：想，你睡不着。不是想你，睡不着。”

“绕什么口令，三更半夜的，你无聊不无聊啊？”

“我就无聊了！哼，让你睡。”

尹启华脑子转了一圈，似乎明白了周彩儿这夜半电话的用意：“你的意思是说，你睡不着，所以找我说说话，搅扰我的美梦，让我陪着你一起数星星？”

“数你个头，这鬼天气，哪儿来的星星！”

“好吧，我彻底醒来了。你想怎么样？想和我说些什么？”

周彩儿使劲地想了一会儿，发觉和他真没什么好说的，可也不能这么说啊！

“我想听你说，来来来，你说点儿什么吧。”

“我说？我无缘无故地说什么？你，你想听什么？”尹启华很认真的口气，让周彩儿觉得很好笑。

“哎呀，随便随便，你别闷在那儿当哑巴就行。随便，你找一本书读读也可以。”

尹启华在桌子上找了一本陈怡飞留在这儿的杂志，翻了翻，选了一篇题目为《原配与小三的智力游戏》的文章，很认真地读了起来。

“停停停，这原配是个高智商，这小三也是个高智商？怎么我看到的全是脑残？不真实，乱编。换，换，给我换点儿别的。”周彩儿打断了他。

“好，那就读这篇，《那些年，我一直追的‘富二代’》。”

周彩儿哈哈哈地笑起来。尹启华问她笑什么，他都还没开始读内容呢。

“原来你也看这种杂志啊？”

尹启华解释说这是女朋友买的，财经类的他都还看不过来呢。周彩儿笑得更欢了。原来看起来那样高贵的女孩，品位也不怎么样，和她一样低俗嘛。早几年她还爱看，现在她都不看这种杂志了。

尹启华问她有这么好笑吗，不就一杂志吗？

周彩儿止住笑，说：“我以为呀，大家闺秀看的都是世界名著，诗歌啊、哲学啊之类的，没想到和我这种货色的女人品位是一样的呀！哎呀，太爽了，我再也不用自惭形秽了。”

“你本来就不必自惭形秽。你有你的……”

“少给我说教！你也不是好货色。糟了，越说精神越好，今晚难道要这样聊到天亮？你快想办法，反正我睡不着，你也别想睡！你不是说欠我的吗，现在你就得给我还回来。快快快，想办法，让我睡觉。”

周彩儿打断了尹启华，近乎无理取闹地要求着。他可从不知道，她还有这么任性的一面呢！

“要不是我那么讨厌你，真想和你上个床，出一身汗，肯定马上能睡着。”

周彩儿冒出这句话来，尹启华不知为什么很心痛。

“喂，你说话呀，屁声没有，是不是死了?”周彩儿叫道。

“彩儿，真的，你能不能别这样作践自己?你明明不是这样的人……”尹启华沉默了一会儿，才说，“你要是这样说，我就挂电话不理你了啊。”

“哟，尹哥哥你好认真哟！我告诉你，我就是这样的人。你也别装君子，咱们差不多，都不干不净。你们精英分子不是总喜欢说灵魂吗，你敢说你的灵魂是干净的吗?”

尹启华又沉默了。

“怎么?死啦?怎么没声音呢?”周彩儿不耐烦地问。

“彩儿，我能说什么?我总是想，你若安好，便是晴天。”

“哈哈，你少来这一套，从言情剧里找来的对白！要我说，你现在如此安好，于我便是晴天霹雳！别说没用的，快想办法让我睡着。”

尹启华叹着气，皱着眉头，走到书房，从书架上取下一本《西方经济史》，对着手机平缓地朗读着。周彩儿安静下来。不一会儿，他听到她的呼吸越来越均匀，又过了一会儿，他轻轻地唤她几声，没有回音。

他挂了电话，合上书，大功告成似的呼了一口气。重新蹦回床上，他发现，这回睡不着的是他了。他睁着眼睛，回想着刚才的梦境——

不，那不是梦境，那是最真实不过的过往。

和往常一样，星期一的例会由周彩儿亲自主持。她决定从现在起，认认真真地将企业文化建设起来，只有这样，企业才能长久健康地发展。她有点儿后悔，崔玲玲和简嘉铭在的时候，她没有好好向他们学习。

有怎样的老板，就有怎样的企业文化。周彩儿手下个个都是有能力的，但也都像她一样功利，大多是当年从简家的御港海鲜城挖过来的；而就在刘涛去世不久，财务部长、人事经理还有大堂经理，一个一个都要求加工资，不然就跳槽。周彩儿知道这是刘家人暗中唆使搞的鬼，让他们交情好的酒店来她这儿挖人呢。周彩儿咬着牙给所有员工都加了不同幅度的工资。不知情的服务员心里喜滋滋的：老板娘当寡妇后，比以前更大方了呢，可得好好干才对得起人家呀。

在巩固原有工作人员和领导班子的基础上，周彩儿开始物色一些可造之才。她想，受过苦的孩子，总会知道珍惜一些。经过一段时间的观察，她将一个从粤西农村来的小伙子升为大堂经理助理，又将几个勤快而且嘴甜的女孩安排为副部长。她还大张旗鼓地公开招聘，无论什么人才，只要合适的她就留下来。这时候增加员工，她确实吃不消，于是便采用末位淘汰制度，又将奖惩制度重新修订，鼓励员工积极参与企业的管理，设立“金点子”奖。这两个月来，整个风彩海鲜城呈现出一种全新的面貌。

尹启华在帮忙办贷款时就明确地告诉她，海鲜城需要整顿，如今初见成效，她心里多少有点儿感激他；但又马上纠正了自己，他欠她一个完好的人生，所以做什么都是应该的。

开完会之后，厨师长说有事要找她。一个洗碗女工偷偷地把客人吃剩下的菜留着，带回家里去了，被监控拍下了视频，证据确凿。按照新规定，这是要解雇的。周彩儿问，那这女工现在在哪儿？厨师长说，正在财务部，等着领取这个月的工资。

周彩儿看着面前这个胖胖的男人，问道：“你是不是早就知道这女工这么做却装作不知道？你现在抢在其他部门前和我说这个，是不是想替这个女工求情？”

厨师长点点头。周彩儿说：“虽然咱们海鲜城没有评星级，可也是本市的高档酒店。这事传出去，成何体统？别说女工了，连你们都要受处罚。”

厨师长说："周总，我觉得你还是和那女工聊一聊，先见见她再解雇也不晚。"

周彩儿想了想，点点头。

不一会儿，厨师长便把那女工领来了。那是一个瘦小的中年女人，四十多岁，枯黄的头发随便地扎在脑后，头一直低着，显得很胆怯的样子。

经过询问，周彩儿才知道女工的丈夫因工伤卧床不起，她上有年迈的公婆要照顾，下有在读大学的儿子要供养。她平时舍不得买肉，见客人吃剩的食物倒了可惜，便偷偷地装在塑料袋里带回家，让家人改善生活，有时也带到儿子的学校去，给儿子增加营养。

女工一直说着对不起，她错了，求周彩儿不要解雇她，说着就抹起了眼泪。

周彩儿久久不能说话，不知该说些什么才好，只叫她不要哭，不要急。但是酒店定的规矩不能随便破坏呀！

厨师长小声说："她家的情况没几个人知道，她又不愿意说出来。违纪这事现在几个部门都知道了，不处理也不能服众。我觉得扣点儿工资作为惩戒就可以了，没必要解雇她，可人事部那边已经通知她明天不用来上班了。现在她没了工作，一家人可怎么活呀？"

周彩儿也叹了口气。是啊，贫穷不是罪过，有钱人在奢侈浪费，穷人捡点儿他们的口水，反倒要受罚。

拉过女工在沙发上坐下来，周彩儿让厨师长去把人事主任叫来。一番商讨便解决了这件事。末了，周彩儿从包里拿出两百块钱放到女工手里。女工摇头推着说不能要。周彩儿说："我只是暗中将你扣掉的工资补给你，拿着去买点儿东西熬汤喝，看你自己也要增加营养呀。以后，那些剩菜我让厨师长给你安排，厨师长不说，就不会再有人知道。这样行吗？"

女工一个劲儿地说着谢谢。厨师长叫她收下周总的钱，以后好好干活就行了。

看着厨师长陪着女工走出办公室，周彩儿便决定效仿御港海鲜城，对可靠的员工实行股份制度。第一个奖励股份的，应该是这个厨师长。他为人踏实，厨艺精湛，人缘特好，还是她当初软硬兼施，从御港海鲜城挖过来的。上次中高层主管要挟加薪，他可没凑热闹。想起当初为了挖他，周彩儿设计让他做的菜出事，还用差点儿闹出人命来要挟他，周彩儿有点儿愧疚。人家过来跟着她，也是认认真真地工作至今，还说他是替食物打工，不是给周彩儿打工。

周彩儿一腔热血，想起尹启华和简嘉仪劝告她的话，便踌躇满志地策划起她的新方案来。也许她也有可以不陪酒、不卖笑就能生意兴隆的那一天。

尹启华这一整天过得就很难受了。他的生活一直很有规律，不管多忙，一般都保证每天晚上至少有五小时的睡眠时间。可昨晚他却只睡了不到两小时，就那么睁眼到天亮。

尹启华有点儿昏昏沉沉地去上班，上午看着电子文档里的报表，觉得那些数字都会跳舞了。看了一会儿，他实在受不了，拉了窗帘，往沙发上一躺，闭目良久却并没睡着，总觉得做了什么亏心事似的心虚。老院长从小教导他要对得起国家对他的培养，用的是老革命的那一套思想，他学的又是经济，自律与自省，已经成为他身体的一部分了。

但对周彩儿例外。年少时，他没有自律；重遇之前，他也没有自省。

想到这儿，尹启华更加头痛了。是啊，还签了什么协议，说什么他叫她干什么她就得干什么，现在都反了——明明是她为主，他为客。这是哪儿跟哪儿嘛！

起来重新坐在办公桌前，拉开抽屉，那个协议好好地压在最底层。那个笔画潦草的签名和玫红色的手印，正儿八经地躺在白纸上。

总不能就让这协议这么虚设着，多浪费啊。这会儿周彩儿在干什么呢？尹启华想也没想就按下了周彩儿的电话号码。正在为新方案兴奋忙碌的周彩儿看也没看手机，抓起来就问：“喂，你好，哪位？”

不会吧，连他是谁都不知道了？难道手机里根本就没有保存他的号码？就在尹启华沉默的当儿，周彩儿又说：“喂，哪位？请说话？不说话我挂了啊。”

事先想好的要周彩儿“难过”的台词一句也说不出来，尹启华傻傻地回答：“是我，尹启华。”

周彩儿没好气地说：“没时没候的，你打什么电话？银行要讨债也轮不到你来，姐这会儿忙着呢！”

“昨晚你不也没时没候地搅得人家睡不好觉？我……”尹启华还没说完，周彩儿那边就传来一阵忙音。

这女人，真是善变哪，翻脸不认人了是吧？重新拨通电话，周彩儿直接就按掉了。任性地反复重拨几次，他听到的是“您拨打的电话暂时无法接通”，这女人到底是关机了还是把他拉进黑名单了？尹启华别提多憋气了。

其实，就周彩儿来说，所有男人在她那儿都是工具，何况是她铁定认为欠了她一个美好人生的尹启华？

要是崔玲玲在就好了！这计划一定能够给她许多建议。周彩儿又在心里感叹！她对自己设想的初步方案没有多大自信，需要一个可信的人给她建议与鼓励，而她们那帮可爱姐妹淘，终是散了。崔玲玲是灵魂，是诸葛亮，如今飘忽不定地远行去了。

爱情对于一个女人的影响真有这么大吗？七年前，崔玲玲离婚那天，兴高采烈地到她打工的法国品牌时装店买衣服，就这么被她吸引、感染，认定她是必交的姐们儿，然后在她的影响下一路走来。而崔玲玲好像从来没被谁影响过，真正影响她的唯有爱情。

她从来不知道，一个离婚的独身女人，可以活得那样精彩。

有一次，她问崔玲玲，对于前夫和简嘉铭，她爱谁更多一点？崔玲玲说，与前夫是青梅竹马，不掺杂质，如果他不变，她一定会与他平淡终老；与简嘉铭是熟男熟女，知根知底，彼此懂得又彼此包容，热烈而深刻。

答案不言而喻。但周彩儿还是不明白，为什么如此深爱，当初却不紧紧地抓住彼此？这世道，为什么好多女人都不能得到她们想要的生活呢？

而她自己呢，幸福吗？她好像从来没有想过自己到底幸福不幸福，快乐不快乐。

还记得有一次，她们那帮姐妹淘聚在一起讨论着什么话题，她还发表过人生当中最深刻、最精彩的一段演说，大意是这样的：你们这帮自以为是的女人都是吃饱了撑的。女人就是女人，上天叫咱们当女人，自是有无数当女人的好处，只管把这好处善加利用就行了，想那么多有的没的干什么呢？在我的字典中，只有“目标”和“怎么实现目标”这两回事，别的都是扯淡！把这两回事捣鼓好了，女人才能真正地享受人生。女人为什么一定要去奋斗才显得尊贵呢？那都是女权主义者骗人的鬼话，可偏偏有那么多女人上当。

那时，她对自己说的这些话深信不疑。时至今日，她差点儿一无所有，终于也开始了奋斗，并且觉得这是唯一的出路，这与女权主义一点儿关系也没有。她只想在这个陌生而熟悉的都市里，有真正属于自己的位置——她所向往的高高在上的位置。

06

独行爱丁堡，她的告别与祭奠

此刻的崔玲玲，心如爱丁堡那碧蓝的天空，澄澈、滋润、恬静。

这样的天空，她只在九寨沟看见过。

是的，她没有和任何人打一声招呼，便飞越大洋来到了苏格兰。到来之前，她一直在做功课。从简嘉铭生前闲聊的点点滴滴，到她在网络搜集的方方面面，对这个有简嘉铭足迹的异国城市，她已熟知。

简嘉仪曾经很奇怪，为什么这个年纪的她，还要戴着耳机补习英语口语。这就是崔玲玲，有了计划就一定要付诸行动，并且努力做到最好。

简嘉铭生前的同窗好友，有不少留在英国创业。张军便是其中一个。通过他，崔玲玲顺利地踏上了她的苏格兰爱丁堡之旅。

三年前的这个时候，张军正准备回国去参加他们的婚礼，却传来简嘉铭手术失败的消息。他没想到，那个叫崔玲玲的女人竟然会留在简家替简嘉铭重振企业；在功成名就之时，她却急流勇退，拱手交出一切，然后带上她所有的积蓄来到爱丁堡。

这究竟是一个怎样的女人呢？张军充满好奇。他要做的，只是负责弄好两封信，一封是推荐信，一封是申请信。签证下来时，他要帮她找房子，先租下来。崔玲玲坚持住在国际青年旅舍。他要去接机，她却说不用了。最后还是他执意要去的，她不怕迷路，他还怕她出什么意外呢。毕竟孤身一个女人，仅语言一关，她就过不了。虽说她不能算是好友的遗孀，但在某种意义上也差不多。

见到崔玲玲，推翻了他的种种想象。身穿白色运动休闲套装、脚穿白色球鞋，漆黑的短发修剪得很有层次感，眼睛有天生顾盼生辉的感觉，目光却平和坚定，和华人女星刘嘉玲极为神似。她步履从容地推着行李车走出来，看到举着大大的“崔玲玲”牌子的他，并不意外地对他微笑，好像料到他肯定会来一样。

这是一个做什么事都滴水不漏的女人。张军留下这样一个印象。在车上，他滔滔不绝地讲解路上的建筑及街道，她只是礼貌地微笑、点头。他不问她问题，她就不说话。显然，她并不想麻烦自己，或许是她不想被自己麻烦。

她哪里是来爱丁堡大学旁听英国文学的呢？她分明是来感受简嘉铭气息的。

爱丁堡的国际青年旅舍很有名，以整洁、舒适、实惠服务于来自世界各地的游客。放好行李，张军带崔玲玲在附近的小餐厅用餐。饭后，崔玲玲趁他不注意时付了钱，还对他说，接下来的日子，她想一个人到处走走，有需要的时候，一定会找他的。张军尽管不放心，但还是点了点头。因为他看到了她比画着和服务员交流，生硬的口语似乎还挺像那么一回事。

“好好睡一觉，调整好时差，不要辜负好太阳——要知道，这里连续两个星期的阴雨天，在你到来之日突然就晴了，你看这天空—”站在餐厅门口，张军指着头顶上的蓝天说。

于是，崔玲玲看到了爱丁堡那碧蓝的天空。曾以为，当她踏足这块仍旧顽强地保持着中世纪模样的土地时，她会情思汹涌。而实际却是，心如蓝天般澄澈、滋润、恬静。

我是来告别的，嘉铭。崔玲玲在心里悄悄地说。这是最后一次与你相约，所以我会待得久一点儿。然后，不管我在世界哪一个角落生存，都再也不会记挂你。

不知睡了多久，醒来依旧是晴天。青年旅舍的通道上，各种肤色的旅客来来往往，大多像她一样是休闲运动的打扮，背着一个大背包。崔玲玲回应着一声声友好的“hello”，步出门口，天空和昨天一样湛蓝，没有多余的云彩。

这座美丽、典雅的城市，不仅仅是苏格兰的爱丁堡，也是英国的爱丁堡，更是欧洲的爱丁堡。简嘉铭曾告诉她，要是从欧洲大陆越过英吉利海峡来到英伦三岛，原本欧洲大陆那辉煌大气的城市面貌像一下子掉进了深渊，一下子变得不堪入目的破旧与衰败。在这堆不堪入目的岛国城市中，唯独爱丁堡是一个另类，另类得足以和欧陆众多名城分庭抗礼。如果先到欧陆再到英伦，只看伦敦和爱丁堡足矣。

走在爱丁堡的街头，崔玲玲恍若置身于欧洲的中世纪，肃穆之情油然而生。手上的地图根本没有用处，目光之所至，均是风景。想想我们的国家，那么多城市，有那么悠久而辉煌的历史，能够像这样保留下来的见证有哪些呢？怪不得简嘉铭总是念叨，爱丁堡到处是文学，到处是音乐，到处是历史，到处是艺术。

这座城市对于崔玲玲来说，是因为这儿曾经有简嘉铭的足迹，才变得非来不可。现在，她须得用脚丈量，才能够亲触着它与简嘉铭一起跳动过的脉搏。

往左拐不远处，就是王子街。转角处传来悠扬的风笛演奏声，实际上，从昨天一走出机场，她的耳畔就时时充盈着苏格兰风笛特有的风情音乐。那是一个头戴黑色礼帽、身穿黑色斗篷的老人，长着金黄色的大胡子，旁若无人地演奏着，摇摇晃晃，深情投入。缠绕着红色丝带的风笛随着他肥胖的身体而左右、上下摇动，地上放着一只四四方方的旅行袋，也许是用来装风笛的，此刻它翻开口子来，露出红黑白相间的格子底色，可以看到里面有大小不一的钱币。

崔玲玲看到一份对艺术的敬畏。在街边卖艺，却盛装而至，从头到脚一丝不苟。幽静的大街边上，音乐幽幽缓缓地飘扬，优美肃穆，不少行人为之动容。她知道，这首古老的曲子是*Amazing Grace*（《奇异恩典》），虽为苏格兰民谣，却也流行于整个英伦三岛，后来随着移民被带入美洲新大陆，现在已成为美国全国性或民间庆典活动的最主要曲目。简嘉铭以前常把这首曲子当作催眠曲哼给她听。

王子街全长不过1.5千米，却有“全球景色最佳的大街”之称。这条街把爱丁堡分为新旧二城，北面为新城，南面为旧城。在回忆里拼凑着简嘉铭的指引，崔玲玲步行到美丽的王子街花园。她想去看一看那一座蜚声世界的苏格兰花钟。在花园东北角的坡地上，她终于如愿以偿。

这座钟建于1903年，分针长约两米半，时针长一米半，钟面直径为三米半。钟面图案由两万四千朵各种鲜花组成，每分钟都有一枝杜鹃花跳出来。

据说，只要在这里许愿，爱神便会听到。当年二十四岁的简嘉铭和张军在这儿许下愿望：在某一天的某一分钟，能够遇到一个杜鹃花般优美的女子，拥她入怀，跳进心海，再也不让她出来。

看，年轻的他也曾经这般傻气。崔玲玲数着时钟不断跳出来的杜鹃花，嘴角带笑。她的愿望是，天堂里，会有天使替她来爱他。

临近黄昏，偏斜的太阳收束了橘红色的光线，苍灰色的云絮在天空浓滞得愈发厚重了，雨意又要缠绕着古老的爱丁堡。是的，在简嘉铭的描述中，爱丁堡一直与雨有关。

细雨柔软地飘起来，游人大多没带雨伞，却并不见他们四处躲避。每个城市都有它的精神与灵魂，也许在这儿，不管来自何处的人，都染上了苏格兰民族特有的优雅与淡定。

崔玲玲举目寻找着她的方向，花园背后就是巍峨的爱丁堡城堡，从这个角度看，城堡高踞于悬崖之上，气势凛然。是的，简嘉铭说，在爱丁堡，只消扬起目光朝建在死火山之巅的古堡望去，便如找到了坐标。

那是明天的行程。那么，她要往相反的方向走，才会回到国际青年旅舍。淋一场阴冷的雨，没什么大不了。于是，她成为街道上从容淡定的雨中人之一。

晚餐吃的是苏格兰传统名馔——哈吉斯，把羊杂捣碎，混拌燕麦、板油和盐等调料塞满羊胃囊，入沸水煮成块状的布丁。穿蓝色格子裙、黑色绑腿裤的厨师在餐厅的中央，边工作边表演着制作过程。各种肤色的游客兴致勃勃地等待着，手机、相机、录像机闪个不停。

崔玲玲静静地坐着，她并不需要拍照记录，她只需要感受。仿佛简嘉铭就坐在她旁边，细声软语地对她说，怎么样，我没骗你吧，味道不错吧？然后嘱咐她多吃一块，再多吃一块。

回到青年旅舍时，她的衣服湿透了。苏格兰的雨，一下起来就缠长不绝。简嘉铭说，像我们南方的春天，阴雨天没完没了，有时一个月都看不见太阳。可是玲玲，我会让我们所有的日子都是晴天，你信吗？

在爱丁堡的第一个夜晚，崔玲玲在狭小却整洁舒适的房间里感受这古老城市的气息，一夜无梦。很长一段时间以来，她的睡眠再无梦境。在这儿也一样。她深信，是简嘉铭在抚慰着她残缺的心灵，调节着她的呼吸。

想起他，无喜也无悲。但是，他就在那儿，在她的生命中死死地盘踞着，永不离开。纪念一个人，没必要大张旗鼓，也没必要痛彻心扉。你看湖水，银镜似的平静，可它有多深，你知道吗？

嘉铭，我不是辜负你，而是成全你，我会带着你的爱，继续生活下去。也许在爱丁堡的哪个街头，我会遇见一个如你般的男子，和他恋爱呢。

崔玲玲仿佛看见简嘉铭的目光如水，欣慰地点头。

还会有像他那样的男子？

没有人知道。

雨果然连绵不绝地下了一夜，今天也许还要下一整天。上午，天色暗暗的，整个爱丁堡都是灰黑色的。崔玲玲通过服务台买了一把雨伞和一双雨靴，至于要不要马上就去城堡，随缘好了。反正她有的是时间。

风笛声飘扬在雨中，显得如泣如诉。崔玲玲出门时忘了拿地图，也没有找一个路人来问，在不知名的街道上乱逛，却有意外的发现。那些隐藏在小街各个角落的小书店，简直星罗棋布，窄小、简朴、温暖，却可以在店里找到繁体中文版的书籍。在电影《诺丁山》中，休·格兰特开的那一家就是这其中的一家吧？又或者，是简嘉铭一个人或与同窗好友经常一起光顾的那几家？

走着走着，眼前的景象熟悉起来。这是她在无数旅游影像上见过的皇家大道，两旁有许多皇家建筑，哲尔斯教堂塔造型如苏格兰王冠，彩色玻璃和精美木雕令崔玲玲时时驻足欣赏。街道尽头是中世纪味道浓厚的圣十字架宫，苏格兰女王玛丽就在此上演了她悲情多彩的一生。别过塑像一样站立的皇家侍卫，径直往东行，就是傲立于死火山上的爱丁堡城堡了。

走进城堡，便像穿越到不属于她的年代。在莎士比亚的名作《亨利五世》中，有一段耐人寻味的台词：“要是你想把法兰西战胜，那就先得收服苏格兰人。”爱丁堡城堡作为苏格兰人抗击英军进攻的堡垒，与中国的长城有异曲同工之妙。它们都记载并传承着历史，并且都成为标志那个民族永不服输、永不气馁的精神坐标。心里默念着简嘉铭的说辞，崔玲玲登上城堡最高处，一阵幻觉晃过，仿佛数百年前华莱士正站在城墙上，高喊着“自由”，指挥着千军万马抵抗英军入侵；而简嘉铭就在她身旁迎风远眺，告诉她从这里可以俯瞰爱丁堡的新旧城市，再远一点儿就是蓝宝石一样的北海。

我在跟着你给的感觉走，嘉铭。我在感受你感受过的一切。

嗅着从北海吹来的海风，也许只要跨过一米的距离，就能从爱丁堡抵达天堂。那儿真的有你吗，嘉铭？

恍惚中，崔玲玲伸出了双手，大半个身子倾越于城墙之外。旁边来了几个异国游客，拉着她不停地说着什么，神情关切。崔玲玲终于明白，便解释说她并非寻短见。遇到复杂的语境，崔玲玲才知道她与哑巴无异。

警察来了，又是一番艰难的解释，而他们终是听明白了，友好地与她道别。

从城堡下来，崔玲玲坐上了观光巴士，从兴致勃勃到睡意绵绵，是很短暂的过渡。醒来后，她却不知身在何处，抱在怀中的背包不翼而飞。她问司机，司机一问三不知地摇头兼摆手。然后她问司机能载她回青年旅舍吗，司机摇头说这是终点站了，并提醒她报警。

面对警察，崔玲玲再次发现自己与哑巴无异。她以为已经表达清楚了，可警察还是一脸茫然。看着纸上的笔录，时间、地点、人物、事件倒是记下了，可是过程呢？

半小时后，张军终于来了。

“这是在苏格兰，爱丁堡。这儿没有简嘉铭，这儿也没有随心所欲。”张军这样说，“从明天开始，你要去哪儿梦游，我陪着。”

这个男人，不是承载着许多简嘉铭的记忆吗？“嗯，好的。”崔玲玲淡淡地笑着说，“从明天开始，你陪我一起梦游——如果你不用工作的话。”

隐身登录了MSN，周彩儿有好几个呼唤。也没有留言说什么事情，大概只是一种习惯吧。她在签名处已经写有“平安”两字，倒是周彩儿的签名却变成了“当男流氓遇到女流氓，鹿死谁手？！”崔玲玲不着痕迹地退出，心想，这周彩儿不好好地经营事业，要和谁较劲儿呢？

07

像找到一件遗失多年的玩具般有意思

经过几天的酝酿，关于海鲜城的改革方案已基本敲定。周彩儿实在无法厚着脸皮去请教简嘉仪，也担心她不会真正帮自己。这一次，师爷是她，决策是她，反正什么都是她了。崔玲玲那一句“女人当自强”，在经过种种波折之后，一点一点地深入她心。

就在准备会议资料时，尹启华的电话又来了。前几天莫名其妙地来了一个电话，这次又是什么事？周彩儿耐着性子问他有什么屁要放。

尹启华说：“这几天总是觉得不太顺畅。”

“便秘啦？自己买点儿泻药不就顺畅了？”

“我说你跟我说话别总是这样带针带刺的行不行？谁便秘啦？我说的是情绪，情绪总觉得有点儿怪。”

“带针带刺？哼，我不带枪带刀就已经便宜你了。”

“好好好，姑奶奶，你带什么都行。不过我想告诉你的是，我使劲地总结了一番，得出的结论是，我便秘的原因是你。”

“哟嗬，这回真是放屁了是吧？扯上我干什么？”

“不知为什么，你得陪我吃一顿饭，我心里才觉得爽。”尹启华拎着那份协议，开始耍赖。

“你未婚妻呢，你的天使不在服务区吗？”

“就是……出差了。那天也是本想叫你吃饭的。”

“我没空。就算有，也不想和你一起吃。我们的交情还不至于可以单独吃饭交杯吧？”

“我不管，反正中午你得和我一起吃饭。我已经订了位子，吃重庆火锅，怎么样？”

“你以为你是谁呀？命令我？嘁！没门儿！”

“我是尹启华。”尹启华拿着那张协议，玩味着，“别忘了，你可是和我有协议的，我叫你干什么，你就得干什么。”

周彩儿哈哈大笑，好一会儿才说：“那破协议，不是签着玩儿的吗？不就是为了显摆一下你装大爷的架子吗？你还真当一回事啊！”

“我告诉你，我还真不是签着玩儿的，我还真当一回事了。这可是公证过的，具有法律效力。”

听着尹启华这一字一句、严肃认真的口气，周彩儿不敢笑了。她可是清楚地记得那白纸黑字，都是公证过的。当然，她也是真的以为那是故意整自己，只是为难一下而已啊！

“怎么，你还不相信啊？中午十二点，我去接你。”

这王八蛋，竟然真拿这协议来要挟！就为了吃一顿火锅？

周彩儿耐着性子又给尹启华打了个电话，说吃饭可以，但今天中午不行，她有非常重要的事情。尹启华说，有什么比违约更重要？这火锅是非吃不可的。

周彩儿将到嘴边的脏话咽了回去，她简直要气炸了，这姓尹的，今天到底吃错什么药了？这男人一会儿一本正经，一会儿蛮横无理，一会儿搞怪，一会儿圆滑，一会儿严肃，都让她和他信贷股股长这身份对不上号了。

实际上，尹启华也不知道，为什么在周彩儿这儿，他会有这么多异乎寻常的举动。这让他有点儿诧异，但更多的是兴奋，像找到了一件遗失多年的玩具般有意思。

周彩儿本想在会议之后与员工一起吃饭，现在只得改到明天了。看看时间，差不多到中午了，她走到镜子前，整理了一下妆容。哪怕是去见个鬼，她也得打扮得漂漂亮亮的。这世上没有丑女人，只有懒女人，这话是真理。她本身并不漂亮，可好好打扮打扮，再加上这身材，有多少杀伤力，她自己明白得很。

尹启华早就在海鲜城门外等着了，看见周彩儿戴着大墨镜，扭着腰肢，袅娜地走出来。这有点儿夸张的肢体语言，要放在陈怡飞或者别的女人身上，肯定不伦不类，可周彩儿就是演绎得浑然天成，好像这腰、这臀天生就是配合十一厘米高跟鞋而生似的。

打开车门，周彩儿没打一声招呼就坐到后排去。

"有两件事我想说说。第一，你这扭胯的技术，应该申请专利。第二，这大阴天的，你又戴个墨镜干什么?"尹启华回头看着她说。

这嘴脸，周彩儿真想一巴掌甩过去。她只回应了第二个问题："不戴个墨镜，我怕我的眼睛会喷出火来。"

"没关系，一会儿吃上火锅，喷火的绝对不只是眼睛。你肯定想问为什么要吃重庆火锅——我呢，郁闷；你呢，想发火。这最容易让人泄愤的中国菜中，重庆火锅是首选。每当我有坏情绪时，就会去吃上一顿，大汗淋漓的，别提多带劲儿了。"

周彩儿不置可否，也懒得理他。对着这个人，就算吃满汉全席，也激不起她的食欲。何况她向来忌讳吃辣椒。

不一会儿便来到了要吃饭的地方，周彩儿惊奇不已，这分明是旧城区，周围已经陆续在拆迁了，尘土飞扬。穿过一条弯曲的弄堂，七拐八拐地来到一家卖草药的小店，然后从这小店里一个残旧的木楼梯登上二楼，麻辣飘香，人声鼎沸，真是别有洞天。

店里坐着的多是中老年男人、农民工、打工仔和打工妹之类的顾客，周彩儿与尹启华一进去，就引得许多顾客向他们看来，然后窃窃私语。一个五十来岁的男人笑着走过来，看样子和尹启华很熟。尹启华说他就是老板，这老火锅店开了快四十年了。老板说，是啊是啊，阿华小时候就经常来这儿吃，那时老板是我爹爹。

在最角落的一张桌子旁坐下，服务员便陆续端来了红汤和鸭肠等火锅材料。周彩儿一屁股坐下，忍不住摘下墨镜仔细观察起这家火锅店来。

“嗯，不错，你这屁股坐得干脆，竟然不觉着这椅子脏。怡飞就不行，才进来，她就拉着我往外跑，死活不肯坐下来。”尹启华边搅动红汤边说。

周彩儿白了他一眼才说：“我还不至于忘了自己什么出身。比这更脏的地方我都坐过、住过，我是连发霉的馒头都吃过的人，为什么嫌弃这些?”

尹启华扶了扶近视眼镜，看了看周彩儿精致的妆容上那一抹难得的真诚，扬起嘴角笑了笑。这笑，让周彩儿心里“咯噔”了一下，这男人从这个角度看，还挺迷人的。

“那人说，你小时候就经常来吃。我怎么没来过？难道那老不死的院长，是偷偷地带你来吃的?”周彩儿情绪一转，这样问道。

“什么老不死的，他毕竟是我们的院长，是长辈，你……”

“他不配。呸！他是你的再生父亲，可不是我的。看，他带着你吃着火锅唱着歌儿，你就成个人模狗样的经济学硕士了。”

“你就别讽这样刺那样的了。其实是我父母带我来的。”

听尹启华这样说，周彩儿怔了一下，不禁看着他此刻浮现温情的脸。

“他们还在的时候，家里穷，可母亲总想念家乡的味道，她是重庆人。父亲隔一段时间就带我们来这儿，我们一家就像过节似的。我清楚地记得，那时吃一顿，也就十几块钱。可父亲和母亲得干多少活呀。我就想好好读书，长大了挣钱，让他们天天吃火锅。我那时的理想，就这么简单。”

周彩儿静静地听着，回忆起他进福利院的那一天。好像是个晴天吧。是的，是秋天的一天，秋阳暖暖地晒着各个角落。她流着鼻涕，倚在门廊那儿，看着一群人郑重其事地走进来，一个穿着白色的确良短袖衬衣的干干净净的小男孩被领了进来。听说，是英雄之后。此后，这小男孩便成为福利院众多孩子的楷模，受尽宠爱。

“可是，他们没等到我长大，就早早地离开了我。多少年来，我忘记了原来蜗居的家在哪里，而这里的火锅味道，我却一直记得。八年前，我靠着模糊的记忆找到了这里。难得的是，这里竟然和我小时候一样。于是，我便经常来了。可惜怡飞不愿意陪我来，她嫌这儿环境差，还限制我来，说这里消费便宜，用的油肯定不干净。我呢，嘴里答应着不来，偶尔还是照样来的。”尹启华用筷子夹了几根鸭肠放到沸腾的红汤里，对周彩儿说，“重庆火锅最有名的就是吃这个。小时候，母亲教我怎么吃烫鸭肠，看，像我这样，七上，八下。就可以了。”

尹启华将烫好的鸭肠放到周彩儿的碗里：“来，你尝尝，是不是很脆，很香?”

一直沉默的周彩儿，难听的话再也说不出口，抵触情绪在红汤里升腾起的水汽中消散了。碗里是尹启华替她放好葱花的油碟，尹启华继续给她夹汤里的毛肚和鳝鱼段。周彩儿有点儿恍惚，竟也听话地吃起来。

果然麻辣鲜香，味道比记忆中吃过的重庆火锅都要浓郁一些。没一会儿，周彩儿就受不住这麻辣劲儿，额头上冒出细小的汗珠。她是无论如何也不能再吃了，咽喉里简直要冒火了。要是在平时，她随便吃几口便放下筷子了，可这回竟然是他夹什么，她就吃什么，记不清吃了多少了。她边吃边回忆着二人的小时候，眼中有泪。

尹启华还在给她烫耗儿鱼，见周彩儿放下筷子，才将煮好的东西夹进自己的碗里，专心地吃了起来，吃一口赞叹一声，那样子好像吃到山珍海味般满足而幸福。他对周彩儿的情绪变化视而不见。正好，周彩儿还害怕他问呢，这样很好。

“哎呀，哎呀，饱了，不行了，撑不下了！”尹启华坐直身子，吸着鼻子，打着嗝说，“老板，买单！”

“真想不到，你这正人君子的官僚仔，还有这副样子啊！”周彩儿皱着眉头说。

“哎呀，哥吃的不是火锅，是回忆。你懂的，是吧。我只是鼻子出点儿水，身上流点儿汗。你呢，是眼睛出水流汗。别以为我看不见。”尹启华擦擦鼻子和嘴，盯着她说。

周彩儿张口要辩驳，尹启华又大声招呼老板来结账，打断了她。

老板应声来结账，还嘱咐他：“以后多带女朋友来，说不定过几天这店就拆了啊。”

周彩儿想说她才不是他的女朋友呢！尹启华却一口应承着。

站起来要走的时候，尹启华环顾一下四周，像是对她又像是自言自语地说：“就是这儿，就是咱们坐的这一桌。就是这里，我、父亲、母亲，三个人，在这儿，你夹给我，我夹给你，其乐融融，心满意足。还来，咱们还来！走喽！”

脱落了油漆的木板楼梯又窄又陡，下比上难多了。特别是周彩儿还穿着跟那么高的鞋子。尹启华走在她前边，转过身来挽住她的手。她不领情地挣脱。

尹启华说：“小心，怕你摔着呢，看你这双鞋子，非得整这么高吗？以前，我父亲总是站在三个台阶之间，前面拉着我，后面挽着我母亲，虽然我母亲穿的是平底鞋，可父亲还是不停地对母亲说，小心，小心，别摔着啊。”

不知为什么，周彩儿的心一下子变得很柔软。这几十级的木楼梯，走得又有点儿恍惚了。

这恍惚也就走几十级木楼梯那么短暂。

上了尹启华的车，周彩儿才发现自己坐的是副驾驶座的位置。

尹启华也发现了，似笑非笑地看着她问："不坐后座啦？这么看来，是不是代表你不那么讨厌我了？"

周彩儿没好气地说："讨厌！你一张嘴说话我就讨厌！我说你这外表和你这张嘴怎么就是俩不配套的东西呢？不过，你本来就不是个东西，金玉其外，败絮其中。"

"是，在别人面前我可是个坦坦荡荡的体面人，可在你面前我反正不是个好人了，就没必要端着了。"

"懒得和你说，"周彩儿拿出化妆盒补妆，"刚才你说我眼睛流汗，你哪只眼睛看见啦？"

尹启华看着她在眼睛和脸上用粉扑抹抹按按，边启动车边说："说你眼睛有水就是有水。怎么，想起什么了？刚才看你，吃得一点儿也不专心，肯定是在想东想西。"

周彩儿放好化妆盒，沉默了好一会儿，才幽幽地说："其实，我挺羡慕你的。你能够想起父母的样子，想起与父母共度的日子。而我——他们长什么样，我一点儿印象也没有；他们给过我什么爱护，具体的细节一点儿也想不起了。我只知道他们很穷，是外省来打工的，后来发生了什么事，我是怎么进的福利院，从来没有人告诉我。我问过副院长，她也说不太清楚。我想，不可能不清楚，是她不愿意说。我还想，肯定不是什么好事，要不然，老不死院长不会这样对我。"

尹启华边开车边说：“本来我也不知道，也没想过要去了解。可是你的出现勾起了我心里潜藏着的罪恶感，我想知道为什么院长对我和对你的态度截然不同，不可能仅仅是因为我学习好。前些天，老院长终于告诉我了。彩儿，老院长真的觉得对不起你。本来他想原原本本地告诉你。可你根本不给他机会。”

“这么说来，我的身世肯定不是一个好故事。”

“好与不好，都是历史。问题是现在的你，还想不想知道。”

周彩儿看着车窗外闪过的拆迁中的废墟，不紧不慢地说：“正如你说的，好与不好，都是历史。要是你知道，你就说说看。我呢，就当听故事好了。”

尹启华把车停在一边，抓过周彩儿的手说：“不管怎么样，他们依然是你父母。不管我说什么，你都不必难过。你答应了，我再说。”

周彩儿抽出手说：“知道什么你就直说吧。动手动脚干吗？”

“说实话，我真不确定这是不是告诉你的最好时机。你如果确定的话，那我就说啦啊。”

周彩儿不耐烦地说：“哎呀，你要说就快说，别故弄玄虚。我确定，你说吧。”

尹启华深深地看了她一眼，整理好思路，扶着方向盘，盯着前方，缓缓地讲述起来。

“你的老家在云南，因为生活艰难，你父母带着你来到广东打工，生活依然没什么好转。后来，你父亲在老乡的教唆下加入了贩卖儿童的犯罪团伙。你母亲知道了就和你父亲吵，还打了起来，你父亲失手将你母亲打死了，就迁怒于那几个被藏在出租屋阁楼上的孩子，拉出一个爱哭的不到两岁的男孩毒打。后来，你母亲的尸体被发现了，你父亲被捕。警方顺藤摸瓜，把那个贩卖儿童的团伙一网打尽，解救了十几个被卖往各地的孩子。一生服务于福利事业的老院长其实对每一个孩子都很疼爱，可就是对你爱不起来。那天，他对我说他错了，还说你是一个可怜的孩子……”

记忆像闸门般被拉开，周彩儿头痛欲裂，感觉天旋地转……

“别说了，别说了……”周彩儿艰难地吐出这几个字。

住在废弃仓库的一家三口……母亲时常埋怨父亲没本事，没出息……他们常常争吵……父亲爱喝酒，酒后常打她或者母亲……父亲和母亲和好时，其实都很疼她，她有粉红色的纱裙……她想上幼儿园，他们哄她说乡下孩子是进不去的……后来有钱了，她上了幼儿园，和城里的孩子一起唱歌跳舞……一天夜里，父亲和母亲激烈地争吵打斗，她在被子里偷偷往外看，好多血……她哭了起来，惶恐地走到父亲面前……父亲一扬手推倒了她……母亲哭着喊“救命”，血……她扑在母亲身上……母亲再也不哭、不喊了……

周彩儿瑟瑟发抖，大口大口地喘气。

尹启华意识到自己选择了一个不适宜的时间与地点，默默地将周彩儿拥进怀里，轻轻地拍打着她的后背。

周彩儿发抖着抽噎，尹启华安抚着她：“不是说好不难过的吗？都过去了，乖，过去了……这不是你的错，真的，不是你的错……”

尹启华说着说着，也哽咽起来，于是更用力地抱紧周彩儿。

“……彩儿，对不起……所有的一切，对不起……”

“……妈妈，是妈妈，我想起那个夜里，妈妈的哭喊，妈妈……我阻止不了，你知道吗，我阻止不了，我恨自己，恨自己……启华哥，我阻止不了……”周彩儿根本听不进他说的话，沉浸在回忆中发抖，语无伦次。

“我知道，彩儿。我知道……老院长说，从那以后，你便失去了以前的记忆。你的名字是老院长改的，‘周’是你母亲的姓，‘彩儿’表示你来自彩云之南。其实，老院长还是关心你的，只是比起其他孩子来，欠缺了许多。他还找心理医生给你疏导过好长时间。人的情感，有时是不受理智指挥的。每当想到你父亲，他心中就有气。因为……”尹启华停顿了一下，又说，“那个被你父亲毒打致残的男孩，其实就在我们身边……”

这句话周彩儿倒是听进去了，条件反射地问：“谁？是谁？”

“还记得小飞吗？”

“那个瘸腿的小飞吗？”

“是的，他的腿就是你父亲打断的，当时又耽误了治疗。老院长一看到小飞就想到你父亲，所以有时就控制不住，没法公平地对待你……人性这东西……彩儿，你能理解吗？”

“小飞……他一直找不到父母吗？”

“是的，被拐时他还不会说话。”

“他现在还在福利院吗？有二十岁出头了吧？”

“小飞很懂事，在职中读完广告美术设计了，现在在一个艺术影楼上班，也有两年了。虽然还住在福利院，但也算能自力更生了。”

“……启华哥，有机会……有机会带我去看看他……”

“好。但他不知道这些，也不必让他知道。”尹启华还是轻轻地拍着周彩儿，“你刚才叫我哥，这感觉真好！以前你一直叫的时候，并不觉得。”

周彩儿马上从他怀里挣出来，坐直身子。眼泪还是止不住地流，像是要把这二十八年来积攒的眼泪一次性流干净似的。在内心里，她并不感激尹启华，这样的真相，她宁愿一辈子也不要知道。

“是不是后悔知道这些？刚才你不是认同吗？历史就是历史，是我们的一部分。而你就是你，彩儿，你明白吧？”尹启华把湿纸巾递给她。

“……我……我想知道妈妈葬在哪里……”周彩儿抹着眼泪说。

“这个得问老院长他们了，你父亲已经被执行了死刑……”

“我只想知道我妈妈……妈妈葬在哪里……”周彩儿忽然瞪着泪眼望

向他，“你为什么要告诉我这些……”

“彩儿，我只希望你不要活在仇恨之中。也许……我又错了，告诉你真相也许不是预想中那么有效果。可是，彩儿，你应该好好珍惜你自己，替你母亲好好地活下去，这有多难得，你知道吗?”

“……妈妈……妈妈……她会替我梳好看的小辫子，她会唱许多好听的歌儿……那个男人怎么下得了手，怎么下得了手……”周彩儿又哭倒在尹启华的肩膀上，洁白的衬衫染满了腮红与眼影。

面对这张梨花带雨的脸，尹启华有想在上面亲吻的冲动——他的心为什么会这样痛呢?

不知在路边坐了多久，不知眼泪流了多少，周彩儿终于平静下来。环顾四周，这姓尹的脑子是不是进水了？怎么在这种地方跟她说这么重要的事情?

尹启华正要解释，他可是按她的要求说的。周彩儿白了他一眼说：“你就是存心想看我笑话，看我出丑，你在马路边跟我说这些，你什么居心啊你!”

“我，我……这哪儿跟哪儿啊！我心里哪一点比你好受了?”

“你哪一点都比我好受！要文凭有文凭，要地位有地位，你多牛啊，职场情场都得意。就因为我们之前那点儿事，你觉得人生有老鼠屎了，想让我对此一笔勾销，于是千方百计地打听我的过去。现在，你和那老院长终于找到托词了，我周彩儿不管被怎么对待，都是活该的。父债女还嘛。我呸！我要还也不是还给你们，王八蛋！想我就这样原谅你们，没门儿！你，尹启华，你始终欠我一个完好的人生!”周彩儿拉开车门走了下去。

尹启华忙跟下去，问：“你干吗，你要上哪儿?”

“我不想和你待在一块儿！我想一个人静一静。我自己打车!”

“不行，这时候绝对不行。你得跟我一起走，完了你想怎么安静都可以。”

“你管得着吗？你算哪根葱！”

“我不是葱。我是你哥——你刚才不是叫我哥吗？”

“我那才叫脑子进水了！”周彩儿边走边说，“你跟着我干吗，你不用上班啊？”

“你这样我放心吗？”尹启华追着她，心想穿那么高的鞋子，竟还走得这样快，“哎，你不是爱漂亮吗，看你那俩眼睛，肿得跟灯笼似的，你也好意思见人呀。”

周彩儿果真定在那儿了，忙从手提袋里拿出镜子来。那双妩媚的细长眼睛哪还有勾人的光芒？肿得都让整个脸面目全非了！

“是吧？这怎么见人，快跟我回车上吧。我送你回去。”

尹启华以为胜利之际，周彩儿掏出墨镜，不慌不忙地戴上。尹启华一拍脑袋，这女人实在是太强悍、太难搞了。协议！对，协议！全因为协议，她才跟他来吃饭的。

“周彩儿，你站住。你给我听好了！周彩儿与尹启华就风彩海鲜城协议如下……如有乙方认定的条款随意违约三次以上，风彩海鲜城将归乙方尹启华所有……公证人……”尹启华高声朗读着。

周彩儿使劲地踩了几下地面，握紧拳头转身往回走，经过尹启华身边时，故意撞向他。尹启华差点儿摔到污水洼里，心里却非常有成就感，欣赏着周彩儿那摇摆的屁股，往汽车走去。

一路上，周彩儿一直都侧过头看着窗外。尹启华也没有再说一句话。这火锅吃得真是跌宕啊！那么，他们的关系到底是改善了，还是恶化了？谁知道呢？但尹启华的心情倒是晴朗起来。这协议的功效，果真屡试不爽。当初，他怎么就这么有才呢？能想出签这东西来。

这么想着，尹启华不禁吹起口哨来。周彩儿更加生气了，这不是幸灾乐祸吗！在海鲜城门口下车时，她用高跟鞋狠狠地踢了踢他的车门。

尹启华看着她扭进去，正要调头回去上班，没想到周彩儿又扭了出来。她敲了敲他的车窗，示意要上车。

尹启华奇怪地问："怎么，掉东西啦？那你快找找。"

周彩儿坐上来，并没有找东西，也没有下去的意思。尹启华更加奇怪了："彩儿，你怎么了？"

"没怎么，你让我哭成这样，这脸今天之内都报销了，不能见人了。你得负责，还得付出代价。"周彩儿扶了扶墨镜说。

"那你说，要我怎么负责？"

"很简单，我无法工作，你也不能工作。陪我。不然的话，我就一直跟着你回银行，告诉大家是你欺负我，我才哭成这样的。看你怎么面对同事和陈怡飞。"

"你，你这不是无理取闹吗？"

"对，我就无理取闹了。"

"我怎么可能不上班呢？除了出差，我可没缺过勤。"

"那是你的事。你好歹算个领导了，要不要请假什么的？"

……

"你不说我来帮你说，你上司电话是多少？"

"哎呀，我算是怕了你了。我怎么这么倒霉，总能被你治住。好啦，我来说我来说。"尹启华无可奈何地拿出手机，"问题是，我应该怎么说？"

"红色教育出来的好孩子难道从来没撒过谎？当初你不挺能撒谎的吗？不还说是我叫你搞我的吗？"

"你，看看你，又来了……"

"好，不挤对你了。你就说你妹妹周彩儿出车祸了，你在医院陪她。"

“你说什么呢？哪有这样说自己的。”尹启华责备道。然后在电话里和什么人交代要处理的事务，并说他要到其他银行去开个讨论会，下午不回办公室了，有事就打电话。

周彩儿扬起嘴角笑起来，说：“走吧。”

“去哪儿？”尹启华茫然地问。

“随便。去福利院的楼顶吹吹风、做做游戏也可以，只要你愿意。”

“你……你能不能别总有事没事就戳人呢？这很光彩吗？”

“嘁，就算你想做那游戏，老娘还不愿意呢。是不光彩，就是不光彩才提醒你别忘了，你欠我的。你为我做任何事情都不为过。我也是脑子进水了，当初怎么就跟你签了那协议还去公证了？明明是你欠我的啊！”

“法律不管你哪个欠哪个，法律只认白纸黑字。对啊，你倒提醒我了，应该是你听我的才对，为什么我刚才傻得听你指手画脚了？”

周彩儿终于识时务地闭口不语。要是将这一切告诉崔玲玲，不定她得笑多久呢。到一个安静点儿的地方吧，她的情绪需要好好地平复和梳理一下。没有灵魂的女人，也是有情绪的。只是今晚，她会睡得着吗？那么多被唤醒的记忆，梦魇般的记忆……

08

爱丁堡不是终点，不是起点，而是转折点

这个早晨，爱丁堡依旧有雨。崔玲玲可不是来苏格兰住旅馆的，在这儿，每分每秒都是花钱买来的呢。出行计划依旧，至于到爱丁堡大学旁听英国文学，不过是个幌子。但她肯定会去的，去听听简嘉铭崇拜的教授如何授课。

张军早就等候在青年旅舍的门口了。这男人只有一米七左右，穿着英伦风格的黑色风衣，虽然不算挺拔，但也还算养眼。曾经听简嘉铭说过，他老家在苏州，家里是做丝绸生意的，家族已经形成一条庞大的产业链。毕业后，他留在爱丁堡，并在此结婚定居。妻子是他们的校友，也是中国人。

崔玲玲在相片中见过他的妻子，一个很靓丽、高大的北京女孩，像巩俐那样的身材，却有着更凌厉的气质。听说她是外交官的女儿，为了张军也留在爱丁堡没有回国。

张军没有多余的话，将一袋东西递给她。崔玲玲打开一看，竟然是用饭盒装的干炒牛河，还有一杯浓香的豆浆！闻着这熟悉的家乡味道，崔玲玲的口水差点儿流了出来。已经快十天没有吃到中餐了！吃完了，崔玲玲才问他是在哪儿买的，不会是自己炒的吧？

没想到张军竟然说就是他炒的。崔玲玲惊奇地问："你怎么炒的？在这地方怎么做到的？"

张军说："其实挺简单的，当你像我们一样在国外生活很长时间，想念家乡的味道时，就不由自主地去找材料自己做。摸索得多了，自然就成了手艺。简嘉铭不是就有一手好厨艺吗?”

确实，简嘉铭做得一手好西餐。而张军与他相反，张军能把中餐做得具备专业水平。崔玲玲忍不住又问：“你这河粉，还有配料，从哪儿买的？这儿的超市里也有卖的吗?”

张军说：“河粉是干的，从家里寄过来的，调料一般可以在华人开的超市里买到。牛肉嘛，这儿多的是，而且肉质比国内的好。你是不是还想问我，这豆浆是不是我自己磨的？是的，我昨晚睡觉前就泡上黄豆，今天早上现磨的。怎么样，很新鲜吧?”

崔玲玲惊呼：“你妻子太幸福了！真有意思，在国内，精英男们通常大男子主义得很，少有精通厨艺的，而你们这些留学的富家子弟，反倒更加懂得节俭与付出。”

张军笑笑说：“环境造人，这话是老祖宗说的。至于我妻子幸福不幸福，得由她自己说了算。”

车在一个宽大的停车场停下，周围全是有些年头儿的建筑，许多墙体上甚至长出了一些不知名的植物，在灰墙和红墙上绿得安静，而且自得其所。

“爱丁堡大学到了。”张军说。

崔玲玲说：“你并没有问我今天的行程，我刚才被你的美食弄得过于兴奋，也忘记说了——你怎么知道我今天就想来这儿?”

张军并没有回答，只对她说：“走吧，我带你去嘉铭待过的所有地方。”

这所全世界排名靠前的大学，没有围墙，似乎哪儿都可以是入口。校道上，年轻的学生们三三两两地走着，天下着小雨，撑伞的却并不多见。骑自行车的速度飞快，“咻”一声就从他们身边飞过。还有穿着轮滑鞋或踩着滑板的大男孩，将卫衣的帽子套在头上，低俯着头、前倾着身子，也飞一样穿梭过去。

在爱丁堡，极少见到年轻学生开小汽车，那是因为全市的停车限制都很严格，收费也很高，校园里停车更是受限的。大多数学生都会觉得，在爱丁堡走路、骑车或坐公交车比较方便。

举目之处，除了人之外，任何物件都能找到历史的痕迹，一棵树、一盏路灯、一尊雕像、一幢房子……那些用石砖砌成的建筑，据说最早可追溯到1583年。

“你怎么对这里这样熟悉?”张军不禁问。

崔玲玲并没有作答，张军也觉得自己问得多余。

探访爱丁堡大学，仿佛是在探访一位多年不见的朋友，走到通向管理学院的校道上，这种感觉油然而生。崔玲玲一一对比着，搜寻着简嘉铭描述中的或者留影中的每一处景致。

“这是我们的系礼堂；这是我们一起参加过的莎士比亚话剧社，看，那些学弟学妹们还在排练我们当年排演过的剧目；这是上理论课的地方，那是嘉铭和我最喜欢的座位，倒数第二排最中间的位置……亚洲学生大多很勤奋，但不算活跃。嘉铭和我都不算特别优秀的学生，但也不算差——总之对得起父母吧，没干过丢祖国和华人脸的事，也没做过什么让校方铭记表彰的大事……”张军跟着她一点一点地讲解。

“那时嘉铭喜欢上外系的一个法国女孩，可不敢大胆地去追。三年来，他看着人家换了无数个男朋友，也不觉得伤心，像看戏似的，挺有意思。其实，那时我妻子喜欢的是嘉铭，不被接受，她才退而求其次选择了我。这个，嘉铭没和你说过?”

崔玲玲摇摇头。张军继续说：“嘉铭有许多要好的女性朋友，可从没真正谈过一场恋爱，直到他回国了，还是童子身。我笑话他是不是身体不行，他很生气。为了证明他是个男人，我帮他叫了一个美国的女同学，人家也答应帮忙。那天晚上，烛光晚餐等前奏都挺好，我们也把公寓收拾得浪漫温馨，把整个公寓套间都让给了他。结果他们俩人衣服都脱了，却什么也没干成。那美国女同学还信誓旦旦地保证说他一点儿问题都没有。本来，这是我和嘉铭还有美国女同学要共守的秘密。因为在西方，成年之后还没有过性伴侣，是一件丢人的事情。”

崔玲玲想象着，抿嘴而笑。张军也陷在回忆里，笑着。边往前走，张军边说：“不瞒你说，我来留学之前，已经和初恋有了身体之欢，以为可以一生一世只爱一个人的，但还是不能。这又是另外的故事了，还是说嘉铭吧。我问他为什么不趁青春年少好好享受呢，能挥霍、能疯狂的时光并不多。他说就是不愿意。他期待一个能够让他心跳到心碎的女人，我当时理解不了。后来他回国了，在断断续续的联络中，从他口中我听到了许多女人的名字，一副玩世不恭的样子，说是为了刺激未婚妻，至于他为什么变化这么大，我也理解不了。直到后来，我听到你的名字，他用诗歌一样的语言来描述和你在一起的感受。我就想，这小子是找到真爱了。只是啊，我没想到，因为你，后来发生了那么多的事情……”

“是的，也许没有我，嘉铭就不会出车祸，也不会死在手术台上……”崔玲玲幽幽地说，“在我的第一印象中，他就是一个花花公子。后来啊，我了解到，人的眼睛有时会骗人——也就是说，我们看到的或者听到的，不一定就是真的。”

张军拍了拍她的肩膀说：“你呢，就别自责了，一点也不需要。中国有句古话叫‘生死有命’。你为嘉铭和简家做得也足够多了。玲玲，我敬佩你，还有点儿欣赏你，但却不赞同你。不管是站在嘉铭的角度，还是我这个外人的角度，我都觉得你应该为自己而活。”

崔玲玲说：“谢谢。不过，你，还有许多人都误解了。不管我为他或者简家做了什么，表面是在为别人，实际上是为我自己。”

张军若有所思，说：“也许是吧，不过，我还是希望，从爱丁堡回去之后的岁月，你能够真正做回你自己——你是来告别的，不是来祭奠的。”

崔玲玲惊讶地看着他。张军笑了笑说：“别这么惊讶，好歹我也算嘉铭生前最好的哥们儿，你想什么，我多少能感应得到。走吧，我们到别处去。”

雨不知什么时候停了，张军将黑色的雨伞收起。空气湿润而清新，他们的面前是一幢银灰色主调的哥特风格古建筑，墙体略有斑驳，却依旧结实挺拔。

张军指着它说：“这就是图书馆。除了乒乓球馆和网球场，这是我和嘉铭最喜欢去的地方。爱丁堡大学图书馆在英国的大学图书馆中不是最大的，但是也具有相当大的规模。”

走进去，崔玲玲发现大楼有五层，宽敞而明亮。红色的椅子上坐着不少沉浸在书海里的学生。让崔玲玲意外的是，图书馆里还有一个温馨雅致的咖啡厅，看书看累了，可以到这儿来喝杯咖啡，吃块蛋糕或者三明治。

“这儿也是嘉铭喜欢的地方，他经常在这儿一坐就是大半天，还时常被管理员赶走，说他占着地方，妨碍更加有需要的人呢。可嘉铭脸皮厚，下次照样在这儿久坐。这儿气氛好，看书感觉特别好。”

崔玲玲脱下风衣，在简嘉铭最喜欢的那个角落的一把椅子上坐了下来，穿着红白格子制服的侍者马上端来他们点的咖啡与三明治。张军说：“在这儿工作的人全是学生，有的是义工，有的是有工资的。这儿的学生以做义工为荣，我和嘉铭都做过。”

崔玲玲感叹，在这儿，在任何地方都能够找到情致与韵味，这个民族多懂得生活呀。怪不得嘉铭说爱丁堡到处都是文艺的气息。

“是的，简嘉铭原本热爱文学，被家族使命牵引着才读了工商管理。在这个图书馆里，我们接触到许多英文原著。你知道爱尔兰诗人叶芝那首《当你老了》吗？毕业前夕，嘉铭无意中读到叶芝的诗集，就是在这儿，他大声地朗读着，许多人被他的声情并茂所打动，纷纷鼓掌，而他却流泪了。他说，他这辈子不可能有这样的感情和归宿，因为回国后，他就要和家里给定的未婚妻结婚，而他根本不爱她。”张军边喝咖啡边缓缓地讲述着。

崔玲玲怎么能不知道这首诗呢？如今，简嘉铭发的那条信息，还静静地躺在她的手机里。又是一个一语成谶的故事，宿命的安排，到底是躲不过的。何止他，恐怕她这辈子也都不可能有这样的感情和归宿了。

“我知道你在想什么，玲玲。”张军看着她说，“你看，嘉铭不是遇到你了吗？而你，从这儿走出去后，也会再遇到另外一个什么人。老了的时候，你在炉火边打盹儿，他在旁边为你梳理头发，披上毯子……”

“张军，你相信吗？你真的这样相信吗？你呢，你觉得你会有这样幸福的晚年吗？”崔玲玲问。

张军坚定地看着她说：“相信，你会有的。我也会有的——尽管我现在还是一个人，但我从不绝望，也不拒绝打开心门。”

“你……一个人？”崔玲玲忍不住多问了一句。

“她走了，到纽约去了，毕竟这儿太安静了，甚至有点儿沉闷。她现在是个名人了，经常满世界跑，策划主办些选美大赛啊、时装秀啊之类的活动。”张军毫不避讳地说，“我们去年正式办了离婚手续，从她嫁给我的那一刻起，我就知道她迟早是要飞走的。她征服不了嘉铭，便来征服我挽回点儿自尊，她太好强了。而我却是真的爱她。”

崔玲玲不知该说什么。向玻璃窗外望去，雨又下起来了。杯子已空，她正要招手呼唤侍者。

“还要再来一杯吗？这咖啡醇香得很，在别处喝不到呢。”是简嘉铭的声音，崔玲玲愕然抬头，刚才他明明就坐在她的对面，听他们有一句没一句地闲聊啊！

对面座位，坐的是眉头深锁的张军——那个因为和自己一起追忆而深陷往事纠缠的男人。

“爱丁堡，对我们来说，都是一座需要铭记与遗忘的城市。”

异口同声地，如此怪异的声音。崔玲玲与张军都恐惧地张大了嘴巴。窗外的雨越下越缠绵，淅淅沥沥的，像苏格兰那苍翠的山地，连绵不绝。

09

在你这儿，面具与衣服都可以不需要

此时，地球的另一端，也在下雨。这是暮春的最后一场，也是初夏的第一场雨，伴着响雷与闪电，下得那么痛快。

风彩海鲜城里，员工的精神面貌焕然一新。前几天，周彩儿公布了厨师长等三个人被奖励股份的消息。虽然获得奖励最多的厨师长也只有3%，但以后还会视情况增加。那几个总想占便宜的反而没有奖励，恨得牙痒痒。

周彩儿不失时机地说："只要是为企业付出汗水和真心的人，迟早会得到奖励，特别是中高层的管理者们。大家可要反思自己，然后加把劲儿哟，你们的每一分努力，我都看在眼里。另外，我想告诉你们的是，我并非只是个花瓶这么简单，我既然能够有今天，总有我的过人之处。那些居心叵测的，大可放长眼光走着瞧。下一个最有可能得到奖励的人是大堂经理，好好干哟!"

大堂经理的脸上像开满了花朵似的，一整天都收不住那高兴劲儿。接下来的几天，厨师长便将一些新菜式做出来了。看得出，人家一直在研究，只是对周彩儿缺乏信任。再说，以前老板娘也没要求在菜式上创新呀。

尹启华贷款给她时，告诫她海鲜城一定得整顿，还说什么"人治法治"、什么"服务质量是内核"之类的一大堆话，如今细细想来，不无道理。看人家崔玲玲，不就是靠创新与服务质量创出了一个养生海鲜餐的品牌吗？风彩海鲜城也得有自己的特色，就专门走高端市场，专门宰有钱、有权的人——这帮孙子，不怕东西贵，就怕不贵。

这个月的账，盈余仍不乐观，还不够还银行的利息呢。简嘉仪叫她千万要沉住气，又不是竹笋——一夜疯长，做大事的人得慢慢来，一步一个脚印。

周彩儿心里依旧像蚂蚁抓挠似的。幸好宣布改革后，新菜式、新品种增加了，便多了一些以前的回头客和新客人。

周彩儿心中又暗暗地感激尹启华。那天他因为揭露周彩儿的悲凉身世而被她折磨得够呛，没想到第二天他竟然将一份建议书打印得清清楚楚地交给她，然后什么话也没说就转身走了。

就是那份建议书帮了大忙。她对自己做的方案进行调整补充，才有了现在这效果。人就是这样，什么也没有的时候天不怕、地不怕，敢说也敢做；但现在她必须小心翼翼地下每一步棋，否则稍有差错，于她将是致命的打击。

尹启华连续一周没露面。周彩儿暗骂自己犯贱，这是怎么了，怎么会盼着他来？周彩儿心里像吃了个苍蝇似的恶心。好一会儿，她又自言自语道，我这是盼着他带人来花钱哩，生意就是生意，管他吃饭的是哪个乌龟王八蛋！

这会儿，尹启华的心里才像吃了苍蝇呢。大学同学刚刚从香港出差回来，告诉他在香港见到他未婚妻陈怡飞了。

香港？她不是说和领导一起去青岛参加金融会议吗？尹启华不露声色，怎么也不相信天使一样的未婚妻会对他撒谎。

陈怡飞还是每天发来几个爱心信息。尹启华一条一条地翻阅着手机里的短信息。每次她出差或者他出差，他们都非常默契地不会主动给出差的一方打电话，怕对方正忙着；一般是出差方忙完了才打电话给在家的那一个。大多数时候，他们都是靠短信息说些心跳耳热的小情话。

尹启华随手拨通了陈怡飞的手机。陈怡飞问怎么这时候给她打电话，她正忙着呢。

尹启华说："没什么，就是想你了。"

陈怡飞甜甜地笑起来说："亲爱的，我也想你。乖，我现在正忙着，会议一个接着一个，完了我再给你电话啊。"

尹启华说："好的，你忙。"

沉默，只能沉默。不然能怎样呢？问她现在在哪儿吗？从手机里，尹启华分明听到周围的人说着粤语。

不管什么原因，他讨厌欺骗。

"出来喝酒吧。"尹启华在电话中说，语气平淡得很。

"这才几点？我还得招呼我的客户呢！再说，多好的酒我这儿都有得喝。"周彩儿听到尹启华的声音，有点儿莫名其妙的欢喜，却又本能地拒绝着。

"你非得这样吗？经营一个饭店，非得像你这样吗？酒本是好东西，不是用来糟蹋的——我讨厌应酬，我讨厌总是说一些言不由衷的话、做一些身不由己的事，我讨厌谎言！"

这不莫名其妙吗？听出尹启华的情绪有点儿异样，周彩儿问："你这是怎么了？你不挺春风得意的吗？"

"别说我，我是问你——你是不是非得这样？"尹启华避而不谈。

"我当然是非得这样，你又不是没见过我这样。我一直都这样，别人都冲着我来，我不这样还能怎么样？"周彩儿说。

"你不是在改革吗？你就不厌烦这种看不到真实与真诚的关系吗？"尹启华说。

"改革是改革，而我呢，是这儿的定海神针。海鲜城已经有风格了，风格不就像人的性格吗，一时半会儿改不了的。我得需要时间啊。”周彩儿不知为什么，抵触情绪似乎不在了，简直有点儿推心置腹的意思。

尹启华叹了口气：“是啊，人的性格是改不了的。可是，有的人真的已经改了。什么时候变的，你都不知道。”

“你到底怎么了?”周彩儿追问。这男人今天确实有点儿不对劲儿。

“没什么。只想和你喝喝酒。不在你的海鲜城，去没有认识的人的地方……”尹启华说，“你必须出来!”

“为什么?”

“因为你没得选择，我也没有。”

“为什么?”

“因为只有你才知道我的最坏与最好。在你这儿，面具与衣服都可以不需要……”

“……好吧，你说个地方，我去找你。”女人最受不了男人对她说“唯一”“只有你”，这是多么具有说服力与诱惑力的措辞啊!

“不，我接你。我就在你附近，马上就到了。”尹启华竟又真诚地加了一句，“谢谢你，彩儿。”

这男人肯定哪儿不对劲儿了，周彩儿想，就当是履行协议吧。只是这种时候，他为什么不找陈怡飞而非要拉上她呢?

周彩儿依旧盛装，染成棕黄色的长发卷曲着披在肩上，强调性感身材的紧身印花连衣裙，十一厘米的宝蓝色羊猄皮鞋，脸上化的妆接近舞台妆般略显夸张。她就像一只开屏的孔雀，处处散发着诱惑的意味。

从一个静吧的停车场走出来，尹启华上下打量着她，问了一个让周彩儿摸不着头脑的问题：“你说是看上去像个荡妇却内心纯净的女人可怕，还是看上去像个天使却如荡妇的女人可怕?”

“这两种女人我都不是，所以不清楚。”周彩儿边往酒吧走边说，“我呢，是看上去像个荡妇，实际上就是个荡妇，我是表里如一的女人。不管别人怎么看，我就是我，你看到的是怎样的，就是怎样的。”

尹启华笑了笑，这是唯一一次周彩儿这样评价自己来和他调侃。他们要了个小包间，点了瓶红酒和一些小菜。

“是的，你真实得很。从小你就是个率真的女孩，喜怒哀乐形于色。现在，你看似复杂，可是简单得很。彩儿，在这年头儿，人活得真实，真不容易啊。”尹启华感叹。

“你呢，喜怒哀乐不形于色。可是在我这儿，你其实也简单得很。咱们都知根知底了，就别装了。我问你，是不是和你那个天使未婚妻出状况了?”周彩儿看着他说。

尹启华没接话，周彩儿也不再问。侍者将红酒和小菜都端上来，尹启华亲自往周彩儿和自己的酒杯里倒酒，又指着桌面上的小菜说：“这就是咱们的中国特色哪，红酒配小菜。”

周彩儿也笑：“你应该点西餐的。”

尹启华马上说：“那不行，西餐红酒，像约会似的。”

这一本正经的口气让周彩儿觉得很滑稽。这王八蛋不明摆着嫌弃她够不着与他约会的层次吗？难道他天生就得和陈怡飞那样的天使约会?

“还说不装呢，这不照样装。装腔作势这种事呢，一成习惯，就那什么了。”

“哪什么?”

“就成为习惯了呀。”

“你绕口令呀？说我装，我什么时候装了？要装也在别人面前装。在你这儿，我装得了吗?”尹启华一口喝光了杯里的酒，自顾自又倒上了，“还别说，这样土老帽儿似的猛干洋人的酒，还真有点儿风萧萧兮的壮士豪情。来，喝吧。”

倒是周彩儿不想跟他海喝了，对于酒这东西，她其实一点儿都不稀罕，多好的酒她没喝过？她的义务就是陪，坐这儿，听着。这男人，肯定有事儿。周彩儿心里琢磨不停。

“我说，你怎么这样理直气壮地‘臭豆腐’着啊？你好歹也装装啊，装成个贵妇似的，那样多好，多体面。可你这女人，根本就不装！别人说你闲话、看你笑话，你竟然当小菜似的全盘接收，吃下去，还觉得味道不错。我说你，怎么变成这样一个女人呢？”尹启华看着她，反复绕着。

“我周彩儿最大的优点就在这儿了。可惜你不认识我的姐们儿崔玲玲，如果我是个爱装的女人，我能有这样的铁姐们儿吗？我天生就不会装，也不想装，我也不怕自己的丑陋暴露于世，哪怕害了谁，我也敢认、敢说、敢承担。但在生意场上，讲究真实就会吃亏，我只能圆了又圆——我得挣钱啊！你要说这是虚伪也行。可这虚伪也是赤裸裸的，大家心知肚明，也不用装纯洁。嫁给刘涛，你以为他不知道我的动机啊，可他还是给了我名分。为什么？各取所需，有何不可？”周彩儿点了根烟，吸一口，再缓缓地吐出虚虚长长的烟雾来，“至于装贵妇，你也算半个上流社会的人了，你觉得这贵妇是你想装就能装的？没那血统，没那气质，要是乱装才叫一个恶心。”

对这番话，尹启华既想认同，又想推翻。见到周彩儿抽烟，这姿势，怎么这样有味儿？回过神来，他赫然道：“你，你什么时候又抽起这个来了？”

周彩儿又吸了一口，向他媚笑道：“高中时抽过，抽得还挺凶，装酷，装不良少女呗，后来戒了。最近压力大，又抽了。怎么，是不是觉着我有点儿拈花轻笑的性感？”

尹启华眉头一皱：“还是别抽了吧，对身体不好。特别是女人。”

周彩儿果真按灭了香烟，还是媚笑着盯住尹启华："我怎么觉得，你这个王八蛋还挺关心我的。"

"本来就是嘛。不管怎么说，你是我妹。"尹启华说。

"去你妹的，又装这一本正经的样子。真讨厌。还是别提什么哥呀妹的吧，总让我想起咱们乱伦过，这比什么都恶心。"

尹启华被周彩儿噎得不知该说什么好，只得将酒杯往桌子上一放，顾左右而不语。

"是不是在想，你本来就心情不好，还要受我的气，觉得特憋屈，是吧?"周彩儿往他的酒杯里倒酒，玩味地看着他，"这会儿，觉得你其实挺可爱的。说说吧，到底什么事？既然找我出来了，既然我不顾生意陪你来了，你总得有个交代吧?"

"……"尹启华张开嘴，就是说不出来，又叹口气望向别处。

"你不说也行，不说你就放我回去。才说在我面前不装，还不是一样装！我走了，你自个儿在这儿忧郁吧。"周彩儿站起来。

"你坐下，给我坐下！"尹启华几近命令道，又低头说，"我真不知道该怎么说。"

"有什么就说什么呗，"周彩儿重新坐下，"你不说，就不会痛快，只会越喝越难受。人要学会倾诉。有屁就放，多简单的事。"

"怡飞她……她骗我，她撒谎了！她……说去青岛，结果是在香港……你说，她为什么要骗我呢？真出差还是干什么去了呢？像她这样单纯的女孩，怎么也会撒谎了呢？我可从来没有对她撒过谎啊。"尹启华更像是在自言自语。

周彩儿大概明白了。

"那样家庭的女孩，说单纯，我才不相信呢——见多识广！可这与撒谎没关系。以我作为女人的直觉——出事了，而且早就出事了，只是你没感觉。”

“我们一直挺好的呀，她家里还催我们尽快结婚呢。怡飞很爱我，当初还是她追的我——非我不嫁的那种。”

“人是会变的。你看，我就是一个鲜明的例子。”

“你是说——她另外有人了?”

“概率很高，你仔细回想一下最近你们之间的关系。其他的我不多说，因为我这人没体会过所谓的爱情。在我这里，男人向来只是供我使用和利用的东西。”

“东……东西?”尹启华问。

“你还是好好回忆一下，找找破绽或者问题吧。我的事情你不用操心。”

尹启华便陷入思索中。忙，陈怡飞当上外联部长之后，便开始忙了。就在这时，手机响了。陈怡飞在电话中用热烈的口气说：“亲爱的，我回来了，正在机场高速上。这么晚了，我能到你那儿去，明天再回家吗?”

挂掉电话，尹启华竟然问：“怎么办?”

这可怜巴巴的模样，周彩儿几乎要笑出来。这果真是尹股长吗?

回到住处，周彩儿总在猜想，尹启华和陈怡飞会不会发生点儿什么。于是她心情很是不错，抑制不住地哼着歌儿。

见鬼了，难道我盼着人家散了啊？散了好！哼……可人家散了，对我有什么好处……散了好，那陈怡飞八成背着尹启华偷男人了……咦，人家偷男人关我屁事啊？还是散了吧，尹启华这人容得了欺骗和谎言吗……应该散不了，尹启华怎么舍得陈家这一层关系……散了吧，叫你们幸福，叫你们显摆……吵架，肯定要吵起来了……

周彩儿就这么无聊地猜想着，果真是有点儿幸灾乐祸的意味呢。就幸灾乐祸了，这不算恶毒吧？周彩儿自我圆说着，我不过是比较八卦而已。

实际上，她猜想的这些都没有发生。尹启华没有问，陈怡飞也没有说。

洗完澡，陈怡飞亲了尹启华一下，就蜷在床上睡着了，好像很累的样子。尹启华坐在床边，静静地看着她这张小巧秀美的脸，长长的睫毛，挺直的鼻子，尖尖的下巴，有点儿电影明星的神韵。七年了，他们在一起竟然已经七年了。爱是承诺，爱是习惯，尹启华无法想象，如果这辈子不是她来当他的妻子，还能有谁呢？

早晨，陈怡飞醒来，发现尹启华不在床上，空枕头上放着一个蓝绒小盒子。她下意识地打开，是个戒指。

卧室门口，尹启华正端着牛奶和面包。陈怡飞探询地望着他。尹启华走过来，在床头柜上放下东西，握着她的手认真地说："你知道的，这戒指买很久了，还是你挑的，你说结婚的时候戴上。在这之前，你要尽情地玩儿。怡飞，我觉得是时候了——我们结婚吧。"

陈怡飞愣了愣，眼底闪过一丝不安，然后说："亲爱的，你怎么突然提结婚了？年前爷爷催促我们，你不是说我们还年轻吗？再说，人家二十七岁生日都还没过，还没玩够呢！人家才工作两三年就结婚啊。我不嘛——"

"你不是说等着穿从香港订回来的婚纱吗？你现在的身材刚好，我怕再等，你就发胖，穿不下了。"尹启华把她拥进怀里。

"不嘛，再等等嘛——我不想这么年轻就结婚。现在根本不是时候。"陈怡飞撒着娇拒绝。

"你不是很爱我吗？我也爱你。怡飞，嫁给我，正式成为我的妻子。我保证，会让你幸福的。我会一辈子对你一心一意。"尹启华低头深情地说着，在她的额头上亲了亲。

陈怡飞从他怀里慢慢地挣脱出来，低下头小声说："启华，我真不想现在就结婚……”

“你不爱我了，是吗?”尹启华扶着她的双肩问。

“没有啦——只是觉得还不到时候。等到了时候，我亲自向你求婚，行不行?”陈怡飞恢复了她的可爱模样，逗趣地说。

尹启华笑了笑，只好默许。陈怡飞将头埋在他的怀里，他伸出双手将她抱住。怀中这个女人，确实和以前有点儿不一样了。那个说要给他世界上最温暖的家，给他生十个孩子的女孩，那样坚定执着的表情，他再也看不到了。他期待着有一天，她能自己主动诉说真相。

要是在以前，不管她有多累，一嗅到他身上的味道，都会要他。而现在她睡醒了，也丝毫没有想黏着他的欲望。对于人与人之间的距离，尹启华是敏感的。他经历过破碎，经历过生离死别，一个人在这世间行走，他珍惜并极度在乎所有给予他温情的人。

这么想着，他又想到了周彩儿。其实，他也是珍惜、在乎她的吧？只是那时，他太小了，小得担当不起一点点的责任。他以为，那和过家家游戏没什么两样——只要长大了，就忘记了。

“不要再让别人来告诉我，怡飞。”将陈怡飞送回家，在她的房间放下行李，尹启华出门时这样说。

陈怡飞吃惊地回头，看着他急切地问：“什么意思?”

尹启华笑了笑说：“没什么。以后要出远差，记得和我说，我负责接送。”

陈怡飞明显松了口气，跑过来圈着他的脖子，抚摸着他的胸膛说：“都有司机呢，你那么忙。你这份爱心，我领啦。”

尹启华不敢推开她，可她的手还在继续。

“这是在你家，怡飞，你妈妈在呢……别，别这样。”尹启华想躲避。

“都默认你是女婿了，难道他们不知道我们的关系已经到哪儿了啊？没事，来嘛，我就要……”

陈怡飞的唇在他的脖子上游移，一直到耳朵，然后是脸与唇。尹启华闭着嘴，陈怡飞的舌头一直要往里伸。尹启华扬开了脸，顺手将她抱起来，往床那边走去。

潜意识里，她以为只有这样，才能掩饰自己的心虚，让他相信自己没有变。

不知为什么，尹启华总幻想着她的体内有其他男人的液体，这臆想让他疯狂，于是用力地撕着她的衣服，然后狠狠地压着她。

陈怡飞也狂乱地呻吟起来，比他还疯狂地回应着。不一会儿，尹启华便在她身上安静下来。陈怡飞意犹未尽地在他耳边说：“你刚才好厉害……”

看着这桃红娇羞的脸，尹启华百般滋味在心头。

“我要上班了。你在家好好休息。”尹启华轻轻地推开她，拿过衣服穿起来。

“嗯——这儿呢，这儿。”陈怡飞把脸伸过去。

尹启华边扣扣子，边在上面亲了一下。

陈怡飞又把嘴嘟起来，凑得更近。尹启华看了看，又在上面亲了一下，然后拍拍她的脸说：“好啦，我得走了。”

看着尹启华带上房门，陈怡飞躺在床上，叹了口气。手机响起来，她拉过被子才接听。

“宝贝，昨晚睡得还好吧？”一个浑厚的男声。

“还不错。怎么这个时候给我打电话啊？”陈怡飞有点儿责怪他。

“想着你呢？宝贝，什么时候出来，我陪你去泡温泉做SPA，让你尽情放松放松。”

“再说吧，我……”

敲门声起，尹启华推门进来，陈怡飞吓得猛然坐起来：“你，你，你不是走了吗……”

尹启华看了看她手中的手机，指了指桌子上的手表。

“我……我在接一个重要的电话，你拿了快上班去吧，要迟到了。”

陈怡飞的不自然太明显了，可尹启华似乎看不到，拿了手表对她挥挥手，又轻轻地关上了房门。

手机里一阵“喂喂喂”的声音，陈怡飞看着紧闭的房门，抱住自己的肩膀，将头深深地埋了进去。

10

将自己的过去全盘否定，需要勇气

见到陈怡飞出现在自己的办公室，简嘉仪很是意外。

“你不用上班啊?”

陈怡飞把手提袋往沙发上一扔，整个人往里一摔。

“叫你出来喝早茶，你又说要工作。我只好跑你办公室来了。我……休假呢。”

简嘉仪看着文件，头也没抬地问:“怎么了？你这被无数人宠爱着的乖乖女还有什么烦恼啊？女人最大的烦恼，通常是男人。你别告诉我你和你的尹哥哥闹什么别扭了啊。”

“哎……”陈怡飞长长地叹气。

自从简嘉仪从香港回来接手家族生意后，这俩死党恢复了密切的来往。俩人都是活泼开朗的个性，高中时期几乎形影不离，互相分享着彼此的秘密。她如何狂追尹启华的过程，简嘉仪虽然没亲眼看见，但没少听她的汇报与倾诉。

“你有没有试过，将自己的过去全盘否定?”陈怡飞躺在沙发上问。

简嘉仪放下文件，走过来坐下说:“有的，我哥走了之后，我就否定了过去的生活方式，不再只为自己活。那时玩疯了的我何曾想过，我要背负如此大的责任?”

“那你痛苦吗?”陈怡飞问。

“开始是有的，可后来慢慢地，我觉得这才是我真正的人生轨迹，”简嘉仪说，“我想，你所说的否定，和我不一样吧?”

“不一样，太不一样了……嘉仪，你觉得尹启华真的那么好吗?”陈怡飞坐起来问她。

“那是你一直在我面前说他好，而不是我觉得他好。不过，他好像还真挺好的——怎么了？爱他、要他的人是你，可不是我。”

陈怡飞又躺下去说：“问题就在这儿，是我，所有的一切都是我。开始是我，要绑架人家一生的也是我……可是，嘉仪，我得告诉你一件事，你可别骂我。”

简嘉仪看着她问：“你……是不是变心了?”

陈怡飞点点头，又摇摇头。

“好像不是不爱，可真没以前那么爱了……我说不上来，我讨厌这种习惯，好像在一起就是一个习惯、一个承诺，太没意思了……他那人，没什么情趣，什么都是按部就班……日子就像从一个模子里倒出来的。我和他找不到激情……有时，那激情还是为了习惯装出来的。”

简嘉仪点点头，说：“我明白了，于是，你遇到了一个给你全新感觉的人？很刺激?”

陈怡飞点点头，又坐起来问：“我是不是特坏？我怎么办?”

“我觉得，两人之间可以不爱，但不可以有欺骗，这是对他的尊重，也是对自己的尊重。你认真想想，应该舍弃谁吧。”简嘉仪凑过去一些，又问，“你这样到底多久了?”

陈怡飞低下头小声说：“有两三个月了……”

“什么？你怎么都不和我说说?”简嘉仪很认真地说，“怡飞，你知道我哥和崔玲玲的事吧？我从中受到极大的影响，我讨厌亵渎爱情的人。”

陈怡飞羞愧地将头靠在简嘉仪的肩膀上，哽咽道：“太难了，否定自己，否定过去太难了……放弃这个他，也太难了……启华哥要是知道我在欺骗他，会不会恨我?”

“怡飞，真得听我一句——你好好想想，快点儿决定，不要伤害启华，也别伤害你自己，好不好?”简嘉仪拍着她的肩膀说，“爱与不爱，要与不要，都得心怀真诚。你说是吗?”

陈怡飞点点头：“你越来越像玲玲姐了。如果她在，一定也会像你这样说我的——我怎么也想不到我自己也会变。人生真的像玲玲姐说的，充满意外。”

凡是和崔玲玲接触过一段时间的女人，哪个不受她的影响呢?

现在，她在哪儿呢？什么时候回来呢？简嘉仪真是好想和她说说话——起码，让父母知道她过得好不好吧?父母时常问起她，简嘉仪都不知道该怎么回答。

站在青年旅舍的小窗前，望着雨雾朦胧的这座城市，崔玲玲已在盘算着回国的行程了，她不可能真的在爱丁堡大学旁听英国文学一年，虽然那个教授很希望她留下来。说起简嘉铭，那个教授竟然还有印象。

只是这个地方不属于她，甚至连简嘉铭也不属于她。他们的相遇、相知、相恋，只属于人生中某个阶段的心心相印。他走了，便把永恒留了下来，在那个时间与空间里，一直都在。

而她的未来，将从这儿开始。张军说得对，她是来告别的。无名指上的戒痕已经消失，整根手指的肤色一致。

她见过了在教室上课的嘉铭，在网球场挥汗如雨的嘉铭，在图书馆读书的嘉铭，在咖啡厅朗诵的嘉铭，在小书店流连的嘉铭，在花钟前许愿的嘉铭，在雨中疾步的嘉铭，在公寓里做可口饭菜的嘉铭，在女孩中间勾肩搭背、纵声说笑的嘉铭，还有毛遂自荐投入地演绎罗密欧的嘉铭……

这些嘉铭都在某个空隙，对她爽朗地笑，像苏格兰难得一见的太阳一般，温暖而柔润，却从不向她走来。她能读懂他的唇语，他要她归去。

“当缅怀一个人时，爱到没有忧伤，是一种境界。”张军站在她旁边，手上是替她订的机票，“真的不想留下来吗?”

崔玲玲摇摇头，依旧看着窗外。不知从哪个街角传来悠扬的风笛声，竟然是支欢快的曲子——《天堂之约》，这是西方人在葬礼上吹奏的音乐。庄子为亡妻敲钟击缶，大抵就是这个意思吧。

死的优雅，生的亦优雅，并且温暖而欢畅。

“你知道吗，在爱丁堡，我想明白了一件事。”

“什么事?”

“嘉铭的出现和离去，就是为了唤醒我体内爱的能力。”

“为什么?”

“你知道一个人失去爱的能力，是一件多么可悲的事情吗?”

“当然知道。因为我也失去过。虽然我不至于绝望，但起码到如今，我还不敢轻易再去爱。好像说到‘爱’这个字，都有点儿难为情。”

“是的。也许你不知道。在嘉铭之前，我被背叛过，离了婚，然后像看透了红尘似的，只爱自己，过得很充实、很张扬、很光鲜。我也和男人约会，但总是在对方说出一个承诺时，我条件反射地让那段感情戛然而止。我自以为这样做很理智，也佩服自己所拿捏的分寸，可实际上，我不需要婚姻，是因为我惧怕再次受伤。是嘉铭让我认识到我有多么可悲，因为我失去了爱的能力，也是嘉铭让我找回了爱的能力——许多时候，对于有过某种经历的人来说，爱，就是相信。”

崔玲玲一点儿也不惊讶怎么会在张军面前这样剖析自己，实际上，她只是说给自己听，好让自己愈加豁然开朗。这个生活在苏格兰的英籍华裔男人，往后与她山长水远，与陌生人无异。有时没有距离的倾诉，是需要距离的。

“爱，就是相信。”张军踱到窗前来，随着她的目光向外望去。其实窗口很小，既看不到天空，也看不到街道，只看得到对面大楼的半截大理石墙壁。而在崔玲玲的眼中，却满是内容。

“爱，就是相信。”张军重复了一遍，“我记住这话了。你说得对，如果不是心中有怀疑与忐忑，这红尘之中，定会全是花好月圆之事了。”

“爱情不是人生的唯一，特别是对于我们这些三十多岁的人来说，正儿八经地谈论这个话题，多少显得有点儿别扭与可笑。可是，谁又能否认，爱情是我们认识自己的过程呢？相爱的双方都是彼此的镜子，正因为心心相印，才愈能照出自己真实的模样。”

张军静静地听着，静静地注视着崔玲玲，这真是一个很特别而且又非常通透的女子啊！怪不得简嘉铭对他说，她是一个有点儿层次的男人走近了就想靠得更近的女人。

“我对嘉铭心怀感激，”崔玲玲迎接着他的目光，面带微笑，向他伸出手，“也对你心怀感激。谢谢你。”

张军伸出手与她轻轻地握了握，转移了话题：“谢我什么呀，力所能及而已。我和嘉铭都希望你幸福、快乐，你只要记住这点就行了。”

崔玲玲点点头。谁说女人的幸福非得要男人来成全呢？她彻底地理解了丁秀珍老师。丁老师离婚之后一个人带着儿子生活，深居简出，研读诗书，懒得再婚、懒得交际、懒得恋爱、懒得思考一切与生命本质无关的问题。整个人如静止的树叶与湖水，而她却说自己很幸福。

感觉到幸福，是在有了嘉铭之后吧。哪怕他离去了，这幸福依旧在，一直在。直到她再遇到其他的幸福，之前的幸福也不会消失，只会叠加。

心里如此满溢，还会装得下其他男人吗？装得下或者装不下，交给未来吧。时间总会给出答案。

除了来送机票，张军还有另外一个任务——爱德华教授要请他们吃饭。关于这个爱德华教授，崔玲玲早就听简嘉铭说过，那是一个终身不婚的怪老头子，他在爱丁堡大学有个人类学研究所，很喜欢中国的饮食文化。一次偶然的机会，这老头子吃到简嘉铭和张军一起做的橄榄油煎饺子，便有事没事逮他们到他的公寓做饭。他呢，就给他们提供在学校的各种便利。

爱德华教授的公寓就在爱丁堡大学内，也就是研究所里。在爱丁堡大学里，有各种各样的研究所，有的课题极为怪异，比如“屁从人体出来是什么形状”，虽然可笑但不用怀疑，就连这样的课题都会有人正儿八经地研究——只要你找到资金支持，学院批准，就可以就某一课题或者领域研究一辈子。

夜色中的爱丁堡大学，雾气浓重。按西方的赴宴礼节，崔玲玲换了一条简洁的羊毛小礼服裙，外面加了件简洁的黑色风衣。

走过一条长廊道，转上二楼，就全是爱德华的天地了。崔玲玲没想到他这么老，头发胡子全白了，却精神矍铄。七十岁了还在研究人类的各种问题，实在让人敬佩。

他对张军张开双臂高兴地叫着：“My sun!”

他们夸张地拥抱与互相捶打后，齐齐地望向崔玲玲。

爱德华问：“就是她?”

张军说：“就是她!”

爱德华转而向她张开双臂，那眼睛里满是慈爱。崔玲玲大方地迎了上去。紧紧的一个拥抱后，爱德华细细地端详着她：“嗯，是这个样子。就是这个样子。”

张军没想到爱德华竟然真的做了地道的苏格兰羔羊肉以及美味的鲑鱼，配以有了年月的红酒，简单而丰盛。他把带来的手工牛肉饺子和鱼香肉丝，一起摆了上去。让他最没想到的是，几十年来，爱德华第一次把自己的寓所收拾得窗明几净。

“助手帮忙的，我可是给了小费。不过，我还得再给他一次小费，让他明天帮我把东西放回原位，不然我什么都找不到了。”爱德华教授注意到张军那诧异的样子，笑着解释。

崔玲玲被这老头儿的率真惹笑了。

“你是简的爱人，我要像个主人。简与张，都像我的儿子一样，他们在这儿那几年，给了我许多快乐。简到上帝那里去了，而你却来了。”爱德华看着崔玲玲说，“我没有婚姻，没有孩子，可是我爱过，很美很美地爱过。”

然后从他的口中，崔玲玲吃力地听他追忆简嘉铭。张军时不时帮着翻译，偶尔在倾听和讲述中哈哈大笑。崔玲玲也跟着笑，笑出了眼泪后，再接着笑。

这实在是怪异得很，但又如此自然。

“上帝会护佑你，孩子。简也会的，因为我们都爱他。”离开时，爱德华教授握着崔玲玲的手说。

走进雾气愈加浓重的校园中，崔玲玲突然感觉到一种痛楚，像有某种东西要抽离身体似的，她站在那儿迈不开步伐。

“还能坚持吗？要不要哭出来?”张军上前扶住她。

崔玲玲摇摇头，举目四望，然后软软地靠在张军怀里，梦游似的说：“他走了……在这之前，他一直在，在我的身体里，在我周围的空气里……”

张军也举目四望，夜雾弥漫，四周悄无声息。

只一会儿，崔玲玲便站直了腰，扬起头说：“我们……回去吧。我没事了。”

这个女人，应该怎样来形容呢？她并没有硬撑，她的坚强与脆弱自自然然地来，又清清淡淡地去。生命的一切感受，于她，似乎全都不是意外。而她的内心，此刻真正在想些什么呢？真有他所感觉到的这般豁达、通透吗？

“我的来与去，我的从容与痛楚，都是因为爱。他的来与去，也是一样的。生离与死别，哪个更加残忍，我不敢说。爱有许多层次，有的爱在身体，有的爱在物欲，有的爱在烟火，有的爱在灵魂。爱在烟火最温暖，假若爱进灵魂，直达彼此最隐秘的地带，是个悲剧，也是个喜剧。我感受着爱带给我的幻灭与永恒，像参悟不可说破的禅意。我说这些，不要求你懂，也不要求你认同——我只是说给你听，然后我自己也在听。”

黑暗中，看不到崔玲玲的表情，但这语气让张军有种想拥抱她的冲动。

“我回国之后，你又是个陌生人了——因距离遥远而陌生。又或者，我把你当作他的某个部分，再说给他听。好让他、让你、让我自己，明白我现在是一个什么样的人。有一些我听明白了，还有一些并不明白。生命是个谜，需要与他在一起，才会有正确的谜底。而他已经不在了。不过这又有什么关系呢？生命依旧是个谜……我一个人，可以继续寻找谜底。千回万转，峰回路转，谜底在哪儿呢？其实，这不是一件挺有意思的事情吗？不管怎么样，我得兴高采烈地去做，是吧？”

张军默默地听着，像听讲座一般入迷，他真想打开手机，将这些话通通录音、保存。

就要离别了，张军有点儿舍不得。一年多来，他从没有与女人相处过这么久。三十七年来，他从没有听女人说过这么多有意思却又听不太明白的话。

“不要把我当作陌生人吧。虽然远隔重洋，但不是有网络吗？保持联系，我需要知道你过得好不好——我不能替嘉铭照顾你，所以你要照顾好自己，这样才有力气去寻找你生命的谜底。”张军帮崔玲玲将行李办好托运，坐在候机室里说，“而且我还有回国去创业的打算，只是时间还没有定下来。”

崔玲玲笑着点点头，却说：“我们绝对是朋友。但也许我不会给你写信什么的。请你原谅，别误会我过河拆桥，只是利用你。不是这样的。”

“我相信不是。”张军笑笑，伸出手与她握了握，“那，你保重，一定要保重。”

“我是爱惜自己的女人，一定会的。”崔玲玲笑着说。

“我像嘉铭一样，很喜欢看到你笑。有份礼物要送你。”

张军说着，递给崔玲玲一个盒子，里面全是和简嘉铭有关的物品，相片、奖杯、纪念册……

“你给我这些，是何居心呢？”崔玲玲捧着盒子，眼眶迅速泛红，“这是属于你和他的记忆，还是你留着吧——我有的已经太多……”

张军把盒子捧过去，小心翼翼地拿起相册，一张一张地翻阅。

“实际上，我一直不相信他已经不在了。这么年轻的他……”

“实际上，他确实不在了……”

“玲玲，记住我说的话——为了他，好好地生活。”

“说点儿别的吧。就算他已经不在了，我答应过的，就是承诺，我一定会的。”

“好的，说什么呢？”张军将盒子收好，靠在椅背上，“说点儿他的糗事吧。他肯定不会和你说这些的。”

“好，我听着。最后一次听他的故事了。”

“还记得我们刚刚来爱丁堡的时候，天天吃西餐，真是难受极了。我们都是讲究生活质量的人，这‘吃’可是人生头等大事啊。忍无可忍之下，我们决定自己动手做饭吃。可在国内，我们几乎都是衣来伸手、饭来张口，米长什么样都没见过。有一次没油了，嘉铭自告奋勇去超市买了一瓶回来，倒在烧热的锅里，一直冒泡，越来越多，越来越高，最后着火了。我仔细一查阅，原来他买的是洗洁精。他还说，怎么这儿的洗洁精包装和咱们的油一样呢?”

崔玲玲不由得笑起来，这家伙原来一开始英文也这么烂啊，连买个东西也弄错。

张军没等崔玲玲笑完，又接着说：“刚刚来的时候，我们都好奇这儿的男人穿苏格兰裙子。我们各买了一条裙子，在周末嘚瑟地穿上，在同学面前炫耀，那可是最贵的那种呢。结果被苏格兰本地的男同学抓住按倒在地上，将我们的内裤扒下。原来，最正宗的苏格兰裙子穿法是不穿内裤的。同学们还非得让我们绕校园一周。冷风在大腿之间穿梭，里面空空荡荡的，我们夹着大腿，不敢迈开大步，整个身子都是僵直的，别提有多搞笑了。”

崔玲玲想象着当时的情景，忍不住笑出声来。他们的谈笑声引得许多旅客望过来，崔玲玲忙不好意思地捂住嘴，她可不想做一个喧哗的不文明的华人。一个扎着两条长长的马尾辫的小女孩，抱着芭比娃娃蹭过来，热情而有礼貌地用汉语向他们问好。

肯定是他们的交谈吸引了她和她的父母。一对夫妇正坐在他们后排，对他们礼貌地点头微笑，鼓励孩子和他们交流。

看这小女孩立体而精致的五官，是中英混血儿呢！崔玲玲逗着小女孩说了一会儿话，他们一家的航班要登机了。小女孩恋恋不舍地回头向他们挥手。

张军无限向往地说：“等我年纪再大一点儿，如果还没有找到爱人的话，我一定要找个女人替我也生一个这样漂亮可爱的女孩儿。”

崔玲玲听得奇怪，问他：“替你生孩子，不就是你的爱人了吗?”

“不一定。在西方某些国家，可以通过代母来得到自己的孩子，也就是代孕。这是合法的。用我封存起来的精子加上她的卵子……”

“封存起来的精子?”崔玲玲愈加迷惑。

“西方提倡高等学府的学生和一些高端人士向精子库捐赠精子，嘉铭和我在留学的时候，都捐赠过。不过应该早就被有需要的人用了吧，这东西奇缺着呢。”

“你是说，嘉铭也捐赠过?”崔玲玲急切地追问道。

11

失望后，她的人生或许更加美好

简嘉仪怎么也没有想到，她会收到崔玲玲的邮件。里面只有一句话：“嘉铭生前曾经捐赠过精子！！！”这三个感叹号，像一把重锤，敲打着她被迫强大起来的内心。

这是什么意思呢？简嘉仪急切地拨打崔玲玲的手机，但那手机依旧在关机状态。邮件已发出两天了，还是没有回复。玲玲姐她要干什么呢？她现在又在哪儿呢？她是怎么知道这个消息的呢？只给一句话，什么也没交代，这不是存心要人命吗？

崔玲玲绝对不是存心的，她自己也不知道到底要做什么，但这件事又在心里堵得她喘不过气来。所以，她只能和简嘉仪说她所知道的这个消息。

那么，接下来呢？

张军有点儿后悔一时多嘴说出了这个秘密。当时，崔玲玲听得他确定的回答之后，站起来就往机场外走，拦也拦不住。

旅客已经开始登机了，特价机票既不能改签也不能退呀——这机票相当于国内普通打工者一年的工资呢！

崔玲玲，你想怎么样？

“别吵，别吵，让我想一想，让我好好想一想。”崔玲玲貌似平静地说。

这么一想，就是两天。崔玲玲把自己关在旅馆里，足不出户。张军干着急也没用，他深知这是一个很有主见的女人。只是千万别让他猜中。这两天，他照常上班，晚上在崔玲玲旅馆外的小窗前，看看亮着的灯光，默默地站一会儿，便悄悄地离开。

两天后的清晨，橘红色的床头灯下，崔玲玲给张军打了一个电话。竟然是张军先开口：“你想好了？”

崔玲玲一怔，然后“嗯”了一声。

“真的想好了吗？”张军又问，“这可不是小事情，关系到你的一生呢。”

“我不能当作没听见。我问了自己许多遍，我决定了。”崔玲玲平静地说。

“你不是说，是来告别的吗？”

“是的，可现在，告不了别了……也许，这才是他牵引我来的真正目的……”

“……那好，我请个假，陪你去……”张军说。

“谢谢你，谢谢……”

出门前，张军深深地看了一眼桌子上与简嘉铭还有前妻的三人合影，长长地叹了口气：“哎，哥们儿，我这是在帮你还是在害你？是在帮玲玲，还是在害玲玲？请你告诉我……”

相片上，一脸爽朗笑容的简嘉铭静默无声。

“她要生你的孩子，你能阻止她吗？我没这个权利，而你有……能说句话吗？”

依旧是静默的一片。

又深深地看了一眼，张军便出门去了。爱丁堡依旧阴雨连绵。早就习惯了的张军，心情很少因天气而起伏，这会儿，他的心里却也像下着淅淅沥沥的小雨。他十分难受地觉得，自己在参与一件说不清、道不明的糊涂事。

而崔玲玲却心如止水，好像这本来就是一件她应该并且必须要做的事一般。

周彩儿也被简嘉仪问蒙了。

“简嘉铭生前捐赠过精子？在哪儿捐的？玲玲在哪儿？她想干什么？”周彩儿将声音提高了八个分贝。

“你小声点儿——”简嘉仪环顾四周，忙不迭地提醒道，“这可是咖啡厅，你嚷嚷什么呀？精子精子的，不害臊啊？”

果然，许多客人向她们望过来，还伴随着窃窃私语。

“我周彩儿走到哪儿都是目光的焦点，有什么好害臊的。”虽然嘴里这么说着，周彩儿还是压低了声音问，“你说的可是真的？”

“千真万确，就只有那么一句话，我还以为你会知情呢！”简嘉仪有点儿失望。

“她哪会主动和我说这么隐秘的事情啊？一直以来，都是我依赖她——人家比我聪明、比我理智、比我能干……什么都比我强。”周彩儿感叹道，“她和你说，是因为这件事与你直接有关。现在简家主事的人，不就是你吗？难道还和你父母说？”

“他们一把年纪，折腾不起。”简嘉仪说，“你猜，玲玲姐会不会去寻找我哥的精子，然后……”

“她？不会吧？她是新时代真正的新女性，虽然对你哥情深义重，可不至于付出这样的代价吧？”周彩儿又肯定地加了一句，“我觉得不会。”

简嘉仪搅了搅咖啡杯里的小勺子，叹气道：“听你这么说，我既失望又庆幸，我应该怎么办呢？”

“坐等消息呗。她要决定做什么事，总是深思熟虑的。”周彩儿说，“你呢？怎么从来没有听过关于你的绯闻？你别告诉我说你对男人没兴趣啊。”

简嘉仪笑笑，并没作答。

周彩儿问：“难道你还没有过男人？这绝对不可能。”

“话都让你说了，我能再说什么？”简嘉仪玩笑道，“我要说没有，你信不?”

周彩儿摇头，小声说：“人家说呀，处女得到幼儿园去找啦。”

“‘女人的纯真，绝对不是一张白纸，而是经过或对或错的历练之后，内心依旧保留的天真。’我喜欢这句话。”

周彩儿若有所思：“这话好像在哪儿听过或者见过。”

“听玲玲姐说的，后来她还给了我一本书，是她的好友叶飘儿写的，叫《假如爱，是种苦难》，题记就是这句话。挺触动女人心的。”简嘉仪说。

“对对对，我想起来了。我在她家见过这本书。那个叶飘儿好神秘啊，我听玲玲还有好些人都在谈论她。只是我这人没有多少灵魂，不好读书。我的肤浅之美，也可以很要命的。”

简嘉仪接话道：“你这要表扬起自己来，还真是不知害臊啊。”

“要是知道害臊，我就不是周彩儿了。臭豆腐经营得好，也是一个品牌，”周彩儿换了个更加舒服的坐姿，“咱们既然不说彼此的生意，那还是说说玲玲吧——你上次说玲玲把她房子的钥匙给你了，让我有需要时过去住?”

简嘉仪点点头，问她是不是想要钥匙。

周彩儿摇摇头，说：“我突然觉得，她这次出远门是长期的，也许就不回来了……”

“我和你的感觉不同，也许我是站在我哥和简家的自私心理的角度，我觉得她是去找我哥了。”

“找你哥?”周彩儿跳了起来，“她不是要寻死的那种人！不可能，不可能!”

“你想哪儿去了？我是说——她是找我哥的种子去了。”

“找来干吗?”

“生下我哥的孩子呀!”

“啊？不可能，不可能，绝对不可能！这可不是开玩笑的事情。这世上哪会有这样的人？她呀，是顶爱自己的那种女人。既然离开简氏，肯定是想过新生活去。怎么还要和过去纠缠呢？再说只有精子，怎么生？”

简嘉仪觉得不管怎么猜测，也只能是猜测，还是静等结果吧。最近似乎许多人都活得很纠结。陈怡飞昨天又和那个男人出去了，她的劝解看来并没有用。

“你那个哥哥怎么样了？最近。”简嘉仪随口问道。

“哪个哥哥？我最近乖得很，没招惹哪个男人呀?”周彩儿一头雾水。

“尹启华不是你福利院一起长大的哥哥吗?”

“哦，你说他啊。我心里压根儿没把他当哥——何止不当哥，还不当人！”周彩儿有点儿激动。

“怎么了，我这不就随便一问吗？我看他倒挺关心你的，人也不错，可惜了这么优秀正直的男人了！”

“他？优秀正直？嘁！一般道貌岸然的人，人缘都不错。这王八蛋，情场职场皆得意，真是太便宜他了。”

听周彩儿这么说，简嘉仪有点儿不认同：“我认识尹启华不是一两天了，他靠努力和真本事吃饭，是挺靠谱的一个人。”

周彩儿撇撇嘴说：“真相与真理，只掌握在少数人手中。所以，我不和你争论——又不是我的男人，懒得操心。你别告诉我，那陈怡飞就是你的闺密啊。那女的一看就是闷骚型的，不发作则已，一发作比我还骚，你信不?”

简嘉仪笑了：“虽然我不赞同你的刻薄口气，不过你说的还有点儿道理。”

“怎么了?”周彩儿忽然来了兴致，追问下去，“是不是被我说中了，那女的背着他搞男人了?”

简嘉仪没有直接回答："她本来不是这样的人，可这社会诱惑太多了。她无心要伤害谁。就我本身，并不赞同亵渎感情。如果要游戏，得事前就告知对方，大家一起游戏也可以很尽兴，就不会有期望，也不会伤害谁。"

"你和你哥还真挺像的，表面看起来时尚花心，其实内心认真得不得了。"周彩儿又幸灾乐祸地说，"这姓尹的和这姓陈的，倒也是气味相投哇，都是金玉其外，败絮其中，男盗女娼。绝配！"

"哎，你会不会告诉尹启华？"简嘉仪问。

"不会，我等着看戏呢！看他们互相怎么表演下去。姐今天实在高兴啊！"周彩儿笑着说。

"你这女人太坏了。对了，你怎么这么讨厌尹启华呢？他这么帮你。"简嘉仪忍不住问。

"他啊，不管怎么倒霉，都活该。他呢，不管怎么帮我，都是应该的！"

手机的邮箱新邮件提示声响起，简嘉仪急切地点开网页："嘉仪，我在精子库等待结果，我害怕！"

又是只有一句话。对她询问的所有问题，崔玲玲没做任何解释。

张军直接把崔玲玲带到了位于皇家医院里的精子库询问，虽然英国现在取消了捐赠者匿名制，但崔玲玲没有合法的手续，也没有任何文件证明她是简嘉铭的未婚妻，不管张军和崔玲玲如何声情并茂地求情，院方依然拒绝提供查询服务。

在冰冷的大理石墙壁里面，就低温存放着志愿捐赠者的精子。

"在里面的，一定在里面的！"崔玲玲拉住张军不愿离开，"你再想一下办法，一定有办法的。"

张军说："这儿是英国，是苏格兰爱丁堡，什么都讲程序的。就算求人，也得有个说法呀。"

崔玲玲快要哭出来似的抓住张军的胳膊说：“张军，张军，不管怎么样，你得帮我想办法。”

张军便开始打电话，一个又一个，一会儿英文、一会儿中文。末了，他手中的备忘本上，记下了三个电话号码。

“走！”声音有点儿沙哑的张军拉起崔玲玲。

“去哪儿？”崔玲玲问。

“大使馆，一定会有办法解决的。咱们先预约。你别急啊。”

崔玲玲乖巧安静，任由他拉着向医院外边走。

帮崔玲玲办签证的那位中国驻爱丁堡大使馆的工作人员让他们过去一趟，当面谈。其实，张军深知英国的精子库资源紧缺，还时常要用到海外的精子，他们是那么多年前捐赠的，精子一定早就被用掉了。但崔玲玲不问清楚，一定不会甘心，她会与这事一直纠缠不休。都怪自己，好好的，说起这个事干什么呢？

在大使馆一个窗明几净的房间里，崔玲玲像置身国内。这里的一切摆设都充满了浓浓的中国味：根雕盆景架上，错落有致地摆放着兰花、水仙；屋子里有仿明代的红木复古沙发；墙壁上挂着巨幅牡丹水墨画；案头一个大青花瓷瓶子里，插放着各种文件；比较有意思的是，最里面一个角落摆了一张长桌子，上面铺着宣纸，宣纸上，苍劲的字体墨迹未干。

热情的使馆工作人员小童与他们展开了亲切的交谈。小童边听崔玲玲的讲述边点头，明显是被感动了。小童问她可有什么直接的证据，比如相片、文件之类的。

相片都在家里的电脑上，出门时她把电脑锁进卧室里了。她钱包中与简嘉铭的合影，早就让简嘉仪偷偷地拿走了。

“不是有网络硬盘吗，想想，你有没有在上面保存过东西？”张军提醒道。

网络硬盘？崔玲玲回忆起来，简嘉铭确实注册过网络硬盘，并且把他们的相片全保存在上面，这样就算电脑坏了，相片也不会丢失。嘉铭说是要留给子孙们看的。

坐在小童提供的电脑前，崔玲玲打开了网站，输入用户名和密码，提示密码错误。再输入，还是密码错误！当时简嘉铭告诉她的密码，她竟然想不起来了！

“不要急，慢慢想想，他一般会用什么样的密码？”张军安慰道。

崔玲玲闭眼睛回忆着，尝试多次依然无果。

“既然不是他的生日，也不是你的生日，不是你的手机号，也不是他的手机号，不是他一直用的幸运数字，也不是银行卡密码……那么，把你的生日和他的生日结合起来，试一试。”

“还是不行。”崔玲玲输入一串数字后，有点儿绝望了。

“反过来呢？先输入你的，再输入他的。”张军在旁边指导着。

依然提示密码错误，系统说错误次数超过五次，今天内不能再登录。

“怎么办？”崔玲玲几近崩溃。

“能怎么办，只能等明天了。”

天色已晚，小童非要留他们吃晚饭。尽管是从食堂打来的饭，可比外面的中餐馆做得还要好，有好几种菜式，还有豆腐汤。然而崔玲玲却食不知味。准备回去时，小童安慰她说，只要找到直接的影像证据，还有国内传真来的亲属亲笔书信，他们就可以给她出证明。

这个夜晚，崔玲玲坐立难安。这种焦灼，和简嘉铭去世前要做手术的那个夜晚何其相似！

嘉铭啊，我本就是来和你告别的，为什么又要给我如此戏剧性的希望，让我如飞蛾投火般，不顾一切地想要拥有他（她）？嘉铭，保佑我，明天一切顺利。嘉铭，告诉我，网络硬盘的密码是什么？

在崔玲玲辗转反侧的时候，张军也一夜无眠，他找了公司的电脑工程师，给他说明原因，利用黑客技术忙活了一夜。天快亮时，密码终于破解了，是一串英文字母“DNLLYRAN”，这是什么意思？

同事在张军的床上倒下就睡，张军拿过风衣和手提电脑匆匆离开。他知道，玲玲这一夜肯定是无眠的。

当写着这行字母的纸条被放在崔玲玲旅馆房间的桌子上时，崔玲玲逐一输入这行字母，按下“Enter”键，顺利地进入了网络硬盘。

“成功了，啊，成功了！”张军兴奋地按着崔玲玲的肩膀大喊。

“是的，成功了！谢谢你和你的同事，没想到，他会用这个密码。他当时应该是告诉过我的，我竟没能记住……”崔玲玲的声音有点儿哽咽。

“……能告诉我，这些字母是什么意思吗？”张军有点儿好奇地问。

“……当你老了依然爱你……”崔玲玲深吸一口气，眼泪终于顺颊而下，“他喜欢给我朗诵《当你老了》，这也是我最喜欢的一首英文诗歌……他说，他会爱我布满皱纹的脸，他会和我养许多小孩，然后一起看着他们慢慢长大……”

那些与简嘉铭相依偎、相爱恋的片段，赶集似的聚拢来，在胸口堆积，再堆积。

张军当然知道这首英文诗歌。他的咽喉硬得发不出声音，他默默地把她拥进怀中，唯有这样，才能安慰这个被往事击中的女人，以及被真情感动的自己。

“能帮我选些相片吗？”崔玲玲近乎哀求地说。

张军轻抚着她的后背，点点头，将她扶到床上躺下，替她盖上被子。然后，张军坐回桌旁，打开了网络硬盘上的相册，一张一张地浏览着，竟然还有压缩的视频文件呢。崔玲玲与简嘉铭的过往此刻变成了具体的影像，那些阳光灿烂的日子，那些嬉笑撒娇的瞬间，那些亲密无间的爱意……如此幸福，如此残忍，如此强烈的反差。

张军把要用的相片和视频做成一个文件夹存入U盘。崔玲玲问：“好了吗？”

“好了。”张军转过头看着她问，“你真的不要看一看吗？”

崔玲玲摇了摇头：“以后怀念他的日子多的是，等孩子长大了，在一个风和日丽的日子，一起看，我会给他讲我们的故事——可现在，我不能看。”

张军点了点头，关掉电脑后帮她拿过外套和雨伞，两个人一起走出了旅馆。

小童看过他们带来的相片和视频，还有简嘉仪传真过来的手写信件，便去帮崔玲玲出证明。张军提出一个不情之请——尽管知道小童很忙，但他还是希望小童能跟他们一起跑一趟皇家医院。小童请示过大使，竟被批准了。

来到皇家医院，已是下午。精子库的工作人员接待了他们，这一次是小童替他们与院方交涉。一个微胖的英国女人走出来，仔细倾听工作人员的解说，带走了他们的文件，说要开会讨论，让他们等消息。

小童安慰崔玲玲说，应该没有什么问题了，只是个程序而已。崔玲玲感激地点点头。

一直等到黄昏，结果在张军意料之中——简嘉铭的精子在五年前就已经被使用了。

崔玲玲拿着简嘉铭的捐赠档案，反复地盯着，像要在上面找出什么破绽似的。她不能接受这个结果，他的生命应该在她身上延续，怎么可以是别人？

实际上，小童也早料到会是这个结果，示意张军好好安慰崔玲玲。张军扶着崔玲玲坐下来，然后轻轻地从她手中取走档案。那个和善的微胖的女工作人员默默地站在一旁等着，眼神里满是理解。

档案被轻轻地从崔玲玲的手上抽离，又被交给一旁的女工作人员。崔玲玲“腾”地站起来，走到女工作人员面前拉着她的手追问：“真的用完了？我听说有的会分几次用，你确定全用完了吗?”

崔玲玲得到一个肯定得不能再肯定的点头，依旧不死心地继续追问：“那……到底是谁用了？是谁？请告诉我，是谁？我能去看看她吗?”

“崔小姐，这次对你已经是破例了，其他的我们无可奉告。毕竟你不是当事人。”女工作人员握了握她的手，摇摇头，走出了小会议室。

张军上前扶着她说：“这儿的制度是非常严谨的。玲玲，你听着，嘉铭一定不希望你这样失魂落魄的。你要这样想，嘉铭的骨血正在地球的某个地方继续生长着，给一个家庭带去欢乐与幸福，这是一件很好的事情，不是吗?”

“……很好的事情……是男孩还是女孩？健康吗？可爱吗？聪明吗？像嘉铭吗？……张军，我好后悔，好后悔当初没有要一个他的孩子……”崔玲玲的泪水忍不住溢出来。停顿许久，崔玲玲用手背抹去脸上的泪水，叹了一口气后，竟又微笑着对小童说：“好了，我们走吧。”

小童对她笑笑，不知道这个打击于她到底有多严重，但至少有一点他是知道的，那就是——失望过后，她的人生或许会更加美好。毕竟人总不能一直活在过去中。

凡事都有天意。崔玲玲这样自我安慰着，内心却依旧有许多不甘。

12

男人就是这样，有时比女人还天真

简嘉仪终于又等来了崔玲玲的邮件，依旧只有一句话：“我没福气，嘉铭依旧没有再等等我，我总是来得太迟……”

这个省略号，简嘉仪读出了太多的含义。她并不觉得简家非得要个孩子，她相信父母也不是自私的人——要是他们知道，也不一定赞同崔玲玲的做法。

这一次，她没有再追问崔玲玲，也没有安慰她。这时候说什么都是没有用的，玲玲姐从来都知道自己有多关心她。简嘉仪只希望，她能好好照顾自己，平安归来。

最开心的人应该是周彩儿了，她根本不希望崔玲玲吊死在一棵死树上，为此付出一辈子。如今好了，崔玲玲又可以是那个精彩无限的崔玲玲了，带着一帮姐妹淘，为自己而活。

“你没有真正爱过一个男人吧？假若你爱上一个男人，死心塌地的那种，从那一刻起，你就做不到只为你自己而活了。”简嘉仪说，“何况像我们有父母、有责任的，就算没有爱情，也不能只为自己而活呢。人的一生中，总会有牵绊和担当，你只是时候未到。”

好不容易偷得半日闲，被周彩儿叫来一起做SPA，当然最后是简嘉仪付的账。

精油按摩之后，泡在清香怡人的热水里，有一句没一句地聊天，比一个人独享，内心感觉要丰盈得多。简嘉仪难得这样放松，极是享受。

刘涛死后，周彩儿第一次这样呵护自己的身体。这样的生活，是需要殷实的物质基础的，这才是实实在在的爱自己。看不见、摸不着的东西或者得不偿失的事情，她才懒得去伤脑筋——什么爱不爱、责任不责任的，她要来干吗?

周彩儿在水里惬意地伸了伸腰，看了看闭目养神的简嘉仪，说："和我这种没灵魂的女人说这些，不管用，我也不相信。在我的世界中，只有我自己才值得我付出一切去爱。"

"所以你体会不了玲玲姐此刻的心情。"简嘉仪感叹道，又睁眼看了看周彩儿。

"照你这么说，玲玲现在一定是难过极了。只是她到底在哪儿呢? 她一个人……应该不会做什么傻事吧?"周彩儿像想起什么似的，"如果她真的想生一个嘉铭的孩子，就像嘉铭复活一样，那现在希望又破灭了，岂不是就像嘉铭又死了一次?"

这一回，周彩儿倒是说对了。这也正是简嘉仪所担心的，于是她的心又沉重起来。她知道崔玲玲在爱丁堡，那个人和他的妻子也在。传真亲笔书信的时候，她已经向他确认过了，他答应好好照顾崔玲玲，让她放心，却吝惜问她一句"你还好吗"。

"她在爱丁堡。我哥的哥们儿也在那儿，会照顾她的。"简嘉仪说。

"那哥们儿靠谱吗?"

"他就像我另一个哥，虽然我讨厌他自称我哥。我十多岁就认识他了，你说靠谱不靠谱?"

搁在边上的手机一直在响，听铃声应该是陈怡飞打来的。

"这铃声看样子挺锲而不舍的，是不是有什么急事?"见简嘉仪不接电话，周彩儿忍不住说，"事儿归事儿，挣钱归挣钱嘛。别耽误生意，接电话呗!"

简嘉仪是故意不接的，却有意损她说：“这就是我和你不一样的地方，你果真是一个重利轻情的女人。”

周彩儿表示默认，她的终极目标就是爬上上流社会，做个有钱人，似乎已经做到了。可如今她还是得不到承认，还差点儿再次沦落为平民，只好为了保持住体面继续向上爬。其他一切于她而言，都是浮云。

“你是不是觉得，某些时候也可以置朋友情义于不顾，甚至可以出卖朋友?”简嘉仪继续损她。

“那得看是什么朋友。像你和玲玲这样的，我绝对不会不顾。以前我害过你哥，那是特殊情况，是一个正常女人的本能反应。我不是一个好女人，我清楚。但底线还是有一点点的。”

安静了一会儿的手机又响了起来。周彩儿说：“你听你听，这电话又来了，你快接快接，吵死了。”

简嘉仪笑笑说：“这电话呀，我故意不接的。她能有什么事？搞不好还得要我替她圆谎呢。”

“谁啊?”周彩儿好奇地问。

“陈怡飞。”

“世界真小，这人和人之间，像串联似的。”

“是啊，我也替她担心。别串联到你哥那儿，就不好收拾了。”

“什么意思？我可八卦得很，你说说嘛！”

“没什么意思。你还是让你哥多使使劲儿，早点儿求婚，使劲儿求婚得了。”

周彩儿听出了许多话外话。看样子，这对所谓的金童玉女也不是那样完美呀。看来，有的事情是非爆发不可喽！心里那种小窃喜又冒了上来——哈，散了才好呢！叫他们在她面前嘚瑟，秀什么恩爱呀！

回到风彩海鲜城，周彩儿没想到大白天的，又不是饭口，尹启华会在她的办公室。他坐在沙发上一言不发，把报纸象征性地打开放在膝盖上，眼睛却不知盯着何处。

“你怎么在这儿？谁给你开的门？”周彩儿奇怪地问。

“没地方去，就来坐坐，结果你不在。这儿的人不都知道我是你哥吗，就开门让我进来了。”尹启华靠在沙发靠背上，看上去挺疲惫。

“那你应该先给我打个电话呀？”周彩儿走进来，坐在办公椅上。

“你不欢迎，那我走。”尹启华站起来。

想起刚才简嘉仪说的，周彩儿忙叫住他：“哎——虽然我特不想承认你是我哥，可你既然来了，想坐就坐吧。不过为什么说没地方去？你那小天使爱人呢？”

尹启华又坐下去，好一会儿才说：“我知道你心里恨我，我也并不是真的没地方去，可我也不知道为什么就上你这儿来了。”

“你那小天使爱人呢？”周彩儿有点儿不耐烦，“到底怎么了，你倒是说嘛。一个大男人，吞吞吐吐、遮遮掩掩的干吗！”

“……不是，我没怎么……她挺好，而是……而是……”

“而是什么？”这欲言又止的模样更加刺激了周彩儿的八卦心——她并非出于关心才这样追问，而是求证。

“……我说不出口……”尹启华痛苦地闭上眼睛，双手撑着头，“没法儿说……”

周彩儿一扭一扭地走到他面前，低下头贴近他的耳朵，小声地挑衅道：“是不是……你那小天使偷男人了？”

尹启华惊异地抬起头，正对着她：“你，你怎么……别说得这么难听！”

“嗬，那就是说，被我言中了！”周彩儿直起腰来，“我一见到她，就觉得她比我还妖。有的人是明骚，像我。有的人闷骚，让你吓一跳。哎呀，还小天使呢，哈哈哈哈……”

“你……你这反应也太……太……”尹启华指着她说。

“太什么？狠毒？恶毒？幸灾乐祸？”周彩儿接道，“不错，你全说对了。”

“也许我来错地方了？”尹启华扶了扶眼镜，“我说，你，你能不能……”

“你本来就来错地方了。我说，不能！”周彩儿依旧笑着说，“还有，我觉得你根本没必要伤心难过。因为呀，你们是旗鼓相当、天造地设的一对儿。”

见尹启华疑惑地看着她，周彩儿吐出四个字来：“男盗女娼。”

尹启华的脖子都涨红了，周彩儿没给他反驳的机会：“不是吗？你不是盗取了我的童贞，她不是淫荡地背叛了你？我话虽说得难听，可句句属实。你就认了吧。要么，装作什么事也没发生，继续金童玉女地把幸福装下去，好保你事业一帆风顺；要么，奋起抗争鱼死网破一拍两散。没什么好犹豫好为难的。”

见尹启华不作声，周彩儿坏坏地盯着他说：“要我说，你肯定选择第一种。因为——装孙子，你最擅长。”

“你……”尹启华跳起来，却说不出话来反驳。

周彩儿扭到饮水机旁，给他倒了一杯水，递到他面前。

尹启华赌气地扭头。周彩儿没勉强，又递给他一叠纸巾：“来，给你，是不是想哭？”

尹启华犹豫了一会儿，竟真的一把接了过去，像个孩子似的哭了出来。

今天早上醒来，才六点，窗外就已经透着薄薄的阳光了。初夏时分，不冷不热。尹启华心想，难得双休日天气这么好，约上陈怡飞一起去郊外走走，晚上露营，该多好啊。他们好久没有一起钟情山水了。昨晚本想约她吃饭，可她说还在加班呢。

最近她似乎没什么反常，还是和平时一样，有时间就和他一起吃饭，隔两三天就来他家待一次，电话、信息从不间断，对他笑得依然甜蜜。也许，她那次只是善意的谎言，有什么事不方便直说；也许，她不想早早结婚是真心话——那就让她再玩玩吧，他本来也不急。再说，像他们根基这么牢固的感情，总不能说变就变吧？

这么一想，一切都能自圆其说了。他的自尊又无比强大起来。反正，他和陈怡飞就差那一个证，早晚都得领。情侣或夫妻之间，不就一个“信”字吗？

男人有时候就是这样，比女人还天真，为了维护现有的一切或者不想承认失败，常常忽略甚至掩盖一切早就冒出头来的危险线索。自欺欺人是一件再容易不过的事情，没别的，讨自己欢心并不是阿Q的专利。

大学同学恰好在这时来电话，说他们公司在邻市的郊区新建了一个国际高尔夫球场，今天开张，亚洲邀请赛一周后将在这里举行，许多社会名流前来助兴。他问尹启华来不来凑凑热闹。

要是怡飞知道了，一定很高兴。她最爱热闹，也喜欢打高尔夫。

陈怡飞还在赖床，那懒懒的声音，勾起尹启华柔情的怜惜。没等尹启华开口说清楚今天的安排，她就先说又要出差了，好像知道要约她似的。

“嗯——今天真没时间，我中午还得飞三亚一趟呢。你知道我的工作性质，经常没有节假日的嘛。下个月的金融论坛，我得提前过去准备一下，老总还等我的报告呢。昨晚又加班，我才睡了三小时——亲爱的，你就可怜可怜我吧？”

一向对她宠爱有加的尹启华当然心疼她，还怕她太累睡眠不足，忙嘱咐多睡一会儿，别误了飞机。他提出一会儿送她去机场，陈怡飞忙说银行的司机会顺道来接她。尹启华又说想在她走之前去她家见见她。陈怡飞撒起娇来，说不知要睡到什么时候才起来，起来时应该就是司机来接了。明天她就回来让他看个够，还约好了明晚一起吃晚饭，叫他订餐厅。

尹启华怕忘记了，挂电话后马上订了明天的晚餐，那是她最喜欢去的西餐厅。只是他哪里知道，此刻的陈怡飞，正睡在别的男人身边。

驾车到了邻市那个新开张的高尔夫球场，阳光灿烂却并不灼人。门口的大型停车场上停满了车，好家伙，二十万以下的车，都不好意思停在这儿呢。

开业酒会就要开始了，露天会场中，宾客们三三两两地聚在一起小声聊天。尹启华见到许多商界与政界的熟悉面孔，在这种场合，他是一个小人物，同学也顾不上他，他便自己随意地到处走走，观摩同学的成功。

一个窈窕的身影吸引了他的目光。

不可能的，绝对不是她，怡飞这会儿应该在飞机上呢！

双脚不由自主地往前挪动，近了，他猛地转过身去，不敢再往前，不敢面对面。他这算什么，偷窥吗？不会，怡飞不是这种人，可她怎么会挽着那中年男人的胳膊，有说有笑的那样开心？而且她难道不知道这是他同学的地盘吗？她就一点儿都不避嫌？

然而那熟悉的甜美声音却清楚地告诉他：那的确就是陈怡飞。她正和旁人说着一部最新上映的电影，她旁边那个中年男人说，下一部电影，将是他女朋友担任女主角。陈怡飞娇笑着说："女主角我就免了吧，你还是让我当制片人得了，让我来领导你们。"那中年男人哈哈大笑，似乎还亲了她一下，豪爽地说："好好好，以你的聪明与悟性，加上这段时间的耳濡目染，一定能做好。下部电视剧就交给你了，我会另外派专业团队协助你。"

周围一片附和声，陈怡飞倚在中年男人的怀里娇柔地笑着。尹启华克制着颤抖的身体，默默地转过身来。他认得周围那几张脸孔，是香港来的明星；但陈怡飞身边那位中年男人，他却不知道是谁，看样子应该是投资人。

相爱的人，是熟悉彼此间的气场的。即使尹启华只是悄悄地、目不斜视地经过他们，陈怡飞还是感觉到了。她扭过头，便看到尹启华那穿着白色休闲正装、挺得直直的背影。她脸上的表情瞬间僵化，再也听不清楚周围的人在说什么。此刻的她，犹如被剥光了衣服似的，站在阳光下，无处可寻。

谎言就是谎言，总有一天无法圆过去。

庆典酒会宣布开始，明星歌星、政商界名流纷纷上前剪彩。陈怡飞凭着感觉，在寂静的贵宾休息室找到了他。

“你来了？”尹启华勉强笑笑说，“我还以为你看不到我。”

“……启华哥，我……我不知道应该怎么说……谢谢你刚才没有让我难堪……”

“是啊，我也在想，你应该怎么对我说。说去三亚的飞机没有了，改签了，还是出差改期了？你到底对我说了多少谎？”尹启华无限忧伤，“你知道，我最讨厌被欺骗。你不爱我了就说不爱，为什么要骗我？还和你的男人到这儿来！这可是我同学的地方，你要将我置于何地？”

“启华哥，我……我真不知道这是你同学的地方，他带我来时也没说谁是老板……我真不是故意要骗你，更不是不爱你了，我，我……”陈怡飞急切地辩解着，可那梨花带雨的模样，再难激起他的爱怜。

尹启华依旧克制地说：“说说吧，从什么时候开始的，他是干什么的，往后你想怎么样。”

这没有任何感情色彩的语气，让陈怡飞知道一切都已经无可挽回。哭了一会儿，她才断断续续地说：“……半年前，总行长带我们几个去杭州出差，在横店参观游玩时认识的。他是个投资人，离婚了，目前单身，捧红了许多明星，不是个庸俗的人……本来，一开始，我只是认他做干爹的……”

“又是干爹！让我知道原因吧。这时候，没必要遮遮掩掩的。”

“……是的，启华哥，是，开始是我倒追你，强迫你爱我，然后我完完全全地得到了你的心，我觉得自己是这个世界上最幸福的女人。可是，七年了。这七年当中，我觉得我们在一起只是一种习惯，爱慢慢地不像爱了。你总是那么按部就班、规规矩矩，不懂得好好享受生活、制造情调；而我面对的世界比你大，比你花，我个性本来就爱玩儿，喜欢挑战与尝试……”

“我明白了，你的意思是说，以前你还没完全长大，不懂事。现在你阅历长了，想尝试更加刺激与新鲜的男人和生活。我已经满足不了你了，是这样吗?”

陈怡飞没有说话，走到尹启华面前，蹲下去，将手放在尹启华的膝盖上。尹启华轻轻地将她的手拿开，交叉双臂抱在胸前，抬头问她：“那男人对你好吗？比我还好?”

陈怡飞点点头：“他的世界，可以让我天马行空、大开眼界，我不想在银行上班了，银行太闷了。我想涉足影视圈，当制片人。他能满足我的愿望，并且会教我。可是启华哥，我真舍不得你，真的……”

尹启华大笑起来，像看一个陌生人一样看着陈怡飞：“你不觉得这很滑稽吗？你觉得我可以包容你，等着你功成名就之后回来和我结婚吗？你觉得我要一个婚姻，要一个女人，就是为了结个婚、领个证而已?”

“我知道，我都知道。启华哥，我曾真心地想给你一个家，一个温暖的家，好弥补你从小失去亲人和家庭的遗憾与创伤。我也没想到自己会变成这样，真的。一想到要和你分开，我就心痛……可是，启华哥，我已经回不了头了……我有自己的梦想要追求……我对不起你……”陈怡飞哭着说。

尹启华默默地站起来，脸上看不出任何喜怒哀乐的神色。

“你要去哪儿？启华哥……”

“回家。”尹启华背对着她，停顿几秒钟才说，“小心点儿，别让人给骗了，这圈子没有看起来那样好。”

“我会小心的……启华哥，我真不知道这是你同学的地方，要知道我就不来了……”

“是不是就可以继续欺瞒下去？直到慢慢地全世界都知道了，只有我蒙在鼓里？你是不是就想要这样的效果？”尹启华依旧平静地问。

“不是的，不是的，”陈怡飞站起来，抹着眼泪说，“我只是想告诉你，我真不是故意要伤害你的，我……”

“有心还是无心，已经没有意义了。你找个时间去我那儿收拾一下东西吧。”尹启华说，“仔细想来，确实是我不适合你，我是一个很闷的男人，生活也不会丰富多彩。你离开我，是对的。我不想要一个勉强的婚姻。你今天很漂亮，完全不逊色于任何一个明星。谢谢你这七年带给我许多快乐和幸福。再见。”

“你骂我，启华哥，你骂我，我也许会好受些，启华哥……”

尹启华没有回头，也没有再逗留，一步一步地走出了休息室。室外的喧哗与他的寂寥形成鲜明的对比。多年以后，陈怡飞想起这个背影，竟是她一生的最痛。

见尹启华像个孩子似的哭泣，周彩儿很意外，一时不知该如何安慰他。

对，是安慰。她怎么会想到要安慰他？

“至于吗？你！”周彩儿绞尽脑汁地组织语言，却只蹦出这几个字。

尹启华还是像个孩子似的抽泣着。这男人，平日里看，怎么也不至于这么脆弱吧？周彩儿伸手去拉了拉他的胳膊，他左右晃动着甩开她的手。反正他就是放开了不管不顾地哭着。

“你别哭了行不行？不都说了吗，一个成功的女人后面，都站着一群干爹！比如像我这种女人，根本不值得任何男人为我而哭。我的意思你懂不懂？”

周彩儿不惜作践自己，尹启华带着哭腔责备她：“她是她，你怎么捎带上你自己来说事儿了？在我眼中，她一直那么天真无邪、活泼开朗，她怎么可以……”

“你得了吧！你当初睡我的时候，我还不是一样的天真无邪、活泼开朗？咦，要是你觉得容易接受些，没那么受伤的话，你完全可以把她当成是我少女时代的替身，你根本没有真正爱过她。”周彩儿总可以语出惊人。

“你的替身？我根本没爱过她？”尹启华疑惑地看着她，猛烈地摇头，“不，不是，不可能，这怎么可能。谁说我不爱她！不过，其实，我也说不上来什么是爱。她是我第一个认定的女人，她一直说她爱我，非要我爱她。久而久之我就觉得和她在一起是理所当然的，结婚生子也是理所当然的……我会牵挂她，这些年来，我习惯了有她的日子。说非我不嫁的人是她，现在变心的人也是她。这突然没了她，还被她背叛，我的生活好像失去了平衡，我……你一时叫我怎么接受？”

“就这样？”周彩儿说，“那你这种感觉和崔玲玲形容的爱的感觉，还有我自己曾经暗恋某个男人的经验，好像有点儿出入。就算是你付出了爱和真心吧，那又怎样？人家就是厌倦你了。这世间本来就没有真正的永远。男人和女人在一起，本来就是互相需要、互相取暖、互相利用，看淡点儿，才是真男人。”

“不！真男人才看得重！真男人……”

“哎哟，你还有力气和我争辩什么叫真男人。不错，这足以说明，你受到的打击没你所认为的那么沉重——承认了吧，你就是把她当成了我少女时代的替身，再加上人家漂亮，家世又好，你便半推半就地从了人家。你潜意识里一直对我念念不忘，是吧？是这样吧？我敢打赌，在你没谈女朋友之前，肯定经常想着我打飞机，”周彩儿左右手来回交替着在他面前抓了抓，不怀好意地刺激他，“嗯？打飞机，嘻嘻……”

尹启华涨红了脸，竟不好意思再哭下去了。

“哟，难道被我说中了？哈哈？你真会想着我做那个……啊？”周彩儿伸长双手在空中抓握着，狂笑道。

“你……你怎么跟个女流氓似的啊，我来你这儿不是为了被你寒碜的，你……你再说……”尹启华气极了。

“我本来就是女流氓。你来这儿本来就是要给我寒碜的。你清楚得很。可是你还是来了，说明什么？我就是要说，我想怎么说就怎么说。你有今天，是你活该！凭什么就你活得春风得意？凭什么就你高高在上？凭什么你和那小淫娃百年好合、幸福恩爱？活该活该活该！”

尹启华盯着她急促开合、连续不断地蹦出话来的嘴唇，张口结舌，好一会儿才说：“你真像个泼妇……”

“谢谢。无论你怎么评价我，我都不会在乎。你又何必那么在乎我对你们的评价呢？”

周彩儿看着他，玩味地说着，将那杯已经凉了的水重新递给他。这一回，尹启华倒是接了过去，“咕咚”一口喝完，将空杯递还给她。周彩儿又给他续了一杯，他又“咕咚”一饮而尽。

“这又不是酒，你借水浇什么愁。有种，跟我喝真格的！”周彩儿激将道。

“喝就喝！别在我面前总是一副我欠了你三千万的模样，欺负我，讽刺我，寒碜我，折磨我。我告诉你，周彩儿，要是哪天我不高兴了，我就让你一无所有，我要把你的海鲜城收为己有！”尹启华盯着她说。

周彩儿边拿酒杯边回头对他妩媚地笑：“哎哟，我好害怕哟。你学经济的难道不会算？我的一生和三千万相比，孰轻孰重？自动找上门来，是你自找倒霉。”

尹启华彻底无语，只好红着眼睛闷头喝酒。这模样惹得周彩儿又是一阵开心的大笑。

饭市到了，大堂经理向她汇报今天订餐的都有哪些重要的客人。周彩儿一反常态让他们自行招呼，说她自己忙着呢。

咦？她哪有在忙？陪这王八蛋喝失恋酒，算哪门子忙？周彩儿一怔，但还是嘱咐厨房送些小菜过来。看样子，尹启华就是赖着不走了呢！看在他帮她贷了几百万救命钱的份儿上，就舍生意陪伪君子吧。

“喝吧喝吧，快喝、慢喝、海喝都行，这酒我免费赠送。你呢，就别哭丧着脸了。”这还真不是应酬的话，周彩儿说得极为真切。

“要面对的事多着呢，这一分手，肯定会招来无数流言……哎，头疼……凭什么这么对我，凭什么……”尹启华叹一口气，喝一口酒。

“你们不分手就没有流言？就算你是靠真本事坐到现在这个位置上，可旁人会相信？就不会说你沾了女朋友背景的光？连我都这么想，何况你们银行系统的人？”周彩儿说，“要我说，分了好，你们就应该分了。早分早超生！”

“哪有你这么劝人的嘛！有道是‘宁叫人打子，莫叫人分妻’。你这安的什么心？”尹启华又带着哭腔，看样子，酒劲儿上来了。

“哎，我说姓尹的，你觉得我像是安慰你的人吗？我只会落井下石，好让你往后活在真实中。就算丑陋，可真实地活着，明明白白地活着，这不好吗？”周彩儿说，“我讨厌虚假的东西。”

尹启华抬头盯着她，又像哭又像笑地说：“你？天天卖笑似的陪酒陪聊，为了几吊十文钱，你不虚假谁假？难不成我比你假？”

“我这叫应酬，不叫虚假。八面玲珑，知道这个词儿不？看过《新龙门客栈》里张曼玉扮演的老板娘没？来消费的孙子们，哪个不清楚老娘我是看在钱的份儿上才这么卖力逢迎？这本来就是赤裸裸地互相利用。你啊，平日里都是戴着面具。还有你那个小天使陈怡飞，我呸，还要以浪荡之实来玷污爱情之名。都这样了，还说什么爱啊、情啊、舍不得啊之类的话，这不恶心人吗？”

周彩儿也发觉自己的本事越来越大，几乎可以出口成章了。难道又是受崔玲玲熏陶的缘故？

尹启华将酒杯往茶几上用力一放，赌气道：“不喝了！”

“怎么了？还赌气啦！瞧你这熊样。我只是说出真话而已。真话往往都不那么中听，但中用。要不是我从中煽风点火，你现在还对那小淫娃恋恋不舍呢！”

周彩儿继续往他的杯子里倒酒，尹启华看看杯子，扭过头去。

“嗯，来，来吧！”周彩儿端起酒杯，往他手里塞，像哄孩子似的。

“不，不喝，不喝了。”尹启华就是不转过头来。

“来，喝了，喝，喝，我这不是陪你喝嘛。有什么大不了的，不就是分个手嘛，你看我，我想分都找不着人呢！你多幸福啊，还有手可以分。是不？”周彩儿不依不饶，声音妩媚起来，容不得他抗拒。

尹启华哭笑不得，有这么安慰人的吗？可就算是挖苦，听起来也顺耳多了。

“要我喝可以，除非你嫁给我！”此话一出，尹启华自己先震惊了。

“你脑子不是有病吧？”周彩儿想笑，“是你自己来诉苦，来寻羞辱的，我好心帮你疗伤。你怎么还逼婚呢？这演的是哪一出？”

既然话已出口，他也不想收回来了。尹启华觉得这是整治周彩儿最有效的方法——她怎么能随心所欲地践踏他，还那么气人呢？

“我们结婚吧！我不能让她先公布变心的消息，我得先她一步，给她和所有人一个措手不及。对，我们马上结婚，明天就去登记，后天举行婚礼。就在这儿办婚礼，婚庆公司会替我们操办得很像样的！”

周彩儿无比诧异，看样子他不像是在开玩笑呢。

“你……你输不起？还要拉我垫背？”

“对，我输不起。我也想怎么爽怎么活。我觉得这么一整就很爽。我们结婚只是形式，要不我们再签个协议吧？把明细条款、权利义务都写清楚。”

尹启华的眼睛熠熠生辉——周彩儿总是能够让他突发奇想，这是没有办法的事情，谁叫她老是刺激他呢？越刺激，他的脑细胞便越灵活，便越要做一些打破常规的事情来。

“协议，协你个头！上次和你签的那个破协议，我是迫不得已。现在，我可不想被你牵着鼻子走！”周彩儿站起来，懒得理他。

“你这次同样是迫不得已。鉴于上次的协议，你必须得听我的。你没得选择……我可是动真格的。”尹启华越说思路越清晰，酒劲儿似乎全下去了，他看着周彩儿说，“不用考虑了，一切交给我来办。你去挑一套婚纱就可以了。”

这什么跟什么嘛？这个人不是被背叛了、失恋了，所以才痛不欲生地跑来她这儿当鸵鸟的吗？怎么只半天工夫，就雄起了？还要和她结婚？他难道不知道她恨他入骨吗？周彩儿脑子转了一圈，也没弄明白这男人为何变得如此快。

“我老公才死，我克夫，我是臭豆腐样的女人，有过数个男人。你也算混得不错，有点儿头脸的人，你敢娶我？哪怕是假娶，你敢这么站着说出去？”周彩儿用大实话来吓他，“你扛得住吗？”

“她都和那男人公开活动了，我什么也不怕了。她怎么可以这么对我？我死装什么大度？我一点儿也不大度，我心里恨她恨得要命！我也要让她恨我，我要让大家都知道是我抛弃了她！我，尹启华，孤儿草根出身的小人物，刚抛弃了她，就娶了对外宣称的妹妹——本城传言最多的女人。怎么？你不想配合我把这戏演好？这样，你也可以名正言顺地拒绝那些好色鬼吃你豆腐之后还要更进一步了，也不会再有人说你没人敢要，说你晦气——这有利于你的形象重塑。而且，我会把上次那个协议烧掉，婚后你还是自由的，找什么男人玩儿都可以，但得低调些。我阳气多足啊，年轻力壮的。有我这个保护伞挡着，相信你感兴趣的男人也不会觉得和你上床是触霉头的事情了。到时，你若找到个有钱人傍上，随时告诉我，咱们马上就离婚。”尹启华说着这些连他自己都觉得陌生且不可思议的话，边皱眉头边自我接受，到底是不是真心话，只有鬼才知道。

终是说了些有点儿丑陋但极有建设性的话。周彩儿心想，听起来，这还真是一个好玩的游戏，一笔不错的买卖。真不愧是学经济学的男人啊，这时候还能算得如此周全！

二人正要举杯庆祝他们算是有婚约的了，经理在外面敲门，一阵又一阵，执着得很，仿佛不敲开门就不罢休。

“干什么这么不懂事啦？不是告诉过你今晚我不应酬吗？”周彩儿隔着房门提高声调说。

“周董，电话你又不接，我只好来找你了。孙老板来了，他的客人非要见你。孙老板叫我来请你过去喝一杯。周董，这孙老板……”

周彩儿当然知道这孙子是谁——本市最牛的商人。这孙子才真叫枭雄，比刘涛厉害多了。他手指动一动，整个城市都要震一震，连政府也让他三分。刘涛死后，他再没来过，今天怎么突然来了？这可是她目前分量最重的客人哪，他一来，后面肯定是陆续的一串子。这条链能拉起什么样的关系网，她最清楚不过。

尹启华看着她，意思是说：你不去可以吗?

周彩儿看着他，柔媚地笑着说：“利益当前。我只能舍夫求荣了。乖啦，在这儿先自个儿慢慢品味，品出失恋的好和生活的有趣来。我一会儿就回来。你不许走啊!”

根本没看尹启华的反应，她就扭出了办公室。听着逐渐远去的高跟鞋的“咔嗒”声，尹启华心里极不是滋味。看到她留在茶几上的两杯酒，他一手拿一杯，轮番往嘴里倒，暗红色的酒水滴得他洁白的衣衫上一片云花。剩下那半瓶子，他拎起来继续往嘴里倒。

这人生实在是太没意思了！总是被别人或者自己背叛着，总是说着言不由衷的话，总是做着身不由己的事，总是爱上自己都不了解的人，总是伤害不应该伤害的人……总是以为，杜康能解忧，却抽刀断水水更流!

周彩儿不在，他想哭都哭不出来，哭都没有意思！他突然好想念她丰满的胸脯，好想将脸深深地埋在里面——虽呼吸困难，但心生安全!

妈妈，妈妈！他又突然想起母亲。那个模样永远三十岁的女人，勤劳慈爱，总是告诫他要做个男子汉，遇事千万不能示弱，不能哭，可他偏偏会在她面前哭，反正没有人看见。而母亲，是绝不会向其他人告密，说他不是男子汉的。母亲的胸脯，和周彩儿的一样，那么饱满，那么温暖。

母亲的胸脯只属于父亲和他，而周彩儿的胸脯，却有那么多人……

酒真不是什么好东西，为什么他会这样想？他失恋与周彩儿何干？而就是这些联想，让尹启华蓦然血脉偾张。他仿佛看见无数双手无数条舌头，向周彩儿的胸脯伸去……

他并没有完全醉，但已失控。

刚晃悠到豪华包间的门口，尹启华便听到嘈杂的吆喝声与掌声。门外站着的服务员以为他是迟来的客人，恭敬地将他迎进去。

豪华包间里有好几个陪酒小姐，还有五六个穿着讲究的男人。姓孙的他不认识却认得，和电视上的样子差不多，很低调的一个人。此时就他一个人坐在那儿微笑着看大伙儿闹。

尹启华懂，在这种场合，越是厉害的人越不必表演，但需要别人表演来证明自己的厉害。姓孙的在利用周彩儿替他应酬谈生意——在中国，酒喝得高兴了，事儿也就差不多办好了。

陪酒小姐被晾在一边，男人们都端着酒杯围着周彩儿。她这狐媚劲儿，就着洋酒，那味儿都变成西洋的了。看她那媚眼儿一扯一溜，听她那甜嘴一声哥一段动听说辞，有人偶尔不经意地在她滚圆滚圆的屁股上摸一把，也有人盯着她那高耸挺拔的双峰幻想着什么时候能抓上一把或者轻轻碰一碰——这块“臭豆腐”果然名不虚传呢！更重要的是，这女人真能喝！几个男人都没把她灌醉，多少年才出一个这样的极品呀！刘涛，死得其所了。

尹启华进来了，没有任何人注意到他。他没穿外套，这白衬衣、黑西裤，让人以为他不过就是个海鲜城的中层主管。直到他在空椅子上坐下来，众人才诧异地看着他，竟也没有人问他是哪位。更好玩的是，陪酒小姐还给他倒了一杯酒。

此时的周彩儿正在和一个男人喝着交杯酒，为气氛的骤然冷却而疑惑，一回头，看到坐在孙老板身边的尹启华正血红着眼睛盯着她。

周彩儿一惊，难不成他跟姓孙的也是老相识，被叫来一起吃饭了？冷场几秒，又有人吆喝起来，抢着与周彩儿喝交杯酒。

终于有人问他是哪位，开口的是一个年纪和尹启华差不多的男人。尹启华没有回答他，而是一直盯着周彩儿，还有那几个故意往她身上蹭的身体。

“走开，滚开！你们都给我走开！”尹启华站起来冲到周彩儿身边，对那几个男人吼道。

“你干吗呀，哎，你谁呀？”几个男人纷纷伸手推着他问。

周彩儿挤到那几个男人面前，娇手挡开、媚眼如丝，嗲嗲地说：“哎哟，这是我自家兄弟，爷们儿别和他一般见识，他在别处喝多了。”

“非得这样吗？你非得这样吗？”尹启华目中无他物，只看着她问，眼神悲切。

周彩儿依然娇嗲地说：“你们看，答非所问的，不就是喝多了嘛。”又使劲儿对尹启华使眼色。

尹启华不由分说地拉住她的手：“跟我走！走哇！”

他实在太用力了，周彩儿保持着优雅与风情，暗中使劲也挣不脱。尹启华再用力，周彩儿打了几个趔趄，拖倒了两把椅子，还不忘对客人点头赔笑。

“站住！”一直沉默的孙老板开口了，“你叫她走她就得走啊？我今天在这里款待几个北京来的贵客，周小姐的热情让大家宾至如归，我非常感谢，也很开心。可这位小兄弟是谁啊？弄砸我的饭局，可不是一件小事情。”

“我知道你不是一般角色，可今天我受不了她在这儿为了挣那点儿钱陪酒卖笑的。”酒劲儿让尹启华有点儿天不怕、地不怕，“我不许！我就不许！”

“哦？说说看，难不成这周小姐是你的人？”

周彩儿忙笑着说："孙总您别开玩笑，他喝多了，他今天失恋，他……"

"我看未必。也许失恋是真，你是他的人也是真。"孙老板似笑非笑，"我不会看错的，你跟他走吧。"

"可……这，这……"周彩儿看看他，又看看饭桌上才开的那两瓶洋酒，再看看其他人。

"如果可以成全周小姐一段佳话，总比在这儿陪我们强得多。刘涛兄不在了，你也需要好好生活——是生活，不是生存。放心，今天的消费，我不会打一点儿折扣，而且以后的应酬，我尽量安排于此。"

"这……"

"就冲这小子这劲儿——好一个干净利落的小伙子啊，看样子不是公务员就是教授，还敢往你这儿撞上来！不错，够胆识！你呢，要求也别太高。去吧去吧！"孙老板对周彩儿挥挥手，像一个慈祥的父亲。

尹启华一言不发地拉起周彩儿就往外走。周彩儿回头抱歉地说："对不起啊，我去去就来，去去就来！那酒，我再陪几位啊。"

"你们忙。只是日后不管好还是不好，想起来，别怪我就行！"又听得孙老板对其他人说，"我看他们挺有戏。哈哈，愣小子遇上黑寡妇！一出好戏！"

席间一阵哄笑。很久以后，周彩儿和尹启华不得不相信，阅历厚、城府深的人，都有一双奇毒的眼睛。

一直拉扯到周彩儿的办公室门口，尹启华才稍微松开手。周彩儿顺势甩开，将被他弄红弄疼的手放在嘴边吹气。

"我说你发什么神经啊？你今天就不应该来我这儿！你失恋关我屁事？我真是犯贱，还给你酒喝！看，你弄了什么乱子？"周彩儿看着他愤恨地说，“我真不想骂你是个人渣！”

“我就不想让你过这种生活——起码今天不想。我讨厌那些别有用心的男人围着你——起码今天讨厌。很讨厌，非常讨厌！”尹启华像个孩子般耍赖，“今天你只能陪我喝酒，陪我！”

“哎，我说你，凭什么啊？”

“凭你刚才默认了我的建议。从现在起，你是我的未婚妻。”

周彩儿一激灵，怎么，她真是他的未婚妻啦？昨天，他的未婚妻还是陈怡飞呢！善变真不是女人的专利啊。她想起尹启华刚才那提议，虽然荒唐，可真实。谁的心里，没有一两个阴暗的小人呢？她从来就不相信，这个世界上有完完全全高尚得不染纤尘的人。就算人站在阳光下，还有一面明、一面暗呢。她非常高兴，尹启华这样赤裸裸地表达他的晦暗心理，比看他的裸体有趣得多。

“就算我默认了，又怎么样？难道你还想管束我？我得说清楚，这行不通。我不管婚前婚后，都是自由的。你也一样。”周彩儿说，“你不是说，咱们只是协议婚姻吗？那我就头脑发昏一次，陪你玩这个游戏。反正我也讨厌这个寡妇的身份，哪怕以后再和你离婚，也比顶着个什么克夫的光环要好得多。不管怎么样，你尹股长，也算个正经人，有高尚的职业，还那么有学问、有修养。我得多扬眉吐气呀！”

尹启华迫不及待地说：“好，只要你答应嫁给我，马上办手续、办婚礼，协议什么的，一切好说。”

“奇怪了，我不相信你只认识我这么一个可以利用的女人。为什么不找别人而来找我？难道你吃定了我是个随便的人？”周彩儿看着他问。

“反正我就找上你了。如果非要我给个答案。原因有二：第一，你是除了我母亲之外唯一见过我哭的女人；第二，你确实是我所认识的女人中最随便的。”尹启华老老实实地回答。

周彩儿顺手脱了一只高跟鞋向他掷去，恶狠狠地说："随便随便，变着法子说我不正经是吧？你他妈的当初勾引我，在我身上爽的时候，怎么不说我随便？我告诉你尹启华，我周彩儿不是个随便的人，我要随便起来还真不是人！你别把我往急里惹，有你好受的！"

尹启华闪避不及，额头上青了一块。不知为什么，他就是想笑，好像什么失恋啊、挨骂啊、挨打啊都不那么重要。抚着额头，他就那么傻傻地笑了。

周彩儿看着他，心想这男人莫不是被陈怡飞的背叛整疯了？

尹启华在许久以后才明白，他不过是抓住了这个契机顺着走下去罢了。在他的潜意识里，他想和那个最初的女孩共度一生，尽管她有那么多不完美，完全不是他想要的那种女子。

十三年，谁能说只是弹指一挥间？曾经的青梅已谢，竹马枯萎，他们成了没有拥有过彼此的样子。她时常记恨着他，他却无视自己的过错。重遇，她的控诉与指责，还有目睹她的生存状态，唤醒了他内心深处潜藏的罪责。唯一能够救赎自己的，便是照顾她、爱护她。

可是他不敢想，也想不通。起码，这时的尹启华想不通，他何以这么果敢地就说出了非她不娶的话，还要给她绝对的自由。

周彩儿本就是一个需要男人的女人。她需要男人来需要她，以证明自己的存在不是个错误。在她内心深处，有着一些怎样的不安全感，她自己都不懂。她从来不喜欢像崔玲玲她们那样，将自己割裂剖析。如今好了，竟然有这么一个体面的男人大张旗鼓地要她，她不爽才怪。

13

所有的事物都有自己的螺旋

“替我去找到嘉铭的孩子，可以吗，可以吗?”崔玲玲不止一次这样要求。

在这遥远而陌生的地方，就着爱丁堡这似乎永远也下不完的阴雨，崔玲玲尽情地释放着她的不良情绪。她深深地陷进“再次失去简嘉铭”的痛苦中，不加掩饰。反正她无须证明给谁看，无须让什么人看着放心。

为了崔玲玲，张军申请了休假，将一年的假期全用掉了。连续两天，她不愿意吃东西，就算他做得再美味，她看也不看一眼。为了方便照顾，他把她带回家来，反正房间有的是。

印象中的这个女人，生有一颗水晶玲珑心，从容豁达。不曾想她的心其实一敲就碎。是不是她自己撑得太久了，连真实感受也忘记了?

说是来告别，分明是来重撕伤口的。

“这得怪你，张军，是你告诉我嘉铭还有生命的延续留存在世上。我本已放手，却忍不住又拿起——我必须拿起，我现在放不下了。张军，你要帮我解决。带我去见见那个孩子。”崔玲玲有点儿肆无忌惮的任性。

这哪是想见就能见的呢?他又不是没有去打听过，一点儿办法也没有。没错，从2005年4月1日起，在英国，精子和卵子的捐献者不再受到匿名的保护，这主要是保护“血缘子女”了解父母身份的权利。以捐献的精子或卵子培育出的孩子在成长到十八岁之后，有权了解自己“血缘父母”的真实身份。这得需要孩子有寻找的意愿，第三者是没有权利查询的。

然而崔玲玲却被这个孩子折磨得寝食难安。她只要一闭上眼睛，就会看见无数个小嘉铭咿咿呀呀地向她伸着小手，那笑脸比太阳还要灿烂。有好多次，她伸出手去，却只能拥抱空气。

向来她以自己不是一个拖泥带水的女人为傲，唯有对简嘉铭，她无从潇洒，无法黑白分明。

“张军，替我去找到嘉铭的孩子，可以吗，可以吗？”崔玲玲从来没有这样反复哀求过任何人。

“为了一个死去的人，你这样子值得吗？”张军终于问出这句话来，他不想再助纣为虐——这样下去，不仅会毁了崔玲玲，也会毁了他自己。过几天，他们公司就要去伦敦投标了，对那个项目，他几乎付出了全部的心血。而且他觉得，要真正治愈崔玲玲，就必须把她送回中国去。留在这儿，她会疯掉的。

但她这个样子，怎么回去呢？

爱德华教授站在门外不停地按门铃，张军说有多惊讶就有多惊讶。据他所知，这老头子已有些年头儿没走出爱丁堡大学了。他的日常事务一般都是他的助手在操持。而现在，他竟亲自找到他家来！

“老的是我，年轻人！你们耳朵都聋了吗？比我还老吗？”爱德华用拐杖“咚咚咚”地敲打着房门。

“爱德华，你怎么来了？你是怎么来的？”张军向外四处张望，真的就只是他一个人。

“我虽然老了，可这城市的地图全印在我脑子里，我想去哪儿都可以。”爱德华边往里走，边喋喋不休地说，“我的中国姑娘在哪儿？昨天你不是说她住你这儿来了吗？很好，很好，嗯，你们在一块儿，是最好不过的事情。你们中国人喜欢讲究圆满，这就是一个最圆满的结局。我说，张，你并不比简差。嗯，就这样，非常好。”

“哦，她在里面。她只是暂时住在这儿，我方便照顾，”张军边迎他进去边说，“玲玲，爱德华教授来了，他肯定不是为我而来的。你要不要梳妆打扮一下？”

话音才落，崔玲玲已经出现在客厅，没化妆的脸显得很苍白，但那种濒死的绝望表情已经消失了。这女人真是神奇，果然很会“撑”！

崔玲玲给爱德华泡中国龙井茶，这是她给张军带的。爱德华还没喝，就指着那才开的茶罐。崔玲玲看看张军，张军点点头。崔玲玲说：“爱德华教授，我不知道您喜欢中国茶，我叫朋友从国内给您寄些新的来，行不？”

爱德华瞪她一眼，站起来，拿起那罐茶揣进衣兜，又像什么事也没做过似的对崔玲玲说：“坐下。我来，就是想问你三个问题。”

崔玲玲和张军疑惑地坐下来，不知道这怪老头子有何用意。

很享受地喝了几口茶，爱德华对张军说：“要是有张你做的鸡蛋饼就好了。”

张军马上说：“我这就去做，面粉和鸡蛋是现成的。几分钟，等我几分钟。你们聊，你们聊。”

“那就吃了再说。去去，你快去。”爱德华用拐杖指着他嚷道。

接下来便是无话。爱德华专心品味着西湖龙井茶，发出陶醉的“啧啧”声。崔玲玲揣摩着他要问的三个问题，此刻也找不到话题。从与客厅连为一体的开放式厨房里传来阵阵香味。好家伙，张军做的鸡蛋饼绝对是独创的，红光四溢，想必是倒了一瓶湖南辣椒酱吧。

这么看着，她都不敢下筷，而爱德华却两眼放光，用手抓起来就往嘴里塞。

原来，当年他们为了捉弄这老头子，简嘉铭故意往鸡蛋饼里倒了整整一瓶湖南辣椒酱，还是劲辣的那种。没想到这老头子不但不怕辣，反而啧啧称奇。后来他们才知道，爱德华很年轻时爱的就是一个中国湖南籍女孩。那女孩回去报效祖国，再也没有回来践行十年后在一起的婚约。爱德华等了她一辈子，至今不娶。他的手上还戴着当初定情时的戒指。

张军轻声告诉崔玲玲这个故事。崔玲玲看着爱德华干枯的、长满老人斑的左手无名指上那个被时光打磨得发亮的戒指，又摸了摸自己戒痕全消的无名指，泪流满脸——世间自是有情痴，不关东方或西方。她和简嘉铭最喜欢的爱尔兰诗人叶芝，不就是为了从没得到过的爱人而终身不娶吗？

爱德华吮着手指说："嗯，是这味道，就是这味道……"

待他将盘底的辣椒酱也舔干净，又喝了一壶西湖龙井，他才看着崔玲玲说："怎么不问我要问哪三个问题？你可知道，我是为你而来的，我的中国姑娘。"

崔玲玲给他添了茶水，用并不娴熟的英文费力地说："先生想问的时候，自然会问的。"

"你刚才为什么而哭？"爱德华教授盯着她问。

"为了爱情，"崔玲玲说，"这世间美好的、隽永的爱情。"

"为了爱情，美好的、隽永的爱情。"听了张军准确的翻译，爱德华仰头看着天花板重复着，"说得好。那这算第一个问题了。我第二个问题是，你如何看待自己这时想要简的孩子这件事？"

崔玲玲看了看张军，张军鼓励她如实说。

"也许张军会和您说，我活在过去，不愿意走出来。正是因为我知道简已经离开我们去了天堂，我才要在人世间好好地替他活下去。我在深知'这世界上再也无法找到一个人去替代他'与'没有替代他的人也可以'的情况下，选择了后者。我得成为一个身边的人都以我为荣的人，为了这一点，我每一天都在努力。我做到了，并且做得很好。而现在，才真正是为了我自己。要一个简的孩子，不为任何人，只为我自己。我的生命早就与简密不可分，他走了，而他的孩子将会填充我的生命，让我完满。我坚信我可以负起这个责任。就算我独自回国，告别的也只是一段人生、一段爱情——事实上，那些过往都已经在那儿了，不管是什么都不能将之抹去。告别，只是放下而已，并非消灭。我想，教授您能懂。”

爱德华频频点头，观察着崔玲玲的表情——如此笃定，思维又如此清晰。除了经历风浪与聪慧之外，没有别的解释。他可以放心地问第三个问题了：“假如你日后真能拥有简的孩子，你会像我这样生活吗？一辈子就一个人？当然，我并不是否定我自己——虽然我也不能告诉你一个人也可以很幸福。我只是这么问你。”

崔玲玲说：“也许会，也许不会。一切随缘，一切随心。我不会拒绝上天给予我的任何苦涩与甜蜜。我不是一个轻易就灰心绝望的人。门就在那儿，开和关，需要一把合适的钥匙，而我刚好在门里面，没有反锁。”

“好。我知道了。很好。你是真正理解了爱情的人。谢谢你告诉我这些，我明白得太晚了！”爱德华满意地看着崔玲玲，转过头对张军说，“你马上给她做点儿好吃的，然后明天带她到我那儿去。”

崔玲玲和张军都疑惑地看着他。爱德华意味深长地说：“明天，你们会有惊喜的。相信我。”

崔玲玲很听话地吃掉了张军给她做的一桌子菜，她隐隐地感觉到，有什么东西将要来临，将改变她人生既定的轨迹。

只是，她实在没有想到柳暗花明又一村，惊喜如此巨大。

爱德华研究室的秘密冰库里，有简嘉铭的精子！

“别忘了我是研究什么领域的，其中包括这一项。虽然我们没有展开课题实验，可标本一直保存着。”爱德华拿出一沓宗卷，边翻边得意地说。

“可是，你怎么会有……”张军疑惑不解。

“怎么不会有？你的也在这儿！你忘了十年前在这儿和我打赌的事情啦？”爱德华坏坏地笑着。

“啊，难道是那次……我和简笑你这把年纪了又没女人，肯定不行了。结果你提出要和我们比活力，一个人拿一根玻璃管子……”张军一拍额头大叫道，“爱德华，老家伙你怎么……怎么可以偷偷将我们的东西保存起来呢？你……”

“所以，一直没用呢。它们好好地待在这儿，一点儿也没变质，和十年前一样。”爱德华说，“现在，我当着你们的面，处理掉它们。简的怎么用，崔小姐说了算。你的呢，直接销毁。”

“别，别，别，还是放着吧，放着，也许有一天我也用得着。谢谢，谢谢了啊，我保证不再笑你，也保证不再叫你老家伙！”

张军忙赔着笑说，爱德华很满意地点头。这个研究室他将移交给助手来管理，他什么时候去天堂和简相见，谁也说不准。

崔玲玲几乎不敢相信。昨天爱德华到访，通过那一席谈话，她已经理顺自己的情绪，决意战胜失落与痛楚，还自己和张军一片晴朗的天空。爱丁堡的天气已经够阴霾的了，如果她再继续沉沦于不能实现的臆想中，无疑是雪上加霜。她不是自己也说了吗，她不是一个随便就灰心绝望的人。

然而就在这时，爱德华教授告诉她，只要她够健康，她愿意，她能负责，完全可以拥有一个简嘉铭的孩子。

“所有的事物都有自己的螺旋。”爱德华说，“听说你和简都喜欢叶芝，不知有没有听过叶芝这句隐喻式的名言？”

也许是的吧。这就是宿命。这无所谓信与不信，宇宙之中，自有诸多解释与对应。

“冥冥之中，真有注定？”张军不禁自言自语地感叹，“世事实在是太神奇了。”

“不，神奇的是爱。是爱的力量，缔造了这一切。”爱德华说，“实际上，上帝与你们的佛祖，都是一样的，讲究前因后果。”

张军若有所思，转向崔玲玲问：“你确定能够面对着神韵或轮廓都像嘉铭的孩子，还能心怀阳光地面对未来的日子吗?”

“我无法保证，也不想保证什么。我只想说，这不是悲剧，也不是喜剧，更不会是闹剧。这是我未来的开始，而不是结束。”

崔玲玲的目光平和而坚定，惊喜之后的内心竟然不是激动，而是坦然。似乎她本来就应该得到这样的一个孩子。

张军与爱德华教授交换了一个眼神，爱德华递给崔玲玲一张食谱，看着她说：“下面我要说的话，你得认真听好了。从现在开始，你按照上面的饮食标准用餐，张会帮助你。你得接受一系列检查。如果顺利的话，你大约需在这儿逗留三个月。另外我是冒着极大的风险，私底下给你做这种手术的，而之前我没有给任何人操作过。我更年轻一点儿时，只是在白老鼠身上实验过。我不能让任何外人知道，所以整个过程会没有护士。你敢吗?”

“敢!”崔玲玲想也没想马上回答。

“你就不怕?”爱德华眯着眼睛问。

“不怕。我相信您。我知道，世界各地都有您的学生，您年轻时就是著名的生殖专家，后来您爱人流产并执意回中国工作，您才回到爱丁堡大学，从事人类学的课题研究。”

爱德华看着张军说：“哦，是你告的密?”

张军笑笑，然后严肃地对崔玲玲说：“撇开这有违法律不说，弄不好会有生命危险的，要不你还是到医院去申请排期吧。”

崔玲玲摇头：“那要等到什么时候，而且繁复的手续不一定能办下来。”

“喂喂喂，实验，这是实验，我是有权利做实验的，违法的事情我不做。你只能说，我没按程序做。好啦，让中国姑娘决定——要，还是不要。”爱德华用拐杖指着张军说。

“我要。嘉铭的孩子，我要定了。”崔玲玲平静地说，语气里充满着不容置疑的坚定。

“我以最好的状态，准备迎接嘉铭的孩子。嘉仪，‘所有的事物都有自己的螺旋’，叶芝的这句话，在我的内心响着，此刻更具有一种评注的力量。我坚信，这是爱你哥和我自己的方式。不要为我担心，有人在照顾我，待我成功后，再告诉爸妈。”

崔玲玲的邮件破例超过了一句话。

在简嘉仪的办公室，周彩儿浏览了这封邮件，不禁问：“上次不是说你哥的精子已经被用掉了吗？这得花好多钱吧？”

这也是简嘉仪充满疑虑惑地方，如果真要做这样的手术，在国外的费用得多高！还有生活与其他花费呢！总不能叫张军替他们出这笔钱吧？

简嘉仪将财务主任叫进来，交代一番，财务主任马上去办了。不一会儿，财务主任回来说，据银行朋友的查询，崔玲玲以前在简氏领取工资的银联卡没有注销，两天前还有交易活动，应该可以往这个卡里打钱。简嘉仪便叫他先往里面打二十万元人民币。

“崔玲玲真好啊，无论走到哪儿，都会有贵人相助，也有坚强的后盾。我知道，这些全是人家以前所积累的资源。而我呢，要是我哪天栽了，什么也没有，更加不会有什么人义无反顾地拉我、扶我。”周彩儿感叹道，“也是我活该，谁叫我重利轻情呢。”

简嘉仪笑道：“看你说的，你是跌倒了也要抓把沙子的周彩儿，哪儿那么容易栽！再说，若真有那么一天，我第一个就会给你饭吃。”

“说好了啊。不过，我马上就要弄张长期饭票攒着了。有钱没钱，起码也不再是个寡妇了。想起这两个字，就晦气！”周彩儿漫不经心地说，“我要再婚了。”

“啊?”简嘉仪以为她在说笑。

“真的，我想再婚玩玩。反正有人不怕死，不嫌弃我这克夫命。这得多难得呀。我不能扫了人家的兴，是吧?”

“玩玩？再婚也能玩儿?”简嘉仪愈加好奇，“是哪个男的呀，没听你提起过。”

“你认识。”

“我认识?”

“就你那闺密陈怡飞的前男友，尹启华。”

“啊？他们前天才分手！她还在我这儿哭了一整夜！”

“哇，演技真好，她还好意思哭啊？弄得好像人家辜负了她似的。不当戏子还真是委屈了。”

“你就别讽刺她了。她走这步心里也不好受。说你吧，尹启华不是你哥吗？你不是特讨厌他吗?”

“哥个屁，一点儿关系也没有。讨厌他，不代表不能嫁给他。凡是于我有利的事情，我一般都会做的。”

“可，可这是婚姻呀，怎么能儿戏?”

周彩儿侧头看着简嘉仪这严肃认真又着急的样子，问道：“要是我告诉你，我十五岁时，就已经是他的人了，你信不信?”

简嘉仪也看着她，张着嘴表示不信。

周彩儿说：“本来吧，这是我要带到棺材里去的秘密，可是既然如此，我也就可以说出来了。尹启华和我，十多年前，就在一起了。因为他，我才变成后来的样子。他欠我一个完好的人生，现在有机会来弥补，我何乐而不为?”

简嘉仪无论如何也想象不出来，尹启华会是这样的男人，更加想象不到，他会以这种方式对待陈怡飞的背叛。

“可是你们之间有爱情吗？没有爱情的婚姻是不道德的。你们之间到底是怎么回事？难道你们早就背着陈怡飞暗度陈仓?”

“爱不爱，不要紧。要紧的是，我们互相需要。十多年来，我们没有任何关系，目前也没有。可是我们真的要结婚了，下午就领证去。我来你这儿，除了关心玲玲的消息之外，还想请你陪我一起去挑婚纱。后天，婚礼就在我的海鲜城举办。”

“看样子是真的了？这么快!”

“本来就是真的。这些话，你没必要告诉陈怡飞。不然，戏剧效果就不强烈了。”周彩儿强调着，又鼓动道，“你这会儿没什么事吧？走，陪我选婚纱去。玲玲不在，我只相信你的眼光!”

“你不等玲玲姐回来就再婚?”简嘉仪想利用崔玲玲来牵制她，让她别这么草率。

不想周彩儿竟这么回答:“她要生孩子也没等我呀!”

简嘉仪就这么像做梦一样，被周彩儿拉出办公室去了。

下午两点，尹启华准时来婚纱店接周彩儿，见到简嘉仪，多少有点儿不自在。倒是简嘉仪大大方方地与他打招呼。

周彩儿看到尹启华，兴高采烈地跑到他跟前，扬扬手中抱着的婚纱说:“嘉仪真不愧出身高贵，眼光也非同一般，她完全否定了我自己原先喜欢的款式，然后给我挑了这件。看起来很简单，可是一穿上真是棒极了。我试给你看，试给你看好不好?”

尹启华看着她眼里的光，心里竟有点儿感动。她何时这么和他说过话，像个孩子，像那年的十五岁……无邪的眼，灿烂的笑。

见他微笑着点头，周彩儿又蹬着十一厘米的高跟鞋一路小跑，往更衣室里奔去。

“看样子，她乐在其中。老实说，我看不懂你们这是在演哪一出。难道仅仅是为了刺激怡飞?”简嘉仪看着周彩儿的背影这样问尹启华。

尹启华在沙发上坐了下来，淡淡地说：“你到时候来参加婚礼就可以了，怡飞的请柬我明天会送过去。”

“虽然我充满好奇，好奇你们之间的恩怨，甚至好奇你们往后怎么生活。不过，我还是会祝福你们的。真心实意。”简嘉仪看着他说。

才说着，周彩儿就在店员的陪同下，从更衣室出来了。尹启华慢慢地从沙发上站起来，双手扶着眼镜，眼里满是惊喜。

白色头纱修饰了周彩儿过阔的脸，极富质感的进口面料，简约时尚的裁剪，耳朵与脖子上没有任何首饰，却不觉得空洞，相反，在她凹凸有致的好身材的陪衬下，这简单有着不同凡响的高贵！

“我从没这样上档次过。尹启华，你看，我这样也算个美女吧?”周彩儿得意地问。

“你，你在我心中本来就很美。”尹启华这话发自肺腑，只是他没想到，她可以这样美——像个天使。

难道他没有选择地爱上陈怡飞，真有点儿拿她当周彩儿的替身？重遇周彩儿后，他每每见到香港影星舒淇的片子，总找时间进电影院去看，甚至连她的旧片子也找出来看。现在她明白了，原来她和周彩儿是那样神似。

“哈哈。我还是第一次听你这么露骨地赞美我。以前你抱着我闷头就干，话都不多说一句。现在这算是迟来的褒奖了。你要记住，和女人生活也好，上床也好，你得时常夸奖她们，物质和甜言蜜语，一样也不能少。”

周彩儿一点儿也不避讳地说。

尹启华干咳几声，假装四处张望，不做回应。简嘉仪也像什么都听不懂一样，而店员们却掩着嘴笑开了。

周彩儿看着他，抿嘴笑笑说：“你不是忙吗，我叫嘉仪替你也选了一套礼服，你试试合适不？我虽然是二婚，可你是一婚，不能马虎。”

店员拿着一套白色西装走过来，同样简洁利落的设计与裁剪，大小正合身。俩人站在大镜子前。周彩儿感叹道：“看，咱们多登对呀，不结婚一起过日子，实在辜负这身臭皮囊。”

在场的人都笑起来。这么看来，这真是一桩再幸福不过的婚姻。

幸福是什么？它从来不在周彩儿的幻想中。幸福不幸福，又有什么关系呢？那么多的都市女人前赴后继地追求幸福，有多少人真正见过它？又或者，有多少人能够长久地持有它？

民政局里的那些程序，周彩儿可谓驾轻就熟。不等工作人员解释，她就说：“行，我都知道了，又不是第一次来。您去忙，一会儿填好了就交给您。”

尹启华既想笑又觉得尴尬，脸都涨红了。幸好工作人员见多识广，善解人意，看看周彩儿的户口本上那个“丧偶”印章，将一叠表格交给他们，便忙自己的事情去了。

几乎全是周彩儿代劳。“她怎么对我的资料这么熟悉？”尹启华看着她帮他在表格里填写着，很是疑惑。他的籍贯，他的出生年月日，他亲生父母的名字，他的身份证号码，这么多年过去，她竟然能丝毫不差地写出来。

那专注的脸上，化了比往日更加精致的妆，唇彩不是她喜欢的浅玫红，而是喜庆的正红。她身上的裸色洋装，应该是新的，简单的小西装与阔腿长裤，很是端庄。

意识到周彩儿的正式，尹启华低头看看自己，就是平日里的工作服：白色衬衣，黑色西装。没办法，他可是直接从办公室里出来的呀！再说，男人的正装，来来去去不就是这种吗？

周彩儿把表格推到他面前，示意他在上面签字："想好啦？想好就签名喽！"

尹启华看了看，在上面写下了自己的名字。

周彩儿又领着尹启华去宣誓。在他们前面还有三对新人在等候。那几对新人不时耳语，小动作小亲密。与他们幸福洋溢的气氛不同，尹启华与周彩儿各坐一方，静默无言。

站在那面两侧布满美丽假花的红墙前，看着上面的烫金誓词，周彩儿忍不住想笑。

"庄严点儿，严肃点儿！这可是宣誓，要是觉得太幸福了，过会儿再笑。有一生让你笑呢！"没想到宣誓也有"NG"，周彩儿总是才念了一两句就笑起来，她被工作人员温柔地批评了。一旁等候的其他新人，都看热闹似的被她惹笑。

"叫你庄严、严肃，这宣誓呢！"尹启华小声劝她。

"嗯，好。"周彩儿庄严地点点头，正正脸色，死命忍着笑，重新宣誓。

那个司仪模样的工作人员清了清嗓子，用富有激情的声音说："我是滨海区民政局颁证员莫翠花，很高兴能为二位颁发结婚证。今天是个神圣的日子，请二位郑重回答我的问题：请问你们是自愿结婚的吗？"

尹启华下意识地立正，周彩儿抿着嘴与他一道回答："是的。"

颁证员很满意，背诵似的说："请二位面对庄严的国旗和国徽，一起宣读《结婚誓言》。"又用眼神告诫周彩儿不要笑。

尹启华握着周彩儿的手开始宣读："我们自愿结为夫妻，从今天开始，我们将共同肩负起婚姻赋予我们的责任和义务：上孝父母，下教子女，互敬互爱，互信互勉，互谅互让，相濡以沫，钟爱一生！”

周彩儿“嗤”了一声，尹启华使劲儿地捏了捏她，颁证员也紧张地白了她一眼。周彩儿好歹又忍住了，随着尹启华一起往下念：“今后，无论顺境还是逆境，无论富有还是贫穷，无论健康还是疾病，无论青春还是年老，我们都风雨同舟，患难与共，同甘共苦，成为终生的伴侣！我们要坚守今天的誓言，我们一定能够坚守今天的誓言！”

尹启华的额头上满是汗珠，周彩儿像松了口气——终于念完了，于是她咯咯地笑起来。

然后就听到颁证员迫不及待地说：“祝贺你们！从今天起，你们就是合法夫妻了！祝你们婚姻美满、家庭幸福！”

他们的手上，各多了一本暗红色的小本子，薄薄的，上面写着他们的名字，还有中华人民共和国的大钢印。然后，他们便被安排在宣誓墙前留影，“咔嚓”一声，便将两个傻乎乎的人定格了。

当然，“傻”字是后来尹启华翻看相片回忆往事时自嘲的话。结婚证上，俩人的神情非常小品化，男的茫然紧张，女的心花怒放，那咧开的红唇，哪有一点儿娇羞小媳妇的模样啊。

当他们走出民政局大门时，尹启华还频频回头，口中念念有词：“这么快！”

“怎么？你后悔啦？”周彩儿说，“来来来，快快快，你马上把上次咱们那个公证过的破协议撕了！”

尹启华从口袋里拿出来，却不太情愿交给她。

“你是不是男人啊，言出必行！来，快撕掉！”周彩儿伸手去要。

“抢什么呀，我给你不就行了。”尹启华将协议交给她说，“就别撕了吧，多好的纪念品啊。”

周彩儿看着上面那两个玫红色的手印，也忍俊不禁：“行，不撕，我来放着。”

“对了，你刚才宣誓时，为什么总笑？有那么好笑吗？”尹启华问。

“怎么不好笑，那上面说的，与我们一点儿关系也没有。哈哈。”周彩儿又笑起来，“我和刘涛那老家伙宣誓时，我都没笑。心里美滋滋的。哎，我问你，你刚才心里不会也美滋滋的吧？”

“美什么呀？我那是紧张。咱们为什么结婚你又不是不知道。”尹启华这么说着，脸却红了，为了不让周彩儿讥笑，忙说，“还有时间，你不是说要去公证双方的财务吗？”

周彩儿像想起什么似的。表面上，他是个高级打工的，她是老板娘，她比他有钱，可实际上不是啊。她试探地说：“公证对我没好处啊，你都是我夫君了，我的债务你应该承担一半。”

没想到尹启华说：“行，没问题。”

周彩儿简直心花怒放，情不自禁地圈住尹启华的脖子，在他脸上很响地亲了一口。尹启华很不习惯地站在那儿任她亲，身体僵硬。

“别多心，只是表达我的开心和对你的敬仰。”周彩儿又亲了一口，“我保证以后不会再亲。”

这话，尹启华听得很不是滋味，酸酸地说：“只要你开心，只要你不恨我，就好。”

“打住，你别混淆概念。我开心和我恨你，是两码事。我和你一起生活，不代表我已经原谅了你。你要记住，不是每一句‘对不起’，都能得到对方的‘没关系’。”周彩儿纠正他说。

“你怎么可以对着一个讨厌的男人一起生活？”尹启华心里忍着笑，这女人有时说话还挺有哲理、挺幽默的呢，像唱歌儿似的顺溜。

“嘁，你以为我会和你一辈子啊。”

“很好，我也这样想。咱们不会一辈子的。”尹启华接过话说，“有合适的对象，记得互相告知，一定放行。”

不知为什么，这话让他们都有点儿伤感。周彩儿转移了话题：“其他事项，我们还是好好细分各自的权利与义务，得保证我们的私人空间与单身没区别。”

“一切依你。”尹启华说，“不知怡飞知道我在分手后一星期内就结婚，会有什么感想?”

周彩儿给了他狠狠的一拳头，蹬着高跟鞋快步向前走去。虽然不是因为情投意合才结婚，可也得照顾一下人家的感受啊！这时候竟然念叨前女友！这种男人，活该他的女人偷男人！

崔玲玲看着周彩儿的MSN上那句“我要当新娘了！”猜想着她离开之后所发生的种种离奇的故事。

“不管是什么原因，如果你真的再披婚纱，我衷心祝福你。”崔玲玲给她留言后准备下线。爱德华教授告诫她如无必要，一定远离辐射源。

没想到周彩儿竟然在线，她怎么也开始隐身了?

“你给我出来，崔玲玲！我知道你在苏格兰爱丁堡。我接受你的祝福，可是我反对你现在所做的事。你可要再冷静认真地考虑清楚啊，一个单身女人，带着一个孩子，这人生就等于毁了啊！”周彩儿以前所未有的速度敲打着键盘，生怕崔玲玲没看到她的话就溜掉，玩什么神秘嘛，她全都知道了。

崔玲玲不紧不慢地打出三个字：“你不懂。”

周彩儿当然知道这三个字的潜台词，那是崔玲玲和简嘉铭之间经常用来打趣的话，说什么对于别人不认同的东西，只管说对方不懂即可。

“我坚决不认同你在做的事，你是天下第一傻瓜！简嘉铭死了三年了，你还要漂洋过海地去为他生孩子！你疯啦？你不是经常说，女人温暖地活着最重要吗？你想过后半生吗，你的身价会一落千丈，你会……”

“我知道。我都知道。一想到我可以和嘉铭的孩子一起生活，我就觉得很幸福、很温暖。这就是我想要的。至于这是不是真正的幸福，有待验证。但现在我必须这么做。”

周彩儿深知无法说服崔玲玲。崔玲玲是什么样的女人，她再清楚不过了。于是她只好反复地说：“我不赞同，我不希望……”

崔玲玲没问她关于新郎的任何事，周彩儿也没诉说的意愿。这边，尹启华来电话问她明天的婚宴安排是否妥当；那边，张军下班回来，正在门口一边换鞋子一边呼唤崔玲玲。像约好似的，她们没再寒暄一句，各自关了电脑。

终有一天会面对面，你一言来我一语，尽情八卦。

14

享受生命给予的一切愉悦，是上帝的旨意

住在张军家里，崔玲玲很佩服他——一个单身男人，能把家里收拾得井然有序、整洁雅致，而且从不请钟点工；每天晚上，他还恪守只要无应酬就一定亲自下厨房做饭的习惯。

爱德华让崔玲玲在等待生理周期期间，一定要好好休养。收拾屋子、浇花剪草、做饭洗衣，她权当运动了。张军乐见她这样愉悦，也乐得清闲，享受一到家就有晚饭吃的幸福。崔玲玲并不知道，他这是第一次吃母亲之外的女人做的饭呢——当然，老家里的保姆除外。和前妻在一起时，几乎都是自己照顾她的饮食起居。谁说只有女人在爱情面前才会卑微到尘埃里去？男人也是一样的。只是再卑微的姿态，也换不来他们想要的永远。

餐桌上，摆着简单的三菜一汤。崔玲玲最拿手的便是做汤。苏格兰潮湿的气候，让此地盛产各种蘑菇，崔玲玲可喜欢这种食材了，变着法儿地将它们分别用牛骨、羊肉、鸡肉来炖。一直以来，张军都忽略了汤才是中国菜里的精粹呢！也难怪他有意忽略，一锅或清淡或浓香的汤，需要时间与灵性，他实在做不好。

今晚，崔玲玲用苏格兰肥美的牛肉，做了一锅肉丸子汤，只加了胡椒粉和姜片，还有一点儿盐，牛肉用手工打得软烂而富有弹性，汤质清淡鲜美。张军从来都没想到，牛肉可以这么做着吃。

吃饭时，他们轻松地交流着某些话题。这几天聊下来，崔玲玲零零碎

碎地知道了张军的许多往事，再加上这段时间的相处，面前这个男人便具体起来，不再只是简嘉铭的死党，也是她真正的朋友了。

“有人说男女之间，不管爱与不爱，都是一场博弈。是，又不是。只有站在平等的起点上——我说的是人格上的平等，互相欣赏与懂得，加之日后的信任与宽容，才能修成正果吧。”张军似在给自己的婚姻做总结。

“是，也不是。什么才叫修成正果呢？在能明白施与受的关系时，其实我们早已因为爱情而千疮百孔了，在这样的过程中，不乏幼稚和不珍惜。你所说的，我和嘉铭都拥有，可还是天人相隔。或者，这才是真正的永远。”

“是不是永远我不知道，总比我和前妻成怨偶的好。若能在年少时明白这些，反过来想，是不是就已经不叫爱情了？”张军打着嗝说，“哎呀，人都是贪心的。你看我，肚子都快撑破了，还想再喝一碗汤。”

“想喝就喝，来，我给你盛。”崔玲玲拿过他的碗，“等我走了，你就喝不上了。”

想到崔玲玲终有一天会离开爱丁堡，张军的心里就有淡淡的失落。还有五天便迎来她备孕的第一个生理周期，如果精子激活成功，注入她体内后能顺利形成受精卵并着床的话，下个月，她就可以回国养胎了。

他个人策划了半年的项目方案，伦敦总部审议后，不予通过——他们认为中国的旅游房地产市场前景没有他报告上说的好，于是将目光投向非洲。张军终于做出决定，并做着最后的工作交接。当然，他并没有和崔玲玲说，怕增加她不必要的心理负担。

说来也奇怪，早上起来，爱丁堡竟然不下雨了。崔玲玲觉得这就是吉兆，心中的紧张也消了一半。

在这么重要的时刻，陪伴左右的依旧是张军。幸好这天是周日，在这个城市，人们不会轻易加班，因为没有什么比享受生活和生命更加重要。

通过检查得知，崔玲玲身体的整个受孕环境均达到最佳状态。这得益于她平时规律的生理周期和坚持锻炼的健康身体。爱德华早就详尽地和她讨论并说明了整个手术的过程，在她排卵期前后三天内，将简嘉铭的精子分三次注射进崔玲玲的体内。通过一段时间的观察，还有连续测定崔玲玲促黄体生成素的峰值来看，这几天正是最合适的时机。

今天是第一次注射。爱德华教授兴奋地告诉他们，简的精子和十年前一样生猛。张军忍不住问自己的是不是也一样生猛如初呢?

爱德华教授白了他一眼，邪恶地说："你真想知道？我取出来，这么一测定，也许一不小心给污染了就再也不能放回去了。要不，你问问崔小姐，她愿不愿意生一对异卵孪生的孩子，把你的也顺道送进去?"

"你说什么呀？真是个怪老头儿，这种事也能开玩笑吗？我要生也直接和她生，用得着这样吗?"张军嘀咕着脱口而出。

爱德华教授拉下口罩哈哈大笑，张军知道自己说错了话，张口结舌的，脸涨得血红。

"不，我不是这个意思。我并不是真要和你生。我的意思是，是……"张军慌乱地找着话来解释不小心对崔玲玲的冒犯。

倒是崔玲玲笑着劝他别再站在旁边影响爱德华教授工作，他应该出去好好待着。

"真没什么要我帮忙的？这里面就你这个怪老头儿，我实在不太放心哪!"张军凑近爱德华教授身边说。

"哎呀出去出去，出去!"爱德华拿着试管向他连连挥手，"不过，你可以在外面高歌一曲，好缓解崔小姐的紧张，这样生出来的孩子更加漂亮聪明。"

"你放点儿音乐不就得了？干吗非要我唱？要唱你唱。"张军抗议道。

“行，谁唱谁是孩子的教父。”爱德华教授不紧不慢地说。

“好好好，我唱，我唱！”张军抢着说，“你一把年纪了，当人家曾爷爷还差不多。”

爱德华教授笑呵呵地将他支出了实验室，还不忘提醒他：唱歌儿啊！

崔玲玲被这俩人逗得不停地笑着。张军果然在外面唱了起来，哟，音色还不错，和简嘉铭一样，唱起英文歌来字正腔圆、声情并茂。

“嗯，闭上眼睛。想象简就在你身边，从不曾离去。嗯，放松，放松……”爱德华教授在她耳边轻轻地说。她轻轻地闭上眼睛，进入最放松的状态。

后来，耳朵听到的只有张军的歌声：

啊，我的爱像红红的玫瑰，
六月里初放花蕾。
啊，我的爱像甜蜜的乐曲，
演奏起来有多美。

你是多么可爱，好姑娘，
我的爱情多么深！
我将永远爱你，亲爱的，
直至海枯水流尽。

直至海枯水流尽，亲爱的，
岩石被烈日消融！
我将永远爱你，亲爱的，
只要我一息尚存。

再见吧，我唯一的爱人！

让我们暂时分别！

我定要回来的，我的爱人！

她知道这首歌是根据罗伯特·彭斯的诗歌《一朵红红的玫瑰》谱曲，后来成为苏格兰的经典民谣。她曾经不止一次听简嘉铭吟唱过。只是不曾想，后面那句“再见吧，我唯一的爱人！”一语成谶——他再也不能回来了。

“嘉铭，如果你爱我，就变成一个孩子回来！”崔玲玲闭着眼睛默念着。当泪水快要溢出来时，她听到爱德华教授说：“好了，可以了。”

按照嘱咐，崔玲玲一直在床上躺着，还要等一小时她才能下床走动。经过这样的手术，就可以让简嘉铭的生命在她的体内落地生根了吗？她抚摸着小腹，静静地感受着生命隐隐发生的奇迹。

张军还在唱着苏格兰民谣，换了她所不知道的曲目，一首接一首。这俩人真有意思，爱德华教授没有告诉他手术早就完成了。他也没有问是不是完成了。张军实在唱累了，隔着门试探性地问：“有我这样当干爹的吗？我快唱没气了，还没好？”

爱德华教授对着门一本正经地说：“没好呢。唱，继续唱！胚胎说，很喜欢你的歌声。”

崔玲玲捂着嘴笑。

“骗谁呢？才授完精就懂说话？”张军问。

“我用仪器检测出来的啊。生命是有信号的，你懂不懂？”爱德华教授故弄玄虚，“你就继续唱吧，我房间有水，喝了好生唱！”

张军果真又唱了起来。崔玲玲再也忍不住，咯咯地笑着。可以想象，那个时候，简嘉铭和他们，是怎样的三个活宝啊。

后来张军带崔玲玲回家休息时，抿着嘴说，其实他知道怪老头儿和她在糊弄他，还问他唱得还行吧？崔玲玲也抿着嘴点点头。第一次手术就这么轻松搞笑地过去了。

这天，张军无论如何也不让崔玲玲下厨，他打电话问了远在江苏的老母亲，女人怀孕初期吃什么最好。老母亲高兴得问这问那，张军忙说只是代朋友问问的。老母亲偏偏不相信，说他一定是又要搞一出先斩后奏的戏了——像当初他在爱丁堡结婚一样，他们国内的亲人看了他发回去的视频才知道。老母亲对那个儿媳一点儿也不了解，所以无从谈喜欢与不喜欢，接受与不接受。既然他们已经应允他在国外发展，就给他自己安排人生的自由。这一次，这个做事总有自己主张的小儿子，难道要来个未婚先有子？

在越洋电话里争辩这些没什么实际意义，张军干脆默认了老母亲的猜想。老母亲更加高兴了："你都快四十的人了，是应该有个孩子了，还是中国女人的孩子，好好好，好哇。"然后，老母亲便对张军唠唠叨叨，告诫他不要听西方人的话，什么都不避忌，还是得按中国人的规矩，什么能吃、什么不能吃，什么要顾忌、什么要谨记，一说便是一个小时。张军很认真地拿着记事本边听边记。

"好的，才开始时多喝清淡的肉汤，可以是鸡汤、鱼汤、猪肉汤，暂时不要牛肉和羊肉，寒凉的、生冷的不能吃……"

张军回忆着老母亲的话，对着记事本自语着。

翻翻冰箱，只有红肉。在国外，想买到鲜活的鸡和鱼几乎不可能。幸好海鲜虽然是冰镇的，也还都新鲜。这本就是一个靠海的城市，晚上去超市买海鲜来熬汤是不错的选择。当他将一碗汤色如牛奶般的鲟鱼生蚝汤端到崔玲玲面前时，崔玲玲十分惊叹这随意的搭配，不禁问他是怎么做的。

“就像我妈说的做鲫鱼汤那样做的，老人家不知道这儿没有鲫鱼。我想，都是鱼，都带腥，同样的方法应该可以。我看到超市里的生蚝那样新鲜肥美，你又爱吃，就买了些，在鱼汤烧得差不多时，丢到锅里一起煮了。我学你的样儿，只放了姜和胡椒。我觉得我堪比大厨了，你说呢?”张军期待地看着她。

崔玲玲喝了一口，频频点头：“嗯，张大厨，真不错。你比嘉铭有天分，他就只会做西餐。”

“他那是回到国内了，再做中餐谁稀罕啊！就要偶尔露一手西餐，才叫人惊艳。我是身在异国，靠这解思乡的忧呢！”张军笑着说。

崔玲玲叫他也一起喝，那么多她可喝不完。张军便坐下来给自己盛了一碗，边喝边发出夸张的“啧啧”声，一副自我陶醉的模样。

“是不是在国外待过的男人，都特别可爱?”崔玲玲笑着问他。

“别人我不清楚，但我和嘉铭绝对是可爱的人。西方人相对来说比较单纯，很少伪装，很小的事情也觉得很快乐。享受生命给予的一切愉悦，是上帝的旨意。”

崔玲玲笑起来，男人有时也挺自恋的嘛。虽然他纠正说这是自信，是认同别人对自己的评价，但崔玲玲还是笑个不停。也许是今天心情太好了，一件小事，足可以让她发笑。何况张军说，享受生命给予的一切愉悦是上帝的旨意呢。

饭后，张军阻止崔玲玲去洗碗，她拿起拖把想帮忙收拾厨房，他也马上抢过来。

这至于吗?张军那严肃认真的样子让崔玲玲直想发笑。张军说：“我得替嘉铭照顾好你。”

每回说起简嘉铭，彼此都坦荡自然。而这句话，却让气氛有点儿尴尬起来。崔玲玲静默了一会儿说：“行，那我回房间休息去了。”

“去吧。”张军边刷碗碟边说。

进客房前，崔玲玲的目光穿过客厅，再到开放式的厨房里，落在系着围裙的张军身上。这个男人，比简嘉铭更居家，更接近世俗的烟火。这是不是经历过婚姻的缘故？他对她的体贴和照顾，她从没觉得有什么不妥，难道她就理应受到他这样的关照吗？她耽误他多少事务，他却从来不说。

在床上躺下，随手拿起英文原版的《圣经》，崔玲玲却读不进去。小嘉铭，你来了吗？在这样的浮想中，她听着屋外小花园里的虫鸣声，安然睡去。

张军在灯下研究的不是方案也不是图纸，而是明天的菜谱。简嘉铭只有这么一试管“种子”，如果这个月崔玲玲怀不上，下个生理周期，“种子”量越来越少，怕是机会渺茫了。

崔玲玲心有预感，她知道上天向来待她不薄，收回一些东西，肯定会再给她另外的东西——她一定会怀上的。

为了不耽误太多的工作，其余两次人工授精选择在晚上进行。张军把歌谱打印好带来，爱德华教授却不让他唱了。晚上四周太寂静，一高歌就显得特别响亮，要是有谁被这歌声吸引过来，那可就麻烦了。

张军问他的歌儿唱得真的很艺术吗？

爱德华教授摇头说着“我的天”，将他挡在实验室门外。

在回去的路上，张军边开车边吹着口哨，仿佛要将刚才忍着的歌声抒发出来似的，一会儿中国儿歌，一会儿民歌。崔玲玲看着他随旋律律动的整个头部，好笑地问他：“你怎么就从没有不开心的时刻？”

“享受生命给予的一切愉悦，是上帝的旨意。”张军看她一眼，又望着前方扭动方向盘，吹起口哨来。

他这句不断重复的话，给了崔玲玲许多启示。尽管从前的她，其实也这么认为。但大起大落之后，人总难免会有所改变。她需要重新评估自己对生活与命运的认识。

周彩儿却不需要评估自己，她只需要知道眼前做什么于她才是最重要的。

尹启华这时特别想念早逝的父母，要是他们在该多好啊，什么礼节避忌都可以教他，还可以帮他一手操持整个婚礼。一大早起来，他叫周彩儿换好衣服，梳洗完毕，一起跪在父母的灵位前。黑白相片中，是两个几乎和他们一样年轻的男女。

尹启华上了香，磕了三个头，恭敬地说：“爸，妈，儿子今天结婚了，这是您二老的儿媳妇。儿子和她一起在福利院长大，青梅竹马，彼此了解，感情深厚。愿爸妈在天之灵，能够保佑我们一生幸福。”

周彩儿实在想不到，他在家里这个角落立了父母的牌位，长期供着新鲜的水果；更加想不到的是，他还要她一起跪在这儿说这么些话。“感情深厚”？这不是明摆着欺骗逝者吗？

按理说，她也应该跟着叫一声“爸，妈”，然后说一些讨好的话，可她哪说得出口？

尹启华也不勉强她。为报答他的理解，周彩儿默默地磕了三个头。

“这就算你们互相认可喽，今后咱们就是一家人了。”尹启华扶起她，对她说，“谢谢你。”

周彩儿不自然地低头道：“谢我干吗？”

“彩儿，你……要告知你的父母吗？毕竟这也算一件大事……”

尹启华还没有说完，周彩儿就打断他：“时候不早了，你得送我去化妆了。”

尹启华便识趣地转换了话题：“没什么要忙的了，咱们换好礼服，你化个新娘妆，我开花车去接上你绕海边走一圈，再回到海鲜城宴客就行了。咱们的婚礼只是平民级别的，可不比你和刘涛那样隆重。”

“我也没要求你搞排场，不是就走个过场吗。”

“那可不是，我态度很认真的。反正，我尽我全力办呢。”

周彩儿这回倒是认同的，笑着点了点头。而且她觉得他认真得过分了。

“走，我带你去个地方。”尹启华看看手表，时间还早呢，拉着她就往外走。

车子直往公墓方向驶去。下了车，尹启华从后备厢拿出一束菊花。他早有准备！依旧是他拉着她走，好像他早就来过似的。在公益陵园三号厅里，三面墙壁上密密麻麻地写着名字，每个名字对应着一个亡灵的骨灰匣子。找了一会儿，尹启华指着北墙偏左方的一个名字说：“就这儿，你看，是这个名字吗?”

周彩儿只看了一眼，泪水就夺眶而出。那是她母亲的名字。和其他格子不一样的是，上面没有相片。

周彩儿转身欲离开，尹启华一把拉住她：“来的时候，你难道不清楚我要带你去哪儿？你没有抗拒，说明你心里是想念你母亲的，不是吗？我查找了好久，才知道老人家被安置在这儿……”

周彩儿扭着头，任泪水无声地往下掉。

“来，把花给母亲送上。多少年了，她就等着这一天——你来看她，你来告诉她你生活得很好。”尹启华将花交给她，一声“母亲”叫得自然而平和。

周彩儿透过泪眼看着他，他肯定地向她点头。周彩儿颤抖着接过菊花，转过身来，默默地站了好一会儿，稍微平静点儿后，将菊花轻轻地放在祭台上，抹抹眼泪，无声地张口叫了一声“妈——”，又哭起来。

“你需要遗忘，彩儿，忘记那些可怕的记忆，只记住你母亲的好。这样，你和她才能各自安好。”尹启华说，“你父亲，我没去打听，你要不要……”

“不要！”周彩儿叫道，“别跟我提他……别在母亲面前提他……”

“彩儿，当有一天你可以正视这些的时候，我想，我和老院长也会被你真正地原谅了。”尹启华叹息道。

“带我到这儿说这些，是什么意思？原谅？你的意思是，咱们最后必须同床共枕、生儿育女吗？你觉得可能吗？”周彩儿的刺又被挑起来。

“我想告诉母亲，也告诉你，从今往后，你就是有家的人了。不管我们婚姻的实质是什么，你都不再是一个人了。起码，在法律上是这样。我不还承担你一半的债务呢吗？”尹启华又说，“我可以在母亲面前起誓，如果你不提出离婚，我会一直按照协议中的条款和你过下去。虽然我完全不清楚，我们会过一种什么样的日子。但我答应过的事，就不会轻易改变。”

“没有夫妻之实，没有幸福，你也愿意吗？”周彩儿问。

“我愿意。你不是说，我欠你一个完好的人生吗，那么现在我还你。”尹启华看着她说，眼光是那样真诚。

周彩儿的眼泪奔涌出来，她能相信男人的誓言吗？

从公墓出来，恢复常态的周彩儿一个劲儿地埋怨尹启华今天故意让她出丑，眼睛都哭红肿了，还怎么化新娘妆啊？就算演戏，她也要做最上镜的演员。

尹启华扔给她一瓶眼膜霜。周彩儿一看，哇，法国进口的顶级眼膜啊，许多大明星都用它来消除眼袋，见效奇快，价钱也奇贵。

“陈怡飞留在我那儿的，想是别人送她的。我看东西挺好，就没扔掉。反正你用得着，你也不会介意。”

周彩儿本想生气——前未婚妻用过的东西，就这么扔给她，当她是什么呢？可转念一想，她介意什么啊，用得着和好东西置气吗？她马上拧开盖子，咦，和新的一样哩，顶多只用过一两次。周彩儿马上用化妆棉蘸了矿泉水擦擦眼睛周围，小心地抠了些眼膜霜敷在眼睛周围，便闭着眼睛养神。尹启华看看她，笑笑，不再言语，一路专心地开车。

午饭后，尹启华便送周彩儿到约定的地点去化妆更衣。

得知她竟然在尹启华的房子里待嫁，简嘉仪觉得太不可思议了。这实在有违本地风俗，怎么能在男方家里出嫁呢?

本就没希望这婚姻天长地久，周彩儿才懒得管吉利不吉利呢。老院长知道了，也责怪尹启华。不过对于他们闪电结婚，他一点儿也不惊讶，虽然有点儿替尹启华可惜，但也算是对周彩儿有所补偿与交代吧。因此，他什么也没有多问，只管到时带着福利院的老同事一起来喝喜酒便是。

婚礼对周彩儿来说，不过是一场表演，她在乎的是，她今天是不是艳压群芳。接新娘时，一点儿也没有闹。这是周彩儿强烈要求的，安安静静地上花车，随便绕个圈就回海鲜城去迎宾客。尹启华随行的伴郎只请了个大学同学，反正花车也只有一辆。

比起两年前周彩儿和刘涛的那场轰动全城的豪华婚礼，这一次真是简单得太多。虽然仓促，但尹启华也打点得滴水不漏，相关领导、同事、朋友，一个也没有落下。周彩儿当然也向一些大客户发了请柬，人来得越多越好，这些人给的贺礼绝对不会少。

作为伴娘的简嘉仪一直观察着这对新人，因为接受周彩儿的这个请求，她差点儿与陈怡飞反目。陈怡飞昨天斩钉截铁地说她一定会来参加婚礼的，她要带着她的有钱男友当面祝贺他们。这是简嘉仪最不愿意看到的，这不正中了等着看热闹的人的下怀吗?

即使尹启华守口如瓶，关于陈怡飞的种种，坊间早有传闻。人们反而为尹启华勇断情丝而叹服，要知道，那桩婚姻可助他仕途一马平川呢。人们想不明白的是，他怎么选择了周彩儿这个女人呢? 入座之后的宾客，大多小声议论着这个话题。

周彩儿正站在门口，被所有来宾赞美，她一边风情万种地招呼客人，一边向四处张望。将近开宴了，陈怡飞还是没有出现。

“她怎么没来呢？是不是不敢来呢？”周彩儿小声地问。

尹启华也小声说：“放心吧，她那好强的性格，一定会来的。”

陈怡飞自始至终也没有出现在他们的婚礼上，这推翻了尹启华对她的判断。原来，他们并非如想象中那样了解对方。他们终于是彼此的陌生人了。一星期之前的那些相爱像一场幻觉，在一声声“恭喜贺喜”中，如潮水般退去。

他一身华服，比平日更加一丝不乱的发型、一尘不染的新皮鞋，无名指上戴着换了样式的婚戒，容光焕发、坦然自若。蹬着高跟鞋的周彩儿几乎与他同高，却温顺地挨在他身边。这套婚纱选得真好，保守贵族的设计，将周彩儿玲珑的身段紧紧地包裹起来，反而更有一种高贵、神秘的性感，配以她精致的妆容与得体的举止——这完全就是一个高不可攀的贵妇形象，倒契合了尹启华傍上富婆闪电结婚的传闻。

初听到这个传言，他们不约而同地大笑。而此刻的尹启华，由衷地为周彩儿的美艳而骄傲。不管是男人还是女人，多少还是有点儿虚荣心的。

开宴前，婚礼主持人总是不会放过新人，总要问问他们的结婚感言、恋爱经过。周彩儿一脸幸福，小鸟依人般，将话筒推到尹启华面前。主人席上，老院长和一干老师、阿姨满脸笑意地看着他们。尹启华扶了扶眼镜，握着周彩儿的手深情地说：“我借用几句酸腐的诗句来概括吧。我和彩儿，郎骑竹马来，绕床弄青梅。几经转折离合，人事沧桑。蛾儿雪柳黄金缕，笑语盈盈暗香去。众里寻他千百度，蓦然回首，那人却在，灯火阑珊处。我曾想，她若安好，便是晴天。可她却说，我若安好，她却是晴天霹雳。我们吵着恨着，正所谓‘不是冤家不聚首’，大家来见证一下，我们吵成一家人了！”

宾客们笑着鼓起掌来。尹启华看着周彩儿，眼带笑意："于是，我知道了，原来应该和我共度人生的人是她，而不是别人！"

一个男同事站起来恶作剧地大声问："你们什么时候好上的啊？太神秘了！才几天工夫，这新娘就换人了！"

尹启华老实地回答："我十八，她十五。"

宾客席上炸开了，那男同事提高声音追问："大家先别吵——哎，你们那时候谁追的谁啊？"

尹启华又说："肯定是我。那时候我有点儿坏。"

"太坏了，太坏了！"

同事与同学在下面大呼人不可貌相，起哄让他们共咬一粒花生以示惩罚。主持人早有准备，将一粒花生绑在细丝上，吊在他们中间。起哄声一浪接一浪，他们只好各自嘟起嘴唇去咬那粒花生，随着花生的晃荡，他们在彼此脸上的各个部位均留下了唇印。他们知道，如果咬不到，这帮人是不会放过他们的。互相使了个眼色，这回默契地同时咬住了花生，他们的嘴唇也紧紧地胶着在一起。

在众人潮水般的欢呼声和鼓掌声中，他们却都定在了那儿。双方的眼睛都在问，那个时候，他们彼此之间可有亲吻，像这样胶着地亲吻？好像没有吧？没有。周彩儿的眼珠子来回溜动表示否定，尹启华也一样。是的，没有。那个时候，青春的骚动让他们不明白爱与欲的区别。他们不懂得，原来通过亲吻，可以抵达心灵更深处。

"请一起把花生吃掉！"主持人简直无事生非。这么一吆喝，众人又起哄了。

这要怎么吃？尹启华用手捏了捏周彩儿的手。周彩儿也会意过来，伸出舌头，悄悄将花生顶进尹启华的嘴里，然后自己假装咀嚼着。

接下来便是晕头转向的敬酒。为了照顾尹启华的面子，周彩儿一直显得很矜持，以致许多看热闹的人，对传言中的周彩儿有点儿怀疑。看样子，他们挺般配的嘛！谁说周彩儿是个狐狸一样媚惑的交际花？这看上去不是挺好吗，大方得体，高贵文雅。

老院长一直在笑，像个心里无比满足的慈祥的老父亲，坐在主人席的最正中。周彩儿看也不看他一眼，敬酒时也只是机械地举举杯。老院长并不介怀，说了许多祝福的话，还额外给了他们两个红包。

反正红包照拿，她是无论如何也无法忘记他那两片厚厚的嘴唇，是用怎样的语气吐出“骚货”这两个字的。

终于酒尽人散，他们一致谢绝了闹洞房。此刻，“新房”里只有他们俩。尹启华身上不是酒味就是汗味，一进门就先进了浴室。周彩儿将高跟鞋一甩，跑进客厅，把袋子里的贺礼全部倒在地板上，地面上红花花的一片。她坐在那儿，哼着歌儿开始清点。

尹启华洗完澡出来，看见她那财迷的样子，觉得好笑，问：“怎么样，纯挣多少啊？”

“减去所有开销，纯利润是三万两千三百。我得跟你说，这钱归我了！”

周彩儿将钱在他面前晃了晃。尹启华本就没想要，可她这么一说，他倒和她较上劲儿了。

“不行，这婚礼好像是我出钱搞的吧，你几乎没花什么钱呀？这收来的礼金归你了，那我岂不是太亏了？”

“其实呀，这点儿钱和我上个婚礼相比，小巫见大巫了。你猜我和刘涛那死鬼结婚时一共收到多少钱？差不多一百万！不过收得多，花得也多。纯利润和这差不多。”

“看你这女人多扫兴呀。咱们结婚，你扯你前夫干吗？按照《婚姻法》吧，我亏点儿，咱们对半分吧！”尹启华边擦头发边对她说。

"什么对半分？没门儿！你不是说要替我分担一半债务的吗？这些钱，全拿去还债了！能还多少算多少。"

"你这大言不惭、理直气壮的样子，嗯，真像周彩儿！"

"废话，我本来就是周彩儿。"

"我还以为今天起你就不是了。你没瞧见大家看你的眼光，好像都是说，我娶这媳妇还是挺不错的。"

"说起今天，我觉得你也挺不错呀。你那番感言，说得多动情呀！像真的似的。我硬是没让鸡皮疙瘩冒出来。"

"难道我说错了吗？"

"错好像是没错，不过……"

"既然这样，你当成真的就行。不然哪儿来的幸福感？"

"幸福感？把钱给我，我就有幸福感。说到底，钱才是我老公。"

"不行不行，一人一半。这贺礼有我一份！"

"钱在我手上，你多说无益。我明天马上打进玲玲的账户去。啦啦啦……"

周彩儿抱着钱站起来，哼着小曲径自从尹启华身边经过回她的卧室，还故意撞了撞他拿着毛巾的手。

不一会儿，周彩儿出来了。尹启华倚在门口说："钱藏好啦？这是我的房子，不管你怎么藏，我要是想找，还是能找到的。"

周彩儿一听，觉得也是，便折回去，关上门。

"哎，你不会就这样睡觉吧？不洗澡、不卸妆？你要睡着了，我再给你用卫生巾卸妆，你可别怨我。"

说到这件事，周彩儿在里面"扑哧"一声笑出来。

"你敢！"

"快出来洗了睡觉吧，钱当我借给你用了，行吧？等你成了真正的富婆时再还我。”

“这还差不多!”周彩儿得胜了一样跃起来，拿了睡衣打开门。

尹启华在门外做了个请的姿势，周彩儿得意地哼了声，扭着腰肢往浴室走去。

“我开心，怎么你也这么开心?”周彩儿扭过头问他。

“你开心，所以我开心。”尹启华依旧倚在门边说。

“嘁，花言巧语可不是你的特长。你就别卖弄了。什么男人我没见过? 对我这么依顺，不会是真想和我洞房花烛吧?”周彩儿挖苦道。

“不和你拌嘴。那我回房了。不过，今天是新婚之夜。咱们必须在同一房间、同一张床上过，不然的话，会触霉头的。咱们往后都不会有幸福的婚姻。你不为咱们这一段着想，也得为下一段着想是吧? 你总不希望孤独终老是吧?”

“谁说的?”

“一个大师说的，我去问过了。人家说，新婚之夜，不能分房、分床。”

周彩儿走回来盯着他说:“姓尹的，你直说想和我上床不就得了? 说这么多废话!”

尹启华伸出双手摆动着说:“不，我说的全是真话。咱们，那个，可以，可以……”

“可以什么?”

“可以和衣而睡。睡衣，大家穿着睡衣，各睡各的。一晚，就一晚行不行? 你也想你以后好好的，是吧?”

“和衣而睡?”周彩儿笑起来，“行，就依你说的。”说着又扭着腰往浴室去了。

周彩儿坚持在自己的房间过夜，以证明她不是他的附属品，她比他略高一筹。尹启华走进她的房间，才见到她，又慌忙转身跑掉了。

周彩儿低头看了看自己，这粉色的吊带低胸丝质睡衣确实有点儿难为尹启华了。如果什么也不做的话，她躺在床上春光乍泄，这波涛汹涌的，不是要折磨死一个正常的男人吗?

男人的睡衣也就那样，中规中矩的，只不过是长袖短袖、长裤短裤之分。再说尹启华于她，半点儿杀伤力也没有。

尹启华在外面大声叫她，说："新婚之夜真不能马虎，你把睡衣换一套，穿严实些的啊。"

周彩儿做生意之后，多少有点儿迷信，又拗不过他，便应声说好。她可不希望往后一辈子都不顺利。

她正想在衣柜里找一套保守的睡衣换上，拿到手上时，却改变了主意。她就想试试看，他躺在她身边，到底会有何反应。若他动手动脚了，趁机奚落羞辱他一番，岂不是很过瘾?

这边的房间里，尹启华正在抽屉里翻着什么，找到一个小瓶子，拧开，往嘴里塞了两粒白色的药丸，又到客厅喝了半杯水。

回到周彩儿的房间，他看也没看她，就先在右边床上躺下，摘下眼镜，说了句"晚安，新娘子"，便随手关了他那边的床头灯。

"行，看我怎么收拾你。"周彩儿诡异地笑着想。她把盘着的头发放下来，很性感地甩了甩，准备诱惑这个成为她丈夫的男人。

尹启华却发出均匀的呼吸声。

这家伙这么快就睡着了？怎么可能?

周彩儿躺在床上，不时侧过头去看他。没错，睡得死死的。她扯了扯他的耳朵，又捏了捏鼻子："哎，你醒醒，醒醒，老娘还没睡，谁批准你睡了？醒醒!"

她甚至拉起睡裙，用雪白的大腿挑逗他。可尹启华除了呼吸外，没有任何反应。这个新婚之夜，周彩儿在辗转反侧中恼恨地度过。从来没有男人这样无视她的身体与诱惑！这尹启华简直是在侮辱她啊。

终于挨到天亮，尹启华还在酣睡。想必这触霉头的时辰已经全过去了，周彩儿使出全身的力气，一脚将他踹下床去。

“咕咚”一声闷响，尹启华整个人摔在了地板上。他终于醒了，摸着后脑勺，嘀咕着坐起来：“这怎么回事?”

周彩儿一条大腿还悬在半空，故意不收回去。

“是你踹我下来的？你干吗?”尹启华百思不得其解，“要起床你叫我一声不就得了，哪能这样呢?”

周彩儿扬了扬大腿，故意骗他说：“就是我踹的，怎么了？老娘听了你一晚上的噪音。哎哟，那呼噜打得堪比轰炸机了。叫人怎么睡?”

“呼噜？不可能，我睡觉从来不打呼噜。再说，我，我，我昨晚吃了……”尹启华收住了口没有往下说，而是转口道，“好吧，就算我打呼噜，你也不能这样对待你新婚的丈夫吧?”

“害得老娘整夜睡不着，走走走，滚回你的地盘去。别耽误我睡回笼觉!”

尹启华见她发这么大火，疑惑地相信了自己昨晚真的打了天大的呼噜。难道这是吃了安眠药的缘故?

周彩儿一直想不明白，就算累，他也不至于睡得这样死啊。他曾经说过他有洁癖，难道是听说她有过那么多男人，觉得她恶心，一点儿冲动也没有?

这不是很好吗，和衣而睡，相安无事，楚河汉界，不伤原则。可是她为什么就这么生气呢?

婚礼过后，日子并没有什么不同。尹启华依旧按部就班，朝九晚五。周彩儿依旧睡到自然醒，将近中午时才到海鲜城去，然后很晚才回来，带着浑身酒气。

他们用各自的钥匙，开共同的大门，再开自己房间的门。周彩儿趁尹启华上班的时候，早叫人将她房间的锁换了。

这个家从来没有炊烟，周彩儿吃在海鲜城，尹启华吃在单位食堂。家务全是尹启华做的，其实也没多少家务，但周彩儿来了之后，他忙了许多。每当她在哪个柜子抽屉里拿了东西时，他总要跟在后面将其一一收好归位。这女人，习惯怎么这样不好呢？就连她的鞋子，也是一进门就乱踢。给她做了那么大的鞋柜，放进去好生摆着，多好。整齐，还可以当艺术品欣赏。

“说好了互不干涉的啊！我怎么生活是我的事，又没人要你捡，要你收拾。”周彩儿总这样说，没有一点儿感激。

尹启华哪能允许他的家凌乱不堪呢？类似这样的事情，天天上演着，以致成为习惯。

成为习惯的还有，他比往常睡得更晚了。总要侧耳听到钥匙开门的声音，高跟鞋“咔嗒”响的声音，他才会关灯睡觉。他总担心，坐出租车回来的她，大半夜不安全。

这天晚上，没有应酬的他早早地就回到家。实际上，像他这样的人，应酬并不算多，比起热闹喧嚣，他更喜欢在家里静静地看书写字，偶尔锻炼。

他喜欢书法，很小的时候就喜欢。那时父亲还在，带着还在读幼儿园的他去青少年宫玩儿，问他喜欢学什么，他就跑进书法班去了。失去双亲后，他也失去了读书以外的爱好。直到工作后，有一次经过一间工艺品店，看到店家在抛售端砚，他买了一个回来。于是闲暇之余，他时常会磨上点儿墨，挥毫几笔。

与周彩儿结婚之后，他练得更勤了，把读书的时间也用在了练字上。开始时，他没在意，后来觉得这简直就是和自己较劲，让自己静心。每到夜晚，他就容易心烦气躁。那是因为他总想管束周彩儿，他其实无法接受她过这样的生活，一想到周彩儿在不同的房间、不同的酒席，与类似的男人们觥筹交错、嬉笑应酬，他就心生难受。

他将越写越好的字放在客厅的地板上，来回踱步比较着。听到开门声，他跑过去帮着拉开门，一身酒气的周彩儿被一个中年男人驾着站在门外。

中年男人说他是出租车司机，她可能喝得太多了，在他车上吐了，怕她出什么事，他就顺便送她上楼来。

尹启华忙接过她抱过来，连声说谢谢。

中年男人并不领情，责备他怎么让老婆这样喝，怎么当的丈夫，真给男人丢脸。还让他好好照顾老婆，说："女人在外头喝醉了，是非常危险的，这社会上有多少坏人呢——就算是好人，见着你老婆这样的，也要起色心。肯定是你气着她了，她不爱回家来。男人心要大点儿，要让着女人，这日子才过得有热乎劲儿。"

尹启华不自然地笑着说："是是是，大哥教训得极是。"

中年男人不肯要小费，替他带上门就走了。

周彩儿脸色通红，呵呵地笑着说："我没醉，别听他说。没想到这世上还真有好人！以后我就包他的车回家了。"

"看你，都这样了，还说没醉。就算没醉，也喝多了。还说一吐了就没事，你老这样喝了吐、喝了吐，多伤身体啊！"尹启华忍不住责备道。

周彩儿靠在他怀里，不想动。

"走吧，我扶你去洗个热水澡。"尹启华说，"你身上的味道本来是香喷喷的，看你一喝多了，就臭烘烘的了。"

“这样不是更好？你不是总担心我和男人乱来吗？臭点儿安全。”

“什么话？男人那劲儿上来了，还在乎你是香是臭？”

“嘻嘻，你说得对，我本，本，本来就是……”

“哎，我说你别，别，千万别……”

“臭……豆腐……呕——”周彩儿哗的一声，吐了尹启华一身。

“你……”尹启华皱着眉头，“你在挑战我的底线是吧？周彩儿，你故意的！”

“我是故意的，怎么啦？谁叫你抱着我抱得这么爽的？”周彩儿眯着媚眼看着他的狼狈样儿说。

尹启华马上松手，穿着超高高跟鞋的周彩儿失去重心，整个人摔在地板上。

“你干什么啊，尹启华！”周彩儿捂着膝盖吼叫。

尹启华看也不看她，目光坚定地望着浴室的方向，正步走去。

“哎哟——哎哟，你真不理我啊，你个王八蛋！你不扶我起来？”

尹启华像听不见似的，继续往前走。那僵直的背影，似乎透着几分大义凛然的意味。

“哎哟——哎哟——我脚崴了，启华，启华哥，好痛，我好痛！”周彩儿使出了撒手锏。

尹启华的背影软化下来了。果然他慢慢地转身，看着倒在地上的她。她苦着脸、噘起嘴，看样子，真的很痛？他马上换了表情，跑过来蹲下，替她脱去高跟鞋，到处检查着问：“哪儿？摔哪儿了？”

周彩儿看着他一脸急相，忍着不笑。尹启华见她不语，又看她这表情，知道自己上当了，一甩她的脚，气恼地站起来。

周彩儿却拉住他的手：“拉我起来嘛，真摔疼了，不过不是脚，是屁股。这儿。”

周彩儿翘起一侧的屁股，还在上面很响地拍了一下。尹启华哭笑不得，只好将她拉起来。周彩儿就是要故意整他，使暗劲儿拽着他。

“你怎么这样沉啊?”就在他再使劲的时候，周彩儿放松了，尹启华整个人倒在周彩儿身上，头刚好埋进她的颈窝。

“哎哟，哥哥，你压死妹妹喽!”周彩儿在他耳朵边上呵气，并用一条腿磨蹭他的腿，“怎么样，软玉温香吧? 比起十五岁的我，更有感觉吧?”

尹启华像做了亏心事似的，连滚带爬地从她身上起来。

周彩儿坐起来，看着他慌乱整理衣服的样子，哈哈大笑。笑完了，周彩儿说:“好啦，不捉弄你了。来，弄我起来，我洗澡去。这一身臭死了。”

尹启华戒备地伸手拉她，这一回周彩儿倒是老老实实地往浴室走去了。进浴室前，周彩儿扯着他的衣领，娇滴滴地说:“看你，和我一样臭，一起洗个鸳鸯浴吧?”

尹启华忙推开她，支支吾吾地说:“你洗，你先洗。我不碍事。你洗。”

“哼，你慌什么呀? 就知道装! 要是别的男人，没等我邀请，就先挤进来了。”周彩儿撇着嘴关上了门。

隔着门，听着里面的流水声，尹启华心里七上八下的。这女人，总这样收拾他，得到什么时候休止啊?

他知道她是故意的。

她故意洗澡后只围着一条大浴巾，在房间里走来走去。他若不在客厅，又还没睡的话，她准要去书房或者他的房间敲门，用撩拨的口气说点儿无关紧要的事情。她故意将换洗下来的各种颜色的蕾丝内衣挂在浴室里，一天不洗，两天不洗，他忍不住了便帮她洗。他知道这种东西得用手洗，洗着洗着，晾着晾着，眼前净是周彩儿穿着这种内衣的样子，直勾勾地看着他。他知道，她是故意的，故意在挑逗他、考验他、捉弄他。

“你一直站在这儿？门也没缝啊？你犯什么傻？”周彩儿果真又是只围着一条白色的大浴巾，赤脚拉开门，头发上的水珠滴在她雪白的肩膀上，顺着肌肤往下流，消失在乳沟深处。

尹启华挺直身子，进了浴室，他不敢在周彩儿面前多待一秒。热水就免了，洗冷水的吧。站在花洒下，尹启华甩了甩头，竟笑起来，又唱又跳的，不知是真的高兴还是深夜的水太凉。

“神经病！”周彩儿在门外听了会儿，嘀咕了一句，擦着头发扭向自己的房间。经过客厅时，她才发现地上铺满了宣纸。哟，看不出来哩，这家伙还写得一手好字！

洗完之后，尹启华苦恼地发现，他没带睡衣进来！他总不能像周彩儿一样，里面光溜溜的，只裹条浴巾就出去吧？他把耳朵贴在门上听了听，她应该回房间去了吧？轻轻地推开门，他伸头侦察了一会儿，客厅里没动静，可以放心地出来了。

当他蹑手蹑脚地走过客厅时，脚下绊了一团软软的东西，随着“哎哟”一声，他向前摔了下去。这哎哟声，似乎不是只有他的声音！

“你干什么？”周彩儿气急败坏地骂道，“你个王八蛋是不是压上瘾了，又摔老娘身上，你走路不带眼睛啊？”

“你怎么在这儿？谁能想到这地上会有个大活人哪？”尹启华委屈极了。

“起来，你快起来。压坏老娘了，胸都让你压扁了！你起来！”

尹启华手忙脚乱地爬起来，又弯下腰要去拉周彩儿。周彩儿正定定地看着他，眼睛睁得大大的。

尹启华看到地上的大浴巾，瞬间尖叫起来，双手捂向胯下，苦不堪言！他又迅速空出一只手，拎起地上的浴巾，捂住前面，再一点一点地包住整个屁股，挤出比哭还难看的笑来，说：“我发誓，我，不是，故意的！”说完便紧步跑回了他的房间，砰一声关上了房门。

周彩儿坐在地上，情不自禁地哼笑了几声。看不出来，这家伙的身材这么好啊，身上没有一点儿赘肉，宽肩窄臀。有多久没有亲近过这样年轻而富有活力的身体了？周彩儿突然有点儿讨厌这样色眯眯的自己，尽管她早就默认自己是块臭豆腐。但“臭豆腐”也是有节操的好不好？

这个夜晚，这对假夫妻都有点儿辗转反侧，都不约而同地想起了十三年前，那个幽暗僻静却骚动不安的楼顶。年少的他总爱一边疯狂动作，一边喘着气问她疼不疼。她咬牙坚持着，抗拒着这让她羞耻的陌生的疼痛与快乐。夜空暗蓝暗蓝的，时有月光或星光，洒在他们身上。他们见到彼此惨白惨白的脸，露出狰狞的、满足的各种表情，还有那双不敢互相对视的稚嫩的眼睛，在黑暗中躲闪着，又追寻着。他们从来没有仔细地抚摸或者欣赏过彼此的身体。他的手只懂得伸向她的胸，他的嘴也是，然后便迫不及待地压在她身上。

后来，当她懂得享受男人的身体所带来的欢乐时，却再没有人问她疼不疼。周彩儿又怎么会知道，除了她，尹启华也没问过别人疼不疼，对陈怡飞也没有。印象中，与陈怡飞的第一次，他驾轻就熟地便让她成了女人，她说一点儿也不疼。或许真的只有疼过，才印记深刻吧！

15

正视和接受，才是真正的坦然与从容

回国的日程终于定了下来。崔玲玲祈祷的奇迹来得这样顺利，二十天后的复检，爱德华教授告诉她，胚胎已经稳稳地着床了，发育良好。

张军劝她多留些日子，待胎儿完全稳定了再回国去，或者悄悄地留在爱丁堡待产也可以，到时候孩子一出生就顺理成章地有了英国国籍。崔玲玲觉得，回去才有归属感，而且生孩子这种事，除了注意保护和身体状况，真的要听从天意。张军便不再勉强，只是他实在不放心她一个人回去，漂洋过海的，还要转机。

崔玲玲说她来的时候不也是一个人吗?

“可现在你不是一个人呢！你肚子里有个小生命——你和嘉铭的孩子。”张军纠正她说。

崔玲玲坚持没问题，她的身体向来好得很，何况飞机上有空乘人员会帮忙，他就不必瞎担心了。

张军听了只是笑笑，没再争辩。爱德华教授要求剩下的这半个月，他们必须在他家做饭，陪他吃完了再回去。这个老头儿，也不会向你解释为什么。

崔玲玲说张军还要上班，不如她来做吧。爱德华就是不肯，非得让他们一起来，一起做饭，早餐、午餐、晚餐，一餐也不能落下。

这样的话，张军会丢掉工作的。崔玲玲无比忧虑，不知这怪老头儿要干什么。爱德华说这就是他要的报酬。

可关张军什么事呀？为什么要这样折腾他。

“不关他的事，也得关他的事。”爱德华的执拗，崔玲玲算是见识了。

自从崔玲玲来到爱丁堡，她的所有事情都与张军脱不了关系。去超市采购食材，再到爱德华在爱丁堡大学里的研究所，一天几个来回，他紧随左右。他不止一次恳求爱德华只折腾他一个人就好，不要这么折腾崔玲玲——她好不容易才怀上了孩子，要是有什么闪失，岂不是前功尽弃？爱德华叼着烟斗爱搭不理，并不妥协，意思是她欠他的就得还。

崔玲玲倒是真心实意地变换着花样给他做着中餐。到了最后那一天，早餐之后，爱德华指着刚刚吃完的海鲜粥，让崔玲玲替他再熬一锅，他要放着慢慢吃，然后他们就可以走了，趁着今天天气好，再好好感受一下爱丁堡。

“还要做点儿别的给您存着吗?”崔玲玲问。

“再好吃我也吃腻了，”爱德华教授说，“就像你们吃西餐一样，吃多了也难受。我已经够了，这两个星期我好幸福。谢谢你，美丽善良的中国姑娘，让我在晚年还可以回味爱人给我做过的一切——好像她就在我身边。是的，她一直在我身边，从没有离去……”

崔玲玲和张军互相看了看，不知该说些什么。

“我这辈子得到过最美丽的爱情，我很知足。她因为我没能保住我们的孩子而对我有心结，执意回去报效祖国，其实是惩罚我。后来她知道自己错怪了我，想回到我身边却已经来不了了。所以，我很了解你想要简的孩子的那种心意。张，你一直在瞒着我们。我知道，你也要走了。你们都会回到中国去。你们将是我最后的关于中国的记忆了……”爱德华教授拉过崔玲玲和张军的手，拍了拍，然后对他们挥挥手。

崔玲玲又与张军交换了一个眼神，张军对她摇摇头。崔玲玲便解下围裙，轻轻地放在餐桌上。他们一起拥抱了爱德华教授。崔玲玲红着眼圈说：“我会想念你的，想念你这个怪老头儿……”

张军却说：“你去找简的时候，记得要告诉我。也许我不能来了……”

爱德华教授呵呵地笑着点头，然后又对他们挥挥手说：“门后的柜子上，有我送给孩子的礼物，他一定会顺利来到这世上的。你们会幸福的。”

崔玲玲走到门后，柜子上有一条闪亮的十字架项链。张军知道这条项链，那是爱德华终年不离身的两条项链之一，十字架代表他们失去的孩子，心形吊坠代表他的爱人。

走出古老而坚实的大楼，外面阳光正好。握着项链，崔玲玲只觉得沉甸甸的难受，回头朝着爱德华研究所的方向望去，说：“他年纪这么大，直到百年，也是一个人吗？到时若生病卧床，谁来照顾他？”

“放心好了，这儿的福利制度很健全。作为学术泰斗，他有许多学生，助手对他也很忠诚。日后就算他真要到天堂去和嘉铭玩，也会有人照料的。”张军安慰她说。

“可终究不是亲人……”崔玲玲叹气，“我更加坚定了，我要这个孩子是正确的。从今往后，我什么也不怕了。人生真是不可思议，要是在以前，我是绝不会这样想，也不会这么做。”

“只要你觉得值得。其实，女人的伟大，在很大程度上，是因为她是个母亲。”张军抬头，刚好看见树上有个鸟窝，鸟窝里伸出几个小小的粉嫩粉嫩的小脑袋。它们大概是饿了，正叽叽地叫。古树成荫的校园里，到处都是这样的鸟窝。

“它们的母亲，应该觅食去了吧？”崔玲玲也抬头顺着他的目光望上去。

“一只鸟都要如此辛苦。玲玲，你要做单身母亲，真的准备好了吗？”张军问。

“这时想这个问题已经太晚了。何况我真的准备好了。我的适应能力和对抗生活困难的能力，我想你应该有所了解。这是一件让我幸福的事情，是上帝让我享受的愉悦。”崔玲玲微笑着说。

阳光从浓密的树荫缝隙里漏下来，落在崔玲玲宁静的素颜上，让她看起来显得愈加宁静。

“接下来，你想到哪儿去？我陪你。”张军问。

“算了吧，为了我，你耽误的工作太多了，如果我是你老板，一定会炒了你。你还是回公司去吧，”崔玲玲说，“我自己在这校园里走走。以后怕是不会再来了。”

张军却不走，依旧跟着她。

“你打算这样跟到什么时候？我不用谁来保护。真的，你工作去吧。”崔玲玲催他快走。

“这是你的机票，来，先给你。”张军掏出机票，递到她手上。看着他另一只手上同样的机票，她瞬间明白了。

“你不必这样的，张军，真的。我自己回去就行。”崔玲玲尝试说服他去退票。

“你才不必这样。你没必要觉得我为你牺牲了多少，做了多大的付出。其实，我早就想回中国去了。在这里，我学习的、掌握的、积累的东西，也足够我回去好好干一番事业了。我也想向母亲证明，当初他们送我出来留学，是正确的。我可以不依靠家族，成就我自己。”张军看着崔玲玲疑惑的表情说，“难道，你也不相信我？那不要紧，反正我已经辞职了。”

“辞职了？什么时候？”崔玲玲更加惊讶了。

“一周前，不然我怎么有时间天天带着你往怪老头那儿跑？我已经计划好了，也决定了，我要回国去发展。现在正是时候，”张军轻松地说，“我要谢谢你的到来，让我下定了决心。我母亲听说了，可高兴了呢。”

“好吧，谢谢你这样说，减轻我的负疚感。那，你总得收拾一下行李吧？你那么大的一套房子，那么多东西。”

“放心吧，我都安排好了。我们走后，我会出租给一对华人夫妻朋友。他们会帮我打理好房子的。”

这是崔玲玲怎么也没想到的结果，情绪被破坏掉，走在曾经有简嘉铭足迹的校园中，也没有想象中的熟悉了。或许这才是最好的告别。果真是轻轻地挥一挥衣袖，不带走一片云彩。

她带走的，是爱德华此生最殷切的爱心，是张军最无私的友情，还有一个孕育着的孩子和充满希望的未来。

再见了，嘉铭。我依旧是来告别的，这个孩子虽然是你的，可其实与你无关。他属于你和我的过去，可你却并不属于我和他的未来。请你不必记挂我们，我也不会再记挂你了。从今往后，我将用爱你的心来爱自己和这个孩子。我绝不食言。

按照崔玲玲的嘱咐，简嘉仪没有将这一切告诉父母。崔玲玲是对的，父母刚从老年失子的悲痛中恢复过来，若是现在知道崔玲玲怀上了简嘉铭的孩子，将要怎样“折腾”崔玲玲啊！

简嘉仪和周彩儿早早就在机场候着。她们怎么也想不到，崔玲玲的身边有一个男人，替她推着满满的一车行李。

“她去一趟国外，也不至于弄这么多东西回来吧？”周彩儿踮着脚张望着说。

“是啊，怎么这么多行李，玲玲姐出门一般都是很简单的，这是怎么回事？也许有些行李是那个帮忙的帅哥的。”简嘉仪也张望着。

“来了来了，走，他们出来了！”周彩儿拉了拉简嘉仪说，“哎，走啊！”

简嘉仪却迈不开脚步，她看清楚了崔玲玲身边那名男子的面容。她怎么能忘记呢？尽管这么多年过去了，但她永远记得这张脸。

周彩儿高呼着“玲玲”奔过去，崔玲玲也笑着向她们挥手。苏格兰的烟雨与高蛋白的饮食，让崔玲玲的脸看起来又白又嫩，精神抖擞，一点儿也不像刚刚坐过长途飞机的人，更不像早孕的孕妇。

周彩儿亲热地靠在崔玲玲的肩膀上：“哎哟，玲玲姐，我好想好想你哟！我的婚礼你都没来参加，你得把贺礼补给我。”

崔玲玲笑着说：“就你财迷。早就准备好啦！还给你带了礼物。”

“真的？我来帮你推行李吧。哎哟，怎么这么重，这么多东西？”

周彩儿看了看旁边的男子，将他轻轻推开，接过行李车推着，还不忘递给他一张名片，娇媚地说：“谢谢帅哥了啊，有我们就行了，你请回吧。有时间过来吃饭啊，我请客。”

那男子笑笑，接过名片看了看，说了声“谢谢”，却并没有要离开的意思。

“哦，你的行李，是吧，你的行李也在这儿。来，你拿，你拿。”周彩儿停下来说。

男子却不拿，而是说：“我们是一起的。”

“啊？”周彩儿回不过神来，“一起的？”

崔玲玲忙说：“哦，我忘了介绍，这是张军，简嘉铭以前在爱丁堡留学时的同学。”

周彩儿不禁再次上下打量起他来。灰色纯棉T恤，深蓝色牛仔裤，棕黑色休闲鞋，她认得这些品牌。哇，又一个简嘉铭式的海归精英！崔玲玲，有你的，不仅带回前情人的孩子，还带回前情人的哥们儿！

崔玲玲知道周彩儿在想什么，并不介意，只是问：“嘉仪呢，她不是说在这儿等我吗？”

周彩儿望了一下：“刚才还和我在一起呢——看，她还杵在那儿。可能是太高兴了，反应不过来了！”

他们仨走到简嘉仪面前，崔玲玲伸出手，简嘉仪也伸出手，四只手紧紧地握在一起，什么也没有说。简嘉仪眨眨眼睛，把眼泪逼回去。

“这是张军，你哥的同学。”崔玲玲向她介绍道。

没想到张军先说：“这就是嘉仪？都出落得这么优雅漂亮了！时间过得真快呀！”

“你好，张军哥哥。我还以为你一定早忘记我了。你还是和我记忆中的一样。”简嘉仪看着他说。

“老了。世事沧桑哪！”张军感叹道。

“是啊，看到你，我也想到了这个词。”简嘉仪幽幽地说。

“看你这丫头，这儿就数你最年轻了，未老先衰可不好。”张军如一个兄长般嗔怪着她，“你看玲玲，心态多好！”

“当然，她是我们的榜样。在爱丁堡，你给了她许多帮助，这次还专门送她回来，我代我哥还有我家谢谢你。”

张军笑了起来，这丫头故意和他生分，还打起官腔来了。记忆中那个任性的小丫头，如今都成长为一个女企业家了。岁月果真可以带走一切，也能带来一切啊。

周彩儿不耐烦地说：“我说你们能不能先回去再叙旧？”

简嘉仪说：“张军哥哥，你还是像以前那样，住我们家吗？”

“不了，我已经预订了酒店。改天我再去你家看望伯父伯母。”张军又说，“既然你们来接玲玲了，我就先去酒店啦。”

“不行，我们先把你送到酒店，再送玲玲姐回家。反正从机场回市区的路都一样。我去取车。你们在大门处等我。”简嘉仪的话带点儿命令的味道。

在通往市区的路上，张军很惊喜地望着车窗外的变化。自从新机场建好后，他还没有回来过。以前每到新年，为了照顾妻子的感受，他从没回过中国的家，都是陪她参加没完没了的宴会，还有出国旅行。这儿已经完全是个国际化的都市了！他的归国，是正确的。

这天晚上，周彩儿和简嘉仪窝在崔玲玲家里，准备好好听故事。她们早就叫人来把她家收拾得一尘不染、窗明几净，就像她从来没有离开过一样。四个月过去，从夏天到秋天，从这儿到爱丁堡再回来，像一眨眼工夫的穿越一样。

洗过澡，换上家居服，崔玲玲扑在自己的床上，闻着自己熟悉的味道，正想休息一会儿再和她们一起出去找点儿吃的，就听得简嘉仪在外面叫她吃饭，说是姨妈也来了。

依然打扮得像个老妖精的姨妈站在客厅，看到崔玲玲出来，笑着向她张开双臂。崔玲玲很自然地投了进去。

姨妈拍拍她的后背："平安回来了就好。"

"嗯。我知道姨妈挂念我，哪敢不平安啊！"崔玲玲说着，大家便笑起来。

这倒是真的，虽然不知道崔玲玲这段时间去了哪里，干了什么，可姨妈的心里一直记挂着。她正在西北进行公益工作，昨天听简嘉仪说了个大概，今天早上的飞机便回来了。崔玲玲竟然怀上了简嘉铭的孩子，实在不可思议。

餐桌上摆着丰盛的饭菜。崔玲玲甚是惊讶，简嘉仪和周彩儿还有姨妈，都不是会烹饪的女人。

"来，喝汤，喝汤！这是我的厨师长过来做的。你现在最好别在外面吃饭，不太安全。"周彩儿边给崔玲玲盛鸡汤边说，"关于地沟油，不瞒你们说，像我们这样高档的酒店，多少也用一点儿，不是有意为之，而是有时用了我都不知道，何况其他地方？大人偶尔吃点儿无所谓，可小宝宝就得多加注意了。"

崔玲玲感激地点点头，喝了口鸡汤，看着一桌子菜说：“色香味俱全呢！我说你们毕竟是女人呢，多少得学点儿烹饪，偶尔取悦一下自己和别人。”

“打住打住！”周彩儿和简嘉仪异口同声地打断她。

“像你这样全能的女人，世间少有，却不值得效仿。”周彩儿说。

“确实不值得效仿。”简嘉仪笑道，“现在做女人太不容易了！要吃得住老公，进得了厨房，出得了厅堂，hold得住party，斗得过小三，养得了小孩……上床是女优，下床是女孩，出门是女神。这是我那帮嫁进豪门的女同学，幽怨愤慨总结出来的。这样全能的女人，去哪里找？只有崔玲玲！”

“你这丫头也来取笑我？没大没小的。要我说，如果像你说的那帮女同学们活得这样累，还不如放弃豪门做回自己呢。还有啊，我这不叫‘全能’，我这叫‘本能’，我本来就是这个样子，我乐意呀！”崔玲玲自得地说。

“所以我们一家老少最终都被你俘获了啊。”姨妈笑着说。

“所以我哥对你至死不渝呀！”简嘉仪说。

“所以简嘉铭的死党也对你一路跟随呀！”周彩儿加了一句。

说到这儿，简嘉仪的眼神暗淡了下去，却逃不过崔玲玲的眼睛。在机场，她就明显感觉到，张军和简嘉仪之间似乎有什么心结。不过据张军说，他在简家暂住时，简嘉仪只有十六七岁。

是的，那正是情窦初开的时节。她不像周彩儿懵懂、神经大条，她心思细密、情思敏感，或许热爱艺术的女孩子都这样。因为父母的溺爱，她从小就学绘画与芭蕾舞，一直孤芳自赏、高傲任性。只有在张军面前，她才懂得了自己的卑微。

饭后，在她们的强烈要求下，崔玲玲简单地说了她在爱丁堡的情况。

“怎么像看穿越剧似的？”周彩儿说，“真不知该说你幸运还是说你傻。”

崔玲玲说："我不为任何人活着，不过也许以后得为了孩子而活了。"

"不管怎么说，我替简家感谢你。玲玲姐，我知道这对一个女人的一生意味着什么。从内心深处，我不愿意看到你生活得不好，可又很渴望看到你将我哥的孩子生下来。"简嘉仪说，"这辈子，你都是我的家人。我会尽我所能地来守护你和我哥的孩子，经营好简家的产业，等孩子长大以后，再亲手交给他。"

"嘉仪……"崔玲玲握着她的手，眼圈都红了，"我没想那么多，也没想孩子以后得到什么，我只需要他平安、健康。"本来，她想说这个孩子她自己可以抚养。

"嘉仪说得对，玲玲，你早就是我们家的人了，就算没孩子，也一直是啊。"姨妈感慨地说，"我一生无儿无女，我也确实不觉得遗憾。我只知道做人凡事都不必过于执着。也许玲玲这次，是天意中的天意，缘分中的缘分，可遇不可求中的不可求。"

"姨妈啊，你一直一个人全国到处飞。推行你的慈善事业是你的事，你难道也希望玲玲这样吗？玲玲就算有孩子，也得找男人的！"周彩儿忍不住插嘴。

姨妈也不怪她，只说："我肯定希望玲玲幸福啊，我还怕她不找男人呢！我不结婚，可我从没拒绝过恋爱啊！我现在有男朋友，我这老不正经的快乐着呢。只是懒得和你们小辈说。"

"说说嘛，姨妈，我也是个小不正经的呢，说来听听！"周彩儿马上来了兴致，好想诱哄姨妈说她这一生的风流韵事。

"怎么，你周彩儿还想向我学习啊？你学不来！我找男人，讲的是感觉和精神上的交流、身心的愉悦，哪像你，眼里只有钱。要是哪条狗给你一百万，你也定是不会推辞的。"姨妈一点儿薄面也不给她。

周彩儿也不气恼，笑着说："还是姨妈了解我。哈哈……这回还真找了个没钱的男人呢。”

崔玲玲接上话说：“对了，彩儿，你的新郎是什么样的人？什么时候带给我认识一下。”

“他啊，我说上三天三夜也说不完，我改天再好好和你说。总之，精彩极了！”周彩儿故意吊她胃口，又支她去休息，“不过，时间不早了，你是有身孕的人，吃了饭，先去休息吧。”

简嘉仪和姨妈帮忙收拾餐桌。周彩儿拆着崔玲玲带回来的礼物，惊呼不已。这双孔雀绿的羊皮高跟鞋实在太漂亮了！连简嘉仪都忍不住想伸脚进去试一试。周彩儿问她的礼物是什么，催她快拆。简嘉仪拆开包装，是一只精致的银风笛，小小的，静静地躺在黑色的礼盒里。

“这是张军帮忙选的，他说你一定会喜欢。”崔玲玲说，“怎么样，漂亮吗?”

简嘉仪将小风笛捧在手心，细细端详：“他还记得……很久以前，他曾经送过我一只类似的，被我当着他的面踩烂了——那时的我，何等任性啊!”

周彩儿看着她们，好奇心被勾起，心直口快地问：“咦？我看这个跟崔玲玲回来的男人，和嘉仪好像有过什么纠葛哩!”

“我倒是想和他有纠葛，”简嘉仪将银风笛放好，“都过去了，谁没有过少女怀春的时候呢？是他，让我懂得了什么是爱和等待，然后努力让自己变得更加出色。”

“难道你一直没有固定的男朋友，是因为他?”周彩儿问。

“以前是，现在不是。在香港读大学时，传来他结婚的消息。我伤心一阵子后，也开始谈恋爱了，可总爱拿人和他比。结果没有一个能走得长远的。回来后，工作确实忙，也没遇到心动的人。”

“对，就是这样的，女人的第一个男人对人生的影响实在太大了。”周彩儿感同身受。

“不，他不是我的男人。从来不是。他只是我少女时代暗恋的对象。真的很感谢他，让我认识到了自己的不完美。我那些臭毛病，要不是他当时毫不留情地指出来，我不会变得像现在这样好。”

“那个张军，我见过，干干净净的，性格比嘉铭温和多了。嘉仪的暗恋当年弄得惊天动地，十来岁的小姑娘竟然追到苏州去，吓得他再也没有来过简家玩儿了。”姨妈回忆着说。

“姨妈！你就别笑我了，我那时小，不是不懂事吗?”简嘉仪有点儿羞愤地嗔怪着姨妈。

“你还是不知道啊，女人不管年龄多大，在自己爱的男人面前，都是不懂事的。”姨妈加了句。

“那他现在回来了，嘉仪你不是又有机会了?”崔玲玲高兴地说，“看来我把他带回来，是冥冥中早有安排。”

“我不会碰有家室的男人的，这是原则问题，”简嘉仪说，“何况他从来没把我当女人看。”

“如果我告诉你，他现在单身呢?”

简嘉仪惊讶地看着崔玲玲，崔玲玲肯定地向她点点头。周彩儿用手肘碰了碰简嘉仪以示鼓励。想不到她的脸竟红了，却还是摇摇头。

暗恋的滋味太酸涩了。时常与对方说了一大堆的话，做了数不清的事，连自己都要被感动了，可对方却一直处于无视的状态。那时年少不更事，如今强大起来的自尊与骄傲，还允许她去倒追一个对自己没感觉的男人吗?

虽然时常听到“崔玲玲”这个名字，尹启华可并不知道今天是她回国的日子。周彩儿一夜未归，这是婚后从来没有的事。昨晚他像往常一样，边做着自己的事，边等她回家。时至半夜，也不见她回来。给她打电话，开始是没接，后来竟关机了。他坐立不安，开车到海鲜城去，那儿早就打烊了，大门紧闭。

尹启华站在海鲜城门外大声喊叫并拍门。值班的保安才睡下，擦着眼睛来开门，见到是他，很是奇怪。

“你们周总呢？她回去了没？”尹启华劈头就问。

“周总？好像今晚都没见着她。怎么，出什么事了？”保安关心地问。

想起周彩儿交代过的，不要和她的员工套近乎，特别是不要和员工多说他们之间的事，尹启华便说：“哦，也没什么事，再见啊！”

凌晨两点多，尹启华开着车在畅通无阻的大街上转悠一圈，回到家里，漆黑一片，轻轻地叫了声“彩儿”，没有人应声。她的房门紧锁，里面一点儿动静也没有。浴室里也没有她换下来的衣服，地面干爽整洁。

时针指向凌晨三点半，他真后悔没有多问几个周彩儿熟人的电话。简嘉仪也说不知道，那她到底去哪儿了？难道是认识了什么别的男人，在人家那儿过夜了？

想到这儿，尹启华的胸口一阵闷痛。他应该多关心一些的，至少应该知道她最近在外面忙些什么，认识了些什么人，多问问海鲜城的事，晚上像个真正的丈夫那样去接她下班……可实际上，不是他不想关心，是她不允许他关心。每当他想靠近她的时候，她就使出那招“媚惑功”来故意看他难堪。他总怕自己抵挡不了而退缩或者沦陷，甚至害怕在夜晚与她多说一句话。他至今都无法得到她的原谅，要是再有什么越轨行为，那他就真的万劫不复了，这辈子都要让她瞧不起。

结婚以后，他每天都在冰火两重天中度过。每当听到周彩儿哼着歌儿回来，他就觉得这样挺好的。只要她不喝醉，只要她好好的，只要她快乐，要怎么经营事业，都随她去吧。因为他知道他根本无法管束她。他感觉到她也在慢慢地改变，自从那次之后，她再没因为喝酒吐过——起码在家，她从没吐过。她还能听他的话，在十二点之前回家——除了这个晚上不知去向。

“真要这样一辈子吗？”老院长了解了这个婚姻的实质后，忧心地问他，“何必呢？”

他其实并不清楚是不是真的必须如此，但始终有个声音在告诉他，这样做没有错。他想给自己和周彩儿一个家，在曲终人散之后，有个避风的港湾。哪怕实质上只以兄妹相称，以同居伙伴相称，只要她不再恨他，只要她在他视线之内一切安好，便已足够。

他知道，有了家的人，才有根。他们都已经漂浮太久。

说好给她自由的，那么就算她与哪个男人在一起，在哪儿，干些什么，都没有什么不应该的。

怎么就是睡不着呢？耳朵总是敏感地竖着，寻找大门传来的声音。然而传来的只有无边的夜色，如海浪般一波又一波，拍打着尹启华节制而又疼痛的心。

他决定不追问。

昨晚，崔玲玲因时差的关系，人虽然躺在床上，却怎么也睡不着。简嘉仪和周彩儿便留下来陪她。姨妈说她也有老年人的前卫生活，约上那帮姐妹淘K歌耍老疯去了。

她们知道崔玲玲不喜欢别人睡她的床，那是她爱人的专利，便让她躺在客厅的沙发上，她们坐着，一边煮着红枣桂圆茶一边聊天。

三人谈兴正浓，尹启华打电话问简嘉仪知不知道周彩儿去哪儿了。

周彩儿奇怪这人怎么不直接打她的手机，反要问别人呢？她掏出手提包里的手机一看，原来是自己的手机没电自动关机了。周彩儿灵机一动——不折磨这个男人，她能折磨谁呢？于是便使劲儿对简嘉仪做手势。

简嘉仪会意过来，对尹启华说她不知道。挂了电话，简嘉仪不解地问她：“怎么这样对待人家呢，你就不怕他找不着你去报警？”

“报警就报警。反正我也是纳税人，纳的还不少。”周彩儿说。

“你呀，怎么任性起来了？你以前不是这样的呀？都恨不得黏着男人不放。”崔玲玲说，“你还是别让人家瞎担心的好。”

“没事儿。他经得起折腾。和我这种女人结婚，该他倒霉！”周彩儿说，“我就是要折磨他、捉弄他。我呀，现在天天回家，乐子多得很，我都不想再找别的男人玩了，他一个人就让我非常开心。”

“这我就听不明白了。你这婚姻到底是怎么回事？”崔玲玲终于忍不住问。

“哎哟，连一向不主动八卦的玲玲都好奇起来了。好吧，我就一五一十地告诉你们。嘉仪也还不知道真相呢！有道是，大千世界，无奇不有，什么事情都是有可能发生的。你们听了，千万别怀疑它的真实性就是了。”周彩儿煞有介事地说。

简嘉仪给她们各倒了一杯热腾腾的红枣茶，按捺不住强烈的好奇心，催促她详细道来。

随着周彩儿抑扬顿挫的叙述，她们的表情时而震惊，时而心疼，时而叹息，时而静默。谁曾想到，曾经放浪不羁、如今功利圆滑的周彩儿，会有这样一段让人唏嘘的少年经历。她们都不约而同地坐到周彩儿身边，握着她的手。

“你们不用安慰我。这么多年来，要不是重遇尹启华，我真没想记着，更不想对任何人说，也说不出口。难道要告诉别人，我这块‘臭豆腐’是怎样炼成的？哈哈哈哈……”

周彩儿自嘲地大笑，又顿了一会儿，迟疑地看着崔玲玲坦白：“刚才……我明明说恨死那王八蛋了，怎么越说越开心，一点儿苦大仇深也没有，到底是为什么呢？”

“连我都听出来了，何况玲玲姐？”简嘉仪说，“也许你这个不可思议的婚姻，有它存在的必要与意义。”

周彩儿又望向崔玲玲。崔玲玲捂着嘴笑道：“第一次听人控诉，还是一直带笑的。”

“我能不笑吗？一个金融界的精英，在我面前就像个二愣子似的被我戏弄。我就喜欢拿他取乐子啊！”周彩儿说，“这有什么不妥？”

“没什么不妥，你现在是既讨厌这种快乐，又喜欢这种快乐。”简嘉仪分析道。

“嗯。你这个交易不错，好好享受吧——依我说，没必要排斥他的温情与关心。你不是也说了吗，是他欠了你的，他为你做什么都是应该的。”崔玲玲说。

“对啊。我怎么这么蠢呢？还害怕让别人看到我们有多恩爱，他对我有多好。哈哈，我这潜意识里，就怕他会吓跑我生命中的真命天子多金男，连他说要来接我下夜班，我也拒绝了。我总想着，现在只不过是为了有个住的地方，有个体面的婚姻，有个可以替我分担债务的人。等有一天，我找到一个有钱人了，就马上离婚呢。”周彩儿老老实实地说，“玲玲，我按你说的‘女人当自强’这样去做了，天天为了事业奔忙，可真辛苦啊！我快熬不住了——觉得越来越没劲儿了。”

“慢慢熬，反正你回家后有人让你开心，纾解压力。好好享受你这‘有劲儿’的婚姻生活吧，这怕是天下无双呢。至于有钱男人，你傍到了再说。你今时不同往日喽。你可是个有家室的女人了。”崔玲玲毫不客气地说。

“讨厌，你这人……要不是看你有孕在身，我一定打死你。”

周彩儿并不服气。哼，她只是没工夫找男人，现在挣钱还债才是第一要务。再等个一年半载，人们淡化了她“克夫”的传说，到那时她想找个有钱人也不是太难的事情吧。她周彩儿可不是浪得虚名呢。那些男人的嘴脸，她再清楚不过了，一边笑话着、谈论着、鄙视着她的种种，一边心里都想摸她一把，睡她一回。可是她要的，绝对不是一把一回的事，她要的是一辈子的供养。

一辈子，尹启华在她母亲的灵位前信誓旦旦，说要和她过一辈子。哈哈，哄谁呢？也只有死人才相信。反正照这样下去，不是她说拜拜，就是他受不了逃之夭夭。看着吧。

崔玲玲毕竟是个自律的人，睡意一来马上就回卧室睡觉去了。她的人生，已经进入一个全新的阶段。

这时也将近天亮了，凌晨四点多的城市，已经蠢蠢欲动地迈进新的一天。她们各怀心事的睡眠，都还算好。首先醒来的是简嘉仪，她肩上的担子容不得多偷一点儿懒，上午十点半还有个会议，必须十点前赶回简氏。

崔玲玲也起来了，她答应张军下午带他到处走走。姨妈这时打来电话，问她真的不告诉姐姐和姐夫这孩子的真相吗？崔玲玲说要是他们知道，一定会强迫她住进简家，并把她像大熊猫般圈养起来。她觉得因为怀孕而放弃所有的生活，是一件可怕的事情。人家国外的孕妇，大都像平常一样，该干什么就干什么，稍加注意就可以。

姨妈笑起来——这就是崔玲玲，不是她不紧张孩子，这只是她爱孩子和她自己的方式。但没有人在身边照顾，姨妈始终不放心，准备给她请个保姆。

崔玲玲想不到她会这样说。

“要么，你回简家住着。你二选一吧！”

她完全想不到姨妈也会说出这么咄咄逼人的话。

“你想想，如果有什么闪失，你还有多少坚强让你挥霍？上天只会眷顾你这么一次啊，玲玲。”

崔玲玲的眼眶湿润起来，内心也犹豫起来。

“你应该选个时机告诉我姐和姐夫。这是情理当中的事情，一来可以告慰老人痛失爱子的心，二来于你也可以有个关照。你瞒不了多久的，还不如自己去说。要是不想让他们知道，你当初就不必告诉简嘉仪。这孩子始终都要认祖归宗，何不早点儿说清楚，让与此有关的人一起见证、一起感受、一起付出、一起期待，这是怎样一种幸福啊！在我姐和姐夫有生之年，让他们好好地享受天伦之乐吧。既然你已经选择生下孩子，这就是你应该做的。难道你敢说，你这么做，不是因为心里有愧？我知道，你心里一直觉得是因为你，嘉铭才离开这个世界。所以你才做了这一系列的事情。玲玲，正视和接受，才是真正的坦然与从容。”

姨妈从来不会指导别人怎么生活，只有这一次，她立场坚定地表达了意见。

“姨妈，你说的话我记住了。给我点儿时间——不，就这几天，我想好了，就去和他们说。我不想要保姆，也不想住在简家。到时候再说吧。”

其实，简嘉仪内心也挺矛盾的。对于简家来说，这无疑是一件惊天动地的大事情。隐瞒着父母，她心里总觉得对不住他们，可又不好去说服崔玲玲，便只好让姨妈出面。姨妈这么一说，简嘉仪又担心崔玲玲说走就走，彻底避开他们。这崔玲玲的性格，不是常人能看透的。

崔玲玲听了姨妈的话，也陷入矛盾当中。回到现实，太多问题要解决，要面对，这个孩子，原来不仅仅只属于她啊！在爱丁堡时，她想得还是太天真了。

16

假作真时真亦假，道是无情却有情

周彩儿醒来时，崔玲玲家只有她一个人了。午饭只有白粥与几样清淡小菜，这正是她想吃的，于是她不讲仪态地猛喝了好几碗。真是地道的南粤风味啊！

看看时间，竟然已经是下午三点多了，离饭市还有一个多小时，现在回海鲜城去刚刚好。海鲜城里各部门按部就班，有条不紊。自从开始改革整顿以后，员工的工作效率与营业额都有明显的提高，周彩儿心里对简嘉仪和尹启华还是充满感激的。

手机正在充电，开机后，只有尹启华昨晚打的三个未接电话，再无别人找她。今天一整天了，尹启华怎么没有再找呢?

按照惯例在厨房和各处转了一圈，周彩儿回到办公室，又看了看手机，它静静地闪着提示充电已完成的红灯。找来大堂经理和保安队长，问他们今天可有谁找过她，他们都说没有。

尹启华会带他的客户来吃饭，这是她没想到的。自从结婚后，为了避嫌，她一般不在他的客人面前出现。客人也不好意思让她在丈夫面前卖弄风骚。每次她给他的客户打个九折八折，就足以让大家高兴了。

尹启华也没想到，她会出现在他的客户面前，像往常一样，扭着“周狐狸”的招牌步子踱进来，人未到声先到，嗲嗲的、甜腻腻的、一般男人听了骨头都会酥掉的声音。

她一进来，整间屋子都安静下来了。周彩儿见他们停下谈笑，忙说：

“哎哟，我影响了老板们的雅兴，我先自罚三杯！”说着就让服务员给她倒了酒，轻轻松松就是三杯。

众人看得惊讶，无不偷偷地注意尹启华的反应。尹启华不动声色地看着她，那嘴角的笑竟是赞赏的。周彩儿也看了他一眼，将酒杯翻倒过来给大家看。众人觉得这两口子果然默契，果然至情至性，忙不迭地鼓起掌来，接着就是一阵奉承，然后便是轮番吹牛、豪饮。

“尹股长好胸襟哪！”坐在他旁边的一个官僚模样的男人这样感叹道。

尹启华淡定地说：“娶她的时候，我就知道她是什么样的人。无关胸襟吧。”

“佩服，佩服，老哥我无限佩服小弟呀！”那人继续感叹，“有这样的老婆，不发财都难哪！”

“李秘书长，你是不是想说，要是你就绝对受不了自己的老婆这样抛头露面，与人调笑？”尹启华替他说出潜台词来。

李秘书长尴尬地笑笑，举起杯来自干了一杯。尹启华却说：“她不再是过去的周彩儿了。不信，咱们来打个赌，你们在座的任何人或者发动你们身边的人，去勾引她看看。”

“身材真好，”李秘书长不敢回应，只看着正与人周旋的周彩儿说，“真有味儿！”

“是，的确是。她的美何止这些！”尹启华也看着她的侧脸说。

“你……这算是鼓励吗？”李秘书长有点儿兴致盎然，当丈夫的竟然鼓动别的男人去勾引自己的妻子，这事儿太有挑战性了。

“你完全可以这样理解。”

听到尹启华这样说，李秘书长哈哈大笑起来：“你是对她过分有信心呢，还是你根本一点儿也不爱她？”

“总之，你或是你的朋友成功了，告诉我结果便是，我绝不会有半句埋怨。”尹启华淡然地说着，心里却是五味杂陈。这邪恶的念头，是怎么生出来的？他要检验些什么？

当某只肥手放在周彩儿的臀部时，尹启华再也坐不住了。他知道周彩儿正用眼睛的余光瞥他。她没有像往常一样使用肢体语言扭动身体表示拒绝，而是装作浑然不觉的样子，与对方越靠越近。

“够了！”尹启华此话一出，众人都看着他。

“我是说，我太太今晚已经喝够了，不能再喝了。”尹启华脑筋急转弯般找着圆场的话，“最近我们在讨论要孩子的事，碍于她的工作性质，才没叫她戒酒，可也不能海喝了呀，是吧？”

“哦，那是，那是，不能再喝了。周总，你的心意兄弟们全领了，来来来，快别喝了，身体要紧。”几个中年男人争先恐后地表达着自己的关切。

周彩儿便在众星捧月中坐了下来，众人将矛头指向尹启华，一本正经地责怪他算什么男人，女人要孩子可是人生大事，怎么能让老婆这样抛头露面、陪酒应酬？

尹启华艰难地组织着语句，准备回答。周彩儿却扭到他旁边，紧紧地勾住他的脖子说：“给我最大的自由与快乐，是你爱我的最好方式，是吧，亲爱的？”

尹启华配合地笑着点点头。

“那就对了，大哥们也没必要责怪他了，是吧？总之，我和启华哥之间的感情，外人是永远不会了解的。”周彩儿说着在尹启华的脸上很响地亲了一口。

“哎，尹股长是不是也应该回亲周总一个呢？”这帮利益动物，谁会真正关心别人的私事？不能放过眼前的乐子才是真的，有人就这样开始起哄了。

尹启华果真也亲了一口周彩儿，大家拍掌大笑，齐齐站起来要干最后一杯，然后就散了。李秘书长走的时候，连连回头，看着他们不怀好意地笑。

在大门口一起送客时，周彩儿俯在尹启华耳边说："你刚才脸红了。"

"什么时候？"尹启华问。

"你亲我的时候。"周彩儿坏坏地笑着说。

尹启华没有承认也没有否认，只淡淡地说："我先回去了。"

奇怪，怎么也不嘱咐她少喝点儿、别太晚回去之类的话？周彩儿说："等等我，我也回去了，我上办公室拿包包。"

"饭市还没结束吧？KTV还没开始吧？"尹启华说，"你不是不想在别人面前和我表演恩爱吗？"

"你管那么多！再说，刚才不是都破戒了吗？恩爱都秀尽了。人在走，事在变，你这都不懂啊？等我啊！我马上下来！"周彩儿教训他一顿，一阵风般噔噔噔地小跑上楼去。

好家伙，他从没见过有谁穿这么高的鞋子能像她走路这么快、这么稳当。

不一会儿，周彩儿又像风一样扭下来，经过的空气都香香的——不用说，她在办公室补喷香水了。

一路上彼此无话。尹启华好像比任何时候都要客气生分，周彩儿也懒得找话题，心里却总觉得憋屈。

"以后每天来接我下班吧。"快到小区停车场时，周彩儿说。

"啊？"尹启华不敢相信自己的耳朵，她是在要求他吗？

"我说，以后每天晚上你负责接我回家。还没听明白？"周彩儿说，"反正你闲着也是闲着。"

“好。”

“我说你能不能多说几个字？叫你咬文嚼字！”

“哦。”

“我突然不想回家了，看着你这样，我就生气！”

“彩儿，你跟我这种男人置气干吗？”

“没干吗，就是生气，气坏了！”周彩儿用手掌扇着风，望向窗外，没好气地说。

“这么说吧，从这车窗看出去，夜色正好，微风也正好。我转过头，对你说月光很美，你也是。那么，这是文艺片，我是杰克，你是露丝。你要是转过头，对我说你饿了。那么，这是动画片，你是蜡笔小新。人生有许多活法，你喜欢哪一种，代表了你是哪一种人。只要你能快乐，就坚持下去，因为这世界只有一个你。我们之间不必演文艺片，所以你生气不值得。”

“只要我能快乐？你觉得我和那帮孙子喝酒调笑就是快乐？”周彩儿看着他反问道，有点儿哽咽，她真讨厌这文绉绉的说辞，但还是听明白了。

“我的意思是，这不就是你想要的吗？”

“我想要的？我想要的？是，我曾经以为这是我想要的。可我突然心生倦意，这是从来没有的感觉。我不能这样的，知道吧？我不能失去斗志，那样我就完了。”

“知道，所以才由着你。”

“你看到别的男人色眯眯地对你老婆，你难道一点儿感觉都没有？”

“我能有什么感觉，我又不是你真正的老公。”可刚才她不是看到他其实是有感觉的吗？他不是适时阻止了那些咸猪手吗？她这样明知故问，到底又要看他什么笑话？

周彩儿彻底无语，发觉自己这番谈话简直愚蠢至极。她到底想向他表达什么呢?

看到小区门口墙壁上那巨大的广告牌,《泰坦尼克号》十五年后3D回归,全球火热公映。她好像从来没有进电影院看过爱情片呢。于是随口说:“你看过这个电影吗?”尹启华摇头。

十五年前,他们在干什么?在福利院各不相干地成长着,他是品学兼优的好少年,她是没心没肺的小姑娘。他懒得正眼瞧她,她时常远远地仰视他,听伙伴们谈论有关他考出吓人高分的传说。

“要不,去看看吧!”周彩儿说,“从来没有人陪我看过文艺片。电影院没有,看影碟都没有。”

这话听在尹启华的耳朵里,徒生感伤。他和陈怡飞,有多少美好时光是在电影院里度过的啊!彩儿,竟然从来没有去过?

尹启华默默地调转车头,往电影院驶去。这时候,也只能看夜场。然而夜场竟然也满座了,果真像媒体报道的那样,这电影在全球的3D重播票房并不好,唯有在中国才如此火爆。尹启华好不容易才从黄牛党手中高价买来两张票。

“我要吃爆米花、喝可乐,反正情侣约会看电影时做的全套,我都要。”周彩儿说。

尹启华又去排队买零食,周彩儿没说出来的他也买了。不然他担心三小时,她会打瞌睡。这女人可是没什么艺术鉴赏水平的。

结果出乎尹启华的意料——周彩儿不仅静静地从头看到影片结束,还哭湿了他的整个肩膀。露丝放开杰克的手,杰克慢慢地沉入海底时,周彩儿紧紧地握着尹启华的手,哭得真切而忧伤。

“你还相信爱情?”走出电影院时,尹启华说。

周彩儿下意识地将手从他的手中抽出来:“这玩意儿谁信?看不见摸不着。”

“你刚才不是看见了？看你哭的那样儿，好像比女主角还伤心。”尹启华笑她。

“我刚才信，一走出来就不信了。”周彩儿说，“幸亏杰克死了，不然的话，肯定又是一对怨偶。像崔玲玲与简嘉铭，那样也许是最好的。永恒是什么？永恒就是因为生离死别，把最爱的时光永远留在了那一刻。所以说，这世间没有永恒。”

“也许吧。可是要永恒干吗呢？过好当下，不就挺好吗?”

“经过了陈怡飞，你还相信世间有真爱吗?”

“无所谓信与不信，关键是你遇得上还是遇不上。大师们都说，这种事情，可遇不可求。要是有那么一个女人，我还是会好好地去爱她的。”

“傻。这世间怎么那么多傻瓜呢！事实上，所谓的爱情，只不过是一个男人和一个女人因为发情或交配而产生的幻觉。我和任何男人都可以一起生活，原本以为你例外。可现在我还不一样和你共居一室?”

想起她昨晚一夜未归，又听了这样的话，尹启华的心里一阵刺痛。这女人的内心，明明充满了柔情与软弱，她还要武装自己到何时呢?

回到家，已是凌晨两点多。她换下来的衣服照例扔在浴室的地面上，故意让他来捡拾。他现在变聪明了，不再用手洗她昂贵的衣服和内衣了，凡是可以水洗的，他全放进买来的洗衣袋里扔进洗衣机去。

穿着黑色吊带真丝睡衣的周彩儿跟在他屁股后面说：“你能不能先别忙，明天收拾不行吗?”

“不行，我看不得屋子里乱哄哄的。”尹启华已经慢慢地养成了目不斜视与她沟通的本领。

“我饿了，有吃的吗?”周彩儿问。

“有，放冰箱里了，昨晚你没回来，”尹启华想了想说，“红豆汤，其他的我也不会做。”

“你知道我昨晚没回家?”

“知道。”

“那你怎么没问我去哪儿了，为什么不回家，为什么不接你电话?”

“有什么好问的。你不接电话，我想你是不方便吧。”

“你就不担心我?”

“担心有什么用，你有你的自由。”

“就算我和别的男人一起过夜，也是我的自由?”

“只要你开心。”

周彩儿盯着尹启华的背影，心里又凉又恨，却什么也说不出来。她点点头，机械地走到冰箱前，打开门，里面装满了她爱喝的橙汁，爱吃的水果，还有他新近学会做的红豆甜汤。

找碗与勺子时，周彩儿故意将餐具弄得“乒乒乓乓”响，然后盛了满满一碗，坐在沙发上大口大口地吃，越吃越生气。还剩两口时，她将碗摔在地上，扁着嘴跑回了房间。

尹启华被“哐”的一声吓了一跳，然后又听到房门“砰”的一声关上，看着地板上那些碎片与红豆汤，郁闷不是，生气也不是。这女人，喜怒无常，到底是怎么了？他可没惹她啊？莫名其妙！

躺在床上的周彩儿，反复翻着手机里的通讯录，反复比量着各个男人的名字，看着吧，姓尹的，我和谁在一起是我的自由是吧，好，我就自由给你看！

姜健仁？太胖，那肚子里的油都有一百斤了吧！吴天成？太老，她一想起刘涛那样干枯长满老人斑的身体就恶心。冯剑？太瘦，全身上下削不到三两肉。许为名？那八字脚跟个鸭子似的，嘴跟抹了油似的，看着就讨厌。崔明？年轻力壮，长得也还可以，就是太穷了，配不起她这身份……

就没有一个能让人有胃口的男人可以用了吗？周彩儿悲哀地发现，她对男人越来越挑剔、越来越有所要求了。而且她也不能像多年前那样，无所顾忌地主动邀约某个男人了。为什么呢？这是为什么呢？怎么在不知不觉中就变了呢？

尹启华叫她不要喝太多酒，她嘴上没答应，实际上却已经这样做了。尹启华叫她晚上回来一定记得喝他给她泡的苦丁茶，或者煮的绿豆汤，她虽然嘴里说着“真难喝”，可也还是喝了。她曾经奇怪为什么绿豆和红豆每个月都很有规律地出现在冰箱中，后来才感觉到她生理周期前后，等着她的消夜都是红豆红糖红枣汤。他连这个也观察出来了吗？真是流氓本性不改，难不成天天盯着她的内裤看？虽然这么咒骂着，可心里和嘴里的汤一样甜。她一有机会就捉弄他，看他狼狈的模样取乐，是她真的以此为快乐。可现在，他怎么就不再狼狈，不再受她戏弄，竟熟视无睹当她是透明的了？他现在和她说话，那一本正经的样子不是装的，就是他待旁人的那副样子。他不再和她说有趣调皮的话，不再尝试捉弄她。他在她面前一点儿也不强势，但也不弱势，就像一碗水，端得平平的，不偏不倚。

这样还有什么意思嘛！这个假婚姻连乐子都没有了，还怎么玩下去？难道要她开口说：喂，你继续给我点儿乐子取悦我吧！这也太白痴了吧？

他又不是对她不好，他对她是真好。除了没有夫妻之实，他就像一个家庭主男似的，说出去都没有人相信呢。他好到要给她全部的自由，这又有什么不妥呢？这不是她一直强烈要求的吗？

这到底是怎么了？何至于这么生气？穷尽周彩儿所有的智慧，都是找不到答案的。这种时候，总不能吵醒崔玲玲，打午夜电话聊心事吧——人家现在是个准妈妈了。

这边的尹启华也没睡着，正拿着厚厚的金融书籍于床头灯下似阅非阅，忽听到极粗暴的敲门声——不，是拍门声。

周彩儿站在他卧室的门前，披头散发。

“怎么了，快天亮了你还不睡？你就不怕加速衰老？”尹启华警觉地问。

“你不是一样没睡吗？”周彩儿探头往里边瞧了瞧，“你房间好像比我的还要大，还要整洁舒服哟？”

“我睡前习惯看会儿书，马上睡了。”尹启华也回头看看房间说，“我只是没你的东西多，房间是你的大。你不知道吧，你那间才是主卧，我这间原本是客房。”

“这么说，你把大卧室都让给我了？”周彩儿好像没那么生气了，但又转口说，“你惹我睡不着，你说怎么办？”

“我什么时候惹你了？”尹启华疑惑道。

“什么时候？什么时候都在惹！你不知道吗，看到你，我就恨不得杀了你，就来气。”

“你这是强词夺理。天真要亮了，快回去睡觉好不好？”

“不，我不！明天是周日，你又不用上班，你急什么？”

“那你想怎么样？”

周彩儿看了看他那张铺着灰白色纯棉床品的大床，上面有两个枕头，一把推开挡在门口的他，径自走了进去，一屁股坐在他的床上。

“你这是干什么？”尹启华双手叉着腰，站在原地不解地看着她。

“睡觉啊，你不是叫我睡觉吗，我就睡这儿了。嗯，你这床单、这被子真舒服。你偏心，给我买的只是样式花色漂亮，你的才是低调的高品质的东西！”

尹启华找不到话来应付她，站在那儿看着周彩儿起伏的身段一筹莫展，难道他要过去睡她的床？

“你别想着去睡我的床！我要向崔玲玲学习，我的床除了我的爱人，从现在开始哪个男人也不能碰！”周彩儿支起半个身子说，“过来，你过来！”

尹启华不知她要干什么，便走了过去。周彩儿指指旁边的空枕头，要他躺下。

“我……也睡这儿?”尹启华有点儿结巴，“和你……睡?”

“啰唆，不然你睡地板啊?”周彩儿一拉他，他就摔在床上了，“你没看过《让子弹飞》啊? 姜文对葛优说，是和你睡，不是睡你。听明白没?”

“哦，像新婚之夜那样，和衣而睡。明白。”尹启华说，“那我真睡啦。”

“不行!”周彩儿说，“得我睡了，你再睡。意思是说，你得想办法让我睡着。”

“以前我给你念经济学的书，你睡得像猪。要不，我再给你念?”尹启华坐起来说。

周彩儿伸脚用力一踹他，嗔骂道：“你他妈才是猪！不，哪有人睡一床上，还念这种枯燥无味的东西的?”

“就因为枯燥无味，你才容易瞌睡啊。”尹启华摸着酸痛的大腿说。

“不要，不要。我就不信你不会哄女孩子。难道你没有哄过陈怡飞睡觉? 来，给我也说点儿好听的甜言蜜语。好久没有男人给我表演了——就算是假的，听着也很舒服。”周彩儿说。

“我真不会哄女孩子。陈怡飞每次和我那个之后，都睡得香香的，哪用得着哄啊!”尹启华如实说道，“我要真会甜言蜜语，有情趣，她也不会这么轻易就背叛我。”

“你的意思是——我得和你那个，才能睡得着? 好吧，那来吧。”周彩儿平躺在床上，张开腿，媚眼如丝。

“你干吗啊? 我不是这个意思。”尹启华忙解释道。

“不管是不是，我只问你想不想? 嗯?”周彩儿直勾勾地看着他。

尹启华瞥了一眼她那露在睡衣外面的三分之二的酥胸，别过头吞下口水，极镇定地说：“不想。”

“真不想?”周彩儿坐起来，整个人靠在他的背上，在他耳朵边上吹气，“嗯? 真不想?”

“真不想。在这事儿上，我不再只有动物本能了。我只想和我爱的人做。彩儿，我不想再对你犯十三年前的错。”尹启华克制地说。

“嘁，假正经!”周彩儿推开他，“你就继续装吧。哪天我脱光了，睡你被窝里，看你还怎么装!”

尹启华什么也不敢说，怕说错什么话刺激她真的脱光了衣服，那就真是个灾难了。他此时的身体，已经忍到极限。超级特工的心理素质也不过如此吧? 呼吸平稳，体温平衡，他是怎么做到的? 反正不能再伤害她，也不允许她伤害她自己。

周彩儿又挨过来，问他：“哎，咱们也灵魂沟通一下，若是我们同时上了泰坦尼克号，我们的状况还像现在这样，并没有所谓伟大的爱情，你会不会像杰克那样为了救我而牺牲你自己?”

“会，当然会。”尹启华不假思索地回答道。

“又来装。我算你什么人啊? 这高尚总得有个理由吧?”周彩儿怎么会信呢!

“我没装。我说的是实话。若你有危险，我一定会救你。我还在你母亲面前许过诺呢。”

“那也是。你本来就欠我的。赔我条命也还是说得过去的。”周彩儿满意地重新躺在床上，背对着他。

“终于肯睡啦? 不折腾啦?”尹启华试探道。

“我这姿势总可以了吧? 安全! 你睡下吧。”周彩儿打着呵欠说，“一点儿也不好玩了，你都懂得怎么对付我了。没劲。睡觉睡觉，我真困了。”

尹启华松了一口气，默默地躺下，小心地将被子盖在她的身上：“人秋了，夜里凉。”

“抱着我。”

“啊?”

“我说抱着我。”周彩儿背对着他重复道。

尹启华慢慢地转向她，犹豫着伸出手，悬在她身体的上空。周彩儿伸出手一拉他的胳膊，他右手的臂弯便圈着她了。他一动也不敢动。周彩儿拉着他的手，偷偷地笑了笑：哼，你还不是照样被我捉弄？看你还能不能睡得着，装，装呗。

说也奇怪，在他的臂弯中，她的心慢慢地宁静下来，不烦也不躁了，连怎么睡着的都不知道了。

一直保持着侧卧姿势的尹启华不敢动，也没法动。周彩儿还紧紧地拉着他的手呢。这丫头，蜷缩着身子，像个在母体腹中的婴儿般乖巧。尹启华小心地空出另一只手，理了理她粘在脸上的头发，出神地看了一会儿，忍不住在她过分饱满的脸颊上亲了一口。

睡梦中的周彩儿呢喃几声，将他的手扯到胸前的位置，更紧地抱着他的手。那柔软、充满弹性的肌肤终于让尹启华失控，咬牙间，潮湿一片……

确定周彩儿睡得沉且香，尹启华轻轻地抽出手来，拖鞋也不敢穿，蹑手蹑脚地往浴室走去。

大镜子里，一个傻男人正自嘲苦笑：“尹启华啊尹启华，若长此以往，看你怎么办吧。”

回到卧室，尹启华小心地躺下。他不敢再挨着周彩儿了，折腾了一整晚，他真累了，不一会儿便也睡着了。睡梦中，他的手不由自主地往周彩儿那边伸去，像刚才那样圈住了她。平躺着的周彩儿翻了个身，下意识地将他的手又抱住了……

第二天中午，周彩儿最先醒来，发现自己睡在一张陌生的床上，还有一只男人的手紧紧地抱着她。她顿时整个脑子都蒙了——这是在哪儿？这个男人是谁？

周彩儿支起身子才看清楚，将头埋在她背后的人是尹启华，这是他的房间、他的床呀！拍拍脑门儿，她一一回想起昨晚的种种细节。自己何曾对着某个男人这么喜怒无常来着？真是活见鬼了。那些说不清、道不明的情绪是怎么来的，又是怎么消失的呢？

尹启华还在熟睡，难道他整晚都保持着这个姿势？这么长时间，他就没翻过身？这些话当然不能问他。这时候，悄悄地溜出去最好，不然一会儿他醒来，难道和他互道“午安，睡得好不好”吗？

拉了一下滑落在肩膀上的细吊带，周彩儿蹑手蹑脚地下了床，走出去轻轻地带上了房门。洗过脸后，拉开客厅的窗帘，真是神清气爽啊。

阳台上阳光灿烂，晾衣架上晾着她和他昨晚换下来的衣服，正在微风中轻轻晃动。她伸手摸了摸，衣服已经干透了。结婚大半年来，周彩儿第一次将衣服收回来，不能叠的，挂进衣柜；能折叠的，分门别类地整理好。她悄悄地将尹启华的衣服放进他的衣柜时，发现他的袜子和内衣全是白色的，而且没有任何污渍，几近崭新。周彩儿也终于明白浴室里放着那么多小盆子是用来干什么的了，红色的洗她的内裤，粉红的洗她的袜子，绿色的洗他的袜子，蓝色的洗他的内裤。这家伙，就不嫌累？

灰白色的大床上，尹启华还在酣睡。他是什么时候才睡着的呢——都中午了，他还睡得这么死。

饥肠辘辘，就算出去，换衣服、化妆、打车，恐怕也得花上一小时才能找到吃的吧。冰箱里只有水果、饮料、鸡蛋、泡菜，还有一根不知什么时候存进去的烟熏腊肠。想起在崔玲玲那儿吃过的白粥，周彩儿心血来潮了，应该不难吧？多简单啊，将大米洗干净，加上水，再把电饭锅的按钮拨到“粥”这一挡。

真是没想到，厨房的壁柜上还真有一袋二十斤装的大米没拆封。油盐酱醋等调料也一样不少，柜子里还有几本烹调彩版书。这都是给谁准备的呢？

煎鸡蛋，这是周彩儿唯一会做的，再得心应手不过了。洗干净平底锅，开火，倒一点儿芝麻油，磕一个鸡蛋进去，不一会儿，一个向日葵般的煎鸡蛋便出锅了。然后再倒点儿芝麻油，再磕个鸡蛋……

这泡菜容易，切碎了，拌上调料就可以吃了吧？这调料，不外乎有辣椒酱、香油、盐、酱油之类的吧。她每种都倒了点儿。噢，对了，尹启华是四川人，应该再加点儿花椒粉！

烟熏腊肠该怎么吃呢？在餐馆里，都是切成一片一片的。可这黑乎乎的一大块，应该怎么弄呢？周彩儿拈着手指，不愿动手。厨房里连个手套也没有，她宁可不吃。可这腊肠闻起来真香呀！周彩儿四下观察，找来两只保鲜袋套着双手。冷水根本洗不掉腊肠上的脏东西，她便烧了一锅热水，可水那样热，怎么洗嘛！她耐心尽失，将整根腊肠扔了进去，盖上盖子狠狠地煮。没想到歪打正着，附着在腊肠上的脏东西被融化了，猪大肠做的表皮在沸腾的热水中显得晶莹透亮。怀着无限的惊喜与成就感，周彩儿用筷子小心地捞腊肠。可腊肠实在太滑了，刚被夹起来又掉进锅里去，溅起的热水飞到她的手背及手臂上，烫得她大呼小叫。

尹启华条件反射地翻身下床，循声而来，发现周彩儿正站在厨房里，地上有筷子，灶上燃着火，屋里飘着各种香味儿。

“田螺姑娘？”尹启华擦擦眼睛。

“你妹才田螺姑娘，田螺姑娘有我这么漂亮吗？”周彩儿瞥他一眼，“没见我一个大活人正忙着啊，还不快来救驾？”

“是，皇后娘娘!”尹启华走过去，看到她的手背，“哎哟，烫到了?别动，我马上回来。”

一分钟工夫，尹启华从阳台花盆里扯来一片新鲜的芦荟叶子，将清凉的汁液轻轻地涂在她泛红的皮肤上。

“还痛吗?”尹启华问她。

“这个，怎么弄上来?”周彩儿摇摇头，指了指锅里。

“啊，你在煮香肠? 你还会这个?”尹启华吃惊地说道，“看样子，煮的时间还不够呢，还得再煮一会儿。”

“老实说，我不会。这根东西，我研究了半天，也不知道应该怎么弄干净它。我用冷水洗也洗不掉，就烧了一锅水，把它扔进去了。”周彩儿看着锅里说，“难道我做对了?”

“嗯，差不多。不过，得先用热水擦洗，再像你这样用水煮，约莫三十分钟吧。既然你都煮了这么久，就省了这道工序吧。一会儿我来洗洗，然后用开水冲一冲，一样的。”尹启华又不解地问她，“不能啊，据我所知，你不会做饭! 你这是干吗?”

“干吗? 我饿啊! 那天在崔玲玲那儿吃过白粥，觉得很开胃。就想学着做来吃。”周彩儿看着已由红灯变为绿灯的智能电饭锅说，“自力更生的感觉还是不错的。”

“还有白粥?”

“不止呢，还有煎鸡蛋、泡菜。”周彩儿炫耀道，像做了什么了不得的大事似的。

“真的? 在哪儿?”尹启华更吃惊了。

周彩儿指着外面的餐桌，尹启华看了看她，转身奔到餐桌前，泛着红光的泡菜，闻着都麻辣鲜香呀。

“这鸡蛋，是鸡蛋吗?”尹启华目瞪口呆。

“不是鸡蛋是什么?”周彩儿跟过来。

“向日葵，爱心，月牙儿，花? 你是怎么煎出来的?”

“如果这是赞美的话，我就告诉你吧。我还会煎别的形状呢! 像画画似的。”周彩儿美翻了，有点儿得意忘形。

“我问你，你是怎么煎出来的?”尹启华说，“太奇妙了。”

“刚工作时，为了省钱，我的早餐除了煮鸡蛋就是煎鸡蛋，轮流吃，每个月上旬还能喝上一杯牛奶或者橙汁，下旬就只能就着白开水吃了。为了不让这鸡蛋吃起来乏味，我慢慢地便学着将鸡蛋煎出各种形状来。味道呢，也有原味的、椒盐味的、酱油味的、油盐味的、酸甜味的，多了去了。这些年来，我也很久不做了，不知还能吃不?”

尹启华听了，很是感慨。这女人，谁说她胸大无脑? 她只是没有遇到合适的契机，她绝对是个有追求、有品位的好女人。他看着那些煎鸡蛋，喃喃地说：“谁舍得吃呀? 就这样放着当艺术品吧。”

周彩儿笑起来。没有任何妆容的脸上，这笑真好看，真切、自然、纯朴。

“你要是时常这样笑，就好了。”尹启华看得出神，“我都说了，你不化妆更好看。”

周彩儿马上怒目圆瞪：“看，看什么看。姑奶奶就是因为没化妆才不敢出门找吃的。你还取笑我是吧，快滚去洗脸，不然禁止你上餐桌!”

尹启华笑起来：“要说洗，先洗的应该是你哟。你看你的手、你的脸，这睡衣怕是也要报废了吧。”

周彩儿看看双手，不知什么时候已沾黑了；再低头看看睡衣，惊叫起来：“我的真丝睡衣! 你，你知道有多贵吗?”

“不知道啊。”

“你，你赔我!”

“你这不是要赖吗?”

“我就要赖了。都是你，要不是我成了你的‘假老婆’，我至于在这儿做饭吃吗？要不是你冰箱里有这些破玩意儿，我至于头脑发热想要做饭吃吗？要不是想着你还在睡觉，醒来也会饿，我用得着想着做饭吃吗?”

“得！就冲这最后一句。我赔!”

周彩儿趁机说：“赔两件!”

尹启华一咬牙说：“好!”

“成交!”周彩儿打了一个响指，扭向浴室去。不一会儿就传来水声与唱歌声。

尹启华摇头笑笑，回到厨房，将煮好的腊肠捞起来，擦洗干净，再用开水冲洗过，然后切成薄薄的片。这腊肠还是过年的时候，一个老乡同事送给他的，他家平时不开火，就一直放到现在。

“原来，这种腊肠吃起来这么麻烦呀!”周彩儿在他身后看他切片。

“好东西不怕麻烦。这是地道的农家老腊肠，一会儿你尝过就知道了。”尹启华没有回头，闻着她身上散发着的沐浴露的香味，又说，“你不会是想只围着个浴巾，就坐在椅子上吃饭吧?”

周彩儿看看自己，恶作剧地说：“有何不可？谁规定在家一定要衣冠整齐才能吃饭?”

“你存心让我吃不下是不?”

“我让你恶心了?”

“不，我不是这个意思!”尹启华拿着刀直起头来，转身解释道。

“那是什么意思?”周彩儿觉得“新婚”时那种乐趣又回来了，故意追问道。

“什么意思？我没意思，没意思啊。”尹启华忙转身去继续切腊肠。

“你确实没意思。顶没意思的一个男人！要我说，你别切腊肠了，你先用那刀自宫了吧。”周彩儿嘲笑完，便离开了厨房。

尹启华低头看看裤裆，又看看手中的刀，无奈地摇头笑笑。

待他摆好碗筷，周彩儿出来了。谢天谢地，她换了一套休闲的、正常的家居服。那还是他给买的，她一直没穿过，嫌弃它不够漂亮、过于保守。

“好了，轮到你侍候我了。给我盛一碗白粥来。”周彩儿坐在椅子上，跷起二郎腿。

“得令!”尹启华很可爱地配合着，打开电饭锅，用勺子搅了搅，却一脸茫然，“你确定你煮的是白粥，稀饭?”

“是啊，我就抓了一把米，放了好多水呢!”周彩儿说，“怎么啦?”

“你自己来看看，”尹启华说，“米在哪儿呢?”

周彩儿一看，再一搅，是哩，米在哪儿?清凌凌的全是水哩，偶尔见到几颗膨胀了的白米在水里漂过，捞也捞不起。

“严格来讲，这是米汤，不是稀饭。不过，我想吃起来会更加清爽、更加开胃。”尹启华说，“《黄帝内经》有云，常喝米汤，可强身健体，延年益寿。在下多谢娘子，辛苦了。来，你坐下，这碗是你的。”

尹启华盛了一碗，放在周彩儿的面前，又给自己盛了一碗。

“这清凌凌的水呀，倒映着……哎呀，想不到词了，倒映着什么呢?”尹启华看着这米汤，突然诗兴大发，“这清凌凌的水呀，倒映着洗尽铅华的美人——煮处女粥的电饭锅……”

看着他那一本正经的样子，周彩儿大笑着拍打餐桌，尹启华还在念念有词。待她稍微平静下来，尹启华叫她快吃，米汤都凉了。她端起碗，俯下头，看到了清清的汤水，又忍不住放下，伏在餐桌上大笑起来。

“你慢慢笑，我可饿了。我先吃了啊。”

尹启华夹了块腊肠，连声赞叹，又夹了泡菜，咀嚼顿时停止，气氛瞬间凝住。

正在大笑的周彩儿喘着气问："怎么了?"

"嗯，嗯，嗯，你可知道，这泡菜本身就是用盐巴腌制的，吃的时候不必再放盐? 你还放这么多酱油!"尹启华含着泡菜，苦着脸说，"我本来想使劲吞下去的，装着很美味的样子鼓励你……可实在，实在是……"

"不至于吧?"周彩儿边看着他边夹了一块，"谁知道这泡菜是用盐巴腌制的……我不知道啊!"

待泡菜放进嘴里，周彩儿马上吐了出来："咸，太咸。花椒和辣椒也放得太多，还有醋! 哎呀，受不了受不了! 你还不吐?"

喝了几口米汤，周彩儿说："别吃这个了，吃鸡蛋——鸡蛋应该没问题。"

"不，还是能吃的。我觉得这又咸又麻又辣的泡菜，就着这清水米汤，别有一番滋味呢。"尹启华强吞下嘴里的那块，喝了几口米汤，又夹了一块放在嘴里，很享受的样子。

"你好假啊!"周彩儿看着他说。

"是有点儿假。不过有人喜欢，这就行了。哎呀，这鸡蛋真漂亮，真不忍心下筷子呢。"尹启华看着煎鸡蛋说。

"本来就是做来吃的，这就是鸡蛋存在的价值。"

"也是，要是不吃这鸡蛋，今天这肚子怕是顶不住，要饿死的。"尹启华左看右看，"你说我吃哪个好呢?"

周彩儿将那个"爱心"形状的煎鸡蛋轻轻地铲到他的碟子里。纯白的蛋白和橘黄的蛋黄组合成的、有点儿卡通的"心"躺在洁白的碟子里，周彩儿的脸红了。尹启华拿着叉子，怎么也下不了手。

"怎么就给我这个呢?"尹启华不自然地笑着问。

"那给你换一个吧。"周彩儿忙伸手去拿他的碟子。

"别，别，还是这个吧。"尹启华也伸手去按住碟子，"我就吃这个。"

“那你吃呀。看看是不是又咸了?”周彩儿期待地说。

“行，你也吃。你吃那个向日葵，象征着阳光，多好，就希望你天天都开心。”尹启华边说边切开了鸡蛋。

周彩儿将“向日葵”放到自己的碟子里，却望着尹启华。尹启华吃了一口。

“咦，椒盐味的?我还从来没吃过这个味道的煎鸡蛋呢!”

“怎么样，好吃不?”

“嗯，好吃，好吃。”尹启华两口便将鸡蛋吃完了。

“这剩下的全给你。我吃一个就够了。我都吃厌了。”周彩儿得到了肯定，也不顾及鸡蛋的卖相了，将余下的几个全倒在尹启华的碟子里。

“那，我真吃啦?”尹启华说着，便拿起了筷子。他也是的，讲什么排场呢，为这鸡蛋，还摆上了吃西餐用的碟子和刀叉，这筷子一夹，一口一个，多带劲儿啊!

周彩儿满意地看着他。这才叫成就感呀!怪不得那些蠢女人时常说，想治某个男人就先治他的胃。想起那次他带她到那个老城区里的重庆火锅店，现在又见他扔了刀叉，心想这家伙吃起东西来还挺男人的。事实上，她不得不承认，他在许多方面都挺男人的。除了“给她绝对的自由”这一点。反正就算是假夫妻，这面子、这心理，总有点儿不舒畅吧?哪有全然不介意的?

“我想吃水果，可以给我削吗?”周彩儿见他吃完了几个鸡蛋，又有几碗米汤下肚，提出这么一个要求。

“可以，当然可以。老公给老婆服务，那是理所当然的。”尹启华一口应承，起身往冰箱走去。

拿了几个水果，放在餐桌上，尹启华哼着歌儿削起来。

“我说，你身上的睡衣怎么这么奇怪，我记得你昨晚穿的是一整套呀。

什么时候换的?”周彩儿接过苹果，打量着他问。

尹启华的脸一下子红了，掩饰道：“哪有换，我昨晚就这样，可能是洗澡时拿错了。不就睡衣吗，干吗非得穿整套?”

“不可能啊?你这上衣、裤子的颜色和图案反差这么大，我明明……”周彩儿回忆道。

“那一定是光线不好，你看花眼了。”尹启华又将一碟子切成小块的火龙果放在她面前说，“你吃吧，我来收拾桌子。”

“你急什么，一起吃。我哪吃得完这么多!”周彩儿指着碟子里切好的水果说，“坐下，一起吃。”

尹启华坐了下来，拿起一块水果看着她说：“老实说，我有点儿受宠若惊。”

“干吗?”

“你好像从来没有这样邀请过我，用这种语气，给这种气氛。感觉……你真是我老婆似的。”

“是不是……这水果吃到嘴里也特别甜呀?啊?”

“是，嗯，是!”

“是你个头!给你一根竹竿，你就迫不及待地往上爬了是吧?”周彩儿将手上的火龙果掷向他。他一接一个准，顺势塞进嘴里：“嗯，谢谢娘子，甜，甜。”

“甜，我让你甜!”周彩儿双手抓起水果，轮番向他掷去，尹启华像接飞碟似的，左右躲闪着去接，嘴里塞不下了，迅速放在桌子上再去接。

碟子空了，周彩儿拿起碟子，正要掷出去时，看到尹启华张开双手如临大敌准备迎接的样子，“扑哧”一笑：“神经病!”

“你比我更神经吧?”尹启华回了一句。

“你神经!”

“你更神经！”

“你神经你神经你神经！”周彩儿凑到他耳边歇斯底里地叫着。

“好好好好，我神经我神经！”尹启华捂着耳朵求饶道，“我怕了你，行吧？”

“哼，就你神经病！”周彩儿得胜般地坐了回去，“把那水果给我拿过来。”

“好。”尹启华抓起桌子上的水果往她嘴里扔去，不偏不倚，正好进去。周彩儿反应不及，呆在那儿。尹启华看着她大笑不止。

周彩儿将水果吐出来，气急败坏地吼叫：“你个王八蛋！”然后蹿起来向尹启华扑过去。

“我这是以其人之道还治其人之身！”尹启华见势不妙，大叫着往客厅处逃去，“你不知道我在大学时是篮球队的，投篮那叫一个准！”

“你个王八蛋！站住，你给我站住！”

周彩儿追过来，围绕着餐桌，俩人你进我退、你退我进，来来回回地折腾着。

“尹启华，你要是男人你就站住喽，别跑！”周彩儿喘着气指着他说。

“我不跑？我傻啊，不跑！”尹启华也喘着气说，“你劲儿有多大，我还不知道？我不跑，你不定要怎么欺负我呢。”

“我？欺负你？”周彩儿指指自己，又指着他。

“难道你不承认？你一直都在欺负我！”

尹启华像个小媳妇般委屈，周彩儿看着他哈哈大笑起来，然后正色道：“那是你活该。你明知道会有这下场，谁叫你还和我结婚？我没叫你当牛当马算你走运了，你还敢反过来欺负我？”

“我哪有欺负你。我只是用浪漫的方式喂你吃水果而已。你们女人不是喜欢情趣吗？这就叫情趣。电视上时常这么演的，不是吗？”

周彩儿想想也是这个理，可她怎么能认同他呢？

“情你妈的趣！谁跟你情趣啊！你站着别动啊，别动！”

“不！你不动我就不动，你一动我就动！”尹启华盯着她，“你要和我，就一直这么转下去吗？”

“那你先认输。让我捉到你。”

“那你答应我，不许对我动手，文明相处。”

“好，我答应你。我一定很文明的。”周彩儿看着他娇滴滴地说。

“和我说话，你能不能别用这种对付别的男人的伎俩啊，鸡皮疙瘩都出来了。”

“少啰嗦，你站着别动啊。”

“一言为定啊，不动手啊！”

“好。”周彩儿扶着沙发走过去，一脚将尹启华踢倒在地上。

“不是说好不动手的吗？”尹启华仰面倒下。

“哎哟……我动手了吗？我是动脚……哎哟，我的脚……”周彩儿半坐下去，脸色显得痛苦异常。

原来这女人没穿鞋子，她定是以为脚上还穿着高跟鞋了。

“我的脚趾头……”周彩儿坐在地上，捧起脚来。

“怎么啦？我看看，我看看！”尹启华爬过来，接住她的脚问，“哎哟，红了一片，来，试试脚趾头还能动不，有没有挫伤？”

“哎哟，疼！”周彩儿边动脚趾边说，嗲得像一个向父母索要更多爱抚的孩子。

“还好，没骨折——谁叫你那么使狠劲的？没事的，擦点儿药油很快就会好的。地板上凉，来，坐沙发上去。”

尹启华将她半抱半扶地放到沙发上：“你真沉！人家说胸大屁股大的女人特别沉，看来是真的啊。”

“你个王八蛋！”周彩儿从沙发上坐起来，又想给他一脚。尹启华迅速闪开，找药油去了。

尹启华故意将药油擦在没事的那只脚上，周彩儿骂道：“你白痴啊，左右都分不清！存心找骂呢。”

然后将那只脚趾泛红的脚伸到他面前：“轻点儿啊。”

尹启华看着那排淤红的脚趾，不再耽搁，将药油倒在手上，轻轻地往她脚趾上涂。这家伙，这么温柔？周彩儿享受地闭上眼睛：“继续，好好给我揉揉。”

“疼吗？”尹启华揉着她的脚趾头问道。

周彩儿怔了怔，这俩字怎么如此熟悉？

十五岁的楼顶，很傻很天真的她躺在水泥地上，他蠕动着身体，喘着气问：“疼吗？你疼吗……”

“你给我走开！滚！”周彩儿把脚一甩，尹启华失去重心，跌坐在地上。

“你这是又怎么了？”尹启华不解地问。

“没怎么，突然间恶心你了。”周彩儿挣扎着站起来，往她的房间走去。

“还真没见过这么情绪化的女人，真是的……”尹启华嘀咕着，无意间擦了擦鼻子，刺鼻的药油让他接连打了好几个喷嚏。

窗外的秋阳正灿烂，尹启华系着围裙，看着水盆里那堆碗碟一筹莫展，这可怎么洗呀？周彩儿怕是更不懂得洗，求人不如求己，人家都做了平生第一顿饭，自己来洗这堆碗又何妨？这么一想，便神清气爽，大有“你耕田来我织布”的幸福与和谐。

碗碟洗完，厨房也发了水灾了。好不容易全部弄干净，各种用具各就各位，已是下午三点。尹启华像想起什么似的，换过衣服出门去了。

周彩儿一个小午睡出来，看到餐桌与厨房一尘不染，多少有点儿惊叹。从洗手间出来，才见她房门前有一个盒子，上面有一张纸条："你脚趾不宜再穿高跟鞋了，给你买了双平跟的，皮子和底儿都很软，走起路来不费劲。搭配你那条绿色长裙子，应该比穿高跟鞋还漂亮。要是需要人接送，你就敲门吧。"

打开盒子一看，是一双新近流行的驼色马皮平跟鞋，鞋面的流苏与同质同色的小花朵，让人在深秋仿佛闻到了春天的花香。于是周彩儿穿上了成年后的第一双平跟皮鞋，站在镜子前，果然与她的绿色长裙子是绝配。不过，这样子似乎更适合逛街郊游休闲，要是穿着去海鲜城上班，那还真不习惯呢。周彩儿犹豫着，她舍不得脱掉，反而找了顶宽边帽子戴上，左盼右顾，对着镜子自恋着。

听到尹启华憋不住的笑声，周彩儿吓了一跳："你怎么进来的？你在偷看我？"

尹启华将手从嘴上放下来，忍着笑说："是你没关门！我上洗手间听到有人在房间里自言自语，便好奇来看看。结果……"

"结果怎么样？"

"结果我看到一个少女在这里孤芳自赏。"

"少女？"

"是的。比结婚那天还要漂亮。像一株开在山上的白色虞美人。"

周彩儿忍不住静静地看着镜子中的自己，素净的脸，隐匿的曲线，简洁的白，静谧的绿，低调的驼色，随意扎在脑后松松软软的头发。周彩儿都忘记了自己在现实中的一切，她什么也不是，只是一个需要沐浴阳光的女孩，简单、质朴、自然，像窗外暖暖的秋阳，舒服却不灼人。你几乎感觉不到它的存在，可它又那样优雅地存在着。

她被这一刻的时光与自己感动了。她的心从来没有如此柔软细腻。她忍不住伸出手去，抚摸镜子中的自己。这真的是她吗？她早已忘记自己还有这样一张脸。十五岁时的那张脸，便是这样的吧？没心没肺的小姑娘，大笑时花枝乱颤，安静时……嗯，就是这样。他说的，像一株开在山上的白色虞美人。

“我有没有告诉过你，那个时候……年少的时候，我最渴望的一件事情是什么?”周彩儿喃喃地问。

“什么?”

“就像现在这样，穿着漂亮的裙子，被你牵着手，一起逛街，吃烤羊肉串、烤鱼丸、烤地瓜、凉粉、雪糕……一切街边上能买到的小吃，一直吃到晚上，夜市摆出摊来，我们在人山人海中穿梭，我说这个好吃，你说那个好吃，再从街头吃到街尾……”周彩儿看着镜子中的映像，陷入回忆。

“你就这么点儿大志啊？就想着吃！”

“是啊，也许关键不在吃，而在于带我一起的那个人。那时真傻啊，什么也不懂，就那样直接地将自己交了出去。有时我想，也许真不能全怪你。是，我是愿意的。可我依然恨你。你知道我恨什么吗？我恨的是为什么出事后，承担后果的只有我一个人?”

“……彩儿，我知道你不可能原谅我，我也不提这种要求。可你说的愿望，我现在就可以帮你实现——你愿意暂时回到十三年前吗?”

“你的意思是?”周彩儿回头问他。

“既然你也觉得这身装扮不适合回到海鲜城去应酬，又舍不得脱下，那咱们就逛街去，怎么样?”

“和你？逛街？开玩笑吧?”

“谁开玩笑啊？我说真的。我们一逛泯恩仇，哪怕只是今晚。”

“听上去是个挺不错的提议呢。”

“听上去你好像不反对呢。”

“也不太同意呢。”

“不反对就行。走吧。”

尹启华上前拉着她往外走，并且不客气地说：“你这房间，要真是我老婆，我绝对不会姑息。乱成三国似的，哪像个老婆的样儿。”

周彩儿不甘示弱地回敬道：“喂，就算咱们是真夫妻，我没要求你高富帅又幽默风趣有品位，你又凭什么要求我温柔贤惠知书达礼！”

为避免美人生气，尹启华识趣地闭上了嘴，回房间拿了钱包，拉着她就出门了。

站在小区门口打车，周彩儿奇怪地问他怎么不开车呢？

“不是说回到十三年前吗？那时我还是一个高中生呢！开什么车？对啊，打出租车也是打不起的。我们应该挤公交车。”尹启华说着又拉起她往公交车站走去。

周彩儿想，这家伙入戏真快。她的手被他紧紧地握在手心，还没站定，公交车便来了。车上黑压压的都是人，尹启华站定后，坚定地对她说：“抓紧我。”周彩儿犹豫了一下，伸出手抓住了他的胳膊，坚决地与他的身体保持着拳头宽的距离。

公交车走走停停，摇摇晃晃地过了五站，终于到了学生与打工一族最喜欢来的老城商业步行街。

阳光已经消失，整个城市暗下来，路灯渐次亮起。行当各异的“走鬼”开始从四面八方涌向这儿，找个角落，摆上自己的廉价小商品，衣服、丝巾、装饰品、山寨首饰、盗版书、盗版光碟、鞋子、帽子、假花、小吃……应有尽有。等到街道两边商店的灯全亮起来的时候，人也渐渐多了起来。

周彩儿首先关心的是吃。晚饭省下来，就是为了这个。名义上是尹启华牵着她的手，实际上是她拉着他往卖小吃的地方走。

“去美食一条街吧，这儿转过去就是，这些无照小摊怕是不卫生。”尹启华提议道。

“十三年前，谁会想这些？不是说越是街边的，就越是有味儿吗？”周彩儿指着一个小推车上的牛杂说，“哥哥，我要吃这个！”

尹启华当然依她，凑近前去，只见大大的不锈钢盆里冒着热气，里面煮着萝卜、牛肠、牛肺等，边上是各种调料。

“给我们来一份，调料要加足啊！”尹启华说道，然后与周彩儿看着那个热情的大叔装了满满的一塑料碗，口中念念有词地撒上葱花、芝麻酱、辣椒粉、酱油等。

周彩儿吞着口水说：“看样子很好吃呢！”

“别急，马上就好了。”尹启华笑着接过碗，用竹签叉了一块牛肠，放到嘴边吹气，“烫，等凉了你再吃。”

周彩儿便乖乖地等着。

“看你老公多体贴哟！”大叔边招呼别的客人边笑着说。

看着前来的客人全是十来岁的学生情侣、学生伙伴，他们站在那儿显得不太协调。又听得大叔这样说，俩人尴尬地笑着走开了。

“要边走边吃吗？”周彩儿问。

“当然。你看，这些人不都这样吗？咱们就好好地享受吧。”尹启华又给她叉了一块。

“哎，你也吃啊，挺不错的。”周彩儿将这块推向他嘴边。

“嗯，好吃，好吃，不错。”尹启华边吃边说。

两人你一口、我一口的当儿，周彩儿又要吃烧烤。尹启华付过钱，周彩儿手上拿满了羊肉串和海虾。正要分着吃，听到有人吆喝一声：“城管来了！”“走鬼”们纷纷收起行当四处躲藏。周彩儿拉着尹启华也跟着跑进小巷子里，感觉安全了才停下来。

“我说你跑什么啊?”尹启华喘着气问。

“有城管啊!”周彩儿也喘着气说。

“城管关我们什么事?”

周彩儿一怔，随即大笑起来。尹启华也跟着笑，愈加喘不过气来。

周彩儿抹着眼泪说：“幸亏穿了这平跟鞋子，不然咱们销赃就被抓到了。哈哈……”

尹启华说：“你的法律意识真强，竟然觉得帮衬小贩就是销赃。”

“这‘赃物’都掉了不少呢！哈哈……”

看着周彩儿手上的烧烤七零八落，俩人又是一阵大笑。

“走吧，咱们出去，看看还有什么好吃的。”尹启华拿过一串烤虾啃起来，拉着她走出巷子。

才一会儿工夫，商业街又恢复了原状。“走鬼”陆续回来了，继续吆喝着做生意。

从街头吃到街尾，尹启华着实吃不动了，周彩儿还兴致勃勃地东张西望，寻找着可下手的小吃。

“猪油渣面!”周彩儿突然兴奋地大叫起来，“我知道这家老店，只卖一种小吃，里面只有一张小桌子，能坐四五个人。一般都得打包带走的。”

“猪油渣面是什么东西?”尹启华看着建在狭窄的楼道边上的小店问，那门口有十多个人正排着队呢。

“就是肥猪肉被炸干油后剩下的残渣，一般是扔掉或者喂猪喂狗的，可这家人在一百多年前，将这东西蘸上椒盐放在清汤面条上，卖给穷苦百姓当饭吃。本来呢，他们家的店不止这么大，可被拆了建了旁边那个商业楼。许多怀旧的人还是经常来这儿，这家人的老母亲，就在这楼道口子又卖了起来。听说他们的后人没有一个愿意继承这手艺的。反正没有哪个能将猪油渣做得这么脆、这么香。”周彩儿拉着他去排队。

“你好像很了解，你喜欢吃这种东西？不怕上火，不怕发胖啊？”尹启华问。

“初中高中时，一有男的想泡我，我就叫他们带我来这儿吃。好多年没吃了，没想到还能吃上啊！”

尹启华看着她说：“你要是当时能告诉我你想吃，我一定会把所有零钱攒起来，买给你吃。”

周彩儿瞥了他一眼，嘲笑道：“你得了吧！福利院根本不会给我们零花钱，我们吃的、穿的、用的，他们都安排好了。除非是那个老家伙私底下给你。再说，我是在你去寄宿学校读书后，在和社会上的人混了以后，才知道外面有这么多好吃的。你知道吗，买一碗猪油渣面，就可以睡了我。”

尹启华紧紧地捏着她的手，都是他的错！他只是听着就心痛——当时的她，是怎么过来的呢？

“想什么呢？老娘这是在忆苦思甜！你别在这时候败我兴，一副良心发现、垂头丧气的模样。高兴点儿，咱们这是在约会！”周彩儿白了他一眼，“你抓我这么紧干吗？”

尹启华忙松了松手，掩饰道：“看，到咱们了。”

店里还是一个大妈，可不是以前的那个大妈。周彩儿边等面边跟她拉家常：“大妈，十年前我经常来。以前那个大娘呢？她做的猪油渣面让我一想起来就流口水呀！”

大妈看了看她，平静地说：“是啊，有好多你这样的客人。所以我才替她接过来，继续开下去。我婆婆三年前就去了。来，尝尝，看我的手艺还行不？”

周彩儿接过热气腾腾的面条，先夹了一块猪油渣放进嘴里：“是的，就是这味道！和从前一样。”大妈满足地笑了。

后面的人开始不耐烦地催促，周彩儿忙和尹启华各端了一碗走出来。

见周彩儿吃得津津有味，尹启华却怎么也不想吃。周彩儿问他：“干吗呢，真的很好吃，你尝一下这猪油渣也好啊！”

“我不吃，一看这东西，我就想起那些可恶的小流氓。哎，是男孩还是男人？”尹启华酸溜溜地说。

“嘁。男孩、男人又怎么样？我都想不起来他们的样子了，也想不起来和他们干了些什么。这么说吧，在简嘉铭和刘涛之前的所有男人中，我只记住了你的样子。那是烧成灰了也忘不掉的。”

这话听得尹启华既欣慰又难过。

“你呀，摊上我，这辈子就不会有真正的幸福和快乐了。我的存在，就是要时不时地割你一下，再刺你一下。这是我的职责。”周彩儿看了他一眼，暗中偷笑着夹起一块猪油渣，趁他不备塞进他的嘴里。

“我不吃我不吃，这东西可恶心了！”尹启华要吐。

“你敢吐？嚼喽，咽下去！”周彩儿瞪着眼睛命令道。

尹启华只得遵命。不想这玩意儿还真是入口即化，又香又酥，他忍不住从自己的碗里夹一块放进嘴里，若无其事地吃起来。周彩儿看着他这样子，得胜似的抿了一下嘴，吃得更欢了。

接下来便是真正的逛街时间。周彩儿还真当自己是十五岁，不管是什么摊子，都要停下来，摸摸、看看、问问，甚至在卖宠物的“走鬼”摊前，也将小狗小猫抱了个遍。尹启华被感染了，也随着她天真好奇得像个白痴。路人时常被他们的言行举止吸引，投来异样的眼光。

“他们以为我在发花痴，我知道。”周彩儿在回去的路上说。

“他们觉得我是在偷情，我知道。”尹启华顺着她的话说。

俩人对视一眼，开怀大笑。

回到小区，花园静谧祥和，俩人十指相扣，抬头望天，月儿弯弯正当空。

“好了，任务完成。请问周小姐，今晚愿望算实现了吗？”尹启华松开她的手。

周彩儿搓着双手，满意地点头："可惜，我们已经不是十五岁了。"

尹启华正要接话，周彩儿指着大门处说："快，电梯来了。"

看着周彩儿轻盈地飘进去的身影，尹启华将那些话吞了下去，也跟着她快步走进了电梯。到了家门口，周彩儿等着他开门时问："你刚才进电梯前想说什么呀?"

尹启华摇头笑笑，表示没有。幸亏他没说，问人家"如果可以，你愿意回到十五岁，我们真正地恋爱一次吗"，这话何止是自讨没趣，简直是蹦极大冒险——如果保险绳断了，连小命都保不住。

一切都恢复了客气与原状。回家之后，俩人先后洗澡，各自进房，各自睡觉，依旧没有一声温暖的"晚安"。

其实周彩儿是想说的，只是这两个字像鱼刺般卡在喉咙，要说也得他先说吧?

已经睡下的尹启华翻身下床，泡了两杯王老吉凉茶，端着一杯往周彩儿的房间走去。他站在门口，良久又折回来，将两杯都喝掉了。

周彩儿侧耳听着，脚步声在她的房门口停顿，后又由房门处远去。待外面安静下来，她悄悄地起床去喝水，看到饮水机旁边放着两小袋王老吉冲剂，明白了一切。她拿起冲剂，撕开口子倒进杯子里，边搅拌边望着尹启华紧闭的房门出神。

17

顺其自然，不代表不努力

这天下班后，简嘉仪买了一大袋水果和孕妇营养品去看望崔玲玲。崔玲玲正在家里准备晚饭，她要尽地主之谊，宴请张军。

周彩儿早就来了，反正她下午也没什么事，正好来跟崔玲玲学做家常菜，总比看尹启华买回来的烹饪书好得多。崔玲玲总说做饭是一种享受、一种艺术，她怎么就感觉不到呢？但这并不妨碍她这两天来好得出奇的心情。

周彩儿到地下车库去帮忙提东西，简嘉仪见她竟然穿了双平跟鞋，惊奇不已。周彩儿心直口快惯了，脱口而出：“还不都是尹启华那王八蛋！”然后回到屋里，将前后细节绘声绘色地演说了一番。

崔玲玲和简嘉仪心照不宣地笑着。

“知道我吃那么多乱七八糟的东西肠胃会受不了，上火了脸上要长痘痘，可他倒好，竟然到我房门口也不敲门叫我喝凉茶。要不是我自己起床补了一杯，今天你们看到的我，脸上肯定长满了麻子。你们说，这王八蛋可恨吧？叫我一声，难道我会吃了他啊？”末了，周彩儿义愤填膺地问道。

“哦？哦哦！可恨吗？真的可恨吗？”崔玲玲反问道。

“怎么了嘛！嘉仪，你说说，这尹启华是不是特讨人厌？哪像个男人啊！”周彩儿转向简嘉仪说。

“我怎么觉得你话虽然好像恨得咬牙切齿，可语气中却透着那么一些——不，是‘许多’欢喜？”简嘉仪说。

“我倒觉得这尹启华挺可爱、挺男人的，人家处处忍让你、包容你、由着你。你还以折磨人家为乐事。小心哪天人家不想让你折磨了，你这小心肝儿就得空落落的。”崔玲玲补充道，“如果你感觉到了什么，就赶快抓住它吧。”

“你们都在说什么啊？什么欢喜，什么感觉到了——什么啊？”周彩儿一头雾水。

“我们可以原谅你的EQ不太好，可就怕到时你会无法原谅自己犯下的错误。”崔玲玲说，“因为时间其实很短暂，只消一个眨眼、一个犹豫，就会只剩下一个模糊的面容和一条无法回头的路，还有一个害怕回忆的你。”

“玲玲的文艺腔，真让人受不了。可是，你们要我抓住什么呢？能不能说明白点儿？”周彩儿“不耻下问”。

“你会明白的——在不久的将来。”简嘉仪又对崔玲玲说，“玲玲姐，我们来打个赌吧，赌谁先打破局面？我赌周彩儿。这妞要是想明白了，肯定会大胆地往前冲。”

“好，我赌尹启华。关于剧情的预测发展，咱俩私下交流。”崔玲玲伸出手，简嘉仪笑着与她击掌。

“你们这是怎么了？拿我打赌？赌什么？”

见她们都不再理会她的追问，周彩儿假装生气，心里也隐约感觉到了什么，信誓旦旦地说：“你们的赌约永远也不可能生效，因为那是不可能的事情。白纸黑字写着呢，明明白白地写着这是一个假婚姻。我们各取所需。”

“拭目以待。”崔玲玲说。

“拭目以待。”简嘉仪附和道。

“我近期内，就马上找个男朋友。看你们还赌什么！”周彩儿说。

“拭目以待。”崔玲玲和简嘉仪依旧这么说。

“我真的找啊!”周彩儿正式道。

“那就找啊!”崔玲玲说，“心里怎么想，就怎么去做。你不觉得亏待了自己就行。”

“我说我上哪儿找你们这种朋友啊?我这么坏、这么讨厌，你们都不觉得我恶心，还这么鼓励我!”周彩儿作感动状。

简嘉仪笑她说:“你得了吧，其实我有时也挺纳闷的，你这种女人，怎么就和玲玲姐掺和在一起，还捎上我了呢?弄得我们的品位都掉了好几个档次。”

“嘿，真正的朋友是什么?真正的朋友是把你看透了，还喜欢你、愿意和你成为朋友的人!”周彩儿说，“我觉得你们就是这种伟大的、无私的人。”

正说着，门铃响了。

“看，更伟大、更无私的人来了!”周彩儿奔着去开门。真奇怪，穿着这平跟鞋，想扭个风情万种的腰都不行了。她还想在这海归男人面前好好地表现表现呢，听说他要回来开公司，勾搭不成，多个生意上的客户也是好的。

张军一进来，就问有什么可以帮忙的，崔玲玲说把青菜一炒就行，其他都做好啦。张军说:“不是说我早点儿来帮你吗，你这个时候应该多休息。”崔玲玲说:“不就一顿饭吗，累不着我，有彩儿帮忙打下手呢。”但张军还是反客为主，到厨房去炒菜了。

周彩儿跑到餐桌旁，问正在摆碗筷的简嘉仪:“你看出什么来没有?”

“什么?我没注意啊。”简嘉仪头也没抬。

“我怎么觉得这俩人像老夫老妻似的?”周彩儿说。

简嘉仪的手停顿下来，回头向厨房望去。本以为，昨天他到她家去拜访父母，她当着父母的面邀请他进驻简氏企业他会答应，结果他还是委婉地推掉了，连考虑的余地也不给。事后母亲还说，看到他，就像看到嘉铭一样。而在她心中，他从来都不仅仅只是一个哥哥。

“他们在爱丁堡就认识，互相照顾，这有什么呀！你别在这儿乱八卦好不好？”简嘉仪有点儿不满。

“哟，我们优雅的公主，也有修养不好的时候？我说说怎么啦？你是不是吃醋了？”周彩儿笑她。

“你说哪儿去了？再说就赶你回海鲜城去陪男人喝酒！”简嘉仪拿筷子指着她。

“你凭什么赶我？这儿又不是你们简家，这饭、这菜、这汤，又不是你做的。我可丑话说在前边，要是他们真有那什么，你可千万别插手啊！崔玲玲是什么样的女人，你比我明白。要是真有一个男人让她愿意接受，可不是那么容易的事情——你还年轻，机会多的是。”

“刚才说你自己的事情，还跟个愣头儿青似的，怎么管起别人的事情，也这样拎不清呢？”周彩儿挺严肃的样子让简嘉仪哭笑不得。

“我怕你拎不清，瞧你那样儿，好像对张军还念念不忘啊。通常得不到的总是最好的，可吃不到的葡萄还酸呢！你就当他是一个酸葡萄得了。”周彩儿压低声音说。

“哪儿有酸葡萄？玲玲挑食啦？她不是说没什么明显的妊娠反应吗？”张军端着青菜走出来。

“这妞说你是酸葡萄呢。”简嘉仪也不掩饰。

“我？酸葡萄？”张军指着自己疑惑不解。

周彩儿恨死简嘉仪了，又不好不解释，只得说：“我只是八卦了一下你和嘉仪的前尘往事。你别见怪，我和她们不一样，我这人要多肤浅有多肤浅，要多庸俗有多庸俗。慢慢地你就知道了。”

张军笑起来说："周小姐能这么说，足以说明你一点儿也不平凡。"

"你才不平凡，竟然入得厨房，出得厅堂，不知能不能上得大床?"周彩儿故意直勾勾地盯着他看，她不知道崔玲玲已经简单地向他介绍了她的个性特点。

张军面不改色，若无其事地应对着："当然能，并且还不赖。"

"到底是在英国待过，不慌不忙又能保持着绅士风度，"周彩儿大笑着，又对简嘉仪和崔玲玲说，"你们别心怀鬼胎地看着我，我可得罪不起你们俩啊！这来来去去的，可就只剩下这么三四个能说话的朋友了。再说，我也是有老公、有家庭的人啦。"

崔玲玲却说："你要勾引他我可没意见。但你最后这一句话，我倒是欣赏。"

"你呢，嘉仪？你可有意见?"周彩儿故意逼问道。

简嘉仪说："我有没有意见不重要，重要的是你自己怎么权衡。"

"得，这回答够官腔的，说了等于没说。不过我明白你的意思。放心啦，我不再是过去的那个周彩儿了。我正在学习当一个有底线、有情操的女人。"周彩儿将一块清蒸鱼夹给张军，真诚地说，"我那都是开玩笑，你别介意，我就是这么一个女人。玲玲现在这样不能喝酒，我们就都不喝。可我还是想以菜代酒，谢谢你在爱丁堡对玲玲的照顾。"

崔玲玲听得好笑，只知道有以茶代酒的，如今竟还有以菜代酒之说。她和简嘉仪便跟着周彩儿，各自给张军夹了不同的菜，以示谢意。

张军很开怀地接受着，端起碗来津津有味地将其吃掉。这三个女人组合在一起，还真挺有意思的呢！早听说国内女孩多娇柔造作，如今看来不尽然呢。特别是简嘉仪，他真想象不到，是怎么蜕变为今天这个时尚、干练、大气模样的？当初她大声向他发誓，说她会变得比其他女人都好，他心里只觉得这任性的小女孩不管怎么努力，充其量也不过成为一个三流艺术家、一个上流社会的社交名媛罢了。

饭后，周彩儿自告奋勇地说她来洗碗。可当她看着一池子脏碗脏碟，又后悔了，她逞什么能呢？她何时洗过超过两个以上的碗？外面的人谈兴正浓，无论开口叫哪个，脸上都挂不住。就这样，她拨通了尹启华的电话，骗他说她打赌输了，被罚洗好多好多好多碗，怎么办呢?

崔玲玲怎么也想不到，门外站着的这个额头满是汗珠的陌生男人，就是周彩儿的老公。他把西装拿在手上，灰色的领带板板正正地系在白衬衫上，皮鞋光可鉴人，有点儿气喘，可语速平缓、彬彬有礼。

周彩儿听到尹启华的声音，夸张地奔了出来，扑进他的怀中："亲爱的，你可来了！这么快，我还以为要等一会儿呢。"

尹启华尴尬地对屋里的人笑笑，小声对周彩儿说："这儿有人呢。厨房在哪儿啊?"

周彩儿特爱演地说："怕什么，他们都知道你是我老公。"然后给他们互相介绍。

尹启华对崔玲玲说："你就是传说中的崔玲玲。彩儿多亏有你这样的姐们儿，才逐渐……逐渐……"

"逐渐什么？吞吞吐吐的。"周彩儿不耐烦地问。

"我发觉找不到词了，我要说逐渐变好，倒显得你以前很坏似的；我要说逐渐回归，又显得你以前多离谱似的。反正你们明白，我的意思是表示感谢就是了。"

"猪啊你！说话都不会了。"周彩儿嗔怪地斜他一眼，忍不住还是笑了。

旁边的人早就在笑了，看样子，这男人和周彩儿的描述没什么出入呢。

"人家是在你面前才显得特别笨拙、特别娘们儿，你就知足吧，陈怡飞都没这个福气。"简嘉仪看着周彩儿说，"你这时候叫他来，不仅仅只是想表演一下恩爱吧?"

周彩儿忙将尹启华拉进厨房。尹启华一看也傻了，这么多啊！这一回，他坚决要求周彩儿在一旁协助——他负责清洗，她负责抹干净，再放进消毒柜去。

参观完崔玲玲的房子，张军问这装修是哪个设计师设计的，到时介绍他认识，他也准备在国内买房子。崔玲玲说是她自己设计的，只图自己方便，住着舒心。张军更加惊讶，这女人太注重细节了。简嘉仪听出他对崔玲玲由衷的欣赏，心中黯然，却平静地问："你果真不回苏州，要在这个城市留下来?"

"当初我选择留在国外，已经声明不涉足家族生意，我如果现在回去，怕会影响稳定与和谐。经过这几天的考察，我觉得这城市比苏州更适合我。"张军看着崔玲玲说，"这得谢谢玲玲，要不是她这个契机，我还下不了决心回来呢。现在正是最好的时机，国家政策优惠大，非常利于我展开业务，何况我原来的公司在收到我新撰写的报告之后，重新审核了我以前的项目申请，决定在中国设立分公司，由我负责筹划。这样一来，我个人承担的风险就更小了。总部也同意公司选址于此，毕竟这是中国的南大门呀!"

简嘉仪由衷地表示祝贺："那以后我们多加合作。不管是海鲜城还是简氏，都无比欢迎你。"

张军也诚恳地说："这是一定的。那天伯父和我谈，叫我到简氏帮忙，还说可以给我一些股份，我拒绝了他老人家。还请你帮我多宽慰他——我想你一定会遇到一个出色的好男人，和你风雨同舟的。"

实际上，他不知道，这是简嘉仪提出的，只不过借了简父的口说出来而已。重新面对他，她的心一如少女时的悸动。而他的目光，依旧没有落在她的身上。如果说那时她还小、太任性，那么现在呢？她已经像树上粉红粉红的桃子般成熟了，她已长成超越他期望的模样了。他是否会记得，当年她摔碎他送的小风笛工艺品，发下狠誓要他等她的情景？或许记得，却不会在意了。不然怎么会在她兴致勃勃地办理去爱丁堡留学的手续时传来他结婚的消息？现在，他就站在她面前，近在咫尺，不过一伸手的距离，可为什么他的面前，总有一道无形的墙壁，让她恍若相隔天涯呢。

至此，崔玲玲才知道为什么简嘉仪总不肯投入地去爱一个人。那个搞行为艺术的香港男孩，家世良好，据说是她真正意义上的初恋男友，在一起四年，却从来没有带回来见过父母。她回来打理家族生意，挥挥手就将这段感情断在海的另一边。崔玲玲和简嘉铭去香港请厨师时，见过那个香港男孩。现在回想起来，那男孩的轮廓、神韵，确实与张军有几许相似呢。

崔玲玲也意识到自己陷入一个有点儿尴尬的境地，她无意中成为隔在他们中间的人了。但除了装傻之外，她别无他法。

想不到简嘉仪却要破坏掉这份平静，当张军再次踱进书房后，她问崔玲玲："他很好，是吧?"

"是，温润如玉。"崔玲玲的坦然也出乎简嘉仪的意料。

"如果有可能，你们会在一起吗?"

"如果我说，我从来没想过这个问题——至少在这之前没有，你信吗?"

崔玲玲眼中的真诚让简嘉仪无从置疑，握着她的手，简嘉仪微笑地点点头："我问了不应该问的问题。"

"嘉仪，我非常了解你的痛苦。可是作为你的朋友和姐姐，我不希望你痛苦。道理太多，我不想和你多讲，你只要明白，有的事情，不是努力就可以的。"崔玲玲有点儿哀伤地看着她说。

简嘉仪望着窗外的蓝天幽幽地说："正是因为明白，才这样无助。不管我变成什么样，不管我做什么，他都不会爱上我。"

“你需要我做些什么呢？嘉仪，”崔玲玲走到她身后说，“你知道的，我像你希望我幸福一样，希望你幸福。你是多好的女孩子啊！”

“玲玲姐，不用，真的，你什么都不用做。你就安心养胎，比做什么都好。”简嘉仪缓缓地回过头来，眼中有泪光，“顺其自然，不管是你，是我，还是他。”

“傻瓜，顺其自然，不代表不努力。虽然努力不一定有用，可起码回首时，会少一些唏嘘。男人许多时候，都需要时间与被感动。”

“真的吗，我还可以努力？”

“当然可以。趁他心里还没有人的时候。”

张军从书房里走出来，兴致勃勃地问：“我看到里面有个古筝，玲玲，不会是你的吧？你会弹古筝？”

崔玲玲和简嘉仪对望一眼，平和地说：“是啊，我会。”

“那你弹一曲给我们听听嘛！”

想不到张军会提出这个要求，崔玲玲依旧平和地说：“还是算了吧，弦都松了那么久，我也好久不碰了。它现在不过就是个摆设罢了。”

“那年她练了一首曲子，准备在婚礼上弹给我哥听，可还没听到，他就永远地走了……”简嘉仪说，“这古筝，还是我哥从她的旧物中清理出来的，她本打算一辈子也不弹的。”

张军听了正要说什么，崔玲玲便接过话：“那是执念蒙蔽于心，不值得。物是物，人是人。现在于我，它可变得很有用呢。”

“什么用？”张军和简嘉仪同时问。

“胎教呀。”崔玲玲说，“因为孩子，别的一切东西都变得次要。”

“那我们不就有耳福了？沾孩子的光。”张军高兴地说。

“我只弹给孩子听。”崔玲玲淡淡地说。

简嘉仪看了一眼张军，她不知道他是否懂得崔玲玲话语之外的意思，可她是听明白了。她心中感激，却又觉得自己过于自私。照这样下去，崔玲玲的人生便像是丁秀珍老师的复制，心如止水，带着孩子走过一生。她怎么忍心呢，虽然她们自己说那也是一种幸福，可她无论如何也不认同。再说，这样真能帮她获得张军的心吗?

张军何尝听不懂? 装傻不只是女人的权利。崔玲玲无声地拒绝他进入她更私人的生活。但这有什么要紧，他又不是非得怎样，非要得到什么。反正她在这儿，他也在这儿，这样就很好。

厨房里，又是另外的景象。没什么声音，两个人很安静地做着分配好的工种，洗刷的洗刷，抹水的抹水。终于洗完了，周彩儿指着干净的碗碟说:“还要消毒呢。”尹启华听了，抹干净双手，将碗碟一个一个地摆进消毒柜里去。周彩儿在旁边不停地指挥着，碗搁哪儿、碟搁哪儿，然后她关上消毒柜的门，凑上去研究消毒柜上的按钮。尹启华轻轻地拉开她，在其中一个按钮处按了按。

然后俩人站在那儿，像不甘心厨房就这样被征服了。

“洗好了。”周彩儿环顾着厨房说。

“是，洗好了。”尹启华说着，伸手到后腰去解围裙的带子，不想弄了好一会儿也解不开。

周彩儿什么话也没说，将他的身体扳过去，轻轻一扯就扯开了打成蝴蝶结的带子。她的手碰在他的腰带上，定了定。

尹启华也没有说话，甚至没有伸手将掉下去的围裙拿住，他只感觉到腰上热力直击，灼出一身汗水。

周彩儿趁机取笑道:“这样就大汗淋漓啦? 要是真扯了你的腰带，脱了你的裤子，什么活都不用干，你还不马上虚脱?”

话一出口，她心里又直埋怨自己嘴贱，这么美好的氛围，她其实那么留恋。

尹启华的脸涨得老红，也不反驳，只说：“呵呵，围裙，围裙掉了。”

拾起地上的围裙，尹启华指着排气扇说：“你看，排气扇没开，怪不得这么闷热。把它打开吧。”

开关就在周彩儿旁边，她忍着笑按下排气扇：“你在这儿慢慢地抽风（疯），我出去了啊。”

“彩儿。”尹启华这么叫了一声。

“啊？”周彩儿回头看着他，那眼神真清澈，像十三年前那样清澈。

“我们……我们……”尹启华支吾着。

周彩儿的眼睛里有明显的期待，却只听到尹启华说：“我们一起回家吗？”

她怎么感觉他绝对不是要说这句话呢？是怕她取笑他吗？

“当然，我们是夫妻啊，肯定一起回家。”周彩儿说，“不过，你得陪我回海鲜城一趟，我整天都不露脸恐怕不行，去晃一晃就回家，行不？”

“好。”尹启华乖得像个孩子，轻轻地说出这个字。

他在她面前越来越小心翼翼，周彩儿的心里不知是庆幸还是失落。

面对着一路沉默开车的尹启华，周彩儿一点儿脾气也没有。刚才她当着他的面接了个男人的电话，对方说着露骨的话邀约她一起去泡温泉。周彩儿耐着性子与他调笑，然后以一句抽不开身为由婉拒了，还娇嗲地说下次她请客，再一起泡个够。

尹启华听着这种对话，鸡皮疙瘩一阵接一阵，忍不住阴阳怪气地讽刺道：“寒凉的晚上，月朗星稀，正是泡温泉的好时光，要是我，肯定去的。我听刚才电话那边，是那个刚死了老婆的矿山老板吧？李秘书长介绍给你的客户？这是多好的机会啊！”

他还听说李秘书长勾引她失败了，又将身边的大款朋友也搭进来，就是要向尹启华挑衅：看看你老婆是个什么货色吧！

周彩儿白了他一眼，瞪着眼珠子说：“你以为老娘是什么？我告诉你尹启华，老娘可不是个随便的人，只不过……”

尹启华问：“只不过什么？传闻中，你就是个顶随便的人。”

“哟，了解！我正想告诉你，老娘要是随便起来，可不是人！”周彩儿故意在他的裤裆上捏了一把。

尹启华猛地一个急刹车：“你干吗！你不要命我还要呢！”

“不干吗，我不是说了吗？我不是随便的人，可随便起来不是人。我就要你流氓怎么了？你告我去呀！我这可是合情又合法呢。”周彩儿挑衅地看着他。

“你！”尹启华气坏了，却接不上话来。

“还不开车，是不是正等着我继续要你流氓呀？哎——车上，这车上你试过没有？不如我们……”周彩儿直勾勾地看着他，将左肩膀上的衣服往下拉，露出一截雪白的肌肤。

尹启华意识到她又在整他，忙识时务地闭上嘴，转移视线，再次启动汽车。这女人，刚才在崔玲玲家那种温柔与乖巧都哪儿去了？

看他黑着的这张脸，周彩儿毫不掩饰地大笑，然后又被后悔占据身心。一个本应愉悦的夜晚，又被她破坏了。

当一个女人总想肆无忌惮地欺负和捉弄一个并不弱势的男人，占他便宜，并以此为乐时，这说明了什么呢？而这个男人又总是忍辱负重，处处忍让呵护，又说明了什么呢？

天生神经大条的周彩儿，断不会如此自我剖析。倒是尹启华，愈加要提醒自己在这女人面前一定得多加小心。谁知道她会在什么时候、什么地方，给他难堪！

“如果我真和那矿山老板去泡温泉，然后有可能在那情那境中干出什么事情来，你是不是也无所谓?”

没想到周彩儿这样问他，尹启华将胃里的酸气强力压下，浓重地“嗯”了一声。

“真的?”周彩儿凑到他面前，盯着他问。

尹启华用手肘推了推她，让她别妨碍他开车，又“嗯”了一声。

“也是，你可是信誓旦旦地说过，只要我开心就好。”周彩儿赌气地拿出手机，“我突然发现我现在有空，那我马上约他！不约他也可以，老娘最近桃花运又旺起来了，总有许多邀约，我总不能为这名不副实的破婚姻浪费大好时光与机会吧!”

什么桃花运，肯定是那李秘书长到处动员色鬼们来招惹她吧。他真后悔自己当时那番暗示啊！他本想以此来试验周彩儿，可她真的拨号码要应约，他却受不了了。他空出一只手来，一把抢过她的手机。

“怎么，你也吃醋啊?”周彩儿问。

“我吃什么醋！你要找男人，也找个可靠点儿的啊！这矿山老板的老婆为什么早早就死了？那是被气死的!”

“给我！手机！给我!”周彩儿扯着他的手，故意说，“起码人家说可以替我还贷，可以给我像刘涛以前买的那种别墅。你现在能给我什么？就你那点儿工资，还不够还我每月的零头!”

“行！你爱作践你自己，那我帮你一把!”尹启华的自尊到底被伤到了，索性将车停在路边，替她重拨，“通了，给!”

“要你帮!”周彩儿狠狠地抢过手机，那眼神恨不得要吃了他似的。

手机里清晰地传来那男人意外而高兴的声音，周彩儿看了看面无表情的尹启华，故意提高了声音与对方约好见面的时间与地点。

“好了，还麻烦老公送我到高速路口，他买好了泳衣在那儿等我。”

“你确定要这样？你确定你这样不会后悔？你高兴?”

"确定!"

尹启华看了看她扬起的脸，吞下口中的水和气，点点头，默默地启动了汽车。周彩儿将脸别向一边，俩人一路再无话。

到了路口，果真见一辆黑色的奔驰轿车停在那儿。

"停车!"周彩儿说这俩字时满是赌气，却容不得尹启华再多说其他。车才停定，她便迅速地推开了车门。

忍着没有伸手去拉住她，看着周彩儿扭着腰肢上了那辆黑色轿车，尹启华握紧了拳头。待黑色轿车消失在夜色中，他才长长地叹了一口气，颓然地将车掉头往家里驶去。

也是在这天晚上，崔玲玲在简嘉仪和张军的陪同下，一起回了简家一趟。听了崔玲玲的陈述，简母什么也没有说，默默地站起来走进了房间。简嘉仪忙跟了进去。

客厅里，简父对崔玲玲说："没事，你伯母她可能一下子接受不了，太突然了……玲玲啊，你说的这些……可是真的?"

张军在一旁说："是真的，伯父，这件事情，从头至尾，我都在场。"

简父抬起头，对着天花板叹了口气，强忍着内心的激动，好一会儿才哽咽着对崔玲玲说："你这孩子，怎么也不和我们商量一下……委屈你了……"

崔玲玲摇头轻轻道："不，我不委屈，爸爸。张军可以作证，我是多么欢喜、多么心甘情愿。我觉得，这是上天对我的馈赠。我们要感谢嘉铭，是吧?"

简父无法言语，只拍着崔玲玲的手，沉重地点头。

房间里，简母抱着简嘉铭的遗照不可抑制地哭着。崔玲玲悄悄地走进来，简嘉仪与她交换了一个眼神，站起来把位置让给她。崔玲玲蹲下来，将手放在简母的手上，目光柔和地看着她说："妈，这是真的。我有嘉铭的孩子了。你们要抱孙子了。您不高兴吗？您要怪我吗？"

听到崔玲玲这会儿改口叫她"妈"，简母一手拿着简嘉铭的遗照，一手将崔玲玲拥进怀里，抽噎着说："委屈你了，孩子……委屈你了……"

崔玲玲将头靠在她的膝盖上，随着溢出的眼泪说："妈妈，让我们一起期待他的到来吧。他肯定长得比嘉铭还要帅、还要聪明，您相信吗？"

简母含着泪水抚摸着她的脸，点点头："起来，别这样蹲着，快起来。"

简嘉仪也抹着眼泪说："妈，玲玲姐，咱们出去吧。他们会担心你们呢。"

崔玲玲站起来，和她一起搀扶着简母往客厅走去。

"像做梦似的……咱们有孙子了？"简母对简父说。

简父站起来握着她的手，看着崔玲玲他们百感交集地说："是啊，像做梦似的，咱们有孙子了，嘉铭的孩子！"

接下来，果然像崔玲玲预料的一样，他们坚持要崔玲玲住在简家，好方便照顾她。付出这样大的代价才得来的孩子，可千万不能有什么闪失呀。

本来有自己立场的崔玲玲，终是软化在老人的哀求中。她现在也是一个准妈妈了，那些棱角与个性，都可以暂时忽略吧。姨妈说得对，这个世界上只有两件事可以让心高气傲的女人没脾气——爱与孩子。

这注定是一个不平静的夜晚。

"其实，我真不希望因为这个孩子，就永远和简家绑在一起。"崔玲玲对送她回家的张军说。

"你生下嘉铭的孩子，难道还划得清界线？刚才你都叫伯母为妈了。"张军不解地问。

“她是孩子的奶奶，我那样叫是应该的。其实，刚才我是想说，在我的规划中，就算我生下这个孩子，我也是独立的。我本以为可以脱离简家，但现在看来，我想得太简单了。这的确是不可能的。”崔玲玲叹气道。

“其实，你还是自由的。起码，你的思想是。”张军说，“住在简家，我也放心些。只是……”

“只是什么?”

“我要去看你就没那么方便了。”

“他们都当你是自己人，当你是半个儿子看待，你时常来，他们还心生欢喜呢。”

“不是这个问题。我是担心嘉仪……我没想到这女孩如此固执……”

崔玲玲笑道:“你是害怕了吧?”

张军笑笑，算是默认。

出租车到了崔玲玲家楼下，张军给了司机双倍的钱，让他等着。这份心细，崔玲玲看在眼里，却没有推诿。

“你让我觉得嘉铭一直就在身边。”崔玲玲进屋前这样说。

张军什么也没有说，只挥手让她进去。看着房门关上，他才转身离开。就这句话，已经包含了太多的意思，他怎会听不明白?他只是简嘉铭的影子而已啊!

简嘉仪打电话过来，问他到酒店了没。张军说还没呢，才将玲玲送回家。简父简母听说玲玲被安全护送到家，才放下心来，让简嘉仪明天督促玲玲搬回来住，一刻也不能耽误。

这如获新生般的喜悦，这突然的幸福袭击，让简父简母整晚都手足无措。简嘉仪担心他们，也陪着他们不敢睡——母亲的心脏做过两次搭桥手术，父亲的血压也偏高。时至凌晨两点，简母终于累了，抱着简嘉铭的相片睡着了;没有人一起唠叨，简父不一会儿也睡着了。

也许在这所有人当中，崔玲玲是最平静的一个。进门后，调好一杯热牛奶，又煮了两个鸡蛋，崔玲玲打开一本书，窝在沙发上边吃边看。

门铃就这样不合时宜地响起来。周彩儿站在门外，边往里走边踢掉高跟鞋，嘴上还骂骂咧咧的。

“你和尹启华从这儿回去时，不是好好的吗？你这会儿是怎么了？谁惹你了？”崔玲玲关切地问。

“死尹启华，破尹启华！别跟我提这个名字！气死老娘了！”周彩儿在沙发上倒下去，“我不活了，我不活了！”

“到底怎么了？”崔玲玲拉起她，“来，和我说说。”

周彩儿便一五一十地将从这儿离开后的事情告诉了崔玲玲。

崔玲玲听了，故作惊讶地说：“哎呀，坏啦坏啦！”

“什么坏啦？”

“你们都坏啦！”

“哪儿坏啦？哎呀，你给我说清楚嘛，玲玲——”

“他肯定以为你真和那男人去泡温泉了，卿卿我我，花前月下。而你呢，却故意让他信以为真，折磨他寻开心。可是，你这样真的会快乐吗？”

周彩儿拼命地摇头。

“你们还要互相折磨到什么时候？等着吧。有一天你会像《神雕侠侣》中的郭芙一样，在故事的结尾处，发现自己深爱着杨过，却错过了一生。”崔玲玲喝着牛奶漫不经心地说。

“你说什么？我听不懂。”周彩儿茫然地看着她。

“自己慢慢体会吧。不懂，再想想《乱世佳人》中的斯嘉丽——想想故事的结尾处。”崔玲玲端着牛奶说，“这个，要不要来一点儿？热牛奶可以安神呢。”

“行，我自己弄去。”周彩儿拍了拍涨痛的脑袋站起来，冲牛奶去了。

崔玲玲不忍心尹启华这样温润的男子被周彩儿折磨，正要给他打电话告诉他周彩儿在她这儿，并没有跟那个男人走。可后来一想，不寒彻骨一回，哪得梅花扑鼻香？这爱情，不煎熬一番，哪会刻骨铭心？

崔玲玲按时上床睡觉。周彩儿却在客房的床上辗转反侧，手机一直沉默着——她是多么渴望它能够优美地响起来啊。

18

痛楚与折磨，只会让爱变得更加清晰

“我不是个随便的人，可我随便起来不是人。”周彩儿这玩世不恭的话不时地在耳边回荡。也罢，他们本就不是同一世界中的人。他何必在意。

夜深了，尹启华知道开门声不会再响起，关了灯才躺下，便又慌乱打开。漆黑中，只要他一闭眼，便是周彩儿身穿性感泳衣与某个半老男人戏水欢笑的画面。周彩儿每笑一声，他的心就被扯起一小块儿似的疼痛。

开门到客厅，至浴室，到厨房甚至阳台，打开所有的灯，从这个房间到那个房间，踱至天亮。

好了，她终于向他证明了自己是一块名副其实的“臭豆腐”，他终于相信她终归是个利益尤物，终于相信她所追求的生活就是如此，终于相信他们这个婚姻确实假得可以。

好了，他便可以硬下心肠，不再对她心存幻想，只要她过得舒畅快活，她想怎样，便怎样。

好了，他都想明白了。只是就算是假的，这顶绿帽子戴得还是好憋屈，他的内心烧灼。

同事从没见过他这憔悴的模样，心中疑惑，又不便多问。尹启华当然知道，只一个晚上，他便苍老了几岁。不能让周彩儿看他的笑话，傍晚下班时，尹启华约了大学同学，一起去蒸桑拿做按摩。现代都市自有它神奇的地方，只要有钱，便可以把你拾掇得容光焕发，纵使内里败伤，表面上也遁于无形。

在大堂，尹启华碰到了张军。自从开始筹备新公司以来，连续多天奔波，张军累坏了，今天他是来舒活筋骨、补充能量的。张军对这个内敛的后辈印象很好，尹启华邀请他一起进了预订的包间。男人们总喜欢海阔天空地吹嘘一番，而这三个男人话都不多，专心地享受着热水、热气与按摩对身体的放松。

休闲会所包间的大屏幕上，正在播放某剧组的访谈。陈怡飞如她所愿，当上了新晋制片人，正在屏幕里与主持人侃侃而谈，意气风发。

大学同学赞叹陈怡飞如今果真脱胎换骨，俨然一副成功女人的模样了。

“挺好的，这证明她离开我是对的。我的世界太小，盛不下心思太大的女人。”尹启华淡淡地说，似乎屏幕中的人与他无关。实际上，他心里想的却是：周彩儿寻找更好的契机，也是对的。

此话引发了张军的无限共鸣。他想不到，这个只有一面之缘的内敛晚辈，有着与自己类似的经历。

“是啊，虽然有过信誓旦旦的开始，却只得到一句‘请你原谅’。也不能说当时的爱是假的，只是彼此的世界不对等吧。感情这事儿，只要有一个人不那么爽，就难以长久。对于心思大的女人，也没有什么好谴责的。欲望本身无罪，理当放手去追求。”

得知张军的前妻是那个名响国际时尚圈的资深策划时，尹启华甚是惊讶。

“是吧，看我这平凡的样子，哪配得上她?”张军自嘲道。

尹启华笑了，有点儿相见恨晚，便约好一会儿出去喝酒。大学同学要回家陪老婆，张军问尹启华不必陪娇妻吗?

尹启华轻描淡写地说：“她有她自己的世界。”

张军听出这句话中丰富的信息量，更不好答应他的邀约了——小两口怕是闹别扭了吧，便说，他一会儿还要去看望崔玲玲，明天她就要搬到简家去住了，不希望她看到他疲惫不堪的样子，所以才来这儿蒸桑拿做按摩的。

确实，他们一个一个都精神抖擞。

尹启华多少听说过崔玲玲的故事，甚是好奇："你很在乎她。"

张军笑笑，也不解释。

"走，我顺便送你过去吧，反正我有车。"

张军也不拒绝，坐上了尹启华的车。到了崔玲玲的小区，张军还不忘在楼下的小超市买些崔玲玲爱吃的水果。

"都是朋友，你也一块儿上去坐坐吧，看有什么需要帮忙的，不知行李要不要打包什么的。"张军对尹启华说。

尹启华却没有反应，定定地站在那儿。

小区门口，周彩儿正从另一个方向走来。这女人，一个人时也还是这样摇曳生姿，连过路的女人都忍不住偷看一眼她的好身材与走路的姿势。

"你也很在乎她。"张军拍了拍他的肩膀，自己先上去了。

周彩儿其实早就看到他们了，却装作没看到似的，怡然自得地哼着小调从他面前经过。她这高兴劲儿，再加上无视他的行为，让尹启华心里酸痛得紧，默默地跟了上去。

电梯还在下降的过程中，周彩儿看了一下身边站着的人，故作惊讶地说："呀，怎么是你啊，老公！你也来看玲玲吗?"

尹启华也故作平静地说："嗯，是和张军一起来的。"

"不错啊，老公，才一天不见，你似乎更帅更精神了呢!"周彩儿打量着他，酸溜溜地说。

"电梯到了。"尹启华先进了电梯。

"你进来呀!"尹启华按着开门键冲她说，"你不想上去，别人还要上去呢。”

周彩儿白了他一眼，才愤愤地扭进了电梯。电梯里的氛围有点儿诡异，所有人心里都充满了疑惑，这对夫妻怎么如此古怪？静默的人们眼光时而瞄向周彩儿，时而瞟向尹启华。

哼，往常一起坐电梯，进出时，他都会习惯性地拉着她的手或者扶扶她的肩膀。现在，他都不管她了。

崔玲玲也没有什么东西可搬，简家什么都有，她只需要带一些日常换洗的衣物就行。再说，这么近，需要什么再回来拿便是。

周彩儿和尹启华一起上来，尹启华与崔玲玲打过招呼后，双手插进裤子口袋里站着，周彩儿一屁股就坐在沙发上看电视。

崔玲玲与张军对视一眼，俩人默契地一起进了书房，留下他们在客厅进行心理的较量。

“你猜他们哪个先沉不住气？”张军好奇极了，他才听说了这对假夫妻的故事，心中和崔玲玲一样，对他们能有一个好结果也充满了期待。

崔玲玲笑而不语。这种事情，顺其自然就好。

客厅里只有电视的声音，周彩儿和尹启华一人一张沙发坐着，互不理睬。

周彩儿的手机响了，她暗中按掉，却放在耳朵边上，热情洋溢地说：“哎呀，福哥哟，是你呀！开心，有福哥陪着我当然开心。有空，有空！我才从海鲜城出来，在朋友这儿呢。嗯，行，你来接我。”

这福哥，不就是昨晚那个矿山老板吗？周彩儿斜眼瞟了尹启华一眼，接着风情万种地说：“你快点儿来哟，我等着你呢！”

一股热血涌上尹启华的脑门儿，好一会儿，他的视线才清晰过来。那种撕扯般的痛楚又出现在心脏最正中的位置。他一动不动地盯着电视屏幕，怕稍有动作便会出卖他此刻的不平静。

“福哥约我去西摩餐厅吃夜宵，要不要一起去？那儿东西可不错哟。”周彩儿看着尹启华说。

尹启华摇摇头，西摩是本市最著名的情人餐厅，凭消费券可直接开房，一条龙服务。

“你去吧，玩得开心点儿。注意做好防护措施，别留下什么病患。”尹启华还是没有看她，淡淡地说。

周彩儿恨不得扑过去杀了他，然而弓已拉开，箭必须射出去。

“谢谢老公。我想，你是世界上最好最大量的老公了。那你替我和玲玲说一声，我先走啦。车一会儿在楼下等我呢。”周彩儿拿出镜子补妆。

“已经画得很漂亮了，还照那么仔细干吗？”

终于听出尹启华有点儿吃醋味，周彩儿不忘刺激道：“女人都爱美，恋爱中的女人更是希望自己在对方眼中尽善尽美。”

“恋爱？你……”尹启华终究没有问下去。

“我再问你一次，你真的一点儿都无所谓吗？”周彩儿有点儿不甘心地问。

“嗯。不是说好给你最大的自由吗？也许，你找到理想的归宿时，也是我解脱的时候呢。”尹启华还是盯着电视说。

“这才是真正的原因吧？你觉得和我一起生活特没劲儿特委屈是吧？你特希望我早日找到别的靠山，特希望我先开口说解除婚姻关系，还你自由是吧？”周彩儿强忍着眼眶中的泪水问。

尹启华沉默着没有说话，好一会儿，才提醒道：“快下去吧，人家该等着了。”

周彩儿苦笑一下，含着眼泪站起来，看了他一眼，愤然离开了崔玲玲家。可是，她要去哪儿？这自导自演的戏，她得怎么演下去？站在人来车往的小区门口，她无所适从。

崔玲玲从书房走出来，坐到正使劲揉搓着双手的尹启华旁边，轻声问：“你真的相信她是那样的人吗？”

“有什么不相信的，她本就是那样的人。不是吗？”尹启华自嘲地笑笑，“我一直都知道，她本就是那样的人。我还天真地以为她已经变了。”

“对，她以前确实有点儿乱，有点儿贪。可她真的变了，你难道不知道吗？其实，她和你一样怀疑与迷茫，不敢相信已经发生的东西。”

“什么？”

“发生在你和她之间的微妙的一切。让她这样的女人去相信一个男人的真心，去相信真爱，是很艰难的一件事。所以她本能地排斥、躲闪、质疑、抗拒，可是她又那么渴望。以她的天资，当然不会细想这些，而你却可以分析得到并懂得。是吧？”

……

“她只是在考验你，想得到她想要的那个结论。”

“你是说……”

“都是假的。上次和昨晚，她都在我这儿过夜。刚才那通电话，我敢肯定也是假的。”

“她，她为什么要这样做？”

“没有安全感，然后一直受伤害，她得先去伤害别人来保护自己。可惜，你没有她期望的那样表现。”

“我……我在这方面不是专家，我不懂……她恨我入骨，我不敢多想……如果，你说的是真的，那我应该怎样表现？”

“这是个很难的问题。如果你当时就说不允许她去，她又会举出另一把利剑来刺你，讽刺你。如果你表现得大度，看，就是现在这个样子。我只能肯定，她内心里是期望你表现得男人一点儿，血性一点儿。你的所谓大度，其实于她就是伤害。”

“那我到底应该怎样做？”

“你问问你自己，对彩儿到底是什么感觉和感情？仅仅只是互相利用和愧疚吗？”

“现在……我不敢肯定了，我好像……好像有了其他想法……”

“敢大胆地说出来吗？”

“我……”

“那就继续互相折磨、制造痛楚吧。痛楚是一种很奇怪的东西，它能把模糊的感觉具象出来，能把迟钝的本身造出尖锐。就好像生病可以让人感知生命的存在感一样——爱情里的痛楚也是，我们时常都是通过被伤害来感知我们到底爱不爱眼前这个人。”

尹启华又点头，又摇头，至少他明白了，在这件事情上，周彩儿没有他想象的那样快乐。

“她说起你，眼角和嘴角都是带笑的，作为女人，那种笑是伪装不来的。希望我说的这些对你有所帮助。那个餐厅你认识吧，何不去看看呢？反正她刚走。”

“谢谢！”尹启华得了启示，站起来便走了。

张军在一旁听得叹为观止——这女人都可以当心理医生了。

其实没什么的，她只是经历的比别人多，对于人心，懂得也比别人多一点而已。爱情，许多时候都是和自己的心搏斗的过程，无关他人。

“那么，你觉得你现在或者以后，还会和自己的心搏斗吗？”张军随口问道。

崔玲玲笑笑，只说：“夜深了，休息时间到了。”

张军会意地笑着点点头：“我今晚来，还有一件事想告诉你。我的公司成立了，我需要一个帮手，进行一些资料的汇总编撰以及一些重要文案的策划撰写，资料我会提供，上班时间自由，有电脑、有网络就可以。”

“为我量身定做?”

“也不全是，我真的需要帮手。只不过如果是请其他人，会在公司上班。”

“就算我答应下来，俩老人也不会同意。”

“你考虑一下吧。我是怕你整天待在家里闷，而且我想你也不会再回到简氏去，好不容易才撇开这包袱。”

“也只有你才会用‘包袱’这俩字形容简氏给我的感觉了，他们都觉得简氏是金矿，替我可惜呢。”

“我已经替你订了最好的电脑防辐射外罩衣，过两天应该就到了。就算你不帮我，平时也用得上。”

“谢谢。”

崔玲玲没有说答应，也没有拒绝，听上去，这工作还真的挺吸引她的——在幕后默默的，除了张军，不用面对任何人，不必奔波，不必应酬，无须周旋。她确实是厌倦了做一个决策者，松下来的神经，不想再重新绷紧了。

尹启华听了崔玲玲的一席话，似乎豁然开朗，却又像愈加混沌了。开着车在大街上随意转悠，不知目的地是何处，他东张西望，像在寻找着什么。

西摩餐厅就在前方的转角处，那幢二十七层高的大楼，在十多年前，曾是这个城市的标杆性建筑。不知从什么时候起，顶层名噪一时的高级旋转西餐厅演变成如今同样有名的情人餐厅。普通人对它的评价褒贬不一，它既是情侣约会的好地方，也是情人偷情的好去处。

此刻的西摩餐厅应该是最忙碌的时刻吧，周彩儿就在上面与那个矮胖的男人眉来眼去地割着进口牛排吗？

在这儿，形单影只是要被质疑、被取笑的。周彩儿进来的时候，只剩下入口处这人人必经的一张桌子了。每张桌子都设计得小巧而精致，两张椅子、两套餐具，什么都是成双成对的，包括正在用餐的人也是。她已经在这儿坐了很久，侍者问她要不要点餐，她才觉得肚子饿了，点了一份牛排。侍者又问，只一份吗？周彩儿点点头，装作很遗憾地说，是的，我朋友来不了了。

牛排很快就端了上来，周彩儿感觉到自己被人小声地议论。是啊，一个人，来吃这奢侈的情人套餐。这儿有个规矩，哪怕你只是一个人，消费也按两个人算。酒倒是倒了两杯，周彩儿端着红酒，与对面的酒杯碰了碰，一小口一小口地呷着。她早就学会了在公众场合保持优雅，哪怕眼中有泪。

想他来，又怕他乱来。

不会的，他怎么会无聊到来此地“捉奸”呢？连看她的热闹都不屑。

可是，她感觉到了，有个人正在向她走来——尽管她背对着入口处。她要更加优雅，一副幸福的样子。

桌面上的餐具已经全部撤走，只剩下两个高脚杯，里面装着少量红酒。

“看上去挺享受呀！”尹启华坐下来，“你真在这儿。”

“嗯，还不错，”周彩儿抬眼看他，“你怎么也来了？”

“听说这儿的东西和服务都不错，女朋友想来，就来了。”

“女朋友？你什么时候也有情人啦？”

“这年头儿，人最不缺的不就是情人吗？随便就能找到。难的是找个可以相伴一生的爱人。”

“那，她呢？”

“随后到，我先来等她。你的福哥呢?”

“刚刚走开一会儿，他叫我喝了这杯酒，去房间等他。”

“连和你幽会都中途开溜，看来这人不地道。重新找一个吧。”

“人家是大老板，事情多。再说，他肯为我埋单、肯为我后半辈子负责、肯为我还债就行，我管他地道不地道。”

“他怎么还不回来?”

“你的她怎么也还不来?”

“一会儿就到。我们不急。”

“是这样啊。你没我够意思。我找男人，事先可是都告诉你了，而你找女人，我却不知情。你慢慢在这儿等，我先上房间去了。”

周彩儿慢慢地站起来，回头又说：“希望你们的房间别在我们隔壁，我们订的是8088，如果真挨着，麻烦你去调换一下。”

“没事没事，你放心，没挨着……”

尹启华看着周彩儿袅娜的身影消失在门外，看着面前这两杯喝过的红酒，胃里一阵抽痛，不禁握紧了拳头。他有一种想捏碎一切的冲动。

崔玲玲，你错了，大错特错！她根本不看重这段假婚姻，也不在意他。她就是这种人!

8088，8088，尹启华的双脚不由自主地踏进电梯。

客房部静谧一片，一转弯，便看到了8088。

真的要敲门吗? 尹启华，你这是干什么?

站在那紧闭的暗红色木门前，尹启华的手欲举非举。他不能，他不能允许自己这么做。敲开门后，他要说什么? 他凭什么?

他的身体顺着门边滑下去，靠着门坐在地毯上，耳朵贴着门，听到里面传来隐约的水龙头还是抽水马桶的声响，尹启华逃开似的离开了8088门口，逃进电梯里。

刚才他到底想干什么！尹启华使劲地抓紧自己的头发，希望自己冷静下来。

都是因为自己，她才变成今天这样的。他无力去改变什么。在周彩儿母亲灵位前所说的一切，不过是他一厢情愿罢了。她要的，他最终给不了。

没有哪一个时刻，能让尹启华像现在这样怀念那个十五岁的她和自己。仔细想来，那时多单纯、多美好啊！尽管不懂爱，也不说爱，可是那种青春的悸动，那些懵懂的索取与奉献，都像一首生命的赞歌，提醒着他日渐庸俗与虚伪的人生。他们曾经像纸一样洁白，像花一样娇嫩，像甘露一样清透。

也许只有这个地方，才可以让他濒临疯狂的心平静一些。

福利院的孩子们都睡了，周围很静。

那幢五层小楼历尽沧桑，还没有拆除，外墙刚刚翻新过。楼梯还是那个楼梯，楼顶还是那个楼顶，天上的星星还是那时的星星吗？

在那个最熟悉不过的墙角，尹启华坐下去，摸了摸粗糙的地面，满手粉尘。一阵香味伴随着夜的清凉钻进鼻孔，这香味是如此熟悉。

还和陈怡飞在一起的时候，银行系统组织中层干部去越南旅游，他买了好几瓶香水。越南曾经是法国的殖民地，法国香水的生产车间大多设在越南。越南独立后，香水制造技术也被流传下来。相比法国香水，越南香水可谓价廉物美。和陈怡飞分手后，那几瓶还没开封的香水并没被带走。记得结婚前夕，他正要扔掉。周彩儿打开盖子闻了闻，不让他扔。

“好东西呢，谁在乎它原来的主人是谁？我又不是你的真老婆，有必要吃干醋吗？和好东西过不去，是愚蠢的行为。”她这么说着，便将香水收为己有。

那些层次感强烈的香水确实非常适合她，和她特殊的体香混合在一起，时常让他沉醉。他喜欢他的空间若有若无地飘浮着这种香味，他已习惯了这种香味。

他将鼻子凑向地面和角落，狠狠地再吸了吸，是的，就是这种香味，虽然极为缥缈虚无，可他能闻出来。她来过！她什么时候来过这儿呢？她不是发誓永不再踏足福利院的吗？

静默了那么一分钟，尹启华再也坐不住了，一路摸黑跑下楼，启动汽车，急匆匆地往西摩餐厅驶去。

8088，8088！就是这房间。

“彩儿，周彩儿！开门，你给我开门！”尹启华使劲地拍着门，无视门外挂着“请勿打扰”的牌子。

路过的一对情侣小声议论说：“又来一个捉奸的。”

“开门，你开不开？不开我可撞了啊！彩儿，周彩儿！开门！开门！”尹启华的大呼小叫惊动了服务员，来了两个保安，劝阻他别妨碍客人休息。

“我告诉你，我老婆在里面！我老婆真在里面。她和一个男人在里面！你们别拦我！”尹启华指着保安说，“你们要是敢赶我出去，我马上向电视台报料，来个现场直播。反正我也不要脸了，我只要我老婆！”

保安和服务员只得远远地旁观着，邻近房间的房门被悄悄地拉开了一道缝儿，里面的房客藏在门后看热闹。

周彩儿在里面听得又哭又笑，他在外面！王八蛋，这么久才来，真要做什么事，早做完了！你哪还有什么老婆可寻？

“彩儿，你开门。我知道你在里面！你不开门，我真打电话向电视台报料了啊！《真情追踪》那栏目，收视率可厉害了，你的名声一会儿就能更加响当当！你不要脸，我也不要脸了！”

这家伙，耍起赖来，比她还邪乎！

“你说谁不要脸啊？啊?”门终于打开了，穿着浴袍的周彩儿没事人似的站在他面前，一点儿也看不出哭过的样子，似乎比他还要盛气凌人、居高临下！

这气氛！保安怕生事端，不禁往前几步——要是打起来就不好了。

尹启华满头大汗，看到她这出浴的模样，愈加急火攻心，一时说不出话来。

“看什么看，没见过女人偷情啊！去去去，没你们的事！这是我家私事！”周彩儿将保安和服务员都赶走了。

保安职责所在，停在拐角处待命，静观事态。

“进来！”

尹启华还是呆呆地看着她，那种复杂难言，穷他一辈子也找不到合适的句子来形容。此时，他只感到痛楚从胃一直转移到心脏。

她的头发湿漉漉的，她的脸润泽有光，她只披着浴袍，趿着拖鞋。他熟悉女人的这种打扮，完了，他来晚了！

“进来啊！你难道要站在外面，让整个楼的房客都来看热闹，然后用手机拍摄下来，传到网络上啊？你想当网红我还不想呢！”周彩儿伸出手去扯他进屋，然后“砰”的一声关上门。

那两个保安与服务员忙悄悄地走过来，将耳朵贴在门上，又将走道上的监控摄像头调好角度，正对着8088。这年头儿，凡有伤亡，都闹纠纷闹个没完，谁都怕担责任。

一个保安的对讲机响了，他小声地问：“怎么样，从监控录像看到什么没有?”

“报告，8088一直就只有一个女的进去。餐厅那边回话说，吃饭时她也是一个人。”

保安关掉对讲机，这就奇怪了！服务员说：“可能是小两口闹别扭吧，我和家里那位吵架时，没地方去，也住过旅馆。不过花这么多钱跑到这儿，也不怕浪费啊！”

保安挥手让她离开，疑惑地看看房门，也离开了。这个都市，有太多怪诞的故事时刻上演，谁能看得透呢？

“他呢？完事儿就走人了吗？”尹启华四处寻找。

“嗯哪，完事儿不走人还留在这儿干吗？两个多小时，要做的事情早做完了！”周彩儿挑衅地说，“怎么，你真来捉奸？不会吧？你不是也带了女朋友来吗？”

“我的事你别管！我问你，那王八蛋呢？真走啦？”尹启华盯着那宽大的双人床恶狠狠地问。

周彩儿要的就是这样，可嘴里吐出的话又是另一个模样：“走了，刚走不久。你没看我才洗完澡吗？”

“我眼睛没瞎！果然名不虚传，臭豆腐，不错，不错，臭豆腐……”尹启华有点儿口不择言。

“我本来就是这样的，不用你评价。来呀，尹哥哥，你眼睛不必冒金星，我身材有多好，我多有诱惑力，我知道。来，想要吗？”周彩儿叉着腰撩了撩浴袍领子，“臭豆腐哟臭豆腐，我是臭豆腐……”

尹启华慢慢地逼向她，将她直逼到床边，眼里有火在燃烧。

周彩儿比他更强硬，不甘示弱地直视着他：“因为你，我慢慢地成为一块臭豆腐——闻着臭，可人人都想吃上一口。刚刚就有人来吃过，都说味道很不错。怎么，尹哥哥，如今你也想吃了吗，像当年那样，吃了抹抹嘴就走吗？还是你根本不想吃，闻着就恶心？”

“你们，就在这床上？”尹启华没理她，转而盯着大床又恶狠狠地问。

“噢，也不仅仅局限于床。地毯啊，沙发啊，浴室啊……”周彩儿得胜似的看着他说。

“你！你……”尹启华抓住她的手，用力地捏着，迎着她的目光，恶狠狠地说，“我真想掐死你！”

“是不是想说我就是个荡妇？没关系，你骂出来呀。可你要想掐死我，这就没理由了。要知道，我来这儿，可是你默认批准的。”

尹启华软了下来，无言以对。

“别在我这儿浪费时间了，过一会儿他就回来陪我过夜。你也回你的房间去吧。咱们各不相欠，互不……干涉。”周彩儿说这话时有点儿艰难，但她还是顺利地说完了。

“我没有别的女人，从来没有。我不是那样的人，你难道不清楚吗？”尹启华哀伤地看着她。

这哀伤，让周彩儿有着莫名的快感，疼痛的快感。

“是吗？我不清楚。我只清楚，女人的身体于你，不过是玩物。因为你留给十五岁的我就是这种印象，现在和未来也不会改变。”

“我没有，我真没有！我只是担心你，就跟着过来了。我承认，我该死的自尊让我说了不应该说的话，做了不应该做的事，可重要的是，我真来了。彩儿，我没有女朋友，现在我的生活里只有一个女人，那就是你。”

“可是我有。我有别的男人。我一直都有。看，就在这床上，刚才还有我们纠缠的体温。不信，你去摸摸。”周彩儿违心地说，“你觉得你来了很重要，我却觉得这只不过是你不成熟的表现。你纯粹是找难堪来了。”

“好吧。就算你真的有男人。那，福利院的楼顶，又是怎么回事？你刚才回去过，是不是，是不是？”

“没有。”

“你有！”

“我没有。我恨那个地方。”

“你有，我闻到你的香水味，就在那个墙角。”

……

“崔玲玲说，你已经变了，不是过去的周彩儿了。告诉我，彩儿，你今晚和我一样，并没有别人，是吗？告诉我，玲玲说的是真的？我看到的也是真的。吃饭和现在，你身边都唯有我，这一年来，你生活中的男人，也只有我。”

周彩儿转过身，泪水再也控制不住地往下流。

“你为什么不反驳？彩儿？你为什么不说话？”尹启华看着她的背影说，“不管怎样，今天你得告诉我，真实的你是怎样的？不然的话，我们都会疯掉。”

周彩儿肩膀耸动，不，是抖动着，她在强压着要冲出喉咙的哭泣声，她怎么能在他面前示弱呢？怎么能让他知道她其实一直在等他！

她不是恨他入骨吗？

“你怎么不说话……我明白了……再见……玩得开心点儿……”尹启华等不来回应，蠕动着喉结，艰难地说出这句话，颓然地往外退。

听到门把手的响声，周彩儿就要瘫下去了，她连喊一声“不要走”的力气也没有，张着嘴巴，就是说不出话来……

尹启华轻轻地带上门，站在门外，眨眨眼睛，原来眼睛已是那样湿润。他摘下眼镜，掏出眼镜布像孩子似的边哭边擦。门里面传来轻轻的闷响，有人在从里面敲打着门，可声音怎么是从下面传来的呢？

尹启华戴好眼镜，再推开门。周彩儿正趴在地上，仰起头，满脸泪水，胸前的浴袍湿了一大片。

“我……知道，你还在外……外面……”周彩儿流着泪想对他笑。

“你？你背对我，不说话，就是因为你一直在哭？”尹启华蹲下身子扶着她问。

“……我……我没……力气，说……话，”周彩儿抽噎着，无助地看着他，气若游丝，“也……说……不出……口，可……可是……不要走……不要走……”

尹启华再也控制不住，跪在地上将她紧紧地拥进怀里。周彩儿伸手圈住他的脖子，将头埋在他的颈窝处，放声大哭。这种哭，和她以往的所有哭都不一样。尹启华也是泪流满面。

这个拥抱，来得太迟了，迟了整整十四年！

监控室里，有喜悦的交流声：“小两口和好了，没事了。各单位注意了，发现异常立刻报告安全总部。”

房门被轻轻地关上。十四年前的火种再次燃烧，那爆发力啊……这才是彼此最渴求的身体，这才是彼此间最渴望的交付……

终于明白，为什么亘古不变地有那么多吟咏爱情的诗篇；终于理解，崔玲玲她们时常对她说的“总有一天你会明白的”。

这是爱吧？她在爱吧？他们在相爱吧？

原谅我就快三十岁了，还是这么愚钝；原谅我有过那么多男人后，才觉得自己是在初恋。周彩儿用手指轻轻地划着尹启华裸露在被子外面的后背，在心里默默地说。

“是不是一直在盼我，一直在等着我失控？嗯？”尹启华转过身来，闭着眼睛又拥紧她，求证道。答案虽然早就不言而喻，但他还是希望听她亲口说出来。在爱情中，男人和女人其实是一样的，都想求得更多的保证。

“嗯。”

“我要你说出来，是不是？”

“是，我一直盼。可是……”

“可是什么？”

“盼你来，又怕你乱来……我……”周彩儿羞涩地将脸埋进他的怀里。

“盼你来，又怕你乱来！这才是我的心理写照吧。你可知道，每次你故意招惹我，我就是这么个心态。你是个多可怕的女人呀！”尹启华满意地笑起来。

“可怕吗？你怕我吗？”

“怕，怎么不怕？怕我承受不住你的骚扰，然后遭受你更狠的奚落与讽刺。怕你真的跑去找别的男人。怕你不快乐。怕你心里没有我。”

胸前又湿润了一片。

“怎么又哭了？”尹启华替她拭泪。

“其实，我也怕。我一直很怕你，更怕我自己——我怕我有一天离不开你。像我这种女人，是不应该谈爱情的。所以我强化着对你的恨，时刻提醒着自己，我只能折磨你，看着你落魄。我自以为这样很有成就感，其实爽完之后心里很痛。”

“痛，是的。崔玲玲今天告诉我，痛楚是提醒自己陷入爱情的利器。如果没有痛，我们不会看清自己，也不会看懂对方。谁说你不应该谈爱情，现在你就和我谈。”

“是的。十五岁的我，就希望和你谈。可是你留给我的却是抹不去的痛楚。我是真恨你的。”

“知道。我知道。彩儿，对不起……你千万不要原谅我，你要时刻提醒我，我欠你一个完好的人生。让我来替你重新修补。”

“嗯，这辈子，你都是我的。”

“你呢？”

“我是我自己的。”

周彩儿故意扬起脸。这张洗尽铅华的脸，没有彩妆修饰的立体与艳丽，却是如此触动他的心。他低头又吻了下去……

“彩儿，彩儿，为什么你这么坏？”

“据我观察，女人越乖，就越难被宠爱。因为你样样都听话，别人就不会注意你。什么事情你都答应，都好说话，都自己解决，别人为什么还要理你？他们都不会多看你一眼。反而是会折腾的人最受宠，她们一闹腾，全世界都围着她转，越不乖就给她们越多。所以，坏女孩被所有人宠，乖女孩只有自己宠自己……我想要你疼，要多多的人疼！”

周彩儿避开他的唇，学着崔玲玲的口吻发表着感受，而最后一句还是暴露了她其实仅仅只是周彩儿。

尹启华笑了，这是什么歪理论？不过她成功了，他确实很疼，确实很想宠她、爱她。

“为什么还要多多的人疼？有我还不够吗？”尹启华酸溜溜地说。

“我就要！”

“你敢？”

“我敢！”

“看你敢不敢！”尹启华扑了过去。本就合法，如今又合情，这样的夜晚，不乱来，不是有负良辰美景吗？

19

经营感情如烹小鲜，有收也有放

得知他们做了真正的夫妻，崔玲玲与简嘉仪十分开心。同时，简嘉仪心中又不免为陈怡飞惋惜。

陈怡飞监制的第一部电影很快就进入了院线首映。首映礼地点她选择了这个城市，像要证明什么似的大张旗鼓。

沉浸在二人世界中的周彩儿与尹启华并不知情。不管上班还是下班，俩人都出双入对。俩人的同事疑惑这对夫妻怎么才像新婚宴尔的样子呢？早先干吗去了？

加班到深夜，尹启华不避嫌地在同事面前打电话与周彩儿情话缠绵，让她等他十分钟，一会儿就可以去接她一起回家了。

同事想必是憋不住了，八卦地问："尹股，你是不是受不住陈怡飞这些天在本地的曝光率，才和夫人这样高调地出双入对呀？"

"陈怡飞？她怎么了？"尹启华不解，"我们，碍她什么事？她又关我们什么事？"

"她的电影要在飞龙影院办首映礼。这些天，电视、电台、报纸上都有关于她的新闻，宣传攻势这么厉害，票房肯定不赖。"

"哦，不清楚呢。"尹启华边看手表边关了电脑，"我去接夫人了，你也不要留在这儿了，走，我顺道送你。"

确实，他本就不是高调的人，可爱情这蜜罐一旦打开，那是想掩饰都掩饰不了，汩汩外淌。

原来，男女之间最好的感情，不是你追我赶，而是你施我受，是双方受某种神秘力量而吸附在一起，互相作用才能产生极大的能量。

就算日后在柴米油盐的浸染中，感情渐趋平淡，那也是生活的常态。当下，这能量让他们幸福满溢，哪里还顾得了其他？

周彩儿越来越自觉地收敛着自己，她开始懂得为尹启华着想。应酬上的事情，能避则避。幸亏海鲜城的改革逐渐走向成熟，周彩儿做着慢慢回归幕后的打算——她要做崔玲玲，她要像简嘉仪，她要只管指挥，不亲临日常。不然，养那么多员工用来干吗呢？

这些天来，她一见厨师长有空，就向他请教家常菜的做法。一道简单的西红柿炒鸡蛋，也重复做了许多次才可入口。除了会做这道菜外，她还学会了煲贵妃汤。所谓贵妃汤，实际上是将一只老母鸡去皮，塞进洗干净的猪肚里，再往里面塞银杏、莲子、薏米等中药食材。这道汤最适合脾胃虚的人秋冬进补了。尹启华偶尔胃痛，她可是专门请教了厨师长还有老中医，才选了这个汤的。厨师长说："老板娘，你们想吃什么就说一声，我们给你们做不就得了？"周彩儿说："难道我们在家过日子时也把你们请过去做饭呀？"厨师长便欣慰地笑。

这个女人慢慢地懂事起来，并且收获了幸福，那是多么艰辛的过程呀！与厨房打了半辈子交道，他怎么会不明白，当一个油烟不沾、五谷不分的女人心甘情愿地在厨房里忙得带笑是怎么回事。他曾经和其他人一样，认定这辈子也不会有男人真正爱护这女人，想不到，世事如此峰回路转。那个男人确实好，干干净净、斯斯文文，比起那些财大气粗的大爷好多了。这女人选丈夫，和菜品选料一样，得讲究搭配，天人合一。再差的食材，也有其风味醇厚的地方，加点儿调料，定可登大雅之堂。但这需要技巧，周彩儿正在学习。

尹启华来到海鲜城的时候，饭市早已结束，服务员们转战KTV包间去了。他正要给她打电话问在哪儿，周彩儿已经从大堂款款走来，手上还提着一个保温壶。

“你走路的时候能不能别总这样像杨柳似的，一步三摇啊？太媚惑人了！亲爱的！”尹启华有点儿酸。

“嘁，你又不是第一天认识我，我这样扭了十多年，想不摇就不摇啊？招牌——这是我周彩儿的招牌。”周彩儿得意扬扬。

“是，招牌！你就这么扭到老，好不好？其实……刚开始看你这样，我有点儿恶心。看着看着，就喜欢上了。你要是不扭了，我才觉得见鬼了呢。”尹启华趁没人，偷偷捏了捏她的屁股，“可我就是不喜欢你扭给别的男人看。”

“讨厌，保安在呢！你这才开始吃醋，晚啦！”周彩儿娇嗔一声，将保温壶递给他，“来，拿着。”

“什么呀？还有点儿沉。”尹启华接过去问。

“给你做的消夜，走，咱们回家去吃。”

“你——做的？在工作时间？”

“怎么？不可以？不可能？”

“不，不，我不是那个意思——不过，确实有点儿这个意思。”

“那算了，拿回来！给我！”周彩儿伸手去抢。

“哎，拿出去的心，怎么能随便拿回去？我看看，哇，好香！”

“讨厌，明明拿的是汤，怎么说成心了？”

“老婆，这汤不容易做吧？怎么想起学这个啦？爱心汤呀爱心汤，啦啦啦……”尹启华盖上盖子，心里很暖。除了妈妈，这世上哪个女人会为他这样费上大半天去熬一锅浓汤？

“前些日子，你不是说胃不舒服吗？这叫贵妃汤，做法不简单呢，我笨，弄了差不多一整天。”周彩儿如实说道，又研究性地盯着他说，“奇怪，那陈怡飞说你刻板、没情趣，我怎么觉得你特有情趣、特浪漫、特会哄女人呀！”

“这没办法，只能说她没福气。我这情趣的、浪漫的、甜言蜜语的开关不在你身上吗？”

“你要是敢关上，小心我抛弃你！”周彩儿威胁道。

“小的不敢，小的不敢！求求你，千万别抛弃我呀！”尹启华装作很恐惧地将头扎进她的怀里，卖乖地说，“走吧，我的甜蜜开关，回家喝贵妃汤去，一定很好喝！”

俩人相拥着走下台阶，才走几步，周彩儿就定住了，用手肘碰了碰他。顺着她的目光向前望，有个衣着时尚的女人站在前面的花坛边上向他微笑，优雅干练得一塌糊涂。

陈怡飞？她来干什么！

尹启华下意识地放开了周彩儿。周彩儿看看他松开的手，眼神略微暗淡，却不失风度。将那个最自信的自己放出来后，她挂上迷人的笑容，拉着尹启华主动向陈怡飞走去。

“怡飞，是你呀！怎么，是路过，还是来消费，抑或是专程来找我们？”周彩儿微笑着问。

“我找启华。”陈怡飞的目光落在他们相牵的手上，平静地说。

“你回来了？”尹启华说。

“难道你不知道？整个城市的人几乎都知道了。”

“哦——是，我刚才听同事说了，你的电影在本市首映。祝贺你！”

“我们比较忙，顾不上看传媒资讯，不好意思。现在知道了，我也祝贺你啊。”周彩儿这话说得倒是真心实意，而陈怡飞并不领情，没有握住她伸出的手。

“我找启华哥有点儿事，可以借他一步说话吗？尹夫人？”陈怡飞直接问道，那声“尹夫人”怎么听都带着敌意。

周彩儿多么希望尹启华能当面拒绝，可是他却问：“你有什么事？非说不可吗？彩儿不能听吗？”

“不能！我只想和你谈，只和你！”

听陈怡飞这么说，周彩儿又看看尹启华——他并没有拒绝的意思。于是周彩儿便大方地说：“行，你们谈，我自己先打车回去。”

“彩儿……”尹启华叫道。

“没事，我打个车很方便的。你们毕竟这么久没见了，肯定有好多话要说。我先走了啊！”周彩儿对他们两个挥挥手，便钻进了停在海鲜城门口的一辆出租车里。

厨师长说的，经营感情得和烹调似的，要懂得分寸与火候。烹小鲜的技巧并不容易学，可总得要学呀。看似“放”，实际上她在“收”。以尹启华的个性，心里肯定觉得有点儿负了陈怡飞——他本不是冷血之人。她就那样坚信，自己的男人是有原则的。剩下的，就看天意了。崔玲玲现在最喜欢说的一句话是——顺其自然。以前她一点儿也不认同，可如今，她慢慢地开始领略到，顺其自然，不代表消极，也不代表什么都不努力。

看着周彩儿乘坐的出租车消失在流光溢彩的夜色中，尹启华打开了车门，陈怡飞跟着坐了进去。

“看不出来，她还挺通情达理的。这样就好办多了。”陈怡飞关上车门，看着前面的夜色说。

“什么好办多了？”尹启华边启动汽车边问。

“先找个地方，坐下来谈吧，就去以前我们经常去的咖啡厅。”陈怡飞酸酸地又不忿地说，“我想不到的是，你们的感情看上去还不错呢。”

尹启华没有接话，旁边坐着的这个女人，已变得完全陌生了。本不必寒暄理会，但他心中有愧疚，毕竟他也以在她看来不可理喻的方式伤害过她。做不成夫妻，做朋友也还是可以的，他一厢情愿地想。

那间咖啡厅还是老样子，还是那个钢琴手在弹奏着丝绸般轻柔的曲子。坐在这里，陈怡飞搅拌着咖啡，往事一幕幕地涌上心头，眼眶不知什么时候湿了。

尹启华在等她开口。

陈怡飞突然握住他的手，声音哽咽："我错了，启华哥，我错了！我们重新在一起吧！"

尹启华有点儿不知所措，忙将手抽了出来。

陈怡飞泪眼婆娑地看着他："我说，我错了，启华哥，我们重新在一起吧？算我求你了！"

尹启华轻叹一声："不可能了，怡飞。我们早就过去了。"

"不，没过去，一直没过去！"陈怡飞低头饮泣，"是，当初是我不对。我以为离开你，会有许多男人比你更爱我、宠我。我以为跟着他，我会海阔天空。是的，他确实给了我一个很大的舞台，成就了我的梦想，可是……启华哥，他同样也给别的女人舞台，他的世界不仅仅只有我，我并非他的唯一……可是，我又不能离开他，那样的话，我就真的全输了！除非，你再像从前那样爱我！"

"你应该早就清楚他是什么样的男人，也知道那个圈子是什么样的世界吧。这不是现在才发现的吧？"尹启华递给她一张纸巾。

陈怡飞接过纸巾揩揩眼泪，点头承认："是，我知道。都怪我天真，相信他只爱我一个的话，相信他会娶我的话。他不会结婚的，不管跟谁都不会。他的女朋友到底有多少个，我都不清楚。我是不能过问的。当我回过头去看，才发现，原来这个世界上，我唯一爱过的男人只是你，只有你！可是，我却将你拱手让给了别的女人！一个样样不如我的女人。"

“你错了。我不是你让给彩儿的，是我自己要选择她。她并非样样不如你，她有她的好和可爱。”

“她不就是比我会诱惑男人吗？不就是床上功夫比我好吗？不就是胸比我大、屁股比我翘吗……”

尹启华控制着怒火，他不容许任何人当着他的面中伤周彩儿。尹启华克制地说：“怡飞！在我心中，你一直是个有修养的女人！”

“启华哥，只要你肯和我在一起，你打我都不要紧！我实在厌倦了谎言与寂寞，虽然我现在看上去成功了，可是我不快乐，启华哥……”

“我再说一次，不可能了。怡飞，我们之间早就结束了。”

“我不要求你离婚，这样也不行吗?”

“你觉得我是这种人吗?”尹启华看着她说，“其实，你问问你自己，走到现在，你真的能放弃现有的一切，回归平淡吗？你能彻底离开他吗?不，你已经不能了。你现在是娱乐圈炙手可热的新晋女制片。”尹启华讲中了陈怡飞的要害，“我已经不爱你了。也许本来就不是太爱。我已经有爱人了，我有家了！很好的一个家。”

“可是，我还爱着你，还爱着……在新鲜的刺激下，我以为我不爱了，可是不是的，启华哥……我都这样求你了，分我一点儿爱都不行吗？你知道，我是不能没有爱的女人。我真受不了他躺在我的床上，却和别的女人在微信上暧昧，说着露骨的情话。”陈怡飞哀求着说。

“要我怎么表述，你才能听懂我的意思？怡飞，人这一辈子很长，你还会遇到比我、比他更好的男人。受不了就离开他，离不开他你就调整你自己。看看你现在这个样子，还像你吗？啊?”

“是的，我早就不像我自己了。我时常弄不清楚我到底是谁。我不知道人为什么要有那么多欲望，看上去漂亮美丽的欲望。我就是这样，被卷进去之后，才发现那其实不是我真正想要的。是的，我的周围一直不缺少优秀的男人，可是我不爱他们，我也不相信他们……我只相信你，启华哥……你懂吗？是的，我很贪心，想要这样，又想要那样……我迷茫了，启华哥，你能帮帮我吗?”陈怡飞哽咽着说。

“你只是压力太大了，怡飞。这个世界很公平的，不可能什么便宜都让你占尽了。我的感情很神圣，爱谁就和谁在一起，我没有办法将它分开。”尹启华看了看四周，压低声音说，“快别哭了，你现在可是名人了，被别人认出来可不好。”

陈怡飞忙擦了眼泪，戴上墨镜。怀着满腔的想象而来，半是演戏、半是真地将心底的卑微与脆弱全部掏出来，却没有丝毫回报。她找了那么多人打探他们的婚姻，不是说他们不过是假结婚吗，怎么会是这个样子?

“我听说，你当初结婚不过是为了气我、报复我。”陈怡飞忍不住问。

“没有的事。我们都是经过深思熟虑的。你刚才不是看见了吗，还能有假?”尹启华看了看手表，安慰她说，“放下吧。怡飞，有些事情是没有回头路的。你是个优秀的女人，会有一番成就。今天我什么也没听见，以后不许犯傻了。彩儿给我做了消夜，我得在她睡觉前赶回去吃，不然就枉费她准备了一天的心思了。”

听他这么说，陈怡飞极为受挫，又开始饮泣。她确实迷茫了，那个圈子光怪陆离，那样魅惑地吸引着她，也伤害着她。她以为只要有一份真爱做后盾，便可以平衡她的世界。她又不是要他整个人或者人生，为什么他都不肯？要是换了别的男人，不早带她去酒店开房了！她是个骄傲的女人，不能就这样谢幕。

送她回去的路上，尹启华怎么也想不到，她会用在咖啡厅拿的小叉子，戳穿了手腕上的血管。等红灯的时候，广告牌上的灯光照射下来，他才发现鲜血浸染了她的真丝白裙子。

“你怎么了？你怎么了？怡飞，怡飞……”

他摇晃着她。墨镜从脸上掉下来，露出她哭肿了的眼睛。她微微地睁开眼睛："我本不想来的，我一直克制着自己不要来。可是……今晚是我的首映礼，他却……他却和那个女演员同时缺席——在酒店，我们的房间，助手发现他们两个一丝不挂……他叫我想开点儿……我想不开……启华哥，我想不开……我觉得我活在虚假中，好假好假……我好怀念，以前我们在一起的日子，简单而……快乐……"

陈怡飞越说越虚弱，最后晕了过去。不等绿灯亮起，尹启华开着车就往医院飞驰而去。

保温壶里的汤水早已变凉。周彩儿倒出来，放在砂锅里热着，等尹启华回来。

十点，十一点，十二点，一点……

时间的无涯，心像昙花树下坠落的花瓣。在窗帘的缝隙处往下看，在阳台朝着小区大门的方向看，在客厅盯着门看，在房间里侧耳听着……他还没回来。

有那么多旧可以叙吗？有那样多的话说不完吗？也是，在世人眼中，人家是阳春白雪，她是浊世残荷。假如她是一个正常的男人，理想的妻子也应该是那样的吧：有良好的家世，受过良好的教育，有姣好的容貌，有清白的历史。

不对啊，陈怡飞哪能说是清白的呢？她不也是始乱终弃、贪慕虚荣吗？可是这又怎样？不管她承认不承认，她们站在那里一比，便立分高下。

心情像极了十五岁那年，他在福利院突然消失、去寄宿求学避开她的那个时刻。又是只有她一个人了……那时，她只有茫然与无助、惶恐与怨恨，却没有痛，没有如今这从心底深处钻出来的痛——他的电话关机了。

她本来真的大度，毕竟是相爱过的两个人，聊聊天没什么大不了。夜深后，她真的是想装大度，忍着不打他的手机。凌晨两点，她终于装不下去了，而他的手机却已关机……

周彩儿点了支烟，坐在加宽了的窗台上，看这城市里不眠的灯火。为了生刘涛的孩子得到遗产，她本已戒烟，这剩下的几支，是在皮箱中翻到的。她半夜已经将所有衣物整理一遍，弄乱，又收拾一遍。他还是没有回来。她坐在窗台上，就想手中拿着烟，吸也好，不吸也好，让它在没有开灯的房间里忽明忽暗地燃着。这烟应该已过保质期了，由此她浮想联翩。

爱，有时就像二手烟，才刚熄灭却又蔓延。当爱成为过眼云烟，只会熏红了双眼，太容易散开的烟，让人没有勇气再去点燃。爱，有时像过眼云雨，才刚瓢泼却又静止，就如同一场幻觉，只是打湿了思念，太脆弱凉薄的恨，使人不忍道一声别离。

她不能就此别离。她是周彩儿，她非要赖在这儿，她不让位，她没那么伟大，这是她和尹启华的家。

他总会回来的。她不是见怪不怪吗？男人，在外面拈花惹草，是多么正常的事情啊！就当他去嫖妓好了。可是，为什么她的心还是这么痛？

天不知是怎么亮的。周彩儿睁开眼睛，床上空空的。她快步跑到他的房间，也是空空的。

昨晚睡不着，还是崔玲玲的劝慰比较有用。周彩儿就是愿意相信她。她说他总会回家的，不会出什么事。尹启华是个一板一眼、讲原则的男人，不是吗？

是的，她愿意相信，也确实信了。后来她就睡着了。

可是这都早上九点多了，难道他不用上班吗？那么重视工作和形象的他，为了旧情人，什么都不顾了吗？

手机依旧是关机状态。办公室的电话也无人接听。

想起昨晚他说的那些动听的话，那些她总在心里温习加固记忆的话，此刻还有余温。她不相信他说的那些都是假的。可是，他为什么不回家？

女人的心思，最终摧毁了她对崔玲玲的迷信，也摧毁了她对自己和尹启华的信任。早知爱情这样患得患失、痛不欲生，还不如不爱呢！可要是她没有了尹启华的爱，生有何恋？

周彩儿为自己的这种想法而震惊——太不可思议了！她怎么变成这样的女人了？

拉开窗帘，初冬的阳光暖洋洋地洒进来。这个城市高楼栉比、酒店林立，尹启华啊尹启华，你昨晚到底是在哪一个酒店、哪一个房间过的夜？

周彩儿不敢想下去。多年以前，她在时装店里打工，顾客都是些被老公晾在一边的富太闲婆，她们总是一边挑选衣服，一边数落着老公与情人的种种，咬牙切齿，幽怨愤恨。那时她就想，这辈子，别指望她当怨妇。那些可怜愚蠢的女人，比起变心的男人更让她厌恶。

直到崔玲玲的出现，让她见识了一个内心强大的女人该有的姿态。是的，她要做这样的女人。就算真要栽跟头、被背叛，气场也得护着、保着——这样的女人，才会让男人耿耿于怀。就算拿不起来，那也得叫他放不下。看江俊杰后来对崔玲玲的那副贱相，便知道这是正确的。

周彩儿不知道，她的爱人，此刻正是这样做的。那个背叛他的女人对他拿不起来，也放不下，正以自虐的方式逼他就范。

周彩儿又和崔玲玲说了些不放过尹启华之类的狠话，发泄一通坏情绪。崔玲玲笑她，说好听点儿像个战士，说不好听点儿就是母夜叉了。不过，男人一整晚不回家，还和旧爱在一块儿，确实不那么正常。只是，女人保卫婚姻的战术，还得讲究些吧？

去他娘的战术讲究！周彩儿继续放狠话，要是他真敢背叛她，她就扒他的皮，吃他的肉！

崔玲玲笑了，也是，这才像周彩儿，想让她装大度、扮智慧，确实有点儿困难。这世界就像卤水点豆腐，她疯打疯闹有人奉陪，也不碍谁的事。

“那你就准备战斗吧。”挂电话前，崔玲玲嘱咐她说，“别伤着自己就好。”

周彩儿满脑子都在将自己想象为一个战士。不管别人怎么评说她，说她臭也罢、骚也罢、贪也罢，她放在心底的尊严都是高贵的。反正，她不能输。

尹启华，你可别回来，回来了我有你好看的！

大门处终于传来钥匙转动的声音，周彩儿冲过去将门拉开。尹启华一脸疲倦地对她笑：“老婆，我回来了。”

周彩儿躲开他凑过来的唇：“舍得回来啦？走开，别碰我！”

“生气啦？”尹启华边换鞋子边说，“哎呀，好累呀！”

“忙了一晚上，哪能不累呢？”周彩儿讽刺道，“昨晚，一直跟陈怡飞那小妖精在一起？”

“不是她还有谁？你别小妖精小妖精地叫。我说你们女人怎么回事，就喜欢互相中伤。咱们有点儿修养好不好？”

“我周彩儿有多少修养，你还不知道啊？本来我也想装成很有修养地成全你们的，可仔细想来，凭什么啊？”周彩儿看着他问，“这么说来，那小妖精也在你面前说我的坏话啦？那她也不见得多有修养啊。是不是她现在后悔了，想叫我让位呀？”

“老婆，我真的累坏了，一点儿力气和精神也没有了。我先去睡一会儿，我请了半天假，下午还要开会呢。乖乖的啊，我晚上回来，再好好和你说。”

“到底怎么个颠龙倒凤，至于累成这样？还为这女人请假？王八蛋！

你对得起我！”周彩儿尖叫着向他撞去。

“彩儿！哎呀，彩儿！”尹启华被她死死地顶在鞋柜的边角上，“你干吗？我现在没力气和你吵。我也不想和你吵。你都想哪儿去了？什么颠龙倒凤的，乱说什么啊！”

“好哇，天下男人一般黑！我不是那么好欺负的！我从来都不会管男人怎么乱搞，可就你，我管定了！我就不许你乱搞，除了我，你这辈子别想碰别的女人！我本以为吧，你和那些男人有本质的区别，你有原则！你，你，你个尹启华，果然是流氓本性不改啊！流氓，臭流氓！”

周彩儿这副恶狠狠的样子，让尹启华哭笑不得。这女人力气真了得，双手按住他的手臂，右腿膝盖顶着他的胸膛，他快透不上气了。

“放，放开我！哎呀，我要断气了……断气了……娘子饶命……”

“哼，断气了才好呢！老实交代，昨晚和那小妖精，上哪儿开房去了？都干了些什么？”

“你……松手，你先……松开……”

周彩儿看了他一眼，愤愤地松开手。

尹启华扶了扶眼镜，抚抚胸膛，看她赤着脚，披头散发、怒目圆瞪，叉着腰站在那儿等他交代的样子，觉得有点儿好笑。

“笑，你还笑得出来？气死我了！你还笑？”周彩儿气坏了，甩甩脚，脚上没有高跟鞋，不然早就扔过去了。

“不是……老婆……你凶悍的样子，真的好好笑，让我想起周星驰电影里的包租婆，你要是再肥一点儿就更像了……哈哈……”

“笑，我让你笑！”周彩儿一脚踢向他。

尹启华忙闪开跑向浴室：“老婆，我先洗澡，出来再说。”

周彩儿正要追过去，可转念一想，这家伙身上确实脏，便大声说：“洗，给我洗干净点儿，我闻到那小妖精的味道都觉得恶心！内裤脱给我，那可是证物！”

尹启华摇头笑笑，拧开了水龙头。看她凶神恶煞的模样，多在乎他啊！他不禁得意地唱起歌儿来。外面的周彩儿更加怒火中烧，不就和旧情人偷情一晚上吗，用得着在她面前这样炫耀吗？等他出来，他就知道“死”字是怎么写的了。

尹启华围着大浴巾走出来，他们之间早就不互相避忌了。周彩儿跟着他进了房间。

“让我睡会儿，老婆，让我睡会儿！一看见床，我就顶不住了。哎呀，累死我了！”尹启华倒在床上。

“不行！说了再睡！你想折磨死我啊？”周彩儿去拉起他，“没我的批准，你敢睡！”

“老婆，现在是你折磨我，好不好？……嗯，我发誓……我没有对不起你……让我睡会儿，睡会儿……乖……”尹启华又倒了下去。

“不行！你起来！和我说清楚，昨晚和那小妖精上哪儿开房去了？都干了些什么？”周彩儿不依不饶。

“没有……呵呵……傻瓜……就算……真有……能干些什么……你猜也猜得到……我睡……我睡会儿……下午有重要的会……”

要疯了，要疯了！周彩儿紧握着拳头在空中挥舞着，又踢了踢尹启华的屁股，可他都没反应了。

周彩儿叉着腰想了一会儿，不行，既然他都承认昨晚和陈怡飞在一起了，那她就不能这样便宜了那女人。凭什么呀？这男人是她的老公！

她得去找陈怡飞。她的家、她的临时办公点、影视公司，总有办法打听到她在哪儿。

20

当女人疯狂起来，能量得有多惊人

梳妆打扮还是不能马虎的。在浴室见到尹启华换下来的衣服——当然还有内裤——周彩儿气不打一处来，顺手全部扔进垃圾桶。有几张单据从口袋中掉出来，是医院的收费单。

哟，搞得这么厉害，还进医院了！私处破裂还是怀孕打胎？这不要脸的女人，你等着！

周彩儿边往外走边给崔玲玲打电话，崔玲玲叫她不要冲动："尹启华这反应不像是做了亏心事的样子，问清楚再说吧。"

这事还用得着求证调查吗，这不是明摆着吗？周彩儿哪听得进崔玲玲的劝告。她周彩儿要智慧干吗？她要的就是惊天动地，实打实、面对面，她就要蛮干，她还怕了那个陈怡飞不成？

"彩儿，彩儿，你听我说，真的，你别鲁莽！"崔玲玲只听到一阵忙音。崔玲玲只想劝周彩儿讲究一下策略，可她连这也听不进去。真要是有"小三"，不是不斗，而是要斗得其所。

简嘉仪正在简氏产品质检车间巡查，接到崔玲玲的电话，也疑惑担心不已。陈怡飞怎么能这样呢！怕出什么事端，她拨通了陈怡飞的手机，是助手接的。助手也没详细说，只告诉她在哪间医院。

在医院里，简嘉仪见到了脸色苍白的陈怡飞。问她到底怎么了，陈怡飞一言不发。助手退出去后，她还是不想说话。

在走廊里，助手告诉简嘉仪："医生都说她昨晚只是有点儿失血，补充营养液之后就没什么大碍了，可她就是不愿意出院，非得叫尹先生在这儿陪着她。刚才她睡着了，我才让尹先生回去的——为这事，她还怪我呢。”

简嘉仪好像明白了什么，她回到病房坐在病床前，握着陈怡飞的手说：“怡飞，你这是何苦呢？有的东西，失去了，就是失去了。你不能这样伤害自己和别人，是吧？”

“是他们在伤害我。原来，他们十多岁时就在一起了，而我一直不知道……”陈怡飞愤愤地说，“他也许早就巴不得我去找别的男人，好成全他们。不然，他怎么那样迫不及待地结婚呢？”

“不是这样的，怡飞。你应该清楚，尹启华是怎样的男人。一是一，二是二。不管原因是什么，你们已经过去了。现在，你有你的追求与生活，他有他的家庭和感情。你是个心气很高的女人，不是吗？向前看，好不好？”简嘉仪看着她手腕上的绷带，心疼起来，“你这样，也不可能要回一切的。人的心，不是物件。就算你强留他在身边，他的心现在也只在周彩儿身上。你明白吗？”

“我不明白！那块臭豆腐有什么好？和我怎么比？启华哥还是很在乎我的，昨晚他比谁都紧张，在这儿不吃不睡，陪我一夜呢。”陈怡飞叫起来。

“问题是，当时除了他，还有其他人吗？你要是告诉家人、告诉我、告诉朋友们，大家一样在乎你、照顾你，不会比他差。他陪你，只是尽道义，没别的意思。你怎么那样傻呢？”

陈怡飞扭过头去流泪。

“你现在是和自己过不去，知道吗？这只会让他看不起你，也让周彩儿看不起你。还有，你现在的男友要是知道了，也肯定会冷落你。这是你不愿意的吧？医生都说你没什么大碍了，咱们出院好不好？”

“出院？我这样子不能回家，我也不想回酒店。这儿好，起码这儿干净、简单……”

“怡飞，任何行业、任何生活，都得肩负着种种压力与不堪。你有多少掌声，就有多少辛酸。这些东西是成正比的，不是吗？你既然选择了，就得面对它、承受它。”

“可是，在我迈向成功的时候，我突然发现，我只是个小女人，需要被爱的小女人。我后悔了，嘉仪，我后悔了……”陈怡飞哭起来。

“可真要你放弃现在的一切，换回纯真的爱情，你真的甘心吗？回答我。”

陈怡飞沉默了，望着天花板，轻轻地叹了口气。

“我觉得很累……嘉仪……”

“你的助手都和我说了，怡飞，你之所以做出如此极端的行为，只是因为你接受不了在男人面前的失败。你一直那么骄傲，一直被人呵护着、捧着。你以为现男友会像尹启华一样专一爱你，可他不是。你以为尹启华这样刻板简单的人会一直站在那里等你，非你不娶，可他在分手后三天内就娶了别人。你觉得他就算和别人在一起，心里面爱的也只有你。你觉得他和周彩儿的结合只是赌气，他还是爱你的，对不对？”

陈怡飞说不出话来，或许唯有最信任的人，才会这样将她分析得体无完肤。

病房的门被助手打开了，周彩儿袅娜地走了进来。如果说此时此刻有什么人是陈怡飞最不想看到的，一个是现男友，另一个便是周彩儿了。她一想到周彩儿就满腔愤慨，这女人凭什么这样色彩浓烈地招摇张扬？尹启华怎么会跟这种女人共度一生？她怎么会输给这么低档次的女人？

可陈怡飞毕竟心虚，忙整理一下头发坐起来。看这女人媚笑着走向她，总不能横眉赶人家走吧。她也是不能输的。

周彩儿看了简嘉仪一眼，点点头。简嘉仪真担心，以周彩儿的性格，不知接下来会发生什么呢！

周彩儿也不打招呼，也不坐，甚至看也不看陈怡飞，就漫不经心地问："陈怡飞小姐，昨晚到底是什么原因要和我的男人混上一整晚呢？我大度对你，可你似乎并不懂得尊重我——那我也不必装高尚了。我来呢，就是想问清楚，你们是不是久别胜新婚，干柴烈火，动作太猛烈？还是早就暗度陈仓，回来找他陪你打胎住院？不管怎么样，我作为当事人之一，也应该拥有知情权吧？"

陈怡飞的脸红一阵，白一阵。

"怎么样，想回骂我，又找不到话，是吧？你这种自以为出身高贵的小姐，我见得多了。其实心里恨不得掐死我，又怕回骂降了档次。没事的，你尽管找最脏的字骂我，我一点儿也不介意。因为你所做的事情，比你骂的肮脏一万倍。"周彩儿站在病床前，轻蔑地看着她说，"我看呀，你的档次也不怎么样，还不一样干的是男盗女娼的勾当！"

"……你……出去，你出去……我干什么，用不着你来指指点点，你算哪根葱！"陈怡飞哪能甘心受辱，颤声叫助手将周彩儿赶出去。

"好啊，我就喜欢你这样的。起码这样我才有对手，你要是再摆出一副无辜的小天使模样，我还不知道怎么办呢！"周彩儿甩开助手的手，继续说，"我算哪根葱，你心里明白。我告诉你，别打我男人的主意。我周彩儿天不怕，地不怕，你最好别惹我！"

简嘉仪也上前劝阻她，这样闹下去对大家都不好。

陈怡飞这次自残本没有经过考虑，只是任性地表达一下心里的狂躁，想让尹启华自责心痛一下，陪自己度过这个最重要的夜晚而已。可周彩儿这么一激将，她不禁豁出去了，怎么能让这个女人在自己面前趾高气扬？

"他本来就是我的，你能把我怎么样？"

陈怡飞摆出一副迎战的状态。简嘉仪心想，这下完了！一刹那的工夫，周彩儿就扑向陈怡飞："我能怎么样？我让你看看我能怎么样！当'小三'还有理了你！你要是能把我打赢了，尹启华我拱手送给你！"

病床上，两个女人撕打成一团，护士和医生冲进来，拉也拉不开，病房门口聚集了好些看热闹的人。

女人疯狂起来，能量得有多惊人啊！两个女人都赤着脚，从床上扭打到地板上！看样子，占上风的一直是周彩儿呢！五六个人一起上来，好不容易将她们按着、抱住、拉开来，周彩儿被三四个人按着，还挣扎着向半躺在地板上的陈怡飞扑去："我就打你个不要脸的！当了制片人怎么啦？电影首映了怎么啦？你成功了怎么啦？就可以回来抢我的男人了吗？他又不是你的玩物，不高兴时一脚踹开，高兴了又想捡起来。我告诉你，门儿都没有！我男人金贵得很！他是我的，臭豆腐周彩儿的！从我十五岁起，他就是我的！你能怎么样？娱乐圈待上了，就很能耐了是吗？靠出卖爱情得到的成功，你有多可悲啊？你和当初的我不是一样贱吗？你还有理了？你还高高在上了？我呸！"

围观的人一听说陈怡飞竟然是娱乐圈的，瞬间兴奋起来，纷纷掏出手机拍照。

简嘉仪抱起头发凌乱、衣衫不整的陈怡飞，对着失控的周彩儿咆哮："够了！你们闹够了没有！彩儿，你要还认我是朋友，就给我安静下来！"

周彩儿到底是被镇住了，沉吟半晌，叉腰点头道："行，我听你的。不过，陈怡飞你这骚包给我听着，你抢也抢不过我，他和我结婚了。你打也打不过我，他要和我一直到老。你看这么多人见证，你得愿赌服输！"

陈怡飞内心的屈辱无处可申，她像一头发狂的母狮子，长这么大，从没受过这样不堪入耳的指责！她挣开助手和简嘉仪，爬起来扑向周彩儿。俩人又扭成一团。陈怡飞的长袖病号服在周彩儿的脸上划过，一股血腥味加黏稠的湿润让她心里一惊！年少时跟小混混们行走江湖，也少不了各种斗殴，这味道她再熟悉不过了。陈怡飞受伤了？还伤得不轻？

周彩儿马上用学过的擒拿术将陈怡飞的身体扳住，伸出手去撩她的左袖子。好家伙，鲜血都染红了纱布！

其他人也才注意到，医生说一定是伤口裂开了。周彩儿恶狠狠地说："你身上有伤，你怎么不早说？我以为你只是装病！昨晚见你时，你不是容光焕发吗？医生，医生，你快过来呀，快给她看看！"

陈怡飞被众人七手八脚地抬到病床上，这会儿的她，有点儿奄奄一息般的颓然——这么丢人，还不如死了呢！倒是周彩儿最后那句话，让她落下泪来。

"你呀！你真是太让我失望了！"简嘉仪瞪了周彩儿一眼，"昨晚尹启华拒绝了她，她一时任性，割了腕……"

"割……割腕？"周彩儿傻了，这也太壮烈了吧。当年尹启华那样伤她，她可从来没想过寻死。可是，她那样自暴自弃，难道不是和陈怡飞一样吗？她突然有点儿理解陈怡飞了，都是女人……

"都是女人，你何必呢？"简嘉仪又说，"你怎么就不能有话好好说？非得闹成这样？"

周彩儿没了言语，呆呆地看着医生和护士帮陈怡飞包扎，对旁边的批评一句也听不进去。

房门关上了，看热闹的人不知被谁遣散了。房间里又只剩下她们几个，周彩儿可是向医生保证过不再打架，才被允许留下来的。她的一只高跟鞋已经被踩得不成样子，手臂和脸上有多处瘀伤。陈怡飞就更惨了，活像一只折了翅膀的凤凰，要多狼狈，就有多狼狈。

"你，昨晚真割腕啦？"终于，周彩儿有点儿犹豫地打破了病房内的寂静，"为尹启华？"

陈怡飞别过头，并不理会她。

“哎呀，你傻呀？就为了男人？一个心已经不在你身上的男人？”周彩儿朝病床紧走几步，助手和简嘉仪忙挡住她。

“哎呀，别挡了，我保证过不打骂闹事，我就一定做到。我周彩儿是谁呀，一言九鼎！”周彩儿拨开她们，站在病床边，“我说你，高贵的大小姐，你是真不知珍惜啊，你爹妈把你生养得这么漂亮，知书达礼，又聪明能干，现在事业又如日中天，你这么做不傻吗？割腕？为了我男人割腕，我看你是发神经了！”

“我是发神经了！我发给他看，关你什么事？”陈怡飞回了一句，简嘉仪和助手忙又靠过来，这气氛千万别再变了！

“哎哟，你这样威胁我男人，又让他彻夜不归，以后有可能还以此为理由占着他，还不关我的事？算了，不说这些了。我周彩儿什么场面没见过？不就是男人吗？为他们干什么都行，就是不能伤害自己的身体！你懂不懂啊？就算你这样，尹启华心软了，和你在一块儿了，可那有意思吗？你还想重演一次倒追强迫他爱你的故事呀？他和你都不是以前的你们啦！不可能啦！”周彩儿一口气说这么多，竟是真心替她不值。

陈怡飞小声地辩解道：“谁威胁他了？谁强迫他了？是他自愿的好不好？”

“还强词夺理是吧？我告诉你，在我周彩儿面前，就算你有理你也拎不清，何况你没理。别自毁形象，你是多好的一个女孩啊？你想想，要是我现在在你面前往手上这么来一刀，血哗哗地流，咱们这层敌对的关系，你理不理我？啊？你理不理？”周彩儿挽起衣袖，像到处找刀的样子。

“那我还不至于看着你死……”陈怡飞没底气地说。

“这就对了。所以，好好的，别再犯傻。”周彩儿掏出手机，给厨师长打了个电话，让他做点儿有营养的炖汤过来。

这就让助手和陈怡飞看不懂了。

“放心吧，他和你无冤无仇，不会下毒的。”周彩儿找到她的鞋子，吃力地穿上，“哎，累死老娘了。这鞋子还是崔玲玲送我的英国货呢，看这事给摧残的，哎，可惜了。”

惋惜一阵子，又找到手提包，进洗手间整理好妆容，正要准备离开，不想尹启华满头大汗地冲进来，嘴里还叫着：“怡飞，怡飞你没事吧?”

“你不在家好好睡觉，上这儿干吗？就这么想念你的旧情人吗?”周彩儿听到声音走出洗手间，没好气地问。

“彩儿，你，你怎么还在这儿？你有没有……有没有将陈怡飞怎么样?”问了周彩儿，又转头问陈怡飞，“怡飞，她打你没，啊？有没有伤着哪儿?”

陈怡飞到底恢复了理智，特温顺地摇摇头，这不是明摆着他关心自己多过周彩儿吗?

周彩儿却看不下去了，走过去拧着尹启华的耳朵，指着自己的脸和手臂说：“好你个姓尹的，本来我还不怎么相信你吃着碗里的盯着锅里的，你怎么就不问问我有没有受伤？你当我死啦?”

“你就别闹啦，你壮得像头牛，她手无缚鸡之力，肯定是她伤得比你重啦。”尹启华这男人果真愚笨得很，心里怎么想，嘴上就怎么说。

周彩儿哪肯罢休？在这种场合，她要的是尹启华撑她、支持她、呵护她。病床上那个女人，才是他们共同的敌人啊！三下两下的拳头打在尹启华身上：“让你说我像牛，让你说，我让你说!”

尹启华也不闪避，只用双手护着脑袋。简嘉仪和陈怡飞先后劝阻他们别再闹了。

“够了！我受够了！你们能不能让我安静一会儿?”陈怡飞近乎吼道。

周彩儿停下手来。他们打架，她不是应该高兴才对吗?

"怎么样，怡飞，你伤得重不重？告诉我，我帮你……"尹启华又问。

周彩儿又要扑上去，这回尹启华不忍让了，将她用力地推开："你别像个泼妇一样好不好？别把我真推向陈怡飞这边！你这样子真让我讨厌！"

周彩儿愣住了，果真不敢再闹。

"坐，启华哥，你先坐。"陈怡飞示意他坐在病床边上，看了一眼正在生气的周彩儿，挺客观地说，"要说伤呢，我们都差不多。她是比我力气大，可我也会用巧劲儿……"

"对，这小娘们儿专用她的指甲，早知道老娘也把指甲留长，看你还能爬起来不……"周彩儿愤恨地插嘴。

"行啦，彩儿，你别总火上浇油了。你后面是主动住手的，因为你看出来她手上有伤。你的心没你说的那样毒——软着呢。"简嘉仪说，"你要是用真功夫打，怡飞早就散架了。"

周彩儿扬起脸，不看陈怡飞和尹启华的脸色："演呀，你们继续在我面前你侬我侬好了。我透明，我暂时透明，我倒想看看你们怎么表演。"

"你……"尹启华面子上过不去，"你这不是无理取闹吗?"

"我维护自己的家庭斗'小三'不对，我现在宽容让你们恩爱又无理，老娘应该怎样?"周彩儿讥讽道。

简嘉仪和助手看得真是感觉既好气又好笑，本是顶可爱的几个人，聚在一起怎么就这么让人头疼呢？还有完没完了，什么时候大家才能和和气气地走出病房?

助手接了一个电话，脸色煞白。

陈怡飞着急地问："是不是公司出什么事了？要是峰哥找我就不必说了，我现在不想听到关于他的消息——我就让他急，找不到我，急死他！"

"是……峰哥的，他确实急坏了，他……"助手支吾着，"可是这事非同小可，陈总，真出事了……”

“什么事?”陈怡飞也急了起来，其实现在对于她，电影才是真正的大事啊。

助手看看陈怡飞，又看看周彩儿，好一会儿才说：“峰哥叫你看一下网络……”

简嘉仪反应过来，似乎明白了什么事，刚才那么多人掏出手机来，她就觉得不妥。助手在手机上搜索了一会儿，然后递给她，他们就看到了一段混乱的视频。标题足够狗血——《新晋女制片与原配交手厮杀，据传为尹姓男子打胎割腕》，所谓目击者还绘声绘色地描述了当时的“盛况”。陈怡飞只觉眼前一黑，晕了过去。

周彩儿也去浏览网页，网友们疯狂的转载与点评，让她不知所措。

尹启华对她说：“看吧，这就是你不用脑子的后果。你连你老公都不信任。你看这事怎么收拾吧。”

“谁叫你有前科，我以为你又要扔下我……”周彩儿小声嘀咕着，“这事……这事我会负责的……我哪知道会弄到网上去呀……”

“负责，你怎么负责?”

“这……这是不是就是身败名裂的意思？我可无所谓，我是代表正义的一方……”

“你那名声想败也没有了，人家陈怡飞可是公众人物，前段时间还为了电影宣传露脸。这可倒好，你全给毁了。”尹启华担心地看着陈怡飞。

医生还在诊断。周彩儿也看着她说：“怎么还不醒呢？哎呀，千万不要有事呀！我不是故意的呀!”

“现在知道怕了吧?”尹启华无可奈何地说，“我怎么就找了你这么个女人呀！你看你，哪像搞企业的？一点儿气度都没有。”

周彩儿靠近他，咬着嘴唇不敢再说什么。

简嘉仪看着他们两个，也无可奈何地摇头。

不一会儿，陈怡飞醒了，第一句话便是焦虑地问："怎么办？现在怎么办?"

大家将目光投向助手，助手毕竟见惯了娱乐圈的风浪，镇定地说："第一，必须马上转移病房或者离开这家医院；第二，你必须马上和公司联系，做好应付公关危机的准备。"

"丢死人了，我的朋友、同学还有家人，该怎么看我？还有峰哥！我都没脸出去见人了!"陈怡飞急得哭起来。

"这时候，我得表个态，此事因我而起。如果需要我周彩儿做些什么的话，只要能补救，我一定帮忙!"周彩儿说得真诚而豪气，"一人做事一人当，我会给你一个交代。"

"如果……我让你对着所有记者说，是你抢了我的未婚夫，所有的事都是你不对。你愿意?"陈怡飞看着她问。

"我晕，你问得倒是直接轻巧得很啊!"周彩儿叫道，"我都说了读书多、学历高的人，小肚鸡肠子不是一般的弯曲。你够阴的啊，陈怡飞。"

"是啊，怡飞，总有别的办法吧？彩儿她……"尹启华也急了。

"行，我依你!"没想到周彩儿一口应承下来，大家都愕然。

"反正，我周彩儿本也没有什么好名声。只要我酒楼的东西好、服务好，和我这老板娘的名声没多大关系。至于别的嘛，我一点儿也不在乎。老娘我又不是活给别人看的，爱怎么说怎么说。"周彩儿看着陈怡飞又说，"你呢就不一样，我可不希望看到有人二次割腕。行吧，只要能挽回影响，要我做什么都行。台面上的话怎么说都行。至于我男人，私底下我是绝对不会让的。"

"好！今天我算见识了周老板的风采了。"陈怡飞笑得有点儿尴尬，多少也有点儿感动，"至于尹启华，还是让他自己做主吧。"

陈怡飞望着尹启华很认真地问：“假如这次风波让我一无所有了，我生不如死，你会和她离婚，照顾我一辈子吗?”

简嘉仪的心都吊到嗓子眼儿去了，这陈怡飞脑子是不是进水了，这时候还关心这个……而她一个旁观者，又能做些什么呢？只能静观事态发展。

尹启华看看陈怡飞，又看看周彩儿，叹了叹气才说：“怡飞，你似乎又抛了道难题给我，但其实一点儿也不难。我可以明确地告诉你，我不会离婚，但如果你有什么不如意，我当不会坐视不管。我会和彩儿一起照顾你，帮助你渡过难关。”

说着，他握紧了周彩儿的手。陈怡飞的目光落在他们相握的双手上，含泪点点头：“我明白了……这就是我认识的启华哥，从不作假……是我不好，要不是我，周彩儿也不会跑这儿来。”

这时，助手插嘴说道：“陈总，峰哥在电话里骂人了，叫你马上回公司。”

“让他骂，现在知道急了，昨晚干吗去了?”陈怡飞幽怨地说。

“看吧，你还是很在乎那个男人的。怡飞，别想着在我这儿找补充，这不现实。”尹启华又说，“至于你是忍受他还是离开他，完全看你自己的选择。”

“陈总，昨晚首映的票房很不好，加上又出了这样的事，现在不仅仅是峰哥一个人的事了，还有其他合作方、导演和演员，各方面都很关心事后怎么处理，我看您还是回去一趟吧。”助手小声地建议道。

简嘉仪和尹启华也这么劝她。陈怡飞终于答应回去，助手忙去办理出院手续，又慌忙跑回来，说医院大门处有好几个记者呢。于是陈怡飞衣服也没来得及换，就在大家的帮助下从后门走了。周彩儿掏出墨镜让她戴上，像个侠士似的护着她上了尹启华的车。

到了酒店，趁还没有媒体赶来，他们一阵风似的进了电梯。道别时，陈怡飞叫住周彩儿："别忘了你的承诺，到时我联系你啊。"

周彩儿郑重地点点头，让她放心。

看着她进了房间，简嘉仪有点儿不平，顾不上和陈怡飞多年的亲密关系，说："彩儿，你怎么就答应她了？"

"她是变了，"尹启华说，"现在对她来说，利益才是最重要的。"

"怎么，你很失落吗？"周彩儿问，"心里是不是期望着人家坚持不懈地追求你呀？"

"没有没有，我哪有！"尹启华忙辩解道，"我高兴还来不及呢。"

"你高兴，你高兴什么！明天你老婆还得跟着去开记者招待会呢！这出戏，不知他们的剧本会怎么写，怎么演。哎呀，走走走，我得去疗疗伤，不然明天怎么见人呀！"周彩儿转过身往电梯走去。

尹启华跟上去，心疼地说："老婆，那记者会，咱们不去也行吧，咱们不去丢这个脸。"

"答应人家了，就得做到。我都不怕丢人，你怕什么？你要是怕，就和我离婚划清界限。"

"我不是这个意思，我不是心疼你吗？"

"心疼我？你还知道心疼我。"

……

看着这对活宝消失在走廊尽头，简嘉仪无可奈何地笑笑，这何尝不是一种另类的幸福，活色生香，浓墨重彩，敢爱敢恨，敢说敢做，爱憎分明……想不到别的形容词了，她才往电梯处走去，又回头看了看陈怡飞的房间号，心想，人是如此容易变得让人费解啊。

周彩儿几人离开酒店后，听到风声的记者陆续到来，都想取得第一手资料。昨晚还春风得意地出现在首映礼上的漂亮女制片，今天就传出这么劲爆的绯闻。号称中国电影史上最唯美的大制作文艺片《在你的怀抱死去》票房寥寥，而从视频中两个女人厮打的情况来看，不像是炒作。

才一个下午的工夫，周彩儿、尹启华、陈怡飞、峰哥等人的资料就在网络上被“人肉”，被疯传。周彩儿最难过的是，自己的冲动连累了尹启华，他都不敢去上班了。倒是上司善解人意，严肃地批评一通之后，叫他马上回去上班。这娱乐圈的水太深，平凡人只管过平凡人的生活，一切照常。尹启华出门时，帽子、墨镜全副武装。进入银行办公大楼时，有熟悉的同事心照不宣地对他笑，那笑里的含义实在丰富，他也只得报以尴尬一笑。

一到办公室，尹启华就被上司叫过去谈话了。上司问清楚事情的始末，感叹周彩儿做事实在欠考虑，哪有陈怡飞素质高啊，当初就不应该娶这样的女人。尹启华听了心里不舒服，却也不好辩驳。虽然事态严重，影响恶劣，但他并没有真的责怪周彩儿。

娶了那样的老婆，他早就做好“坐过山车”的准备了。也许，往后的日子，还要更加不太平呢。

周彩儿最担心的是尹启华被处理、被降职，也担心他被别人取笑——毕竟是个男人啊。尹启华向她汇报了单位领导的态度，她才松下一口气来。还好视频中没有出现尹启华的身影，单位也没法处理他，只是对他提出严重警告。

对于接下来的记者招待会，本来大义凛然的周彩儿退缩了，她得考虑尹启华的感受。冷静下来后，她愈发觉得这件事就此结束最好，谁也不要再提。如果她抛头露面又上报纸，又上电视的，就是为了外人而罔顾家人的感受，这对他不公平。

尹启华得知她的想法，很欣慰。他是真的不愿意看到周彩儿难堪，那副无所谓的样子，只是不得已形成的习惯而已。

得知尹启华在阻止周彩儿参加记者招待会，陈怡飞十分恼恨，想亲自去找周彩儿，又不敢出门。他们已经通知各路记者，也订了会场，准备明天下午三点举行记者招待会呢，如果周彩儿不来，她一个人自说自话有什么意义?

周彩儿思量再三，又和崔玲玲倾诉半天，然后又纠结半天，最后还是决定去了。尹启华只好由着她，而且不顾单位的劝阻，执意陪同她出席——是风是雨，他不能让她一个人挡。当他们戴着墨镜牵着手走进会场时，所有记者都看不懂了：这小子真有胆量，一般人躲还躲不及呢！闪光灯“咔嚓”个不停，周彩儿的腿都要软了，紧紧地捏着尹启华的手，笑得无比僵硬。

照着陈怡飞给的脚本，周彩儿机械地念着，陈述着自己的过错，最后还说他们夫妻与陈怡飞依然是最好的朋友，视频里的那件事不过是一场误会。按照计划，他们不接受任何提问，也不接受任何私下专访。剩下的便是影视公司的事情了。尹启华扶起周彩儿，拥着她离开了会场。

才走出会场，周彩儿就软倒在尹启华的怀里。尹启华怕出意外，一把将她抱起，在保安的护送下吃力地往电梯走去。

自始至终，陈怡飞没有问过一句“你还好吧”。倒是简嘉仪和崔玲玲，开着车在酒店门口早早地候着，见他们出来，马上打开车门将他们带离是非之地。

“玲玲姐，你怎么来了？彩儿不是叫你别掺和的吗，要是被记者拍到，你可就清静不了了。”尹启华很是过意不去。周彩儿心想，这才叫姐们儿呢！于是周彩儿对崔玲玲无力地笑笑，算是感激。

“你还好吧?”几乎异口同声，简嘉仪和崔玲玲回头关切地问周彩儿。

简嘉仪似乎还接受不了闺密的变化，感叹道：“这陈怡飞太自私了……你还好吗?”

“还好。没被吓个半死!”周彩儿靠在尹启华的怀里，自嘲道，“下次再也不干了。”

“还有下次呀?”尹启华嚷道。

周彩儿握着他的手，温柔而略带歉意地说：“谢谢你，我想这个世界上，唯有你这样包容我、爱护我。我从没奢望过……”

“傻瓜，你是我老婆啊。”尹启华对她笑笑。

“喂喂喂，你们要肉麻回家去好不好？别影响我开车!”简嘉仪抗议道，“不过，启华啊，通过这件事，你心里应该明白，哪个女人最值得你珍惜了吧，虽然她确实有点儿胸大无脑。不过，敢爱敢恨、敢做敢当，倒是率真得可以。”

“哎，谁胸大无脑啊？你说谁啊?”周彩儿愤愤不平。

“谁的胸大就说谁呗!”尹启华扶了扶眼镜说，“这个事我最有发言权。怎么样，给我生个胖小子吧，别浪费了这么好的粮仓。”

周彩儿娇羞地直打他。简嘉仪和崔玲玲笑个不停。这种俏皮话从一本正经的尹启华口中说出来，极有喜感。

事情的发展也充满了戏剧性的喜感，与这个疯狂的全民娱乐的年代相吻合。就在当天，《在你的怀抱死去》票房一路飙升，被媒体形容为“烂片咸鱼翻身”的典型，视频事件也被指为最有创意的炒作。在娱乐圈里，但凡有新片，作秀炒作的一般都是演员，何时用得着制片人亲自上阵了?而且还捎带上真实生活秀。

翌日，陈怡飞用极兴奋的语气告诉周彩儿：“成功了，成功了！各大电影院要加场了！真是想不到啊，我们花那么多钱做宣传，都比不上那个网络视频。谢谢你，周彩儿，谢谢你的及时出现。你说，你想要什么，我给你补偿!”

周彩儿顺口说："预计你这次能挣多少？至少有个几千万吧？可能还不止呢！要不是我，你们都要亏死了是吧？这样好了，你给我三百万，给我还债。"

"三百万？"陈怡飞说，"太多了吧，分到我手里也没这么多，好几个方面要分利润的。我一会儿就离开这里和峰哥到北京去了。总之，我们很感谢你！这样吧，我让助手给你送个支票，也算是我的一点儿心意。"

周彩儿很庆幸她对尹启华的旧情只字不提，情义在她那里，哪及得上名利重要呢？不到一小时，就有人敲门。果然是陈怡飞的助手，她带来了一张两万元的支票。

"是不是少了点儿呢？打发叫花子呢！老娘这么卖力，就只值个两万块？不过这样也好。她重名重利呢，就不会对我家男人再生纠缠。两万，够发几个员工一个月的工资了。"周彩儿边对助手这么说，边笑着收下了。她也得感谢陈怡飞，风彩海鲜城的生意明显好多了。

这果真是一个疯狂的年代呀！广告效应的连锁反应，谁能想到呢？

21

爱也会让人变得任性与脆弱

差点儿变得疯狂的人还有简嘉仪。看着张军时常往简家跑，却不是为了她，简嘉仪快要疯了。

崔玲玲已经怀孕四个月，开始有孕态了。每天早餐过后，崔玲玲与简父一起在花园里浇花、打理花园，然后坐在大大的花架子下面的椅子上读书。

简母还让人在花园里装上音响，世界名曲轮流播放着。她现在最大的乐趣是和崔玲玲一起研究孕期的营养餐，还要亲自去选材。活了六十年，她还是第一次到菜市场去呢，她觉得超市里的东西似乎总是不太新鲜。她没事就逛婴儿商场，买回各种婴儿用品，亲自设计婴儿房。她越来越忙碌，人却越来越年轻。

崔玲玲任凭简母折腾。她也是一个准妈妈了，理解那份心。许多时候，女人甘愿辛苦操劳，不过是心怀幸福与希望。下午是她偷偷工作的时光，她接受了张军的邀请，也想涉足不同的行业——以消磨时间的轻松心态，以学习求索的严肃态度。

张军时常带着水果来看望她，也交流工作上的一些想法。看他们在花园和书房里谈论甚欢，老人们心里也高兴，心想崔玲玲能有个伴也是好的，他们简家总不能占着人家的一生。

简嘉仪白天很少在家，虽然没能亲眼看到，但每每听到父母的描述，心里难免酸涩。张军的回国，让她摁灭的暗恋之火再度燃烧，而且大有越烧越旺的势头。但凡性格倔强执着的人，心里一旦被某个念头所盘踞，要让她看淡、放弃，是不太可能的事情。她将认识的所有男人一一比对，没有哪个及得上张军。情人眼里出西施，她看不到别人的好，就算看得到，也事不关己，了无兴趣。

她的心事，父母一点儿也不知晓。或者知晓，却顾不上。所有人的心思都在崔玲玲身上，这让简嘉仪有了一点儿莫名其妙的失落。她意识到这一点后很是懊恼，自己怎么变得小气了、爱计较了？后来，她才明白，这一切都是因为张军。越想克制，却越强烈，被多年教育与历练剔除掉的那份小任性，正在她体内悄悄地生长。

张军负责的公司成立前后，简嘉仪自告奋勇地帮他选址，陪他出入各机关部门，以最快的速度将所有手续办理完善。公司开张那天，他办了个简单的酒会，简嘉仪以女伴的身份与他一起应酬客人，那些瞬间，她以为那就是真的，接受着客人的赞美。

是啊，凡是见过他们一起出现的，哪个不觉得他们是和谐美满的一对？就连周彩儿和尹启华都私底下议论，说他们确实是再相衬不过的了。而张军，对她永远不卑不亢。就算有人当面笑他“你女朋友多能干、多漂亮啊，真有福气”之类的，他也只是笑笑，不辩驳，也不承认。时日久了，这绅士风度让简嘉仪讨厌至极却又无可奈何。

这天傍晚，简嘉仪早早地离开简氏，径自去了张军的公司。他的公司离御港海鲜城很近，仅隔一条街而已。电话里约了多次他都推说没时间陪她吃饭，她直接当面去请他，看他还能说什么。

张军的公司目前只有他和另外三个小伙子，才两三个月，就有两个大项目谈好了合作意向。人手不够，张军此刻正在办公室面试，门口还有一个应征者沉默地等待着。听说，伦敦总部打算派一个人来协助他，被他拒绝了。他就是想证明：国内也有许多顶尖的旅游地产策划人才和设计人才，还有园林的策划与设计都不比西方差。有国外大公司的背景，倒真吸引了不少资深的从业人员前来应聘。一个星期下来，张军都已见了不下一百人。

等了差不多一个小时，张军才有空见她。彼此也没有客套，简嘉仪在他面前坐下后，笑着问他："一个读工商管理的，是怎么做了这一行的？"

张军也笑着说："喜欢，我从小就喜欢建筑、园林和旅游。我不懂设计，可我懂得看图纸，懂得策划，懂得将人才、艺术与商机很好地结合起来——说到底，这还是个管理的问题。在国外，许多足球教练本身并不懂得踢球。"

"是啊，像我，本来是学艺术的，却从商了——也是风马牛不相及。"简嘉仪表示认同，"怎么样，人都招得差不多了吧？"

"嗯，收获不错。不少人的创意和才能，超出我想象。我心中准备要定的人有十五个，下星期就正式来上班。有一个设计师已经退休了，可我还是准备请他。其他的人，再慢慢选，我要打造一个最好的团队。哎呀，我就准备大干一场了。国内的平台，比我想的还要大。"

"怎么，你想把公司办成和尚庙啊？秘书和文员总得有女的吧？"简嘉仪环视一下周围，玻璃墙外那三个小伙子正在埋头苦干。她又笑着说："另外，商务公关部也得成立一个。"

"那倒不是，目前我就是自己的秘书，文员呢，有个朋友在帮忙，一些琐碎的事情暂时由外面那几个轮流负责。新招的人当中有两个是女的。另外我倒是想招个踏实的秘书，没找到合适的。我一看打扮得花枝招展的，就条件反射地拒绝了。我听说，现在国内那些女孩可有心机了，还是得防着点儿是吧。"

这话惹得简嘉仪一阵大笑，知道他也有开玩笑的成分，便说："要不，我向你推荐个人吧，我那边有几个女孩很不错，很能做事，也本分踏实，让给你一个？"

张军连声说好，还说工资一定比她给得高。

简嘉仪趁机说："那你得请我吃饭，你可别也条件反射地拒绝啊！"

张军拿过外套，爽快地对她说："走！对了，你刚才说的什么公关部，我们英国公司那边没有这种部门，有必要吗？"

一颗心就要跳出来的简嘉仪保持着优雅，跟着他走出了办公室。正想好好和他说国内的某些规则，而让人想不到的是，他竟然将三个员工也叫上了，而更加让人接受不了的是，他还打电话叫崔玲玲过来。虽然崔玲玲以家里已经为她准备好晚餐为理由没有出现，但简嘉仪已不知不觉地开始吃醋了。就这样，她什么也没有说，默默地跟在后面。

本以为可以享受二人时光的晚餐，在不咸不淡的气氛中结束。她还得像个好脾气的司机，将他们送回公司加班。张军的驾驶执照还在考，就算有车也不能开。三个员工回办公室后，张军问简嘉仪是不是回家去，要是的话，带上他。

简嘉仪说："都这么晚了，你还要去看玲玲姐吗？"

张军说："已经三天没见她了，不知又胖了没呢，肚子大了多少？"

"你真是太关心她了……"

"那当然，我可是孩子的教父，在播种的时候，爱德华教授见证过的。我就是孩子的教父。要不是得尊重你父母，名字我都想了好几个让她选用呢！"张军听不出她话中的含义，兴致勃勃地说着。

"……我在想，如果怀孕的是我，你是不是也这样对我？"简嘉仪盯着前面，像是自言自语地说。

"关心肯定得关心，不过程度可能不一样，玲玲怀的可是嘉铭的孩子……那多不容易啊！"张军确实愚钝得可以。又或者，他是实话实说，不想给她一分非分之想。

“……你也知道那是我哥的孩子啊……”

“怎么不知道？当然知道！”张军还是没有听出她的潜台词是什么。

简嘉仪没有再说话，一路默默地开车，街道两旁闪烁的灯饰泛着寒光，反正她此刻看什么都感觉一片荒凉。

夜色中的简家显得很静谧，这片别墅区全是这种两层半的独幢小洋楼，虽说已经过去十多年，保养得还很新，这里的空气也不错。

在门前的小花园里，就可以看到崔玲玲的房间亮着灯。

“看吧，我都说这个时间她不可能睡觉的。没到休息时间，就不算晚。”张军盯着窗户看了看，对简嘉仪说，“走，一起看看准妈妈去。”

简嘉仪也看了看二楼亮灯的窗户，暗暗地叹了口气，和他一起走进屋里去。

“小军来啦！快快快，来得正是时候，妈妈做了猪仔薯红糖甜汤。这猪仔薯新鲜得很哪，是保姆家种的，才从家里带来的。”简父见到他们高兴地招呼道。

猪仔薯是广东粤西山区出产的一种薯类作物，样子像海胆又像刺猬，还像小老鼠，个头儿并不大，也不长，浑身是小根须，肉质洁白松糯，有特殊的香味。多年前，张军在简家吃过一次之后就念念不忘。可惜这东西极具时节性，一过秋天就没有了，味道也变了。

在餐桌旁忙着的简母也高兴地挥手叫道：“军儿呀，伯母刚刚还念叨你呢。本想给你打电话叫你过来，可你伯父说太晚了，你现在工作又紧张。我还说呢，这么好的猪仔薯红糖甜汤你吃不到，实在是太可惜了，还想改天专门做了让你过来吃呢。来来来，快过来这儿坐下。”

保姆忙去多准备了一副碗筷。张军来得多了，也随便起来，像自家人似的，换了拖鞋就一副流口水的嘴馋模样向餐桌走去。

简母正吩咐保姆送一碗上楼去给崔玲玲，张军说：“我来送吧，我本来就是想看看她就回去的。”

“这怎么好意思呢？过门都是客……”简母不答应。

“都自己人，伯母你还和我计较这些……”

张军先趁热喝了一口，竖起大拇指，然后端起另一碗就往楼上走去。

“看这孩子，哎……”简母看着他的背影，“倒是比咱们嘉铭会照顾人。”

“可不是吗，要不是他，咱们也许还抱不上孙子呢！”简父也欣慰地说。

“不觉得他太过了吗？有这么关心人的吗？要不知道的还以为他就是孩子的爸呢！”简嘉仪脱口而出，带着酸，带着怨，带着恨，带着许多说不清楚的小情绪。

这句无心的话，让两个老人瞬间静默。

“你这丫头，乱说什么呢？”简母嗔怪道，可眼神却迟疑地往楼上望去。

“不是吗？三天两头跑来对一个孕妇嘘寒问暖，也不懂得避嫌。要真是他自己的，就明说，别弄什么人工授精生我哥的孩子来糊弄人！谁知道他们在爱丁堡都干了些什么？！”

“嘉仪！我让你说！”简父喝道，然后将碗狠狠地摔在餐桌上，还站起来做出要扇她耳光的动作，而碗里溅出来的汤水正好射到简嘉仪的手背上。

简嘉仪痛得站起来，红着眼睛看看父亲，又看看母亲，他们都愤怒而不解地盯着她。羞愤中，她头也不回地跑回房间去。在楼梯转角处，端着甜汤的张军和听到他声音准备下楼来的崔玲玲默默地站着。简嘉仪看了他们一眼，掩面而过。

张军看看碗里，半天才指着崔玲玲和自己，怯怯地问：“我们……你……我……是上去，还是下去？”

崔玲玲也站了一会儿，望望楼上，平静地说：“下去吧。”

见他们下来，老人一时不知如何应对。张军和崔玲玲倒是默契得很，假装什么也没听到，赞赏着简母的手艺，还比平时多吃了一碗。

吃过消夜，张军便起身告辞，嘱咐崔玲玲千万别多想别的没用的，注意休息，末了还折回来说他母亲又从苏州寄了些蜜饯和太湖银鱼干来，都是家里的厨子自己做的，环保又营养，好像还有些真丝的小衣裳，注意查收一下啊！

张军走后，崔玲玲也上楼去了。在一楼的主卧室里，简母坐在床上若有所思，见简父从洗手间出来，迟疑地问："你说，嘉仪说的话有没有……"

"你也跟着瞎想什么呀？这个事以后不要再提。嘉仪任性，你也跟着老糊涂啊？"简父严肃地打断了她。

"可这小军，对玲玲的关心，确实超出了一般……"

"这很容易理解嘛，小军是嘉铭的好友，玲玲又是个不错的孩子，他有时将自己比作嘉铭了，总想对她好。这当中也不乏对她的欣赏。你们呀，想得太龌龊，这都什么事呀……"简父明显生气了。

"我本来也没多想，可听嘉仪这么一说，这心里……"

"你没看出来，嘉仪在吃醋？这孩子虽然掌管这么大的家业，可毕竟是个女孩子。她从小就喜欢小军，你又不是不知道。"

简母想了想，点头道："要是这么说，都怪我们这段时间只顾着玲玲，忽视了她。这丫头好多年没这样任性了，哎……"

"何止任性，犯大错了！"简父上得床来，灭了灯，"睡吧，老伴，年轻人的事情，让年轻人去解决。还好刚才那话没让他俩听到，不然有得尴尬。你说人家玲玲放着大好的人生不要，干吗要为咱们家生孩子呀？"

"是啊……"

"所以啊，咱们千万不能想歪了。"

嘴里应承着的简母，却难以入眠。

简嘉仪知道自己说的那几句话，已经彻底扰乱了一家人的安宁，也伤害了崔玲玲和张军。她知道他们肯定听见了，所以才定在那儿。可是她真的无法控制自己的猜测，也控制不了内心对张军的幽怨和对崔玲玲的妒忌。

深蓝丝绒的长盒子里，那只银色小风笛静静地躺着。简嘉仪拿起来，放在嘴边吹了吹。是不是她心中的爱恋也像这个小玩意儿一样，只是幻象中的装饰品，怎么吹也不会有美妙的乐声。都说暗恋是一朵忧伤的花，静静地开放，静静地凋谢。她早就由暗变明，谁不知道她的心里唯有他？如果说她真的有什么苦楚，工作上所有的压力与辛苦都不算什么，她的苦昭然若揭，她的心空空落落。在夜深人静之后，她多么渴望有个心灵伴侣，给她一个温暖的臂弯。他近在咫尺，却远若天涯。她时常看着他无偿地关怀着另一个女人。他说那都与爱无关，她却无法不计较。

而崔玲玲，似乎没有受到多少伤害。“因为懂得，所以慈悲。”她想起张爱玲说过的这句话。如果可以，她倒是希望张军能够接受简嘉仪，可惜她不是月老，无法替人牵了情丝，或者断了姻缘。她现在只是一个准妈妈，所有的情绪与憧憬都只与孩子有关。

要是在以往，如果简嘉仪在家的话，一定会主动将张军送回去。刚才站在窗前看着张军走出小区，她还担心能否打得到车。毕竟这儿不是市中心，晚上十点以后是很难打到出租车的。

她还是忍不住给他打了电话，用极平静的语气问他到家了吗？张军说还没呢，等了半天车没来，就步行出去了，现在正在离她家不远的一个酒吧里喝酒！简嘉仪想也没想就说：“你等我啊，我马上就来！”

这都几点了！张军想阻止也来不及了，有点儿后悔自己嘴太快了，说到家了不就好了？尹启华在旁边笑问：“被女孩倒追的感觉，不错吧？”

“什么不错？你不是最清楚吗？我可是听说，当初陈怡飞对你那才叫真正的倒追。嘉仪毕竟还是比较内敛的，可今天晚上，她却像个小孩似的任性，说了不应该说的话。”张军喝了口酒说。

“简嘉仪确实是个不错的女孩，在事业上也很能帮你，为什么不尝试接受呢?”

“感情这东西，是不能试的。我有过失败的婚姻，我愈发觉得，真正好的感情，真正适合我们这年龄、这阶段的感情，已经不存在哪个追哪个了，我需要的是同时的、润物细无声的吸引与互相的需要。很自然地，像本来就应该存在的、本来就应该在一起生活的那种。嘉仪太优秀、太年轻，她想要的，我什么也给不了。”

听到身后有吸鼻子的声音，张军猛然回头。简嘉仪的眼眶明显湿了。尹启华忙招呼她过来坐。

简嘉仪却不为所动：“为什么要让我听见，为什么？是故意说给我听的吗？我并没有倒追你，张军，我只是跟着我的心走。我的心要我对你好，要我不要轻易放弃。我也想顺其自然，可我知道那样会让我永远也靠近不了你……”

张军站起来伸手去拉她，希望她坐下后再好好说话。

简嘉仪哽咽着甩开他的手，大声招呼酒保：“拿酒来！给我拿酒来！”

酒保送来两杯红酒，张军却按住她的手：“嘉仪，你吃饭的时候告诉过我，明天早上新加坡有重要的客人来和你洽谈，不能这样喝。而且也太晚了，你看，都凌晨一点了。坐一会儿，情绪稍平复些，我们送你回去好不好?”

“不要，我不回去！我要喝酒，我要喝酒！我不要做肩负责任的简嘉仪，我要做一个自由的小女子，嫁个平凡的男人，给他生孩子，像玲玲姐一样，怀上心爱的人的孩子……”简嘉仪抢过尹启华的杯子，将他的啤酒全倒进嘴里，呛得直咳。

“你看看你这个样子！怎么像当年那个小女孩一样任性？”张军生气了，抢过酒杯。在他眼中，她始终像妹妹，她不好，他还是会心疼。

尹启华忙轻拍着她的后背，简嘉仪却咳着诉说：“你不知道吗？你难道真的不知道吗？我一直是那个只为你心生欢喜的小女孩，一直是！”

张军无语了，简嘉仪又看着他说：“接受我对你就那么难吗？你就不能假装一下心里有我吗？”

“嘉仪，我们……不说这些好吗？我知道，你太累了……”张军企图劝解道。

“你别顾左右而言他，你回答我，你告诉我！”

“这个……刚才你来的时候，不是听见了吗？我的态度一直都很明确吧？我没有给过你不应该有的误会吧？嘉仪，作为兄长，我真不愿意看到你难过。可是这事，我能帮你什么呢？”

是啊，如果这件事是可以妥协的，她用得着单身这么多年吗？心下愈加凄怆。她怎么变成一个乞爱者了？天生的倔强让她迅速擦掉眼泪，看看张军，看看尹启华，又像是自言自语道：“我应该怎么办？”

尹启华了解地拍拍她放在桌面上的手，张军也拍拍，却什么也没有说。简嘉仪多想一把抓住这双手啊！

怕那个讨厌的自己又出来自说自话，她喝掉张军杯子里的几口啤酒，站起来说：“送我回去吧。”

这个护送就很有意思了，尹启华是打出租车过来的，他担心喝多了酒驾。实际上，简嘉仪是喝得最少的，车还是她来开，只不过后面坐了两个男人。

将她送回去后，两个男人在小区外面徘徊了好一会儿，始终不见出租车的踪影。刚好周彩儿打电话问尹启华怎么还不回家呢，是不是又和哪个女人在一起啊。尹启华慌忙解释。周彩儿笑了，简嘉仪都给她打电话了，她正在来接他们的路上。

张军笑了。这简嘉仪，确实还是个小女孩啊，她怕是要任性到底了，还挺可爱。

“要不，就啃了吧？我看味道还不错。”尹启华说。

“什么味道不错？”

“嘉仪呀！”

张军一拳挥过去：“感情不是你想啃，想啃就能啃！用《爱情买卖》的调儿唱，要是唱不好，我打得你满地找牙！”

尹启华嗷嗷地叫着唱起来，并且还手。他可是学过散打的呢。俩人边切磋边打发无聊的等车时间。

很早以前，简嘉仪就感觉到自己的生活处处有崔玲玲的影子，她已经不能与之划清界限。这是幸运还是不幸呢？说到底，她还是怨崔玲玲的。而聪慧如她，又清楚地知道：嫉妒表面上是对别人不满，实际上反映的却是对自己不满。人们在哪些方面意识到自己的不足，就会在哪些方面表现出对别人的嫉妒。

她还知道，这是不应该的，也没有理由。

替她打理好合体的香奈儿职业套装，崔玲玲问她，要喷点儿香水吗？

“不用了，又不是约会，只是个商业谈判。”

“说吧，这么早到我房间来，不仅仅是让我帮你整理衣服吧？”崔玲玲笑着看她。

简嘉仪没辙了，在崔玲玲面前，她像个不谙世事的孩子。她的委屈因她而生，却还要向她寻求安慰。

“玲玲姐，你似乎失去了一切，可你却拥有着一切。”

“傻瓜，顺其自然吧。”

“你们都喜欢说顺其自然，我也想顺其自然，可我却一直在努力——是不是我这样也错了?”

“不，你没错。我说的‘顺其自然’，不代表不努力，而是努力之后有勇气得接受失成败!”

“我好像明白了，又好像不明白。”

“年轻的时候，我也曾妄自把他人定义为自己生命里止痛的良方，却忘记问对方是否愿意，就固执地认为对方会为我粉碎一生的苦厄。我以为对方给了慰藉，就是一生。这样未免有失公平。想而不得，本是人之常情。”崔玲玲似乎陷进了前半生的浮沉当中，与其说她是在劝解别人，不如说是在度化自己。

简嘉仪若有所思，心里终是忍不住一阵苦涩。她无法保证就此便可以干脆地放手，但起码，她知道了自己确实是在强人所难。她的任性如此可怕，有可能会毁掉所有她爱的人。

告别崔玲玲，在上班的路上，她的内心空明，复又装满心事。不管怎样，还得为了家族责任而打拼。

晚上回到家，晚饭气氛和往常没什么两样。饭后，崔玲玲主动到简嘉仪的房间找她聊天，她实在担心这女孩。

“今天顺利吗？你看上去状态不是太好。”

崔玲玲给人的感觉总是这样真诚，无法抗拒。

“不太顺利。”简嘉仪对着镜子照了照，确实她憔悴多了，便自嘲地笑笑，“快三十了，能不认老吗?”

“说什么呢，不才二十七吗，正是女人最好的年华。人不怕被别人折磨，就怕自我折磨。你懂我的意思吗？嘉仪。”

简嘉仪沉默了一会儿说：“我懂。”

崔玲玲笑了：“其实任何一个女人，都有过执迷不悟的时候。”

“你觉得我应该怎么办，玲玲姐？我怕影响工作，也怕我什么时候又被魔鬼迷住了心智，伤了别人也伤了自己。连我都讨厌这个状态的自己，何况是他?”

“你是说张军?”

“除了他还有谁？追求我的男人哪个比他差了？为什么我就这么死心眼儿呢?”

“这事没得解释。我们爱上一个人，不是因为他有多好。”

“那是为了什么呢?”

“有科学家说过，是因为某种气味 、某种磁场、某种化学成分在作祟，可我还是更加相信缘分。”

“‘缘分’是多么玄虚的两个字啊，”简嘉仪笑着叹气，“没错，反正把所有东西归在缘分和命运上，总是没错的。总之，我明白我不能怪你，也不能怨他就是了。”

“世间万物皆是缘。你和张军也一样。”崔玲玲也笑了，接着又疼惜地拉起她的手说，“有的东西真是没办法的事情。你看你一直在付出、在乞求，他并没有因此就接受你，爱上你，也不会讨厌你，心疼你。只有你自己委屈，自己讨厌自己，这不是我想看到的。”

简嘉仪的眼圈红了，她绝对相信崔玲玲说的是真心体己话。

“你是那么美丽、智慧、大气、能干、纯真而可爱，把所有美好的形容词放在你身上都不为过。嘉仪，如果真是因为我的存在，破坏了你应该拥有的幸福，我向你道歉。”

简嘉仪再也忍不住了，靠在崔玲玲的肩膀上抽泣起来，崔玲玲轻轻地拍着她的后背：“需要我做些什么吗?”

简嘉仪拼命地摇头。如果爱真的有输赢，那么崔玲玲是她唯一愿意服输的女人。是的，除了顺其自然，再无他法。

22

不寻常的女人，总有非寻常之举

南方的寒冬，说不冷肯定不对，说冷当然也比不上北方，但那绵长阴冷的雨天着实难过。幸好，海鲜城的生意兴旺。周彩儿算过了，照这个势头下去，明年这个时候，便可以还掉银行一大半债务。今年的盈利都还给姐们儿了，就算这样，现在还欠着崔玲玲五万元呢。

海鲜城的账目现在是尹启华在负责，周彩儿时常说他果然是来还债的，是她的福星。在走投无路的时候，他出现了，几百万贷款从天而降；在海鲜城死水一潭时，他给出了改革的建议与企划；他们"圆房"后，她将账目交给他，他理得井井有条，还合理地避了不少税款。年底这两三个月，正是旺市。反正过年之前，还清崔玲玲的债是绝对不成问题的。

她虽然很少"出台"陪酒了，但对于内部的管理却跟得很紧。新培养上来的中层干部表现都非常好，她正打算一步一步地将那些"心术不正"的人辞退，这些待过了年淡季时再实行。她是清楚的，还有两三个人和刘洋有联系，这么长时间，她也有了心腹，比如大堂经理、厨师长。她不在的时候，他们都帮她紧盯着。

为了和尹启华过上正常的家庭生活，她把作息时间做了调整，尹启华没有应酬又不加班的时候，她尽量守在家里。实际上，这样的时间非常少，尹启华太忙了。她看着都心疼。每当共处时，俩人一起照着菜谱做饭吃，同样的材料，非要做两道菜，为的是一比高下，谁做的相对难吃，谁就必须承包善后工作，比如洗碗、拖地什么的。周彩儿时常欺负尹启华，即使明知自己做的菜不如他，也要赖不干活，还搬出那句“你本就欠我的，你为我做什么都是应该的”。尹启华与她斗几句嘴，以示不服压迫，可最后都会将所有事情包揽下来。他就希望她那副“女皇”模样一直娇嗲下去，只要她开心。周彩儿当然很会卖乖，撒娇、按摩、赏吻、表扬，拈指轻笑便将尹启华心中的幸福感丝丝缕缕地扯得延绵不绝。

“你会一直对我这样好吗?”周彩儿总爱问这句话。

“只要你喜欢我对你好。”尹启华总是这样回答。

说也奇怪，他们之间从不会说“我爱你”这三个字。好多次特定的情景中，这三个字都溜到嘴边了，又滑了回去。

有一次尹启华问她：“你怎么从不说你爱我呢?”

周彩儿反问他为什么不说。他说：“觉得说不出口似的，就没说过。”

“为什么? 你没对陈怡飞说过吗?”

“说过啊。你没对别的男人说过啊?”

“当然！说得还不少，我那都是哄他们开心的。”周彩儿如实说道，“我那时根本不晓得爱是什么样的。”

“也许就是因为知道了，才不愿意滥用这三个字吧。”

“我也不想说那三个字，一说就想起以前那些事，觉得恶心。哥哥，这后半辈子，有你在，就好。”

在长沙发上，她软软地靠着他的大腿，看着这个有了鲜花与她绣的十字绣挂件装饰的家，内心平静而满足。

尹启华想象不到，第一次做女红的她，可以将他写的字绣得这样好。制版、配线、刺绣、装裱，都是她亲自做的，前后花了两个月的闲暇时间。

“岁月静好，”周彩儿看着墙壁上这四个字，梦呓似的说，“我多喜欢这话啊！只要给我这四个字，其他的我什么都可以不要。”

尹启华拥紧了她，也像拥住了整个世界。

一语成谶的寓言就这么没有任何征兆地演绎着。

在周彩儿努力上进，感觉前途一片大好、爱情事业双丰收、要过一个大肥年的时候，风彩海鲜城站在了全市舆论的风口浪尖上。

这个周六，周彩儿与尹启华赖在暖烘烘的被窝里度过了一个慵懒的上午，中午一起做了一顿家常饭，又厮磨了一下午，陪着尹启华练字，一起看喜剧影碟。将近饭市时，尹启华将她赶去换衣服，送她到海鲜城去，然后他再到兼职的企业看账目。

走进大堂时，经理说正要给她打电话呢，神色有点儿尴尬。

周彩儿问他怎么了。他说来客人了，在贵宾"法国"房。

"什么客人，用得着大惊小怪?"

"……是刘……刘洋和他几个朋友。"

周彩儿忙撤开尹启华的手，往那房间走去。尹启华不解地问："那个家伙来干什么?"

对于此人，尹启华时有耳闻，他不像他父亲——刘涛虽然是个暴发户，好歹是堂堂正正地挣来的。这个家伙名下的两家夜总会生意火爆，据说全市的"神仙药"都和他脱不了干系，他还勾结各方势力哄骗城郊农民贱卖土地，搞地下钱庄。为保持显赫，他拆东墙、补西墙，黑白两道威逼利诱，在企业界的名声并不好。刘涛还有个儿子，正规工商管理科班出身，不屑与哥哥姐姐为伍，在周彩儿刚刚认识刘涛时，就已向刘涛要了一笔创业资金，跑到新疆自立门户去了。

一直对周彩儿看不惯的刘洋，怎么会跑到这儿吃饭倒自己胃口?

包间里像吃满汉全席似的，菜肴摆得琳琅满目，却不见有人动筷。周彩儿深知刘洋这人惹不起，便用热情的口气说："哟，是刘洋啊，怎么，这菜不合胃口吗？点这么多，不吃太浪费了些。咦，你不会是来看周阿姨的吧？”

刘洋一阵大笑，话里带刺地说：“是！咱们的周狐狸阿姨果然名不虚传，看！夹死了咱爸，又马上嫁了个小白脸。”

房间里一阵哄笑。尹启华忍着不作声。旁边一个男人提醒道：“刘总，人家不是小白脸，是银行一金领。是正经人家的孩子。”

“哟，看看看，我这记性。那个谁，叫什么来着？”刘洋戏谑地看着尹启华。

“哦，小姓尹，名启华。”尹启华不卑不亢地说道。

“哦，对，对，尹股长。要么，坐下来，一起喝一杯？”刘洋假意招呼道。

“刘总有雅兴我们一定奉陪。不过我想问问你，来这儿的目的是什么？”周彩儿直截了当地问。

刘洋一怔，旋即哈哈地笑起来：“哎呀，周狐狸阿姨真不愧是个聪明人，够爽快。不过，我们确实是来吃饭的。”又问其他几个人，“你们说是吧？”

周彩儿看看饭桌上的菜，笑着说：“谢谢夸奖。能告诉我为什么吗？”

“还要我明说吗？风彩海鲜城近来声名鹊起，再不来吃，怕是没机会尝喽！”刘洋又加了一句，“我可是奉旨来吃这顿饭的——你知道，我是个孝子，老妈的话不能不听。”

“刘晓英？她为什么要你来？”周彩儿愈加纳闷了。

“刚不是告诉你了吗，再不来吃，怕是没机会尝喽！”刘洋放肆地看着她。

不知为什么，周彩儿有点儿不寒而栗。再细问怕也是无果，便装傻地笑笑，用她那八面玲珑的手法招呼着，又让服务员送了一瓶好酒，才和尹启华一起离开包间。

“你就不应该去受这难堪，你干吗非要去呢?”尹启华有点儿心疼她。

“我的直觉告诉我，来者不善。最近一定要密切注意。亲爱的，明天我不能陪你去邻市喝你同学的喜酒了，我得留守。我总觉得会出什么事。”周彩儿忧心忡忡地说，眉毛之间都拧成了个“川”字。

“至于怕成这样吗?再说，他还会带人来杀人放火不成?”

“他要是来明的，我倒不怕了。真正恨我的人，不是刘洋——他顶多是讨厌我。真正恨我的人是刘晓英——刘涛的前妻。”

“那她还要干吗?都过去这么久了。”

“对于她那样的女人来说，恨只会长，不会消。总之，我有一种很不好的预感。”

尹启华劝慰她不要胡思乱想：“这海鲜城不是好好的吗?还有一个月就过年了，光年夜饭的预订，咱就可以挣得盆满钵满。”

没出三天，晚饭后，在风彩海鲜城用过餐的客人，有多人陆续出现不同程度的中毒症状。电视上，记者不断地在医院和风彩海鲜城门前直播着本市餐饮行业最大的一宗群体性食物中毒事件。风彩海鲜城大门紧闭，周彩儿面对镜头，真诚地道歉并表示接受各部门的检查，欢迎媒体监督，并承诺会负责到底……

没有人知道这是怎么发生的，从食材的采购到制作环节再到上菜流程，都和平时一样有专人严格把控，食材的搭配也是科学的，这到底是怎么回事呢?不管周彩儿弄没弄明白，处理结果都是停业整顿。大额的医疗费用要缴纳，外加赔偿，还有银行得知消息后不断地催还款，周彩儿知道，她是回天无力了。

仅仅两天时间，周彩儿像变了个人似的，形容憔悴。尹启华请了假，她去哪儿，他就跟到哪儿。有时她处理不了的事情，他便出面应付。不管他说什么安慰的话，周彩儿面对他都是一言不发。

这可急坏了尹启华。他太清楚，为了得到想要的一切，她曾付出了什么。他真担心她会被击垮——这海鲜城，可是她的命根子啊。正是因为知道这一点，所以他才没有要求她婚后不要当这老板娘了。

周彩儿只是不想说话，叫他别为她担心——死不了。她一直在思考，那么多部门来调查取证，也没有发现有人搞鬼的线索。她知道这事定和刘洋脱不了干系，可是证据呢？她真的不甘心。

崔玲玲挺着六个月的大肚子，在简嘉仪和张军的陪同下，到尹启华家里来，大家一起商量对策。

讨论了半天，也无良策。

“还有什么对策可想呢？你们比我更加清楚吧，光是债务就将我压垮了。这么一大笔钱，谁能帮我填补？我还多亏他们心慈手软，没给我弄出人命来。”周彩儿苦笑着说，又长叹一口气，“我还是去会会故人吧。”

“故人？”大家异口同声地问。

“你不会是想去找刘洋吧？有用吗？”尹启华问。

“刘洋那人，你去找他不等于受他奚落，自找羞辱？”崔玲玲无比担心。

“连执法部门都找不到关于他的证据，你直接质问，难道他就会告诉你，那是他干的？”简嘉仪也觉得周彩儿多此一举，做生意的，谁不知道刘洋的为人呢？

“不找他，我找刘晓英。”周彩儿说着进了卧室，不一会儿便光彩照人地站在大家面前，看不出一点儿挫败感。

“我陪你去。”尹启华说。

“你送我去就行，有你在，说话不方便。”

见周彩儿这样子，简嘉仪不放心地说：“你不会是去做傻事吧？启华，你检查一下她的包，看有没有剪刀、刀子之类的。”

“放心吧，我保证不会意气用事，我只是想死个明白。”

“死?”尹启华颤声问，“彩儿，咱们还是别去了吧?那女人要是不讲理——她要是打你怎么办?”

“不会的。她不会。我也不可能死，我只是打个比喻。”周彩儿说着就走了出去。

“这……彩儿想干吗?”尹启华疑惑地看着崔玲玲问。

“你跟上去不就得了？记得有什么事情，第一时间给我们打电话，报警也可以。”崔玲玲嘱咐道。就算洞察世事知多少，这会儿她也猜不透周彩儿了。

尹启华忙跟了出去。路上又是无言，他边开车边观察她，未见反常。可这本身就是反常的，这女人今天太平静了！

到了刘家的老别墅，尹启华欲言又止。周彩儿对他笑笑，拍拍他的手：“在这儿等我。还有，相信我。嗯?”

“快去快回，我等着你。”尹启华反握着她的手。

“行了，又不是生离死别。我进去了啊。”周彩儿推开车门。

看着她摇摆的身段走进刘家大门，尹启华心里很不是滋味。

刘晓英怎么也想不到，周彩儿会来找她。刚才保姆说有人找她，报上周彩儿的名字时，她怔了半晌，还是让她进来了。等这一天，等得太久了——她就想瞧瞧这个狐狸精怎么一脸败相。她没有一天不祈祷这狐狸精有各种死法——以为从良了就是好女人，就春风得意了？嘚瑟就要遭报应！这时候收拾她，比刘涛在时或者死时更解恨——我让你幸福！我让你得意！哼！

这么想着，刘晓英还是给刘洋打了个电话，说那狐狸精找上门来了，听说就一个人。

听到刘晓英在给刘洋打电话，那语气还挺紧张的，周彩儿说："大姐，你不用害怕，我不是来兴师问罪的，也不是来寻仇的。我就想来聊聊天。你呢，也不用想着怎么污辱我，驱赶我。就俩女人，聊聊天。"

想不到就这么被周彩儿的气势先发制人，刘晓英想好的恶毒台词一句也用不上。她迟疑地放下电话，结结巴巴地叫周彩儿坐。

这老房子的客厅布置得非常中式，全是暗色调的红木家具，也没有其他亮色调的装饰，气派中不免透着死气沉沉。

刘洋也不见得有多孝顺，自己在新城区买了别墅，刘蕾两姐妹也嫁人了。这老房子是刘涛发迹后买的第一间大屋，刘晓英守在这儿终老，真具讽刺意味。

这个年近七十的女人，真的已经很老了。虽然头发染过，黑漆漆的，可白皙的脸上那些皱纹、脖子上的褶子、严重走样变形的佝偻身材，无不诉说着时光的残忍。就算你有千万家财又如何？

说句公道话，这村妇年轻的时候，长得应该也还好吧，人应该也算勤俭贤良。在人家年老时，自己强抢走刘涛，搁哪个女人也受不了。她苟且活着的愿望之一，就是看着自己倒霉吧！周彩儿不知道自己为什么会这样想——在以前，她们可是你死我活的对手。

同样地，刘晓英也在揣摩周彩儿：这个不要脸的女人，生就一副狐狸的样子。她勾搭谁不好，非讹上刘涛！从十七岁盲婚嫁给刘涛，他们从潮汕过来这儿打工，白手起家，受了多少苦，这狐狸精知道吗？当他们逐步有钱起来，刘涛却嫌弃她不够体面、不够知书达礼，让她守在家里哪儿也不要去，他自己却在外面风流快活。她可是守了整整二十年的活寡啊！眼看着要熬到尽头了，可她硬生生地被周彩儿这个狐狸精革去了"刘夫人"的名分。这几年来，在睡梦中她都恨周彩儿恨得咬牙切齿。

周彩儿环视着四周，不经意地问："以前听涛哥说，大姐一心向善，还在家里设了佛堂。这佛堂设在哪儿呢？现在还有拜佛吗？"

"你问这个干什么？当然有，就在偏厅。"刘晓英戒备地说。

"哦，没什么。我只是想，在佛祖面前，我们都能保留一点儿善意，彼此坦诚。"

"你想去我的佛堂？呸！"刘晓英激动起来，"为了排遣寂寞的日子，儿子给我做了这佛堂。我想佛祖会被我的诚心感动吧？我一拜就是二十年，我老了，他也老了。我就想吧，这苦日子也到头了，老来伴老来伴，不都这样吗？可我万万没想到，他竟然为了你和我离婚。我都六十多岁了啊……现在你这狐狸精还想玷污我的佛堂！"

"……大姐，如果我想说，我今天是来道歉的，你相信吗？"周彩儿看着她扭曲变形的脸说。

"道歉？我宁愿相信世上有鬼，也不会相信你这张嘴！你哄得了刘涛，哄不了我。你这种女人，会懂得羞耻？"刘晓英终于记起了刻薄的话应该怎么说。

"是真的，因为现在我也有丈夫了，是真正的爱人。我确实对不起你。有时我想，假如有人从我身边抢走他，不要说在我年老之后，就是现在，我也不答应。"周彩儿说，"所以你恨我，是应该的。"

"是的，我恨你。我天天盼着、念着你这种女人怎么不去死呢？小三、狐狸精都死光了，这世上多干净啊！"

"也许我是该死，可何必牵连那么多无辜的人呢？"周彩儿看着她问。

"无辜的人？你说什么？"刘晓英又戒备起来。

"你知道我在说什么。你就不怕佛祖怪罪？"

"没有人命吧？没出人命，就不算作孽。"

"这么说，你承认啦？"

“我可什么也没说，什么也没做。”

“大姐，你赢了，你终于报仇了。可是我也没有输。我不再是过去那个周彩儿了，看中的东西也不一样了。也许，你在帮我，帮我从欲望的深渊中抽身出来。这些年，一路这么抢着、拼着、撑着、装着、端着，我也有点儿累了……”

刘晓英不解地看着她。

“大姐，你终于不必恨我了。你看，我又一无所有了，跌得很惨。我并没有你们想象的那么痛。可是，你们不应该殃及那么多人。幸亏没出人命，不然的话，相信你剩下的日子也不得安宁，你的佛祖也不会饶恕你。刘洋在外面做什么那是他的事，可你是你。大姐，我始终相信，你是个好人，贤惠、勤劳、节俭、本分。刘涛不珍惜是他的错，当然也有我的错，总之都结束了。海鲜城不在了，我和刘涛的所有牵连也消失了。以后，我只是尹启华的太太。我期待着粗茶淡饭的生活。我想，那应该也不错。”

周彩儿憧憬地说着，刘晓英也陷进了遥远的记忆，在狭小逼仄的出租屋里，她给年轻的刘涛做饭，刘涛在一旁给她摇扇子，自己却一身汗水，没有多少油水的青菜下白饭，他能吃掉三大碗……

没有告别，周彩儿站起来离开了这个压抑的客厅。出去的时候，迎面见到刘洋急匆匆地赶回来。这个女人，不在家里倒地痛哭，打扮得花枝招展地上这儿来干吗？客厅里，老母亲泪水横流，似乎经受过极大的刺激。

“怎么了，那狐狸精来干吗了？骂你了？打你了？”刘洋着急地问。

刘晓英边哭边摇头，他问旁边的保姆，也说没有。

“把佛堂撤了吧。”刘晓英哭了一会儿，叹息着说完，便让保姆扶她上楼休息。刘洋看看老母亲，又从窗口看看坐进尹启华车里的周彩儿，百思不得其解。

尹启华也想不通为什么周彩儿从刘家出来后，似乎一身轻松。尹启华问她到底和刘老夫人说了些什么，周彩儿只告诉他两个结果：一是证实了确实是她叫刘洋干的，二是她终于想明白了。

“是吗？她怎么说的？他们到底是怎么做的？你有没有录音？这就是证据啊？这样的话，咱们就有救了！”尹启华兴奋地叫起来。

“我没有问，也不想问，更没录音。”周彩儿看着窗外飞过的街道景色。为了迎接新年，街道上的绿化焕然一新，重要的地段摆上了各种造型的鲜花，姹紫嫣红的，她喃喃地说：“春天来了……”

“不是？什么春天？我不懂。这是为什么？你到她家不就是要个说法，寻找证据的吗？”

“不为什么，是我终于想明白了。”周彩儿欣赏着街景说，“亲爱的，一切都不重要了。”

尹启华便不好再问，她实在是太反常了，让他愈加担心。

在他家等消息的其他人，听到周彩儿竟然不想深究这件事情，还放着证据不要，很是愕然。唯有崔玲玲心领神会，塞翁失马，焉知非福。不寻常的女人，总有非寻常之举。

风彩海鲜城要拍卖清盘了，周彩儿与员工吃了最后一顿饭。就这一年来，她才真正和他们血肉相连地奋斗，突然间要散场，内心很难受。之前给了他们太多的憧憬，简单几句说辞，周彩儿便哽咽不得语，只好端起酒杯连喝三杯，鞠躬再三，便在尹启华的搀扶下离开了酒席。身后听得大堂经理大声地吆喝同事们喝酒、吃菜。

在办公室坐了一会儿，周彩儿平静些许。厨师长敲门进来，将一个信封交给周彩儿，那是她给他的额外安置费。

“周小姐，这笔钱我用不着。我这种人是越老越值钱，别的地方正在使劲说服我过去，我准备去深圳，我夫人的烹调培训学校也在那儿，是时候一家团聚了。那家海鲜城给我的条件很丰厚。”

周彩儿忙将钱塞回他手中说：“不行不行，这是我的一点儿心意，我自己觉得还是给得太少了。可我目前能力有限。你跟了我这么多年，当年我使阴招把你挖过来，心里一直觉得对不起。你就拿着吧。何况你教会了我许多用钱买不到的东西。”

“你们现在是最艰难的时候，这钱我要得不是滋味，也要不下手。周小姐，你就让我开心点儿离开吧。”

周彩儿不知该说什么。

“其实，周小姐，没了海鲜城，你也许会得到更多，”厨师长看看她和站在一旁的尹启华，用一个长辈的口吻说，“你会幸福的。一个女人，最重要的是幸福。傻姑娘，别再上蹿下跳了，有时间了，就养个孩子吧。”

周彩儿的眼圈马上就红了，点点头。

“我走了。再见！”

尹启华和周彩儿忙伸出双手与他握别。这小半生，她的生命里来来去去那么多人，没有哪个离别让她如此温暖而又充满感恩。

员工散尽之后，周彩儿一个人在灯火通明的海鲜城里流连，手指抚过厨房那些光洁如新的碟子、光可鉴人的不锈钢整厨灶，大厅里新换不久的南美风情窗帘、桌面、椅套……

尹启华在外面的车上等她。他只恨自己能力有限，面对她的梦想陨落破碎，他只能在一旁默默地看着。

里面的灯渐次熄灭，周彩儿出来了，锁好大门，步下台阶，又转身望着“风彩海鲜城”这几个烫金大字，感慨万千。那些喧嚣的场景如潮水般向前涌去，没过她，直至被吸进前面的黑暗里。她看着那些妖艳的自己在黑暗中酒肉喧哗、觥筹交错、媚笑娇嗔，那样熟悉而陌生。

"给我拍张照片吧。"她知道尹启华就站在身后。

"好。"

尹启华拿出手机，调到夜景模式，"咔嚓"一声，周彩儿定格在"风彩海鲜城"牌匾下面，依旧笑靥如花，没有了卖弄的风情，有落寞，也有宁静——这同样是让周彩儿感觉陌生的自己。

"看吧，没有了光鲜物质支撑着，我这个女人，一点儿生气都没有了。"坐在副驾驶座上，周彩儿看着手机里的自己自嘲着。

"你这么说，不是在怨我吗？"尹启华说。

"怎么怨你了？"

"如果我是个有钱的男人……"

"是啊，如果你是个有钱的男人……可惜你不是，你只是一个朝九晚五的打工仔，"周彩儿靠在他的肩膀上叹息道，"看你以后怎么养我吧……"

"管你吃饱、让你穿暖我完全可以做到。只是，你真的准备好了吗？"尹启华拍拍她的脸，还是那样有弹性，但明显不那么饱满了。

"没有！"

尹启华的心一凉——她终于要和他摊牌了，他认命地等着她的话："我知道，你迟早是要飞走的，你早已成凤凰，不可能再变成麻雀。"

"吃饱可以，可是仅仅穿暖绝对不行！"周彩儿抗议道，"什么凤凰啊，我充其量也只不过是一只长过漂亮羽毛的山鸡。"

"是吗？我想请问一下，经过稍加驯养，是否能转化为家鸡？"

"鸡鸡鸡，真难听！什么山鸡家鸡的，老娘不是鸡！"周彩儿骂道，"这称呼怎么比'臭豆腐'之类的还要难听？"

"是你自己先说的嘛。"

"我说你也跟着说啊？没脑子啊你！"

尹启华虽被抢白，心里却是欢喜的，他听出了她只是要发泄情绪，并没有要走的意思。

“飞，我能飞到哪儿啊？现在也只有你这男人这么蠢，还和我待在一块儿。我不赖着你，我上哪儿吃饭，去哪儿睡觉？这年头儿，年轻漂亮的‘90后’姑娘们满大街晃，我好意思和人家竞争抢山头儿吗？就算我好意思，男人们也看不上我喽！”周彩儿继续自嘲着。

“说什么呢？以后不许老说自贱的话。在我心里，你金贵着呢。只是……有件事情，我必须告诉你。”尹启华很认真地扶她坐端正，看着她说，“我们……马上就没地方做饭，没地方睡觉了……”

“你说什么？”

“当初你在我们银行贷款时，老院长和我是担保人，咱们的房子做了抵押……现在……银行要收回去了……”

“这……这……不可能吧？海鲜城拍卖那么多钱，还不够吗？怎么还要收咱们的房子？”周彩儿完全没想到会这样。

“早上行长找过我了，他们做过评估，就算拍卖了海鲜城，也还差一部分钱，所以……”

“不行！这怎么可以！”周彩儿叫起来，“你不是银行的吗？你和他们说说，不要收自己人的房子。好不好？”

“彩儿……”尹启华抓住周彩儿的肩膀，艰难地说，“咱们要去找地方住了——如果你还愿意跟着我。”

她当初就不应该找他贷款的啊！在这个房价飙升的城市，买一套那样的房子多难啊——如今将她卖了也买不到一个厨房啊。当年的内部认购房，那面积、那设计布局……重要的是，那是他们的家啊！

“都是我，都是因为我……”周彩儿哭了起来。

“彩儿！”尹启华叫着她，“彩儿，你听我说，这是没有办法的事情！

我们如果够相爱，就一起面对它！”

这个声音是那样坚定有力！这是她盼了十五年的声音。

“如果你肯相信我，我会让你再拥有一个家——我们的家！我们一手一脚重建起来的家！”尹启华捧着她梨花带雨的脸说，“彩儿，有你在，就有家。”

周彩儿透过泪眼，用力地点点头，尹启华将她拥进怀里。是的，她愿意相信他，这辈子也只能相信他。十五岁的时候，她就在心里幻想过，有一天他会对她说这样的话。无论发生什么，他都是她身边最坚定的那一个。

真正到风彩海鲜城拍卖那天，尹启华本想将她带离这座城市，到邻市的温泉度假村去散心。周彩儿却早早地起床梳洗打扮，说要在家宴客。

“亲爱的，你不是装的吧？”尹启华又忍不住问。

“我是装的人吗？要真放手，就没必要逃避。我们还得在这城市生活呢。”周彩儿说，“朋友们为咱们的事，也操心了不少时日，是吧？”

尹启华想想也是，他们结婚以后，还从来没有在家接待过朋友呢。只是就他们这三脚猫的厨艺，能搞得定那么一大帮子人吗？

“你不是四川人吗？不是爱吃火锅吗？咱们就弄两个电磁炉，做重庆火锅涮着吃，根本不用做菜做饭。一个麻辣味儿，一个清汤，这多热闹啊！”周彩儿环视着家里说，“再过几天，咱们就得搬出去了，趁现在地方还宽敞明亮，叫朋友们来聚聚吧。”

这话说得尹启华有点儿伤感，认同地点点头。

“别伤感了，快打电话吧。”周彩儿说，“我叫玲玲顺便带个电磁炉来，咱家只有一个。”

尹启华又加了句：“你真没事？”

“不就是拍卖吗？这是早就知道的事。”周彩儿说，“拿得起、放得下，才是我周彩儿。”

“以前，你不是说跌倒了也要抓把沙子吗？”

“那是以前，现在我在哥哥的教导下，不成良家妇女了吗？再说，现在我还抓沙子，那也太弱了吧？沙子那东西，你抓得再紧也会从指缝流光。我起码得抓块大石头，累了还可以在上面坐着歇息歇息。”

“你的意思是，我就是那块石头喽？”

“有时候男人太聪明了，不是好事情。”

“哦对了，我忘记了我得适当装傻，对不起，对不起。”

这活灵活现的奴才模样，惹得周彩儿笑起来。

“千金散尽还复来……呼儿将出换美酒，与尔同销万古愁！”尹启华高声朗诵着。

“去去去，谁愁了？走，准备东西去。一会儿大家就要来了。”周彩儿将他拉起来。

得知周彩儿要在家设什么“拜拜宴”，大家都又纳闷又担心，这俩人可不是什么正常的夫妻，不会是要散伙了吧？这婚姻的结合本身也不那么牢靠。

听到简嘉仪的疑问，周彩儿大笑起来，肆无忌惮地看着尹启华说：“是要和这房子说拜拜，又不是和他。他呀，这辈子就别指望和我说拜拜了。好不容易找到一张长期饭票，还是合法的，我凭什么要扔了呀。现在有人给我饭吃，我就管他叫爹。”

“你叫谁爹呢！”尹启华不忿地反驳道，“不当老板娘，这好话都不会说了啊？”

“哦好好好，你是孩子他爹，行了吧？”周彩儿说。

大家哄笑起来。

崔玲玲最敏感，这话应该不是随口说的，问出口的话却是："你们房子找好了吗？要是不嫌弃，到我那儿去先住一段时间吧。反正房子也是空着。"

"找好了，找好了，后天就搬过去。"尹启华说。

"我们可不敢在你那儿住。我这个老不正经的，你又不是不清楚。什么时候我扯着他不小心在你房间做了我们爱做的事，弄脏你的床，这姐妹的情分，我可赔不起。"

"你就不能好好说话吗?"大家看着尹启华的脸渐渐地红起来，又哈哈地笑起来。这俩人真是活宝。

"尹弟啊，难道这事全是女人做主？你没事就像小姑娘似的任她摆布——啊，不要，不要?"没想到文质彬彬的张军会说出这样的调皮话，众人嘴里的东西都要喷出来了。

尹启华也羞涩地笑着，暗中捏了一把周彩儿："给点儿面子好不好?老婆，别寒碜我了。"

周彩儿亲了他一下，举起酒杯说："行，这杯酒敬我老公。以后你就是我的天、我的地，好不好?"

尹启华很老实地、郑重其事地应承着："好!"然后喝光一杯啤酒。

崔玲玲注意到周彩儿放到嘴边的酒只是象征性地呷了一下，并没真喝。

电视正在播放本市新闻，大家停下吃东西和说笑，静静地盯着屏幕，又偷偷地注意周彩儿的表情。风彩海鲜城终于拍卖出去了，接受采访的人竟然就是刘洋。他用饱含感情的语气说这是父亲生前的企业，虽然被外人经营坏了，但他有责任将其接手过来，延续父亲的希望，并说将会重新改名、装修云云。

"这家伙去竞拍，谁还敢和他争，肯定是最低价得手的。"尹启华说。

“和咱们无关的事情，何必去深究那么多?”周彩儿淡淡地说，“来吧，为了一身轻松，干杯!”

这一杯，周彩儿是喝光了的，那样子，像是要彻底与什么告别似的。

“是啊，轻松，咱们是轻松得一下子什么也没有了。”尹启华笑道，“老婆，要跟着我过穷日子喽。”

“什么叫富日子，什么叫穷日子，我现在算是明白了，也是不能单以钱来衡量的。”周彩儿又说，“你们说是吧，玲玲?姐我这次跌得确实有点儿惨，不过这人生就像心电图，要是一马平川没有起伏，就说明你挂了!”

这个女人，心脏确实是够强大的。连张军也心生佩服。

崔玲玲静静地看着她嘴角上那朵一直挂着的笑意，心想：每个人的成长与获得，都在付出代价。对于女人来说，这不能算作最好的吧，上天将一切有形的收回去，给了她无形的，而她竟然相信了这一直被她嘲笑、讥讽、质疑的爱情。这到底是成熟还是天真?崔玲玲已经模糊了界限，可这又有什么要紧呢!在厄运与变故面前，有一双可以相握的双手，比强撑的随遇而安幸福一万倍。许多时候，男人的爱，才是女人最强的底气。

23

再勇敢一点，幸福真的唾手可得

崔玲玲知道，只要他们三个人在一起，简嘉仪总要偷偷地观察她和张军。但是她能做些什么呢？张军也没对她表示过什么，他一直那么绅士，她总不能无事生非地提醒人家或者拒绝人家吧？

简嘉仪也不确定他对崔玲玲是不是真的还有关心以外的情分，总之每隔几天，他就会出现在简家。崔玲玲的产检，他没落下过一次——不管多忙，他总能抽出时间来。以他的话说，是“得将结果传送给爱德华教授，必须陪着，这可是科研数据呢”。

久而久之，崔玲玲的主治医生都以为他们就是夫妻。在周彩儿那儿吃过饭，下午便是崔玲玲的产检预约时间。简嘉仪载他们去医院，看着张军驾轻就熟地带着崔玲玲在医院里检查，心里又是百感交集。她不会再赤裸裸地表露自己了，而是将更加多的落寞留给自己。

张军是个投桃报李的人，一有机会便向国外的关系网介绍简氏的产品，简嘉仪的出口订单多了好几单。只是现在请工人是一个很严峻的问题，许多大企业都吃不饱。特别是春节过后，工人的流动性特别大。所以，许多企业都会先克扣工人两个月的工资，让他们不敢轻易跳槽。

简嘉仪虽然也清楚这么做不那么好，但是也没办法。即使这样，节后也还是有好多工人没有回来。特别是这几年，珠三角的用工困难如潮水般涌现，互相抢人、挖人是常有的事情。

崔玲玲进去照B超时，张军听到简嘉仪在和下属通电话，晚上的联欢晚会已经准备就绪，给孩子们的礼物也分装好了，各地工友的火车团体票也办好了，正在发放。

张军很奇怪地问她：“怎么你的工厂还招童工?”

“我像是那样的无良资本家吗？是工人的孩子。”

“来派礼物吗?”

“他们大多是外来工，孩子都和老人留守在老家，一年甚至更长时间也见不上。他们背井离乡，这样努力勤奋地工作，我感谢他们。我更需要他们节后再回来，所以我得恩威并施。除了把他们两个月的工资押到节后再发放之外，我在尽力地对他们好。”

“打人家一顿，再给糖吃。”

“这不是英国啊。在这儿，就得这样做。有的大工厂，还时常有工人跳楼，这年头儿，谁不是压力山大。幸好有我哥和玲玲姐他们以前做的基础，简氏的企业文化还是不错的。我接过来之后，在文体活动方面增加了投入，也增设了心理咨询室和员工应急借贷措施。过节了，他们好不容易回家一趟，总要给孩子买礼物，我也只是尽点儿心意。反正，企业好了，大家就会好，我是想让他们明白这个。”

张军听了，赞许地点点头。这就是企业家和老板的区别。他有时也在问自己，这个女子这么优秀，已经长成他当初要求的模样，他凭什么不向她张开双臂呢?

简嘉仪不知道，他确实也努力过，尝试过，但欣赏毕竟不是爱，心疼也不是。爱应该是自然而然而又毫不犹豫的。

崔玲玲从孕检室出来了，他们一起迎上去。

“医生怎么说?”简嘉仪问。

“说胎儿比平常的大，我营养过剩了。妈一天到晚就给我做吃的，我不吃还不行。从现在开始，得控制一下了，你看才七个多月，我就这么胖了。”崔玲玲比画着肚子说。

张军上下打量着她说：“谁说你胖？这样多好看！你是我见过最漂亮的孕妇了。”

“我都一百五十八斤了，重了整整四十八斤！这都还没到最后阶段呢！你看着吧，爱德华教授看到这次的检查报告，肯定要说我。”崔玲玲说。

“对了，说到爱德华，我有两周没收到他的邮件了。以前他每隔几天都会问你怎么样，我上星期把你的生活照片发给他，也没见回复。”

张军说到这里，怔了怔，心里突然觉得不是那么对劲。崔玲玲也感觉到了，俩人互相对望一眼。扶崔玲玲在走廊的椅子上坐下，张军便给爱德华的研究室打电话，一直无人接听。

简嘉仪问：“怎么不打他手机呢？”

“他没有手机，说用手机是现代人最愚蠢的绑架自己的方式。”崔玲玲抓住张军的手，紧张地说，“军，不会出什么事了吧？”

张军握着她的手说：“不会的，那老头儿强健着呢！可能外出了。别想太多啊。”

听着崔玲玲直呼他“军”，又看着那握在一起的手，简嘉仪扭过了头，停了一会儿才转过来说：“咱们走吧。医院这儿细菌多，有什么事回家再说。”说着，和张军一起扶起了崔玲玲。

感受着孩子在肚子里一天天地长大，崔玲玲从来没忘记过是谁让她拥有了这个孩子。她有种不祥的预感——爱德华教授一定是出事了。她摸着脖子上的十字架项链，祈祷着。

告别时，崔玲玲对简嘉仪和张军说，过两天要是没什么事情，去帮彩儿他们搬家吧，别让彩儿搬重的东西。

这么郑重的嘱咐，倒引起简嘉仪的疑问。崔玲玲摸了摸隆起的肚子说："她可能也怀孕了，但是跟谁也没有说。"

"你是怎么知道的?"张军也好奇得很。

"女人有天生的母性，彩儿也一样。也许她目前还不确定要不要这个孩子，但她非常自觉地在保护他。你们没发现她今天喝酒时非常斯文吗?"

"你怎么知道她没告诉尹启华?"简嘉仪问。

崔玲玲笑笑，也没作答。简父与简母听到动静迎出来，一左一右地将崔玲玲"架"了进去。

"怎么样，简大小姐，很羡慕这种三千宠爱于一身的荣耀吧?"张军笑问。

简嘉仪看着父母那似乎越老越年轻的劲儿，摇头笑笑。

"你不会不想当母亲吧？再不嫁人就老啦。"

张军像一个语重心长的兄长，简嘉仪有点儿厌烦，心里那点儿小情绪又上来了，扬起脸问他："我想和你生，你愿意吗?"

张军暗暗后悔自己踩了地雷，真是哪壶不开提哪壶。看着他那窘迫的神情，简嘉仪笑了："我开玩笑，你还当真了。"

如果她真可以拿他们之间的事开玩笑，倒是值得欣慰的。张军清楚，玩笑在这里，真话也在这里。他不敢说什么，只是跟着笑笑。

"看到周彩儿他们患难之中的那份真情，我确实想嫁人了。只是要嫁给谁呢？我很清楚，如果发生同样的事情，你一定是那个一直站在爱人身边的人。至于别的男人，谁知道呢?"

"傻丫头，你不会是为了嫁人而嫁吧？这事草率不得。别让我觉得像犯了错似的。"

"你也别瞎担心，我呢，暂时对你还没死心。你单身一天，我就绝不嫁人。"

简嘉仪坦率地看着他，很平静地说。张军听出来了，和以前不一样的是，她的态度变了。应该用什么词语来形容呢？自然，对，她很自然地表达着自己，当然也是很自然地看待一个结果的吧？

“这样，我们就都不用有压力了。”简嘉仪看看楼上，对张军说，“让我们仨，都顺其自然吧。要知道，要让我真正做到这四个字，很不容易。我在努力。”

张军拍拍她的肩膀，了解地点点头，再拍拍，依旧像一个兄长，然后什么也没有再说，拉紧了外套，看一眼院子一角的那棵香樟树，笑笑，转身准备走出她家院子。

简嘉仪叫住他：“等我一下，我换个衣服回公司参加年度聚餐和联欢晚会，顺道送你。你要没什么事，也可以跟我一起去，管吃，还管玩儿。”

“那……”张军望望楼上，“玲玲去吗？”

“是不是她不去你也不去？”没等张军回答，她就说，“本来应该去的，我爸妈也去。可玲玲现在的身体你觉得合适吗？你呢，就代表她去吧。顺便唱上一首歌儿。”

“对对对，小军的英文歌唱得和嘉铭一样好，一起去，一起去！嘉仪，你快去换衣服呀，不然就迟到了。”重新走出来的简母恰好听到最后一句，上来欢喜地拉着张军的手说，“都是自己人，和员工一起吃团圆饭，开心开心，多好。”

就这样，张军的出现，惹得员工们议论纷纷：这就是年轻女老总的男朋友吧？看上去也就很一般呀，不高大，也不算帅气，白净倒是挺白净的。

简嘉仪给他准备了一支风笛，这可把他弄晕了，他都多久没吹过了！主持人已经报幕了，他只好硬着头皮上去。绅士就是绅士，站在舞台上，张军一点儿也看不出紧张，只有简嘉仪听出他吹奏的曲子错了好几个地方。趁着掌声，主持人又要他来一首英文歌。实际上，工人们大多欣赏不了，但这气氛让人欢乐高涨。张军哪能放过简嘉仪，当众邀请她上来一起合唱。员工们何时有机会听老总唱歌，疯狂地鼓掌喊叫着。简嘉仪只好走上台去。

看着女儿和张军一起站在台上，牵手演唱着*Just one last dance*（《最后一支舞》），没有配乐的清唱更显得清澈深情，简家俩老人笑意盈盈。他们何尝不清楚女儿的一腔心事，只是经过儿子的事情，他们早就看开了。要是当初不强加干涉儿子和崔玲玲，默许他们喜结连理，一切都顺顺利利的，或许儿子就不会出事了。现在女儿的感情，让她自己去处理好了。年老的时候，回想往事，年轻时为了爱而苦、而思、而痛，也是美好的。

“哇，简总和张先生的配合真是天衣无缝、天造地设、珠联璧合啊！”

在主持人夸张的起哄和员工们的掌声中，他们牵手致谢。享受着从张军手心传来的温热，简嘉仪像情窦初开的少女，心如小鹿乱撞。突然，张军用力地甩开她的手，拼命地推开她，又将主持人撞向另一边，台下观众在惊恐尖叫，没等简嘉仪回过神来，一盏吊灯就掉了下来，正好砸在张军来不及缩回去的左腿上。

事后简嘉仪才知道，音响器材租赁公司在安装舞台灯光音响的时候，一个工人因女友不肯跟他回老家订婚而情绪不好，精神不集中，少上了两个螺丝。赔偿责任是划清了，但张军的腿却受伤了，当时就送到医院，现在还打着钢板，不能动弹。

幸好员工们开始放假了，简嘉仪有大把的时间照顾张军。在医院这两天，她也确实够累的。大小便他始终不肯让简嘉仪帮他，坚决请护工来。对此，简嘉仪笑话他迂腐，难道还怕她趁机耍流氓不成？她又不是周彩儿。

张军就笑了，不管怎么说，不合适就是不合适。

周彩儿忙着收拾行李物件，夫妻俩来看过他一次。尹启华悄悄地对简嘉仪说："这是多好的机会啊，要抓住啊。"

周彩儿狠狠地打了一下他的头。简嘉仪知道，周彩儿心里向着崔玲玲，觉得张军是上天赐给崔玲玲最后的男人，他们要是成不了，玲玲怕是要独身一辈子。

"一比一，没胜没负，嘉仪，我挺你啊！"尹启华鼓励道，周彩儿踩了他一脚，将他拉走了。

张军问他们拉拉扯扯的在干吗。简嘉仪照实说了，张军笑起来说："确实，这是多好的机会啊！我这样，不会是你设计的吧？"

"你心里就这样阴暗啊？真要是我设计，我应该让吊灯多掉下几个来，你残废了，我才好照顾你一辈子！"

"鬼丫头，牙尖嘴利的，看我好了怎么收拾你。"

"我还指望着你收拾我呢，快好起来吧，还有十来天就过年了。"

"说到这事，我倒想起玲玲叫咱们去帮周彩儿他们搬家，要不明天你去吧。"

"我不在，你怎么办呢？"

"让玲玲过来呀。"

"赶我走是吧？你就是不想和我待在一起。"

简嘉仪有点儿心酸，张军不敢再说了。这女孩，为了他，在这儿守了两夜，都瘦一圈了。

简嘉仪将手上剥好的脐橙递给他，假装去洗手，不想理会他。这无微不至的关怀，于张军并不好受，但真开口赶她走，确实做不到。

简嘉仪出来见到他拿着橙子发呆，便问："怎么不吃呢？不吃就放着吧。"

张军忙将橙子掰开，放进嘴里嚼起来。这脚正固定在架子上，还要在这儿躺多久啊。

“是不是如果照顾你的是玲玲姐的话，你就不会这样拧巴不安了?”简嘉仪说，“其实退一步说，这次是我欠你人情，就当我还你。这样想，是不是就舒适些?”

“傻丫头，我哪儿拧巴了? 你肯在这儿陪我，我感激还来不及呢!”张军说，“不过，这就要过年了，你就不去逛逛街、买买新衣服?”

“看，又变相赶我是吧? 好吧，晚上我叫玲玲姐送吃的来。”

“别别别，让她在家好好休息。”张军边说边吃力地反手挠后背。

“怎么了? 来，我帮你。”简嘉仪迎上去，将手放在他后背，“这儿吗?”

“不是，下一点……再上一点，对，就这儿。”张军说，“谢谢啊。可能是两三天没洗澡，觉得浑身不舒服。痒痒的。”

挠了一会儿，简嘉仪出去端了盆热水进来，放在病床前，一点儿也不温柔地问:“是你自己脱呢? 还是我帮你。”

“你干吗?”张军面带窘色，“别，不用。不用你来。”

“那，你自己来?”简嘉仪将毛巾递给他，看着他架起来的脚说。

“我要是能自己来，我早洗澡去了。”

“所以呢?”简嘉仪按住他，边替他解扣子边说，“虽然我没留过洋，可男女授受不亲的观念我一点儿也没有。”

“我脱，我自己脱。”张军也没有，他只是不想和她过于亲近。

“以我对人体雕塑的艺术眼光看，身材一般。”

没想到她会这么说，张军笑起来，低头看看自己说:“怪难为情的，要不，叫护士或者护工来吧。”

“不，我就趁机亲近你，怎么的? 不摸白不摸。”简嘉仪白了他一眼。

“好好好，行，让你摸让你摸。”张军很是好笑，摊开双手，“来，请服务。”

简嘉仪看着他赤裸的上身，抿嘴笑了，伸手试试水温，烫得缩回手去，又去添了些凉水，再试，才将毛巾放进去，捞出来拧干水，从他后背开始擦起。动作不轻不重，还特别关照刚才挠痒痒的地方。接着是腋下，她一手抓住他的手臂，一手拿着毛巾正要碰他的腋窝，张军就忍不住笑："别，别动这儿。痒，痒！"

"这儿比后背脏多了，不擦怎么行？"

"这儿我可以自己来。"

"就不，就不！"

简嘉仪将毛巾捣向他的腋窝，手指碰到那团漆黑的腋毛，条件反射似的缩回来，片刻又咬着嘴唇、忍着笑，擦了下去。

"痒的又不是你，你笑什么呀？"张军咬牙问道，"我最怕别人碰我腋窝了！"

"我笑什么？我觉得咱们真像一对夫妻了。我幻想过无数我们在一起的场景，就是没有这一幕。"

张军不知怎么接话。

终于擦完腋窝，毛巾移至前胸，她的脸近在咫尺，只隔一厘米的距离，垂下来的一缕头发轻扫着他肩膀与手臂的肌肤，身上那种成熟天然的体香没有防备地钻进他的鼻孔，恍惚而诱人。还有那双手，温热而轻柔，只要她再勇敢一点，他这把干柴就轻易被点燃了。

简嘉仪感受着他温热的鼻息从脸上吹过，什么也不敢想——是的，真像周彩儿说的"怕他不来，又怕他乱来"，心没有节奏地跳动着，不敢看他，不敢再近一点儿，不敢一头撞进这赤裸的胸膛。

不知擦了多久，才听到他说："我的肚皮都要被你擦破了，可不可以停手？"

简嘉仪一惊，回过神来，他的肚皮上果然红了一大片。她有点儿慌乱，指着他的下身说：“这个，要擦吗?”

“你敢吗?”看她竟然脸红了，张军故意问。

“你自己来!”简嘉仪将毛巾递给他，“我扶着你，你自己在被窝里擦。”

“行。”张军在她的帮助下，穿好上衣，又在被窝里艰难地褪下裤子，看着她说，“不会偷看吧?”

“我要看也光明正大地看。”简嘉仪又催道，“你动作再不快点儿，我就掀被子。”

张军忙将热毛巾伸进去，防备地看着她胡乱擦了几把，就把毛巾递给她。

“擦干净点儿。小时候我妈妈教育我哥说，那地方要是不讲卫生，要烂掉的。”简嘉仪将毛巾推回去，恶作剧地说。

张军瞪了她一眼，不情愿地将毛巾再伸进被窝，又擦了几下，快速地拉好裤子，扣上。

简嘉仪看着他的紧张模样，忍俊不禁，扶他躺好后就去倒脏水了。

张军暗呼一口气，刚才真的好险，差点儿就做出说不清楚的事情来。男人与女人之间的诱惑有时真与爱情无关。简嘉仪不知道，她已经错过了最好的机会。许多时候，所谓爱情，不过是那么一瞬间的头脑发热引发的后遗症，运气好的话，还能互相负责到底。

崔玲玲是故意不到医院去的，她清楚这确实是他们好好相处的机会。她一个人到周彩儿家去了。尹启华还在加班，周彩儿将家里的东西仔细地打包——那么多箱箱包包啊!

“我恨不得把墙砖地板也抠出来!”周彩儿对惊讶的崔玲玲说，“想丢掉一些东西，可一想这是咱家的，哪怕是个钉子，我也舍不得。我这是不是有病？以前我哪是这样的人？”

崔玲玲了解地笑笑，看着空荡荡的屋子，又看看那些大大小小的纸箱和彩条袋子问：“全都是你一个人收拾的？”

“他白天不是要上班吗，年底他们最忙，时常加班。何况他还接了外面的事情做。”

崔玲玲将周彩儿从地板上拉起来：“别坐地上，凉。你现在许多事情可都不能随便做了——包括搬动这些箱包，还有坐地砖上。冬天里，冷水也尽量别沾——特别是头三个月，最关键了。”

周彩儿疑惑地看着她。

“怎么，多久了？”崔玲玲盯着她的肚子问，“还不准备告诉我吗？”

“玲玲……你，你是怎么知道的？这太神了吧？”周彩儿实在疑惑。

“从你那天吃饭的表现、你的平跟靴子，还有我的直觉。”崔玲玲看着她说，“尹启华好像不知道——怎么，你还犹豫什么？别告诉我孩子不是他的啊。”

“哎呀，你，你说什么呢！”周彩儿惊惶地捂住她的嘴，“你别乱说，让他听到我可就说不清楚了。”

“哎哟，这么在乎他呀？那干吗要瞒着人家？”

“你也看到了，我们现在连住的地方也没有，这个时候有了孩子，我怕他吃不消。要是他逃避责任怎么办？”

“怎么，对他没信心？”

“我是对自己没信心，我总觉得他对我这样好，是头脑发热，是我强迫他的，他只是想还我一个完好的人生。要是只有我一个人，管他真心还是假意，他是我想要的，我无所谓。可有了孩子就不一样啊，我特别害怕。老实说，婚姻是什么，我从来没有细想过；过日子是怎样的概念，我也不清楚。那么多的婚姻都是这样的——故事的开始是‘我会给你幸福’，故事的结局却是‘祝你幸福’。我见过的丑陋的男人和女人太多了，再好的感情，也有变化的一天。到时候，孩子怎么办?”周彩儿一口气说出了自己的疑虑。

“我和你一样，在巨大的幸福来临之前，质疑、退缩、挣扎，说到底是因为某些生活的阴影致使我们缺失了安全感。好不容易遇到一个人，从对方的身上寻求慰藉以得心安，明明已经得到了，却不肯相信。彩儿，我就是因为这样反复，才永远地失去了简嘉铭。”

“玲玲……”

“许多时候，爱情也好，婚姻也好，就是相信。你信了，才会拥有一切。”

“相信?”

“其实，你很珍惜肚子里的小生命，是吧?”

“可是，我还没准备好当一个母亲，我也不知道能不能当好。”

“我也不知道啊，边走边学，都一样。你看我去了一趟爱丁堡，就怀了个孩子回来。谁有准备来着?”

周彩儿笑了，确实，没有谁比崔玲玲更戏剧化。是吧，在她一无所有的时候，上天给了她一个孩子，应该把这看作恩赐才是。尹启华也够愚钝的了，这几天她老反胃，他只勤快地给她买胃药，也没想到自己就要当爸爸了。他会开心还是会担心?

连搬运工都感叹，这是他们见过的搬得最干净的家，连一双旧拖鞋也没拾到。尹启华还真没发现她是个这么“小家子气”的女人，以前总觉得她潇洒得很。这些东西搬到这个四十平方米的小公寓，还真不知道该怎么摆放。房间倒是有两个，可空间与原来的房子相比，就小得太多了。

“没事，比我在杂物房时和刚刚出来工作时住的条件好很多了。你看，卧室、书房、厨房、客厅、阳台，应该有的都有了。”周彩儿在沙发上空出的一角坐了下来。

“彩儿，咱们还会再有自己的房子的，先跟我熬一段时间，等凑够首付的钱了，咱们再慢慢地供一套。委屈你了，老婆。”尹启华握着她的手，始终怀有愧疚。

“谁委屈啦？怎么是熬呢？”周彩儿有点儿生气，“过完年，我会想办法找事情做的，只是现在还没有想好做什么。”

“你要是喜欢就待在家里，反正我不会让你饿着。”

“不行啊，现在这物价飞涨，房价居高不下，就你一个人养家，太辛苦了。不知道为什么，以前我被别的男人养着，觉得很享受，可是被你供养的话，我会难为情。”

“怎么又讲以前了呢？现在你是我老婆，我养你天经地义。不但可以养活你，还可以养一二三四五六个小彩儿、小启华呢！”

“你不觉得压力大吗？老公。”

“妈妈说，如果鸭梨太大，就把它放进冰箱，再拿出来的时候，就变成冻梨了。”

“你这笑话好冷。讨厌啦！”

“我都规划好了，我再到企业去兼职，做财务顾问什么的，工资会比正职的高，你信不信？”

“真的？”

“当然，你以为你老公是浪得虚名呀？”

“老公，如果咱们家，在这时候突然多出一两个人来，你会怎么想？”

“你有亲戚来过年？好啊，这样热闹，顶多我和你打地铺，把床让给他们。”尹启华看着她，奇怪地问，“可是，你怎么还会有亲戚？”

“要是他们天天在咱们家吃啊住啊，你同意吗？你会养他们一辈子吗？”

“什么亲戚这么不要脸?”

“你看，我就和玲玲说了，你一定会害怕的。一个骂自己儿子不要脸的男人，怎么当好父亲啊!”周彩儿看着天花板说。

“老婆，我被你说糊涂了。我的逻辑思维正在备受考验。”尹启华眼睛一亮，“儿子？你是说——”

周彩儿低下头，不自然地将穿平跟靴子的脚往回收。

“彩儿，彩儿!”尹启华摸摸她的肚子，“有了？真有了?”

周彩儿点点头。

“什么时候?”

“一个多月，就你笨，人家都有反应好几天了，你还傻乎乎的。”

“我又没有当过爹，我哪知道！太好了，太好了，我一直梦想着和我心爱的女人组一个家，生好多孩子，相亲相爱地过日子!”尹启华激动得不住地亲吻她的手。

“一下子出这么多事情，我不敢告诉你，我总是害怕，咱俩……”周彩儿顿了好一会儿才说，“哥哥，你实话告诉我，咱俩这真就是爱情吗?咱俩能一直到头吗？孩子会不会缺了娘或者爹？我这样的女人，真可以做好一个妻子，当好一个母亲吗?”

“怎么会有你这样的女人？太荒唐了吧！你这些问题屁点儿意义也没有！才怀上，就得抑郁症了？总之，有我在，你什么也不要怕，不要想。什么爱情不爱情、到头不到头的，孩子在你肚子里，是我下的种，你不会想说不要这孩子了吧?”尹启华急得语无伦次，又下命令道，“你想都别想!”

“谁说我不想要孩子了?”

“那一定是我对你不够好，你才想这么多有的没的。不就是安全感吗？以前崔玲玲和我说过，我一直记着。老婆，你放宽心，养好胎，我负责努力工作，完了使劲儿侍候你和小宝贝。在我心中，周彩儿是个最乐观的傻女人，咱别犯那些文艺青年的怪毛病，胡思乱想不是咱们的强项。”

“可他们都说我是个最会算计的女人，精明得很，哪里傻！”周彩儿嘟起嘴抗议。

“那是他们没福分，看不到你最真的一面。你要是不傻，怎么会跟我生孩子?”

“是啊，还傻得心生欢喜。”

尹启华将她拥进怀里，虽然暂居陋室，心里却比任何时候都要充盈敞亮，人生的终极目标突然间变得清晰无比，浑身满是力量。其实，他一直担心她不愿意为他生儿育女，因为还把握不准她到底要过怎样的生活，会不会有一天就从他的平淡生活中飞走了。现在好了，一切不言而喻。

这强有力的臂弯与男人的强壮与否没有关系。周彩儿眼眶潮湿，心安静得像冬末的午后阳光。再也没有疑虑了，怀上他的孩子，是除了爱上他之外，在这世上唯一的壮举。接下来，就让他们一起经受琐碎生活与漫长岁月的洗礼吧。

接下来整理屋子，尹启华说什么也不让周彩儿动手了。她就坐在那儿，看着他像个十足的居家男人般忙碌，怎么看都觉得穿着绿色围裙的他是世界上最帅的男人。

整整两天，才初步将新家整理好，可还是有好多东西暂时放在纸箱里无法拿出来，全堆放在书房里。周彩儿看到卧室的衣柜里全是她的衣服，他的一件也没有——他将空间全让给她了。

“你的衣服不挂起来，特别是衬衣和西装，怎么上班?”周彩儿拿掉自己的一半衣服，从箱子里拿出他的衣服挂上，“你就是把整个卧室给我，也放不下我的衣服、鞋子和包包，我拿最喜欢的几件出来就行，其他的等我有时间拍了照，放网上卖了，二手名牌衣服市场还是不错的。”

“为什么要卖呢？你那么爱漂亮，放着放着！我也喜欢看你打扮得漂漂亮亮的，”尹启华说，“咱们不缺那几个钱。”

“你就不怕我把别的男人勾引过来啊？”

“以前都不怕，现在怕？不过……”尹启华老实地说，“你不要像以前那样妖艳就好。”

“那是工作需要，我不像个开屏的孔雀，怎么吸引眼球制造效应？现在不一样了。所以有的衣服，我真用不上了，”周彩儿说，“把它们拍卖了，我买孕妇装，多好。但我的高跟鞋一双也不能卖，等我生完孩子，我继续臭美。我要做超级无敌的辣妈。”

“好，都听你的。到时我帮你弄网站。”尹启华笑了，“辣妈，饿了吧，我给你做饭去。”

周彩儿点点头，要和他一起做饭。尹启华却叫她看电视去。周彩儿打开电视，正是一个美食节目，介绍某个地方的手工面。

“我要吃手工面，老公你会做吗？”周彩儿口水都要流出来了。孕妇挑食是没道理可讲的哟。

“行，不会我就学。我马上到楼下的小超市买面粉去。”尹启华噔噔噔下楼去了。这幢旧式的洋楼没有电梯，八个楼层，他却旋风一般回来了，边进门边脱外套，额头满是汗珠。

“你急什么啊，我又不是很饿。”周彩儿到底心疼了。

“我想你快点儿吃上面条啊。我马上上网查一下，这面怎么和，怎么做成面条。”

尹启华说着，进了书房，不一会儿拿着一张打印好的A4纸出来，边走边念念有词。

“这样能做好吗？”周彩儿凑上去看。

“肯定能，要相信你男人的操作能力。”尹启华调皮地说，“欢迎夫人围观。”

“你操的能力倒是不错。”周彩儿坏坏地摸着肚子说，“作的能力嘛，马上见证。”

“哎，你这女人……”尹启华无可奈何地摇头笑，故作严肃地说，“现在你是要当母亲的人了，别总没正没经跟个女流氓似的。言传身教，言传身教你明白不?”

“哦，明白了。老爷。”周彩儿半蹲行了个恭礼，温顺可人。

照这样拌嘴下去，半夜也吃不上饭。尹启华看着她叹了叹气，摇摇头，表示娶妻如此，很是无奈。

厨房没有墙壁隔开，和小客厅连在一块儿。周彩儿念着和面的步骤与方法，尹启华照着做。水和面的比例对了，果真和成一团了。接下来便是使劲儿揉啊和啊，这对不会使力的生手来说可真难啊。不一会儿，尹启华便在那儿甩手，直嚷手累。

“亲爱的，你把这面当成我，爱怎么揉就怎么揉，就不累了嘛。嗯?”

周彩儿那蹭着他的娇媚劲儿，让尹启华哭笑不得，不过转念一想，也是，于是真的把面团当成周彩儿把玩着。

“好啦，够时间了吧? 还在拿面团意淫呢?”

尹启华真不知怎么对付这个女人，只得苦笑着强调:“注意，注意你的一言一行，你是要当妈的人了!”

“哦，对对对，我又忘了。我得时刻提醒自己做个有档次、有修养的女人，此谓之胎教也。”

尹启华在她扬起的脸上弹了一下，肉嘟嘟的，真像手中的面团哟。

“老婆，咱们是吃细面呢，还是宽面呢，还是刀削面呢?”

“刀削的，方便。大刀使不习惯，咱们来个简易法，直接用削水果皮的小刀，看效果如何?”周彩儿说。

尹启华用削皮小刀轻轻一刮，咦，果然厚薄适中。于是，他乐呵呵地烧热水，准备青菜、鸡蛋、肉片和其他配料。

周彩儿扯了一小团面在案板上玩儿，捏出三个小人来，两大一小。水开了，她正要将这三个小人往锅里放，尹启华大声阻止抢回来："怎么把自个儿给煮了？多不吉利！"

周彩儿想想也是，哈哈大笑起来，忙将小人儿揉成一团，交给他削成面条。随着配料逐一下锅，自制的手工刀削面便做好了，加点醋和香油，让人胃口大开。

以前，她总是笑话崔玲玲她们那些关于幸福的讨论。她以为幸福就是过光鲜奢侈的生活，有花不完的钱；而现在，在不经意间，她真实地感受着幸福如此简单而实在，就算这样过一辈子，她也愿意。

这么想着，嚼着面条就在他脸上亲了一下。尹启华抹抹满脸的油水，嘿嘿直笑。

24

那么多八卦的心，逼出一个答案

张军拆掉钢板这天，恰好是除夕。回国后第一个新年，也没法回苏州陪父母，他心里很是愧疚，还不能说自己受伤了，只告诉家里有事不能回老家。当晚，他被接到简家吃年夜饭，也不算寂寞。

一直在西南地区热心公益的姨妈也在年前回来了。自从孀居之后，她每年都在简家过年。她正在崔玲玲的房间里聊得起劲。要不是免费午餐计划需要她全权负责推进，她真想在家陪着崔玲玲待产呢，自己没生过孩子，在一旁看着也是体验呀。崔玲玲敬佩姨妈的这份热忱，劝慰姨妈说那无数的孩子毕竟比她一个孩子重要得多，她在简家像大熊猫般被圈养着，好着呢，产检一切正常。姨妈回来的头两天像贴身药膏般地霸占着崔玲玲，不断地感叹：太神奇了，太神奇了！她做的善事老天都报答在亲人身上了！

姨妈还带回来许多当地农民送的天然棉花和自己织的老棉布，说是给崔玲玲的孩子做手工衣服用。这年头儿，越是原始、天然的东西，才越显珍贵，越好用。

崔玲玲很是喜欢，在网上到处找教程，恨不得一下子做出各种小衣服、小被子来。简家并不忌讳“孕妇不拿针线”的民间风俗——说什么拿针线会致使婴儿畸形，毫无科学根据。崔玲玲毕竟比较懂事，做针线活儿也是待在房间偷偷地做，免得被来串门的简家亲戚见到后说三道四。

崔玲玲正和姨妈在房间里研究小棉袄的裁剪，听得张军在楼下叫她的名字，知道是他出院回来了。

“嘉铭那同学，张军？也在咱家过年？”姨妈问。

崔玲玲说：“听嘉仪说是的呢。”

“嗯，我看，有点儿意思。我看有戏。”姨妈点头说。这“老妖婆”除了晒得黑了一点儿，打扮依旧一丝不苟，言辞当然也是相当犀利。

“姨妈，你千万别口不择言呀！什么戏也没有。他和嘉仪一起呢！”

“是在一起，还是一起回来？嘉仪那傻孩子我知道，十来岁就暗恋人家，这是大家都知道的事情。我倒要看看，这张军现在怎么样了。”姨妈说着就先探头下去张望了。

张军被简嘉仪安排坐在沙发上，终于见到崔玲玲像个企鹅般走下楼来，笑吟吟地和他打招呼。

崔玲玲看着他还扎着绷带的腿问：“好多了吧？”

“好多了。小手术而已，砸得还不算重。嘉仪照顾得很好。你呢，小宝宝都好吗？”目光落在她隆得更高的肚子上。

“你看我的样子，能不好吗？你还不能随意走动，要注意，有什么事就叫嘉仪。”

姨妈在后面静静地观察着。

这么客气？张军感觉到身后有人，转头后脱口叫道：“姨妈？”

姨妈大为高兴，这男人多年没见，倒是成熟稳重了不少，便笑着挨着他坐下：“只见过一次，你还记得我呀！”

“姨妈让人过目不忘嘛。特别是男人。”

这倒是老实话。姨妈便晾起崔玲玲，一心一意地对张军“采访”起他们在爱丁堡的经历来。

正说着，简嘉仪叫他们过去吃饭了。年夜饭很丰盛，席间因有张军在，比往年热闹了许多，让俩老人又回忆起简嘉铭在的时候。崔玲玲安慰他们说，再过一个多月，小嘉铭就出来陪爷爷奶奶了。气氛这才再度喜庆起来。

要是他成为自己的丈夫，该多好啊，这样父母也比现在开心些。简嘉仪默默地感叹着。

姨妈却不时地在他们三人脸上扫描，想象着各人的心态，饶有兴味。这鹿死谁手，还真是个未知数呀。

为方便照顾，张军整个年节里都要在简家住。一起守岁的多了几个人，还有未出生的孙子，俩老人甚是欣慰。不喜热闹的简母，也跟着年轻人一起逛花街去，希望讨得更多的好运气。

张军坐在轮椅上，被简嘉仪推着走，这是他第一次感受南方的“行花街”。行，就是逛的意思。花街，每年固定在农历十二月二十八日正式开市，历时三天，第三天延至年初一凌晨才结束。男孩和女孩都买桃花，希望走个桃花运；对做生意的人来说，还有“大展宏图、生意兴隆”的寓意。在简母的记忆中，以前花街只卖水仙、芍药、鸡冠花、菊花、剑兰和年橘等传统年花，现在开始流行蝴蝶兰、大花蕙兰、西洋杜鹃、郁金香、凤梨花等舶来品。年橘也不只限于四季橘了，有金橘、朱砂橘、金蛋果、袋袋果等品种。花街还有档位卖五颜六色的金鱼和各式工艺品，比北方的庙会还要热闹。

到处张灯结彩，喇叭里播放着轻快的广东音乐《行花街》《步步高》，还有各种恭贺新春的粤语歌曲。漫步在花的海洋里，沉醉在花香笑语中，人似乎都有点儿忘乎所以。连简母都小声地跟着哼唱：“融融春意十里花街笑迎人，今宵个个愉快开心庆良辰，桃符更新，烟花似彩云……花街处处人潮近，几多俪影犹胜画里人……”

崔玲玲挽着她的手臂，何时见她这样开心过？也许人越老，就越在意天伦之乐，让她开心的不是花街，而是陪在她身边的这些人。

花市还会有一个含有当年生肖、各具特色的“牌楼”，人们都喜欢在牌楼前留影。简嘉仪将几支桃花交给张军拿着，推着他要去前面的牌楼拍照。张军伸手去拉崔玲玲，欲将手中的桃花给她，崔玲玲笑着推了回去。

“坏蛋，你什么意思啊？这桃花有玲玲姐的份儿——我们全家都有份。在我们这儿，买桃花不仅仅是寓意男女之间那点儿事，不过是讨个好意头。好好抱着啊，别弄蔫了，回去还可以养上半个月呢。”

听简嘉仪这么说，张军嘿嘿地笑着将桃花枝抱在怀里。怕崔玲玲太累，众人在牌楼前合影后，便回家去了。

睡觉前，简母看着客房的方向对简嘉仪说：“又像你哥在的时候了。女儿啊，加把劲儿吧。一个男人不讨厌你，还关心你，说明还是有机会的。咱家是时候增添点儿阳刚之气了。”

“哎呀，妈——”简嘉仪不想多说什么，“睡觉睡觉，快去睡觉。我自己的事情，我心中有数。”

“现在是最好的时机，”简母又朝崔玲玲房间的方向看了看说，“她在让你呢！加把劲儿！近水楼台的事。”

“妈妈——你不是说不管我的事吗？您老人家快睡觉去，老爸等你呢！”

简嘉仪将母亲推出去，靠在门后，心想：这种事情，是让给她，就属于她的了吗？她倒是越来越理解了崔玲玲说的话，努力过后，会更加有勇气接受任何结果。

她确实还没有放弃。最近的亲密相处，不是情人胜似情人呢。时间还那么长，总会有转机吧。

大年初一，张军被母亲的电话吵醒。

“都几点了还在睡觉！一年之计在于春，这一年的头一天，不要睡懒觉啊！军儿，你快准备准备，我们马上到你楼下了。”

“妈？你们？到哪儿了？”

“我和你爸爸，还有你大哥。既然你不回去，那我们就过来。你都回国了，这过年怎么能一个人呢！我和你爸有好多话想当面问你。对了，还给你伯父伯母带了些东西，一会儿你带我们一起去给他们拜个年。”

惊愕之下，脑筋转了那么一圈，张军决定告诉他们实话，母亲都六十多岁的人了，实在不忍心折腾她。

“你现在在简家？那太好了，你告诉我地址，我们直接去就是了。”这个老太太年轻时掌管家族生意，性格干脆，大气得很。

张军有点儿不好意思地对简嘉仪说，他父母要来拜年，方便吧？

简父和简母听了，高兴地说：“怎么不方便？以前嘉铭去苏州住你家玩那么久，麻烦他们不少。一直想当面说声谢谢。快快，让保姆准备好茶点。咱们到门口迎客去。”

张军只能硬着头皮应付了——他有太多解释不清楚的事情，希望来者不要当着大家的面“审问”才好。

不一会儿，一辆出租车就在简家大门前停下，从车上走下一个精神抖擞的老太太，满头银丝，即使戴着老花镜也掩盖不了眼睛里的光芒。相比之下，老先生倒儒雅平和得很。还有一个长得极像张军的中年男人，提着大包小包跟在后面。

几个人纷纷围着张军询问他的伤势，张军都说不要紧，拄着拐杖与他们逐一熊抱。对双方家人进行一番介绍之后，他问母亲：“妈，你们这是几点的飞机，这么早！”

张母呵呵地笑着说：“早上七点呀，一个半小时就到了，快得很。我就叫你哥别告诉你，好给你个惊喜。”

“确实很惊……喜……”张军说。

张母的眼睛不断地在崔玲玲和简嘉仪的脸上扫描，看得她们都不好意思了。倒是简嘉仪比较大方一点儿，上前挽着她的胳膊，亲热地请她到客厅去坐。

张母拍着她的手坐下来："不错，不错。"又对简母和简父说，"你们这闺女不错。"

简母和简父也笑着说："你这儿子也不错。"

"那……"张母看看简嘉仪，又看看张军，直截了当地说，"那咱们两家，算是家长见过面喽?"

老人们都笑起来，张军在一旁很尴尬地叫道："妈……"又偷眼看看崔玲玲。崔玲玲只是坐在沙发上看着他们微笑。

"是，对对对!"最高兴的还是简父，他私心里真希望女儿能够和张军走到一起，然后接手简家企业，只是考虑到崔玲玲，一直不便表态，"小军这孩子我信得过，哪方面我们看着都喜欢。"

"什么事情，都看孩子们的造化吧，"简母暗暗地捏了捏简父的手，对张母和张父说，"咱们毕竟是外人，感情这事，还是不要勉强、不要插手的好。顺其自然。"

"顺其自然，对，顺其自然!"张母又上下打量着简嘉仪，"哎呀，这孩子，配，真配!"

"伯母——"简嘉仪羞得低下了头。

"军儿和我说过，有个女孩很喜欢他，就是你吧?"

想不到张母会当着这么多人的面这样问她，简嘉仪跺着脚难为情地叫道："伯母——"

"妈，您这是干吗呀?在儿子眼中，您可不是这么八卦的女人呀!"

"就是，现在怎么还有人想包办婚姻呀?都什么年代了！大年初一的，硬要将俩人拉在一起，人家就算想拒绝也不好开口，这不是强人所难吗?"

从楼上下来后一直在一旁看热闹的姨妈终于开口了。

“这是谁呀?”张母悄悄地问简嘉仪。简嘉仪在张母耳朵边嘀咕了一阵，张母“哦”了一声，然后咧开嘴笑了。

“嘉仪，你悄悄地说我坏话吗？你以为她就是你未来的婆婆啊？才见这么一面，你就这么对待你姨妈吗?”姨妈看着她们那样子，脸有不悦之色。

“姨妈，是在说你，可全是好话——不信，你问伯母!”简嘉仪挽着张母的胳膊说，“你和伯母倒比较像一路人。”

“什么，我和她?”姨妈实在不服气，拉了拉大红的刺绣大衣，“她有我潮、有我有思想吗?”

“是，咱们姨妈是最厉害的老妖女!”简嘉仪说。大家不禁笑起来。

“我呢，确实没有大妹子潮，也没你有思想，不过好歹也管理过一个在江苏一带挺像样的企业，夫爱子孝，”张母似乎并不避忌什么，摆开了要与姨妈斗法的架势，不卑不亢却不怒而威，“咱家也是出了名的开明，从不干涉儿女的情感生活。我只是表个态，要是有这样的儿媳妇，咱们张家十万分欢迎！军儿也老大不小了，他们互相也了解、欣赏，是吧?”

“了解和欣赏不等于爱呀!”姨妈看了看崔玲玲和张军，说，“要我说，你们也别乱暗示。既然说了顺其自然，就得有顺其自然的样儿。”

这会儿，简嘉仪听出来了，姨妈向着崔玲玲呢。

张军怕这么聊下去，会将崔玲玲牵连进来——姨妈这老妖女，可不是按常理出牌的人。他忙转移话题，问母亲带什么好东西来了，那么大包小包的。

这么一问，张母就兴奋起来，让大儿子一一拿出来，蚕丝被、丝绸锦缎是自家生产的，全是出口的特级好东西呢，每人都有份。

简嘉仪抚摸着手中丝滑的苏州锦缎，那精美的刺绣让她惊叹不已——

这要是制作成结婚礼服，该是多么美啊！

在大家欣赏自己的礼物时，张母才叫大儿子将一个包交给崔玲玲。所有人都特别好奇，她还有额外的这么大一份礼物吗？

“伯母，您上次叫人寄来的我都还没吃完呢！”崔玲玲知道这是张家保姆自制的蜜饯，还有太湖的鱼干，“您看，这次您还亲自带这么多来！”

“没事，军儿说你喜欢吃，就多带了些，你留着慢慢吃，”张母慈祥地看着她说，“快生了吧？”

“谢谢伯母。快了，下个月就是预产期。”崔玲玲让姨妈帮她拿一些出来让大家尝尝。

简嘉仪就有点儿吃醋了，原来崔玲玲先前拿给他们吃的这些东西竟然是张母寄来的，这么说，张家的人早就知道她的存在了，而且还对她这么好！为什么崔玲玲当时没说这是张家寄来的东西，只说是一个朋友送的呢？这张母刚才那样明了地表示喜欢她，希望自己和她儿子走到一块儿，又是什么意思？

张军怕引起简家人的不安。正要张嘴解释，张母先开口了：“是这样的，军儿还在爱丁堡时，老问我怎么照顾怀孕的女人，我就以为他又有爱人了，不知道有多高兴，就给他们寄些孕妇爱吃的东西——我怀孕的时候就特别爱吃这些。军儿回国后，我时常要求他带女友回老家见见面，好把婚礼办了，光明正大地把孩子生下来。他没办法，才告诉我那是嘉铭的女人和孩子。哎，总算也没白高兴，我想啊，嘉铭这孩子有福气啊。虽然不知道这女的什么样，就凭这点，可就太难得了！所以呀，我就一直给她寄东西。现在见了面，更加觉得，嘉铭他爸他妈，你们是真有福气呀！”

这么一说，简母和简父脸色有点儿凝重了，纷纷点头：“是啊，想不到啊，我们竟然还可以当爷爷奶奶，只是委屈玲玲这孩子了。”

“不，我不委屈。真的不。”崔玲玲最怕的就是旁人以这种怜惜的态度来对她。谁也没欠她的，她也没做什么牺牲。

“孩子，等宝宝出生后，你也必须要有自己的生活。可不能犯傻呀！”张母走过来坐下，握着她的手说。

崔玲玲的心里一怔，又一热，脸上平静依旧，只微笑着点点头。

“那是当然，玲玲还要嫁人的，还要有家庭的，大家说是吧。”姨妈趁机将这问题丢出来。

简母和简父互相对望了一眼，说：“我们商量过了，不管玲玲选择怎样生活，我们都支持她。她要愿意嫁人，也是我们最愿意看到的结果。不然的话，我们于心不安啊。”

“嘉仪，你觉得呢?”姨妈问。

“我和爸妈一样，希望玲玲姐能够得到幸福。”简嘉仪明白姨妈的意思，加了一句，“别怀疑我的真诚，咱们家没有虚伪的人，这你是清楚的啊。”

“那，要是玲玲和张军最后在一起了，你们也心怀祝福吗?”

谁也没想到姨妈竟然这样问，均面面相觑。崔玲玲和张军很尴尬地看了彼此一眼，崔玲玲向他摇摇头。

“姨妈，你别乱说不可能的事情。”张军实在担心崔玲玲难堪——情绪波动太大，对她一点儿好处也没有。

“这……这当然……”简父表态道，“不管和谁，我们都没意见，也不干涉，只要她觉得幸福。”

“你呢，嘉仪?”姨妈看着简嘉仪追问。

“……我也会祝福的。”简嘉仪有点儿犹豫，但还是看着崔玲玲笑着说出这句话——若是真的，她不祝福也不行啊！

“好，玲玲，你听见了？别退缩，别拒绝，公平竞争呗！”姨妈说完，拆开蜜饯罐，很有成就感地扔了一块进嘴里，看着崔玲玲鬼笑道，“甜，真甜！”

张母似乎看懂了这微妙的关系，莫非儿子心里的人真是这个挺着大肚子的女人？张军盯着电视屏幕，不敢迎接母亲询问的目光。

这两个直肠子的老女人坐在一块儿，真不是一件好事情。张军暗中向大哥使眼色，大哥将头扭开，似乎根本不想插手管这事。张军只得祈祷母亲不要追问崔玲玲。

气氛有点儿冷场，简嘉仪想，或许这是最佳的也是最后的争取机会了，思量一番，她主动打破沉默：“是这样的，伯母，我暗恋张军也不是秘密。我十来岁就想当他的新娘，当年还追到苏州去。只是他害怕，叫我哥将我遣返回家了。我也不怕你们笑话，现在我还是这么想。”

张军的脸竟然红起来，大哥坐在一边使劲儿抿着嘴笑，这事当年他们年轻人全知道，他等着看热闹。张军用手肘碰碰他，他在张军耳朵边上小声说：“我是打酱油的，拎包的，干活的，看热闹。”

“张政，你干吗呢？”张母责怪道，“别打断女孩子说话，重要着呢。”

“哦，我是对小弟说，这女孩不错，不错。我这鼓励他呢。”

张军有点儿如坐针毡，今天他们难道非要把他给许配了，才觉得了了一桩事情吗？

“可是，张军的心似乎不在我这儿，”简嘉仪如实说，“不过不要紧，我会让他慢慢地向我靠拢的。至于成不成，随缘吧。就现在，我真不想退让。”

“嗯，好，够大气！够直爽！伯母喜欢！要是真能包办婚姻，我这就想替你们办了。可伯母我是有心无力呀！”张母看看几个年轻人又说，“看来我来得正是时候，我是最喜欢将复杂的事情简单化的。这样吧，谁也别避忌，谁也别逃避。今天咱们就把事情清了，行不？”

“妈，你们过来一趟不容易，我和哥带你们出去转转吧，这儿的新年气氛可好了。”张军扯扯母亲，“有您这样拜年的吗？我们是客人，客人！”

“你别打岔。我哪儿也不想去，全世界的大城市还不是都一样？有什么比你们的幸福更重要的？青春可贵、时间宝贵，一眨眼就一辈子喽。我算是看明白了，你们呀，是个三角关系。”

“不，不是的，伯母！”崔玲玲急切地说，“我什么也没想，我只想顺利地把孩子生下来，好好地抚养他长大。”

“我又没说你，你这么急着解释干吗？这么从容的女人，也沉不住气，恰恰说明你有问题，”张母的眼睛果然很毒，“我做了一辈子的企业人事，还看不出来吗？你不拒绝军儿对你好吧？和他有得聊吧？”

崔玲玲被她的目光慑住，如实说：“不拒绝，有得聊。”

“和他一起是什么感觉？”

“家人，哦——不，朋友。”

张母似笑非笑，回头问张军：“你呢？”

“我？朋友妻，不可欺。妈，您这是干什么呀，把大家弄得都这样尴尬！”

“好一个‘朋友妻，不可欺’！”张母叹气道，“得了吧，军儿，你是我生的，虽然你经常不在我身边，可还是能明白你的。母亲从来不是一个愚昧的人。人家现在大着肚子，我也不好欺负人家，说不同意。”

“妈，您这说的是什么呀。没有的事！我和玲玲不是您老想的那样！”

“那是哪样？”张母和姨妈异口同声地问。

“反正什么事也没有！我们清白得很！”

张军实在头痛，高声辩解着。崔玲玲也极不自在，坐立不安。简嘉仪虽然害怕听到猜想的结果，可好奇心驱使她又希望张母问下去。

“爱在暧昧时最美丽！”张军说，“这是玲玲说的，当然不是指我们。妈，您就放过我们吧。”

“行，我们举手表决吧。同意我问个清楚的，请举手。”

除了张军和崔玲玲，都有一颗天生八卦心的人你看我、我看你，相继举起手来。崔玲玲的肚子已经隐隐作痛，可这时候只能忍着。

张母意味深长地看看简嘉仪，对张军说："我就直说了——本来嘛，我心目中最理想的儿媳妇人选是嘉仪。不过玲玲也是个不错的女人，虽然她的经历有点儿复杂，超乎我的接受能力。但也正是她这点让我佩服——女人嘛，不容易！可真当儿媳妇，还是太奇怪了些。不过再一想，咱军儿不也是个二婚吗？都不是纯洁的主儿，也就罢了吧。军儿，你就实话告诉我们，你心里的女人是谁？记得你嫂子要给你找相亲对象，你可是说心里有人了的啊！"

"妈，我要生气了，你怎么能这样！这是我的隐私。我不说行吗？你们这是很粗暴的行为，知道不？"张军央求道，"你们要觉得过年无聊，就换个玩法，别拿我开涮。好不好？"

"我也想知道，你就说呗，不就是一句话吗？别藏着掖着的了。"简嘉仪竟然也看着张军说，"也许，我亲耳听到，在众人面前，我会很难堪，也许还会心痛，可我真的想听你说——不管是不是我。"

"你们慢慢地八卦吧，我不参与。"张军扶着拐杖站起来，崔玲玲紧张地看着他不太稳定的身体。

"懦夫！你逃避什么？"简嘉仪看着他的背影急促地大声问，"是玲玲姐吗？"

张军定在原地。

"怎么，不敢否认，也不敢承认吗？"简嘉仪说，"也许，你给出一个明确的答案，对我们都更好。"

"儿子？"张母也叫住了他，"给个谜底呀！"

"张军，是，还是不是，不就是一句话吗？"姨妈煽风点火。

简母和简父不知怎么表示才好，这会儿，他们倒像是客人了。不过，他们同样想知道答案。

“你觉得说出来，对我是残忍的。可是你不说，会让我始终抱着希望与憧憬，这样不是更加残忍吗？你就像你母亲一样，直截了当地给我一刀子好了！”简嘉仪那点儿小任性彻底被拉出来了，上前扯着张军的衣袖说，“如果痛楚，是提示我爱上你的必需体验，那么我承受它。假若，一点儿也没想过给我等下去的希望——请告诉我，当着大家的面告诉我。我想我会从此学会从容，嫁一个世俗男子，过应该过的生活。我想，那样也很好。如果你爱着的是玲玲姐，你敢说出来吗，你敢担当吗？”

“你们……你们就顾着自己的想当然，有考虑到我和玲玲的感受吗？特别是玲玲，她根本没有什么非分之想。她现在单纯得很，我不想给她添麻烦，不希望她情绪有波动。她做出生嘉铭的孩子的决定，她的思想变化，我一直看在眼里，记在心里。这样的女人让我尊敬，让我欣赏，也让我心疼。可是，你们没有权利，也没有资格来质问她是我的什么人，我爱不爱她！因为我从来没有想过要她对我怎么样！这是我们自己的事。刚刚开始时不是说好顺其自然的吗？你们这是顺的什么东西？”张军少有的激动，脖子上的青筋都出来了。

“这样的答案还不明确吗？是她，就是她！”简嘉仪苦笑着哽咽说，“我知道是她。这就是我的悲哀，我不服气也得服气，这根本无法竞争。她是我唯一不敢强抢的对手。我真的输了……一点儿希望也没有了……”

“不，不是这样的，嘉仪。你要相……信我，我从来没想过要抢走他，我和他只是好朋友。我没想过要和他怎样，特别是知道你对他这份心以后，更加没有多想别的什么。嘉仪，你可以争的，我不是你的对……手……”崔玲玲说得有点儿断续。

“问题是，你不必争，他的眼睛都望向你，心里都想着你。”简嘉仪说，“你不是说过吗，这种事情，仅仅努力是不够的。我努力过了，现在我有勇气去接受和放弃，我只是要听他说出来……”

她走到张军面前，所有人也都站起来，听她问：“你爱着她，爱着玲玲姐，是吗?”

张军闭上眼睛，良久，轻轻地吐出一个字：“是。”

简嘉仪紧握着拳头，点点头：“我知道了。谢谢。谢谢伯母，谢谢姨妈，谢谢你们……新年快乐，我想上去休息一会儿。”

说着，她慢慢地走向楼梯，快步往自己的房间去了。

简母心疼女儿，也跟着去了。张母思绪复杂，却对简嘉仪愈加欣赏。这个女孩是要成就大事的，张军不一定配得上人家呢。

25

连接天堂与人间的孩子，在爱中到来

“我肚……子疼……”再也忍不住的崔玲玲终于说了出来。

张军连拐杖都扔了，大步“挪”到她身边，竟然比其他人动作都要快：“怎么了?”

“好像……小宝宝好像要出来了……”崔玲玲额头上冒出豆大的汗珠。

张母看了看说：“是要生了，快!”

姨妈急得团团转：“怎么办呀怎么办呀，叫救护车，叫救护车!”

“哥，快，帮忙抱上车！等什么救护车呀!”张军向大哥叫道，又安抚崔玲玲说，“玲玲，别怕，别怕啊。”

张政和众人忙七手八脚地将崔玲玲抱出去，简嘉仪听到动静，抹着眼泪冲下楼来，还带着哭腔说：“我来开车，我来开车!”

简父对急匆匆下楼来的简母说：“我们……要做些什么，啊？我们……这不是还有一个月才到预产期吗?”

张母说：“哎呀，当然是收拾一下东西，给带过去呀!”

张军接过父亲递给他的拐杖，回头瞪了母亲与姨妈一眼：“看，这就是意气用事的后果！这孩子有多么来之不易，你们清楚吗？你们以为我真的是个懦夫吗?”

张母与姨妈的脸上闪过一丝愧疚，忙也跟着奔出去，不管怎样，就算坐出租车也是要跟过去的。张军说得对，亏她们一个是退休的企业老总，一个还是颇有影响力的公益领头人！充其量也不过是八卦过度的老女人。

玲玲千万不要出什么差池才好！所有人都在检讨自己。张军坐在后排，紧紧地握着崔玲玲的手，不断地说话安慰她。崔玲玲开始大口喘气，点头应允着。

简嘉仪边开车边看着后视镜，紧张地说："都怪我，都怪我！玲玲姐，你一定要坚持住，马上到医院了，马上！"

要加快速度谈何容易？节日里，街道上满是要出城去游玩的车辆，真是急死人啊！简嘉仪左看右望，也找不到一个超车前进的机会，又回头看看崔玲玲，不知怎么办才好。

等红灯时，旁边车上的一个小男孩正拿着一个小喇叭对着车窗外唱歌玩儿。简嘉仪灵机一动，以迅雷不及掩耳的速度一把将小喇叭抢了过来。小男孩哭叫起来，一个男人气冲冲地下车来讨说法："哎，你干吗呢？一个大人欺负小孩子呢？"

简嘉仪忙解释说，他们需要这个喇叭来请大家让一下路。男人探头看看车里，明白了一切："这样子什么时候才到得了医院啊？开门，开门。"

"你要干吗？"简嘉仪问。

"上去帮你们啊！后面那俩爷们儿不得照顾人吗？你不得开车吗？我嗓门大，我替你吆喝。"男人说着拉开车门。

"哎？你孩子不管啦？你车不管啦？"简嘉仪问。

"没事，我哥在车上呢。"

"那不是你的孩子啊？"

"我这岁数，能有那么大孩子吗？走走走，绿灯了，喇叭给我！"

简嘉仪忙将喇叭给他，开动汽车。

"哎——路上的朋友们新年好！咱家有个孕妇马上要生产了，情况紧急！麻烦大家让一让喽，让一让！新年大吉大利发大财，好人好事交好运喽喂！"男人将头伸到窗外高声吆喝起来。

重复几次后，前面的车果然慢慢地让出了一条道。简嘉仪终于可以狠踩油门了。

“哎——新年好咧，请朋友们给马上临盆的孕妇让一让道喽！谢谢！哎——”男人不断地吆喝着。

经过的小车里面，许多人拿起手机录像。

“我有可能成名人了！”男人转过头对专心开车的简嘉仪说，“看着吧，一会儿网上就有我的爷们儿风采，运气好的话，还能上电视。咱这是正能量，大年初一，这新闻多有喜感呀！”

“哎呀，你这人话怎么这么多，没闲心管你出不出名，你倒是吆喝啊！快快，前面的车怕是听不到了！快请大家让一让啊！”简嘉仪毫不客气地说。

“行，行！”男人清清嗓子，又高声吆喝起来，间隙还不忘回头看看崔玲玲的情况，张军对他极感激地点头致意。

“哎呀，产妇快不行了，羊水破了，一个新生命马上降临了！大年初一啊，天将降大运于咱们哪，好人们，哥们儿，爷们儿，姐们儿，让让道啊，一路顺风进医院啊！到时给大伙送红鸡蛋啊！好人走好运啊！让一让道喽，车上孕妇马上生产！紧急紧急！让一让喽！”男人越吆喝越带劲儿，半个身子都伸出去了。

“你注意安全，兄弟！”张军不忘嘱咐道。

“没事，小时候我就跟着不良青年们飙车，比这危险刺激的场面见得多了。”男人说着又吆喝起来。

又一处红灯，旁边一辆车上有女孩问：“喇叭哥，你们这是上哪家医院啊！”

男人将头收进来问简嘉仪，简嘉仪说：“这路线肯定是去医科大学附属医院的嘛。”

“医科大学附属医院!”男人大声回答道。

“喇叭哥，你火了!”女孩扬了扬手机，“许多人在网上直播你们的车呢！可惜拍不到孕妇，介意我下去拍一下吗？红灯还有二十几秒。”

“是吗？好的，你来!”男人也不问问崔玲玲是否愿意。

女孩从车上下来，扑到他们的车边，张军怀着对路人的感激，大度地按下车窗。崔玲玲虚弱地对她笑笑，转过脸，表示她不想被拍到脸。女孩会意地打了个“OK”的手势，善意地说：“祝你顺利，生个健康的胖宝宝!”

大家都对她表示感谢。男人问：“咦，你发了没？发到网上了没？这儿，这儿，拍我，拍我正面。这车一路开，他们肯定没拍好——来，给我拍个帅的!”

看男人那摆谱的样，简嘉仪真是无语，下意识地避开镜头——她才不想出名呢。女孩又调皮地打了个“OK”的手势。绿灯亮了，男人爽朗地笑笑，又吆喝起来。

“广播，广播!”过路的一辆车司机也大声地向他吆喝。

“是不是咱们也上广播了？打开，打开听听。”男人指挥着。

简嘉仪打开交通频道，果然，正在播报他们呢。

“过去的十多分钟里，网络上直播了本市胜利二路一个感人的事件。一个孕妇即将临盆，面对节日里蚂蚁般的车辆，一个打扮酷感的青年拿着喇叭一路吆喝，路人纷纷让道，让孕妇能抓紧时间驶往医院。网友们把这个青年称为‘喇叭哥’。目前，网上直播还在继续。已经有网友拍到了车内的孕妇，果然情况紧急。在那条路上的司机朋友们，听到广播还请麻烦让一让，让新年第一天急着出来玩儿的宝宝能够顺利出生，我这个已为人父的主持人，替当事人谢谢大家！也请知道消息的医科大学附属医院的妇产科医生们做好迎接准备。新年快乐！喇叭哥说，好人走好运哇！关于这件事，本节目会一直跟踪，请听众朋友们提供最新消息！”

成为新闻事件，这是大家想也想不到的事情。喇叭哥拿着喇叭在窗外狂放地吆喝呼喊，像打了鸡血似的。有路过的司机按喇叭向他们示意，仿佛这是新年狂欢似的。

宝宝，看，连你的出生都这样热闹。一定是爸爸在暗中庇护着咱们！你一定要乖乖的，等会儿再出来。崔玲玲的指甲都掐进张军的手掌里了，这种阵痛，实在是太折磨人了。

“到了吗？还没到吗？嘉……仪！”崔玲玲咬牙问道。

“到了，快了！还有三分钟，玲玲姐，你忍着点儿，马上到了！”简嘉仪安慰道。

不一会儿，车子驶进了医科大学附属医院的大门，等候多时的医护人员忙上前帮忙将崔玲玲抬上推床，边往医院里推边量血压、吸氧、听胎心。她的主治医生清楚这个孩子的秘密，格外重视。崔玲玲出门时，张军就给医生打了电话，说孩子怕是要早产了。在家休假的莫医生忙赶来医院，和医护人员一起在门口等候。

“孩子的胎心时快时慢，不太稳定，羊水也破了——快，马上准备手术，家属快去办手续。”莫医生紧张而沉着地安排着。她非常需要这个孩子的各种数据与信息，这对学术研究太重要了。这一路上，大家如此帮忙，看来都是天意。

简嘉仪办手续去了，张军和大哥一路跟着，直至崔玲玲被推进手术室，张军才松开了她的手。崔玲玲回头求助地看了他一眼，张军向她点点头，又笑笑，握紧拳头要她加油。崔玲玲对他勉强笑笑，消失在手术室门后。

男人提着喇叭陪简嘉仪办完手续过来，问了崔玲玲的情况，张军指了指手术室。简嘉仪便坐在长椅上等候，男人也坐下来。简嘉仪从手提包里拿出数张百元大钞，用红包装好，递给他：“谢谢你，一点儿心意。”

“行，我嫂子刚才在电话里说了，我这虽然是做好事，可毕竟是来医院，又见血，是得讨个红包。”男人当面打开红包，抽出一张，将其他的交回给简嘉仪，“意思一下就行了，讨个好意头，不用这么多。”

“咔嚓”声起，电视台和报社记者不知何时来了，正好拍下这一幕。几人担心着崔玲玲，无心应付。倒是男人在旁边滔滔不绝、声情并茂地面对镜头聊起来，还坦言顺手做好事又顺带出下名，是新年里最爽的事情。

张军知道崔玲玲是绝对不愿意被外界打扰的，但也不能不配合拍摄与采访，毕竟这事已经演变成一个公众事件，大家都想知道结果。于是他将记者拉到一边，商量什么可以报道，什么不可以拍摄。记者倒也通情达理，同意了一会儿只拍摄孩子出生后由护士抱着的镜头，不拍崔玲玲的正面，给个窗内躺在病床上的远景，也不提及孩子的家庭及其他状况，然后由简嘉仪作为家人代表，感谢大家的帮助与祝福。

简母和简父、张父与张母还有姨妈，这才匆匆赶到，都急切地问崔玲玲的情况，个个自责不应该刺激崔玲玲。张军暗示他们：记者在呢，得注意言行，不应该说的绝对不能说。

怎么会有这么多记者呢?

在一旁的那个男人又解释开了。简嘉仪感觉有点儿好笑，这男人还真爱说话，喜欢表现啊。老人们听得频频点头，看到他手中的喇叭，都来握着他的手说“谢谢”。男人得意地向简嘉仪望去，点点头，意思是说：看，我棒吧?

简嘉仪实在受不了他这德性。不过要不是他在这儿调节，他们怕是要担心死。真要是有什么意外，这责任谁负得了？于是不禁暗中佩服张军的沉稳与周全。确实，只有他才是真正爱护崔玲玲的，完全为崔玲玲着想的。这么一想，简嘉仪深感惭愧。

打了麻醉剂的崔玲玲再也感觉不到阵痛了，她躺在手术台上，只感觉医生的手在她的肚皮上划了划，然后伸进里面掏了掏，医生和护士还轻松地和她聊天，很有兴致地聊着网上和广播里关于这件事的见闻，问她当时的感受、她经历的过程。

崔玲玲竟也像平常一样和他们聊着天，说到好笑处，就听得医生说："可以了，是个男孩，八斤重。足纹清晰，应该是营养充足的原因，很健康的早产儿。祝贺你呀!"

崔玲玲悬着的心这才松下来。医生继续在她肚子里运作，拉拉扯扯的，是准备缝线了吧。护士接过孩子，在手术室里的一个洗台上给孩子冲洗干净，再抱到她面前，拎起来一拍孩子的屁股，孩子"啊——"地啼哭起来，声音还真响亮哩!

崔玲玲的心竟安宁无比，那样的静，那样的满，她觉得文艺作品里描写的关于女人初为人母的兴奋、激动都是不真实的。她只想微微地笑一下，还不敢伸手去摸，这真是她的孩子吗?这个浑身赤裸粉红的小人儿，在灯光的映照下，连小蛋蛋也是粉红得透明。她看不出他到底像谁，黑漆漆的头发下，眯着眼睛的小脸因为哭泣都变形了，只见一张没有牙齿却张得大大的嘴巴。

护士和医生却都笑着说："五官长得很帅气呢!"

孩子穿上衣服，裹上毛巾被，被护士抱到外面去了。众人马上围上来，七嘴八舌。要不是得配合电视台的采访，简母恨不得马上将孙子抱在怀中。摄像机对着护士和孩子，记者声情并茂地播报着孩子出生的情况，还代表电视台给了孩子一个大红包。

男人正在向网上汇报，不停地在手机上打字，记者招呼他和孩子合个影也听不见。记者将他拉到镜头前，护士把孩子交给他。他慌忙缩手："我……我不会抱……"

“这不是在教你吗?”护士说，“喇叭哥，看，手这样，这样。”

男人动作生硬地抱过孩子，对着镜头说：“哟，哟，嘘——真可爱，八斤哪，大胖小子，以后喇叭哥就是你干爸爸了。”

大家笑起来，记者们请他也说了一些感受，便一起离开了。

张军终于说：“什么干爸爸，他已经有干爸爸了。他妈妈还没怀上他时，我就是他的教父。你呢，还是当叔叔吧，喇叭哥。”

“好嘞，无所谓。反正，往后这孩子和我脱不了干系了。这是我回国之后做得最有意义的一件事情。小家伙，往后我就是你叔叔喽!”男人爽朗地说，“你们也别叫我喇叭哥了，好玩儿归好玩儿，可我是有名有姓的。”

简嘉仪这才想起还没有问人家叫什么名字呢！便问：“不好意思，光顾着忙了——这位先生请问怎么称呼?”

“别这样客气，我姓文，叫一鸣。”男人说。

“文先生，今天真是太感谢你了。我叫简嘉仪，孕妇是我嫂子，这些是我的家人。”简嘉仪真诚地说。

“就叫我一鸣好了。不客气，今天是我碰巧而已，多有意思的新年呀。”

正说着，手术室的门又开了。崔玲玲确认记者都走了才让护士推她出来。她不希望这个孩子过分地受到公众的关注——谁知道神通广大的网民到时候会挖出什么来呢?

张军紧挨着手术室的门，一见到崔玲玲，就向她竖起大拇指。

崔玲玲笑笑问：“孩子呢?”

“先和他爷爷奶奶他们回病房去了，都抢着抱呢。”张军不由自主地握住她的手，“感觉还好吧？不害怕吧？我一直想给你唱歌儿来着，可这是医院，不允许。”

崔玲玲笑了，还是有点儿虚弱，却问：“告诉爱德华教授了吗?”

张军当然清楚孩子的顺利出生对爱德华教授意味着什么，那是他人生当中唯一的一次人工授精实验完满成功——可是已经好久没有他的消息了。

“一会儿回家，我马上给他发邮件。”

“拍点儿宝宝的相片，给他发过去。他得有多喜爱呀！”

“好。咱们先回病房去。大家都等着呢。”张军示意护士推她走，他拄着拐杖，一步一步地跟着。

文一鸣还在和简嘉仪说着网上评论的进展，简嘉仪的目光却一直落在张军和崔玲玲相握的手上。崔玲玲都生完孩子了，也不需要力量和给予她宽慰之类的了吧？她为什么不抽出手来？难道她心里也有他吗？那她这样千辛万苦地生下哥哥的孩子又是为了什么？

简嘉仪知道自己又在进行某些无意义的联想了，于是强行控制着自己，跟在推床后面，却问不出一句“玲玲姐你感觉还好吗”之类的话来。

文一鸣看到刚刚还主持大局的简嘉仪瞬间如此落寞，不禁暗暗观察揣摩起她来。

病房里，护士三番四次地提醒，老人们也不肯放孩子到婴儿床上睡觉，也没有人听护士的话去冲牛奶，他以为她去了，她以为他去了，都围着孩子，讨论各个部位长得像谁。特别是简家那三个老的，竭力地寻找着简嘉铭的影子。

“像，像，真像……看这耳朵、这额头、这鼻子，这脚趾头的排列……就是咱们嘉铭……”简母有点儿哽咽地唠叨着。

这孩子，连接着他们的天堂与人间、血脉与爱。

护士终于忍不住了，挤过去抢过孩子，放到婴儿床上，语带责备：“我说你们这是怎么了？真没见过这样的家属，多稀罕的孩子也不能这样。

孩子刚刚出来，得保持安静，让他睡觉、进食，然后时刻注意他有没有放屁、拉尿、拉便便。莫医生说，这孩子还要进行一些特别的检查，得特别护理。”

几个人都有点儿不好意思，但还是不由自主地趋向婴儿床，看着熟睡的孩子又被护士包裹在襁褓中。

“他现在睡了。一会儿醒了，千万记得喂牛奶呀！早产了一个月，医院给配的是早产奶粉，按说明调配啊！一会儿产妇回来，她很虚弱，别打扰她，让她好好休息。你们留下一两个，其他人都回去吧。”护士嘱咐道。

崔玲玲被推进来，移到病床上躺下，因为麻药的缘故，她的下肢完全不能动弹。见她毫发无损，老人们放心地回去准备吃的和其他物品了——剖宫产，得在医院待上整整一星期才能出院呢。

姨妈不愿意回去。张军怕她在这儿又乱说些什么刺激到崔玲玲，影响身体的恢复，而且听说产妇情绪要是不好，母乳也分泌得不好呢！他好不容易才将她劝走。走之前，姨妈还郑重其事地对他和简嘉仪说：“一切以孩子为重，一切以孩子母亲为重哟，记得啊！”

病房里就只剩下张军和简嘉仪在陪着崔玲玲，崔玲玲痴痴地看着婴儿床上熟睡的孩子，恍然若梦。有时，太辛苦地得到，反而让人怀疑它的真实性。

“这都是真的，这是你和嘉铭的孩子。多神奇，是吧?”张军笑着替她盖好被子说，“你看有什么需要的，就告诉嘉仪，叫她来做，有些事我不太方便。”

本来都是简嘉仪应该做的分内事，但这话听在耳中，多少有点儿不是那么好受。她知道，自己的小任性、瞎掺和，已经将他们的心推得又近了一层。这会儿她的心既隐痛着，又为崔玲玲和孩子的平安快乐着。除了暗自叹息，还能怎样呢?

“我想喝水。我能喝点儿吗?”崔玲玲有点儿撒娇，而且是面向张军。

简嘉仪给她倒了一杯开水，放唇边来回吹着。

“放那儿一会儿凉了我再喝，嘉仪。”崔玲玲有点儿不好意思，“我其实也不是很渴。”

“生产前没能吃上东西，现在做了手术，还要禁食，水也不能多喝的，润润嘴唇就好了。”张军又对简嘉仪说，“水可以了吗，弄个棉签，在她嘴唇上抹抹，然后让她漱漱口。”

简嘉仪看了他一眼，默默地将水端到崔玲玲面前，拿来棉签，却被张军要了去。他说:“我来吧。”

简嘉仪又默默地将棉签递给他。张军看也没看她一眼，接过棉签，蘸了点儿凉开水，轻轻地抹在崔玲玲的嘴唇上。

“再来点儿，张军，你再给我点儿，”崔玲玲央求道，“好想喝这么一大杯哟。”

这话，这语气，实是出于自然，但简嘉仪却听出了太多的信赖与小女人的娇憨。她不知道崔玲玲以前是怎么和哥哥相处的，但日常当中，这样的崔玲玲她真没见过。

简嘉仪默默地退出了病房，没想到文一鸣还站在门口。

“你还没走?”

“那个，你暗恋你哥?还是你不喜欢他们好?可是你又对他们都那样在乎……我想不明白，所以我不能走。”文一鸣说。

“八卦是你的事业吗?你是狗仔队队长?闲得没事做?到大街上看看哪儿还需要你，做点儿别的好事去。”简嘉仪没好气地说。

“我确实闲得没事做。我八卦，还不是因为看到你好像不开心吗?你升级当姑姑了，不应该是很幸福的事吗?你怎么有对你哥和嫂子这么复杂的心情?”

文一鸣说了实话，倒让简嘉仪不好意思起来：“他不是我哥。我没必要对你闲扯。哎，你别什么都往网上发啊，不然我不放过你！”

“分寸在哪儿我还不知道吗？不过，有网友说要来看望这孩子，你们什么意见？”

“不行。还是替我们谢谢大家的关心，我嫂子和孩子不想被打扰。”

“行，我这就把你们的态度发上去，大家应该会理解。可能有些礼物会用快递的方式送给你们。善的正能量，是巨大的！”

“说得自己像个慈善家。”

“什么像，我本来就是好不好？我年前才从非洲回来，我可是在那边替他们的通信事业无偿地服务了一年多呢！”

“是吗？”

“真的，不信我翻我的微博给你看。”

简嘉仪哪有心情理会他，无奈这男人似乎不会察言观色，依旧兴致勃勃地给她翻微博上的相册。尽管不是那么情愿，简嘉仪还是看到不少他和当地黑人的合照。

“咦，对了，简小姐是做什么的？你还没介绍你自己呢！”文一鸣问。

“你可以回去了，今天的事谢谢你。”简嘉仪递给他一张名片。

“电声器材行业？哇，简小姐，我可以到你公司去上班吗？”文一鸣趁机问，“我正在找工作呢。”

简嘉仪实在不想再应付他，一口答应了，只希望他赶快消失。

“你刚才说他不是你哥，那他是谁？”真没想到文一鸣会向病房里张望，还要这样问。

这男人怎么这么讨厌呢？简嘉仪虽然这么想，但还是忍不住跟着一起向里面望。崔玲玲睡着了，张军坐在床边出神地看着她，还不忘偶尔伸头瞅一眼婴儿床上的孩子。

“刚才听你们说这是什么嘉铭和她的孩子，可那男的你们又叫他张军。这个张军又是这副样子，而你又是这个样子……对不起，我好乱啊，你能不能解释一下呢?”

简嘉仪简直要发疯了，怎么就遇上这么个厚脸皮的人呢?

“我说你怎么还不走?关你什么事啊?感谢你归感谢你，可你也不能太过分了啊!”

“我没想干吗，好奇嘛!你怎么能阻止人类的好奇心呢?我是学电声设计专业的，也算半个艺术人，没个好奇心能行吗?不过真正的原因是，我想弄明白你这么复杂、纠结的心态到底是为哪般?”文一鸣打量着她，双手从上往下比画着说，“你这样的女孩，经历这么大的喜事，你当姑姑哩!可你怎么看上去似乎很高兴，又似乎很落寞，这是怎么回事呢?”

“文一鸣，你真是不耻下问，太不耻了!”简嘉仪说，“我可以赶你走吗?离开这儿!”

“当然可以。可我走之前想告诉你，我喜欢上你了，简小姐。一见钟情。”

看着这男人突然间很认真、很严肃的表情，简嘉仪忽然想笑，也才真正看清楚他的样子：三十岁左右，身高和张军差不多，比他壮一点儿，有一张挺英俊的脸，眼睛特有神气，还故意留了一点儿胡茬，可怎么就长了一张絮絮叨叨的嘴呢?

“好了，我先走了，”文一鸣若无其事地扬了扬手中的名片说，“我会再来找你的!开心点儿。”

这动作及这背影，倒有几分潇洒。简嘉仪摇头笑笑，都什么岁数了，还当面表白什么一见钟情!这男人，太不靠谱了，哪有一点儿稳重成熟的样子?

她倒是一时忘记了，人有多面性——就像她自己，不也有许多个不一样的自己吗？当她每次任性过后，回过头去看，连她都不认识那个自己了。而外人看到的她，一直只是那个大气、干练、聪明、知性的年轻女企业家。

给简家添了这么大的乱子，张母到底是有点儿歉意。千里迢迢，她来的本意只是想看看儿子啊！而简母却要感谢她，让孙子提早这么多天来和他们团聚，大喜事呐！还好崔玲玲母子平安，要是……她都不敢想。还是儿子想得周全。可她这儿子放着好好的简大小姐不要，心却挂在一个“寡妇”身上，还费尽周折地帮人家生孩子，这叫什么事啊！

这个结果，简家二老早就预料到了，可经张军的嘴里说出来，多少有点儿失望，也为女儿可惜。可这有什么办法呢？见张母似乎不太喜欢崔玲玲，简母依着善良的天性，就想替崔玲玲说上几句话。

没想到张母先唠叨开了：“都是天意，不管怎么不喜欢，还是得接受吧。这崔玲玲，单从女人的角度看，确实值得爱惜。可从一个婆婆的眼里来看，就逊色了点儿。还是你们嘉仪好啊！”

“从一个母亲的角度看，我当然喜欢张军做女婿。可从一个女人和婆婆的角度看，我也希望玲玲幸福。她要是一辈子只带着孩子一个人过，才是咱们简家的罪过。玲玲啊，不容易。你我怕是都做不到。”简母说出了真心话。

“是啊。不容易。做不到。就这样吧。只是这关系有点儿乱喽，往后，你是她婆婆，我也是她婆婆，孩子叫你奶奶，也得叫我奶奶呀。他们还得再生一个吧？我们军儿不得有后啊？他们结婚是住你们家还是怎么的？那我儿子不是变成你儿子了吗？你那女儿又虎视眈眈我儿子，这不危险重重吗？”

“随他们吧，还不一定在一起呢，崔玲玲那孩子心思重。”简母一时也理不清，崔玲玲接受不接受张军，还是个未知数。

姨妈也在一旁嘲笑张母想得太多、太复杂，杞人忧天。张母就看不惯姨妈这女人，这么一把岁数了，还披红挂绿，涂个大红嘴唇，染着大红指甲……她拒绝和她说话。

姨妈也不介意，反正她的愿望已经达成了。有张军代替简嘉铭照顾崔玲玲，她就放心了。她哼着歌儿，将之前和崔玲玲一起做的小棉袄、棉裤、棉被子拿出来，放阳光里晒——孩子出院后，就可以用了。

张母看到了，嘲笑她怎么让孩子用这些土得掉渣的东西，再怎么着也应该用真丝的呀！于是当着她的面打电话回苏州，让人张罗一些上好的真丝小物品快递过来。姨妈并不生气，暗中欢喜，继续唱歌翻晒衣物，只要是给玲玲和孩子的，多多益善。

张政本就是陪父母来看弟弟的，如今弟弟一心在那女人身上，也没心思顾他们了，他提议不如回去吧。张父也提出想回苏州。张母骂他们没良心，这未来的儿媳妇才生产完，怎么说走就走，要么在酒店住下，要么让他们先回去，她要在这儿帮忙伺候崔玲玲坐月子。

"嘉仪去请月嫂了，不用这么多人在这儿，不是有我们吗？再说，你们本就不喜欢玲玲，我还怕你对她不利呢！"姨妈听她当崔玲玲为未来儿媳妇，心中大喜，嘴上却故意刺激道，"回去吧，你们都回去！用不着你们，也用不着你啊，老大姐！"

"哎——你叫谁老大姐？我才比你大几岁啊？我就不回去。我儿子脚伤还没好呢！我就算再怎么不喜欢生过孩子的女人当我儿媳妇，我也会认同儿子的选择。对她不利，那还不是对我儿子不利吗？我这小儿子婚姻上受过一次伤了，那时太远，我护不着，现在我可得帮点儿忙。只要他幸福了，我这当妈的喜欢不喜欢，一点儿也不重要！"张母愈加不愿意回去，又对老伴和大儿子说，"你们先回去吧，我在这儿热闹，有这个女人老和我抬杠斗嘴，也好治治我有点儿苗头的老年痴呆症。”

不等老伴和大儿子回话，张母又问：“简家母，你这房子不算小，有空房间吧？给我腾一间，可以吧？”

话都说到这份儿上了，简母只能说“有”，心里却担心女儿的心理承受能力——爱的男人、他母亲、“情敌”同住一个屋檐下，就算是圣人，这心态也不能一时就调整得过来啊。简父说：“就让嘉仪经受残酷点儿的历练吧，越早彻底死心，她才越容易得到真正的幸福。”

姨妈绝对同意姐夫的观点。医院里的张军听到这个消息，都不敢和崔玲玲说。为什么一回国，感情的事情，就变成所有人的事情了呢？简嘉仪什么也没说，甚至连多余的表情也没有。她知道，再不收敛自己，就真说不过去了。

26

真正的智慧，只是做真实的自己

这个新年，周彩儿知道了什么叫作“团圆”，整日窝在自己的小家中足不出户。小小的蜗居，被她和尹启华一起布置得喜气洋洋，鲜花、年橘、春联、彩灯，一样不少。外面的喧闹与喜庆，似乎都不敌与尹启华的相守。

尹启华一直有话想说，又怕周彩儿不高兴，本就恨不得连下辈子的爱都全提出来补偿给她，如今她怀了孕，更加舍不得让她情绪不好了，因此只得安慰自己，有的事情得慢慢来。

大年初一，习惯赖床的周彩儿起了个大早。听到她在洗手间的声响，尹启华以为她早孕反应又加剧了，怕她吐得难受，条件反射地弹起来过去看她，却见她穿戴整齐，还化了淡妆，挺庄重的样子。

“老公，新年快乐，恭喜发财！”周彩儿还调皮地伸手向他讨利是红包。

尹启华抱着她，回贺她一句，然后在她脸上左右亲了几口：“这红包够吉利吧？年年岁岁，都这么亲你，好不好？”

周彩儿甜甜地笑了：“就会对我油嘴滑舌。快洗脸，咱们去给老院长拜年吧。”

“老院长？你是说……”尹启华见她主动提出，多少有点儿意外。

“怎么，你不想去吗！礼物我都准备好了。”

“老婆，你这是……”

“他不是你的大恩人吗？你每年初一不得到他家拜年吗？我是你老婆，

肯定得陪着你啊。”

“老婆，你终于原谅他啦?”

“你说得对，如果我是他，也有可能对像我这样的孩子下意识地爱不起来，”周彩儿抓住他的手说，“可他把你培养得这么优秀，便宜了我，我不得给他卖乖去啊?”

“老婆……你真的能放下了?”尹启华反握着她的手。

“哎——都过去了，哥哥，都过去了。我贷款的事，他是第二担保人，这是我想不到的。反倒是我，一直都那么不懂事……我不是个好孩子，不是个好女人……有时我想，我怎能配得上你?”周彩儿由衷地叹息道。

“只要你是彩儿就行。这不，你不是成了我的好老婆?”尹启华抚摸着她的肚子。

“明天，我们再一起去看妈妈和爸爸。”周彩儿知道尹启华老家的风俗是大年初二要拜祭先人，然后清明或者中秋再扫一次墓。尽管身在异乡，但他工作之后，年年如此。

“我爸妈吗？他们的墓在四川老家呢！”尹启华不解地说，“你不会想明天和我回四川吧？医生叫你怀孕前三个月不要乱跑动。”

“我不还有妈妈和爸爸吗?”周彩儿平静地说。

“你妈妈……和爸爸？不是，你不是对你爸爸……”

“我委托监狱的工作人员，找到了我爸爸的骨灰，我把他和妈妈放在一起了……我吃力地回忆着我更小的时候，他们其实还是很恩爱的，他对我和妈妈都很好。后来……都是欲望祸害的吧。当一个人受了不当欲望的控制时，贪念和邪念就应运而生。我也曾被欲望牵着走……不管怎样，他都是我爸爸……”周彩儿看着尹启华问，“你说，他如果还活着，一定会忏悔的，是吧？他会改过吧？他也想回到妈妈身边，看到我嫁人、生子，看到我幸福吧?”

尹启华拥紧了她，只有这强有力的拥抱，才是最肯定的答案。怀中的这个女人真的变了，让他如此惊喜与感动。是的，他一直相信她的身上有无限的潜能，她是有潜在的智慧的，阅历比知识更能让一个人加速成长。他深爱着这个成长中的女人。

“彩儿，你真好……”

“我好什么呀，绝大多数人都觉得你娶了我，是一件吃亏的事。我敢保证，肯定还有人猜测，我肚子里的孩子有可能不是你的。”

“就是好，就是不吃亏，就是我的。”

周彩儿笑了，她从来没被男人这般信任与宠爱过。世间的得失实在太玄妙了，她上蹿下跳，像小丑似的折腾了这么多年，原来她要的不过如此。

她坐在门前的小凳子上换鞋子，尹启华将她的拖鞋拿起，放在小架子上摆好，又替她穿上平跟靴子，再递给她外套和围巾。

他一只手提着大小礼物，另一只手牵着她的手，不管是走楼梯还是过马路，或者是对面有行人走来，他都要暗中捏一下她的手，示意她注意安全。她就像个不谙世事的小姑娘，感受着手心传来的温热，不加思考地跟着他走。假如有一天她不幸成为路痴，都是因为他。可她愿意就这么笨笨地跟着他，像十五岁的时候，笨笨地相信和崇拜他的一切。只是啊，现在他们是真的在一起生活了。

这生活，多美好啊！周彩儿伸出另一只手，新年的阳光恬静温暖，在手掌上灿烂一片。

老院长怎么也想不到周彩儿会亲自上门来看他，他带着孙子来开门，一时竟反应不过来。

“彩……彩儿？……启华啊，怎么来也不事先打个电话说一声呢？”

“新年好！”周彩儿笑着向老院长问好，“老院长，您这是不欢迎我吗?”

“新年好！恭喜发财！欢迎，欢迎，快进来！”老院长忙不迭地迎他们进来，又回头招呼老伴、儿媳妇出来迎客——尹启华手上的礼物实在有点儿多。

似乎什么也不必再提及了，多年的一块心病终于可以放下。老院长高兴得不停地讲话，说一些周彩儿在福利院的趣事。周彩儿不时地反问尹启华：“是吗？我那时是这样的吗?”尹启华说：“这样愚蠢的事情，不是你干的还有谁呢?”周彩儿嗔怪他嫌弃她笨，尹启华就说：“你就是笨才和我偷食禁果呀！”

周彩儿咬了一下嘴唇，低下头沉默了。尹启华和老院长对望一眼，暗自责怪自己说错话了。没想到周彩儿竟然抬头笑出来：“是呢，就是因为笨才做错事。可是呢，如今错出一段婚姻来，也是我的福分吧。”

不管多深重的苦难，背负着走过一段不短的旅程之后，有一天停下来拆开来看，可以调侃一笑，心便是自由的。

收到张军发来的信息，周彩儿蹦起来说：“玲玲生了！真是个儿子！”

“哎呀，你慢点儿，轻点儿！别把咱们儿子给蹦出来啊！”尹启华忙不迭地站起来护着她，“老院长在，你注意点儿仪态，刚刚才赞美过你的温柔可人。”

老院长笑了，说：“就是你说的彩儿那个重要的朋友是吧？去去去，快上医院看看去。”

“哎——不是说孕妇不能去看别人生孩子吗?”老院长夫人插嘴道，“为了自个儿孩子，还是忌讳点儿好。”

“院长，你看我像个讲规矩、怕忌讳的女人吗?”周彩儿调皮地问。

老院长不禁笑起来，挥挥手说：“百无禁忌，百无禁忌。在医院不碍事，如果对方也不讲究就不碍事啊。”

周彩儿一拽尹启华，告辞的话也顾不上说，老院长夫人给的回礼也不要了，噔噔噔地奔出门去了。倒是尹启华不住地回头，向老院长的家人赔笑，挥手说再见。

“好你个崔玲玲，生出来了才通知老娘，这么重要的时刻，也不叫我见证，我跟你没完!”周彩儿人未到，声先到。

张军忙站起来对她使劲地做着“嘘”的手势，边蹑手蹑脚地把他们迎进去，边解释这纯属意外，大家都没有准备呢。

“你声音小点儿，这是医院。”尹启华拉了拉周彩儿。

周彩儿推开他的手：“哎呀，真当我是小孩不懂事呀？我这叫亲，亲人才这么说话。懂不懂?”

“在他眼里呀，你不就是个小孩吗？看他那样子，恨不得将你捧在手心里护着。”张军笑道。

周彩儿没认真听，俯着身子，出神地盯着熟睡中的小婴儿，好不容易才忍住抱起来的冲动。又看看熟睡中的崔玲玲，莫名地感动，竟然靠在尹启华的怀里无声地哭起来。

两个男人都愕然地对望着，尹启华不知道她在感慨什么，边问她怎么了边安抚她。崔玲玲不知什么时候醒了，默默地看着他们，手轻轻地在孩子的小脸上抚过，内心安详而满足。

张军的注意点在崔玲玲身上，见她醒了，忙上前去帮她翻身。周彩儿忽又破涕为笑，推开尹启华，坐到崔玲玲的病床前，笑着对她说：“你当妈啦!”

崔玲玲笑着点点头。

“你真当妈啦!”周彩儿又伏在她的怀里哭。

她的脊椎还打着麻醉呢！又这么虚弱！张军正要上前拉开周彩儿，崔玲玲却对他摇摇头。她默默地抱着周彩儿，抚摸着她的头发，那样子真像一个母亲。而她的眼角竟也慢慢地溢出泪水来。

至此，两个愕然的男人，似乎有点儿理解了。

“宛若新生啊。”崔玲玲对抬起头来的周彩儿说，并替她拭去泪水。

周彩儿看看旁边那粉嫩的小人儿，含笑点头：“宛若新生。”

两双女人的手握在一起，什么言语都是多余的。

“哎呀，你们俩女人矫情什么呀？弄得好像你们才是一对儿似的。”张军有点儿看不下去，总怕崔玲玲身体受影响。

“我倒是想啊，可男人那把儿又不是黄豆芽——用水一泡，两三天就能长出来。”

周彩儿这话让崔玲玲忍俊不禁，放声大笑。张军也边笑边嘱咐她：“伤口，你的伤口！动作小点儿，小点儿。”

“你就不能别这么口无遮拦的吗？”尹启华摇头笑道。

“真想不到啊，崔玲玲当妈了！还是简嘉铭儿子的妈！”周彩儿感叹。

“我也想不到，你也快要当妈了啊！”崔玲玲回她一句，“还是口口声声中那个斯文败类的孩子的妈。”

“斯文败类？”尹启华吃惊地指着自己欲问个究竟。

“我在想啊，这世事、这缘分际遇到底有多奇妙！”周彩儿按下他的手指继续感叹，对崔玲玲很正经地提问，“新妈妈，来，采访一下，此刻你有什么需要总结或者表达的，想作为历史性的记忆给保存下来的？”

说着，周彩儿打开了手机的录像功能。崔玲玲略作沉思，还真说了一段让周彩儿听不太明白的话：“感谢命运给了我特别的安排，让我穿越过树影如牢狱的山谷，跋涉过深而远的黑暗，临渊而立，看到天际不可言说的光亮，以此弥补擦肩而过的时光。我总相信，会有一束光簇拥着另一束光，以驱赶黑暗。”

“就这些?”周彩儿问。

“就这些。”

“说的是什么嘛！重来重来，说点儿人话，别这么莎士比亚的。”

张军说：“我觉得挺好，这段视频就让我来保存吧。”

“嘁，胆小鬼，何不直接说她这后半生的所有都让你来保存?”

面对周彩儿这话，张军的脸忽地红了。

“咦? 小样儿，脸红哩? 啊?”周彩儿故意凑近去强调一番。

张军知道不管回她什么话，都是要吃亏的。刚好护士进来给崔玲玲换药水，叮嘱他们尽量让产妇多休息。崔玲玲很配合地闭上眼睛。周彩儿指指崔玲玲，又指指张军，那神情要多八卦就有多八卦。

“其实啊，崔玲玲刚才说的那段话，也很适合你。”在回去的车上，尹启华这样对周彩儿说。

“哪段话?”幸福着姐们儿的幸福，貌似张军和崔玲玲的关系又进了一步，周彩儿觉得窗外的冷雨也是暖暖的。

“你录进手机里的那段话啊。”

“我根本听不明白她说的是什么，云里雾里的，整个文艺青年的腔调。怎么，你还想嘲笑我的智商是吧?”

周彩儿虽然嘴上这么说，可还是打开视频反复重听，然后学着崔玲玲的腔调背诵出来，倒让尹启华笑喷。这女人，还是浅浅白白的更加可爱些。而周彩儿却不笑了，她到底还是领悟了这文绉绉中的意蕴。

或许，总要经历一些什么，我们才能逐渐看清生命的真相。原来真正的智慧，只是做真实的自己。真爱，从未走远；失去，亦可再得到。总有那么一个人，能原谅并接纳我们那些斑驳的伤痕与所有的不完美，握紧我们的手，走在这混沌不清的当下，以及那不可预知的未来。

这一刻，她只想靠在他的肩膀上，似乎这就可以托住了她的一生。窗外的世界纷繁复杂，她只要这小小的空间就够了。

“你说，玲玲在某一天，也会这样靠在张军的肩膀上吗?”周彩儿像在问尹启华，又像自言自语。

听不清楚尹启华说了什么，周彩儿心里忽又同情起简嘉仪来。那样好的女子，只为了心中那份执着，时常反复，神经兮兮。

简嘉仪要是知道自己竟然被人同情，定会更难受。她提着一壶鸡汤走出停车场，在住院部大堂竟然又见到文一鸣。见到她来，他扬扬手中的毛绒玩具，熟络地说:“嘿，来啦!”

“别告诉我你又要跟着来啊!”简嘉仪也不跟他客套。

“是啊！我是代表广大网友来看望小宝宝的。要不是我再三劝阻，万能的网友肯定能找到这里并迅速公开孩子和母亲的信息。这是全民娱乐的时代，又是新年假期，无聊的人多着呢?”

“你的意思是，我又得感谢你这个无聊之人喽?”

“那是肯定的！不过，我也感谢你们，让我当了一次英雄。你没看到，我在网上现在多火啊！求爱的信息看都看不过来!”

“喊，多大点儿事？还英雄!”

“哎，生命！我维护的、救护的可是一个新生命，这事儿当初要弄不好，说不定就是一尸两命呢!”

“说什么呢你！有你这么说话的吗?”

“别，别生气，我只想让你记得我的恩情。”

“行，你的大恩大德，咱家没齿难忘，得了吧?”

“你记得我的恩情，也就记得我了。”

简嘉仪懒得理他，加快了脚步窜进电梯。文一鸣以闪电般的速度扒开门，对着她胜利地笑。

“咱们能不能到此为止?”简嘉仪说，“我实在没心情应付你。”

“你不用应付我。你该干吗就干吗，我不碍你事。”文一鸣说。

“我说，你是不是想借机泡我? 如果你马上从我眼前消失，也许日后你还有机会。如果你再这样叽叽歪歪地跟着，只会惹人讨厌。”

文一鸣想不到这看似内敛的女孩会说得这么直白，眼珠子转了一圈说:“呃——我选择一会儿消失，我看一眼小宝宝就马上消失，OK?”

电梯门开了，简嘉仪径自走出去。文一鸣果真识时务地闭上了嘴。

到了病房，张军正抱着孩子喂牛奶，边喂边低头细声地对孩子说着什么。听到“扑哧”一声，张军作皱眉撇嘴状。拄着拐杖，小心地将孩子抱到小床上，来回打量着，不知要从哪儿下手。

“叫护士吧。老人们全被我按在家里了，他们来了也是添乱添吵。这样看来，还是应该让他们来一个。”简嘉仪走进来说。

孩子哭起来，像要告诉大人他的小屁股有多不舒服。崔玲玲醒来了，她倒是在妈妈教室专门学习过，可如今她动弹不了啊，也建议叫护士来帮忙。

文一鸣将玩具放在一边，挽起袖子说:“我来吧，我哥哥那俩孩子小的时候，我没少给他们洗屁股换尿片。”

简嘉仪半信半疑地让开位置。

“嘿嘿，小子，你人生的第一次，好几项都让叔叔给抢占喽。”文一鸣打来温开水，准备好好地表演一番。

“哎，不就换个纸尿裤吗，多难的事。我来!”张军不甘示弱。

“我来我来，你哪懂——看你这样子，都不知道从哪儿下手是吧?”文一鸣并不相让。

“我是他干爹，这第一泡屎当然得我来清理。”

“你是干爹，我还是干叔叔哩！不会搞就别逞强。”

孩子哭得愈加大声。简嘉仪不耐烦地说：“你们有完没完？我叫护士啦！”

“不行！”张军和文一鸣异口同声。

倒是张军让步了：“这样吧，你来弄，我在一旁学着，你教我。”

“嗯，乖。”文一鸣这话彻底逗乐了崔玲玲和简嘉仪，忍着笑催促他快点儿。

文一鸣轻轻地拆开襁褓，左手抓住孩子的小脚丫说：“这样，别抓狠了，孩子会痛的。嗯，这样，从前面轻轻抽出纸尿裤，顺道将就擦一下小屁股，带走一些便便。观察便便的颜色和稀稠，以判断孩子的身体有无异样。看，这就是健康的胎便，黑绿黑绿的。”

张军凑近去观察粘在纸尿裤上的胎便，果然是黑绿黑绿的。简嘉仪却捂鼻子，连声说：“好臭好臭，你们快点儿啊。”

文一鸣却笑着说：“一般来说，只有最亲的人——一般是父母才不觉得孩子的便便是臭的。简小姐，你看清楚喽，张先生如此享受着。”

简嘉仪的心又“咯噔”了一下。崔玲玲不想就此挑起什么不和谐的事端，生产前后，她有太多放任自己的事情了，也清楚自己连带地伤害了简嘉仪的心，便说：“别让孩子着凉了。”

文一鸣继续示范着怎么用温水擦拭孩子的屁股，张军接过湿毛巾，说让他来。在文一鸣的教导下，张军顺利地给孩子穿上了干净的纸尿裤，又绑好了襁褓。孩子不哭了，“咦咦哦哦”几声，在小床上蠕动一会儿，又睡着了。

文一鸣洗干净双手向崔玲玲告辞，简嘉仪追出去：“哎，等一会儿，我送你一块儿走吧。”

文一鸣头也不回，向她挥挥手：“大丈夫一言既出，死不赖皮。”

简嘉仪抱着手臂，看着他瘦高的背影，难得地笑了。病房里，张军正无限温柔地喂崔玲玲喝鸡汤，简嘉仪看了一眼，终觉自己的多余，继续抱着双臂，倚在门口。突然想起医生的叮嘱，她踱进去一把夺过张军手上的碗，说："喂那么多干吗？她现在还不能过量进食，喝几口就行了。"

本想表达关心，言行中却每一个字、每一个动作都充满醋意与不满。

"我……我不是那个意思……玲玲姐，我的意思是说，医生还不建议你过量进食……"简嘉仪越辩白越说不清。

张军暗想，你这丫头反反复复地干吗呢？却又不好当面说她。自己也曾经沧海，痴痴地爱过、等过一个人。年轻的心脏，如果那么容易自控，就不叫真爱了。

简嘉仪偷偷地留意崔玲玲，她淡定的脸上透着一丝不自在。哪怕锋芒早已不露，她依旧是敏感的。

27

总有一些代价的付出，毫不犹豫而又惨烈成伤

就在周彩儿和尹启华手捧菊花，准备去拜祭父母的时候，尹启华的手机响了。

“是——陈怡飞的母亲。”尹启华征询地看着周彩儿。

“接啊，可能是给你拜年，老人家以前不是一直当你是半个儿子吗？怕是想你了。”周彩儿淡淡地说，不知是否诚心。

尹启华按下免提—

“是……启华吗？”电话那边的声音有点儿迟疑、不安。

“是的，伯母。新年好，找我有什么事吗？”

“新年好……那个，你方便来我家一下吗？”

尹启华看了一眼周彩儿，问：“怎么了？”

“……怡飞……”陈母在电话中哽咽起来。

“怡飞？她怎么了？”

“她被老陈关起来了……这孩子……正在伤害自己……”

“到底怎么了？”

“她……吸毒，被老陈知道了，骗她回家过年，再不让她出门了，现在在房间里正撞着墙壁呢！老陈还不让我进去……说家丑啊，让她撞死算了……你看，你能不能来一下，劝她把毒戒了？”

“这……我的话还有用吗？”

“有用有用，你来就有用。”

"这……"

"算伯母求你了……怡飞这辈子做得最错的一件事情，就是离开你……"

尹启华沉默了。

"启华，真的，伯母这辈子没求过谁……你就来一下，就一下，好不好？"

"好……好吧。"

挂了电话，尹启华问周彩儿："怎么办？"

"难道你能拒绝一个母亲的哀求吗？"周彩儿说，"你这么一去，肯定不可能只是一会儿的。我领教过陈怡飞这个女人。哎，怎么老是阴魂不散啊。"

"那就不去了。我这就给伯母回个电话！"

"别，算了，还是去一趟吧，尽尽道义。"如今她有孕在身，才不怕男人被抢呢。

尹启华非要带上她，不然他就不去了。

好好的一个花样女孩，怎么就吸上毒了？尹启华的心凝重起来。

以前的陈家，每到新年、中秋等传统节日，上门拜访的客人几乎可以用络绎不绝来形容。而今天却如此冷清。手机关机，然后装作主人不在家，这是陈家谢客惯用的手法。

按了好一会儿门铃，保姆才来开门，隔着细细的门缝儿，上下打量着周彩儿，回头小声地向里面说着什么。不一会儿，陈母便出来了。尹启华拉着周彩儿的手说这是他的太太。陈母犹豫一会儿还是打开了门。

和印象中雍容华贵的中年妇人判若两人，陈母穿着厚厚的棉睡衣，发丝凌乱，一脸愁容。迎着他们在客厅坐下来，保姆端上茶便退了出去。

从陈怡飞的房间传来声嘶力竭的喊叫声、敲打或者撞击什么硬物的声音。

“这样子多久了?”尹启华沉重地问。

陈母瞄瞄加了外锁的房门，抹着眼泪说：“好几天了，什么也不吃……就昨天，听她在里面喊叫你的名字，我才想起也许你可以帮帮忙……”

“好好的，她怎么就沾上毒品了?”

“还不是这孩子心思重！本是单纯的人，却被五颜六色的东西看花了眼，迷了心窍，想要的东西又太多，要不过来，就逃避现实。那天一回来，她知道我们知道了她的事，跪在我们面前说是有一次在香港参加某个大明星的聚会，尝了一下，以后就再也离不开了……看着她的电影上映了一部又一部，我还以为她有多好，哪知道……”

“这样关着她也不是个办法啊！怎么不送专业的机构替她戒彻底了?”

“她爸嫌丢脸，说让她死在家里好了……老爷子被气得进了医院……小飞，已经开始自残了……我怕这毒没戒成，人就没了……”

陈母泣不成声，周彩儿扶着安慰她。

“伯父呢?”

“在书房。这家已不成个家了，女儿关在房间里，父亲关在书房里，都不吃不喝的……”

尹启华沉默了好一会儿，让周彩儿陪陈母坐着，他先看看陈父去。敲了好一会儿书房的门，不见有人来开。

“伯父，是我，我是启华。您锁着自己干吗呢? 再不开门，我就撞门啦? 我数一二三!”

门开了，陈父的苍老让尹启华几乎不敢认了。

“……您老觉得这样下去有用吗?”尹启华说，“面子真那么重要吗?”

“她毁了！她把自己毁了，也把咱家毁了……”陈父违心地说，“我宁愿她死在家里，也不想传出去丢整个家族的脸！”

“要是她真的死了呢？您真的就不心疼？”

怎么会不心疼呢？她可是陈家两代人的掌上明珠，曾经带给他们多少荣耀、多少幸福！

陈父蹲了下去，陈母上前来也跪下去：“老陈，你就开门吧。让小飞和启华说说话，也许她就自愿戒了呢？”

“钥匙，伯父，如果您还信任我。”尹启华向他伸出手。

陈父犹豫一会儿，将钥匙掏了出来。

“不过，我觉得还是应该送到专业的戒毒机构去，咱们悄悄地找人来帮忙，悄悄地或者到外地的戒毒所去。”尹启华接过钥匙说，“她吸毒时间不算长，应该可以彻底戒掉的——如果她愿意的话。您这样关着她，反而刺激她的逆反心理。她的任性，你们又不是不知道。”

“是啊，老陈，启华说得对，不能再关着孩子、绑着孩子啦！”陈母摇着陈父的手臂恳求道。

陈父低头，又点点头，挥手让尹启华去开门。

房门打开的那一刹那，连周彩儿都惊恐不已。房间乱得像刚刚被洗劫过一般，陈怡飞被绑在床上，她正披头散发地甩着头，疯狂地撞向床沿和墙壁，完全听不到尹启华和陈母的呼唤。

“给我，给我！！！给我——”她终于看到房间来人了，血红着双眼，狰狞地号叫着，脸上涕泪横流，一点儿也看不出她曾经的高傲与美丽了。

“安静下来，安静，怡飞！怡飞，你看我，我是启华！”虽说眼前这个女人与自己再无关系，可尹启华还是止不住的心疼。

“启华？启华哥？是你？真是你？”陈怡飞果然咬着牙齿安静了下来。

“是我，是我，怡飞，你这是怎么了？你到底是为什么要变成这样？

我如果知道你会变成这样，我……”

“哈哈，你会怎么样？和我结婚，然后放任我在外面胡搞吗？”陈怡飞笑得愈加狰狞，“是的……是你，都是你……是你的宠爱、你的包容让我总是想起你，让我后悔，让我再也无法爱上别的男人。他们和你一比，除了钱和虚荣，什么也没有！我好像什么都有了，可是我什么也没有！没有——”

“不管是什么理由，都不是你自甘堕落的理由！怡飞，你还年轻，一切都可以再来。知道吗？”

“是啊，小飞，启华说得对。听妈的话，好好戒了吧，一切都还来得及。”

“还来得及吗？我已经离不开那东西了。呵呵……”陈怡飞凄然地笑笑，忽又疯狂地挣扎喊叫，“给我，快给我！我包包里有钱，启华哥，替我去买，帝豪夜总会就有卖的，你去找那个李枫就行，启华哥，启华哥……”

“你听着！陈怡飞！”尹启华上前用力按住她扭动的身体，“既然我来了，你就要相信我！好不好？咱们不要那东西，永远也不要再碰它，好不好？”

“不好，不好！我难受，我难受！”

周彩儿走进来说：“已经联系好我的高中同学，他在邻市的戒毒所当指导员，如果你们愿意，他马上亲自开他的私家车过来接人。”

“好，好，愿意，愿意！”陈母抹着眼泪去收拾东西。

“我不——我不去，我不去！让我死，让我死在家里好了！我不要去！我不要出门，我不要让人看到！”陈怡飞挣扎着。

“不会有人知道你的身份的，放心好了，我同学会安排好的。”周彩儿说，“你也不小了，读那么多书，你看父母年纪也大了，应该比我懂事，是吧?”

“你滚，你滚！狐狸精，要不是你，我能成这样？滚！你给我滚!”陈怡飞几近声嘶力竭。

“你知道问题出在哪里！你已经严重地伤害了你自己和最爱你的亲人，你爷爷还躺在医院的重症监护室里!”尹启华喝道，“你去也得去，不去也得去!”

“我不去，不去，不去！给我，我要，给我！难受……好难受……我冷……冷，好冷!”

或许是陈怡飞的体力支撑不了她的疯狂，又或者毒瘾暂时缓下来了，她终于慢慢地软下去。尹启华坐在床沿，抱着她，安抚不断颤抖的她。

周彩儿默默地看着。陈父始终不发一言，他似乎已经失望透了，又或许是心疼透了，怕无论说出什么都是错的，会让这骤然紧张的父女关系毁于一旦。此时的女儿有多恨他，他就有多爱她。

“你同学来这儿要多久?”尹启华问。

“走高速的话，一小时左右吧。”周彩儿看着瘫在他怀里喘气的陈怡飞问，“她要不要吃点儿什么?”

“两三天没东西下肚了，保姆端什么进来她都不吃。”陈母忧伤地说。

“家里有熬好的汤吗？要是没有，鸡蛋汤也好，快去做一碗。”

不一会儿，保姆便端来一碗热气腾腾的鸡蛋汤。无奈陈怡飞始终紧紧地闭着嘴，怎么也喂不进去，她对众人的劝说无动于衷。

“出去!”陈怡飞突然说。

“出去！出去!”她继续嚷道。

“你说我吗？好，我出去。你快吃点儿东西就好。”周彩儿退出了房间。

“我说你们都给我出去!”陈怡飞又吼道。

父母和保姆相续退出房间，尹启华将她放在床上躺好，也准备退出去。

“你留下，启华哥，我求求你别走……”陈怡飞的声音变得无助而软弱。

“行，可你必须把这汤喝了。好不好?”尹启华趁机讨价还价。

没想到陈怡飞虚弱地“嗯”了一声。尹启华大喜，忙扶她在床头靠坐着，端起碗，拿起勺子，一勺一勺地边吹边喂她。

喝了没几口，陈怡飞失声痛哭。以前每次她感冒或者要小脾气，他都这样喂她吃东西……

周彩儿看着紧闭的房门，心里翻腾不安，但也只能静静地在沙发上坐着。她的旁边，还坐着两个比她更加无助的老人……

漫长的一个小时终于过去了，不知道房间里发生过什么。他们重新进去的时候，陈怡飞虽然还被绑着，但似乎正常安静得很。

周彩儿的同学正在楼下候着，陈父却变了主意，非让他们天黑了再走。尹启华知道，他无非是担心被邻居们看到。

他们给陈怡飞松了绑，因为她亲口答应了尹启华要好好地去戒毒，应该不会出什么问题。周彩儿留在房间帮陈怡飞梳洗换衣服，这两个女人做梦也没想过，有一天她们会这样相处吧。而更让她们意想不到的是，竟因此酿成让彼此都悔恨终生的悲剧。

所有人都忽略了陈怡飞骨子里的那点儿骄傲，那是比她的生命还重要的。她的丑陋可以在华美的包裹下，假装快乐、荣光地生存着。如今，那点儿骄傲都被她最爱的人毫不留情地剥掉了，那她活着还有什么意思?

抹上最后一点胭脂，镜子中的她除了有点儿消瘦与憔悴，动人依旧。

“看，你这么美、这么年轻，多好啊！你就放心好了，我那同学特靠谱，会照顾好你的。戒了回来，还是好汉一条！不会有外人知道。”周彩儿看着镜子里的她这样说。

陈怡飞自知不能责难这个已蜕变成小妇人的“情敌”，微微一笑，算是表达她的谢意与歉意。

“好好替我爱启华。他虽然不算优秀，可是一个好爱人、好男人。太多女人觉得非找优秀的男人不可，可功利加上焦虑，让她们的眼睛仅仅盯着高学历、高收入、高地位的成功男人。我就是这样的傻瓜。当我爬进名利圈，才明白在爱情里，从来就没有什么优秀男人、优秀女人，只有合适你的人，真爱你的人。”

想不到陈怡飞会对着镜子说出这样的话，周彩儿一时不知该说什么。

“好了，我们走吧。”陈怡飞平静地说。

周彩儿便转身往外走，陈怡飞以迅雷不及掩耳之势推开窗户，蹬上窗台，就要跳出去。

也许是生命信号的连接与呼唤，周彩儿本能地回头，以她自己都想象不到的速度窜到窗台边就是一扑，死死地抓住陈怡飞的左脚踝，并大声呼叫。

众人闻声而来，周彩儿已被陈怡飞的身体连带拖上了窗台。危险一触即发，尹启华撇开呼天抢地的陈母，一个箭步冲上前去抱住周彩儿，又大声呼唤陈怡飞别做傻事。

其实陈怡飞在跃出去的那一刻，就已经后悔了。可她越害怕，就越挣扎。

“你别乱动！怡飞，你挺着，我们想办法把你拉上来，千万别再乱动！”尹启华向窗外吼叫着。

陈母和陈父还有保姆也回过神来，纷纷过来帮忙抱着周彩儿。周彩儿喘着气说：“老公，这里，快，我撑不住了！”

尹启华忙将身子探到窗外去，抓住陈怡飞的脚踝，让他们先拉周彩儿上去。周彩儿知道凭他一人是很难将陈怡飞拉上来的，便坚持卡在窗台上，换了个姿势，抓住陈怡飞的右脚。俩人默契地小声叫着：“一，二，三——拉！

一，二，三——拉！”

陈怡飞的身体在高空中晃动，惊扰了路过的行人，不一会儿，小区的草地上就聚集了一群人，还有人在下面铺起了棉被。

几经挣扎，陈怡飞终是被一点一点地扯上来了。尹启华和周彩儿筋疲力尽地瘫坐在地板上。吓得魂飞魄散的陈怡飞喃喃地叫着：“我不想死，我不想死……我不要，我不要掉下去……不要……”

陈父和陈母差一点儿就白发人送黑发人，抱住她泣不成声。保姆在一边扯着他们说：“起来，都起来吧，地板上凉！”却没有一个人听得进去。

周彩儿倚在尹启华的大腿上，大口地喘气。尹启华动动腿，想奋力支起她：“地……上凉，老……老婆！”

周彩儿“嗯”了几声却不愿意动弹，也无力动弹。尹启华坐起来，将双手插进她的腋下，急着要将她拉起来。周彩儿吃力地挪了挪臀部，地板上拖出一摊血印。

“怎么了，彩儿？”尹启华伸手去摸她的臀部，湿漉漉一片。

周彩儿惊恐地低头看大腿两侧，黑色的裤子明显早就湿了，伸手一摸，手掌上一片鲜红，她不禁“啊——”地叫起来！

意识到大事不妙的尹启华马上抱起她往门外奔去，而陈家所有人，都只沉浸在自己的悲痛里，对别人的悲剧浑然不知。

在医院里，尹启华最后一次看见陈怡飞，她是来谢罪的。至于她都说了些什么，闭着眼睛的周彩儿一句也没听进去——有什么用呢？孩子已经不在了。

出于礼貌，尹启华还是将她送出病房，陈父和陈母那一脸的歉意，让他们显得愈加苍老。

“我会好好戒的，启华哥……对不起，真的对不起……再见。”陈怡飞知道无法求得原谅，只能一次又一次地重复着说“对不起”。

“下决心戒了就好。只是，我们……不会再见了吧?”尹启华回头看看病房里面静默地躺着的周彩儿，苦笑着说，“快走吧，不然在这儿犯瘾，可就丢人了。”

陈怡飞点点头，噙着泪水，在父母的陪同下默默地离去。

回到病房，假装睡着的周彩儿已经睁开了眼睛，见到尹启华，眼神诉说着需要他的怀抱。尹启华在床边坐下，将她揽进怀里。

“我不欠她的，我没欠她什么。她凭什么用这种方式带走我的孩子?”周彩儿带着哭腔说，“我不想再见到她……”

“不会再见了。”尹启华安慰道，“你救了一个人，老婆，要这样想。”

“我没那么高尚，我只是条件反射，谁想救她啦？和她比，当然是我的孩子重要！我可怜的孩子……”周彩儿扁起嘴，眼眶忍不住又蓄满泪水，“难道我注定无法当一个母亲吗?”

“彩儿，你还是那么善良，和当年那个傻乎乎的小女孩一样，”尹启华抚摸着她苍白的脸，在上面亲了一口，又用力握揉着她的手臂说，“我会更加爱你，傻瓜。孩子，我们还会有的……”

泪水终于滑下来，周彩儿将脸埋进他的颈项间。尹启华低头拍拍她的肩膀说：“使劲儿哭，把鼻涕啊眼泪啊全挤出来，反正这是你新买的衬衣。嗯，来。”

周彩儿哭笑不得，可还是有点儿心疼，男人的衣服要少而精，哪怕时下拮据，给他的新年礼物还是不想马虎，这衬衣上千元呢。当她学会精打细算的时候，就知道自己已经成为一个真正的主妇了。

“对，孩子还会有的！房子也还会有的！我刚好又可以自由地去拼事业了！”

周彩儿突然换上的这副雄心万丈的表情与口气，让尹启华有点儿想发笑，故意问道：“难道你还想回到海鲜城去？给刘洋打工？”

“去他的刘洋，这些人在我这儿已经通通作古了。是崔玲玲和现实教会我——女人必须有事业。如果说，当个家庭主妇也是个事业，你会支持我吗？”周彩儿终于恢复了正常。

“当然会，只要你开心，你怎么着都行。”

“回海鲜城也行吗？”

“行。”尹启华停顿了那么一会儿才说，倒也肯定。

周彩儿笑了。

“放心吧，我早厌倦了过去的那种生活。以咱们现在的条件，我也不适合待在家里。你要帮我想想，干什么才能更加发挥我的优势。”

这女人果真是百变，各种情绪收放自如，不当演员真是可惜了。尹启华说：“你真是被生存逼迫怕了的女人，亲爱的，现在不比从前了，你不是一个人在战斗——还有我呢。先养好身体再说，房子也好，银子也好，孩子也好，咱们以后再说。现在，只要你能笑着从这病房出去，比什么都好。”

“可是，还是好痛。这儿痛，这儿也痛！”周彩儿抚着肚子，又按着心房说。

尹启华的手跟着她的手叠加在一起，他何尝不痛呢？天知道他有多期待这个孩子。

还有一个更痛的消息，他不敢告诉周彩儿——她以后有可能再也不能生育了，除非有奇迹。他是个乐观的人，就让他一个人，在以后的日子里，坚定地期待这个奇迹吧。

28

感情的事情，从来都是真心说了算

周彩儿流产的消息，并没有冲淡简家的喜庆气氛。崔玲玲在孩子睡着后，时常给周彩儿打电话，聊聊天。她们生活的圈子似乎越来越窄，可来往的人其实并不怎么多。许多时候，缩窄是为了过得简单与殷实。她以为周彩儿也在慢慢地经历自己这样的简单与殷实，可命运却又将她梦寐以求的孩子抢走了。或许幸福总是缺角的吧，太圆满的人生似乎并不存在。

抱着自己的孩子，崔玲玲时常感慨出神。谁能知晓命运下一刻会在哪儿转弯呢？将脸贴在孩子的小脸上，她在心里许诺：宝贝，只要我能给的，通通都给你，只要你健康、快乐地成长。

纵使楼下客厅里不时地传来吵闹声，她的房间里还是清静的。张军的伤已经痊愈，他虽记挂她，也不敢在她坐月子时出入简家。南方人有诸多忌讳，他多少还是知道一点儿分寸的。特别是崔玲玲这样特殊的情况，要看望她，得等孩子满月以后了。

不过，电话还是要打的，三两天打一通，不多不少。只是这俩人一从医院出来分开后，就是那种有味却寡淡的好友状态了。每次他都是先问她怎样了，然后问孩子怎样了。仿佛再说多余的什么，都像犯规似的。

简嘉仪款款地走进来，放下手提包，问她休息得还好吗，胃口还好吗？不等她回答，就从她怀中抱过孩子，咦咦哦哦地逗弄着。

“你要出去吗?”崔玲玲关心地问道，“都到吃饭时间了。”

这套经典的乳白色粗花呢羊毛裙子，是简嘉仪最喜欢的，还是崔玲玲陪着去买的，她从没穿过，说是要等和张军正式约会时才穿。

“有约会呢，我都说了要在家帮忙带侄子的，他死皮赖脸地非要人家陪他一起吃饭。”简嘉仪边逗孩子边漫不经心地说，语气中有掩饰不住的喜悦，“玲玲姐，你说过，感情的事不是努力就可以的，也许是没对上那个点儿，点儿找准了，努力还是有用的。”

崔玲玲看着她的新裙子和略带桃红的脸，若有所思。

“这么说，这次成了？”崔玲玲有点儿迟疑地问。

“应该是吧，我还没有完全答应，可正在尝试和接受。今天是我们首次正式约会。怎么样，玲玲姐，我的状态还行吧？”

“非常好，简直是行得不得了。”崔玲玲笑着说，又上下打量了她一会儿，建议她将黑色的过膝靴子换成带防水台的裸靴，这样腿看起来更加修长，整体也更加优雅。

简嘉仪将孩子交给她，很听话地回房间换了鞋子，又过来她房间中央一站。

崔玲玲竖起拇指，不住地点头，又催促道：“快去吧，第一次约会别迟到了。”

“嗯，”简嘉仪对着她理了理头发，“你看我的妆还行吧？”

“很漂亮。”

“真的？”

“真的。”

简嘉仪拿起手提包，俯下身子亲了亲孩子：“小宝，祝姑姑旗开得胜吧，姑姑种了那么久的桃花，终于要开了。开心，开心！”

简嘉仪又向崔玲玲说了再见，才轻盈地旋出她的房间。

孩子似乎也感染了她的快乐，在襁褓中不安分地蠕动着。

姨妈边回头边往楼上走，径自进入崔玲玲的房间，突兀地问：“嘉仪这模样，是不是又要去勾引张军呢？”

崔玲玲只是笑笑，没回她。

“哎，玲玲，我说你这孩子，别一副有儿万事足的模样。那张军也有好些天不见来了，难道他先前说的那些都是假的？这么快就向嘉仪的石榴裙拜倒了？我就说嘛，那张母成天嘀咕儿子要是和你在一块儿就太亏了什么的，难不成这老娘们儿背后使阴招，趁你这会儿不方便，使劲儿撮合儿子和嘉仪来着？不对呀，张军不像这么不地道的男人呀！不行，我得给他打个电话，问清楚喽！”

姨妈自顾自地一口气唠叨着，崔玲玲知道自己必须阻止她。

“别，姨妈，你要是真为我好，就什么也别管、别问。”崔玲玲边喂奶边说，“我现在只想好好坐月子、好好带孩子，别的事情顺其自然吧。”

“这……你这孩子，要是他们真好上了，你也不管啊？”姨妈有点儿急了，“你再上哪儿找张军这样的男人？相处自然又可信赖，重要的是他理解你，也会疼孩子！”

“做朋友也是一样的，要是他们真好上了，我也高兴。”

“你，你……真拿你没办法。你呀，你会后悔的！”

“我不后悔。是我的，不必争；不是我的，争也没用。”

“那之前他对你说的那些，就都不算数了？”

“我就当他那是为我和孩子好，哄我们开心，好让我顺利生产。他已经帮我们许多了，不能再对人家有所要求。姨妈，以后不要再提这些了，好不好？”崔玲玲近乎哀求。

姨妈叹着气在床沿坐下来，她拿捏不准崔玲玲说这话到底有多少是出自真心。或者全出自真心？但是总会有点儿怅然若失吧！也是，简嘉仪也是个好女孩，若是她真和张军在一起，本也应为他们开心。可是崔玲玲呢？毕竟嘉仪还那样年轻！

“他一个留洋的，哪还会在意咱们那些忌讳？外姓男人不到坐月子的人家里去什么的，谁会跟他说这些？没错，我姐和姐夫确实有点儿迷信，还请了和尚来替孩子福礼，可这都是因为这孩子来得金贵。这张军哪会在意这些？定是觉得已经替嘉铭照顾到你生孩子了，完成任务了，就没他什么事了？是不是呀，玲玲？”

姨妈像控制不住似的喃喃自语，崔玲玲佯装听不进去，缓缓地闭上双眼。姨妈也知道自己惹人烦，可她不就是忧心崔玲玲的后半生吗？她一生无儿无女，孀居多年，虽说热心于社会活动与公益，生活充实、内心强大，但说句大实话，哪个女人都渴望有个肩膀可以靠一靠，不是吗？

张军觉得他必须要见一见崔玲玲，才能安心地离开。这些天来，他一直在忙碌，他接到一个非常不好的消息，却不能告诉她。听说，坐月子的女人刺激不得，那可是会回奶水的。

张母说她来安排，不能让简家二老看到张军进出，到时若孩子有个什么不好，怕要怪罪张军。这天，简母和简父到寺院里去拿大师给孩子开光的玉坠子，张军悄悄地出现在崔玲玲的房间里。

“你来了？”平常得不能再平常的一句话。

张军只让她躺好，第一句话却看着婴儿床的位置问：“孩子还听话吗？又睡着啦？”

“还好。这时候他就是吃了睡、睡了吃。”

“这么乖，不像嘉铭呢！”

“怎么，你特想他折腾我是吗？”

“不不不，我哪会？我不会！”

“……”

“那个，你伤口还疼不？”

“不使劲拉扯一般不疼了，我都活动自如了，只是他们不准我老走动。”

想到母亲与姨妈，张军的笑意浮上来：“是啊，有他们在，你肯定安宁不了。”

崔玲玲也笑了：“听嘉仪说，她要出国旅行？”

“她也和你说了？太好了，我一直担心呢。这下好了，咱们都情有所属了。”

“……你也要出国？”

“你怎么知道的？我就是来和你说这事的。”

“不用说了，我都明白……明白的。”

“你都知道啦？”

“嗯，猜也猜到了。”崔玲玲把目光移向孩子，不想让他看到她的眼眶泛红。

“那……我明天的机票……玲玲，你不要太伤心，这是没办法的事……这时候，你得注意身体……”

“嗯……”

“孩子还在睡吗？好想抱抱他。”

崔玲玲的心一阵隐痛。这前半生，有太多的东西从心上碾压过去，连痛楚都不轰轰烈烈了，但她无法抑制这种隐忍的疼痛。

“你怎么啦？我又不是不回来，怎么难受成这样？想哭？”

张军伸手想去抚摸她的脸，崔玲玲扭过头去，默默地拒绝了他。

“好吧，一切等我回来、孩子满月了再说。我先走了。”

望着张军的背影消失在房门转角处，崔玲玲嗫嚅着嘴唇，几乎要脱口而出：“不要走……”

“他真的要和嘉仪出国旅行去？嘉仪那丫头正热火朝天地准备着呢，问她什么都说要保密。你怎么不争取，不拦着他呀？”姨妈不知何时闪进门来。

崔玲玲抹抹眼睛，没有接话。

“还是会心痛，是吧?”姨妈坐下来，怜惜地握着她的手。

崔玲玲摇摇头，展露出来的是个平静的微笑。还记得，在简嘉铭的墓前，她对规劝她的嘉仪说过，幸福不是争取，也不是寻找来的。在这个阶段、这个年纪，若真是她的，自然水到渠成。如今，她终于不必有盼望了。

简嘉仪一阵风地旋进来，身上每个毛孔都在告诉别人：她在恋爱。

“玲玲姐，我还没正式和你说，我恋爱了！我还要和他一起去旅行，如果相处没问题，我们打算一回来就订婚。你看这是不是太快了呢?”

崔玲玲忙换了笑颜说：“我知道。张军来过了，他告诉我了。”

“真的啊，这家伙，怎么来了也不和我说一声！他是第一个知道的人，而你是第二个！我爸妈都还不知道呢。爱情像风、像雨、像火，它要来，我挡也挡不住啊！太神奇了！”简嘉仪心无城府地表达着她的幸福，“你会祝福我吧，玲玲姐?”

“当然啊，傻丫头，我怎么会不祝福你呢?可这才确定的感情，怎么这么快就决定要订婚了?”

“我们都不觉得快呢。他说了，我们本就是冤家，得速战速决！这样也免得你多虑忧心，是吧?张军哥都赞同的，我恋爱是小姑娘的心态，结婚可是企业家的心思。我认真着呢，你就一百个放心吧。等小宝贝满月时，我直接把人带回来，宣布——订婚!”

崔玲玲带着笑，怎么也再说不出别的话来。免得她多虑忧心，是啊，如果张军婚后入驻简氏企业，那真是最好的结果——她可以带着孩子，到别的地方安静度日了。

“他还答应，结婚后我们和你一起抚养小宝贝。这孩子的顺利诞生，他有不可磨灭的功劳。玲玲姐，你说这男人是不是特有意思?”

是啊，如果没有张军，也许就真的不可能有这个孩子……

无关舍弃和成全吧，他们在一起，不也是水到渠成的事情吗?

周彩儿只是心里难受，她的体质还不至于流个产就弱不禁风。但尹启华却不这么想，从医院回到家里，连吃饭都是他端到床边喂她。恩爱是需要配合的，周彩儿享受着他无微不至的呵护，施和受水乳交融地递进着彼此的感情。这辈子，她还有什么不满足的?

不用医生和尹启华告诉她，她都知道自己这次流产的严重性。剧烈刺激加上大力运动，还有大出血，已经严重地影响了她的生殖系统。作为女人，她对自己的身体有着最准确的直觉。

每次和崔玲玲聊电话，有句话到了嘴边，又吞回去。她怕说出去后，坚定自己履行的决心。那不是她最想要的结果——谁都知道，这一切并不是她的错。

可是，她心中的愧疚怎么办呢?她现在唯一的财富，只有他了。

崔玲玲说，缩窄的生活圈子，不过是为了更简单而殷实。她总在咀嚼这句话，提醒自己不要忘记了感恩。在失去的同时，不过是为了更好地获得吧。周彩儿这样浅显地解读了崔玲玲的话。这样，她便可以继续心安理得地享受着尹启华给她的关爱——如果他不是太过分的话。

周彩儿出院后，尹启华还是不愿意回去上班，这才刚过完年，他就将新一年的年假都用完了，而且又请了事假。老总话中有话：你以为你现在还像以前吗，要更以工作为重，多少人在看着你啊，别娶了城中最会讨男人欢心的女人，就乐不思蜀了啊。本来不想家事外泄的尹启华，只好郑重其事地打了个书面的请假报告。妻子流产这种事，如果他这唯一的亲人不在身旁照顾，哪能说得过去！老总又丢给他一堆话：谁的老婆没流过产啊，这休息一星期还没缓过劲儿来？不是听说已经出院了吗？迟迟不上班到底为哪般？怎么娶了老婆，连性子都变了？你的先进性全掉光了？

尹启华这就说不清楚了。他心里一直有着说不出口的隐忧，连周彩儿都不敢相告，怎能与外人说？和陈怡飞恋爱那会儿，他总笑她长不大，老爱看八卦杂志、言情小说，后来还迷上了婚恋小说、女性主义小说，其中有一个叫叶飘儿的作者，写的书并不多，但她本本都收藏，并且反复阅读。猜忌危机时期，她将一本名为《假如爱，是种苦难》的小说落在他家的枕头底下。就是这本书，打发了他躺在床上痛苦的猜忌时间。他清楚地记得，里面的女主角姆娜发现自己失去生育能力之后，辞别了千辛万苦得到的爱人。虽说周彩儿并没有什么不辞而别的征兆，但那个姆娜在离开前，不是也和爱人浪漫相依吗？女人的心思，谁能说得清楚啊。周彩儿这女人最大的优点便是义字当先，他是尹家唯一的男丁，他又如此喜欢孩子，她心里能不盘算着什么不可告人的秘密？他才不相信呢！

“想什么呢？”周彩儿问，“是不是银行催你上班去？我都说了，我可以一个人在家，叫你去上班你偏偏不——看吧，挨批评了吧？”

“没事，不就是多请几天假吗？能怎么的？你呀，就乖乖地被我好生伺候着吧。”

“不行，我可是知道你一向非常重视工作的，我再没见过像你这样认真严肃的打工仔了。你才要听话，乖乖上班去！我不用你伺候，我自己能照顾好自己。”

“你就别替我操心了，我自有打算。”尹启华说，“参茸汤应该好了，我去看看。现在这自动的电子汤锅真好用啊，一个按钮，听到‘叮’一声响——哦，汤好了！”

“你别转移话题！也别借故走开！”周彩儿喝住他，“坐下！”

尹启华在床边坐下来，周彩儿看着他问：“你这么天天二十四小时地守着我，是不是怕我跑了？是不是？”

尹启华闪烁着眼神，不承认：“喊，跑，你能跑哪儿去啊！我还怕你？”

“不怕你还在这儿干吗？上班去呀！”

“不，我不去。”

“看吧，还说不怕呢！告诉你吧，我确实想过要跑。我连路线和目的地都想好了，本来想和崔玲玲说说的，可一想她要是知道了，你不很快就找到我了。我就盘算着嘛，要跑也要秘密地跑。”

“你……”尹启华紧张地问，“是吧，我没猜错吧，我没瞎担心吧？幸亏我这么守着。你别想跑！”

“你别打岔，听我说完。”周彩儿又说，“可是每当我趁你不备，想要溜掉的时候，我都迈不开步子。我承认，我很无情无义，我舍不得你对我的好。我的心死死地贴在你身上。我要是真跑了，我伤心，你也不见得开心，你的祖宗见你不开心也不见得开心。所以我心一横，我就死赖着尹家了，我再也生不了孩子怎么了？我生是尹家的人，死是尹家的鬼！要咱们活生生的人难受，还不如让死人们难受！退一步说，现在科技昌明，崔玲玲都可以生死人的孩子，我怎么就不能弄个试管龙凤胎？”

“对对对，老婆，你真是太冰雪聪明、太无情无义了，这世上，你只对我有情义就行，犯不着考虑别的乱七八糟的事。你做得太对了！”尹启华激动地拉着她的手，“咱不跑，老婆，你答应我，绝对不能跑，啊？”

“我要是真想跑，你能守得住？傻瓜！”周彩儿笑他，“反正咱们的生活咱做主，活好每一天。又不是拍韩剧，得了绝症就一个人偷偷躲起来凄凄惨惨地死掉。我告诉你，不仅我生不了孩子你要永远爱我，就算有一天我得了癌症，你也不许抛弃我，要像现在这样二十四小时地守着我，我要死，也要死在你怀里的！”

“你说什么呢，不许说不吉利的话！”

“好，不说。咱们要长命百岁，养几个孩子。不过老公，可得辛苦你多挣钱喽！这做试管婴儿的费用可不低哟，还得供个大房子……哎哟，想想我都害怕。”

“不怕不怕，有我呢！我一会儿就挣钱去！不过，你得把汤喝了，我再回银行。”

周彩儿欣慰地点点头，尹启华如释重负地松了口气，哼着歌儿往厨房奔去。也是啊，他把她想象得太“伟大”了些，哈哈。不过，他就希望她永远这样待在他的羽翼之下，未来的路会走得窘迫艰难，但他绝不会收回他的翅膀。有什么比爱与责任，更能让一个男人雄起的呢！

敲门声起，打断了他们这些在旁人听来酸倒牙的情话。简嘉仪提着大包小包的营养品站在门外，尹启华忙招呼她进来。周彩儿不想她进到这狭窄的卧室探望她，便掀了被子，趿上棉拖鞋就出去了。

“哇，”简嘉仪还是很惊异地叫了声，上下打量一会儿周彩儿，“穿睡衣、不施粉黛的周彩儿，我还是第一次见哩！”

“怎么，很丑是吗？我就说了女人不能懒，你看你把我养的跟头猪似的，你成天就说我这样比打扮了更好看，分明是骗我的！”周彩儿怒目向尹启华嗔道。

“不丑，不丑，真不丑！”尹启华连声说。

“还睁着眼睛说瞎话呢你！”

周彩儿拧着他的耳朵，尹启华忙向简嘉仪求援：“不信你问嘉仪，你问，你问问！”

简嘉仪在小沙发上坐下，却说：“你们好生给我表演表演恩爱夫妻的相处打闹之道。彩儿，你继续给我演示驭夫之术，我正用得着呢！别停下来啊！”

周彩儿果然加大了力度，尹启华只是嗷嗷叫却并不还手。

“看，这男人多乖。我说一他不敢说二。”周彩儿嘚瑟道。

“你你你……得了吧，我只是在配合你表演！”尹启华努力争着讨回点儿面子。

“配合，不也是乖乖听话的表现吗？”

尹启华没了言语，倒是简嘉仪笑道：“好啦好啦，彩儿你还要揪多久，你是不是希望你老公俩耳朵二缺一？”

周彩儿松开手，又安抚安抚他发红的耳朵：“没那么严重吧？”

“要不，我来揪你耳朵试试？”尹启华抬起手向她耳朵伸去。

“你敢？你揪揪试试？”周彩儿瞪起了眼睛。

“行，我……不敢。”尹启华嘿嘿笑起来。

在陈怡飞的叙述里，在简嘉仪以前的印象中，尹启华不苟言笑，而此时眼前的他，如此可爱生动。只能说，陈怡飞注定不是他生命中的良缘。好的姻缘，像中药的引子，能带出最大的效能来。就像明天要和自己一起飞去马尔代夫的那个人，让她的生活一扫阴霾，就算只是不小心想起他的名字，她也会嘴角带笑。

“他不过是因为太爱你，彩儿，你不要太过分哟！”简嘉仪有点儿正色地提醒周彩儿适可而止。

“听到没有，你不要太过分哟！”尹启华很得意，因为有人帮他，“你有什么驭夫术啊，什么也没有。那只是我愿意宠着你，你还不知足啊！”

“是是是，老公，我知道啦。从现在开始，换你欺负我玩儿好不好？”周彩儿的媚是天生的。

“别，别别，还是你欺负我玩儿好了。”那声音听得尹启华马上投降。

“看你这模样，身心似乎都恢复得不错。我也可以放心地去度假了。本来玲玲姐还叫我没事多来陪你，现在看来不用喽！”简嘉仪很欣慰。

“都开年上班了，你的公司你不管啦?”周彩儿很奇怪。

“管啊，淡季不用太操心，我养的员工也不是白养的，我这两三年来，还从来没给自己放过假。如果这次度假浪漫又美满的话，我可能很快就要结婚喽!”

“结婚? 和谁? 张军?”周彩儿眼珠子都要掉出来了。

“暂时保密!”简嘉仪显然不愿意再透露什么来满足他们的好奇心。她知道所有人都心痒难耐，各有猜想。就让他们难受一阵子吧，也算对得起她这么些年来一厢情愿的苦楚。被误会成那个人是张军，也挺好。哼! 就是要大家都明里暗里地大骂这不识好货的男人!

“在感情上，我总像脱缰的野马，明知不可为，却总想强求。既然爱的本质就是不可抑制的盲目和任性，而后才有包容与迁让，我何不让自己也跟随心灵，看它这次是否能将我度向幸福的彼岸。而我总感觉，这次是真的对了。”

面对简嘉仪这种文艺腔，周彩儿很不以为然:“你对牛弹琴也不用这么明显吧，故意说这种话好让我知道和你们的差距吧? 一个崔玲玲已经够让人仰望的了，现在你也这样。我只知道这么做不够朋友。”

“你们才不够朋友呢，只顾着自己幸福美满，就不会想到，老娘我也需要啊! 我都快三十了，再不谈婚论嫁，就得剩下了。”

“哈哈，你也会以老娘自称。看吧，跟着我，档次都低了。你就算是剩下了，也是闪着金光的。你需要归需要，也不能和玲玲抢啊。”周彩儿终于说到点儿上了。

“你得了吧，这话陈怡飞还咄咄逼人地质问过你呢! 你会承认尹启华是你抢来的吗?”

简嘉仪将问题抛回给她。周彩儿真恨自己在感情问题上的口才如此拙劣，也不愿意领简嘉仪的好，要赶她走——敢伤害玲玲的，她就是要划清界线。

简嘉仪想不到才流产的周彩儿力气还这样大、动作如此迅速，她还没反应过来，已经被周彩儿拉起推到门外了，脚旁放着的是她买来的营养品。

门又开了一条缝儿，尹启华在缝儿里艰难地对她笑着道歉，还没说完话，就被周彩儿拉了回去。听得他们在里面吵了起来，简嘉仪摇头笑笑，留下营养品，袅娜地往楼梯走去。她的亲爱的，还在楼下等她呢。而营养品，她敢打赌，周彩儿会吃个精光。八层楼梯走得兴致盎然，那是心里有着恶作剧成功般的窃喜。

哼！让你们都向着崔玲玲，就要气你们，憋死你们！有本事，直接质问张军去呀。

周彩儿知道崔玲玲的脾气，她可不敢不打报告就直接找张军兴师问罪。她刚流产又不好到简家去——玲玲还在坐月子呢。电话里，崔玲玲还是那副事不关己、好心祝福的模样，周彩儿真是急死了。

“你是真祝福还是假祝福？我了解的崔玲玲从来都不是个虚假的人，你装的是吧？你是为了成全简嘉仪是吧？这种事情，你怎么说让就让呢！张军不是都表白了他心里有你吗？怎么这一转眼就和她好上了？还要出国度假？回来还要闪婚！玲玲，这事要是放我身上，我绝对不会不闻不问。你得表个态，大家才好帮你啊！”

“我已经表过态了，这件事，我不想再说。何况，你们何时听我说过，我心里也有他？我只想好好地带好我的孩子，其他的纷扰，在我的红尘之外。张军怎么选择，与我无关。我可事先声明啊，如果你们谁背着我，去找他们任何一个，我就与谁绝交！”

自从简嘉铭去世之后，崔玲玲很少有这种凛然的语气，周彩儿听了很惊讶，也很无奈。不管怎么说，她不敢冒这个险。

“好吧，我尊重你，我不找他，也不问他，更不会和姨妈一起想办法为难他。不过希望你不要后悔。”

周彩儿差点儿掉泪了——他们明明是那么合拍的一对儿，这是怎么回事呢？

“是啊，玲玲，姨妈也希望你不要后悔。”姨妈在一旁对拿着手机出神的崔玲玲说，“人生其实没有多少个机会可以让你获得幸福，可以说这种机会微乎其微，并且稍纵即逝。在我成为寡妇之后，这样的机会我有过那么一回，可也是因为我的胆怯和退让，让我独身至今。也许，这辈子就这样了。”

崔玲玲依旧沉默着，伸手抚摸着孩子小脸的轮廓，这是嘉铭的孩子。而他是嘉铭的朋友、嘉仪的爱人。

张母说得对，这关系太复杂了，她也算不清楚。

窗外竟然下起雨来，还伴着轰隆隆的春雷。上一年是龙年，闰四月，于是到了蛇年，才过完新年，就是阳历的三月了。亚热带的春天总是来得比较早，淅淅沥沥地下过那么几场细雨后，就会迎来第一声春雷、第一场暴雨。而今年，来得似乎太早了些。

“看，又是这样反常的天气。玲玲，还记得嘉铭当年出事的那个夏天吗？那天我陪他给你买完戒指，他去找你。忽然就狂风大作，暴雨如注。结果他的车就在桥上让人追尾撞上了……”姨妈看着窗外暗雨中那婆娑的树影，又喃喃自语，“幸福，不抓牢它，就那样稍纵即逝，天人永隔啊！”

“别说了，姨妈，求求你别说了。”崔玲玲捂着胸口艰难地说。

“心很痛是吗？想起往事，想起现在这个人，幸福又一次被自己的怯懦毁灭，很恨自己是吗？”

崔玲玲的眼泪流了下来。

"你说过，真正的智慧，只是做真实的自己。我以为你做到了，可是，你没有。你在骗自己。是的，你和张军才相识一年，在时间上，怎么和嘉铭比？可是，别忘了，你们还有一辈子。至于嘉仪，你并没有对不起她。因为感情的事情，从来都是真心说了算，心心相印的真心。你要问你自己，如果你站出来，他是否可以和你心心相印。"

崔玲玲把目光投向窗外，看不到他为她亲手种下的香樟树。

"那棵树还小。可如果你由着它长，它肯定会长大、长高。你不仅可以看到它，还可以带着孩子在树底下乘凉，高兴的时候还可以攀爬着玩儿。"

窗外楼下的小花园里，有张军从花木场买来的两株香樟树，在她刚刚搬到简家时，他就种上了。她问为什么就种香樟树呢，这边的家庭园艺一般不种它。他便说起老家的已经失传的风俗。在旧时，江南大户人家若生女婴，便在家中庭院栽一株香樟树，等女儿到待嫁年龄时，香樟树也长成了。媒婆在院外只要看到此树，便知这家有待嫁的姑娘，便可来提亲。女儿出嫁时，家人要将树砍掉，做成两个大箱子，并放入丝绸作为嫁妆，取"两厢厮守（两箱丝绸）"之意。如今，现代科技已经告诉她怀的是男孩，那么这两株香樟树就送给她当守护神吧，植在她的窗下。

那时她就默许了他的承诺啊。其实一直以来，她都在默许着他对自己过分的关怀啊。因为简嘉铭，他做的一切似乎都理所当然。而这个世界上，根本就没有理所当然的事情。简嘉铭也好，简嘉仪也好，都不过是个借口，是她逃避再生爱意的借口。

所谓的顺其自然，并不代表就可以不努力。这是她说的，说的时候语重心长，饱经沧桑，世事洞明。原来最混沌的是她自己。

"姨妈，他们几点的飞机？"

"嘉仪这丫头死活不肯说，我是向张军的员工打听才知道的，下午三点。"

“姨妈，能帮我叫个出租车吗？我不想让爸妈知道。”

“行行行，我这就去。你快点儿换衣服，打扮打扮——记得要多穿点儿衣服，春凉！”姨妈说着就帮她打了出租车公司的电话，又去给她找了雨靴和雨伞，还有雨衣和帽子。坐月子的女人可不能马虎。

崔玲玲抹上最后一抹唇彩，看着镜子中的自己问：“豁出去吗？”

“当然！”姨妈已经不由分说地替她套上了雨衣和帽子，“孩子我帮你看着，家里我替你挡着，他们在睡午觉。你快走啊，这分明是争分夺秒的事！”

崔玲玲套上雨靴，健步如飞，不一会儿便穿过花园，坐上了等在门外的出租车。

保姆只见到一个黑影窜出花园，伸头问：“谁呀？”

“送外卖的！我叫他送楼上来，人家现在正回去呢！”

“哎，这下雨天的，讨个饭吃可真不容易啊！”保姆感叹道。

“是，不容易，体谅着点儿啊。”姨妈附和着。

“什么不容易？”张母不知何时出现在姨妈身边，上下打量着她，“送外卖的？你叫的什么外卖？我见那身形，怎么像玲玲呀？”

“啊……麦当劳！我饿了，叫的全家桶！”姨妈转着脑筋，随口编着。

“别扯了，就你这种讲究每天摄入多少热量的老妖精，会吃那种垃圾食品？我问话的重点在最后那一句。”

“最后那一句，哪一句呀？”

“玲玲呢？我想看看她去。”

“别别别，她刚刚睡着了。”姨妈忙挡在玲玲卧室的门口。

“那孩子呢？我看看孩子。”

“也睡着了。”

“你什么意思？”

“我什么意思你清楚，趁人家坐月子，就暗地里撮合你儿子和嘉仪，别以为我们不知道。现在他们都要出国去旅游了，你还假惺惺地要关心人家母子，你不觉得你们母子很恶心吗?”姨妈讽刺道。

“老妖精，你好歹也算个老名媛，别以为不带脏字就不算尖酸刻薄!我是想撮合他们没错，可我关心人家母子也不假!我恶心什么呀?啊?”张母从来都不甘示弱，耍嘴皮子这功夫于她而言是小事一桩，虽然年事已高，可思维清晰着呢，她并没忘记自己质疑的重点，“那跑出去的可是玲玲?你实话告诉我。”

姨妈干脆转身进入玲玲的卧室，欲要关门，被张母用力拦着。

“就你这样，足以说明崔玲玲不在里面。你心虚!”张母有点儿生气了，“自己没生养，不知道女人的苦就算了，还鼓动一个坐月子的女人只身冒雨出去!你到底想干吗?”

“哎呀，你别人身攻击，我只是不愿意生，又不是没得生。女人各有各的活法，不一定有家、有孩子就是幸福。不过玲玲的幸福显然与我不一样，她有孩子了，还得有家。我就想鼓动她这个。”姨妈还是挡在门缝处，不让她进来。

“你竟然真的唆使她冒雨去机场找我儿子?这要是着凉落下病根儿，可是一辈子的难受呀!你，你你……哎呀，我真是怎么说你才好哇!过几天，军儿不就回来了吗?用得着这么追?”张母急得直想去截住崔玲玲。

“不这么追，不就合了你的意，让你儿子和嘉仪风花雪月去了吗?看玲玲这模样，怕是要誓死一拼，说不准就会把将要溜走的幸福抓回来了呢!你呀，就别叨叨了，车都走了，你急也没用。”姨妈有点儿小得意。

“我儿子……军儿……和嘉仪一路?他走的时候是这样和玲玲说的?他明明和我说是一个人回爱丁堡的啊!难道这小子还敢骗我?”

“爱丁堡?不是马尔代夫吗?嘉仪说的还有假?”姨妈也糊涂了。

“这几个年轻人到底在玩什么花样？哎呀，这不是重点，重点是崔玲玲不适宜这时候只身出门，事前你应该和我说一声，我陪着她去也好啊。”

“你陪着？”姨妈上下打量她，“信不过！”

“去去去，不和你斗嘴。她保护措施都做好了吗，衣服穿够了吗？”

“行行行，从头到脚，都保护着呢，保证不沾水、不着凉。我担心的是，张军以前说的那些话，不过是安抚她而已，他真正想要的老婆是嘉仪。如果——如果真是这样的话，那玲玲此去，岂不凄惨？”

“反正我想要的儿媳妇是简嘉仪。”张母又摇头笑笑，“这小子，福气不小呢！从来都是被女人追着才尘埃落定。”

“玲玲必胜！”

“嘉仪必胜！”

听到俩人的吵闹声，简母在楼下问，你们喊什么口号呢？嘉仪都走了一上午了，你们不知道啊？

“啊，没什么，我们……我们做游戏呢。”姨妈忙说，又用手背推了推张母。

张母忙说：“是呢，做游戏。”

简母说一会儿要和保姆去超市购物，问她们去不去。她俩连声说“不去”。

听到楼下安静下来，张母转身欲下楼，姨妈忙拉住她：“你去哪儿？”

“我去哪儿还要向你报告啊？”张母甩开她的手。

“你是不是想去机场？”姨妈又一把抓住她。

“我去哪儿你管得着吗？放手，快放手！”

“不放！是谁说的，年轻人的事情让年轻人自己决定。只是说得好听，你心里是恨不得把儿子和嘉仪的婚事包办喽！”

“你还真说对了，我对着那女孩越久，就越是喜欢。”张母挑衅地说。

“他是玲玲的！”

“谁是谁的，谁说得准！”

姨妈败下阵来，可就是捉着她的手不放。

张母也动弹不得，只好如实相告——其实她只是想去看看好戏，那样一幕，光想象着都觉得震撼。

“无聊！”姨妈嘴上虽这么说，心里也净是八卦的联想。

要不是孩子醒了，可能这俩老姐们儿会就此展开愈加激烈的辩论。孩子一哭，俩人倒是心有灵犀，默契分工，一个人拿奶瓶调牛奶，一个人去换纸尿裤，一团和气。

此刻的崔玲玲却被困在雨中的车队里寸步难行。半小时，一小时，时间就在这静止中飞快地流逝。车内的交通电台，正在播报着前方某处事故的处理进展。

“有什么办法可以让我快点儿到机场吗？”崔玲玲摸着胸前的十字架项链，急切地问。

“除非你会飞，小姐。”司机慢条斯理地说，“地铁口也不在这边，你得绕过几个立交桥——到了地铁口也就差不多到机场喽。就这雨，你还是在车里待着比较好。”

崔玲玲默默地闭上了双眼，除了祈祷之外，别无他法。这辈子，她只想彻底地勇敢这么一次，难道连上天也不肯垂怜她吗？她只想亲口告诉他，她希望她的后半生里有他。摸摸口袋，手机遗落在家里，向司机借了手机，却发现自己没记住他的号码。平日里，她总是被问候、被关怀的那一个，似乎从未主动拨打过他的电话，诉过衷肠。简嘉铭走后，她再也没有牢记过任何人的电话了。她想到了QQ，登录之后，他的头像是灰色的。可她还是留了言：“我在去机场的路上……”如果他有心，应该会明白这个省略号的意思吧。

车流终于缓缓地蠕动起来，一会儿便上了机场高速。三十分钟后，崔玲玲站在人潮涌动的候机大厅，焦急地盯着大屏幕上滚动的信息，却找不到他的航班信息。她跑到柜台询问，被告知飞往马尔代夫的航班早就起飞了。

也许这就是天意吧！崔玲玲扶着玻璃墙，看着机场外面升起、降落的飞机，把目光投向阴霾的天空，灰蒙蒙的一片。那种缓慢而沉重的隐痛，又开始逐渐在心中蔓延，只是这一次，她多了几分失之交臂的悔意。

回到简家，已是傍晚。简家二老到底是瞒不住的，听到大门外面有车的响声，简父简母忙撑着雨伞迎出去。这雨啊，怎么就下个没完没了的呢？

“对不起，爸，妈，我……”崔玲玲充满歉意。

“先别说了，进屋去，快，我让你姨妈给你放好了洗澡水，加了好多姜汁，你先去泡个澡。别着凉了。”简母的语气中没有一丝责怪。

张母和姨妈在客厅门口候着，见到他们进来，拉过崔玲玲，异口同声地问：“怎样啦？去了这么半天，怎么一个人回来了？”

崔玲玲勉强笑笑，摇了摇头，将身上的雨衣、雨伞交给保姆，便上楼去了。

张母和姨妈对视一番，齐齐跟了上去。简母上前一步拉住她们，目光担忧地目送着崔玲玲消失在二楼转角处。

“说了是嘉仪赢吧，你还和我吵！”张母小声地说。

“不可能呀，剧情不可能这么发展，结局也不可能是这样的啊！”姨妈怎么也不肯相信，张军会撇下崔玲玲，当着她的面和别的女人去快活。

张母也叹了口气：“现在应该努力的人都努力过了，就这样吧。”

只是，玲玲怎么办呢？姨妈心里猜想，定是张母给张军施加了什么压力，不然绝对不可能是这个结果。

崔玲玲只想将整个身体都浸入热腾腾的姜水里，好一会儿，才感到有了暖意，那些沸腾的血液又开始奔流。这个时候，是真的祝福他们了。

崔玲玲穿好居家服，孩子像知道妈妈回来了似的，醒来后咦咦呀呀地表达着他的开心。崔玲玲俯下身子，也咦咦哦哦地回应着，又在孩子的小脸上亲了几口，才将孩子抱进怀里，在床上半坐着喂孩子母乳。回想起自己在机场失魂落魄之际，胸部因长时间没哺乳而奶水溢流的情景，崔玲玲自嘲地笑起来。小宝贝，是妈妈太贪心了吗?

29

幸福至浓处，爱是润物细无声

“原来我只是人家的替身呀！”文一鸣有点儿委屈，替简嘉仪扣好安全带，靠在座位上自言自语。

“觉得不爽或者不值，你可以下去——反正飞机还没起飞。”简嘉仪漫不经心地说。

“OK。”

简嘉仪惊愕地看着面无表情的他按开安全带站起来，往过道上移步。

“你干吗？回来！坐下！”简嘉仪下意识地拉住他的手，低声说。

“让我走！”

“不！”

“你让我走！”

这一拉一扯，惹得周围的乘客纷纷用八卦的眼光瞄他们。

“你干吗呢？看，好意思啊？”文一鸣低声提醒她，又在她耳朵边上说，“我要上洗手间呢。这要和一见钟情的美人双栖双飞，我一兴奋、一紧张就尿急……”

“讨厌！”简嘉仪忍不住笑起来，松开了手，“快去！”

又上这家伙的当了。没错，就是这种层出不穷的小快乐，彻底地征服了她。原来恋爱是一件这么美好的事情。要是认为这男人只会耍小花招哄女人开心，那就大错特错了。说到底，她也是办实业的，如果不调查清楚，她怎么会这么爽快地就将自己的整个身心都交出去呢！

崔玲玲母子出院没几天，他就到她的公司面试。没想到这家伙的电声设计作品还得过国际大奖，他大学还没毕业就被央视相中，但他不喜欢娱乐行业，回到老家被大哥强行安排进了电信公司，没出三年就被认为是未来领导的重点培养对象。可这家伙不安分，停薪留职去了非洲援建。回国后，他又不愿意回电信行业了。名利于他，似乎从来都是身外之物。

“接受凤凰男的追求，是有点儿难。没事，我给你时间准备。”那天面试完毕，他留给她这么一句话。

她可从来都没认为他是所谓的凤凰男。他家是本市最大的牛羊肉批发商，另外还有个肉脯加工厂——虽然不是他的，可家境也算和她不相上下。这样好，这样就没有谁看上谁家财产之类的猜测了。这年头儿，谈个恋爱、结个婚，动的花花肠子可不少，看网络、报纸和电视上的新闻，还有那些相亲节目，就知道现实生活中的爱情根本没那么纯净。就是这么奇怪，简嘉仪只要撇开张军，思维和认知就特别清晰。

如果忘记一个人最好的办法，是再去爱上另一个人。那么，这个男人是最好的人选。

“要不，咱们试试？”

没想到看上去有点儿矜持又有点儿傲气的简嘉仪，竟会说出这样的话来，文一鸣多少有点儿惊愕。

“啊？”

“你不是说对我一见钟情吗，我现在给你个机会。”

“不是开玩笑？”

“不是。”

“这……女孩子不要这么主动好不好？我实在适应不了。”

“那你说，我应该怎么做？”

“你应该继续矜持，让我慢慢地、慢慢地打动你。你得让我享受这个过程啊。”

“这么说，你对我的提议一点儿也不感兴趣喽？那，算了。再见。”简嘉仪指着门说。

“那……再见。”

文一鸣潇洒地转过身，极喜剧而夸张地迈开大步。就在简嘉仪为自尊心受伤而气恼时，他又从门口处转过身来，回到她面前，双手撑在桌子上，逼视着她问：“要是我想现在就开始，你还同意吗？”

那双认真到严肃的眼睛，让她不由自主地低下了头。

“这么说，你是开玩笑的。那好，我真的走了。”他站起身子，遗憾地耸耸肩膀，“我这心，白跳了。”

“不，我没开玩笑！”简嘉仪脱口而出。

“真的？”文一鸣又俯下来逼视着她问。

“嗯。”她点头。

“现在开始？”

“嗯。”简嘉仪终于直视着他应答。

他的唇就这么迅雷不及掩耳地压在她丰润的唇上，所有的一切，瞬间静止了……

“我的心跳得快窒息了，幸福，像步上云端，很甜。你呢，汇报一下你的感受？”良久，文一鸣松开她，扶着她的双臂问。

“我……我……我……”简嘉仪的脸涨得通红，她竟然没有反抗！

“怎么这样轻易地就被非礼了是吗？你不是想试试吗，这是最好的办法——别告诉我你没谈过恋爱啊。”

“谁没谈过啊。我只是觉得不被尊重，我……”

“天哪，难道你还希望我吻你之前得先问你一句：亲爱的，我可以吻你吗？”

“你!”简嘉仪的脸涨得更红了——这回是被气的！她扭过头，不理他。

“好了，我知道答案了。你没反抗，后来还挺享受。这说明你不讨厌我，而且已经存有好感了。从现在开始，你就是我女朋友了啊。”

简嘉仪没有吭声。

“默认了啊？我知道，要想让你爱上我，我还需要努力，不过会有这么一天的。如果什么时候这一天到了，咱们马上结婚！反正我是认准你了。我不会再让你因为别的男人伤心。”

“你……你都看出来啦?”

“因为关心，有好奇心，所以才动心。一个女人，只要她足够善良、智慧，就足以当我的老婆。至于为什么我这么牢牢地被你吸引，这得去问神明。”

“你这嘴，怎么这么贫呀？讨厌!”

“他是崔玲玲的。忘记他，爱上我，准没错。”文一鸣俯下身子，坚定地对她说。

“你想干吗?”简嘉仪本能地退缩。

“别怕，你放心，往后如果没有共同的情绪与需求，我绝对不会冒犯你。我只是想问问你，我们可以正式约会了吗?”

这么绅士的请求，哪能拒绝。她娇羞地点点头。

“谢谢你没觉得我是看上你的这些而靠近你。”文一鸣环视一下她的办公室，拍拍胸膛，“日后我文一鸣鞍前马后，一定不辞劳苦地为您工作、替您分忧、逗您开心!”

“得了，还贫!”简嘉仪笑了，“第一次约会，得正式和隆重一些吧?我可不是个随便的女人。”

“行，咱们各自准备。晚上见。”

“晚上见。”

文一鸣面向她往后倒退着，退到了门口才恋恋不舍地挥手离开。简嘉仪靠在椅子上，这意料之外又情理之中的决定，希望不是个错误。

怎么会呢？驾车回家时，她一路带笑——那种抑制不住的、从心里流出来的笑，像绽放到极致的春花，怎么也收不住。心中如大珠小珠落玉盘——她记得这种感觉，当年张军只是拉着她的手教她溜旱冰，她就是这样的情状。

对着一柜子的衣服，她选了那套乳白色粗花呢羊毛裙子，她向来喜欢香奈儿风格的裙装，简约而不简单，那是深入骨髓的优雅。重要的是，她知道张军最喜欢。想起网上看过的一句话：“少年的时候，我疯狂地喜欢‘带我走’这三个字。现在，我再也不会任性地让任何人带我走。我学会了，自己走。”

现在，她就要自己走了。她已经尽心尽力地努力过。女人的幸福真不是别人给的，而是自己给的。

“你真不是他的替代品。”高空上，简嘉仪靠在他的肩膀上，于他耳边轻轻地说。

“就算是，有什么要紧？争取以后不是不就得了？”文一鸣拍拍她的脸庞，“其实，你只是个小女孩。”

简嘉仪的眼睛一热，笑了笑，将头更深地埋进他的脖子里。

人与人之间就是这么奇怪，有的人你追了十几年，以为很熟悉了，可他于你永远是个陌生人。有的人相识短暂，甚至只有匆匆数面，却深深地懂得其他人，甚至自己都不自知的另一个“你”。

“他们真以为你是和军哥在一起？”文一鸣问。

“嗯。”

“你为什么不说清楚呢？”

“我就是要折磨折磨他们。谁叫他刚好也是今天的飞机呢？放心好了，他们那一拨人，都有受虐倾向，喜欢梅花香尽苦寒来、彩虹总在风雨后的曲折感。”

“什么歪理。小坏蛋！连坐月子的嫂子也要整。”文一鸣假装惩罚地捏了捏她的耳朵。

他们又怎会知道，此刻的机场候机大厅里，崔玲玲正挽着滴水的雨衣和雨伞，连心情也在滴着水。即便熟悉如简嘉仪，也断不会想到，像崔玲玲这样的女人——而且是坐着月子的女人，竟会抛开一切来到机场追逐一个男人。

听姨妈在电话中一声又一声地叹息，周彩儿的心里也不好受。这是一段非常时期，于她们各自如此重要，却不能彼此面对面地给予关爱与陪伴。再有几天就好了，待孩子满月，便可自由来往。她只在电话中淡淡地问了一句：“你还好吗？”崔玲玲也淡淡地回答：“还好。”在岁月的交错流转中，大不相同的人惺惺相惜得久了，自会相知。然后便是围绕孩子满月的一些事宜，说得兴高采烈。周彩儿说她下了重金，给孩子定做了一对脚镯子，用的是上好的纯银。

“哪有送人礼物，还强调用钱多少的？也就是你周彩儿了。”尹启华围着围裙边做饭边在一旁笑她。

尹启华对崔玲玲冒雨赶去机场的行为表示不解，这举动和这女人的性格，似乎太不相符了吧？周彩儿说：“你知道什么呀？以前我特反感的词有两个，一个是‘爱’，一个是‘灵魂’，就这俩破玩意儿有什么值得折腾的？后来有了你，我才知道这俩东西果真是存在的。也知道了爱本就是一种灵魂的交换，只要你敢，能给你的通通给你，包括被束缚的灵魂与身体！灵魂本是自由的，不见，已是深爱。”

这话出自周彩儿之口，尹启华有点儿目瞪口呆：“不是捡崔玲玲的口水话说的吧？原创？”

“当然是原创。这是我用命感悟出来的东西——早知道就不说出来了。”周彩儿也有点儿难为情。

“不见，已是深爱！说得真好，老婆，现在我懂了。”尹启华一手拿着铲子一手抱住她说。

周彩儿拿过他手上的铲子说：“老公，你天天上班，还要熬夜兼职挣钱，太辛苦了，家务事就由我来做嘛。”

“没事，我不辛苦。有你在旁边花枝招展、赏心悦目，一点儿也不累。你要干活，也行，不过得一个月后。女人流产不是小事，小心点儿好。我还指望你给我创造奇迹呢，没个好身体怎么行。”尹启华将她推到小餐桌前坐下，“乖乖地等着，还有一个菜就好了。”

周彩儿看着他背对着她，熟练地挥动着铲子，放调料，装盘，心里幸福满溢。这男人，也不见了自个儿的灵魂了。于她，不是深爱是什么？但她不能总这样闲着，这个家，她也是半壁江山——只是接下来，她要做什么工作呢？

吃饭时聊到工作的问题，尹启华说他能养活她，并且还能养得不错。周彩儿便和他说起崔玲玲在很久以前告诫过她的话，女人只有在人格和经济上独立了，才会让男人对她的爱愈加长久。尹启华表示不赞同，他就愿意宠着她，护着她，养着她，反正现在她的要求也不是大富大贵，这个家有他顶着，就没她什么事了。周彩儿便说他性别歧视。

尹启华好生奇怪，这女人真是越来越有思想了嘛！

“你以为你们一个一个都是名牌大学毕业的就很了不起吗？我告诉你，最厉害的大学叫‘社会’，最牛的专业学科叫‘经历’。”周彩儿边吃饭边说，“其实呀，真正让一个人了悟和通透的，不是书本，不是学历，而是经历。崔玲玲说的这话，我算是彻底领悟了。”

“现在，你也是个有灵魂的人喽。”尹启华打趣道，又给她夹了块鱼肉，“来，多吃点儿海鲜鱼肉，补脑子、增灵魂的。”

周彩儿被逗笑了，放下筷子，痴痴地看着他。

“怎么了?”

“老公，陈怡飞真是太亏了，怎么就错过你了呢?”

“你的意思是说，你赚大发了?”尹启华也放下筷子与她对望。

“嗯。”

“那是因为你有情，我才有趣。”

“我现在非常有情趣，嗯，想吗?”周彩儿抛过去一个电眼，瞥了瞥卧室。

“我也很有情趣。不过咱们得忍忍。我网上查了，流产后三个月内禁止那个。你要乖。”

“什么? 三个月?”

“嗯，有的说一个月，有的说半个月，有的说三个月。我采纳三个月的。”

“折中点儿吧，好不好? 一个月吧? 还有两天，就当是一个月吧?”

“不行，你有了好身体，我才能情趣一辈子。”

“我壮着呢，经得住折腾。嗯? 走吧。”周彩儿的手指在桌面上慢慢地爬过去，在他的手背上挑逗。

“呃……好吧，走……”

尹启华软化下来。周彩儿拉起他的手，一起站起来。尹启华抱起她往卧室走去，才到门口，尹启华站定了，又将她抱回餐桌去。

“哇，老公，你想在这儿? 你果真好有情趣哟，”周彩儿娇笑起来，“坏蛋!”

“想哪儿去了？坐好，好好吃饭。”尹启华将她放回椅子上，拉了拉她的衣服，命令道。

“干吗？你不想要我啦？”

“忍得一阵子，幸福一辈子！你那块田地，得好生保养。”

“噢，保养，保养。”周彩儿点头重复道，低头吃了两口饭，又抬头问，“你就那么渴望我这田地创出个奇迹来？”

“渴望啊，你不渴望啊？”

“渴望，渴望。”虽然知道尹启华确实是为了她好，可周彩儿心里就是不舒服，嘀咕了句，“难怪陈怡飞说你没情趣，哼！”

尹启华不和她计较，哄她说：“我们再折中一点儿吧，一个半月，好不好？到时我的情趣通通都给你。”

听他这么信誓旦旦的语气，周彩儿反觉得没劲儿了。其实，她真不是那样在意做这件事本身，她只是喜欢被他需要、被他宠爱的感觉。还有喜欢他为她迷乱的感觉。女人，是不是时常得靠这些感觉来证明爱的存在呢？什么时候问问崔玲玲去。

爱丁堡始终阴雨连绵。张军从爱德华教授的墓地回到家，吃过租住他家的同胞夫妻准备的简单午饭，便接到律师的电话，让他到律师事务所去一趟。

到了那儿，爱德华研究所的助手也在。就是他给张军发的邮件，告诉他爱德华教授一个月前不小心摔倒，住进医院后进行全身检查，才知道他在三年前就被检查出患有直肠癌，一直偷偷地吃药，治疗。

“怪不得他的饮食习惯那么奇怪，我还埋怨他难伺候。”助手哽咽着说，“你们在爱丁堡时，和他一起吃饭，其实那些东西他是禁食的，可他还是和你们吃得那么开心。也许，他知道自己时日不多了……这次摔伤，引发了并发症……”

张军后悔自己对他关心不够。律师说爱德华的遗嘱分为几个部分，其中实验室留给驻校留教的助手，著作版权留给爱丁堡大学，而他的房产留给崔玲玲的孩子。

“房产?”据张军所知，爱德华一直住在学校里，哪里来的房产?

“有的，在爱丁堡的乡村，离城市比较远，是一座有历史的古堡。严格来说，那是他们整个家族的物产。爱德华只占其中的十二分之一。现在古堡成为当地有名的旅馆了，每年分一次红。至今，爱德华从没领取过属于他的钱，全交由我保管投资。根据遗嘱，他去世前的所有现金全部捐给爱丁堡大学当科研基金；去世后的分红归崔玲玲女士的孩子，但有非常苛刻的条件。”

律师看了看听得愕然的张军和助手，又说下去：“要想继承这房产的股份，张军女士和崔玲玲女士必须在爱丁堡定居，不管你们是什么关系，都得住同一所房子。还有在孩子十八岁以后，所有分红才会解冻，在此期间，由律师监管，监护人也无任何权利支配。如果孩子遭遇不幸，留给崔玲玲女士三分之一，其他的捐给慈善机构。”

怪老头儿啊怪老头儿，就知道你不安好心。张军的心情复杂难言，他要怎么开口和玲玲说呢?这老头儿分明是要将他们俩都绑架了。

阔别一年的爱丁堡，除了爱德华已经不在这里了，其他于张军而言没有任何改变。风笛声还是丝丝缕缕地在空气中飘扬着，张军对站在街角那个熟悉多年却始终没有打过招呼的老年演奏者说：“给我吹一支《天堂之约》吧，送给一个天堂的朋友。”

老人便熟练地演奏起来。张军没敢问助手，爱德华教授临终前是否安详，是否有家人、亲友在一旁，他的葬礼是否体面。其实，多年来他从没有听爱德华提及过他还有家人。

洋装虽然穿在身，我心依然是中国心。就在此刻，本已西化的他变得无比传统，他要结婚，要养育孩子，他要有一个家。

一曲已毕，张军在老人脚旁的大礼帽里放下几张钞票，又行了个礼，默默地离开了。走在宽敞整洁的街道上，无数个与崔玲玲同行的瞬间涌上心头。是的，就是她。这次回国后，再也不要有什么顾虑了。

嘉铭，你也是希望她和我都能够幸福起来的，是吗？他抬起头，仰望灰色的天际，阴郁的天似有放晴的迹象。张军笑了，大步往家里走去。

后天，就是孩子满月的日子了！同事也在不断地催他回去，他们的第一份标书即将参加投标，第一次在国内同行中公开亮相，一定要打个漂亮的开场仗。那个温泉城耗资近十亿，如果参与进去，他们在国内的发展前景就不可估量了。有了事业的依托，所有的设想才能成为美好的现实。

满月宴举行得极为低调，只请了简家最亲近的几户亲戚和玲玲的几位好友。但是再简单，也是个隆重的仪式——对简家来说，这毕竟是大事。

简嘉仪昨天就回来了，她只管笑靥如花，对姨妈和张母的打探闭口不语，打张军的手机又是老通不了。原来张军才下飞机，一路上要转机两次，时差让他头脑昏沉，但一想到待会儿就能见到崔玲玲和孩子，马上精神百倍。

当他打开手机，看到母亲数个未接来电，马上回了过去。张母劈头就问："干吗呢？有了女人就忘记了老母亲是吧？嘉仪都回来了，你怎么不见人呢？"

张军好脾气地说嘉仪是嘉仪，他是他，她回来了关他什么事啊？

听得张母很是迷糊："都一起度假去了，还给我装大男人啊？"

"度假？我和嘉仪？谁说的？"张军才叫迷糊。

听了母亲的一番叙述，张军这才明白过来。又听到那天崔玲玲竟然追到机场去了，他好生愕然与激动！

张军忙问:“这一周来，崔玲玲可有心碎?”

张母沉吟一阵，说:“就那天从机场回来恍惚了一阵儿，之后就顶正常，和平时一个样，时不时还对孩子哼着歌儿，不像是受打击的人，还说真心祝福你们哩。”

张军笑了，这就是崔玲玲啊，早就学会吞噬苦痛，在心底将其反刍为豁达。她不是装的，也不算硬撑。她只是用一种平和而安静的方式，告诉自己去接受命运所给予的一切——不管好与坏。也只有经历过生死的人，才有这份从容。

打开手机QQ，张军看到崔玲玲一周前的留言，心“扑通扑通”地跳个没完，巴不得立刻就站在崔玲玲面前，告诉她真相。

揭开真相，这份震撼的恶作剧的快感，简嘉仪哪能放过。从昨天到今天，她不断地仔细观察崔玲玲，甚至绘声绘色地说他们在马尔代夫的快乐时光。而崔玲玲只是微笑倾听，丝毫没有妒忌或者痛苦的表情。

“你真的这么祝福我们吗，我听说你还追到机场去了呢?”简嘉仪终于忍不住问。

“是，去了。可我得面对现实，是不?”

“你就不心痛?”

“痛。可只要他也像你这么快乐，我便会快乐。”

简嘉仪便没了言语，正想告诉她真相。周彩儿一阵风地跑上楼来，见到简嘉仪也不打招呼，只顾抱着崔玲玲左看看，右看看。

“嗯，又肥又白了呢！生了孩子的女人真漂亮啊！比化了妆还好看。”

“你也不错啊，身体都恢复了，又花枝招展的，小心尹启华吃醋哟。”

见两个人有说有笑，简嘉仪忍不住拉了拉周彩儿的胳膊:“哎，彩儿，你没见我这么一个大活人哪？几天不见，就不认识我了？真不理我了？真生气了?”

“我要是说不生气，你信吗？我可不是什么大度的人，不像崔玲玲。别指望我能原谅你。”周彩儿甩开她的手。

“哎哟，这就是我顶妒忌崔玲玲的地方啊——不管她落在什么境地，总有那么些人护着她。哎，崔玲玲，你凭什么呀？”简嘉仪感叹道。

“得了吧，得了便宜还卖乖。怎么，马尔代夫不好玩吗，舍得回来！”

“我当然要回来，今天是我大侄子满月呢！”

“是啊，带着男人来显摆，好像大家不知道你赢了似的。哎，对了，张军呢？是不是觉得做了亏心事，不敢现身呀？”

“有可能啊，这辈子，他怕是再也不敢来见玲玲姐喽。”简嘉仪将一个礼盒扔给周彩儿，“接着，这是给你的。不要就说一声。”

“谁不要啊？不要白不要。外国货呢——放心，我是不会说‘谢谢’的。”

“你们聊，我去看看我男朋友来了没。”简嘉仪说完就走了。

孩子被简母抱到楼下去一一面见亲戚，客厅热闹得很，不时有欢声笑语传到楼上来。

“张军真不来啦？”周彩儿问，“这天变得也太快了吧？”

“他有选择自己生活的权利。”崔玲玲说得淡然。

“就你，都像个师太似的了。我还不知道你吗？那样跑到机场去，你得鼓起多大的勇气啊！你得有多在乎他啊！”

“以后别纠缠这个话题了。大家还要生活呢。而且我知道今天他会来的——不管他和谁在一起，都会来参加孩子的满月宴。”崔玲玲拉起周彩儿，“也许已经来了呢。走吧，咱们就像以前一样。一切都没发生过。”

小花园里，尹启华正和文一鸣聊得起劲。张军风尘仆仆地走进来，还带着一个大箱子。

“军哥，这礼送得也太大了些吧，里面都是些什么呢？”文一鸣迎上去，接过他的箱子问。

“这是我的行李，我才下的飞机。”张军向里面张望着。

“别看了，咱们的女人都在楼上。”文一鸣又说道。

尹启华听得迷糊：“你不是和简嘉仪一起回来的吗，你怎么才下飞机？”

文一鸣忍着笑，看着张军也假装问：“是啊，军哥，他们都说你和嘉仪去提前度蜜月了呢？还说……”

“还说我什么？”

“始，乱，终，弃！”

“始乱终弃？谁说的？”

“我说的！”姨妈抱着双臂横在他面前。

“姨妈，你怎么这样说我？”

“不是吗？难道还误会了你的人品不成？说一套，做一套，哼！”

“真误会了！我，我……谁说我和嘉仪的？我什么时候和她在一起的？你看嘛，我才下的飞机！”张军指了指他的行李箱。

“是真的，大妹子！”张母迎出来说，“误会了，都误会了！”

“不叫我老妖精，叫我大妹子，准没安好心。唱双簧呢？”姨妈哼道。

“不信，你看我的机票，看，是今天到达的吧！”张军没法了，掏出登机牌。

“爱丁堡，不是马尔代夫？”姨妈瞪大了眼睛，重新辨认一番。

“是，爱丁堡，我去的是爱丁堡！”

“那谁和嘉仪去的马尔代夫？”姨妈吃惊地问。

文一鸣没有简嘉仪的许可，是绝不能承认的。他忙低下头，殷勤地帮张军把箱子提进屋去。

客厅里，宾客已就座。只摆三桌，再加上简家好久没有喜事了，满月宴便在家里办，外请的厨师和服务员此刻正在上菜。

崔玲玲抱着孩子，和简父简母坐在正中一桌。见到张军进来，欣慰地向他点头微笑。而张军纵有千言万语，此刻也无法开口。紧跟着的姨妈张着嘴，也是欲说还休。一切只能等宴会散了再说了。

张军径直走过去，抱起孩子逗了逗，才把孩子放到崔玲玲身旁的婴儿车上，将一个大红包挂在孩子的脖子上说："干爹实在忙，没时间给你买礼物，给你个大红包，宝宝要健康快乐，要快点儿长大哟。"说完，他又意味深长地看了崔玲玲一眼，才回到客人席上。

简嘉仪借口说主人席坐不下，让给长辈们坐，偏要和文一鸣坐一块儿。环视众人表情的简嘉仪一直在鬼笑。文一鸣在旁边小声说："看你多坏。"

"哎——我还没允许你公开与我亲热呢，客气点儿。"简嘉仪嗔道。

"嘁，一会儿你不就宣布了吗？还装。"

"看戏呗，这会儿呀，只知其一不知其二的某些人，肯定在冥思苦想，是哪个帅哥陪我去的马尔代夫呀？崔玲玲呢，肯定也有微妙而复杂的心理活动。完全不知情的人呢，肯定在想怎么我和张军不坐在一块儿呢，这么生分！嘻嘻。"

"你真坏！"

"嘘——吃饭，吃饭。"

周彩儿见他俩嘀咕个没完，又见张军的目光不时地追随着崔玲玲的方向，愈加看不懂了。尹启华在她耳边小声地说了在小花园的见闻。

"什么？"周彩儿跳了起来。

"坐下，你坐下！"尹启华忙拉住她，"人家这儿办喜事呢！"

明白了这是简嘉仪存心让大家误会，周彩儿指着她连连点头。简嘉仪并不理会她，胃口出奇的好，连连赞叹厨师的手艺好。

周彩儿骂了句方言粗话，独自叹息道："哎，那些乱七八糟的情感纠葛、思想斗争，玲玲是白白浪费喽！"

简嘉仪就是不搭话。

这时，简父站起来，举杯向大家敬酒，附带发表了一番感言，说今天算是双喜临门了。大家忙问还有一喜是什么。

简父说："唯一的女儿也终于恋爱了，听说感觉很好，还有结婚的打算，这男孩算是我们的老相识了，很满意，很满意！"

"谁呀？"亲戚们纷纷问。

简父大声地对简嘉仪说："嘉仪，向亲戚朋友们正式地介绍一下呀，趁今天喜庆，不如口头上将这婚给订喽？"

众人连说"好"，绝大部分人将目光投向张军，期待他站起来。

"现在，我隆重地向大家介绍我生命中最重要的男人——当然，除了我爸。"大家笑起来，简嘉仪又说，"在我最低迷的时候，他像阳光一样扫去我的阴霾，让我体验到爱是用来享受的，不是用来折磨的。他就是张军——"

"哦——"一阵意料之中的哄笑声中，张军紧张得满头汗珠，僵硬的脸上带着尴尬的笑，求助地看着崔玲玲，用唇语说：不是我，不是我。而崔玲玲目光平和，始终带笑。

只知其一不知其二的那几个人，都满脸疑惑地盯着简嘉仪——她到底在说什么？

就在张军要站起来解释时，简嘉仪笑着接下去说："就是张军哥哥对着的这位名不见经传的先生！"

文一鸣配合地站起来，向大家致意。整个简家客厅里的空气瞬间凝固了，随即是各种窃窃私语。

"他叫文一鸣，是玲玲姐和我大侄子的救命恩人，'感动蛇年新春十大人物’的网络红人，获得国际电声设计奖项的工程师，简氏电子有限公司的一级工程师，时而痞子时而绅士的帅哥——当然，他现在最重要的身份是简嘉仪的男朋友!”

简嘉仪笑着说完，文一鸣端起酒杯恭敬地说：“不好意思，不好意思，打破了大家的期望，请多多包涵。我什么也给不了嘉仪这么美好的女孩，我能给她的，只有幸福。”

众人还是木着，没有一个人端起酒杯——这男人是从哪儿突然冒出来的?

简父和简母更是接受不了——这么说，陪女儿去马尔代夫的不是张军喽？那张军又是怎么回事?

崔玲玲也瞪着眼睛看着眼前这一幕，若果真是这样，那她这些天来那些复杂难言的苦，不是白挨了?

“他并不比张军哥哥差，重要的是他珍视我和我的感情。”简嘉仪拉着文一鸣的手，也举杯道，“来，要是祝福我们，就喝杯酒吧。”

话说到这份儿上，哪能不喝呢！大家纷纷端着酒杯站起来，崔玲玲的杯子里装的是果汁，她第一个先喝光。她得平复一下情绪，心又慌乱起来，并未生欢喜。她竟不敢接上张军那如释重负的目光。

周彩儿也看傻了，就这个男人泡上简嘉仪了？黑不溜秋的，像从非洲回来似的——当然，她并不知道人家真是从非洲回来的。

“什么时候好上的？这是神舟飞船的速度啊!”尹启华附在周彩儿耳朵边上小声地感叹道。

“感情这事，重要的不是时间，而是感觉。对了就是对了，不管哪一方面，稍有不对，都不行。我对张军哥哥的暗恋，终于完美结束。我知道，他一直觉得我是他的感情负担。现在，我祝他幸福。”简嘉仪的眼眶不知怎么就红了。

张军站起来，端着酒杯走到她面前，默默地倒满，一口饮尽。没办法，回到国内，这红酒不是用来品的，而是用来干的。唯有这样，才足以表达心意。

宴席也吃得差不多了，长辈们都识趣地散了。姨妈和张母争着抱孩子，她们终于心意相通了一回，都想照顾好孩子，让年轻人把应该说的话都说了，应该做的事都做了。

周彩儿怎么也不肯走，拉着尹启华窝在简嘉仪的房间等结果。

简嘉仪呢，逃不过父母的审问，此刻正在父母的房间一一交代。文一鸣也不敢离开，他恭敬地坐在客厅，一动也不敢动，像等待宣判似的。这嘉仪说谎呀，看样子她父母并不开明啊，还叫他别担心，不担心才怪呢！

崔玲玲将自己关在房间里。心里不时地想起那句话：当你对一切不抱有期望时，你便会得到一切。

只是如果他真的站在她面前，她要怎么办？

敲门声起，一阵，又一阵，以致后来节奏凌乱，伴有喊叫声：“玲玲，是我，开门哪！”

他当然知道她在里面躲着呢。

门最终还是打开了。

“我……进去坐坐……”张军口齿也不清了。

“你……好像白了好多，我妈说，月子坐得好的女人，就是这样。”张军又说。

“可你却瘦了些，最近工作上的事也没告诉我，我也帮不上忙，很累吧？”

“嗯，主要是旅途奔波。”

“你去哪儿了？”

“爱丁堡。”

“回去汇报工作?”

“呃……是的。”

“顺利吗?”

“还行。”

……

“听说，你那天到机场去了，冒着雨?”

“没……没有，你别听他们瞎说。我只是出去转了一会儿。”

“那，这QQ留言是什么意思?”

“我……我逗你玩儿呢!”

“逗我玩儿?”

“坐月子不是闷吗!”

“没别的意思?”

“没有。”

“哦，明白了。那……你好好休息，再见。”

看你还能装到什么时候。张军转过身，嘴角带笑，迈开步子往门口走去。

“别，别走!”崔玲玲终于叫道。

“怎么?”张军假装平静地问她，“有事?”

“没有。啊——有。”崔玲玲咬了一下嘴唇，说，“那天，我是去机场了。”

“哦? 去干什么?”

“想留住你。”

“凭什么? 你又从没说过爱我、在乎我、需要我之类的话。你巴不得我和嘉仪走到一块儿呢，你不是也参与过撮合我俩吗?”

“以前……一开始，我对你真没感觉。只是……”

“嗯?”

“绝口不提爱，是因为它已经润物细无声，渗进我的体肤，奔流在我的血液。在这本该孤独的人生里，既然你来了，那么自然地存在，我恳求你……不要走。”

张军的喉咙像被什么哽住了，说不出话来。

“怎么，你不信? 我知道，我给你和大家的印象似乎都是在淡淡地拒绝你。可是，当嘉仪故意说你们要去马尔代夫时，我的心痛了，我才知道原来我还是可以爱的。你不仅仅是嘉铭的影子!”

“我不介意我是他的影子。如果我可以替他照顾你一辈子，那是我的幸福。因为你值得。”张军哽咽着说，“知道你因为误会而受委屈，我也会心痛。”

“你真不是他的影子，张军。你只是你。我想当你的爱人，最后那一个。”

张军张开了双臂迎向她，这个拥抱，他等了太久。

这个夜晚，简家灯火通明，似乎每个人都等到了满意的答案。张母嘀咕道:“是缘就躲不掉呀!”老早就有过这样的心理准备，接受起来并不困难。只是啊，她也得收拾行李，回苏州去喽。

30

女人和幸福都不是生就的，而是逐渐形成的

转眼间，春天就过去了，周彩儿还没找到中意的工作。就在她盘算着开个网店，四处寻找货源的时候，老院长很郑重地请她和尹启华吃饭。

到了饭店才知道，她以前的老客户孙老板也在场。看样子，他和老院长很熟，关系也很好呢。

客套闲聊了一会儿，老院长说："听说福利院现在缺人，彩儿你愿意回去帮忙吗?"

周彩儿有点儿为难，不是她没有那份爱心，自从她知道自己的身世之后，在艰难还债的同时，她每个月都向福利院捐赠财物。现在自己正是落难时，也顾不上了。只是要她回那儿去工作，在心理上她可受不了。

老院长了解地点点头："是啊，那儿伤了你的心。"

"可恩情还是比伤心重的!"周彩儿说的是真心话，要不是福利院，或许她早就饿死、冻死或者被拐卖了。

"你还有一位大恩人，应该谢谢他的。"老院长指着孙老板说。

"他？孙总?"周彩儿看着年过六十、眼神依旧锐利的孙老板，非常疑惑。

"是的。孙先生这三十年来，一直无私地资助我们福利院。只是他为人低调，从不宣扬。当年你擅自离开福利院，考上技校，学费全是他资助的。那时因为你的表现恶劣，院里许多同事都不愿意把赞助金给你，是孙先生坚持说人性本善，总有一天你会醒悟的。"

每年的学费，还有伙食费，原来都是他资助的！正是因为读完那个三流都不算的大专，她才有自食其力的开端！周彩儿激动得不知说什么好。

“你只是其中一个。启华啊，你也没少花人家的钱哪！”老院长又对尹启华说。

尹启华真不敢相信，这个印象中唯利是图的商人，竟然是个大慈善家！人性真是太有意思了。

“小飞工作的那个影楼，也是孙先生的资产。咱们许多孩子都在他的企业上班呢，但他从来不说。从这儿回去后，你们也不要说。这是孙先生的意思。”

“那，怎么就只告诉我们呢?”周彩儿一脸疑惑。

“我来说这事吧！”孙老板接过话说，“我一直默默地看着你们两个各自成长。启华这孩子一直很不错，我非常欣慰。要是福利院的孩子个个都这样，该多好啊！而周彩儿，你却是时常让我叹息的一个。咦，没想到，你这孩子命还不错，竟然嫁给启华了。我当时就纳闷了，后来老院长说出你们年少那一出，我才想明白了。很好，周彩儿，你是脱胎换骨喽。”

“孙总的恩德，无以为报。可是今天叫我们来，就只为了说这些?”周彩儿毕竟在商场上历练过。

“看，我说这孩子机灵吧? 彩儿，我就明说了吧。你现在也需要工作，我也需要管理方面的人才。刚才老院长说的那个影楼，本是我小儿子在管，可这小子不长进，交给他的‘小三’管理了。那女人为了报复他不离婚娶她，弄得乌烟瘴气的。我把他们都革掉了。小儿子现在被我派到南京办事处去了，算是教训。可影楼不能关喽，还有几十号人等着吃饭呢。这不，我就想到了你。”孙老板说。

“可是，我不熟悉摄影行业啊！我只管过服装店和酒店。不，不行，我干不了。”

“所有管理，都是一脉相通的。不熟悉，你就慢慢学，下点儿功夫，就能看出门道来了。我觉得你行。年薪十万，虽然不比你当老板，可也总比你在外面打工强。”

“启华，你怎么看？这工作挺体面的嘛。”老院长问尹启华。

尹启华看着周彩儿说：“我尊重她的决定。”

到底是重新创业自己当老板，还是从此加入高级打工者的行列呢？思量一番，周彩儿同意了这个提议。怕什么？靠真本事吃饭，到时候如果干不了，再辞职不就得了！她脸皮最厚了，不怕失败。重要的是，老院长说到的那俩字：体面！往尹启华身边一站，她时常忧虑的一件事是，总觉得自己不够体面而让爱人有困扰——虽然是她多心了。

与此同时，姨妈也来游说周彩儿加入慈善事业当中去。这女人不怕苦，又热情，又会说话，听说还是在福利院长大的，培养一下，可以成为自己的接班人呢！像她这事业也不是白干，主要的高管是发工资的，香港方面的基金会负责这一块。周彩儿说她还没达到那种大爱的境界，也舍不得和尹启华分居，去西北地区到处跑。

姨妈也不想到处跑了，那次两家人聚在文一鸣家烤肉，尝尽他哥哥从屠宰场精选回来的牛肉和羊肉，认识了鳏夫文爸爸。才跟上一任男朋友分手半年，姨妈就又爱上了。俩人倒是合拍，不就是想要一个老来伴吗，文爸爸和孩子们商量，他们共同生活，财产的事情不用操心，也不用多心，双方遗嘱都列好了。年轻人也不好再说什么，随他搬到姨妈的房子去了。不过，一边想为那些可怜的孩子做些事，一边又想享受晚年的情感生活，姨妈从没这么烦恼过。

崔玲玲悄悄地和文爸爸说了姨妈的烦恼，没想到文爸爸主动提出要跟姨妈一起走，他早就想趁还能自由活动时，为社会做点儿什么。文家兄弟一致反对，可是反对也没有用。跟了姨妈的男人，不是勇士，也会有勇敢之心。

张军的事业并不顺利，连续两次投标都失败而归，后来他才得知被“围标”了，这是圈内公开的秘密。如果哪个设计公司或者建筑公司想得到某个项目，都会暗箱操作——至于所谓的公平竞标，不过是一场表演而已。张军这才发现自己根本不了解这个市场，他们的主张和才华——如果不同流合污的话——根本没有用武之地。他也突然明白简嘉仪当初为什么建议他设个商务公关部门的缘由了。

英国总公司不断施加的压力，让他不堪重负。但中国市场他们似乎志在必得，不允许他放弃。

崔玲玲已经有好些天没有见到张军了，他在电话里一直说忙，忙得连自己都照顾不上了。在爱丁堡，他何曾有过这种喘不过气来的压力?

简嘉仪对此深有体会，许多东西都是在实践中学会的，完全规规矩矩地经商，似乎是个神话。张军逐渐感觉到，这里并不适合他，他无法学会那些东西，也不想学。有一个想法开始酝酿，他准备找机会和崔玲玲说。关于爱德华的事情，也是时候告诉她了。

人与人之间就是如此微妙，简嘉仪和张军反而比以前来往得更加密切，沟通交流也无所顾忌了，像亲人般彼此信任。

“也是时候向她求婚了吧?”简嘉仪说。

“是的。我可能又要离开中国，不知道她肯不肯跟我走。”张军忧虑地说。

“其实，最大的障碍是我父母。让孩子离开他们，他们哪儿受得了?”简嘉仪一针见血。

“是啊，我想，这应该也是玲玲最顾虑的。我知道，她本身是喜欢爱丁堡的。”张军没有告诉简嘉仪，孩子继承了一笔遗产——其实，那到底有多少钱、价值几何，爱德华并没让律师明说。

说到底，他最担心崔玲玲会误会他，认为他想回爱丁堡定居，是为了孩子的这笔遗产。感情的事，一旦涉及利益，总是会别扭。

孩子百日这天，观摩了孩子的“抓周”后，津津乐道了一番，亲戚朋友都散了。这孩子，抓到的竟然只是一颗巧克力。崔玲玲笑得很开心，无为道是有为处。

见张军带着个文件袋，崔玲玲不免好奇地问他：“那是什么？又要拿资料回家加班吗?”

张军说：“或许以后都不会加班了。”然后将文件袋交给她。

“其实，我心里早就知道，孩子的相片和视频，你并没有发给他；我也知道，他一定是出事了。不过，你瞒着我，总是有理由的。”崔玲玲并没有打开文件袋。

“不打开看看是什么吗?”

“是他留给我和孩子的书信吧，不用说，他觉得咱俩会是一对儿，或者说他这么希望。在爱丁堡时，我就感觉到他这层意思了，我只是装傻。嘉铭和你，有他这个忘年交，真好。希望他在天堂能够见到爱人，不再孤单。”

“不仅仅这样，还是打开看看吧。不要吃惊，他就是个不按常规活着的老头儿。”

崔玲玲打开文件袋，里面是英文版和中文版的文件，都有爱德华和律师的签字与印章，空白处，是孩子监护人要签的。

“律师说，这文件一年内有效，如果一年过后再不签，就视为弃权了。而且要到爱丁堡当面签。”

“这些条件多诡异啊！”崔玲玲感受着苛刻之下，爱德华对他们的爱护与牵挂，眼眶噙满了泪水。

“如果，我想同时提出咱们回爱丁堡定居，你会觉得我只是满足爱德华的要求，为了得到遗产吗？”

崔玲玲想了一会儿，摇摇头。爱是什么呢，爱在许多时候只是相信。

“你的求婚方式，是不是太平淡了些？”崔玲玲知道他不适合在国内发展下去，她真不希望他变成他所不喜欢的自己。而她，在哪儿生活都一样——只要他和孩子在她身边。

“这么说，你答应了？”张军狂喜，在口袋里乱掏，半天才掏出一个丝绒小盒子。

崔玲玲一点儿也不矜持地伸出手，无名指上那一圈简嘉铭送的戒指留下的戒痕早已被时间染匀，再也看不出上面曾经戴过婚戒了。

张军温柔地握住她的手，又以深情的目光凝视着她，默默地取出戒指，却将戒指戴在食指上。

“怎么不是这里？”崔玲玲动动无名指。

“那是嘉铭的，我允许他留在那儿。等老了的时候，你在炉火边打盹儿，我会代替他在旁边为你梳理头发、披上毯子……”

“谢谢……”崔玲玲含着泪水靠在他的胸前。孩子在床上哦哦哟哟地挥动着小手与小脚，窗外是风吹树梢的婆娑声。

“香樟树，还没长成可以做嫁妆的样子，怎么办？”

“那就留给儿子的媳妇用，好吗？”

崔玲玲便笑了。原来爱情有如此多的样子，不用很热烈，也不用多复杂。现在的他们要的只是平和、温馨、踏实，执子之手，相伴而走。

周彩儿换上了严肃而时尚的素色系职业装，站在镜子前，她想起了多年前，第一次在她当店长的时装店见到崔玲玲的情景，又想起相熟后崔玲玲那干练利落的职业形象，心里无限感慨。现在，她也将要成为那样的女子了。她还报读了职业学院的函授课程，准备系统地学习商业管理与营销。女人的潜力有多大，谁知道呢？

相比海鲜酒楼，影楼管理看上去似乎要简单得多，其实这是大错特错了。如今这一行业的竞争已激烈到白热化——没有特色与品质，便难以存活。进来一个月，她越来越怀疑孙老板给她十万年薪，是不是只是为了可怜她？孙老板听闻，大笑。这说明这姑娘已经看出问题所在了——其实，她的任务是重新整顿与定位影楼，如果做得好，挣钱完全不成问题，她的年薪还可以提高。周彩儿便亲自到本市甚至各大城市的著名影楼去调研，寻找创意与出路。

小飞自始至终不知道周彩儿为什么对他特别关照。“五一”劳动节那天，全公司的人分三批上午、下午、晚上轮流到温泉玩儿，他和周彩儿同组。同事们在水池中尽情嬉戏，行动不便的小飞只能静静地泡温泉。周彩儿陪着他聊天，见到他背上那个像大象的青色图案，问他是胎记吗？小飞说可能是吧，从他记事起，伙伴和阿姨们都告诉他背上有只大象，他还因此得了个“大笨象”的绰号。周彩儿若有所思。第二天，她便安排摄影师，给他拍了不少特写相片，还连哄带骗地叫他脱掉衣服，将后背的胎记高清晰地拍下来。

直到有一天，周彩儿问他，这么久以来，有想过亲生父母吗？

小飞沉默良久，点点头。他一直以为，是因为自己有残疾，父母才抛弃他的。在福利院，也因为他残疾，一直没有人愿意领养他。他沉默、自卑、寡言，直至学了一技之长，在工作中才找到自己的位置与自信。

“如果，他们也一直在寻找你，你愿意再见到他们吗？”

小飞不敢相信地看着她。

“姐姐把你的相片和资料，发到寻人网上了，有对夫妇靠那胎记认出了你。说不用做亲子鉴定，就可以肯定你是他们失散二十三年的孩子。你的五官和你父亲长得一模一样，看，这是你一岁时拍的全家福。你还有个妹妹，比你小两岁。”

小飞接过相片，眼泪滴下来。

“你如果愿意见他们，姐姐帮你安排。”

小飞颤抖地抚摸着相片，点点头，哽咽着说：“谢谢姐姐。”

周彩儿只是笑笑，拍了拍他的肩膀。她无法告诉他，她只是在替父亲赎罪。哪怕有的罪过永远赎不回来，但至少可以让遗憾少一点儿。

这件事不知怎么被记者知道了，小飞与父母相见的事一路被电视台跟拍，还在他工作的地方向记者演示了他的影像处理技术。无论小飞的父母怎么请求，周彩儿也不愿意接受采访。但小飞的励志故事所传递的正能量感动了无数人，甚至还有报社记者根据影楼有多个福利院长大的员工这一线索，挖出幕后老板孙先生的慈善故事。再加上现任总经理周彩儿从前的韵事传说，“风蝴蝶”艺术影楼一时名声大噪。

“没办法的，只要老婆你在的地方，总是是非多。”尹启华打趣道。

其实，周彩儿真没想到，会意外收获这么多。

就在她觉得事业开始扬帆的时候，刘洋又出现在影楼。她心想，都这时候了，他还是不肯放过自己吗？

可没想到，刘洋是专程来将父母的相片合成合照的。照片上，刘晓英穿着婚纱，刘涛穿着黑色礼服。

“翻遍了家里，才发现他们中年以后，再没有任何一张单独的合影……”刘洋看着相片缓缓地说，“你的仇人——我妈……她老人家也走了……这相片，放在他们的墓碑上。”

“我……还以为你又是来找麻烦的……其实大姐她……我从没把她当仇人……我……是我对不起她……”周彩儿不知该说什么好。

“可是她到死，都不肯原谅你。到死都还在骂你是狐狸精、贱人……”

刘洋看着她说。

“没有我，不是也有很多其他女人吗?”

“可不会有女人可以让那老不死的七十岁了还和我妈离婚!”

“……如果，你来这儿，是想让我不舒服的。那么，你成功了。”周彩儿平静地说，“在这影楼，我只是个打工的。”

“我不管，你还是小心为妙。虽然我妈走了，可是，也许哪天我想她老人家了，不开心了，我可不知道我会做出什么事来。”刘洋看了她一眼，便扬长而去。

“你害怕吗？以后上下班我都来接你好不好?”尹启华听说之后，无比担心。

周彩儿边看书边笑笑：“你还有你的那么多事情，时常给别的企业加班，偶尔接送一次我就心满意足了。刘洋只是那么说，他不会真动我的—他怎么也要给孙老板面子。”

江湖上的事，她见识的也不少了，何必担惊受怕。

看到迷惑处，周彩儿凑过头去对埋头做报表的尹启华说：“哎，高才生，给我解释解释这一段。”

尹启华便放下工作，耐心地给她讲解。好吧，她不怕，他也就不怕。反正娶了这女人，大风大浪已是注定。而在心里，他多么渴望从此风平浪静。

墙壁上，她根据他写的字绣出的“岁月静好”这幅字，正温柔地注视着灯下的这对剪影。

纵使千般不愿意，简父简母还是同意了崔玲玲带着孩子随张军去爱丁堡定居。总部对张军极不满意，同意他辞职，但他必须在中国物色一个可靠的管理者代替他，然后英国总部会再委派代表过去——这种本土与西方结合的管理模式，也许能够闯出一片天地来。

简母担心他们在爱丁堡的生存问题，张军说他已经联系好工作了，不比以前的工作差。崔玲玲暂时不会工作，她全职照顾孩子。简母只有一个要求——每年春节都回国过年，机票什么的由他们负责。

张军笑了，这点儿钱他还是负担得起的。

崔玲玲以张家小儿媳的身份，跟张军回了一趟苏州，见过亲友，拜过祖宗，算是结婚了。张母老不高兴了，小儿子一婚没个声响，二婚也这么安静，真和大家族的声势不符。张军解释说他本就是张家的异类。张母便偷偷地对他说，其实她的遗嘱中，有东西留给他，但他得给她生个孙子——名副其实的张家的血脉。张军笑道，他也想呢，随缘吧。

最舍不得崔玲玲的，是周彩儿。得知她的决定后，周彩儿哭了一晚上。尹启华很吃味，和他闹别扭也不见她这么伤心！

“你不懂！”周彩儿抽噎着说。

“是，我不懂。可不是有电话和网络吗？你们不是可以随便聊天、随便见面吗？”

“可这和活生生的人能一样吗？你哪天要是不稀罕我了，我赌气了，谁能像她那样包容我的所有？我的姐妹淘们，一个一个地离开……”

“我怎么会不稀罕你呢？我哪敢啊？你不拿刀砍死我啊？再说，不是还有嘉仪陪你吗？你不是还会结识新朋友吗……”

“你不懂，你不懂，你不懂玲玲在我人生中的存在意味着什么。没有她当那个标杆，我绝不会成为今天的我，你明白吗？”

尹启华确实不太了解周彩儿的这份感情，但是他绝对相信她说的全是真的。想到自己也少了个哥们儿可以时常见面、吹牛、聊天，尹启华也不禁神伤。张军这孬种，一句不适应国内环境就逃跑了，真不负责任。

张军却说：“正是因为得为员工和企业还有自己负责，我才做出这个决定，我不想勉为其难——工作应该是享受，而不是折磨，这和爱情是一个理儿。你看西方人走在街上，大多一脸和悦，容易快乐。可你看看咱们中国人，一个一个都是一脸凝重甚至冷漠，步履匆忙，活得好累哟。”

“你以为每个中国人都可以像你，可以拥有外国国籍啊？根在哪儿，就在哪儿往深里扎，为了扎得牢，扎得广，不死命生长怎么行？咱们有咱们的活法，找到自己的生存哲学，不也一样幸福快活吗？”尹启华反驳他。

“那是你幸运。”张军随口说道。

文一鸣提议，趁嫂子他们出国前，去郊游吧，夏秋之交，气候最宜人了，一切由他来安排。

没有人不同意，亲近自然山水，最惬意不过了。

不远处的草地上，铺着一块格子毯子，简嘉仪和文一鸣嬉笑着将孩子脱光衣服晒太阳。已经会翻身、会爬行的孩子，咯咯咯地笑着。

周彩儿问：“这样可以吗？”

“没事，可以增加钙质的吸收和增强免疫力。保护好眼睛就行，在家里的小花园，也经常这么晒他。”崔玲玲在一旁笑着看他们闹。

“后天就要上飞机了，东西都收拾好了？”周彩儿问，“有什么需要帮忙的吗？”

“都收拾好了。其实只是给孩子要准备的东西多。我现在需要的身外之物，少之又少。”崔玲玲说。

“你可别当全职主妇之后，就成了个黄脸婆啊。你记得你说过‘女人一定要有自己的事业，要独立’吗？这是你教我的。”

“记得。抚养孩子、教育孩子、照顾家庭，也是女人的事业，而且比职业还要重要，还要艰辛。有的东西，我可以放弃，但思想这东西已经根深蒂固，它永远属于我自己。有自我的女人，时刻保持清醒与安详，虽然她似乎退隐在社会之外。和社会产生联系的方式有许多，作为女人得善于利用。”

崔玲玲好久没有发表过类似的言论了，简嘉仪也停止逗弄孩子，认真地听起来。

这才是她心中一直崇拜的那个崔玲玲，周彩儿将头靠在她的肩膀上：“我一直在想，要是我人生中没有你这个姐们儿，我现在该是什么样子呢?”

“什么样子？肯定是在一个脸肥腰圆的大款怀里施展你的媚惑功，从人家的口袋里一张一张地往外抽钞票呗。”简嘉仪毫不留情面地说。

“去你的，你是把老娘看扁喽?”周彩儿气得直骂。

“就看扁了，怎么啦？你还不认?”简嘉仪不依不饶，“我那时刚认识你，挺郁闷玲玲姐怎么有你这种姐妹?”

“是啊，为什么呢?”周彩儿也问。

“其实我也说不上来。我只记得西蒙娜·德·波伏瓦在《第二性》里说过，女人并不是生就的，而宁可说是逐渐形成的。我们都是有缺憾的人，能够相遇并在一起走过人生的某些岁月，谁说不是一种幸运呢?”崔玲玲看着远处的青山说。

“女人并不是生就的，而宁可说是逐渐形成的。说得太好了。我现在可以自豪地说，我是个女人了！”周彩儿也看着远处说。

“是啊，我们都是女人了！”简嘉仪随着她们的目光，有所领悟地说。

“说什么呢，你们都只不过是我们的女人！”文一鸣嚷道，抬头看着站在她们跟前的尹启华和张军，得意地说。

“就是，不管你们怎么长，充其量，也只不过是咱们的女人！”尹启华和张军附和道。

“女人的功能嘛，不过是陪睡、陪吃、陪玩儿，给咱们生孩子、洗衣做饭，那个……”文一鸣还没说完，简嘉仪的拳头就挥在他的脸上。

“那个什么？你说呀！”简嘉仪问道。

“哎——你们，你们怎么不吱声啦，这不都是男人们的心声吗？女人要那么多思想、那么多成功干吗！”文一鸣大骂尹启华和张军不仗义。

“我们可不这么认为！”尹启华和张军识时务地异口同声，与他撇清关系。

“我让你说，我让你说，我让你前后不一，我让你不尊重女人……”简嘉仪扑在他身上使劲儿打他。

文一鸣求饶道：“别打了，我这是随口说的，随口说的，开……开玩笑的！”

其余两对儿各自坐一块儿，相拥在草地上，对他们的打斗视而不见。赤裸的孩子依然咯咯地笑着，以为姑姑他们在做什么有趣的游戏，便翻身挪动着那肉嘟嘟的身子，流着口水向他们快乐地爬去。

夕阳还没消失，橘色的晚霞不知什么时候已布满天际。毯子旁边的小土堆里，飘出叫花鸡的诱人香味；酒精灯上的意大利手工咖啡壶里，也冒出了浓香；另一边的炭木上，煨着的海鲜粥也已炖得软烂；三顶大帐篷在霞光中反射出多彩的颜色——就像生活本身，本是乏味、有智慧的人，特别是女人，自可过得活色生香。

爱情从来都没什么道理，找个人好好地爱你，生命里有太多难题，而爱的意义，会让一切变得坚定。爱情从来都没什么道理，总有个人在等着你，默默地靠近，就两颗心，一起去看未来的风景。而那些幸福来临之前的时光，怎么可能都是虚度呢？它早就悄悄地、悄悄地、悄悄地预备好了一个最好的你。对，就是你。

不知什么时候，那对人儿又和好如初、如胶似漆了，文一鸣一边扒拉土堆里的叫花鸡，一边深情款款地对挨在他身边等着吃的简嘉仪唱起了歌儿，歌声在静寂的旷野里，飘得又甜又远……

图书在版编目（CIP）数据

宛若新生 / 蔼琳著 . -- 北京 : 华龄出版社 , 2023.5

ISBN 978-7-5169-2520-1

Ⅰ . ①宛… Ⅱ . ①蔼… Ⅲ . ①长篇小说 – 中国 – 当代 Ⅳ . ① I247.5

中国国家版本馆 CIP 数据核字 (2023) 第 064846 号

责任编辑	梁玉刚	责任印制	李未圻
策划监制	小马 BOOK	内文制作	赵艳超

书　名	宛若新生	作　者	蔼　琳
出　版 发　行	华龄出版社 HUALING PRESS		
地　址	北京市东城区安定门外大街甲 57 号	邮　编	100011
发　行	（010）58122255	传　真	（010）84049572
承　印	定州启航印刷有限公司		
版　次	2023 年 6 月第 1 版	印　次	2023 年 6 月第 1 次印刷
规　格	800mm x1230mm	开　本	1/32
印　张	15.25	字　数	394 千字
书　号	ISBN 978-7-5169-2520-1		
定　价	59.80 元		